新中国70年70部
长篇小说典藏

新中国70年70部
长篇小说典藏

生命册

李佩甫——著

人民文学出版社

图书在版编目（CIP）数据

生命册／李佩甫著. —北京：人民文学出版社，2019
（新中国70年70部长篇小说典藏）
ISBN 978-7-02-015483-8

Ⅰ. ①生… Ⅱ. ①李… Ⅲ. ①长篇小说—中国—当代 Ⅳ. ①I247.5

中国版本图书馆CIP数据核字（2019）第164836号

策划编辑　胡玉萍
责任编辑　涂俊杰
装帧设计　刘　静
责任印制　任　祎

出版发行　人民文学出版社
社　　址　北京市朝内大街166号
邮政编码　100705
网　　址　http：//www.rw-cn.com

印　　刷　北京中科印刷有限公司
经　　销　全国新华书店等

字　　数　357千字
开　　本　680毫米×960毫米　1/16
印　　张　32.75　插页3
印　　数　1—5000
版　　次　2017年8月北京第1版
印　　次　2019年9月第1次印刷

书　　号　978-7-02-015483-8
定　　价　42.00元

出版说明

为庆祝中华人民共和国成立70周年，全面展现中华民族的文化创造能力和文学发展水平，深入揭示新中国70年来的伟大历程、辉煌成就和宝贵经验，激励人们为实现"两个一百年"奋斗目标、中华民族伟大复兴的中国梦而不懈奋斗，我们策划出版了这套"新中国70年70部长篇小说典藏"丛书。为将该丛书打造成思想精深、艺术精湛、制作精良的精品丛书，我们成立了丛书评审专家委员会，成员均为密切关注和深刻了解我国长篇小说创作动态的资深评论家。委员会从历史评价、专家意见和读者喜好等方面对新中国成立70年来众多优秀长篇小说进行综合评定，从中选出70部描写我国人民生活图景、展现我国社会全方位变革、反映社会现实和人民主体地位、弘扬社会主义核心价值观和讴歌中华民族伟大复兴中国梦的精品力作。这些作品，大多为曾获中宣部"五个一工程"奖、"茅盾文学奖"等重大国家级奖项的长篇小说，政治性、思想性和艺术性高度统一，代表了中国文坛70年间长篇小说创作发展的最高成就。

我们致力于"把提高作品的精神高度、文化内涵、艺术价值作为追求"的使命任务，通过这套丛书的出版，在讲好中国故事、传播中国声音、阐释中国精神、展现中国风貌的同时，倡导精品阅读，引领和推动未来的中国文学原创出版。

“新中国70年70部长篇小说典藏”
评审专家委员会名单

评审专家委员会主任：李敬泽

评审专家委员会委员（按姓氏笔画排序）：

丁　帆　白　烨　朱向前　吴义勤　何向阳
应　红　张　柠　张清华　陆文虎　陈思和
孟繁华　胡　平　南　帆　贺绍俊　梁鸿鹰
董保生　董俊山　谢有顺　臧永清　潘凯雄

项目统筹：吴保平　宋　强

旅客在每一个生人门口敲叩，才能敲到自己的家门；

人要在外边到处漂流，最后才能走到最深的内殿。

——泰戈尔

目　录

第一章

我是一粒种子。

我把自己移栽进了城市。

我要说，我是一粒成熟的种子。我的成熟是在十二岁之前完成的。我还告诉你，我是一个有背景的人。我有许多老师，家乡的每一棵草都是我的老师……早在十二岁之前，我已读完了三千张脸，吃过了田野里生长的各种植物，见识过了各样的生死。此后生活的每一天都是过程了。过程是不可超越的。

我身上背负着五千七百九十八亩土地（不带宅基），近六千只眼睛（也有三五只瞎了或是半瞎，可他们都看着我呢），还有近三千个把不住门儿的（有时候，能把死人说活，也能把活人说死的）嘴巴，他们的唾沫星子是可以淹死人的。

我之所以把自己展览出来，是为了让你了解，在这个世界上人跟人是不一样的。每个人都是有背景的。一个人的童年或者说是背景，是可以影响一个人一生的。比如说，在我的潜意识里，电话铃响和狗咬声是一样的突兀。不过，现在不同了。狗也到城市里来了。

在我进入城市的头一个十年里，你要问我最怕什么，我告诉你，我最怕的是电话铃声。每一次电话铃响，都会让我心惊肉跳！

有时候,我又觉得我是一个楔子。

强行嵌进城市里的一个柳木楔子。

虽然我满身是芽儿,可我不知道自己能不能在水泥地上扎下根来,长成一棵树。因为,家乡父老还等着我植下的阴凉呢。

三十年前,当我背着行李来到省城的时候,下了火车,已是黄昏了。满眼都是灯。灯就像菊花一样一盏一盏开放着,却没有一盏是我的。可我心里仍然充满暖意,因为我是一个有“单位”的人了。那时候我顺着柏油马路往前走,公共汽车一辆一辆从我身边开过,自行车的铃声一串串响着,人流像潮水一样涌动,我知道他们都是有方向的人,回家的人。我也有方向,单位就是我的方向。我不急,我没有乘车。不是钱的问题(那时公共汽车坐一站五分钱,三站一毛),我是想用脚步丈量一下这座我很有可能就此扎下来的城市。

每当我走过一两个路口,就会看到一个公共汽车的路牌。那时候的路牌很简约,一根刷了蓝白两色漆的铁杆子,杆子上挂着一个刷了红漆的铁牌子,牌子很多,一路车一个牌。牌子上标着通往各站的站名……那路牌叫人觉得亲切。我以后就是这个城市的人了。

不客气地说,最初,我走在省城的柏油马路上就像是走在红地毯上一样,很幸福。路两旁亮着一盏盏路灯,那光芒是五彩的,这就是我的未来。周围的自行车铃声也十分悦耳,公共汽车刹车后的那一声“吱”很温馨,很生动……我很想给这个城市打声招呼,嗨一声:你大爷的,我来了。

我边走边问,走了一小时四十六分钟,当我摸到单位的时候,我一下子就失去“方向”了。在学院门口,传达室的老者告诉我说:

下班了。你明天再来吧。我说我是来报到的。老者说:我知道你是来报到的。人事部门的人都下班了。你明天来,明天上午八点……我站在那里,迟疑了很久,我不知道该往何处去。

我有点蒙。我顺着一条条街道漫无目的地往前走,边走边想,我该往哪儿去呢?我甚至不知道饿。我只是在想,是不是到火车站去蹲一夜?虽然那时我兜里揣着一百二十六块六毛钱(这是我读研节约下来的),可我没有想到可以住旅馆。我根本就没有住旅馆的意识。再说,那时候还没有实行身份证制度,住旅馆是要证明的。在报到之前,我无法证明自己的身份。那就是说,我现在是一个没有身份的人。我无处可去。

就这么走着走着,我脑海里突然蹦出了一个念头:油菜!我紧紧地抓着这个念头不放,心里一遍一遍地念着:油菜。油菜。油菜。

油菜是一个人的儿时小名。他也是无梁村人,吴老根家的儿子,大名叫吴有才。吴有才在部队里当了三年工程兵,复员后转业到颍平市一家建筑公司当了建筑工人。记得夏天里他回家乡时我跟他见过一面,他穿着一件的确良短袖衫,手上戴着一块手表,很骄傲地说:我们的工地迁到省里去了。在省城盖大楼,在某某路某某街……去呀,你们都去,到时找我!我知道,他也就这么顺口一说。他知道村里人没有机会到省城去,才这么说的。这叫"巧让客碰上热粘皮",我真的来了。

在我苦思冥想之后,我终于想到了这么一个老乡,七不沾八不连的"关系"。可什么路什么街呢?我实在想不起来了。

那是冬天,走着走着,天开始下雪了,小雪。城市的夜晚有灯撑着,那暖意是彩色的,也是有差别的。城市最寒冷之处,是让人看到了差别。

在飘着雪花的夜晚，我顺着马路往前走。那时城市里刚刚时兴羊皮衣，百货商场的橱窗里展示着各式各样的羊皮；大街上行走的也是羊皮，有驼色、蓝色、红色和黑色的羊皮……羊皮衣一旦穿在女人的身上，皮带子一扎，腰就细溜了，屁股一扭一扭，更显臀肥。马路上响着很时尚的“嘚儿、嘚儿”的节奏，圆润饱满的节奏，叫人春心荡漾的节奏（后来，等我穿上羊皮衣的时候，城里已经没人再穿羊皮了，它过时了，成了三陪小姐的着装了）。那时，我的眼是在乡村里经过节俭训练的，尚不敢乱看。

省城的路有经、纬之分，我从经一路一直走到经十路，而后从纬九路拐到纬一路、和平路、文化路、黄河路、农业路、京广大道……夜渐深了，天空飞舞着雪花。有灯光的夜晚雪花像粉色的天幔，洋洋洒洒，给女羊皮们那“嘚儿、嘚儿”的节奏输送着温文尔雅的诗意。可我，走着走着，却闻到了一股薄荷的气味。

灯光里有针，有薄荷，一丝丝的。无论走到哪条路上，我都能闻到一股薄荷的气味，那是从灯光里冒出来的。我的腿很沉，越来越沉。可我的脑海一刻也没有停止转动，就像是大海捞针一样，我先是使用了“联想记忆法”，而后又使用“排除记忆法”“谐音记忆法”，甚至“油菜记忆法”，每到一个路口，我都站下来看一看路牌，而后去想油菜的嘴脸……油菜，你到底在哪条街上呢？

油菜的大嘴一次次在我脑海里浮现。我看见油菜挥着手，他手腕上的表明锃锃的，他说：“上海全钢防震的。”这就是那个时期建筑工油菜的时髦。这就是那个时期城市和乡村的差别：灯光和狗咬，毛蓝布和的确良。他穿着的确良、戴着“上海全钢防震的”手表向我招手呢……走累的时候，我多次靠在电线杆上，靠着一份冰凉，小心地打量着这个城市。它会属于我吗？

有一刻，我以为我想起来了，好像是嵩山路，我就问嵩山路；走到了嵩山路，我又觉得他说的好像是衡山路，而后又是香山路、黄山路、榆树街、椿树街、鼓楼街、清虚街……街边上，楼房里的灯光一盏盏熄了，只有路灯亮着。我还在走，很机械地走。我实在是不想走了，我累了，这已经不是疲惫，是麻木。我对自己说，再走一条路，只一条。如果还找不到，我就掉头回去……我不停地对自己说，回车站吧，回火车站蹲一夜就是了。可我还是不甘心，我怎么这么笨呢？

我走在省城的大街上，呼吸着寒森森的空气，就像走在荒原上一样，满心的凄凉和荒芜。路边的商场已经关门了，连个借脚取暖的地方都没有。路是陌生的，所有的脸都是陌生的。我在寻找一丝温热。那是一个小名叫油菜的人，你在哪里？

此后我问我自己，你为什么要这么做？你几乎走了一个晚上，走了半个城市，执着地去寻找一个小名叫油菜的人？你怎么就这么傻，为什么不先找一个小旅馆住下呢？你还可以打打电话，找一找昔日里的那些大学同学。可你连打电话的想法都没有，你没有“电话意识”。后来我明白了：那不是我在走，是我的背景我的家乡在推着我走。我不能不走。我不是在找人，是找一份庇护。

也是过了很久我才明白，要想顺顺利利地在城市里生活，你必须拥有三要素：身份、单位、关系。这三者缺一不可。如果你没有“身份”，也没有“单位”，再没有“关系”，那么你就成了一个漂泊者。城市就像是一个迷魂阵，随时都会有危险。商人是最先明白这个道理的。早在几百年前，精明的晋商就在各地建起了“山陕会馆”，这也许是他们有过许多沉痛教训之后得出的经验。哪怕是到了交通和通讯如此发达的今天,各省仍然在首都北京建起了许多办事处,那其实就是一个为了办事方便的“关系处”,一个据点。

我知道,在报纸上,人们都反对拉“关系”。殊不知,“关系”是人们赖以生存的土壤,人们是最离不开“关系”的。尤其在精神世界里,人们靠“关系”活着。马克思就曾经说过:人是社会关系的总和。于是,所有的反对者反对的都是别人,不是自己。没有人反对自己。我还算幸运,在深夜两点二十七分,我终于找到了“关系”。

我是在一家建筑工地上找到油菜的。他是“有才”,不是“油菜”。为了他的体面,我不能再叫他小名了。守工地的老头告诉我说:有。有这么个人。

建筑工人吴有才睡在一栋正在施工中的七层楼(还没有安装门窗)的毛坯房里。当他穿着裤衩子从床上跳下来,赤裸裸站在床前的时候,眼瞪得像牛蛋,嘴张得像簸箕,那两只手哆哆嗦嗦,像是大冬天握着两把扇子,扔也不是握也不是,他万万想不到这个时候还会有人来找他!

油菜傻了。

吴有才抱着两只膀子,冻得咝咝地说:丢,是丢(我儿时的小名)?你,你你你……怎么来了?我说,看工地的老头人不错,说你在七楼。他说:是老朱吧?朱师傅,老乡,一个县的。说着,他赶忙披上衣服,看了一下手腕上的表:我肏,都两点半了。你咋这时候摸来了?还没……那个啥……吧?说着,他下意识地看了一眼还没粉刷的墙,墙上楔着一颗钉子,钉子上挂着一个提兜,提兜里装着他的碗筷。我说,都啥时候了,早吃过了。找你可真不容易,我都快累死了。你不是说,让来省城找你吗?他听我说吃过饭了,一颗心放在狗肚里了。说是啊,是啊。你怎么不早点来呢?我说,我是来报到的,来晚了……他看着我,连声说:先睡,都快三点了,赶紧睡吧。说着,他指了指对面的一张床,说:这儿,就睡这儿。这狗日的请假回家了。

这时候,我一下子松下来了,浑身像散了架似的。我往“狗日的”床上一躺,那木板床上铺了新鲜的谷草,床单是新洗过的,真软和呀!被子也厚,暖暖和和的!真好。我太累了,太想睡了,眼皮像粘住了似的。可我得说话,必须说话,这是代价。

我们两人躺在床上,有一搭没一搭地说着家乡体己话。为了能接住他的体己话,我用心支着眼皮,拼命保持着最后一丝清醒,好去接他的话头。油菜的话就像是纷乱的线团一样,七缠八绕,像是永远没有头儿。我心里说:油菜,你饶了我吧,让我睡吧。

他絮絮叨叨地说:丢,毕业了?我说毕业了。他说:还是啥子研究生?我说是。他说:调省里来了?我说是啊。他说:从今往后,你就是国家干部了?我说:……啊。他说:乖乖,大学教师?我说:……啊。他突然坐起来,身上披着被子,两腿一盘,说:丢,我差一点就当空军了。空军飞行员。我说,是……吗?他说:不骗你。丢。我身上有癣。要不是我身上有癣,要是我娘早些用偏方给我治治,我就是飞行员了。我说:是啊。你就上天了。他说:当初,二婶给我说个媒,兔子家还看不上我呢。如今,她算个屁?……丢,老蔡那狗日的还当着支书呢?他老三闺女真不像他亲生的,水灵灵的,瓷白!……我嗯着嗯着,我的心已经睡着了……床很暖和,太舒服了!

第二天早上,油菜请我吃了一顿大餐:豆浆、烧饼、油条、胡辣汤,还有酱咸菜。而后,我正式去学院报到了……报到后,我终于在省城分到了一个床位。

一间房子，住三个人，有我一个床位。

每个城市都有它的气味和特点。

你闻到这个城市的气味了吗？风里、空气里是不是有点沙？有沙吧。

这是一座毗邻黄河的城市，关于黄河的历史记忆就含在那有沙的气味里。在时间里，沙已被磨成了面儿，颗粒很小很小，可它还是沙的味道。带一点碜，一点涩，一点水腥，一点甜，一点点咸。这里还是“十字路口”，一个国家的十字路口。这里有贯穿东西南北的铁路线和飞机航线。更早的时候，它还有黄、淮两条水路……四通八达。就此你明白了吧，这座平原上的城市，就是一个人来人往的“十字路口”。虽然是一个“十字路口”，可它的历史很厚，厚到了不可言说的程度。那就单说十字路口，十字路口行走着南来北往的人。这是一个叫人淡忘记忆的地方，也是一个喜新厌旧的地方。它的商业氛围是含在骨头缝儿里的，欺生又怕生，是那种一次性交易、不要回头客的做派。但一旦待得时间长了，它又是宽容的、保守的、有情有义的。

我曾认真研究过这座平原上的城市，虽然它交通发达，可它又处于中原腹地，其生活节奏自然比一线的大城市要稍稍慢一些，半拍。生活节奏一慢，人情往来就多，人事关系就相对地要复杂一些。这里的人事关系是由一个个“单位”组成的。单位又与单位相互交叉辐射，一级一级的，成了一个个由人与单位，人与家庭、楼房、街道组成的网。白天里“单位”是魂，人活在一个一个的单位里；到了夜晚，灯光就是魂了。灯光聚拢人气，给人以方向。如果没有灯，城就死了。我很庆幸，我是个有单位的人。

刚进省城的时候,我曾经问过很多人:我脸上刻有字吗?

同事都笑着说,没有。没有。可为什么连卖早点的小贩都用那样的眼光打量我,说新来的?我怎么就是新来的?我怎么就不能是城里人呢?我是学院的老师了。我已经上了户口,转了关系,有了单位,还怎么着?

报到后的第五天,我去学院的电工房借了一把钳子。我住的地方离电工房锅炉房很近,整天嗡嗡响,噪音大。我想修一修那扇一刮风就呱呱嗒嗒响的窗户,就近借把钳子用用。谁知电工房的师傅看了我一眼,说:你谁呀?我说我是这个学院的老师。他冷冷地说:新来的吧?我说:是。他马上说:没有。其实,我看见钳子了,钳子就插在墙上的电工包里……我赔着小心,说:师傅,我就用一下,一会儿就给你送来。他低着头,看都不看我,仍然生硬地说:没有。不借。我前天还见他对办公室管后勤的一个小职员点头哈腰的,小跑着去给人家换灯泡去了……我顿时火冒三丈,这不是欺生吗?我扭头就走,到商店里花三块五毛钱买了一把……不为钳子,为尊严。

初来时,我有一年的实习期,是系里的助教。我的态度很好:上班第一个来,打水扫地抹桌子;下班最后一个走。我见人就点头,恭恭敬敬地对长者微笑……走在学院的路上,一个老教授突然扭过头来,对我说:小豆子,我家的纸箱子……噢,新来的?我很沮丧。我怎么就成了"小豆子"了?我怎么就是新来的?我黑吗?我回房照了照镜子,我像新来的吗?我"新"在什么地方?

我得承认,我是一匹狼。我心里藏有"狼性"。我是一匹企图披上"羊皮"的狼。我混进了城里,可我在城里必须小心翼翼地走出"羊"的姿态。我说过了,我见人就点头,微笑。但点头也得有度。我知道,做学问的都是“刺猬”,要有距离感。不能过于近,过于巴结,不能涎着脸对人笑,要似点似不点,就像见了老熟人一样,浅浅地点,有亲切的意味又不讨人嫌。这且得练呢。

我的敏感是天生的,是田野里的五谷杂粮和百家奶喂出来的。为了融进这座城市,我开始不断地修正自己。我发现,我走路比一般人快,急辣辣的,这也许就是“新”的不成熟的一种表现。我得慢下来,做出一种气定神闲的样子。也不能太慢,太慢了会显得迟疑,大门口的门岗马上就会拦住你问:找谁呢?我的胳肢窝里还得适度地夹上两本书,两眼目视前方,似看似不看,这就对了。这种既快不得也慢不得的走法我练了好一阵子。晚上,我独自一人在校园里走来走去,我很想走出一种从容……

在我正式成为披着羊皮的“狼”之前,我还需要适度的“包装”。那时候,“包装”是一个新词,还没人用呢。我是在生活实践中最先发现的。于是,拿到工资后,我给自己添了几件衣服,衣服是在火车站附近的批发市场上买的,大多是仿名牌。这没人能看出来。这样,我走在学院里,走在大街上,就自如多了。没人再说我是新来的了。虽然,在这座城市里,我只有一个床位。

我开始大量地阅读,我所有的闲暇都泡在了图书馆里。八十年代是一个读书的时代,国内国外所有的新书我都找来读。从历史到文学、哲学、心理学,一直到世界各国的名人传记;从黑格尔到莎士比亚,从希特勒到尼克松,从蓬皮杜到田中角荣,我逮谁读谁,一边读一边记笔记……这就是我的武器。我知道,在大学里,一个没有学问的人是很难混下去的。我还知道,对付城里人,舌头上必须有新词。

学院后边有一工字楼,也叫朝阳房。工字楼坐北朝南,采光很好。上边是古色带檐筒子瓦，下边是古色红墙，廊前有中西合璧式的圆柱，楼道里铺着红木地板，朴中透着贵气，显得厚实，庄重。前边还有两个几何形的花圃，有一排丁香树，朱墙上爬满了红叶，那是一栋教授级别才能住的楼，每户都是三室一厅。不时有穿着红色塑料拖鞋的小保姆挎着买菜的篮子，“呱嗒、呱嗒”地从楼道里走出来……那就是我奋斗的目标。

我的机会来了。一个副教授，在临上课时突然病了。我作为临时救场的“替补”被系主任急火火地找去，要我代他上一课。我问讲什么？系主任说：老周的讲义在桌上放着，你替下来就行。系主任老魏又很知心地告诉我说，这届学生底子薄，你只管放开……于是，我就这么“匆匆”上了讲台。

说老实话，我并不“匆匆”，我是早有准备。

没想到，我的第一课是在学院最大的梯形教室里上的。那是一堂大课，我带着我的笔记本进了教室。教室坐有大约三四百名学生，最开初时乱嚷嚷的……现在，我已忘记我到底讲了些什么了。开始，一看那么多人，我有点慌。可我记住了一句话，我童年里大队支书蔡国寅说过的话。他说，喏，你一旦站在台上，台下的都是白菜，一地的扑唧头大白菜！我豁出去了，我是对着一地的扑唧头白菜讲的那堂课……临进教室前，我在教研室里偷偷翻了老周的讲义。老周他五十九岁了，讲的都是些“文革”前老掉牙的东西。而我，讲的全是新东西。我慷慨激昂地给学生们上了一课！

站在梯形教室的讲台上，沉默了三秒钟之后，我在黑板上写下了三个大字：吴志鹏。这是我自己的名字。我知道他们不认识。我想，从今以后，他们就认识了。这也是我童年的老师——“慢毒药”先生告诉我的。我说：同学们，一八四八年，马克思和恩格斯在比利时的布鲁塞尔创作《共产党宣言》时说过的一句话,你们知道吗?……南北战争时期,美国总统亚伯拉罕·林肯在《葛提斯堡演说》中最著名的一句话是什么,你们知道吗?……二次世界大战期间,英国首相温斯顿·丘吉尔在一九四〇年以首相的身份出席下院议会时,在即席演说中讲的最著名的一句话,你们知道是什么?(我心里说,白菜们,我得先把你们吓住。)……于是,我放开喉咙,一直讲到下课铃声响的时候,同学们仍瞪着眼在教室里坐着……而后是雷鸣般的掌声。

下课了,学生们忽一下全围上来了。女同学乱纷纷地拿出笔记本向我提问题。她们一个个甜甜地叫着:吴老师!吴老师!吴老师我问你一个问题可以吗?……说实话,这时候我的贼心悄悄地溜出来了,我看似漫不经心而又十分敏锐地打量着这些女大学生,我的"第三只眼"在寻觅、扫描着人群中最漂亮的女生,鸭蛋脸儿?苹果脸?笼烟眉?柳叶眉?要是有可能的话,我会……可我必须矜持。我告诫自己:要矜持。

那个日子我至今不会忘记。

那是五月二十七日。一九八三年五月二十七日,也是课后的第七天。三个"七",所以我记住了。那天下午,一个女学生来到了我的寝室。她敲门的声音非常优雅,富有弹性,像打电报一样,"嗒嗒、嗒嗒",两下一节,一共敲了四下。当我拉开门的时候,一股香味随着阳光扑进来。那不是化妆品的香味,那是带有夏日阳光的女人的肉味,鲜活的、生动的、甜的。她背对着阳光,金灿灿地立在那里。她身上穿着一条红色的短袖连衣裙,两只臂膀上的皮肤闪动着象牙般的光泽。她静静地站在门前,在她身上,阳光是流动着的,就像是镀了阳光的金色液体,熠熠地环绕着一个美丽的活色生香的女人。一个按现在的说法,叫有态儿、有范儿的女人。我觉得连阳光都醉了。是的,先有光线和味道扑过来,而后才是活色生香。那气息准确地告诉我,那是可以点亮整个世界的、熟了的气息。就像是樱桃,向阳坡的,鲜艳欲滴的。就像是葡萄,吐鲁番的,晶莹剔透的,熟了的玉色。那么,一个女人熟了的时候,是什么样子,那几乎是几何级的果实了……此时此刻,我才真正理解了古人造的那四个字:蓬荜生辉。我明白了,那是专对女人的,只有女人才能照亮一间屋子。

她说:吴老师,我是外语系的,听过你的课。

我像是被人打了一闷棍,我的神思还没有转回来,我"噢、噢"了两声。

她说:对不起,打搅你了吧?

我说:噢噢……而后又急忙更正:没没没,没有。

她笑了。她的笑容像"蜜制三刀",那是我童年里最爱吃的一种小点心。她听出了我的混乱。她的眼睫毛很长,眼睛大大的,像鹿一样。嘴也大,嘴唇肉肉的,红鲜鲜的,牙齿很白,笑意在嘴角上含着,鼻尖上亮着细细的汗珠,一切都亮着,饱含着汁液,饱含着韵致和味道,好像随时可以溢出来。真好!樱桃熟了,真好!

我承认,我竭力掩饰着,不让我眼里跳出"手"来。可我仍然不能抑制心里生出的欲望,一种强烈的想去抚摸她的欲望。那白嫩的皮肤就像丝绸一样,流动着光的液体……我恍恍惚惚地听见她说:我姓"méi",叫"méi cūn"。

我说:是美丽的美吗?

她说:是梅花的梅。

我立即说:这个姓氏不多呀。哪一支?是商王的后人,还是八旗的后人?

她睁大眼睛,惊讶地望着我,笑了,说:我也说不清……我是东北人,满族。

说实话,我醉了。我不知道你是否醉过?我知道有喝酒喝醉的。有吸烟吸醉的。有吃肉吃醉的……可我说的不是这些。我坦白地说,我是看女人看醉了。也许你不相信,可我确实是醉了。也许,我忍耐的时间太长了,我对那鲜艳怦然心动,对女性的美丽怦然心动。我一连醉了七天,七天之后我才清醒过来。

那天下午,我只觉得我的天灵盖在咝咝地冒冷气,那是一种集合全部能量、要冲上去的感觉!……如今,我已忘记了我都给她说了些什么。可我知道我醉了。

人都有醉的时候,可醉的方式不同。你绝对想象不出我醉后的表现。我像疯了一样,一连七天在操场上跑步!……梅村,她叫梅村。就住在女生宿舍最前边的那一排,正对着学院的大操场。我破例给自己买了一身红色的运动衣,穿在身上,疯狂地、像晕瓜一样地到操场上去跑步。我每天一早一晚,都到大操场上跑步,其余的时间是在准备"跑步"。那七天,我整日里晕晕乎乎的,走路都深一脚浅一脚,可我一直跑啊跑。早上,当晨铃响起的时候,我绕过电工房,绕过学生宿舍,猴急猴急地蹿到操场上,就为看上她一眼!晚上,当熄灯号吹响之前,我仍在操场上跑步,就为能看她一眼!

天哪,我一共才看到过她三次。

操场边上有一盥洗台,水泥台上装了一排自来水管,那是让学生洗漱用的。第一次,是早晨,我看见她刚起床,端着一个洗脸盆从寝室里走出来,头发束成简单的马尾辫,站在水泥台前洗漱。我控制着跑步的速度,刚好在她仰起脸的那一刻,跑到水泥台附近,我扬起手,很矜持地跟她打了声招呼:早上好。她望着我,笑了,说:吴老师,跑步呢?我说:噢,锻炼锻炼……而后,我招招手,就慢速跑过去了。那时候,她脸上还挂着水珠儿,一脸睡后的海棠红,带着晶莹水珠儿的海棠红,她的笑容已刻在了我心里。我第二次见她,是晚上。我看到的只是她的一个剪影,朦朦胧胧的剪影:那是临风的玉树,夏日的荷花,秋熟的海棠,虽然隔着很远的距离,我已经很满足了……我在操场上跑步时,昏昏沉沉的,像中了邪一样,满眼都是她的影子。第三次,黄昏时分,在阶梯教室的外边,她站在台阶上,朝着我微微一笑,有一束光亮,撕锦裂帛般地、响箭一般地射中了我……我爱她爱得神魂颠倒,几乎到了发狂的地步!有一天半夜里,我实在是忍熬不住了,竟然鬼使神差地冲到她寝室门前,"咚咚咚"敲了几下门……可就在最后一刻,一声"谁呀?"把我给吓醒了!我的心怦怦乱跳,扭头就跑,像兔子一样。我听见我的脚步声像炸响的鞭炮,心跳像偷灯油的老鼠,吓得我七魂走了六魄!当我一口气跑进操场南边的杨树林,觉得安全的时候,我大口大口地喘气,用最恶毒的语言在心里咒骂自己……骂是骂了,可我仍然贼心不死,在操场上整整跑了一夜,一边跑一边在心里大声呼喊着她的名字:梅村!梅村!梅村!

要是换一人,可能就疯了。可我没疯。

我要问,你能扛住这种诱惑吗?谁可以抵得住这样的诱惑?!

我告诉你,我扛住了。

第八天,在我跟她接触后的第八天,你知道我发现了什么?我发现了自己的贫穷。从里到外,彻头彻尾的贫穷。我曾经不惜丧失尊严地混进了一个检查寝室卫生的小组,以检查卫生的名义进了她的寝室。她寝室里有四张双层高架床,共有八张床铺。梅村住的是靠里的一个下铺,一个靠窗的位置。我在她那漫散着淡淡香气的床前站了不到十秒钟(我多么想躺上去呀),她床上铺着素雅的蓝白格格床单,在床单的外沿,还罩着一条长条的毛巾垫单;我看见她床头的架子上摆放着一个精致的皮箱,牛皮的。箱子上叠放着她的一摞摞衣服,她的衣服竟然是成套的!床头上,她的被子叠得整整齐齐的,竟然是那种很贵的、当时商场很难见到的丝绵被……床下摆着一双小巧的丁字形的女式半高跟皮鞋,也是很贵的那种。桌上除了课本、书籍,还有个人自费订阅的《大众电影》《诗刊》之类。这还是一个喜欢吃零食的女孩子,窗台上放有铁制的、有彩色图案的饼干筒,有成听的奶粉,大白兔奶糖,还有诸如美加净银耳珍珠霜洗发香波之类的一溜小瓶子……都是上海产的。这在八十年代,都是高档的、最贵的奢侈品。我也从侧面了解过她的情况,她的家庭条件很好,她在班里学习也很好,很有优越感,她还是她们班里唯一带工资上学的学生。看到这些后,我心里直打鼓:天哪,这是我能养得起的女人吗?

说实话,她把我吓住了。我知道,在城市里,追一个你喜欢的女人是要花钱的。我一个还未评上职称的助教,一个月才五十二块钱。我凭什么?

经过一夜痛苦的思考,我反复地问自己:你想当蔡国寅,还是想当吴春才?一想起老姑父,一想起梁五方,还有“八步断肠散”……我就不寒而栗!罢了,罢了。既然你想做一个城里人,既然你那么喜欢她,既然你想占领这座城池,那就得有一个长远的狩猎计划——“狼计划”。慢慢来,不可操之过急。

但是,不管怎么说,我已经有了人生的第一个目标:我要追到这个女人。我要娶一个美丽的城市女人做我的妻子。我再一次告诫自己:要矜持。要有步骤。要忍。

此后,我开始实施我的"狼计划"了。我得有论文,我得先把讲师评上。而后还得有著作,有了著作才可以评教授职称,这都需要时间……我再也不到操场上去跑步了。时间每一分钟对我都是宝贵的,我得张开每一个毛孔去吸收、消化那些由古人造出来的方块字……而后化蛹为蝶。我得把自己磨成锥子,顽强地钉在一个点上。我得是一张弓,把自己拉满,而后才能射出那支响箭!每当我看到梅村的时候,我都背过脸去,尽快地走开。我咬住自己的舌头,咬住自己的心,我的牙齿像铁钉一样坚韧!……我得扛住自己,站稳了。

我要说,如果不是那些可怕的电话铃声,我就会在本校娶一个漂亮的女学生当老婆。而后戴着金丝眼镜,围着驼色的羊绒围巾(我童年的梦寐以求),顺着讲师、副教授、教授、硕导、博导的台阶一路走下去,成为一个著名的学者。

可电话铃响了。

我接的第一个电话莫名其妙。

电话里,一个老憨腔,上来就说:……丢啊,我是你舅。

我一下子火冒三丈!我心里说:我是你姥姥。你谁呀?这时候,电话旁边出现了一个女人的声音说:叫我说,叫我跟他说。

接下去我就哑了。我一句话也说不出来了,我只有"嗯"的份了。打电话的是国胜家女人,按辈分我应该叫她三婶的。童年里我吃过她的奶,她奶上有颗黑痣……我说:三婶呀,你……她说:

丢,丢啊,你三婶子可从没跟你张过嘴呀。我说:你说吧。三婶你说。她说:我侄子,我亲侄子,我娘家兄弟的孩子,考大学了。你在省里,可得给录了啊!我说:三婶,他考多少分?报的是哪所学校?是不是第一志愿?……她说:这吧,丢。让你舅给你说吧。我亲兄弟。你舅,让他说吧……

往下,我无话可说。我不能告诉她,在省城,我什么也不是,我只是一个助教,我只有一个床位……我说不清楚。我只能说,好吧,我给你打听打听。三婶最后还叮嘱说:该花钱花钱,该送礼送礼,到时候我还你。

这话重了。饥饿的年代里,我吃过人家的奶,我不能不问。可我问谁呢?我先是找了系主任,魏主任说:你去院招办问问。院招办的人跟省招办的人熟一些。我说:招办的人我一个也不认识,找谁呢?主任看着我,看得我脸都红了……这时,他才说:你去找院招办的赫主任,我给他打个电话。在那个夏天里,为找这个赫主任,我三天往学院的招生办公室跑了十八趟。我记得这个招办的赫主任是个麻子,麻子点多,他躲起来了……于是,我动用了我刚刚在学院里靠微笑建立起来的、薄得像一张纸似的人际关系,我甚至觍着脸去找我那些家住省城有些背景的学生……总之,我打听来打听去,终于把三婶家亲戚、"舅家孩子"的分数打听出来了。

他的成绩是387分。那一年全国统一招生录取分数线是388分,他差了一分。差一分就没希望了。

我正替他惋惜,电话铃又响了。电话是三婶打来的,三婶说:丢,咋样啊?你舅家孩子那事,成了吧?我说:没成。他差一分。她说:多少?我说:387,差一分。她说:嗨,不就一分吗?你说说,给录了。我吓一跳,说:三婶,这可不是我说了算的。全国统一定的分数线，谁也不行……三婶说：丢，你不是在省里吗？我说：我我我……三婶说：丢，我就求你这一回。孩，你办了吧。当年你连吃带咬的，奶头都给我咬烂了，我那奶水可没收过你一分钱呢！……（别急，叫我跟他说。）丢啊，明儿，我就带着你兄弟找你去了。天坍下来，你也得给我办了！

当天晚上，我咬咬牙，提着两瓶酒两条烟，去给赫主任送礼。我想求招办的赫主任帮帮我，想办法把“舅家孩子”给录了，这也算是我给村里人办了件事情。那天夜里，我先侦查好了路线，而后顺藤摸瓜找到了民政厅家属院二栋六单元三楼302房（据说，赫主任的小姨子在民政厅工作，这里有一套空房子，他躲到这里来了）。屋里有灯，这说明我找对地方了。那是我第一次单独去给人送礼，没有经验，心里揣个兔儿，老怕被人撞见。我在楼道里站了很久，三上三下，每当我鼓起勇气，要上去敲门的时候，总有人从楼上走下来……在黑暗中，我发现，找到这里来的人还真不少，这都是些有“门道”的人。我躲在楼梯台阶的后面，听见一男一女从楼上走下来，那女的说：一千够吗？少不少？那男的说：够，够了。有局长的条子，都是熟人。楼道里很黑，我看见人一拨一拨地从上边走下来，我看不清他们的脸，但我知道他们和我一样……等人都走光了，我才上去。

等我敲开门的时候，赫主任愣了，他看着我，说：吴志鹏，你怎么找到这里来了？赫主任不简单。麻子点多呀。学院那么大，人那么多，他跟我也就照过几面，居然能记住我的名字?！我有些激动，我说：赫主任……赫主任摇了摇头，没容我说下去，手一伸，很勉强地说：进来。进来说。我就这样灰溜溜地进了门。进门后，赫主任看见了我手里提的东西……赫主任说：吴志鹏，课上得不错嘛。怎么也学这一套？我说：赫主任，我老家的一个孩子……没等我把话说完，赫主任就笑了，赫主任“星光灿烂”。赫主任再次摇摇头，仿佛很理解，也很无奈。他下意识地拢了几下头发，他的头发着实不多了，前边那一绺用发胶粘在脑门上，看上去很滑稽。待赫主任象征性地拢了头发之后，淡淡地说：坐，坐吧。我忐忑不安地在沙发上坐下来，把手里提的礼物顺手放在了茶几上。

不料，突然间，他的态度变了。赫主任看着我，很严肃地说：小吴，不是我批评你。你年轻轻的，不该呀。你怎么……啊？说着，他很不屑地咂了一下舌儿：我告诉你，我不吃这一套。把东西掂走。有事说事，东西必须掂走！……就这么三言两语，他把我打发了。我知道，是我的烟酒寒酸（不是最好的。我没有钱买最好的），人也寒酸。我手里没有某某领导写的条子。

我哭了。我的心哭了。我不知道该怎么给三婶说……

接下去，电话就多了，隔三岔五有电话打过来。保祥家女人在电话里哭着说：……丢，天塌了呀！我说：婶子，你别急，天怎么就塌了？她说：你叔的农用车在漯河撞着人了，让那边警察给扣了。这车是六家凑钱买的，你四婶、五婶、六婶，还有春成家……你打个电话，让派出所把车放了吧。我说：婶，这、这事……她说：你不在省里吗？你一个电话，事不就办了。我说：我我我……句儿奶奶声音颤巍巍地在电话里说：丢，真欺负人哪！不叫人活了呀！你七叔都当了十六年的民师了，这会儿叫人裁了……都是因为咱没人哪！丢，你是省里大干部，你打个电话，给县里说说吧。说啥也不能裁你七叔，你七叔几天不吃饭了，寻死觅活的，咋办哪？……海林家女人在电话里说：……丢，你这个穷婶子你还认吧？你帮个忙吧，你侄子眼看就匪了呀！你不能看着他住监狱吧？丢啊，你救救他吧,孬好在省里给他找个事做,这对你不算啥,就一句话的事……

我的心一阵一阵揪着疼,就像是在火上烤。我知道我欠他们的,我欠他们很多很多。我不知道该怎么说……我心里说,我怎么不是省长呢?我要是省长,全都给他们办了。我很想腐败,可我没有腐败的条件呀!

我接的第二百二十七个电话是东城区公安分局打来的。接了电话,里边是一个男子的声音:你姓吴吧?我说是。他说:吴志鹏?我说是。他说:拿钱吧。拿钱领人。我说:怎么了?电话里说:你说怎么了?你这哥是怎么当的?你妹子干的事你不知道?拿八百块钱领人。回去好好教育。我说:你谁呀?我没有妹妹,凭什么拿八百块钱?电话里说:我分局的。一个叫蔡苇香的,你认识吧?我迟疑了一下,说:认识。她怎么了?他说:你说怎么了?在洗脚屋把人家玻璃门给砸了……你领不领?你要不领,就送她去“劳教”了。我说:等等,你等等。能不能少交些钱?……电话里说:你买红薯呢,还讨价还价?这是罚款!我说:那那那,分局在哪儿呢?他说:分局在哪儿?你说在哪儿?你不会问!“啪”一下,电话撂了。

天哪,那时候我一月才七十九块钱,原来才五十二块,刚提的工资。他一张嘴就是八百,我上哪儿凑钱呢?可她是老姑父的女儿,我已经找了她两年多了,我不能不救。

当我骑着一辆自行车赶往东城区公安分局的时候,一路上头嗡嗡的,人就像个火药桶,差点撞着人。我想骂人,我甚至想杀人!我好不容易在省城建立起来的一点点人际关系,在一次次求人办事、四处借钱的过程中已经用尽了。我的同事看见我都躲着走,生怕我向他们借钱。可我没有办法,我还得借……

到了分局，我堂堂的一个大学讲师，却像孙子一样，见人就点头，一路叩问，终于问到了治安大队办公室。一个胖胖的警察对我说：你是吴志鹏？我说是，我是。他问：钱带来了吗？我说带了。他说：不是你亲妹子？我说：也算是。一个村的。他噢了一声，说：你等着吧。他走了几步，又回过头说：这姑娘匪了。我抓她两次了，屡教不改。要不是看她怀了孕，就送她去"劳教"了……我惊讶地望着他：她……怀孕了？

等我见到蔡苇香时，她穿得是那样少，少得让人不敢看。她上身穿着一件米黄色的、露着半边奶子的丝绸短衫，下边是米黄色的绸短裤，头发烫得像鸡窝一样，脚上趿拉着一双红拖鞋，半蹲在那里，真成了一只"鸡"了。虽然是夏天，昨晚上下了一夜雨，她大约是冻坏了，缩着膀子，身子半弯着，我差点没认出她来。当着警察的面，她还埋怨说：哥，你咋才来呀？

出了门，我本想给老姑父打个电话，让人把她接回去。可她的眼像锥子一样瞪着我，说：交了多少钱？我说：八百。她说：好，我会还你的。可有一样，不准告诉我爹。不准给村里人说一个字。要不然，我就说我肚里的孩子是你的，你信不信？……我无话可说。这不活脱脱的一个女流氓吗？

我说：香，我给你买张火车票，还是回去吧。

她说：我不回去。不混出个人样，我决不回去。

我说：香，老姑父都快急疯了……

她说：别提他。别提我爹。

我说：那你，就这么……

她说：你说这话有意思吗？得了便宜卖乖。我爹把好处都给了你了。所有的机会你都占尽了，你还想怎么着？

我说:我听说,你,已经被抓了两回了。你说你……

她说:你的机会不也是送礼送出来的吗?卖啥都是卖,我卖我自己,又没卖你。咋,心疼钱了?我说了,我会还你的。

我说:我是心疼你呀。

她说:别。丢哥,你是名人,我是贱人。各走各的路吧。

我这已经是第二次跟她见面了。调进省城之后,我平生第一次进洗脚屋,就是她给我洗的脚……我知道她恨我。她也恨她父亲。她是一颗仇恨的种子。她眼里有很多蚂蚁。我从小就熟悉蚂蚁,她眼里汪着一窝一窝的蚂蚁。蚂蚁的灯是黑的。

我说:你身子……

她说:这事你别管。我有办法。

我说:那你……

她说:你走你的。我走我的。钱,我会还你的。记住,别告诉我爹。说完,她很快混在人群里不见了。

我推着自行车,傻傻地在马路边上站着。

我几乎就要崩溃了。

我身上的"包袱"太沉重了,一个无梁村就快要把我压垮了。伟大领袖说,他身上既有猴气也有虎气。我倒很想变成一只狐狸。我要是狐狸就好了,我很想轻巧地把"包袱"甩掉,站在高处看风景。我想说:我是个孤儿,我跟你们有什么关系?可我做不到。

我害怕接电话。我一听见电话铃声就头皮发麻!我始终也没有弄清楚是谁把单位的电话告诉村人的。我曾经怀疑过"油菜"。我在心里无数次地大骂吴有才,我不就在你那儿住了一晚吗?你就把我供出来了……可我也知道,这与"油菜"没有多大关系。自分别后,“油菜”从未找过我。我想,我大约成了无梁村的一根“稻草”,成了他们唯一能抓住的东西……他们一旦有了困难,迫切地希望能得到一个“官人”的庇护。可我不是官员。

有一段时间,我试着想当一当狐狸。我很想当狐狸。我看不起自己,我蔑视自己,可我禁不住还是想当狐狸。每当有电话找我的时候,我就拿捏好腔调,对着电话撇一串北京话说:喂,你哪里?谁?找谁?……噢,找姓吴的是吗?什么,口天吴,他不在呀,不在。出差了……什么时候回来?这就难说了……喂,找谁?王,这里没有姓王的。胡?没有。没有这个人。打错了,你打错了。这是机关!……喂,哪位?兔子?哪有兔子?谁是兔子?你?噢,你找……丢?谁丢东西了?找派出所去,乱弹琴。噢,找姓吴的,口天吴,吴志鹏是吧?好像……有,是有这么个人。可他走了。是啊,是。走了,调走了……调哪单位?那就不知道了……我甚至试着想流氓一下,我对着电话说:喂,我是谁?我是国务院。中华人民共和国国务院。我调你一万吨小麦。你谁呀?……我是你大爷!

没有人愿意活在愧疚之中,每当我打完电话,回过头来,我心里的泪就下来了。我看见了无边的田野,我看见了家乡的牲口棚,我看见倒沫的老牛正在瞪着眼骂我呢:吴志鹏,你吃人奶拉猪屎,驴粪蛋外面光,真不是人哪!

我躲避电话,就像是躲瘟疫一样。流氓很好,流氓很轻松。你只要不把自己当人,一切问题都解决了。染一染,用墨汁把心染一染。我跳出来了,心一墨,我就跳出来了。有那么几次,我也来点恶作剧。每每有电话铃响起,凡是找我的,我把电话听筒拿起来,我坚决不说人话,不说中国话,我给他来叽里咕噜:first, second, third,forth……听着那二百里外的声音,就像是跟土地爷说话。满嘴跑舌头,作的是假揖,烧的是空香。在乡村,只有土地爷是可以日哄的。

也有躲不过去的时候。一次,一位女同事大声喊我接电话,我不能不接……可我接了之后就后悔了。那个电话是老姑父打来的,我不敢推辞。老姑父在电话里说,丢,出事了。我一听,顿时心惊肉跳!我壮着胆子问,出什么事了?老姑父说,你六婶,也就是印家女人,还记得吧?你吃过她的奶。她孙女,三岁,去年掉河里淹死了。我噢了一声,竟然不敢大声回话……老姑父说,你听见了吗?我说电话里有杂音,听着呢,我听着呢。老姑父说,好在她儿媳妇又怀孕了,就是坤生他两口,偷偷托人让县医院查了,还是"龙凤胎"。不管怎么说,这算是一悲一喜,我心里松了口气……可就在这时,老姑父又在电话里说,这会儿他们正往省城赶呢……顿时,我的心又提起来了。我声音都变了,开始颤抖,说:怎、怎么了?老姑父说:难产。医生说,得剖腹……丢啊,你给找个好点的医院,平平安安地把孩子给生下来。要不,一家人都坍天了。我硬着头皮说:行啊,行。

我心里说,我又得托关系了。我找谁呢?可我还得找,我不能不找。有时候,我觉得我脸上真的刻有字,我就是一个卖"脸"的,村里人派我卖"脸"来了……当我四处求告,上下托人,终于把孕妇送进病房的时候,我才暗暗地松了一口气。我觉得,我终于给村里人办了一件事情。

可是,没过几天,又出事了。那天下午,我刚刚下课,六婶的儿子坤生又找到学校来了。他丫站在教室外边,脸苦得像倭瓜,眉头皱得像晒干了的生姜。我心里一沉,忙问:生了吗?他说:生了。

我说:是龙凤胎吗? 他说:是……我说:大喜呀。不料,就在教室的外边,他却慢慢地跪下了。他满脸都是泪,跪在我的面前。

我说:坤生哥,你这是干什么?

他神魂颠倒地说:……我看见阎王爷了。

我说:谁? ……怎么了?

他喃喃地说:阎王爷举着勾魂牌勾人来了。

我说:你起来,起来说。到底怎么了?

他说:兄弟,你是贵人,学问大,你给孩子起个名字吧。

我厉声说:起来!

他突然扑上来抱住我的双腿说:脑瘫。医生说是脑瘫……兄弟,你救救孩子吧。

"轰"的一声,我脑子一下子短路了。我不知道该怎么办了……

他紧紧地抱着我的腿,说:兄弟,妞(病)重,妞就不说了。这男孩(病)轻,你得帮我保住,我求你了。

我哄着他,把他从地上拉起来。可我同样是六神无主。我只是说:你别急。想想办法,咱想想办法……我突然发现,这是个无底洞。他是想把我拽到无底洞里去。我吓坏了,立时就有了想逃跑的念头。

此时,坤生哥已经迷了。他像个疯子似的紧紧地拽住我,哀求说:丢,兄弟,我求告无门,只有来找你了。你嫂子剖了腹,还在病床上躺着,俩小的都在保温箱里……一夜抢救花了五千七,我就带了三千块钱,就这还是凑的。人家说,得再交两万,再不交钱就停药了! 兄弟,妞我不要了。妞不说了,那男孩还有救,你救救他吧……说着,他又要下跪。

我拽住他,不让他往下出溜,再一次问:脑瘫?

他机械地说:脑瘫。

我继续哄他,我说:你别跪我。走,我领你去个地方……这是个无底洞。我不能再向人借钱了,我也借不来钱了。我对自己说,我不要脸了。我的脸已薄成一张纸,这人情我再也不能欠了。我领着他走上大街,在茫茫人海里漫无目的地走着。天黑了,到处是灯,彩色的灯,霓虹灯一处一处闪烁,晃得人心慌。我望了望天空,如果天上能下钱就好了。可天上下不来钱……他紧跟着我,一步不落地往前走。我却只想把他甩掉。我一边走一边想着甩掉他的办法。坦白地说,那时候,我随时都会抽身走掉。

走着走着,我终于想起了一个办法,甩掉他的办法。我把他领到了一家报社的门前,伸手一指,说:坤生哥,不是我不帮你,你兄弟一月才七十九块钱,村里一天到晚有人找,我已欠下了一屁股债,打死我我也拿不出那么多钱来。我说:我给你想个办法。

他神色迷离,两眼发直,说:……你是说抢银行?

抢银行?我脑海里飘过了一丝念头,这念头把我吓住了。我也看见银行了,我看见了银行的大字招牌:中国人民银行……是啊,人到了走投无路的时候,就往歪处想了。

我说:你找死啊。谁让你抢银行了?你看见对面了吗?那是报社。你也别跪我了,跪我没用。我给你写几个字,你到报社门口,往地上一跪,把这张纸举起来,只要里边有人走出来,你就跟人说,边哭边说……这事,只要报纸登出来,说不定就有人管了。

他很无助地望着我,说:兄弟,你呢?

我说:我现在就去给你借钱,能借多少是多少。记住,他们不答应你,千万别站起来……说完,我拔腿就走。

我真是个流氓啊。我就这么把他撂在了大街上……我狠下心来,像逃跑一样大步往前走。我对自己说:别回头,千万别回头。一回头心就软了。等我走了一段路,拐过一个街口,侧过身,悄悄地回望着报社门口,只见他果然跪在了报社的台阶上,手里举着我写的那张纸……他很无助,不时地四下望着,他在找我呢。我眼里的泪一下子就下来了。

坦白地说,我没打算给他借钱。我已经很"孙子"了,借钱的人都是孙子。我堂堂一个大学教师,见人就借钱,这算怎么回事?我很无耻。我知道自己很无耻。童年里我吃过六婶的奶,吃过六婶擀的芝麻叶面条,我还吃过印叔的烤红薯,在大雪漫天的时候,印叔在麦秸窝里找到我,把我背回家去,给了我一块烤红薯。我上大学时,六婶塞我手里六毛五分钱……这些我都记着呢。俗话说,滴水之恩,当涌泉相报,我拿什么报呢?

我一时悲凉,一时气愤,心里五味杂陈,百感交集,只想一头撞到墙上去。我怎么活得这么窝囊?这么憋屈?说起来我是个大学教师,走出来也人五人六,体体面面的。可我算是什么东西?!我怎么就割不断这层关系?怎么就扒不掉"农民"这层皮呢?我心里说,我都快要给逼死了。我再也不能这样下去了。

上午,我刚刚跟系里的主任吵了一架。老魏是个好人。一直对我很赏识、很照顾。就连我的职称,我的讲师资格,都是人家老魏给争取的。评讲师需要在国家级核心期刊发表三篇论文,可那时候我只发表了两篇,有两篇还在"路上"呢……是人家老魏在评委会上力排众议,给我争取来了一个指标。可老魏也开始对我有意见了。老魏一激动喜欢叩桌子角,他的指头弯起来在办公桌上连连敲击着说:志鹏,做学问应该心无旁骛!不鸣则已,一鸣惊人;

不飞则已，一飞冲天！你说说，你都干了些什么？我说：我怎么了？老魏指着我的鼻子说：你，堕落。你，怎么能这个样子呢？一个做学问的人，不老老实实做学问，整天勾勾连连，到处拉关系？还到处伸手问人家借钱?！一个知识分子，应该视金钱如粪土！你看看你？成什么样子了？一身的农民习气！……说实话，那一刻我很不冷静，我就像是给人揭了秃疮上的疤，我就像是让人踩住了老鼠尾巴，“农民习气”这四个字太扎心，是我最不爱听的。我一下子暴跳如雷！我把手里的书往桌上一摔，说：我他妈就是“农民”。谁不是“农民”？查一查，查三代，谁敢说他不是“农民”?！老魏气得嘴角上冒白沫，他没想到我居然出言不逊，敢顶撞他?！老魏的语调突然低下来了，他无比失望地说：好，下不为例，我再也不说你了。你走吧。我当时一怔，赶忙挽回。我说：魏主任，对不起，我不是有意的……他摆摆手：不说了，不要再说了。

现在想想，人家老魏说得对呀。我是个做学问的人，我好不容易、连骨碌带爬地逃出来了。我何必呢？……我要割断与无梁村的一切联系。我必须割断这种扯不断理还乱的“狗狗秧”关系。不然的话，我一天也不得安生！

我一路走，一路安慰自己：不是你不想救，是你救不了他们。他们没文化，不知道脑瘫是一个什么概念。我查过资料，脑瘫就是新生儿先天性缺氧缺血性脑病、脑损伤并发的综合征，而且就目前的医疗状况来说，全世界尚无特殊治疗方法……那就是个无底洞！我不能把自己填到无底洞里去。我卖脸卖够了，我再也不想求人了。

我对自己说：跑了吧。

这天夜里，我像做贼一样，又偷偷地去了一趟儿童医院。我心虚,我要看看“包袱”甩掉了没有。儿童医院门前熙熙攘攘的,到处都是抱孩子的妇女。那些孩子的哭声乱麻麻的,就像是油锅里煎出来的号角;那些妇女的眼光更可怕,一个个都像刀片一样……我尽量躲着她们,侧着身子走,我连正面对人的勇气都没有了。

我悄悄地来到后院的住院部,顺着一排病房的后墙朝着婴儿室看。看了婴儿室又去看特护室,我不知道哪个保温箱里的婴儿是六婶家的“龙凤胎”,他们不是下凡的“金童玉女”,是阎王爷派来的“小鬼小判”,他们是讨债来了。我不敢走得太近,我怕被人认出来。这时候,要是谁叫我一声“丢儿”,那会把我魂儿吓掉!

我趴在窗玻璃上往里看,灯光下,电流嗡嗡地响着,我看见患病的婴儿在一个个保温箱里躺着……孩儿,你那么小,你受罪了。孩子,这可不怨我。谁让你不托生在富贵人家呢?你要是希腊船王的女儿就好了,生下来就是亿万富翁的继承人,有整整一个顾问班子为你效劳;你要是英国皇家贵胄也行,生在白金汉宫里,有皇家御医为你操心……可你生错了地方,谁让你生在了平民百姓家呢。孩子呀,你要是有怨气,就去找阎王爷告状吧。千万别怪到我头上,我担不起呀……我心里很酸。我不是狼,我还没有变成狼呢。我只有当狐狸了,逃跑的狐狸。也许明天或者后天,老姑父就带着无梁村的人来了,他们会把我“吃”了。他们一个个会点着我的鼻子说,忘恩负义的东西!

我冤哪,我冤死了。现如今我已欠了一屁股的债,我甚至不敢到学校食堂里去吃饭,我怕人看出我的寒酸。我总是趁没人时才去打饭,我只吃五分钱的咸菜……我还知道那个名叫梅村的女学生已开始对我有点意思了。我看出来了。可我已顾不了那么多了。鲜花是人家的,美女是人家的,你是一堆臭狗屎,就不要瞎想了。

唉，我本想着，再熬上几年，评上教授职称，说不定就当上“博导”了。可我连自己的事情都解决不了，还怎么给人“解惑”？

我就是“惑”。

那晚，我在大街上整整走了一夜。

我在考虑，是不是把这个好不容易挣来的“铁饭碗”给砸了？

这几年，我已先后发表了九篇论文。我的新作就要出版了，我快要评上副教授了，还有女学生梅村的目光，媚媚的、水水的、含情脉脉的……这一切我都不想舍去。

鲜艳欲滴呀。就那声音，滴溜溜的，火焰焰的，实在是挡不住的诱惑呀。我曾告诫自己：忍住。啥贵不吃啥。可我还是忍不住偷一眼偷一眼地去看她。我说过，我不再“跑步”了。我咬着牙，苦读苦熬，这是我给自己定下的铁律。可是，从此，那梅村倒找上门来了，不时地找我提些“问题”……有几次，我在食堂里碰上她，她说：吴老师，你怎么这么晚呢？都没饭了。我说：噢噢，有点事，耽误了。我忍着，不看她，故意不看她。再后，在通往饭厅的路上，我又碰上了她几次……我发现，她是有意的。她的衣服经常换，每次都出人意料地出现在我面前。事情就是这样，你不招惹她，她招惹你。这就是反作用力效应。有时候，距离拉得越大，向心力就越大。我有什么办法？

女学生梅村告诉我说，要常喝酸奶，酸奶养胃。我应着。我说，噢。女学生梅村说，早上最好吃一个鸡蛋。晚上最好喝一杯牛奶，吃一个苹果。我说，噢噢。可钱呢？钱。她还说，你听音乐吗？日本喜多郎的，浩瀚，广袤，苍凉。你一定要听。她知道什么是苍凉？城里人，干部家庭，家里四个老人供着，还说苍凉？她不知道，我背着一座山。我不会告诉她，我也不敢告诉她，我到底是谁。我还是想看她，远远地……农家孩子，活人要紧哪。

在她面前，我还要伪装下去吗？

在这里，我还要伪装多少年？

大街上的行人越来越少了，车声渐稀，天空中残缺着半个带豁口的月亮，惨白。我望着一座一座楼房，我望着那一格一格的灯光，我到现在还没混上属于自己的“灯”呢。我还需要熬很多年，才能在其中一所楼房的“格子”里找到属于自己的那盏灯。纵是这样，我也愿意熬下去。我本来就是个苦出身，我不怕吃苦。再说，这比我以前好得太多了……可那些电话搅乱了我的专家梦，我实在是待不下去了。

我一脑门子都是电话铃声。我被狗日的电话困住了，一根线就把我给拴死了。电话实在是太可怕了，我都得了电话恐惧症了。兔子说，丢，大事你办不了，小事总可以吧？你给我买几瓶农药，我地里生虫了。五方说，丢，你给我递个状子吧。也就是串个门，递给省政府，最好给省长说说我的事，老冤……铁蛋说，丢，你给我弄个文凭，假的也行，出门让我也唬唬鳖儿们。国灿说，兄弟，给你哥办个证，就是那种营业执照，肏，我卖个凉粉，动不动就罚我。连成哥说，丢，你在省里，人头熟，给银行说说，也给咱贷点款……保贵说：丢丢丢，我靠，给弄两吨化肥！到时候咱五五分成，我给你回扣……狗日的电话！

我脑海里突然冒出了“走”的念头，这念头如此强烈。我心里说，我得走，我得离开这里。不然的话……

我难受啊！我心里还是很难受。我把坤生哥撇在了报社门口,他还在那儿跪着呢,不知要跪到什么时候。我实在是无法面对他们……钱,在这里,成了一种声音。成了尊严的象征。钱已经把我逼到了死角里,无路可走。钱爷爷,钱奶奶,钱祖宗,我的乡亲在那儿跪着,你叫我怎么做人?!

我像游魂一样在大街上转着,从大学路,到大石桥、九孔桥、栈桥、湖北路、南京路、花园路……我对自己说,辞职吧。你没有办法,你见死不救,你也救不了谁。既然如此,你实在没脸再在这个城市里待下去了。

其实我心里熬煎着呢,我仍然担着一份心。一直到黎明时分,卖早点的小摊一个个都摆出来了,我到卖胡辣汤并代卖晨报的小摊前买了一份报纸。翻开报纸,我一眼就看见了坤生哥,坤生哥的照片上了二版的"头题"! 坤生哥跪在那里,手里举着一张纸……二版上有一行烫眼的黑体字:救救孩子!

我心里暗暗松了一口气。我对自己说,孩子有救了……你可以走了。

我之所以敢辞职,敢把饭碗给砸了,也是有原因的。

在省城的这些年,我一直与一个绰号叫"骆驼"的昔日同窗保持着书信往来……他一直在诱惑我。可以说,是他的一句话打动了我。他说:一个伟大的时代就要来到了。他还卖弄一句英文:new money(新钱)。我们将成为这个时代的——new money!

可临走之前,我还想见梅村一面。

我对自己说,做个了断吧。

其实,那只是个借口,我还藏着一份私心。我希望她能等我,等我五年。五年后,我回来娶她。古人说得好,"花开堪折直须折,莫等无花空折枝”。樱桃熟了,假若五年后再摘,那还是“樱桃”吗?只怕早变成“核桃”了?我也知道,这么美丽的一个女子,她身后怕是站着一个连的追求者……可这是我此生第一次恋爱。我不抱希望,我只是这样想。妄想。

虽然不抱什么希望,可我还是想见她一面。你看,我痴心不改呀。

就要走了,我一下子变得勇敢起来。在我递了辞职报告之后,第二天夜里,我把她约到了学院的操场上。操场很大,月光下,人是墨的,一影儿一影儿的淡墨,是夜色遮蔽了我身上的“穷气”。我一无所有,可我已经有了武器。

我说:我要走了。跟你告个别。

她很惊讶,说:走?去哪儿?

我说:我辞职了。离开学院……

她说:你疯了?不会吧?

我说:就快要疯了。可惜,没疯。

她笑了,说:不发烧吧?

我说:三十七度。正常。

我说:你还不知道吧,我是个孤儿。

往下,我坦白地告诉她,我的出身、我的童年、我的成长过程……这就是我的“武器”,我早已准备好的“武器”(记住,当你一无所有的时候,你还有一件东西可以使用,那就是“诚实”)。看着对方的眼睛……有时候,“诚实”也可以当作武器。

夜色里,美人还是美人。梅村在朦胧的夜色里就像是仙人,恍恍惚惚地呈现着飘逸的、凹凸有致的身体曲线,有一种虚拟化了的淡雅之美。她的呼吸让人麻醉,就像是虚拟的仙间幻景。她的脚步声一格一格的，节律分明，就像是告别的挽歌，让人心碎。我深吸一口气，我知道我没有希望。可我还想做最后一次努力。我想好了，即使我得不到人，我至少还能保存这么一份美好的记忆。

月光下，我们两人在操场上漫步。我很平静地讲述着“自己”，就像是诉说一个外人的故事。她静静地听着，有时候，她会突然回过身来，侧着身子，一边退着走，一边惊奇地望着我，好像在说，这就是你呀？真的是你吗？有时候，她会意地笑了。笑得很含蓄，很动情，眼里流露出母性的光芒。

我告诉你吧，据我的观察，对那些家境好、出身好的女孩子来说，“诚实”一旦成为武器，是最能打动人的。

她说：童年里，你的作业本都是烟纸盒做的？

我说：是。

她说：大雪漫天，你独自一人睡在草窝里？

我说：是。

她说：三天里，你就吃一块烤红薯？

我说：是。

她说：抱着一块窑里的热砖？

我说：是。

她说：你对那块热砖说：妈，暖暖我？

我说：是。

夜色里，我看见她眼里有了泪光……

我说：我坦白地告诉你，我是个穷人……我穷得就剩下思想了。

她说：你要我等你。等你三年？

我说：是。（我没敢说五年，五年时间太长了。我怕她等不及。

也许，到了一定的时候，我再告诉她，再等我两年吧。那时候，她如果真能等我三年，就不会在乎再等两年。你说是吧？）

她说：你说，三年后回来迎娶我？抱着九十九朵阿比西尼亚玫瑰。什么是阿比西尼亚玫瑰？

我说：世上最好的玫瑰。

说实话，那时候，我并不知道什么是阿比西尼亚玫瑰。我是从一本外国小说上看到的。阿比西尼亚玫瑰表达的是一个态度：我爱她。这也是我想象力的极限。三年，或者五年后，我不知道我还会不会回来？有没有这个能力？假如我回来，假如她等我……我手里一定会有九十九朵玫瑰！

当时，她并没有答应我。她说：你让我想想。我得想一想。

月光下，我望着她。我的眼舍不得离开她。四目相对，我就快要傻了，一个绝望的傻子。我说：好。再见。说完，我扭头就走。我对自己说，走。赶快走。该说的你都说了。再不走，你就失控了。到目前为止，你还正常。一旦失控，往下就不可收拾了……

现在，我也坦白地告诉你，那天晚上我所说的“真实”，只是局部的。我虽然是苦出身，也不是没人管的。我的“诚实”里有诈。

这天夜里，回去后，我躺在床上，却没有一点睡意。房间里空空的。原是三个人住的，现在一个搬走了，一个回家了，寝室里就剩下我一个人了。明天天一亮，我也要走了。我心乱如麻，我想着梅村，我想着村里人，我想着坤生哥，我想着躺在医院保温箱里的孩子，我还想着我的未来，这一切都不可知。就要离开这座城市了，我说过我要切断一切联系，包括……梅村。可是，下半夜的时候，我突然听到了敲门声，声音虽然很轻，一豆一豆的，但急切。

当我拉开门的时候，月光下，一股带着香气、带着肉味的甜丝丝的气息扑进了我的怀里。这是梅村。梅村一下子扑到了我的怀里,气喘吁吁地说:我睡不着。我想……暖你。让我暖暖你……我脑海里“轰”的一声,炸了!

往下,我就没法跟你说了。我崩溃了。我一泻千里……我又一次失败了。是惨败。我的痛苦是无法言说的。我哭了,满脸都是泪水,我委屈,我尴尬,我捧着光艳艳的肉体却……她小声地安慰我:你怎么了?吴老师,你别哭,这不怪你。是我不好……我无话可说。我不知道该怎么说。没人对我这样,我长这么大,从没人对我说过这样的话:让我暖暖你。这话足可以让我记一辈子!

那晚,我和梅村光光地躺在床上,我们赤诚相见,却……这是我的耻辱。也许,是那对“龙凤胎”害了我。那一对“龙凤胎”各自躺在医院的保温箱里,睁着一双眼睛默默地看着我,他们在嘲笑我。

我说:你……真好。

梅村说:实话告诉你,我不是处女。

梅村说:我的童年,也不幸福……

梅村说:我七岁时跟着母亲嫁到了继父家里,我继父很坏……

梅村是善良的。正是我的诚实,还有我的失败……也许是为了安慰我,梅村也坦白地讲述了她的身世。她的声音像玉米粒一样,一粒一粒地、断断续续地响在我的耳畔。可那时候,我整个人就像条死鱼。我被痛苦撕咬着,悔恨交加,脑海里嗡嗡响,根本无心听她说些什么。我只是一遍遍地恨自己的无能!我已经绝望了。

黎明时分,门响了一声,梅村走了。梅村没有责怪我。她只是悄无声息地穿好衣服,走了。

我们没有说再见。梅村,让我心痛的、我唯一爱过的女人,就这么默默地分手了。

我说过要送她玫瑰的。

——近乎谎言的阿比西尼亚玫瑰。

一直到很多年后，我才知道，在荷兰的阿姆斯特丹，有一个世界上最著名的花卉市场。全球百分之九十九的玫瑰都来自这里；全世界所有最名贵的花卉也都在这里交易、定价。这里拥有花卉的最终定价权，而后由飞机空运到世界各地。另外，当我有了钱，当我买得起玫瑰的时候，我才知道，阿比西尼亚玫瑰并不算是世界上最好的玫瑰，它只是花期长，朵大，是玫瑰的一个品种。

是啊，当我有钱的时候，当我可以买得起任何品种的玫瑰的时候，我已经没有了爱情。我有钱买花了，可我已没有了可以送花的人。

等我后来再见到梅村的时候，她已是离了两次婚的女人，正打着第三次离婚官司，憔悴得不成样子了。见到她时，在一个大风天里，她包着头巾走在大街上，手里牵着一个孩子……一直到现在为止，我仍然认为梅村是善良的。在此意义上说，善良并不等于幸福。善良的人容易轻信，也是最容易受到蛊惑的。这是后话。

对于花卉，我了解得并不多。应该说，就我见到的、最让人惊心动魄的，还是那盆“汗血石榴”。

第 二 章

该给你说一说过去的事了。

老夫今年五十四岁，命书上说，五十四岁是一道坎。所以，该把我知道的一些事情告诉你了。现在外边乌云密布，正在下雨，趁天上的炸雷还没打下来，我对天起誓：我这里所说的每句话都是真实的。

血脉的联系是必须要说的。不管走多远，我都得承认，我是颍平人。

哪怕你一天也没回去过，你的祖籍仍然是平原省颍平县吴梁村（官称）。它也叫做无梁村（民间），那是更久远些的事了。

在纸上，虽然吴家祖籍颍平，可从根上说，吴家又不能算是地道的平原人。据说，吴家是从明代才从山西洪洞县迁徙过来的，但纸上的记忆是靠不住的。我要说的是，吴家人是有标志的：凡吴家人，脊梁骨的第三个关节比一般人粗大。摸一摸就知道了，那骨节像个大核桃。据说，那是祖先在一次次抗暴中被打断后接起来的。

假如有一天，你去无梁，有两条路可以选择，一条是303国道，另一条是505省道。303国道从北往南，是全封闭高速公路，横穿三个县份，在颍平城外下路，过七个村就到了；若是走省道，是西北东南向，穿过两个县份，天爷庙下路，过四个村就到了。

我还要告诉你，这里常刮的风是西北风。西北风冬哨秋尘，且钻旋凌厉。所以这里生长的树没有特别直的,一般都是偏东南的朝向。如果你看见路边的树朝着东南歪一点,就像是在给人点头。那么,你就离家乡不远了。

无梁是一个有三千口人的大村子。

从历史上说,无梁曾是个编席窝子。靠着村西那片一望无际的苇荡,这里家家户户编席为生。据说,他们编的席一九五八年曾获得过巴拿马世界博览会金奖,但我从未见过奖杯。过去,这里的男人普遍比女人低,那是背湿苇捆背出来的;这里的女人普遍比男人高,那是她们站在碾篾子的石磙上一脚一脚练出来的。

我承认,我曾经摸过无梁大多数女人的屁股。那时候,一大早,无梁的女人们照例会让男人背出一捆一捆头天晚上破好的篾子来,由她们站在石磙上把编席用的篾子碾平,然后再去编。在村街上,女人们一个个站在圆圆的石磙上,头高高地昂着,靠着脚尖的力量,屁股的灵活,乳房的颤动,驱动着石磙在她们的脚尖下忽东忽西、来来回回地滚动。她们一个个脚法矫健,身子灵巧,就像是技艺高超的芭蕾舞演员。这在无梁曾经是一道风景。

在我的记忆里,无梁女人个个高大无比,屁股肥厚圆润,活色生香。我得说,我那时候已晓些事了,手刚刚可以够着女人的屁股。站在石磙上碾篾子的女人,屁股都是紧绷着的,就像是一匹匹行进中的战马,一张张弹棉花的张弓,捏一下软中带硬、极富弹性,回弹时竟有丝竹之声。那时候,在初升太阳的阳光下,我会沿着村街一路捏下去,捏得女人哇哇乱叫,这叫"吃凉粉儿"。

我也承认,我还曾经摸过无梁大多数女人的乳房。在这个世界上,毫不夸张地说,我是见识乳房最多的男人。国胜家女人乳房上有一黑痣；紫成家女人乳房像是歪把茄子；保祥家女人的乳房奶头极大，就像是一对紫红色的桑葚；三画家女人乳房像个大葫芦瓢；海林家女人的乳房下拖着，就像是长过了的老瓠瓜；印家女人的乳头润着一片麻点点，像是撒满了黑芝麻的水豆腐；水桥家女人的乳房极小，就像是倒扣着的两只小木碗；麦勤家女人的乳房汗忒多，有一股羊膻味；大原嫂子的乳房细白，有豌豆糕的气味；宽家女人奶子又大又肥，饱盈盈的，像是个快要胀破了的气球……说这些，我不是要故意引诱你。我只是说，女人跟女人是不一样的。

好了，现在我告诉你，我童年的吃食。现在人们都讲绿色食品，我可以告诉你，我当年吃的全都是绿色食品。我吃过火烧的蚂蚱，半生不熟的嫩玉米，春天的槐花、榆钱儿、桐花，秋天的高粱秆，掺有棉籽的窝窝头，一股酒糟味（窖坏了）的红薯，一碗一碗的水煮红萝卜，九蒸九晒用盐腌出来的蓖麻叶，还有从“搬仓”（老鼠）洞里掏出来的豌豆粒……可以说，天下的美食我都吃遍了。

最让人不能忘怀的是三大美味。第一大美味是榆钱妈做的柿糠沙，也叫“炒星星”。那是晒了一冬的柿子皮加豌豆面、薯干面再加辣椒面等用水和成面团，经发酵后拍成一个个圆面饼在阳光下曝晒，再经手工小拐石磨磨成粉状，最后在烧红的热锅里至少浇半碗猪油爆炒，这就炒成了晶亮亮的、看上去一粒一粒的油沙。吃的时候先甜你一下、再辣你一下，你得一点一点吃，辣得你长伸着脖子，满口生火，一腔红甜。第二大美味是井拔凉水蒜泥薄荷叶拌饸饹面。这道面食以秋海家做的最好吃，他家有从县机械厂弄来的轧面的钢筒，下边的底是钻了孔的，上边有大杠子穿在钢筒罩上，由两个人推着轧出来的，这叫钢丝面，十分筋道。夏日里坐在树下端上一碗，美呀。第三大美味是泥蛋子红薯麻雀，也叫“双味麻雀”。就是把生红薯掏一孔，麻雀在盐水里泡一泡，而后塞进红薯里用泥糊了，放在烟炕房里的火道去烤，等泥蛋烤裂的时候就可以吃了，先苦后甜再咸……不说了，我已经流口水了。

我得说，正是这些绿色食品丰富了我的胃，使我能在无梁村茁壮成长。以至于后来，我一看到辣椒就浑身燥热，满口生火。辣椒是无梁村最常用的一种作料，是高挂在盐之上的一种生活必需品，正是这种作料诗意地毒化了我的童年。

话说到这里，估计你已经猜出来了。是的，我是吃百家饭长大的。

当年，也就是五十四年前，我母亲把我生在一堆草木灰上，而后就撒手人寰了。在我生下来的第三天，我的父亲，远在三百里外的大唐沟煤矿工人吴大顺，因突发的瓦斯爆炸事故埋在了矿井下。那时候，领袖说过，死人的事是经常发生的。死了也就死了，只给我留下了三百元的丧葬费。不像现在，死一个人明码标价要二十万……

于是，我生下来的第三天，就成了孤儿了。

现在，我要给你说一说老姑父了。

我告诉你，我之所以敢捏女人的屁股，那是老姑父批准的。

老姑父曾经有过辉煌的前景。早年，他是驻扎在颍平炮兵部队的一名上尉军官。炮兵上尉蔡国寅与如今当红的歌星蔡国庆虽仅差一字，命运却迥然不同。

据说，当年炮兵上尉蔡国寅的爱情故事曾经轰动了整个颍平城。当蔡国寅脚踏马靴、腰里挎着小手枪，穿着崭新的军官服，咯噔咯噔地走进了县完中大门时，他的命运就此发生了翻天覆地的变化。

那时候，炮兵上尉蔡国寅恋爱了，他看中了一个女学生。他先是一间间教室去找，他的头趴在县完中那烂了窗纸的一个个窗户上朝里边窥探。为看得更清楚一点，他伸着脖子先后换了许多个位置，最后把目标定位在一个长辫子姑娘身上。每当有老师从教室里走出来，他就挺直胸脯、双腿并拢，做一“立正”的姿势。那年月人们对军人还是十分尊敬的，没人把他当流氓看待。后来他被请进了校长室。

蔡国寅作为当地驻军，四野榴炮团的一名上尉连长，曾经到县中搞过两次军训，作过一次报告。所以，老校长对上尉十分客气，说：蔡连长，你是英雄。大热天，怎么能让你站在外边呢？

炮兵上尉却说：那胸脯挺的。

老校长说：那天你来作报告时，掌声雷动，学生们很受教育。要是有时间，你再给讲一次吧？

炮兵上尉咂了咂嘴重复说：那胸脯挺的。

老校长推了一下眼镜，说：天太热了，我让人去抱个瓜吧。今年的西瓜不错。

炮兵上尉仍然说：那胸脯挺的。

炮兵上尉说的是半月前他来给学生作报告时，主动跑上台给他献花的那个女学生。这女学生给他留下了极为深刻的印象……当老校长终于明白他的意思后，很有些为难。

其实，那天他在学校大礼堂作报告时，并不是女学生“主动”献花，而是校方出于礼貌，着意安排的。献花的女学生也是让班主任老师专门挑出来的。那天，大礼堂里掌声雷动，女学生不免有些激动，她红着脸跑上台去，先是敬了一个礼，而后把花献给了“最可爱的人”……现在，“最可爱的人”追到学校里来了。

老校长的肿泡眼从镜片下望着炮兵上尉，下意识地理了一下头发，咽了口唾沫，目光却有些躲闪，说：要说也是哈，这届学生年龄也都不小了……不过，我得先探探学生的口风。几班的？

炮兵上尉说：长辫子。

老校长说：哦。辫子很长？

炮兵上尉说：梢儿打屁股蛋。

老校长说：哦哦。哪一班的？

炮兵上尉立刻说：三班。三班九排第五个。

老校长翻开花名册看了一会儿，说：哦，我知道了，她叫吴玉花。他又看了看这个小个子炮兵上尉，而后斟酌着词句说：这样吧，我先做做工作，看情况再……是吧？

炮兵上尉说：好，你做吧。我去操场上等着。说完，不等老校长回话，就扭过身去，一个正步出了校长室，大步来到了操场上，就站在篮球架的下边。

老校长不过是一个托词，听上尉这么说，他竟大张着嘴僵在那里了。

当天下午，当下课的钟声响了的时候，学生们一下子全都拥出来了，而后又像潮水一样涌到了操场上。尤其是那些女学生，一个个叽叽喳喳，添油加醋，把一个道听途说的口信儿经过嗑了葵花子的嘴唇传遍了全校的每一个角落：一个小个子军官看上了他们的校花！

三班的吴玉花，也只是个子高些、胸脯挺些、屁股圆些，有两条可以甩起来的长辫子，到底算不算校花另当别论。可此时此刻几百名学生一起围在了操场上，像看猴一样地把炮兵上尉围在了中央……

炮兵上尉蔡国寅已在操场上站了一个多小时了。此时,他正在篮球架下来来回回地踱步,等待着老校长的答复。大约是为了平衡内心的紧张,他又走到单杠下,纵身一跃,双手吊在了单杠上……可当他做了一个前空翻,转过身来,却发现他已处在几百人的包围之中,成了学生们观赏的对象了。

那是一个半圆弧形的、像散兵线一样的目光的海洋。女学生们指指点点、捂着嘴哧哧地窃笑;男学生们的目光极为复杂,就像是一匹狼突然闯进了羊圈里……上尉的脸立时就红了,他也没想到事情会闹到这一步。可他毕竟是打过仗的,也没显得太过慌乱,只是嘴里嘟哝了一句什么,一个箭步从单杠下跳了下来。片刻之后,上尉连长蔡国寅两腿并拢,上身收紧,先是给学生们郑重地敬了一个军礼,而后炸开喉咙,狮吼一般地喊出了两个字:

——立正!

学生们一下子蒙了,他们下意识地随着口令站直身子两脚并拢……而后,没等他们醒过神来,上尉连长蔡国寅紧接着又炸声发出了第二道口令:向后转——齐步——走!

那狮子般的吼声是不容置疑的。于是,学生们垂头丧气地退去了……操场上又剩下蔡国寅一个人了。

可是,学生们并没有就此罢休。他们退回去之后,兴奋点还没有落下来,接着又去追逐另一个目标去了。

女学生吴玉花本来也是懵懵懂懂地跟着同学们往操场上跑……可跑到一半她就折回来了,她被一个女教师喊住了。在校长室里,当她明白了事情全部经过,一下子羞得无地自容,双手捂着脸躲进寝室,再也不出来了。

最初,吴玉花也许对上尉军官蔡国寅是有那么一点点意思的。那是藏在心里的。她给蔡国寅献过花,当然是见过他的。作为当地的驻军代表,蔡国寅曾经给县完中的学生上过两次军训课;还在大礼堂里作过一次报告。那时候,青年女学生的梦中情人大多首选军人,那是一个时代的风尚。当蔡国寅在台上作报告时,学校选吴玉花上台献花,她的确很激动。

那时候,她还是第一次登台献花,心里怦怦直跳,一脸潮红,根本没有看清蔡国寅的脸,只是有一点模模糊糊的印象,对长筒马靴的印象。献完花之后,她行了个礼,就羞红着脸跑下去了……仅此而已,没有任何直接的接触。客观地说,当时,一个情窦初开的姑娘,对军人,对英雄的爱慕之心是有的。那是深藏在心底里的一点朦朦胧胧的情愫,是精神上的一种迷恋,并没有多想。现在好了,这个军人追到学校里来了。

同学们全都围在了她的寝室旁,房前屋后,那层窗户纸后面全是眼睛,唾沫已把窗纸湿出了无数个窟窿,而后随着唾沫星子,各种各样不堪入耳的话从四面八方飘过来。人们议论最多的是蔡国寅的个头和他的龅牙,还要加上吴玉花的胸脯和屁股……仅仅是一个下午的时光,两个人就都有了绰号:一个是“小炮弹”,一个是“大洋马”。

吴玉花哭了。

吴玉花是个倔强的女子,特爱面子。虽然她对这个来学校作过报告的小个子军官有过片刻的爱慕,但那毕竟是一个人的隐私,是藏在心里的。现在好了,她一下子成了人们议论的对象了,成了全校人嘲讽的目标了。什么“小炮弹”“大洋马”之类的绰号以及各种各样不堪入耳的传言都传到了她的耳朵里。还有的说,两人曾经在学校隔墙的小树林里拉过手,早已经“那个”了……由于怕羞,那仅存的一点点爱慕之心早已被流言吹跑了。她觉得她在同学们面前已丢尽了脸面,再也无法在学校待下去了！当天深夜,一气之下,吴玉花就在两个女同学的掩护下,躲开众多的目光,连夜卷铺盖回家去了。

这是星期六下午发生的事,当天夜里这件荒唐事就传遍了整个颍平城。我们颍平人是富有想象力的,经过口口相传,当这件荒唐事从城东传回到城西的部队大院时,已演变成“一个军官跑到县中去偷看女学生洗澡”的故事了。

不巧的是,县完中一位新近从南方调来的女教师,刚好又是当地驻军榴炮团团政委的夫人。在这个星期六的晚上,夫人的枕头风自然而然地吹到了政委的耳朵里。再加上全城都在传播“一个军人偷看女学生洗澡”的故事……政委勃然大怒,为了挽回当地驻军的声誉,他当晚就来了个紧急集合……并即刻下令关了蔡国寅的禁闭。

这一年蔡国寅三十二岁,当过十六年兵,打过八年仗,毕竟是立过战功的。弄清原因后,团里也就关了他三天的禁闭,而后就把他放出来了。可到了第二个星期六的下午,他又站在了老校长的门前,问:那事儿,怎样了?

老校长说:喝水。你喝水。我已经给内人说了,让她给你介绍一个,是棉织厂的女工,个头、人品都不错。人也长得……

蔡国寅说:工作。说说工作。

老校长说:……内人的意思是,对方愿意见面。你看是不是抽时间见见?

蔡国寅说:你不是说要做工作吗？到底怎样,给个囫囵话。

老校长说:这个……喝点水。你喝点水。

蔡国寅说:说"工作"吧。

老校长苦笑了一下,说:蔡连长,算了吧。人已经走了,退学了。

蔡国寅一怔,说:退学了?

老校长说:退学了。

蔡国寅说:那就不归你管了?

老校长说:是。不归我管了。

蔡国寅说:好,很好。而后,他扭头就走,走了两步,又折回头来,说:你告诉我她的家庭住址。

上尉连长蔡国寅第一次进无梁是坐吉普车来的,手里提着十匣点心。

当那辆绿色的吉普车开进无梁时,整个无梁村的女人们伸长着脖子从石磙上跳下来,一个个唏嘘不已,奔走相告,嘴里一次次重复着两个字:大官,大官呀!

五十七年后的今天,我很怀疑,假如上尉连长蔡国寅当年知道吴玉花有如此复杂的乡村背景,假如他知道他将成为一株虬髯的老石榴,他还敢不敢来?

可那时候,蔡国寅像是中了邪了,一意孤行,谁的话也不听。他的吉普车就停在无梁村的场院里,又一次成了全村人围观的对象。

那天,无梁第一次有吉普车开进来,人们惊奇无比地看着这个绿颜色的"铁家伙":先是看那吉普车的辙印,那轮纹能在地上印出花儿来;而后看那吉普车的车灯,有人说比牛蛋还大;而后才看那穿着军装的人,她们几乎没怎么看人儿,看的是他帽子上的国徽,肩上的一个杠和三个"银豆",还有脚上的马靴,人们说那皮靴走起来咯噔咯噔响,带弹簧的;而后是手里提着的那十匣点心以及他那"您呢您"的东北口音普通话……这一切都让无梁的女人们兴奋不已。可她们并不知道他乘坐的那辆吉普车是从县武装部借来的,他的一位老战友在县武装部当部长;更不知道他脚上穿的马靴是他从东北南下时,一个喝醉了酒的老毛子送给他的。她们只知道这是个"大官",相亲来了。

于是有人飞快地跑去报信儿了。

于是众多的女人们簇拥着老蔡(他很快就要成为老蔡了)朝吴玉花家走去。

可是,当蔡国寅来到吴玉花家院门前的时候,却发现院门、屋门全都关上了。手里提着点心的蔡国寅又一次被晾在了门外。

无梁是普天下最不排外的一个村子。早年,外乡来一个糟头发换针的老头她们都要端茶递水围上半天,何况来了如此稀罕的人物?!无梁也历来不乏热心人。吴玉花家的黄泥墙并不高,女人们屁股一骑一磨就过去了。于是就有几十个女人先后骑过院墙去拍吴家的屋门。这些女人一个个把门搭子拍得啪啪响,昂声高喊着吴玉花的乳名:小花,开门吧,恁姑。开门,我,句儿奶奶。还有的喊着吴玉花她娘的小名:换,开门。你家搭戏台呢?架子不小。

吴玉花的娘自然不愿意得罪全村人。不一会儿,她慌慌地就把正屋的门开了。只是吴玉花仍然躲在耳房里不出来。此时此刻吴玉花心情极为复杂,事情闹到了这一步,她也不知如何才好。在碎嘴女人的嘈吵声里,对于这个穷追不舍的人,她的心理起了一种很微妙的变化。她一点一点地回忆着他作报告、上军训课时的情形，突然很想看看这个人到底长什么样？她站在糊了窗纸的格子窗前，用小手指蘸了一点唾沫，在窗纸上湿出了一个小小的圆洞……可她看到的却是川流不息的女人们的屁股。

无梁的女人们川流不息地拥进来。有传话的，有苦口婆心劝说的，有自以为懂普通话做翻译的。女人的屁股一次次从院墙上跨过，把双方的话递来递去……在传话的过程中，无梁的女人们按各自的理解把双方的意思都做了大量的艺术性加工，该删的删、该加的加，来言和去语都是在蜜汁里泡过之后才"翻译"过去的。那就像是用一把把钥匙试着开锁，这一把不行再换另一把……就这么试着试着，四个小时过去了。最后连吴玉花自己都说不清楚，到底是哪一把钥匙拨动了她的心。等女人们在吴玉花的默许下，正式打开院门待客时，已是掌灯的时候了。

天黑下来了，在门前站了四个小时的蔡国寅终于吃上了"鸡蛋茶"。那一碗放了红糖的茶水里打了六个荷包蛋，吃了这碗鸡蛋茶的代价是，他必须入赘做上门女婿。还有一些乱七八糟的风俗和讲究，蔡国寅也都一一答应了。

两人终于正式见面了。在昏暗的油灯下，吴玉花低着头，心里乱糟糟的，虽说也曾偷一眼偷一眼地看，可灯光只有一豆儿，太暗了。桌上的十匣点心挡住了她的视线，终还是没有看太清蔡国寅的脸，她看到的只是半边脸，那叫"刚毅"。她原来就知道他是一名参加过抗美援朝战斗的军人，现在仍然只知道他是一名军人。应该说，一个时期的风尚（对军人的爱慕）起了最关键的作用。当然还有一些别的意思，也都是稀里糊涂的。

按照口头协议，蔡国寅是作为上门女婿入赘到无梁村的。听人说，当年吴玉花的婚礼是十分风光的。那年月，她是无梁村第一个坐吉普车出嫁的姑娘。那辆吉普车从她家门前开出来,在众人的追逐下围着无梁村转了一个圈儿,而后又开回来了。就这么转了一个圈儿之后,上尉连长蔡国寅就此变成了无梁村的老姑父了。

那时候上尉连长蔡国寅月工资九十八元,算是高薪阶层。可这次婚礼,蔡国寅在无梁村一群热心“帮办”的策划下,一一都按当地的风俗办,几乎花光了所有的积蓄。除了置办嫁妆外,那一天吴家开的是流水席,肥猪用了三口,豆腐十盘,粉条一千七百余斤,花卷子馍十四笼,还有烟酒……无梁村男女老少一个个吃得满嘴流油!

那天夜里,月亮成了无梁村最亮的一盏灯,几乎全村人都到老姑父的屋后“听房”来了。在皎洁的月光下,他们等待着一个用普通话说出来的一个“日”字,可他们一直等到露水下来的时候,却什么也没有听到。

最后,他们终于听到声音了,是哭声,吴玉花响亮的哭声。

我知道我们终有一天要回归土地。

可我从来没有认真看过自己的脸。是的,我照过镜子,可我看的是相貌,不是脸。一个人的脸应该包括他的全部生命特征。那时候我还看不清自己。不知自己从何处来,要往何处去?我也从来没有想过我们皮肤的颜色为什么是黄的,它是怎么染成的?现在我终于明白了,我们的颜色来自于土地,我们与平原一个色调。

是的,在时间中,我曾不断地修饰我的记忆。我篡改了很多东西,包括我的童年……

记得,当我睁开眼,第一眼看见老姑父的时候,你知道我是什么感觉吗?

在我童年的记忆里,他与无梁的任何一件物事都浑然一体:谷垛、麻雀、树木、房舍,以及场里的石磙,瓦屋的兽头,颜色是一样一样的。他就像是土生土长、垒在村边的一堵黄泥墙,或是植在路边上被风雨蚀过的乏灰色的老树桩子。他的脸就是一张无梁村的地形图,沟沟壑壑一览无余。那眼泡就像是干瘪了的、浊黄色的、用席篾子划开又撒了一点黑豆的石榴皮。他身上的黑棉袄烂着套子,腰里勒着一根草绳,上半身像是一捆柴火;下半身又很像是一个大着裤裆、裹了裹脚的老太太。是的,他腿上还七缠八绕地用烂布打了一截不太正规的绑腿,那大约是他当过军人的唯一显示了。

说实话,是碎嘴的女人丰富了我童年的记忆。后来,我才知道,老姑父当年那段曾经轰动颖平城的爱情故事早已烟化了。当年的上尉连长蔡国寅自从脱了军装后,已经是无梁村一个地地道道的农民了。特别让人惋惜的是,当年的4873部队,就是曾经驻扎在颍平的榴炮团,也就是老姑父曾经担任过连长的北大院,二十五年后出过一个中将和两个少将,他们都曾是老姑父带过的兵。可老姑父本人却在跟团政委吵了一架后,为了一个女人,莫名其妙地复员了。

甜蜜是很短暂的。据说,两人结婚后仅串过一次亲戚,去吴玉花她舅家赶会。过完蜜月后,两人掂着几匣点心去她舅家赶会,路上还说着话,亲亲热热的。可一到会上,就招来了不少的笑声。两人一个高高挑挑的;一个短粗,炮弹一样,这一高一低,一胖一瘦,显得十分滑稽……吴玉花的老舅望着一身农民装扮的外甥女婿,说:花,咋?不是个官吗?(肩上)咋没"豆儿"了?此后,吴玉花再不跟他一块出门了。也许,吴玉花心里的委屈是说不出来的。——当年,她本意是要嫁一个军官的,却阴差阳错地嫁给了一个农民。

结婚没有多久,吴玉花就开始跟老姑父吵架、打架。他们两人几乎是打了一辈子架。老姑父家的水缸被换过无数次了,那是两人打架时用头顶烂的。据说,在一次次的争吵中,吴玉花曾不止一次地问他:你到底看中我什么了?每次老姑父都以沉默相对,不做任何回答。也许,他的沉默就是一种回答。

如果拿现在的眼光来看,当年上尉连长蔡国寅的审美水平应是一流的。那时身高一米七二的吴玉花应该算是魔鬼身材了。她那挺拔的、高耸的胸脯,那一双秀美的长腿,那浑圆饱满的臀部,都是今天活跃在T台上走猫步的材料。

或许,当年的上尉连长蔡国寅把挺拔、高耸的胸脯当成了对东北老家白桦林的遐想?把那一双秀美的长腿、浑圆饱满的屁股当成了对早年骑兵岁月的回忆?我想,他只是后来才知道,这一切都是无梁女人的特征,是编席时站在石磙上练出来的。

感情这东西谁能说得清呢?在时间中,既然任何物质都会发生变化,那么非物质的感情,本就虚无缥缈,又怎么能恒久不变呢?可上尉连长蔡国寅怎么也想不到,他奔这个女人而来,是要跟她打一辈子架的。

老姑父的军人特质是在无梁村的时光里被一点点浸染、一点点抹去的。在碎嘴女人们的花絮里,最初的时候,老姑父曾到苇荡里喊过操。夕阳西下,他独自一人站在一望无际的苇荡边上,面对着橘红色的落日,面对着一株株在风中摇曳的芦花,老姑父放开喉咙,以"立正,预备——"为始,狮吼一般地喊出了整部"炮兵操典"……

可老姑父自摘下肩章上的那三颗"银豆儿"之后就什么也不是

了。他在无梁村的生活每况愈下，时常遭到站在石磙上碾篾子的女人们的蔑视和戏弄。比如，女人们撇着嘴说，曾经见他到村里的代销点去偷偷地捡烟头吸。比如，有一次去邻近的官庄赶会，女人们发现他竟然穿一偏开口的裤子，那还是结婚时，他给吴玉花买的压箱底的货。女人们高高地站在石磙上，见了他就说：老蔡，你比石磙才高那么一点点。在床上的时候，咋办呢？是你抱她，还是她抱你呀？

可不管谁抱谁，不管怎么打，不管是怎么“办”的，老姑父还是把该办的事都办了。在此后长达十多年的时间里，吴玉花先后生育了五个孩子，活下来三个……这也是他生活每况愈下的原因之一。

在三年困难时期，面对女人们的一次次嘲弄，老姑父可以忍，吴玉花却不能忍。一天晚上，她突然和颜悦色地对他说，听说老胡下放到镇上的公社来了。你们还是战友呢，你去找找他吧？老姑父落到了如此地步，大约就剩下一点男人的尊严了，他只回了她一个字：不。而后，两人就各自扭过脸去，屁股对屁股，再也不说什么了。

据说，吴玉花流了一夜眼泪。第二天，她早上起来，用摔断了一半的木梳子梳了梳头，踮起腿就跑公社去了。

在无梁，仅仅几年的工夫，吴玉花已消磨了她的全部美丽。生了第二个孩子后，她的乳房干瘪得就像是晒干了的两只老茄子，再也没有了往日的挺拔。她的两条长辫子早就割卖了，头发乱得就像是老鸹窝，满是孕斑的脸上已没了半点红润。她整个看上去瘦得就像是一只大螳螂，只剩下那两条长杆子腿了。

这一天，她突然踮着两条长杆子腿跑到公社，又是撒泼又是骂娘地大哭大闹了一场。她骂老胡是骗子（老胡就是原县武装部的部长，就是那个借给老姑父吉普车的人），跟姓蔡的是一路货！她甚至躺在公社的大门口，把一条裤子都在地上蹬烂了……这才把降职下放的公社武装部部长老胡给骂了出来，而且骂得他头上直冒青筋，终于给老姑父争得了一点好处。

此后，在公社武装部部长的争取下，老姑父才得以按伤残军人处理（他身上有七处伤），每月给七元的伤残军人补助金。

老姑父既是我的恩人，也是我的仇人。

在我出生后的第七天，他站在村中的一棵挂有吊钟的老槐树下，把裹着包单的我高高地举起来，说：从今往后，这就是全村人的孩子。

这当然是他当了村支书之后的事了。

老姑父是入赘的第四年当上村支书的。那是“大跃进”之后，村支书以私分瞒产的罪名被撤职了，老姑父以功臣的名义就此接替了支书的位置。那是冬天，地里就剩下胡萝卜了。所谓瞒产，瞒的也是胡萝卜。老姑父当了支书后继续瞒产，瞒的仍然是胡萝卜。唯一不同的是，他没有把胡萝卜拉到自己家里去。他只是命人把地里的胡萝卜缨全部割去，给公社干部造成场光地净的印象，而后半夜带人一块地一块地地收割胡萝卜，当天收割当天吃掉，屁都不留。

可老姑父私分瞒产的事还是被人发现了。公社武装部部长老胡带着工作组一进村，就声色俱厉地对老姑父说：老伙计，你压线了，踩着地雷了！老姑父跟他装糊涂，说：地雷，美式的？老胡说：我告诉你，私分瞒产，是要撤职查办的！老姑父说：肏，你查办我？

我还是你入党介绍人呢。老胡说:到底有没有,你给句话。老姑父说:说实话?老胡说:没看啥时候了,你还敢胡日白?老姑父回头看了看村人,一村人鸦雀无声,一个个饿鬼一样,眼里泛着绿火……老姑父说:真没有。场光地净!老胡说:老伙计,我是带着指令来的。你好歹给我个台阶下……老姑父贴近他的耳朵,小声说:要说有,也有。就几畦胡萝卜,有千把斤胡萝卜……老胡说:在哪儿呢?老姑父拍拍肚子,说:都吃到肚里了。老胡说:要是查出来?

老姑父拍着胸脯说:你搜。只要搜出来,你撤我职!听村里人说,就这样,老姑父铁嘴钢牙,冒着风险(在公社武装部部长老胡的极力袒护下),虽然受了个"严重警告"的处分,却一下子保住了几十亩胡萝卜。

那时候家家户户吃的都是水煮胡萝卜,一连吃了六个月,一直吃到藏在地里的胡萝卜生出有毒的芽儿,吃得人们上吐下泻、直吐酸水。一直到了今天,我们才知道胡萝卜具有丰富的维生素 A 和 C,还含有钙质,俗称"小人参",是真正的绿色食品啊。可在那样的年月里,人人都仇恨胡萝卜,胡萝卜把人都吃伤了。

可也正是胡萝卜救了全村人的命,也间接地救了我的命。

我出生后不久,就由老姑父抱着我一家一家寻奶吃。我说过,我曾摸过很多女人的奶子,那都是在老姑父的眼皮子底下干的。那时候老姑父抱着我一家一家串,进门就说:给口奶吃。

那年月,女人们乳房里奶水本就不多,把她们的乳汁吮吸出来很不容易,且都带有一股发酸了的胡萝卜味。现在我才明白,那叫酸奶,是含有胡萝卜素和维生素 C 的酸奶呀。

我这一生最仇恨的就是胡萝卜。那时候,胡萝卜的气味弥漫了我的整个童年，我打的每一个嗝儿都带有胡萝卜的气味，过剩的胡萝卜素还有维生素 C 顺着我的屁股直流！而且，当我厚颜无耻地把带有胡萝卜味的奶水一口一口吸进肚子里的时候，无梁女人的目光却像溅着毒液的枪口一样瞪着我，一个个恨得咬牙！可那时候，支书的身份就像是一张特别通行证，使老姑父得以抱着我从这一家走进另一家，昂然地告诉那家的女人：给口奶吃。

是呀，女人们恨我。那时候，无梁村的女人们看见我就像看见了狼崽子一样。虽然她们以善良的姿态解开了她们的怀抱，但无不咬牙切齿地瞪我，因为我曾经多次咬伤了她们的奶头。当年，如果她们有武功的话，早就把我给废了。后来，之所以我脑门上的骨头特别硬（你知道，我出过一次车祸），那都是她们一次次用手指头"点验"出来的。常常，她们一边喂奶一边疼得咝咝啦啦地说：……狗狗狗，牙牙牙，你看那狗牙！

最初，每当女人喂奶的时候，老姑父就会扭过脸去，蹲在院子里默默地抽旱烟。后来，他就习以为常了，不再躲闪了，他可以和我一起享有同等的待遇了。如果用本村五方的话来说，那就是我用嘴吮，他用"眼吃"。个别时候，如果对方的男人不在家，他还有可能与那喂奶的女人打情骂俏，甚至于浪一些的女人会解开整个乳房，滋他一脸奶水！

我必须坦白地承认，最早，老姑父所谓的"作风问题"是因我而起的。那一天，轮到国胜家女人（也就是后来的三婶）给我喂奶。我至今仍记得，国胜家女人奶上有一颗黑痣，这颗黑痣曾给我留下了极为深刻的印象。也就是这一天，我差点把国胜家女人（三婶）的奶头咬掉！正像她骂的那样，一嘴狗牙。狼崽子。是啊，那时我太饿了，在童年里我就是一个小狗儿，就是一个小狼羔子。那一天,也许是我吸她的奶头吸得太久了,可除了汗味我一直没有吮出奶汁来,我急了……紧接着就是一声凄厉的惨叫!国胜家女人的号叫声惊动了全村人。是的,我吸了很久都没有吮出奶水来。在胡萝卜时期,她饿得黄皮寡瘦,奶子干瘪得一点奶水也吸不出来了,就那么吸着吸着吸着,我的牙咬住了国胜家女人的奶头……也就是这时候,在国胜家女人的惨叫声里,老姑父冲过来了。老姑父在慌乱中一下子上了两只手:他一手端住了国胜家女人的奶子,一手掐住我的小下巴……他大约是想把奶头从我嘴巴里夺出来,可跑过来的女人都看见了:他紧抓着的,是国胜家女人那淌着血的白奶子!

一时议论纷纷……据说,当晚,两家人都打了架。在院子里,国胜把他那烂了奶头的女人(三婶)给揍了……另一家,在屋里关上门,吴玉花与老姑父大闹,把水缸都顶翻了!

在那样一个时期里,女人们每每看见老姑父,就说:一个老狗领一小狗儿,俩祸害。

童年里,我的确是村里的一个小祸害。

在无梁,祸害就是"坏种"的意思,就是一锅汤里掉进了一粒老鼠屎。而我,就是人们眼里的那粒老鼠屎。那时候,在无梁村,单纯从一个个的人来说,我是一个侵略者,是全村人仇视的对象。这可以从他们的眼里看出来。可全村一旦集合起来,当钟声敲响的时候,这仇恨就又转换成了一种"仁慈"。由此可以看出来,古人在造字的时候是多么地洞悉人心!看好了,"二人"才为"仁",那是要人们互相监督的;"双丝"染了色,以"心"做秤才为"慈",这也是让人们互相比一比、称一称的意思。也是后来,我才知道,善意,是需要宣扬和激发的。

我得承认,在童年里,除了捏女人的屁股、咬伤奶头之外,我还干过其他的坏事,我是做过很多坏事的。最严重的一次,趁着老姑父去镇上开会的工夫,村人们把我吊在了一棵树上。

现在想来,我童年里做的那件坏事,如果再大一些的话,足可以判刑的。

在我八岁的那年冬天,我刚刚在村里的小学上二年级,也许是特别想做一件好事来表现自己,我却干出了一件天大的祸事。那时候上边号召“除四害”,学校要求每个小学生每个星期上交三个老鼠尾巴。在无梁,对一个家庭来说,交三个老鼠尾巴是不成问题的。可对我这样的一个吃百家饭的孤儿来说,却是很大的一个问题。为了完成交三个老鼠尾巴的光荣任务,我曾经扒过无数个老鼠窟窿……那天,为了超额完成任务,我从大队部里偷出了一小桶煤油。而后在一些大孩子的怂恿下,把捉到的一只老鼠放在油桶里蘸了蘸,用一只绳子绑住这只老鼠的腿,划火柴点着后放在一个新发现的老鼠洞前,好把这一窝老鼠给轰出来……当时就是这么想的。

果然,那只带火的老鼠“哧溜”一下钻进老鼠洞里去了……然而,在另一个洞口前,最先钻出来的仍然是这只带火的老鼠！这只带火的老鼠带着六只老鼠从洞口蹿出来,四下奔逃,可我却一只也没抓到。不但没有抓到老鼠,更为可怕的是,这只带火的吱吱叫的老鼠先是蹿到了麦秸垛上,而后穿过三个麦秸垛,又蹿进了烟炕房里……不一会儿,场院里就浓烟滚滚了！

那是一个灾难的日子。当全村人赶过来的时候,大火已经烧起来了！三个麦秸垛成了三座火焰山,根本无法扑救。更让人恐惧的是,三座烟炕房也接连烧起来了,南边不远就是牲口屋,牲口屋的后边是保管室,也就是村里的仓库……我的妈呀!

那天刮的是东北风,风助火势,眼看就要烧到牲口屋了……全村人都傻了。

有人说:老天,这咋救啊?

有人哭着说:完了,完了!祸害呀,整个村子都完了!

这时候梁五方站出来了。年轻的五方,全村最聪明的五方,出了一个绝妙的主意。五方大声说:火是救不下了。九爷,三叔,别的就不用管了,赶快把最南边这个烟炕扒了,把火截断,牲口屋,仓房自然就保住了。

于是,人们七手八脚地把最靠南边的烟炕房扒了……

那天傍晚,当场院狼烟遍地、烧成一堆堆黑灰时,众人这才想到了凶手。大孩子齐伙把我供了出来,说:是他。丢,丢干的!于是,我被人们当众提溜了出来……这时候我已经吓呆了!

而后,我就被吊在了场院边的一棵树上……

在那样一个傍晚,我突然发现,目光是可以杀人的。仇恨在飞灰里扩散着,恨意迅速在场院里蔓延。那时候场院里站满了人,无论男女老少,一个个眼里都泛着黑绿色的火苗,就像是沉默的狼群一样!不,比狼还可怕。我发现我已掉进了“仇恨”的海洋里,我成了人们压抑已久的情绪爆发点,他们的眼一定饿坏了,个个都想吃人。我坦白地承认,当时,我吓尿了。一直到很久以后,我才明白什么叫“人民”的汪洋大海。

然而,就在这时,老姑父骑着那辆叮当作响的破自行车回来了。当他撂下那辆自行车,匆匆赶到场院里,操着他那东北口音的普通话问:怎么了?怎么了这是?哪王八羔子,谁干的?!

立时,人们像炸了的火药库,戳了的马蜂窝,又像傍晚时分从柏树坟里飞出来的黑风一般的破嘴老鸹,一个个喷着唾沫星子,开始历数我的罪恶……最后,众口一词的结论是:捆上,送派出所!

天已黑透了,只有人们的眼睛是"雪亮"的。老姑父站在树下,抬头看了我一眼,而后,又一言不发地钩下头去,无论谁说什么,他都一声不吭,就那么背着手来来回回地在树下走。他气坏了,可是……他一直走到人们唾沫星子干了的时候,才伸手一指,大声说:他,他还是个孩子……而后,他又走上一阵,再伸手一指,说:他还是个孩子……这句话他一直重复着,一连说了九遍。

老姑父一再重复的话就像是巴豆,他一把一把地撒下去,终于泄了人们的心头之火。人群里没人再吭声了。接着是一阵儿一阵儿的咯着痰的咳嗽声……最后,人群里终于有人说:这祸害,也就是吓吓他。

于是,众人都随声附和说:吓吓他。

老姑父指着我说:丢,祸害呀。

我说过,无梁的风是很染人的。

风无处不在。可风又是看不见的,风只有结果,没有形态。

在这里,风还有一个优雅的称呼:"西伯利亚"。这是无梁人从六十年代村中的大喇叭里听来的。那时候广播里经常出现的一个词语是"西伯利亚寒流"。无梁人以自己超常的理解力删除了"寒流",留下了具有无限想象空间的、美丽的"西伯利亚"。这只能再一次说明,无梁人是不排外的。

无梁人之所以把风称作"西伯利亚",是沿着光棍汉们的思路走的。这是一种想象力的飘逸,是情绪化了的阴性理解,其中包含着对美的渴望和向往，以及天上掉下个林妹妹的浪漫主义期盼。

在这里，风跟两个字的联系最为密切：一个是“情”，一个是“尘”。“风情”是一个时段的概念，那就像是剪成一断一断、互不连接的奇异景象；或者说是斜阳下在空中飞翔的带一绺断线的风筝，含些许“偷”来的诗意。可过去就过去了，永不重复。而“风尘”却是一个固定而久远的时间概念，那是一种经岁月侵蚀后带有烙印的苍凉，是一种埋在时光尘土里的永久性的定格。也只有在时间的概念上，风和尘才联系在一起。无论春夏秋冬，就是不刮风的日子，也有风的神迹。

看一看树上的叶子你就知道了，在这里，没有一片树叶是干净的。

在无梁，一旦“西伯利亚”刻在脸上，那就是岁月。而岁月一旦定了格，那就是风俗了。风俗是一个地域特定的生活习惯。我曾经说过，无梁人是主吃面食的：面条、面饼、面汤、菜面窝窝等。吃面食须臾离不开的就是辣椒，辣椒是无梁人最重要的生活调味品。在庸常的日子里，没有辣子是吃不下饭的。辣椒吃多了，脸上就会生出粉刺来。如果在路上你碰上一个年轻人，一边走一边抠脸上的粉刺儿疙瘩，没错，那就是无梁人了。

当然，这是低层面的。如果要求再高一点，如果家里来了尊贵的客人，炒上两个菜，那就是吃酒了。现在有人说酒是文化，也就是“辣”的文化，是让人兴奋的文化，“文化”到了极点，也就是一个字：醉。让客人喝醉，这是无梁待客的最高境界。如果哪家来的客人喝醉了，醉成了一摊泥，那是待客的一种荣耀。往往要用架子车拉上，绕村一周，这是多么体面的事情啊！

无梁排在第二的风俗叫：领席。在这里“席”是要“领”的，想一想这有多么优雅。无梁是一个编席窝,最不缺的就是席子。那时候,一张席就是一张流动的床。无梁人最重要、最私密的活动都是在“席”上进行的(一为酒席,二为炕席)。特别是到了夏天,主家领着一张席,客人或朋友相跟着,有瓜的时候,就去瓜地;或者是树下、河边、场院,带着盛了烟丝的笸箩、几根脆瓜,席地而坐,对月而谈……至于说些什么,那就不知道了。那时候一到夏日的傍晚,人人都会领着一张席到处走,说是纳凉,可睡到半夜,忽然下雨了或是刮风的时候,就又拉着席走了,也许是去了炕房,也许是钻了麦秸垛,谁也不知道他或她到哪里去了。于是就发生了一些男女之间的事,这就是风情。

我说过,最早的时候,老姑父曾抱着我一家一家寻奶吃,看遍了无梁女人的奶子。后来,我就变成了无梁村的一种“无名税”:先是一家一家地派饭吃,后来就成了一种强行的摊派:一家出二斤麦子或是五斤玉米(由大队统一扣),供我上学。从小学到高中,长达十二年的时间里,我的日子就是这样过来的。

那时候,我一星期往县城中学背一次粮食。每次回去背粮食,我都会发现一些细微的变化。我最早发现的是,老姑父的酒量大了。老姑父原本是不大喝酒的,喝也是一两杯。后来就不行了,后来老姑父成了无梁村的“第一陪客”。谁家有了红白喜事,或是谁家来了体面的客人,定是要支书作陪的。如果哪一次没有请到老姑父,那是很没有面子的。我记得,在我回去背粮食的那些日子里,常见一些女人找到大队部来,缠着老姑父让他去当陪客。最先老姑父有些愠怒,他说:这是干什么?拉拉扯扯的?不去。可他经不住女人的再三缠磨,也就应承下来了。一年又一年,甚至可以这么说,老姑父的酒量,是全村人合伙哄抬起来的。特别是村里逢会，那是一年一度仅次于过年的大节气，家家都有亲戚来……到了这一天，老姑父至少要串五十家以上！

后来，在我跟着他走过村街的时候，我发现女人们的笑脸像葵花一样处处开放。我知道，那都是对着老姑父的。女人们亲切地、昵昵地叫着：老蔡，老蔡耶……而老姑父却昂着头，一路“嗯、嗯”地走着，有时候还会说：嗯，记着呢。十三，我记着呢。

不知从什么时候起，老姑父已经很习惯地把村里的公章拴在了裤腰带上。最初当然是为了方便群众。那会儿需要盖章的事情特别多，哪怕出一趟远门，也是要盖章的。老姑父人好，有人找到他，无论黑天白夜，老姑父都要从家里爬起来，跑到大队部去给人盖章。次数多了，他也有些烦了，后来就干脆把村里的公章拴在了裤腰带上。有人来找，就给人盖一下。那公章终日拴在裤腰上，磨来蹭去的，总是缺油，于是老姑父就“哈”一下，再盖。所以，每当有女人来找，只要不违反政策，老姑父就问：哈一下？人家会说：老蔡，哈一下吧？于是就“哈”一下。

在无梁，“哈”也有亲嘴的意思，次数多了的时候，不知老姑父是否使用了“延伸义”？

渐渐地，我还发现，老姑父“领席”的时候越来越多了。夏天的时候，老姑父常常领着一张席到瓜地或是芦苇荡里去。有时候，他是陪县上或公社下来的驻队干部。有时候，他是领着村里的一群编席的女干部们开会。还有的时候，他领着一张席到处走，从树下到场院，又从场院到水边……他常说的一句话是：蚊子。他说：有蚊子。

他心里有蚊子。

我说过，老姑父所谓的“作风问题”，最早是因我而起。那是他在慌乱中端错了“奶子”……后来的事就难说了。后来人们传的那些，都是添枝加叶、捕风捉影、经过渲染的。那年秋天，我高中毕业的时候，村里小学校长苗国安（他也是无梁的女婿）在县上开会的时候突然得到了一个消息：大学要招生了！是推荐招生。一个公社分了三个名额。得到消息后，他就急急忙忙地骑着自行车回来报信儿，希望老姑父亲自出面，为我争一个。

是啊，在全村人的眼里，我是一个祸害。是一只吃遍全村的蝗虫。如果能把我推荐出去，全村人就都“解放”了。当然，这对我来说自然是天大的好事。那时候上大学不但不要钱，还给生活费呢。就此，我也充分理解了人们的善意。可小学校长又说，虽说一个公社三个名额，可有两个已被公社干部的孩子占去了，就剩下一个了。这一个指标三十个大队去争，能不能争到手，还很难说……快找老蔡！

可是，就在这时候，老姑父不见了。全村人到处去找，一百个喉咙四下喊，可怎么也找不到。最后，小学校长苗国安说：敲钟吧，一敲钟，他也许就知道有急事了。

那天傍晚，当钟声响过三遍之后，终于把老姑父敲出来了。老姑父是从苇荡里走出来的，他一手领着席，一手还提着裤子……他没想到村街里会站这么多人，他愣了一下，忙解释说：妈的，撒泡尿，把裤腰带给弄断了。

人们都望着他，人们根本不听他的解释，人们都去看他的裤子……前后村都喊过了，钟也敲三遍了，他才出来，这泡尿有这么长吗？

就在这时，吴玉花牵着孩子从人群里走出来，抖手给了他两耳光！……而后，她一句话也不说，牵着孩子扭头就走。

老姑父就此蹲了下来。在无梁，老姑父入乡随俗的第一个姿势就是“谷堆”。“谷堆”是个象形词，就是蹲下的意思。老姑父“谷堆”在地上，很狼狈地靠着那棵挂钟的老槐树，平着脸色，略显尴尬地说：啥事？啥事吧？

老姑父的裤腰带断了，谁都知道这不是尿尿的问题，可人们还是信了。在无梁，凡是有职务的，只要给一个理由，人们就信。人们是心里不信，脸上信。于是人们不再研究“裤腰带”的问题了。

小学校长苗国安给老姑父说了推荐上大学的事……而后说：抓紧吧。三十个村子，就剩一个指标，听说明天就上会定了，是不是得送点礼呀？

此时此刻，全村人异口同声地说：送！这得送。

这一个“送”字，经全村人的热喉咙喊出来，显得铿锵有力。

那会儿我就躲在老姑父的背后，他靠着树的阳面，我靠着阴面。我不禁脸红了，心里怦怦乱跳。那时候，我还会脸红，此后就不会了。

人们都在等着老姑父说话，可老姑父就是不开口。我知道老姑父不开口的原因，这是逼着他去找公社武装部部长老胡，老胡是他的战友，这是让他去给老胡送礼……他不愿去求老胡，他还想给自己留一点儿尊严。

可这一次，全村人不答应了。人们像“森林”一样地围着他，立逼他说话。“送”是必须的，人们甚至开始议论送什么的问题了。有的说，队里不是还有几桶小磨油吗？有的说，代销点有烟，赊上几条好烟。有的说，光烟不行，还得有酒……

事关前途，我心里很急。我喉咙是恨不得伸出一只手，把他从地上拽起来。这时候，我是多么感谢村人哪，我看见我的心都跪下来了！

人们的目光再一次把老姑父给淹了。在目光的海洋里，不光是一个“送”字，还含有“裤腰带的问题”。老姑父再三说是“绷断的”，可人们不听他解释……这几乎是一种威胁了。再说了，这里边还有善的含意。我是一个孤儿，他们是在帮助一个孤儿，这就是道理。在这个世界上，每一个道理后边都包含着很多因素。可人们只说道理，不说“因素”。老姑父显得很无助，他“谷堆”在那里，就像是一个犯了错的孩子。

老姑父已无处可藏。这时候，他不可能回家，他回不去了，家里也面临着一场战争。老姑父很艰难地站了起来，用带着哭腔的声音说：我不要“脸”了。

这天夜里，老姑父骑着那辆破自行车给人送礼去了……老姑父一直到第二天上午才回来。也许，那天夜里他在老胡的门前蹲的时间太长了。他是很想要“脸”的，可他没有办法。他跟公社的老胡喝了一夜酒，回来把自行车一撂，就瘫倒在场院的麦秸窝里，人像是生了一场大病！

可人们还等着他回话呢。当人们把他围起来的时候，他眼都没睁，只喃喃地说了两个字：妥了。

我承认，我上大学跟你们不一样，我不是考上的，是“送”出来的。那时候三十个大队抢一个名额，可这个名额最终让我得到了。那是用全村人的油，还有烟酒和老姑父的脸面换来的。当那张薄薄的“纸”发到我手里的时候，你知道我是什么感觉吗？我心里说：拜拜了无梁，我再也不用看人的脸色了。

我告诉你，不要轻看任何形式，在某种意义上说，形式就是内容。待我拿到那张“纸”之后，我又一次吃遍全村！人们开始用最好的饭菜招待我，用最优美的语言夸赞我，我在无梁村生活的每一个细节都被人们无限放大，我不再是祸害了，我成了一个最聪明、最懂事的孩子。每一次到村人家吃酒，都由老姑父作陪。那一天，老姑父又一次喝醉了，醉了的老姑父拍着我的肩膀说：兄弟，我冤哪，我的裤腰带真是绷断的。

在我走的那一天，全村人都来送行。我得说，这里边的情愫是很复杂的。首先，这又是一次善的集中体现。其次，在他们心里，我已约等于“官”了，他们送的是一个未来的“预备役官员”。可不管怎么说，我的被褥，是村里女人们套的，我的脸盆，是村里给买的，还在我的兜里塞满了柿饼和鸡蛋……女人们哭了，我也掉了泪。女人们围着我问：丢儿，还回来吗？我说：回来，放了假就回来。可我还是有一种“放生”的感觉。我心里很清楚，如果没有那张“纸”，我什么都不是。我不会再回来了。

我以为，这将是一次成功的逃离。可是，我错了。

老姑父跟吴玉花的战争是旷日持久的。

那天的“裤腰带事件”是个导火索。当老姑父回到家之后，吴玉花突然做出了一个惊人的举动，她一把把刚一岁多的小三儿从床上拉起来，倒着提在手里，恶狠狠地说：一窝吃里爬外的货，摔死算了！

老姑父吓坏了，老姑父最喜欢的就是这个小三儿。吴玉花一连生了五个孩子，五个全是闺女，虽然只活下来三个，可终日里擦屎刮尿，她早就烦透了。在她眼里，每一个孩子都是祸害，都是老姑父带给她的灾难。所以她很轻易地攥着小三儿的一只脚脖子，倒着提在手里，好像随时都会松手！

然而,这小三儿虽整个倒垂着,可那两只杏仁眼却忽闪闪的,像是在笑……

老姑父急忙冲上去跟吴玉花抢孩子,他就像一颗出膛的炮弹,倏尔就把小三儿夺在了手里,同时用脚钩倒了吴玉花。于是,在把孩子撂回床上的那一刻,两人同时倒在地上,就此厮打在了一起。两人先是碰翻了木制的洗脸盆架子,踢倒了一卷编好的席捆,撞散了一排苇子秆,而后又用屁股拱倒了屋角里的水缸,像两只泥母猪一样在地上滚来滚去。

老姑父家的墙上已挂满了人生的"脚印"。那脚印蜿蜒曲折、忽高忽低、且重且轻,全是在搏斗中一脚一脚踩出来的。老姑父与吴玉花的每次搏斗都是以命相抵的,两人总是头顶着头或是相互揪着头发在地上滚来滚去,屋子里边的四堵墙成了他们随时借力的地方,每一脚都踩得墙咚咚直响,墙上的石灰末四溅!那时老姑父常年穿一双两块半的解放鞋,那些带胶底花纹的半个脚印都是他踩出来的,而布底或牛皮底(两人结婚时,老姑父给吴玉花买过两双皮鞋)的脚印则是吴玉花踩出来的。两种脚印又常常会交叉重叠在一起,回环往复,就像是倒挂着的人生曲线图。

最初两人只是在屋里打,暗打,脸上会带些伤而已。后来就打出了院子,打到了村街上。可一旦到了村街上,老姑父就决不还手,那就成了吴玉花一个人的死缠烂打。吴玉花的骂声就像是村中广播碗里的"新闻"一样,每晚准时播出。那骂声像爆豆一样从她的薄嘴唇里迸发出来,鲜艳、凌厉、脆!就像是相声演员说绕口令,既含蓄而又泼辣,既生动而又斑斓。有人说她是得了村里最会骂人的七奶奶的真传。她打头的第一句总是:你还是人吗,你荞麦面打糨子,你兔子屎编辫儿,你城隍庙贴膏药,你还要脸吗?!猪、狗、黄鼠狼！……开初时人们还劝一劝，此后就不再劝了。

其实，老姑父早就不要脸了。他的脸已烟化在无梁那无边的田野里了。

客观地说，虽然是传闻，老姑父也许难免会有作风问题。而我不想再说传闻中那些跟他有牵连的女人的名字了。她们是我的乡亲。也许吧，在物质极端匮乏的日子里，她们是很需要“哈一下”的。再说，老姑父的日子也太困顿了，他在无梁村的岁月里终日苦哈哈的，回到家不是吵架，就是打架，也太需要宣泄和滋润了。或许，这里边还有风俗的原因，有情感的原因，那由一个人“领”出来的席，在无边的田野里，在缀满星星的夜空中，铺下的一张张流动的床，不就是让人睡的吗？在无梁，“睡”也是有两说的。

此后就是“游击战”了。老姑父每晚领着一张席到处走……吴玉花就四处侦查、围追堵截。吴玉花常常是一手夹着那最小的孩子、一手打着手电筒在暗夜里快步走着，从场院到河边，再从河边搜到苇荡，她的搜索范围不断地扩大，她的长杆子腿一个晚上可以围着村子走几十里地仍不知疲倦。有时候，已是下半夜了，她还会去拍一个寡妇的门，看老姑父是不是睡在了人家的床上！

长年累月的家庭战争把吴玉花锻炼得就像是警犬一样，她能随时随地在风中分辨出老姑父的气味。她还能从气味中发现异样的情况，比如沾在老姑父身上的一根长头发，或是在苇荡里发现了空火柴盒子，或是挂在芦花上的一截红绒绳……一旦发现了这些蛛丝马迹，她就高度兴奋，穷追不舍。有时，她甚至还会在黑夜里对着星空不管不顾地大声喊道：抓贼呀，抓光屁股贼呀！她的手电筒是加长的，能照出半里远。那一条光的长线一次次抛在夜空中，照得无梁人四下躲闪。

老姑父也有一支手电筒(那是我上大学后的第一年用助学金买来送给他的。老姑父虽然每月有七块钱的伤残补助,可这钱他一分也得不到,都攥在吴玉花的手里),无论是在场院、苇荡或是田野里,每当两支手电筒照在一起的时候,你就会看到他们两个脸上那刻骨的仇恨。每一次,当吴玉花手里的手电筒照在老姑父脸上的时候,吴玉花脸上就会出现一丝诧异的神色,她像是在问自己:我怎么跟这个人在一起呢?而老姑父却是沉默的,他总是很快就把手电掐灭了,仿佛不忍看那岁月的残酷。

这仇恨都是在困顿的日子里一天天积攒下来的。日积月累,久而成仇。我猜,在他们两人之间,仇恨竟然演变成了一种生活方式。有时候,两人从一起床就开始对骂,你骂我,我骂你,就像是吃炒豆一样。他们二人常用的话语是一个字:死。每当这个字从牙缝里跳出来,都像锯齿一样节奏明快、铿锵有力:"死鳖。""死去吧。""死外边。""死心眼子。"……可两人自始至终谁也没有提出过离婚,谁也不说离婚。

也许,在精神层面上,老姑父需要"战争"。他打过十六年仗,如今在没有炮弹呼啸的日子里,他有些无所适从?难道说他已习惯于"紧张",他仍需要一个敌对者,需要时刻绷紧脑海里的那根弦吗?不然,如果哪一天,老姑父回家后发现吴玉花不在,没有人跟他聒噪了,他就会忍不住问上一句:你妈呢?

后来,我发现,在情感上,"仇恨"和"依存"居然可以结伴而行。对于吴玉花来说,那是一种日子与日子的对垒。是精神上的纠结与胶着。你看着我,我盯着你,宁可化成灰,谁也不放过谁。这里边竟然还有温情的成分,有对既成事实的默认,有以敌对为外壳的相互间的照应,还有一种看似荒唐的对手间的默契……比如,冷不丁的，吴玉花也会问一句：那老不死的，你爸呢？

日子像流水一样，那无尽的詈骂就成了不断泛起的一朵一朵的浪花；是用锯子拉出来的如歌的行板。如果哪一天两人没有吵架，倒成了很让人诧异的事。连村里人都会说：稀罕，咋没声了？

最可怕的事情还是发生了。老姑父最小的女儿，就是那个出生第五、排行老三发高烧侥幸活下来，仅有六岁名叫苇香的孩子，居然在一天晚上趴在老姑父腿上咬了一口，几乎咬下一块肉来！

苇香从一岁起就偎在母亲的怀里去寻找父亲。她的眼睛特别适应黑暗，在黑夜里她的两只眼睛炯炯有神，两只手紧拽着母亲的衣襟，任吴玉花带着她到处奔走。吴玉花的咒骂声伴着她走向田野，走向苇荡，走向炕屋和磨坊……在长达五六年的时光里，小苇香在母亲的咒骂声中茁壮成长。母亲从来没有给过她好脸色，不是打就是骂；虽然很少回家，却特别疼爱她的父亲每次都会偷偷地给她塞块糖吃。

可是，当她长到六岁的时候，一天晚上，两人在苇荡里又厮打在了一起……而此时此刻，小苇香突然跑上来，趴在老姑父的腿上狠狠地咬了一口！当时两人都愣住了，老姑父已伸出了打人的手，可他的手还是无力地放下了。他突然大声咳嗽着，满眼都是泪水。因为他看到了一双喷溅着仇恨的眼睛，这双眼睛里爬满了蜇人的蚂蚁，那都是在黑夜里一点一点积攒下来的。不知从什么时候起，吴玉花已成功地把仇恨种植在了这个小女儿的心里。

从此，吴玉花有了帮手了。

欠债总是要还的。

当我研究生毕业参加工作之后，老姑父给我写的第一张条子，就是要我去寻找苇香。

此后老姑父又给我写了无数个“见字如面”的白条，一直写到我在学校里无法生存，辞职下海为止。这也是我仇恨老姑父的原因。

十七岁的小苇香是突然之间失踪的。那时候她正上高中一年级，在学校里已经有了绰号：“小洋马”。她的母亲曾经被人称作“大洋马”，她现在已经出落成“小洋马”了，漂亮是不必说的。暑假里，在“小洋马”回到无梁的第三天，她突然失踪了。

一时间村子里有许多传言，议论纷纷……最靠谱的消息是，她被一个骑着摩托到村里收购头发的小伙子拐走了。

为此事吴玉花跟老姑父又打了一架。两人除了互相责骂、大打出手之外，就是心急火燎地分开四下去找……他们甚至还报了警。

可是，三天过去了，仍然没有查到苇香的任何消息。于是老姑父就让人给我捎了一张条子，让我帮着去寻找蔡苇香的下落。

我已欠下了无梁那么多的人情，老姑父的“条子”自然是不敢怠慢的。于是，我骑着借来的一辆自行车在颍平城里整整寻找了三天，每一条街道，每一个旅店，每一个派出所我都去过了，我还托了一些在政府工作的大学同学，让他们也帮着查找，可一个月过去了，仍然没有苇香的任何消息。不得已，我只好硬着头皮回了一趟无梁，专程向老姑父禀报情况。

然而，当我带着礼物赶到老姑父家的时候，老姑父却不在家。我问吴玉花：花姑，老姑父呢？吴玉花冷冷地说：死了。

那一天，当我找到老姑父的时候，老姑父又喝醉了。他躺在场院的麦秸窝里，成了一摊泥，怎么也喊不醒。

在无梁，在长达数十年的时光里，在村人的抬举下，老姑父经历了由陪酒到馋酒再到醉酒的复杂过程。如今，他醉酒的次数越来越多了，他已成了人们说的那种“熟醉”，一喝就醉。有几次他醉得很不像样子，被人们从家里抬出来，晾在村街里的一张席上。据说，那天老姑父吐得一塌糊涂，等他醒来时，他身边卧着两条狗，一只黑狗，一只黄狗，狗也醉了。

这个“狗醉了的故事”在无梁传开后，很是影响老姑父的声誉。人们再见老姑父的时候，眼里就多了些不屑。另外，更主要的原因是，随着政策的不断变化，人们需要老姑父给“哈一下”的机会也越来越少了。当他在村街里行走的时候，人们脸上的笑容就淡了许多，对此，老姑父肯定是有些失落的。

这年冬天，我在省城参加一个学术会议，却在无意之间，阴差阳错地碰到了苇香。

我说过，我本是立志要当一个学者的。那时候，我虽然只是省财贸学院的一个讲师，可我已在学术报刊上发表了许多文章，在省内也算是小有名气。在这次研讨“平原部落文化”的会议上，我碰上了一个已小有职权的同学，那时，他已官至副处。读研究生时，我跟这位绰号叫“骆驼”的同学在一个房间里住了三年，感情还是有的。一天晚上，当我与他争论平原文化到底是“脸文化”还是“脚文化”的问题时，他突然对我说，吊吊灰，我带你去个地方。我说，你知道我不喝酒。他说，不让你喝，就是让你开开眼界。而后他说：洗个脚。

那天晚上，在省城那条最繁华的大街上，骆驼把我领进了一家“脚屋”。这家挂着红灯笼的“脚屋”门面并不大，里边却别有洞天，进门后是一条长廊，对着长廊是一间间写有牌号的格子房，同学走在前边，我懵懵懂懂地相跟着，心里怦怦乱跳，就像是刘姥姥进了大观园。就在这时，随着一声："请"，骆同学进了一间格子房，当我跟着他也要进的时候，骆同学回头狡黠一笑，给我指了指隔壁的一个房间，说：哥们儿，背背脸吧。而后就昂首走进去了。我愣了一会儿，在一个小伙子的导引下，进了另一间格子房。这是我平生第一次"洗脚"。说实话，那时候我甚至不知道脚是如何"洗"的。

那是一间很简单的格子房，绝不像现在的"洗脚城"那么浮华。里边只有一张沙发和一张单人的按摩床。我有些忐忑不安地坐在那张沙发上，而后我就看见了苇香。

苇香是端着一个木盆进来的，木盆里盛了泡有草药的热水……当时我已经惊呆了，就那么木然地坐在那里，看着苇香。离开无梁那么多年，苇香早已认不出我了。可我还能认出她来，她右边的眉头上有一颗痣，按古人的说法，这叫眉里藏珠，是大福大贵的命。可苇香却跑到省城给人洗脚来了。

虽然她的穿着跟城里人没有差别，我还是一眼就认出了她。我能认定她就是苇香，并不是单凭那颗眉痣，我是闻到了一种气味，来自无梁村的气味。那气味是在无梁的熏风里日积月累泡出来的，就像酒一样，是洗不掉的。

我惊呆了的另一个原因是苇香已经出落成一个大姑娘了。她甚至比她母亲年轻时还要漂亮。据我的观察，苇香身上已没了未婚姑娘的那种青涩。她就像一个熟透了的鲜艳无比的桃子，两只大美眼忽闪忽闪的，胸脯圆润饱满地挺着，一件粉红色的裙装把屁股兜得紧绷绷的，衬得细腰宽臀，前凸后翘，真就像她的绰号，一匹活色生香的"小洋马"。

她蹲在我的面前，一边用夹生的普通话说：先生，我是2号，很愿意为您服务。一边给我脱着鞋袜……我那会儿身子一阵发紧，简直不敢看她。当她把我的两只脚送进热水盆里的时候，我才打了一个激灵，从尴尬的处境中摆脱出来。

于是我试着问她：姑娘，你家是哪里的？

苇香说：山东。——那时候，她已经学会说假话了。

我说：听着像本地口音哪？

苇香看了看我，说：搭界。

我说：不对吧？听口音……

她飞了我一眼，说：先生，你查户口呢？

这时候她正抱着我的脚用力地揉搓着……我心里一酸，突然想起了老姑父，我看见老姑父在槐树下“谷堆”着，一脸的沧桑。曾经的炮兵上尉决然想不到，此时此刻，他那如花似玉的女儿正在省城的一家“脚屋”给一个陌生的男人按脚呢。算起来也有十八九年了，她给她的父亲洗过脚吗？

我又一次小心翼翼地问：姑娘，你出来做这个，你家里知道吗？

苇香不回答。苇香说：先生，我们这里有泰式，有港式，有全套，你做吗？

我又一次试探说：你一个姑娘家，家里多操心哪……

苇香说：港式的一百六十八，泰式的二百六十八，全套带打飞机四百六十八，很舒服的。

我迟疑着说：全、全套？

那时候我只是个穷书生，囊中羞涩，我惊讶地说：这、这么贵呀？那洗脚呢？

苇香说：光洗脚八十。做个全套吧，又不用你付钱。

我连声说：不，不不。太贵了。

那时候,掏八十块钱洗个脚是我无论如何不能接受的。我的莫名惊诧一定是让苇香看到了,她的嘴角稍稍撇了一下,有了一点让人看不出的蔑视。我甚至读出了她那无梁口音的潜台词:穷酸。充什么大蛋!这地方是你来的吗?

我说过,那是我平生第一次进洗脚屋。脚洗了四十五分钟,对我来说却如坐针毡。我不知道我后来是怎么站起来的,在我将要离开那个格子房的时候,我突然多了一句话。我回过头来,望着她,说:苇香,还是回去吧。

苇香突然抬起头,像麋鹿一样警惕地望着我,说:先生,你认错人了吧?

我说:我不会认错的,我就是无梁人。

苇香的眉头耸了一下,脸突然红了。她看着我,有那么一会儿工夫,她像是陷入了回忆之中,一直在搜索记忆信号……末了,她的眼睛眯了一下,再次撇了撇嘴,用戏谑的口吻说:先生,想泡我是吧?别来这一套,我见得多了!说完,端着那个木盆,快步走出去了。

我当夜就给老姑父打了电话,老姑父是坐火车从颍平匆匆赶来的。我去火车站接上他,直接去了那家"脚屋"。一路上,老姑父反复问:是她吗?真的吗?我只是点点头。我实在不好意思说,正是他那如花似玉的女儿给我洗的脚。

可是,当我们赶到时,却扑了个空。那个脚屋的老板说:什么2号?我们这里根本就没这个人。我跟老姑父不容分说,闯进去一个屋一个屋挨着找,终也没有找到。正是我多了句话,苇香才走的。茫茫人海,又到哪里去找呢?

老姑父蹲在地上,像孩子一样哭了。

老姑父的眼是后来失明的。

据说，自苇香失踪后，老姑父与吴玉花不再打架了，也打不动了。村里人还以为两人终于和好了。可战斗并没有结束，两人回家后互相瞪着，你看我一眼，我看你一眼。在吴玉花，那一眼一眼的全是鄙视。老姑父呢，那情愫就显得更复杂一些，有迷茫有恍惚还有悲凉。几十年过去了，他的眼看人都看花了，可他的内心仍……矛盾着。唾沫都吵干了，还说什么呢？两人几乎没有话。没有话的日子更为可怕。那就像是情感的灯油干了，熬尽了，剩下的只有沉默。

老大出嫁了，老二也出嫁了，家里就剩下两个人了。两个人的日子，一个在酒里泡着，一个在恨里泡着，就剩下瞪眼了。对外，两人还保持着最后一点体面。凡有人来，吴玉花就“嗯”一声，那意思是说，找你呢。此刻，老姑父也会“嗯”一声，这成了两人之间最后的默契。这时候，老姑父的伤残补助已增加到一百二十块了。这每月一百二十块钱的卡仍在吴玉花手里攥着。老姑父喝酒也只有靠支书的身份了。可他老了，面临改选，那身份越来越不值钱了。有时，每当钱取出来的时候，老姑父也偷过两次，一次拿十块二十块的，可被吴玉花发现后，藏得更巧妙了。这几乎成了两人间的一种游戏，一个藏，一个找，四处翻着找。可二人之间仍是什么也不说，恼了的时候，就你瞪我一眼，我瞪你一眼，恨恨的。瞪眼不算什么，这还算是一段相对安宁的日子。

那年冬天，村里改选后，老姑父不再是村支书了。可他的眼却得了很严重的白内障，仅通一点路，几乎就算是失明了。

老姑父常常一个人在村口的大石磙上坐着，闻着风里的声音，找着跟人说话。村里人从他身边走过，有时会给他搭句话，有时就走过去了。他默默地坐在那里，一脸的怅然。每当太阳落山的时候，他慢慢地站起身，拄着一根棍子摸着走回去。

那时候，老姑父曾托人给我捎过一个口信儿，说他“想听听国家的声音”。可信儿没有捎到（一直到他去世，我才知道，他是想要一个价值二十六块钱的小收音机）。拍着良心说，我不是找借口，我只是……等我听说后原打算要给老姑父治眼的。可不幸的是，那些年，我一直在奔波之中。当我定下心，要给老姑父治病的时候，我又……此后，说实话，我已自身难保，顾不上他了。

可就在这时候，离家出走十多年的苇香却突然回来了。

苇香回无梁，又一次造成了全村人的轰动。那是夏日的傍晚，苇香坐着一辆红色的出租车回到了村里，橘红色的落日映在那辆出租车上，就像是一团红色的火焰突然降临在村子的中央。

那时候，老姑父拄着一根竹竿在村头一个废弃的石磙上坐着，就像是一堆灰。当苇香坐着出租车从他身边开过去的时候，他只是闻到了久违了的汽油的气味，还有一股子他说不出名堂的香风。

村里的女人们立时就把苇香围住了，她们叽叽喳喳地感叹着，一个个说：苇香啊，真是苇香回来了！啧啧，都认不出来了！

苇香身上穿着一条米黄色的飘裙，脖子上挂着一个黑十字纯金项链，衬着她那雪白的肌肤，高耸的胸脯，更显得成熟饱满、美艳无比！她看上去就像是仙女下凡一般，莲步轻移，下车后她仅走了两步，那高脚酒杯样的鞋跟儿在地上“嘚儿、嘚儿”地凿出了两个羊蹄状的印痕。顿时，那声响像是在敲打着众人的心。于是，女人们一个个狠下心来，指着村口，说：苇香，你爸，村口那人，就是你爸呀。

苇香站在那里，仅朝着远处望了一眼，说：是。我爸。我没花过他一分钱。而后就提着皮箱，挎着手包“嘚儿、嘚儿”地回家去了。

老姑父仍然在那个废弃的石磙上坐着，一直坐到天黑。老姑父想女儿都快要想疯了，可女儿回来了，却看都不看他一眼，老姑父的心情是可想而知的。有好事的女人跑到他跟前，说：老蔡，你家苇香回来了，坐卧车回来的。他说：哦，回来就回来吧，我又看不见。

据说，苇香回村后，一下子就与母亲吴玉花搂在了一起，又抱又亲又哭的，两人叽叽喳喳地说了一夜体己话……吴玉花也许是想起了自己年轻的时候，那时候她也是如花似玉呀。不免心里百感交集，抱着女儿大哭一场！

还有人说，苇香回家后，对父亲十分冷淡，甚至连句亲热的话都没有。一再重复的只有一句话：这屋里啥味？妈，这屋子里怎么这么大味呢？而吴玉花总是撇撇嘴说：……老不死的，你别理他。

每当她一再重复这句话的时候，老姑父就悄没声地拄着那根竹竿走出去了。

一天，老姑父在村路上截住了苇香，他对着空气说：给你丢哥捎个信儿，就说我想听听“国家的声音”。苇香说：啥音儿？你眼都瞎了，还听个啥？老姑父说：你不懂。他懂。苇香说：我就知道，你操他的心，他啥鳖孙人呀！你以为他还在学校教书呢，早跑得没影儿了。老姑父说：他，上哪儿去了？我就让你捎个信儿……苇香说：屁。一个穷酸！你就指望他吧。老姑父气了，说：你给我站住！苇香说：我忙着呢，没工夫跟你扯闲篇。老姑父举起拐棍，在村路上一阵乱抡！可苇香早走得没影了。

很快，人们就知道苇香挣了大钱了。苇香回来不久就让村里批了一块地,十天之后,一座三层小楼拔地而起,而且里外都贴了瓷片!

这是村里盖的第一座小白楼,很扎眼的。当一挂鞭炮响过之后,全村人都跑来看……人们一声声地感叹说:有个好闺女,就是不一样啊!

可老姑父却拒绝到新房里去住。老姑父把苇香叫到灶房里,很严肃地说:苇香,我问问你,钱是哪儿来的?

苇香随口说:挣的呗。

老姑父说:怎么挣的?你干什么挣这么多钱?

苇香一下子恼了,苇香先是赏了他一口唾沫,苇香把唾沫吐在地上,恨恨地说:你瞎着个眼,问啥问?你管我呢?你操过我的心吗?你操过家里人的心吗?一个上大学的指标,就说那时我小,你给我姐也行啊,你给了那兔崽子!……

就在这时,吴玉花冲进来,一连赏了老姑父六口唾沫:……呸呸呸呸呸——啊呸!

老姑父伸手去抓竹竿,可那竹竿一下子就到了吴玉花的手里,紧接着连踩带踩,顷刻间断成了一节一节的竹片!

老姑父的嘴一下子就歪了……老姑父中风了。

老姑父刚得脑中风时,两人都吓坏了,当即就把他送到了镇上的医院。可是,在医院里挂了几瓶水之后,待老姑父稍稍好了些,苇香又急着回城里去,于是两人一商量,就又把老姑父拉回去了。

苇香这次离开村子虽是悄悄走的,却一下子带走了六个姑娘。苇香回村从没说过城里的一个字,有人问了,也只含含糊糊地说是倒腾衣服之类……可这六个姑娘却执意要跟她走。

据说,一天早上,天不明的时候,苇香带着六个姑娘悄悄地走了。村里人的目光很含糊,就像是预见了什么,可谁也不说。

据说,老姑父回村后,虽然已口齿不清,却用手指着,执意地住在了老屋里。最初,吴玉花每天还会给他端饭吃,一天给他端个一碗两碗的,吃不吃就随你的便了。可老姑父半边身子不能动,大小便都几乎不能自理,屋子里自然臭烘烘的。偶尔,出嫁了的大女儿回来,会给他收拾收拾,可大女儿又不常回来……所以,吴玉花再进老屋时总是捂着嘴,把饭碗放下就走。

据说,有一段时间,在大女儿的哀求下,吴玉花也曾经请了一个乡间的老中医给老姑父治过病。老姑父头上扎着一头的银针,由大女儿和大女婿扶出院子,而后慢慢地、一步一步地在村路上往前挪,惊心动魄地走了十几步远……就此,在病床上躺了一年多的老姑父终于看到了蓝天。

据说,有那么几日,老姑父瘫着半边身子,头上扎着一头银针,天天像孩子一样在村街里艰难地、一步一步地挪着学走路……村里人实在是看不下去了。那是怎样叱咤风云的一个人,如今却落到了这步境地?!那就像是对病态的一种残忍的展览,谁看见都忍不住想上前扶他一把,说:天哪,老蔡,你咋这样了?!……可最终都被吴玉花喝止了。吴玉花像是押送犯人一样跟在他的后边,一迭声地说:别扶他,别扶。他能走。他会走。让他自己走,练练。老姑父就歪着身子自己走,一步一步……那情景惨不忍睹!后来,老姑父在学步的路上又摔了一回,此后就再也站不起来了。

还是据说,日子长了,擦屎刮尿的,吴玉花也侍候烦了。有时候,吴玉花也逗他,她会长时间地看着这堆“灰”,说:老不死的,你把手举起来,我看看。老姑父就试着举那只瘫了的左手,可他使不上劲。吴玉花就说:举两只手,两只手都举。老姑父就听话地、一高一歪地举起两只手……这时候，吴玉花突然想起了什么，说：老不死的，你投降了？你也有投降的时候？你瞪我干啥？你瞪你瞪你瞪！……说着，就再赏他一口唾沫！

还有的时候，吴玉花嘴里正嚼着一点什么，见老姑父瞪她，就"呸"上一口。有一天，她嘴里正好塞满了石榴籽，家里的石榴结果了，又大又甜，她吃了半个，把半个放在窗台上，就那么手里端着一碗饭，塞着一嘴石榴籽走进了老屋。那时候，老姑父正歪着瘫了的半个身子在撒尿……屋子里尿臊气四溢。把吴玉花呛得一嘴石榴籽喷在了老姑父的脸上！骂道：老不死的，糟践人也不拣个时候！啊呸！

老姑父歪在那里，一脸的石榴籽，一脸糨糊糊的石榴汁液。可就在这时，老姑父嘴一歪，突然笑了……他的笑容一定很狰狞。

吴玉花放下碗，匆忙逃出了老屋。

据说，老姑父是2002年秋天去世的。

是的，我没有参加老姑父的葬礼。这也是我至今愧疚不已的。

那时，我早已辞职下海了。为了远离我这帮乡亲，为了躲避老姑父那源源不断、几乎要把我逼疯的"白条"……我一气之下逃到了上海，成了上海一家证券公司的"黄马甲"。后来这十多年里，已经跟村里没有任何联系了。

据说，老姑父的葬礼声势浩大、极尽哀荣。蔡总，蔡思凡女士，也就是过去的蔡苇香小姐，现任平原板材股份有限公司的总经理，一下子请了四班响器对吹，无梁村一街两行站满了看响器的人们。在《喜洋洋》《百鸟朝凤》及"你挑着担、我牵着马……"的音乐声中，悲痛欲绝的蔡思凡女士曾哭晕倒过去三次！

吴玉花也哭了。他们虽然打了一辈子架，吴玉花还是掉泪了……

在葬礼上，吴玉花对人说，老姑父走得很平静，脸红扑扑的。那天中午还吃了一碗芝麻叶面条。好好的，下半夜就咽了气。可另有人说，吴玉花半个月都没进老屋的门了。还有人说，蔡总真是个好女儿，在老姑父临去世的那些日子里，她曾多次专程从城里赶回来，一次次进出老屋去看望她的父亲，一点也不嫌脏，可真是孝顺哪。

这些都是"流窜犯"梁五方后来告诉我的。五方是个"上访专业户"，他一生都用在告状上了。我是在出差途中碰上梁五方的。五方又到北京上访来了，在北京火车站一个角落里，我碰到了他。我请五方在餐厅里吃了顿便饭，喝的是小瓶的二锅头。五方喝了酒之后，就随口告诉了我老姑父去世的消息。当时我愣住了，面有愧色。

我原以为，欠老姑父的人情，该还的都还了，还要怎样呢？可是……我甚至暗暗地给自己找了一个借口：老姑父如果在天有灵，为什么不给我托个梦呢？

可就在这时，五方吐着一嘴酒气说：其实，老蔡没有死。

我又一次愣住了，我说：方叔，你啥意思？

五方说：老蔡成了一棵树。

我说：方叔，你到底啥意思？

梁五方朝前探了探身子，压低声音说：我是说，老蔡进城了。老蔡的头，在省城盆景园一个大花盆里栽着呢。

我说：方叔，你喝多了吧？

五方说：不多。就小二两酒，还是二锅头……接着，他又说：丢儿(他叫我的小名),你听我说。全村人,就我一个儿没使“封口费”。所以,这话我敢说。换换家儿,没人敢告诉你。

我吃惊地望着他,说:封口费?

这时,梁五方突然伸出手来,说:爷们儿,给俩吧,意思意思。你给俩钱,我就告诉你。这叫“信息费”,如今讲这个,你看着给。

我先是怔了一下。而后我从兜里掏出皮夹,从里边抽出一沓钱,大约有两千,放在了五方的面前。五方看了,说:够一句。

往下,五方的话说得我心惊肉跳,好久都没回过神来……是啊,世道变了。可再怎么变,在平原的乡村,也不该出这样的事。我不相信会有这样的事,也不敢相信。我看着梁五方,期望着在他脸上能读出点什么。虽然是酒后,梁五方仍不像是在说假话的样子。他眸子里是有亮光的。可我还是不敢相信……我现在连真假都分不清了。

听了梁五方的话,我久久不能平静。我不相信这会是真的。我告诫自己,从“流窜犯”梁五方嘴里也说不出真话来。

可是,分手后,当我走进软卧车厢的时候,突然觉得心里很痛,像针扎一样痛!我的公司总部在深圳。回到公司后,我一连数天心神不宁,夜里也开始做噩梦了。有一句话,像炸雷一样不时在我耳畔响起:给口奶吃!给口奶吃!……我明白,我是欠了债的人,老姑父的人情,我是一生一世也还不清的。

后来,我按梁五方的指引,去了一趟省城的盆景市场。

在市场上,我挨着走了一遍。在一盆标价一百二十万、名为“汗血石榴”的盆景前,我站住了。那一刻,我的心怦怦乱跳。我说不清是为了什么,这难道说是一种感应吗?

这时，盆景园的老板走过来，说：先生，这可是我的镇园之宝，想要？

我说：这盆石榴，一百二十万？

老板说：你如果真想要，借一步说话。

于是，我跟着这位老板进了里间的一个摆有茶具的花房里。进了花房，老板让人泡上茶，而后对我说：先生，我在这里说的话，出了门就不认了。不瞒你，这株石榴是我七十万进的，养了三年了。这株石榴跟别的盆景不一样，是用血肉喂出来的。

我望着老板，老板脸上一层油。我说：牛肉还是羊肉？

老板低声说：我往下再说一句，可别吓着你。你看这个盆特别大，它的最下边，垫着的是一颗人头。

我说：人头你也敢卖？

老板说：不是我卖人头，我卖的是盆景。至于它下边埋了什么，我并不知道。不知者不为罪……但是，我之所以敢卖这么高的价，它是有原因的。我告诉你，就这株石榴，它一天一个价，你出了这个门，改天再来，说不定就是二百四十万了。

我已在生意场上泡了这么多年，我知道老板话里有诈。可我不想再讨价还价了。假如老姑父在天有灵，他……我说：这盆石榴我要了。但我有一个条件。

老板说：你说。

我说：你必须告诉我，这株石榴的来龙去脉。说说，你是从哪儿弄来的？

老板朝周围看了一眼，而后，探过身来，低声说了一些话……

我说：真的吗？

他说：不打诳语。

……如今这株石榴就摆在我的办公室里。这是一个带有花卉图案的橙红色的大盆，花盆巨大，就像一只半截缸那么大，盆中的石榴长势很好，树干和枝条都是经过最高级的盆景师修饰过的(上边有铁丝捆扎过的痕迹)，虬虬髯髯地塑造成了迎客状，它甚至还结出了两个大石榴。

当我把这株石榴“请”回来的那天夜里，我曾经专门搬了把椅子，坐在石榴前，想跟他说说话。可一夜过去了，“石榴”始终没有开口。有一阵子，当我歪头打瞌睡时，隐隐约约地觉得门响了一下，我也不知道是不是……风？

是的，我闻到气味了，来自无梁的气味。那气味一日日地熏染着我，使我不得安宁。每次从它身边走过时，我都忍不住想打烂那盆，看看下边是不是垫着人头(我甚至专门去咨询了律师，律师告诉我说，如果那下边确实是一颗人头，不管人死没死，都是犯罪。而且，那些拿了“封口费”的乡亲，属隐匿不报，将视为同罪)。

然而，在很长一段时间里，每到夜半时分，我都能听到那盆石榴的声音。那株栽在花盆里的石榴说：我想听听国家的声音。

我知道，这也许是幻觉。我也多次告诫自己：别怕，这是幻觉。可这幻觉太吓人了，足以让我战栗，让我浑身发抖。

它说：我想听听国家的声音。

我该怎么办呢？

也许，这只是一个传说，是“流窜犯”梁五方的谎语。

可五方，曾经的梁五方，又是无梁最聪明的一个人，他会骗我吗？

第 三 章

你知道什么是“枪手”吗?

坦白地说,二十五年前,离开学院之后,我成了一个“枪手”。

或者说,我曾经当过“枪手”。

你不要误会,我没有杀过人。也不是替考者。顶多算是古人称之为“捉刀”的那一种。很多年来,我一直羞于提起这段往事。那是一个“伤”,我不愿碰它。现在,我想告诉你的是:在生活中,你只要退一步,一旦越过了底线,你就很难回头了。

我人生的第二个目标只有一个字:钱。

这一步走得太远。在做决定之前,我抛了一枚硬币。那是我手里仅有的一枚硬币。我问过我自己:要“国徽”还是“麦穗”? 我选择了“国徽”。在我的潜意识里,“麦穗”是底,“国徽”是面,那是“天安门”。

我一连抛了三次,第一次是“麦穗”,我心里说糟糕。可接着两次,都是“国徽”,我赢了。我向“天安门”进军,印在钱上的“天安门”。

我们是奔着钱去的。一直到多年后,骆驼说,差之毫厘,谬之千里。我们南辕北辙,走错了方向。

那年的风沙很大,北京很冷。

我蜗居在北京的一个地下人防工事里，呼吸着污浊、潮湿、阴冷的空气，等待着与人接头。这活儿是“骆驼”牵的线。

客观地说，“骆驼”是我命中的贵人。如果不是“骆驼”，我不会到北京来，更没有后来的……当然，现在“骆驼”已经不在了。“骆驼”从国贸大厦的十八层大楼上跳下去了。安息吧，骆驼。

“骆驼”名叫骆国栋，是来自大西北的才子。骆国栋之所以被人称为“骆驼”，不仅仅是因为他晒了一脸的高粱红，而且是他身有残疾。他生下来就是个罗锅，且一只胳膊粗，一只胳膊细（那只细胳膊佝偻，几乎是废的），背上还多了一块类似于“驼峰”的东西。但他绝顶聪明，连续三年考大学，连考连中，分数是足可以上清华的料，可每次体检，他都被刷下来了。可骆驼并不气馁，第四次，凭着他那扎实的古文底子，直接考上了研究生，成了我的同窗……那一年，研究生刚读了不到一个星期，骆驼又差一点被刷掉。因为他时常披着衣服去上课，显得人吊儿郎当的，多次被辅导员训斥。后来辅导员发现：他的一只袖子是空的，他把那只患有残疾的胳膊绑在了身上，藏起来了。

于是，辅导员就以他生活不能自理为由，坚持要他退学。

这件事轰动了整个学院。那天中午，当他去学生食堂打饭的时候，学生们看见他，一个个说：骆驼来了。骆驼来了。他就是那个全省考分第一，身有残疾，要被劝退的学生……我们虽然同情他，却没有办法。可骆驼却从容不迫，脸上看不到一丝沮丧的样子。他站在打饭的队列里，不时有人扭头看他，可他视若无睹。在众目睽睽之下，他单手，从容地打了饭，坐在饭桌前从容地把饭吃完，而后又到水池前洗了碗筷……这才找校长去了。没人知道他跟校长谈了些什么，结果是：他留下来了。一年后，他做了校学生会的主席。三年后,他带走了中文系的系花。

毕业后,我们天各一方,只有我和骆驼仍然保持着书信往来。那时候骆驼已经做了官了,毕业刚刚三年多,他就官至副处,虽然只是计划部门的一个闲职,可他毕竟是官员了。骆驼是一个有大抱负的人。他远在大西北,却不断地在信中用发烫的句子向我发出信号:一个伟大的时代就要来临了! ……那时候,一个副县级官员敢于辞职,这在当年几乎是不得了的事情。可他却毅然决然地辞职了。这是我最佩服他的一点。就我个人的观察,骆驼身上虽然有些匪气,却是一个具有领袖气质的人物。所以,我才信他。

可是,当我辞了职,来到北京后,却发现事情远远不像我们想象的那样……北京很大,可我却像老鼠一样,蜗居在一个由地下人防工事改造的格子房里,焦急地等待着骆驼。后来我才知道,等骆驼的不是我一个人,是三个人。

骆驼比我们晚到了三天。骆驼气魄大,是直接从兰州飞过来的。骆驼说,他本打算比我们早来一天,先安顿好了再去车站接我们。可那边突降大雪,大雪封了机场,他起了个大早却赶了个晚集……不过,骆驼已先期来过三次了。

那天下午,当骆驼的"西北腔"出现在地下人防工事的过道里时,有三个人同时推开了格子房的门。一个是我,一个是湖北的廖,一个是安徽的朱。事前我们并不认识。当我们三个人碰在一起时,湖北佬最先伸出手来,傲傲地,说:廖。他就说了这一个字。朱说:安徽的,我姓朱。廖和朱是一前一后来到这个地下人防工事的,这个由地下人防工事改造的旅社对外叫"红旗招待所"。这也是骆驼事先定好的接头地点。现在,加上骆驼,一共四个人。后来,我们被人统称为“杂鱼”。

就这样,我们来自天南地北的四条“杂鱼”,带着各自的梦想,游到首都北京来了。

那天下午,骆驼说:对不起,各位。抱歉,来晚了……而后他说,看过故宫吗?我们都摇头,没有。我们人生地不熟,等人等得心乱如麻,哪有这份心思?骆驼说,既然来北京了,故宫还是要看的。走,我带你们看故宫去。咱们相聚北京,故宫要看,钱要挣,酒要喝。看了故宫,我请各位喝酒!

这天,我们一行四人,在骆驼的带领下,看了天安门,看了故宫……那时候去看故宫的人并不多,三三两两,也许是下午了。我们走在留有近六百年历史记忆的青砖地上,看着这个有着一重重殿宇的巨大院落。这些在我们心目中无比神圣的所在,瞬间就倒坍了。后来细想,倒坍的不是建筑,建筑一旦矗立在大地之上,它就是有生命的。倒坍的是一种想象中的“幻觉”。好比是一尊想象中的神,光焰万丈的神,它突然站在你的面前,成了现实中的一个老人,戴着瓜皮帽的老人,你还信他吗?起码,它在我心中倒坍了。皇城楼子,当你一旦走近它的时候,它显得就不那么高大了。它是雄伟的,也是冰凉的。它没有热度,看上去等级森严,使人无法亲近。故宫也是一样,它的红墙、它的琉璃瓦,它那巨大、空旷的院落,它那粗大的褪了色的朱红廊柱,那雕有九条龙的青石照壁以及挑着夕阳余晖的飞檐,一处处刻有龙的石阶,还有龙椅、龙墩、龙床……在夕阳下,都显得冷冰冰、阴森森的,仿佛也鬼影幢幢,是一处让人防范、畏惧的所在。

骆驼没有食言。当天晚上,看了故宫之后,拐过府右街后的一条巷子,在一个巴掌大的饭馆里(后来,它居然成了北京最有名的私家菜馆)，骆驼请我们撮了一顿。在饭桌上，嘴里嚼着花生米，骆驼举起手里的啤酒杯，豪迈地说：屌屌灰，北京没什么了不起。有史以来，没有一个开国皇帝是北京人。从来都是外省人打进北京，占领北京，我们将成为新一代的占领者！喝酒！（在这里需要说明的是，这句话并不是冲北京人说的，或者说“北京人”只是一种借指，那是对整个时代的宣言）……于是我们一齐举杯。

那天晚上，我们一醉方休。醉了的骆驼唱起了大西北的“花儿”：城头上跑马没打过蹶，我打虚空里过了。刀尖上出了没带上血，我们的想心上到了……骆驼一开口喉咙里就可以喷出血来，唱得我们热泪盈眶，把啤酒杯都碰碎了！是啊，“我们的想……”在我们四人中，骆驼是天然的“领袖”。骆驼不开口便罢，只要一开口，就有无限的煽动性。仿佛打我们一出生，就该走在一起的。曾记得，当年，在一个文学社的聚会上，骆驼就是凭着一曲“花儿”摘走了中文系的系花。

可是，第二天上午，我一觉醒来，便听到了骆驼怒不可遏的咆哮声：混蛋！是你让我们来的，对不对？是你求爷爷告奶奶(你打了多少电话?)请我们来的！我把弟兄们召集在一起，我们都辞了职，你他妈又变卦了？早干甚？你敢变卦？提头来见！今天，你要不说清楚，我这一缸子热血就摔你这儿了！……

骆驼的咆哮声把我们吓醒了。那时候，我还在梦中，满天飘的都是钞票，我还在云端里坐着数钱呢。我正驾着五彩祥云，“巡天遥看一千河”呢！……一眨眼的工夫，当我醒来时，没有了祥云，我们仍然蜗居在地下人防工事里，事情却起了变化。

我们三个人，各自披着棉衣，光身穿着裤头子从不隔音的房间里跑出来……我们慌了。我们站在各自的房门口，怔怔地看着在过道里走来走去的骆驼。

当骆驼看到我们的时候，他先是怔了一下，突然跳将起来，故意大声说：走！兄弟们，马上收拾东西，咱走。不干了，都走！蛋子子，马上离开这里！我跟这狗日的算总账！……

站在骆驼对面的是一个穿军大衣的胖子。胖子肥头大耳，脖子很粗，看上去富富态态的，腰里挎着一个 BP 机（那年月，BP 机是个很时髦的东西）。他有些惊愕地望着骆驼，一个劲说：表哥，表哥，你别急，你听我说，你听我解释。

骆驼仍然大声吼着：你像个老表吗？表屎个甚?！我不是你的哥。你他妈就是个骗子！从今往后，咱一刀两断！

这时候，过道里有人嚷道：吵什么？让不让睡了?！……胖子看住在地下室里的人都拥出来了，忙拽上骆驼，求道：哥哥，走，走，咱上去说，咱到外边说……说着，硬把骆驼拽上了台阶，两人吵吵嚷嚷地出了地下室，到外边去了。

我、廖、朱，三个人一下子傻了，我们互相看着……

湖北佬说：搞吗事？瓜西西的，这不是唬白人吗？

当骆驼回来后，进了房间，看着我们三个，他一下子脸色变了，变得脸色煞白。我们四个人面对面坐着……片刻，骆驼突然甩起袖子，在我们脸前扇起了一股风，而后，他举起右手，"啪啪啪啪……"单手，一连甩了自己十几个耳光！接下去，他站起身来，弯下腰，郑重地鞠了一个躬，说：好兄弟，对不住了，我向各位请罪！

骆驼的气势又一次把我们镇住了。骆驼就有这个能力。是的，我们在骆驼的召唤下，相约而来。我们是来挣钱的。就像骆驼信里写的那样，我们"同打虎共吃肉"。我们要"堂堂正正地挣钱"！骆驼有一个庞大的计划：我们要编一百本书！全是古典文化，是经典中的经典。他说:特别是儒家和道家,不仅是中国的,那也是人类的经典。中华文明五千年,如果有神的话,孔子才是神!……想一想,我们四个人,都是学历史的,都是"笔杆子",我们各自带着一支笔打进北京城,我们要的是"名利双收"!骆驼说,什么都不要带,就带一支笔,这就是我们打进北京的"武器"。我们计划得很好,我们依靠"北图"(国家图书馆),无本生利。骆驼说:三年,也许用不了三年,我们一个个就成百万富翁了!虽然是"枪手",可我们出售的是"古典文化",我们还有体面。

可现在,骆驼告诉我们,那狗日的书商变卦了。老万,万国仓,靠盗卖金庸和梁羽生的武打小说起家,有俩钱儿就想当文化名人的掮客,他食言了。骆驼说:真操蛋,他嫌编"古典"太麻烦。还要买书号,还要出版社去审,一关一关的,风险太大……万一印出来卖不动,砸手里,他就倾家荡产了。所以,他改主意了。

廖说:苕啊,我荷包里就剩几个镚镚儿了。

朱摇着头,说:尻死,尔小气巴巴的。

是啊,我们都辞了职,我们已经没有退路了……房间太小了,屋子里烟雾缭绕,我们开始唉声叹气,我们怪自己太盲目,我们对骆驼的信任已经大打折扣了。我们已弹尽粮绝,我们四个人,搜遍所有的衣兜,凑在一起总共才剩一块八毛钱。

这时候,骆驼从兜里拿出了一千块钱,他把钱放在桌上,说:这是饭钱。我从老万那里逼出来的。

我们看着桌上的钱……骆驼说:现在,我们已经没有退路了,只有背水一战!……往下,骆驼自己的脸先就红了。他有些碍口,可他还是说了。他说:老万,这狗日的还有个方案。他说是预备方案。是个操蛋活儿。他说绝对赚钱。只是……唉,伸头一刀,缩头还是一刀,我说了吧。

我们来了,我们豪情万丈,到了却接了这么一个活儿:老万的意思是要我们"捉刀"日弄一套"情感"系列小说。说"爱情"高尚了些,他其实是要我们"攒"一套下三路的文本,一套关于"男女性关系"的系列小说,往手抄本上"靠一靠"……而且,此人盗心不改。他说他已经"攒"好了名字,作者的名字就叫:艾丽丝。还要注明:美国。一时间,我们成了制造"美籍华人女作家艾丽丝"的"地下工作者"了。他还说:一本一万,愿干就干。

我们很矛盾。我们一开始就活在矛盾之中。我们号称是文化人,我们都读了大学,可我们已经鬼迷心窍,本意是来搞"古典文化"的,可往下一出溜,就成了"垃圾文化"的生产者了。而且还很"老鼠"。我们躲在阴暗潮湿的地下室里,去给老万打工,制造一个虚拟的、号称来自美国的"艾丽丝"……很堕落啊!

骆驼先捧着脸哭了。骆驼说:我对不起兄弟们,这是一次牺牲。为了将来,我们也只好暂时牺牲名誉了。暂时的……我们都捧着脸,已不是脸的"脸",愁容满面。我们没有了退路,我们被"钱"扒光了身子,我们已经活得不像人了。

我们四个人唉声叹气,整整议论了一个下午……可我们毕竟是文化人,当扒光了身子的时候,我们还想留下一条"裤衩",这就算是我们的遮羞布了。最后,我们相约,就是写"性",也要有底线,点到为止……骆驼安慰我们说:经典还是要做的。等我们有了钱,甩了老万,跟正规出版社联系,一定做!

当天晚上,骆驼接了一个电话,是老万打来的。他在电话里神神秘秘地说了一段话……后来,骆驼告诉我,老万要请我们"会餐",去吃"A 菜"。那时候我们还不知道什么是"A 菜",开始我们以为老万要请我们吃西餐，都很高兴。湖北佬说：嘛子，是老莫吧（北京有名的“莫斯科西餐厅”）？早听人说过。后来才知道，老万是想让我们这些来自“老、少、边、穷”地区的“土老帽儿”长长见识，开开洋荤……让骆驼带我们去一个地方看录像。路上，骆驼附耳低声对我说“A 菜”，就是黄带子。

这晚，我们晕头转向地走在一条条胡同里。在北海的后边，一大片民宅里，隐着那么多不知名的胡同。拐弯，再拐弯……我们很紧张，心里很贼，我们一个个仿佛都成了偷儿，一身的鼠气。冬天里，北京风沙大，天上昏着一个月亮，黄月亮。我们在京城的月光下走着，谁也不说话，我们已无话可说。

在一个曲里拐弯的胡同的尽头，一根电线杆子下边，我们看见了戴着棉帽子、脸上捂一大口罩、身穿军大衣的老万。老万先是打一手哨儿，就像地下工作者接头一样……而后，他上前挨个拍了拍我们的肩膀，像是安慰的意思。接着，老万领着我们穿过一条很窄的巷子，七拐八拐地进了一个门，灯亮了之后，我发现，这是两间平房，平房里堆着半屋子书，全是盗版的武打小说……另一间房里，靠墙放着一张电视柜，柜子里是一台二十一英寸的“松下”牌电视，下边又是一台“日立”牌录放机，柜前摆着几把折叠椅……老万低声说：坐。坐吧。今儿让各位开开眼。我先提个醒儿，出了门可不能说。

老万蹲在电视机前摆弄了一阵子，等到电视上出现画面的时候，他先是把灯关了，又拉上窗帘，而后小声说：对不起了，各位，你们看吧。我得把门锁上，在外面给你们望着点“雷子”（警察）……说完，他一边蹑手蹑脚地往门外走，一边又对骆驼说：哥哥，尿的话，那边角里有一桶，将就将就……而后，门轻轻地关上了，就听见了锁门的声音。

在电视余光的照射下,我发现,他们三人的脸是绿的。我知道我的脸也绿了。我们都绿着一张脸,木瓜一样地坐着……我们很害怕,气儿都不敢喘。下贱哪!我们真成了钻进风箱里的老鼠了。电视画面上出现的男男女女,一个个脱得光溜溜的,裸着一亮一亮的肉体……我的心怦怦直跳,头发一丝丝竖着,恐慌多于惊奇,极度地紧张!镜头一闪,眼前晃着一双巨大的、红色的高跟鞋,网状的黑丝袜,“嘚儿、嘚儿”地走过来,跨过一道道白色的门,接着是叽里咕噜,是喘息着的女人……身后就是门。门虽然锁着,可我们还是怕……A 菜,这就是狗老万说的“A 菜”?

当带子放到一半时,屋里的电话响了!电话铃“当啷”一声,像炸开的炒豆一样,一直响个不停!……我们吓坏了。我们扭过头,呆呆地望着放在书堆上的电话机,大气都不敢出!湖北佬颤声说:关关关、关了吧?

这时候,只见骆驼甩了一下袖子,站起身来,走到书垛前,拿起电话,“喂”了一声,紧接着,他看了看我们,咳了两声,说:……哦,哦,吃着呢,药吃着呢。雷尼替丁(胃药),有,还有呢。没事……放心,放心吧……突然,他一脸庄重,严肃地说:不说了吧?我们正在开会。开一个很重要的会!……嗯,不说了。你也保重。

打完电话,骆驼袖子一甩,一言不发,又重新走回来,坐下继续看录像……

绷紧的空气松下来了,廖动了一下身子,说:小情儿吧?

朱说:嫂子。嫂子。

骆驼先是不吭,很严肃地坐着……片刻,他淡淡地说:查岗。查岗的。

我有些吃惊,我终于看到了骆驼的另一面,狡诈的一面。他就像是一个天生的演员,他的演出到了逼真的程度。在一片叽叽歪歪的哼哼声中,他居然说"我们在开会"?!我想,那一定是他的老婆,当年的"系花"打来的……骆驼真是个人物啊!

往下,我们总算有了点活气,我们开始小声议论着画面上的男男女女……说实话,直到这时,我们才有了些感觉,头皮不再发奓了。

灯亮了,当听到开门的声音时,我们终于长出了一口气……一连三个小时,我们吃了一肚子"A菜",小肚子发胀,都憋着尿呢。

老万摇着身子走进来,说:怎么样,各位?解瘾吧?看炮兵演习……有灵感了吧?

骆驼说:屌屌灰。

我说:狗屎。

廖说:……板麻养的。

朱说:小×辣子。

我们都不知道该说些什么。其实,我们只是表达了一种情绪,一种备受熬煎的情绪。四个成年男人,饿着肚子,来吃"A菜"……这里混杂着:欲望、惊恐、羞惭、刺激、堕落……还有尿意!

在回地下招待所的路上,顺着一条条胡同,我们走在老北京的夜色里。对于外乡人来说,北京的冷是透骨的,是"身在异乡为异客",是"风刀霜剑严相逼"。我们一边走一边搓着手、哈着气,说着无用的废话。

骆驼说:脱光了,人跟鱼一样。

我说:牲口。人也是牲口。

廖说:白肉。白条子肉。

朱说:小日本的,倒温和些。

这时,湖北佬突然说:……得签合同,我们得跟“板麻养的”老万签个合同。

骆驼说:对。也对。签,我明天就跟他签。

天上九头鸟,地上湖北佬。还是湖北人聪明。廖说:不是一本一万吗? 那就一人签一份。这样保险些。

骆驼有领袖意识,骆驼很严肃地提醒:记住,我们是一个团队。

那时候,社会上才刚刚有“万元户”之说。一万,在我们看来,是个巨大的数目! 我们接下了这个活儿,我们不再说什么了,我们心照不宣。

往下,昏天黑地的日子开始了。

按老万的要求,我们一人一本,每人每天“攒”四千字,六十天交初稿……如果能顺利过关的话,我们每人可拿一万元。往下,再接着“攒”。

现在回想起那段经历,可以说,真不是人过的日子……我就是在那段时间里学会吸烟的。

从此,我们龟缩在地下室的格子房里,一个个都熬成了烟洞里的红眼老鼠……我们已很难凑在一起了。骆驼是一个习惯用左脚敲门的人。也许,作为一个有残疾的人,他必须极致,才能在这样的社会里生活下去。他那只残了的胳膊,肩膀头和牙齿的配合也到了让人吃惊的地步。穿衣服时,他先用右手把衣服套在胳膊上,而后肩头一耸,牙一咬,就提上来了……一瞬间就会把衣服穿得周周正正的。骆驼走路经常会晃着膀子,他右边的肩膀摆动的幅度很大,不时地要耸一耸肩,就像是很骄傲的一个人。其实,他不是骄傲，他是为了保持平衡。进门或出门时，他的左脚总是最先探出去，宽一些走，他是以脚代手探路的。

骆驼每天早上四点起床，先是一支一支地抽烟，不停地咯痰，他的烟灰缸总是堆得满满的……而后是一阵震耳欲聋的咳嗽声，炸了肺一样！他的写作从早上四点开始，一直写到下午四点，而后门“咣”的一声（他是用肩膀开门的），他拿着暖水瓶走出来，甩着袖子，去打一壶开水，泡方便面吃。

廖是夜战。晚上九点开始，一气写到第二天上午，把笔一扔，蒙头大睡。他要一直睡到下午才吃饭。他吃的是泡饭，打一盆米，就着一包榨菜，用开水泡一泡吃两顿。吃了饭穿着一双拖鞋，“吧嗒、吧嗒”地四下串，拍拍这屋的门，再敲敲那屋门，探一头问：板麻养的，写了多少？你要是不理他，他就接着串。间或，我去敲他的门，就见他坐在屋里的床头上，扳着一双臭脚，这是他的思考方式……

朱成了“磨道里的驴”。他不停地在屋子里走来走去，动静很大，像戴着脚镣似的。要么就是倒立，他的思考方式是“倒立”，像壁虎一样贴在墙上。他住的那间格子房，墙上全是他的鞋印子。朱也吃米，他让人从家里给他捎来了一个小煤油炉子，想偷偷地做饭，被招待所的管理员小莉发现，给没收了。朱很懊丧，嘴里骂骂咧咧的。他的写作是从撕纸开始的，每每写上几行，他就开始撕纸了，“刺啦”一张“刺啦”一张，地下全是他扔的纸团……有时候，他敲一敲格子板，问：kɑo怎么写？说完，他哧哧地笑了。我也笑。

我是全天候，二十四小时，不分昼夜。写不下去的时候，就睡；睡不着了，又爬起来写……这是个体力活。我坐在桌前，一日日开着台灯，白天也当晚上过，整日里掉头发，头昏脑涨的。我和他们不同，主吃面食。方便面分了好几种吃法，泡着吃、干着吃、煮着吃，吃了几箱子。后来我在方便面里吃出了一股鸡屎的气味，一闻见就想吐。

我们住的格子房成了一间一间的囚室。我们各自困在囚室里，联络方式是相互敲格子板。我睡颠倒了，时不时会敲一敲朱的那一面格子板，问：几点了？该吃饭了吧？朱说：刚送过水。那就是上午九点。有时候，也敲廖的这一面，没人应，那就是说，已是下午了，廖睡着了……还有的时候，实在是写不下去了，我就在北京的胡同里窜来窜去，像流浪儿一样。我的烟瘾也越来越大了。有时候，半夜了，还去敲胡同口纸烟店的门。后来，我竟跟胡同口一家纸烟店的老头成了熟人。他说，住"红旗"的都是笔杆子呀。我没有回答他，我没脸回答他……我们走的是下三路，我们是"枪手"。

偶尔，聚在一起时，我们就去邻近的小店里喝啤酒，打牙祭……而后就互相追问：今天写够了吗？

驼驼说：头三天，我都是一天八千字！今天才写了几百字，写不下去了……

廖说：脑壳子疼。我一天五千，今天写了三千，马马虎虎。

朱说：小×辣子，不是人干的……

我说：……王八编笊篱。就编吧。

喝醉了的时候，我们就大骂骆驼，说是他逼着我们签下了"卖身契"！而后逼他唱"花儿"。骆驼认账，袖子一甩，仰起脖子就唱：……板子打了九十九，出了衙门手拉手。大老爷堂上定了罪，回来还要同床睡！谁把我俩的手扯开，快刀提到你门上来！……廖大声叫道：板麻养的，多好的细节呀，我用了！

朱说:买。买。尔把钱买!

往下,我们开始划拳,玩“老虎、杠子、鸡”,谁赢了,吃一块水煮肉片……

这天夜里,凌晨三点,在服务台值夜班的服务员小莉突然尖声叫道:妈呀,死人了!快来人哪!……一时,咕咕咚咚,我们全跑出来了。

我们一起拥到了公共卫生间的门前,只见朱出溜儿在盥洗台前的地上,裤子在腰上半褪着,两眼紧闭着,昏迷不醒……我们三个赶忙把他扶起来,让他靠墙坐着,摇着他叫道:老朱,老朱!……再摸他的鼻息,骆驼说:还有气儿呢。水,水!……

我说:掐,掐他人中。

服务员小莉在一旁捂着鼻子说:裤子,快给他提上裤子……吓死人了。

喊着,喊着,只见老朱慢慢睁开了眼,喃喃地说:家败的,我怕是不行了。一夜跑起十八趟,哥哥,我要走起了……说着,他眼泪汪汪的。骆驼赶忙安慰他:酸中毒,你是酸中毒,没事,我那儿有雷尼替丁……老朱又勉强睁了睁眼,说:哥哥,冷,我冷。

我拍拍骆驼,说:别“雷尼替丁”了,赶紧送医院吧。

天太晚了,打不上车。于是,骆驼带头,我们三人轮流背着老朱往医院赶……一路上,老朱哭着说:哥哥耶,我不行了,送我回家吧。我想回家。我实在受不起了,我一个字也写不出来了……我们轮流劝他:你没事,你会好的。可听了他的话,我们心里都酸酸的。

已是凌晨了,北京的风呜呜地刮着,寒气逼人。我们气喘吁吁地轮流背他,累死累活的,好歹在府右街后找到了一家医院,这是一家妇幼医院。在我们的央告下，总算把他收下了……我们坐在医院的走廊里，累得连说话的气力都没有了。

一直到医院开处方、登记名字的时候，我才知道，他叫朱克辉。朱克辉得的是中毒性急性肠胃炎，因为我们那天晚上在北京的小摊上吃了顿水煮肉片，又喝了些凉啤酒，他贪嘴，吃坏了肚子……廖说：板麻养的，肏，他吃了多一半！

朱克辉在我们的看护下，输了一天一夜的吊瓶，病总算好些了……可他是城里人，从没吃过这样的苦。他还是说：哥哥，哥哥耶，我实在受不起了，让我走吧。

骆驼说：钱还没拿到手，你怎么走？我有胃溃疡，比你还严重呢。希特勒说过一句话：不是他们踏着我们的尸体过来，就是我们踏着他们的尸体过去！坚持。

于是，我们就这样昏天黑地地"坚持"着，苦写苦熬。我们不再出门了，我们天天吃泡面，我们每天数着字数，我们已经没有了时间概念……一天，当我们穿着棉衣走出地下室的时候，才突然发现，树已经绿了。

最后半个月，我们实在是熬不下去了，我们就快要疯了。写不下去的时候，我们四个人聚在一间格子房里，喝酒、骂娘，各自说着家乡的事情……我们想家了！

六十天的限期就快要到了。可是，我们已经没有钱了……那年月，四个人，一千块钱的伙食费，要说也不少了。可我们摊下来一人才二百五，加上抽烟，隔三岔五地打打牙祭，再加上朱克辉看急诊、输水、拿药的花费，一算，骆驼说，没钱了。

离限期还有五天，我们没钱了。我们看湖北佬，他是个细人。廖说：板麻养的，别瞭我，我兜里只剩一镚镚儿。我们不信，就地按倒，搜他，竟搜出一张五块的！于是，四个人共了产，打了牙祭，吃了最后一顿火烧夹牛肉……开初，我们还硬撑着，撑到第三天，当我们把各屋剩下的方便面、面包屑收拾干净的时候，就再也撑不下去了。我们三人联合起来，一再地逼骆驼，要他跟老万联系，让老万赶快送钱来。可骆驼说，他打过很多次电话，老万到广州去了，三天后才回来……怎么办?!

湖北佬灵机一动，说：板麻养的，他不是有 BP 机吗？你“叩”他！

我们肚子里咕咕乱叫，我们都看着骆驼……我们押着骆驼来到服务台前，我们又甜言蜜语地哄着服务员小莉，四个大男人厚着脸皮赊下了电话费，骆驼一连呼了九遍：“——1855”，说是加急！

我们站在一旁，说：再呼。再呼。呼死他！

一个小时后，老万复机了。老万说：肏，不是订的有合同吗？按合同办事。没钱了？没钱你们先借……等我回去再说。说完，就把电话挂了。

我们傻眼了。在北京，人生地不熟的，让我们找谁去借呢？这时候，我们再看骆驼。我们饿狠了，我们的目光像饿狼……骆驼一甩袖子，说：我想办法。我来想办法。

这天夜里，我们各自躺在床上，连说话的气力都没有了。我弯着指头，叩墙板“说话”：一下是“饿”，两下是“很饿”，三下是“饿死鬼”……朱连着两下，“说”：“伤了”，“伤了”，“伤了”。而后又是三下：“猪册滴”，“猪册滴”，“猪册滴”。廖敲得更猛，“说”：“遭页”，“遭页”，“遭页”。而后三下：“唧门搞?”“唧门搞?”“唧门搞?”五下：“冒得滴串串”，“冒得滴串串”……一直到九点的时候，只听见一阵乱敲，板墙都快要敲破了！

忽然，骆驼在门外大声说：起。都起。有办法了！

我们一起重新聚在了骆驼的房间里。骆驼说：我刚从一"漂爷"（指的是从外地来还没有找到工作的。后来被称为"北漂一族"。其实跟我们一样，我们也是"漂爷"）那里得到一个信息：有一班"攒"电视剧的大腕，在北京饭店住着，正在收购"细节"呢！我们一下子怔了，说：买什么？他说：细节。好的细节。说是以质论价……我们本不相信。在北京，我们曾听说有倒卖"批文"（那是一般人不敢想的）的，从没听说还有倒卖"细节"的。肏，哪会有这样的事情？！骆驼说，不管真假。现在，各位都回去攒"细节"。一人五百字，攒好了，明天一早交给我。

我们真的是饿傻了，我们都愣愣的……骆驼说：快，都回去攒，拣最好的！

我们明白了，无路可走的时候，我们什么都得卖。我们成不了妓女，只有卖"脑汁"了。我们的"脑汁"很不值钱……我们各自回到房间，苦思冥想，手揪着头发，头往墙上撞着，攒了一夜的"细节"……第二天一早，交给了骆驼。骆驼拿上出门去了。

骆驼走后，我们又重新回到床上，半睡半醒地等待着出卖"细节"的消息……这一次，我们连叩墙板的力气都没有了。

我们一直等到下午两点，骆驼终于回来了。骆驼手里举着三张一百元的票子，说：兄弟们，有饭吃了！

我们都看着骆驼，我们终于有饭钱了！骆驼说，人真多，全是"漂爷"。他排了整整一上午的队，轮到他的时候，那人看了不到十分钟，就把我们的"脑汁"全毙掉了。他说，北京饭店的暖气真热呀！那人龅牙，衫衣雪白，打着一条金色的领带，看一页就龇着牙说：垃圾！再看一页：……垃圾！接着就不停地说：垃圾，垃圾，全是垃圾！后来，还是骆驼攒的一首“花儿”，吸住了他的眼睛……最后，他还让骆驼当场唱了一遍，把词、曲全都给他写下来，这才给了三百块钱。

也许你不信，我们就是靠着卖“细节”挣来的三百块钱，熬过了最后三天……往下，就等着狗日的老万来审稿了。

老万回来了。

老万来的时候，梳着油亮的大背头，穿一棉布的花格衬衫，手里还托着一个黑色的砖头块子样的东西。老万刚从广州那边回来，嘴里不时夹杂着一两句“鸟语”。他告诉我们说，这叫“大哥大”，全称为：Cell phone（制式无线移动电话）。老万召见我们的时候，有些显摆地对骆驼说：老表，给家里打个电话吧。现在就拨……老万甚至还拱着手许愿说，只要合作愉快，闹好了，他一人给我们送一“大哥大”！看来，广州之行，老万是挣了大钱了。

老万这次来，显得很大方，也很谦恭。他先是请我们四人去吃了一顿“北京烤鸭”。在饭桌上，他一句一个“老师”地叫着，挨个给我们敬酒。老万说：老师们辛苦了。我都听说了，苦大发了。吃的是泡面、泡饭就咸菜……来，来，请请。我先给各位赔个罪！不说了，不说了，这叫苦尽甜来！喝喝，都喝！……听他这么一说，我们心稍安了些。接下来，老万又拿过他放在桌边的手包，从里边抽出一沓钱来，每人数了十张，拍在我们的面前：我怕各位老师喝不痛快，就先把订金付了吧。我这个人，一向不算小账。老师们不给我计较，我也不跟老师们计较了。我说了，这只是订金。稿子只要通过了，一万还是一万，一分不少各位的。这放心了吧？喝酒！……

骆驼也激动了，说：老万，这才像句人话。兄弟们，喝。喝他一个昏天黑地!

酒过三巡,老万的电话响了,老万拿起"大哥大","噢"了一声,说:怎么了?……北京站?你他妈屁大一点事也办不好?!……好,知道了。我马上过去!说着,老万站起身,鞠了一躬,说:老师们,对不住了。我发的货,在站上出了点小问题,我得马上赶过去。账我已经结过了。你们慢慢喝,喝好……说完,他拿上手包,又夹上我们四个人没明没夜熬出来的"脑汁"(稿件),扬长而去。

老万走后,我们先是怔了一下,突然头碰头,抱在了一起。我们四人抱在一起,放声痛哭……骆驼甩了泪,说:我们在一起苦过,我们比亲兄弟还亲!喝酒!

喝酒……小×辣子!

喝酒……板麻养的!

喝酒……驴日的,狗肏的!

干杯!……他娘的狗娃蛋。

干杯!……尔、尔、尔们。

干杯!……串、串、串串烧。

干杯!……你瓜笑啥呢?

我们马上就是万元户了。我们从来没有这样高兴过,我们醉得一塌糊涂!我们各自趴在桌子角上傻笑,开始唱家乡的歌,一首又一首……直到饭馆打烊。

酒醒之后,已是第二天的中午时分了。我们又聚在了一起,我们已经开始谈论"大哥大"的用法了……不是吗?老万已经口头许过愿了。再说,我们已经尽力了。我们都吹嘘自己写得好……我们猜,到时候,老万会不会带着送我们的"大哥大"一块来?那年月,"大哥大"很贵,一只要一万多呢。可我们仍然相信他会送。老万这人江湖,多义气呀。那订金,他掏得多痛快,“啪啪啪”一人拍出十张!还特意说,在稿费之外。我们都夸老万这人不错,够意思!老万还说了,他抓紧请专家审稿。三天时间,很快。

这三天,是我们一生中最快乐的日子。此后,我们分头行动,廖和朱爬长城去了。廖说:嘛子事?走咯,不到长城非好汉嘛。我曾经读过一篇“香山红叶”的散文,很想去香山看看。骆驼本要跟我一块去爬香山的。可临行前,他说,他有别的事,要单独行动……于是,我一个人去爬了香山。

已是暮春时节了。四月的香山,虽然没有红叶,但花红叶绿,空气清新,玉兰绽放,白梨花一树一树,行人三三两两,静处寂无人声,别是一番韵味。那时候,山路上已有穿裙子的女人了,裙摆一甩一甩的,很诱人。看见女人的时候,我猛然想起了梅村。我想梅村想得肝疼。如果梅村跟我一起游香山,那该多好!梅村太漂亮了,梅村会不会……要是老万真的给我们每人送一“大哥大”,我就可以天天跟梅村通话了……等我登到香炉峰时,只见远山如黛,白云缭绕,犹如梦境。此时此刻,我脑海里只有梅村,我分外想念梅村。于是,一念之下,我飞快地奔下山去,跑到最近的一家邮电所,给梅村所在的学院拨了一个电话。我在电话里说:……梅村吗?一个月后(我怕话说早了),我回去见你。她笑着说:……带着阿比西尼亚玫瑰?我说:是。带着阿比西尼亚玫瑰。(此时此刻,我仍然不知道世上到底有没有阿比西尼亚玫瑰。)我想,到那时候,我已是万元户了。反正是玫瑰,不管什么样的玫瑰,都买得起。可是,打完电话之后,我心里突然打起了小鼓儿。我说不清为什么?只隐隐约约的……心慌。

三天很快就过去了。这期间,我们还一起到理发店理了发。

我们有两个多月没理发了,一个个蓬头垢面,看上去像犯人一样。理了发,清清爽爽的,我们又一同逛了王府井的商场、书店……各人都买了些书,还有衬衣和袜子……那会儿还都是高高兴兴的。到了第三天晚上,我们四人几乎同时拉开门,互相看着……我们都不是傻子。我们就像是未决的犯人一样——等待判决。

廖说:巧言令色,鲜矣仁。——这是孔子的话。

我说:信言不美,美言不信。——这是老子的话。

朱说:放马而随之。——这是管仲的话。

骆驼说:殷之法,灰弃于道者,刑!——这是韩非子的话。

我们都是学历史的。我们以史为鉴。可怎么"刑"?我们有对付他的办法吗?一时,我们又慌神儿了。我们讨论了一个晚上,到了也没有拿出办法来。湖北佬让骆驼拿出合同来,灯光下,我们重新看了一遍,突然发现,漏洞很多……这时候,我们才明白,稿子一旦交到了老万手里,我们就丧失了主动权。

最后,骆驼安慰我们说:放心吧。不怕。如果老万变卦,退稿的话,我去联系书商,找出版社……咱再找一家!

朱说:咱们跟他谈判。咱们四张刀嘴,还说服不了一个"胡同串子"?

廖说:对头!告诉他板麻养的,订金是不退的。

说归说,我们终归心里没底。应该说,预感还是有的。个个心里都麻。往下,我们就剩下"侥幸"了……我们相互安慰着,姑且相信老万是仁义的。只是谁也不再提老万送"大哥大"的事了,不敢想了。

第四天上午,我们焦急地等着老万。等到九点的时候,老万没有来,电话来了。老万又要请我们吃饭。顿时,我们脸上有了喜色……骆驼袖子一甩，说：走！

廖问：啥子地方？

朱说：搞什么搞？

骆驼豪迈地说：杏林会馆！

人的耻辱都是自己书写的。

……我们到了地方才知道，老万说的“杏林会馆”并不是一家高级饭店，而是一家带有洗浴功能的茶社。

走进杏林会馆，我们是在一间摆有竹器的套房里见到老万的。这是一个有三间房那么大的雅舍，进门要换鞋的。待走上了竹地板铺就的台阶，见外面是一个很大的客厅，里边是卧室。进了客厅，迎面亮着白色鹅卵石的池子里种有一丛青竹，墙上挂着画有竹子的古画，房间里摆的也是圈式竹椅、竹桌，还有一套精制的竹编茶具……老万大背着头，裸身穿着一袭白色的浴袍，手执一泥壶，脚下趿拉着一双细竹篾儿编的拖鞋。看我们进来了，老万微微仰起头，淡淡地说：坐，坐吧。

我们的屁股刚刚坐稳，不料，突然间，老万竟勃然变色。他在屋里走了几步，蓦地转过身来，抓起手里泥壶，“啪”的一下摔在了地上！咬牙切齿地说：杂鱼！一班儿杂鱼！我瞎了眼了。好心好意，求爷爷告奶奶，竟请了你、你们这么一班儿杂鱼！

这时，门外突然蹿进来三个精壮的小伙，三人站成一排，一个个看上去身手不凡，领头的说：万哥，有人闹事？

只见老万摆了摆手，说：没事。下去吧。

顿时，我们坐不住了，我们屁股下像扎有一万根针！骆驼站起来，说：老万，怎么了？你说清楚。

老万拿起放在桌上的一摞稿子,那是我们的“脑汁”。他用手托着,随手拨拉了一下,又“啪”一下摔在了桌面上,“啊——呸”,他竟朝上边吐了一口唾沫!而后说:专家说了,不能用,一个字都不能用!都他妈是擦屁股纸,下脚料!……我请你们到北京来,像爷爷一样供着你们。供你们吃,供你们喝,你们就是这样做事的?!

我们都怔住了。我们让他给骂傻了,我们像孙子一样站在他的面前……廖最先慌了神,求告说:老万,别生气,老万。我、我们也是苦哈哈的,脑壳都累残了,一天都没歇呀……是吧?

朱说:老万,老万,你就行行好吧。

可老万继续骂我们“杂鱼”。他说:杂鱼,一班儿杂鱼!一班儿狗肏的杂碎!还自称是“笔杆子”,我看是混吃混喝的烂杆子!你们自己看,你们拿回去自己看。干哑哑的,一点色都没有……什么玩意儿?!

我们脑子里乱哄哄的,我们已经没有了主意。我们都看着骆驼……骆驼说:老万,你翻脸不认人老万?!没有这样说话的!你说句痛快话,咋个办?

老万说:凉拌。

骆驼说:咋个凉拌法儿?

老万说:活儿太糙。拿回去,改!

骆驼说:怎么个改法?

老万扔过来一沓打印纸,说:专家的意见都在上边附着呢,重新来!先说,订金我已经付过了,一分钱我也不出了。愿改改,不愿改滚蛋!

……一片沉默。我们万念俱灰,死的心都有了。

这时候,看我们一脸霜,老万改了口,又说:……老师们,别嫌我说话糙。我也是没有办法,逼到了份儿上。我说过的话,决不改口,改好了,还是一本一万!……说完,他看了骆驼一眼。

骆驼喉咙里咕噜了一下,吐出一个字:走!

我们像是被缴了械的败兵。我们一口饭也没吃,一个个灰溜溜的,各自夹着自己的“脑汁”离开了杏林会馆。

一路上,我们悻悻地走着。我们知道上当了。我们上了那“胡同串子”的当了。一个北京的“胡同串子”,竟然按旧社会地痞的路子,请我们吃“讲茶”?!我们低估他了。我们心里翻江倒海,牙咬着一股一股的血气,用最恶毒的语言诅咒老万!同时,我们也暗暗地检视自己,觉得羞愧难当……脸呢?这是京城啊!

回到地下旅馆,我们这些“杂鱼”已无颜相对,谁也不看谁,一个个溜回屋去……各自偷偷地看“专家”的意见去了。

这一夜是最难熬的。我突然发现,这地下室的格子房,空间是那么狭小、逼仄,空气是那么污浊、憋闷,那久存的烟味简直令人窒息!我都快要憋死了!我一分钟也不想在屋子里待了。我推开门,匆匆走出房间,像逃跑一样地上了台阶,一直到跑出了地下通道口,我才深深地吸了一口气。

我走在北京的夜色里,我已经失去了方向感,我只是在走,不停地走……我狼行在曲里拐弯的胡同里。我看见卖餐点的小贩正在收摊;我看见在胡同口修自行车的汉子哼着小曲儿;我看见蹬板车的搬运工在狭窄的胡同里行走自如……不管怎么说,他们还有一份自己的日子。可我的日子呢?我无路可走,我已经回不去了呀!我继续往前走,瞎走,走不通的时候就折回头,再走……后来,我一直走到了长安街上,走过北京饭店,走过天安门,走过人民大会堂,我看见了一片灯火!

等我走回来的时候,天已大亮了。微风中,我看见骆驼在地道口上孤零零地站着,风飘着他的一只袖子……看见我的时候,骆驼突然背过身去,我知道,他掉泪了。

而后,他一步步下了台阶,走回了地下旅馆。在地下室的过道里,他回过头,对我说:你也要走吗?没等我回答,他袖子一甩,又朝前走去。这时候,我才发现,寥和朱的房门都开着,只是人不见了。

我们一前一后走进了廖的房间,只见地下扔着一片碎纸;墙上,用墨汁画着一个大乌龟,乌龟的背上写着两个字:老万!……骆驼说:廖亦先,朱克辉,都走了。不辞而别。

这时候,住了这么久,我才知道湖北佬的名字,原来他叫廖亦先。廖亦先太聪明,当他发觉上当了的时候,就私下里串联了朱克辉,两人在屋子里嘀咕了很长时间。而后,悄悄地收拾了东西,就不辞而别了。

骆驼说:是我对不起弟兄们。你要想走,我不拦你。

我说:你呢?

骆驼说:我不走。我不能走。我必是拿到钱,我血拼到底了!

我看着骆驼,这也正是我欣赏他的地方。

骆驼看着我,说:你瓜要走,我送。我送你到车站。你要不走,从今往后,咱就是换血的弟兄了。

我说:我不是不想走。我是……无路可走。

骆驼说:那好。来,上我屋……说着,我跟着进了他住的房间。这时,我发现,骆驼一直在等我呢。他的桌上已摆好了酒菜:一包花生米,一包酱牛肉,一瓶二锅头。骆驼用牙把瓶盖咬开,把酒倒在两只茶杯里,推给我一杯,说:先暖暖身子。

酒很辣,一气辣到了喉咙系里……我哈了口气,说:真辣呀。

骆驼说:辣气好。兄弟,我给你赔个罪呢,都是哥哥的错……

我说:狗日的老万,真不是东西。

骆驼说:染一个,咱哥俩儿敞开了喝,碰碰心!

我说:好,豁出来了。

往下,借着酒意,就剩下我们两个人的时候,骆驼跟我交心了。骆驼这时候才告诉我,他的副处级,并不是主动辞的,是另有缘由。我已经说过,骆驼虽然身有残疾,但他才华过人。当年,骆驼山盟海誓地摘走了中文系的“系花”,系花名叫林晓娜。他把小林带到了兰州,两人一起分到了市直机关。林晓娜在组织部工作,骆驼分到了市计委下属的一个部门。本来,两人的生活是很美满的。按兰州话说:“沃也得很”。“满福得很”。况且骆驼用了仅仅三年的时间,就官至副处,可谓前途无量。可骆驼命犯桃花,他跟计委刚分来的一个女大学生好上了。按骆驼的话说,“呢鲜嘎嘎的,水汽潮,冇得办法”……这事后来被林晓娜发现了。林晓娜悲痛欲绝!她怎么也想不通:你一个残疾人,我一朵鲜花让你采也就罢了,你怎么还长着一副“花花肠子”?!骆驼是条汉子,碰上这样的事,骆驼往地上一跪,说:咱们离婚吧。可林晓娜坚决不离。不但不离,还到处跑着收集证据……林晓娜表面上不动声色。可到了关键时刻,林晓娜终于使出了撒手锏!于是,有一天,骆驼得到了一个出国的机会。当林晓娜得知他将要和那位担任翻译的女大学生一块出访欧洲的时候,她突然下手了……骆驼是在机场上被人拦回来的。就在骆驼将要登机的那一刻,却突然被拦下了。拦他的是纪委和组织部门的人。人们把他带到了纪委审干处,当众宣布免了他的职,而后又命他交代他的“作风问题”……那年月不像现在，犯了“作风问题”处理很严重。骆驼先是被免了职，又夹在两个女人中间，实在是待不下去了，这才有了出走北京的“计划”。

人只有交了心，说出了藏在心里的“短儿”才能共事。骆驼睁着一双泪汪汪的酒眼，说：兄弟，一样的柴呀，我也回不起了。

再往下，酒喝到九分九的时候，骆驼再一次给我交底说：兄弟，不能再瞒你了。我跟老万不是亲戚，也说不上有多深的关系。那一年，我编写了一部《〈道德经〉新注》，豁着胆来北京联系出版的事，结果碰了一鼻子灰……我跟他是在出版社大门口碰上的。他夸口说他也要出经典，出一百本精装的。还请我吃了顿饭。在饭馆里论起旧，他称我老表，那是套磁呢。就这么一来二去的，认识了……坦白说，抓挖这事，我跟老万私底起有过交易。他说过要给我“回扣”的。我算是牵线人，也是一本一万。我当时虽没有应起，也没拒绝呀！这事，也算是我瞒着你们三个人的。我对不起弟兄们。屌屌灰，这人棒槌得很，说了不算。兄弟耶，我给你交了底了，瓦不上光，你不会骂我吧？喝起！……往下，你放心。不管抓挖多少，一分一厘，都是咱哥俩的，咱哥俩平分。哥再有半句假话，哥是畜生养的，刀劈了我！

骆驼也要吃“回扣”？我不由心里一惊！可骆驼已经把话说到这种地步，他把自己的短儿全亮出来了。我们已是亲哥哥亲弟弟了。我自然也交了心：我说了我的家乡、童年，说了我是一个孤儿，说了自己上学、工作的经历……骆驼泪眼哈哈望着我，拍拍我的肩膀，哭着说：兄弟，我的亲兄弟，你娃也是个苦命人儿啊！现在，兄弟耶，从今儿往后，你有个哥哥了，我就是你亲哥哥！

接着，骆驼问：呢的好儿，叫呢个啥子……梅村？

我说：梅村。

骆驼说:一水水嫩儿?

我说:一水水嫩。

骆驼说:送啥子呢,阿、阿……玫瑰?

我说:阿比西尼亚玫瑰。最好的玫瑰。

骆驼说:哪、哪嗒有阿比西尼亚玫瑰?

我笑了,说:我也不知道。从书上看的。外国的吧?玫瑰……

骆驼拍拍我说:哥给你寻。哥记着呢。等有了钱,哥头一件就去给你寻这阿、阿、阿比西比亚玫瑰!走遍天涯,也要寻达来这阿、阿比西尼亚……玫瑰!

记得,在学校读研的时候,骆驼的普通话就比我说得好。骆驼学什么像什么。骆驼只有在形容什么或喝醉酒的时候才说家乡话。骆驼的普通话里不时地夹杂着几句兰州话,就显得格外生动。我又一次被他征服了。

但是,我仍然隐隐约约地感觉到,就在骆驼醉了的时候,就在骆驼扒肠扒肝地跟我交心的时候,在他醉眼的后边,仍醒着一双眼睛!……这也许是我的错觉。

下午,我一觉醒来,因酒喝多了,头疼得很厉害。往下,究竟该怎么办,我还是很担心。可是,当我去推骆驼住室的门时,却发现骆驼不见了。

我一个人回到房间,孤零零地躺在床上,心里五味杂陈……我一个研究生,上了十八年学,堂堂的大学讲师,怎么就沦落成了"漂"在北京地下室里的一只老鼠?

可悲呀。

骆驼很晚才回来。

骆驼一进门就显得很激动。骆驼甩着一只袖子，在房间里走来走去。他说：兄弟，错了。我们错了。大错特错！

我扭了一下身，呆呆地望着他……

骆驼伸手一指，哇哇叫着，说：你猜我干什么去了？我去清华听了一堂讲座。那娃（教授）是南方人，刚从国外回来的。他讲的是美国斯坦福大学威廉·F.夏普教授的“投资学理论”……真见光啊！兄弟。我们的投资方向错了。我们应该到南方去。南方！

骆驼真是个天才！后来我发现，骆驼的天分极好，感觉是一流的……我从床上一骨碌爬起来，说：你怎么不叫上我呢？

骆驼仍沉浸在幻想之中，骆驼喃喃地说：错了。打起就错了。我们应该去南方。南方是火地，我们的财源在南方……

骆驼的思绪是跳跃的，他又想到《易经》上去了……我愣愣地望着他，说：现在吗？

骆驼怔了一下，又回到现实中来了。他摇了摇头，说：不。现在还不能去。我们两手空空，怎么去？

是呀，我们两手空空，我们现在还住在地下工事里，一分钱也没有拿到……何谈投资？这不是笑话嘛。

骆驼突然说：我现在就上街，买把刀，揣腰里……我必是拿到钱！老万这人棒槌得很，得防着点。我跟他血拼到底了！

我有点怵。我发现，到了这一步，骆驼想玩邪的了……

我有些不安，问：这活儿，还干吗？

骆驼说：兄弟，你别怕。咱站在理上，活儿还是要干的，咱就做这最后一次，改就改，再熬上一个月……到时候，他如果还不给钱，再说。

骆驼又说：兄弟，咱也别熬血熬油了。白天咱去听讲座，北大、清华都开有“经济学讲座”……晚上回来给他干，反正又不署名，凑合事吧。

往下，我们的日子不是那么苦了。虽然仍窝在地下室里，白天我们到处跑着听讲座，听关于股票、证券的理论……晚上回来，趴在桌上，继续做“艾丽丝”，“美国”的。我和骆驼把廖亦先、朱克辉撂下的半拉子活儿也接过来了，一人修改两部……草草改了一遍，交上之后，就没有消息了。

……不久，骆驼真的买了一把刀，揣在了腰里。

等了十天，骆驼又拿回了一千块钱，说：老万说，……专家说了，不行，还要改。你的意思呢？

我说：他这是钓鱼呢。不改了。一个字也不改了。

骆驼也说：不改。什么狗屁专家？都是拿钱砸的。只要给钱，让他们怎么说，他们就怎么说！（我们是学历史的。多年后，当专家在社会上被人称为“砖家”的时候，连汉字都流泪了。）

眼看六月了。树上的知了一声声叫着，天热了。我们的耐性也熬到了极限……一天下午，骆驼气喘吁吁地跑回来，把一摞子书摔在了桌上！

我一看，傻眼了。这狗日的老万，真做得出来呀！书，他已经偷偷地印出来上市了。还让我们改？真蝎子！……骆驼咬着牙说：我防着他这一手呢。这书是从兰州我一个朋友那儿寄来的，“特快专递”！

书在桌上摞着，四本，作者为：（美国）艾丽丝……版式是国际流行的大三十二开，封面是覆亚光膜的。看上去花花哨哨，很西方，很洋气。这就是我们四个人“捉刀”炮制出来的。汗颜啊！

老万很狡猾，老万知道我们还在北京窝着，所以，北京市面上一本也没有,老万把书都发到外地去了……

骆驼气疯了。骆驼拍了拍揣在腰里的那把刀,说:走。带上书,找狗老万算账去!

这时候,我冷静下来。我说:真要跟他拼命啊?

骆驼说:必是拿到钱!这是我们的血汗钱。他要敢不给,血拼了!

我说:骆哥,你先坐下。我再问一句,真要跟这狗日的拼命吗?

骆驼急了,说:兄弟,你不知道,这人棒槌得很。私下里给我许了一百个愿,一条也没兑现。他连汤带肉一锅烩了,骨头渣子都不给我们剩,只有拼了!

我说:那就……命对命?

骆驼再次拍了拍揣在腰里的刀,咬着牙说:血对血,命对命。他要不给,我捅他一身血窟窿!

我说:骆哥,你要想好了。咱出来是干什么的?你说,这是一个伟大的时代……他就一胡同串子,为几个钱儿,咱把命豁上,值吗?

骆驼怔住了。骆驼极聪明,他眨了眨眼,猛地握住我的手,说:好兄弟,你说得对。咱们还要到南方去呢。你说怎么办?钱,必是拿到手。……诈他?

我沉默着。当我还没想好主意的时候,骆驼的思路已转了很多圈了……骆驼说:我不相信,咱们会输在一个胡同串子手里。好好想想,多备起几个方案。到时候,咱哥俩,一个唱红脸,一个唱白脸,诈他!

于是,我们两个面对面坐着,思考了许多方案……临行前,骆驼特意嘱咐我说:兄弟,我是个夯客。你比我冷静。从今往后,当我脑壳发热的时候，你醒着我点。这样，咱们定一个暗号。到时候，你瓜一说，我就灵醒了。

骆驼是唱“红脸”的。我知道，两人配合起来需要默契，这得有个限度，万一过了火，就不是那回事了。可这个“度”不好把握。此时此刻，我突然想起了家乡，想起了无边的黄土地……于是，我说：这样，需要我提醒你的时候，一般性地提醒，我会说：“老蔡”来了。

骆驼问：老财是谁？

我说：不是老财，是“老蔡”。他姓蔡……是谁你不用管。你记住，我只要一提“老蔡”，你就要注意分寸了。

骆驼说：好。那就“老蔡”。

我说：再进一步，我会说：“梁五方”来了。这就是说，戏过头了。

骆驼默念了两遍，说：“梁五方”。“梁五方”……我知道，意思是“过头了”。

我说：再往下，面临危险，要你立即回头的时候，我会说：“杜秋月”，或是“老杜”……

骆驼说：你瓜这暗号，怪怪的……

我说：这都是人名。人名好记。我告诉你，此人有一绰号：“八步断肠散”。你想吧。

骆驼一把抱住我，说：兄弟，我记下了。这是我们两人间的语码。不要让任何人知道。以后，无论走哪瓜，一生一世，这都是咱哥儿俩的秘密！

我说：好。

往下，我和骆驼做了很充分的准备。凭着记忆，我们两人分别去邮局给分在各省工作的大学同学打电话，查问“艾丽丝”在各省市的发行情况……打完电话后，一分析，就更觉得老万这人不地道！他已经把“艾丽丝”铺向全国了。略略估算一下，就这四本书，他至少能挣一百多万！……骆驼气得直骂娘！

再往下，我们潜入北京火车站的货运处，通过站上的搬运工，悄悄地查了老万发书的托运点。一查才知道，老万在铁路货运处托了熟人，他没走大宗货运，走的是小件托运。大宗货运需要批车皮，慢；小件托运可以随客车走，当天发货，当天就可以随车发往外地……我们顺藤摸瓜，甚至不辞劳苦地跑到了通县，那里有一个个体的小印刷厂，老万的“艾丽丝”就是在那里印出来的。

接着，我们又悄悄地跟踪了老万。我们又发现，大背头老万买车了。他坐的是一辆德国与上海联营生产的“帕萨特”，价值二十多万呢！这说明，老万手里有钱，而且有现钱！

我们还发现，老万有钱后，甚至不常回家了。老万的“据点”就是那个“杏林会馆”。老万喜欢泡澡，他在“杏林会馆”包了个套房，常年住……我们整整跑了一个星期，把老万的底全都摸清了。

骆驼脾气暴躁，骆驼气坏了，骆驼说：屌屌灰，要见血，必是见血！……真要不回来，就鱼死网破！

话虽然这样说，我们当然不愿“鱼死网破”，我们的目的是拿到钱。于是，一天上午，我们把老万堵在了“杏林会馆”。

老万看见我们来了，倒是显得很热情。他先是让座，又唤人泡上茶……而后，大背头一仰，对骆驼说：哥哥，没办法，还是通不过呀。专家说了，还得改呀？

骆驼冷冷地说：是吗？还得改？

老万说：还得改。

骆驼说：改到死呢，是吗？

老万怔了一下,脸上出现了一丝警觉……

骆驼说:老万,你不做人事,也不会说人话了吗?兄弟,拿出来吧,让这瓦不上光的货看看!

我把书从包里拿出来,“啪!”一下放在茶桌上……

骆驼火一下上了头,甩着袖子,一蹿一蹿地说:看看这是什么?你不是说我们做的活儿糙,都是下脚料吗?你不是说一个字都不能用吗?!……看看,好好看看!

老万先是有些慌,他说:哥哥,别急,你别急。让我看看……接着,他走上前,看了一眼,翻开书的封面,随手拨拉了一下。而后,捋了一下大背头,眼珠子一转,说:哥哥,这是“水货”。这是走了“水”了!这是哪王八蛋干的缺德事?!叫我想想,我想想……稿子,稿子只在专家手里留过几天,会不会是哪个专家起了歹心?私下里又卖一道?不会。不会吧?都是名家呀。要不,就是去给专家送稿的小崔?这死孩子……我想,他也没这个胆?我废了他!这得查。我马上派人去查,一查到底!

骆驼说:老万,扮猪吃老虎,真不要(脸)皮子了?你猪窝窝里生的?一嘴嘴屎?!好,见过不要脸的,没见过这么不要(脸)皮子的!那就撕,撕个稀巴巴烂!

老万仍然装出一副委屈的样子,说:哥哥,我给你赌个咒?青天在上,我会干这样的事吗?真是走“水”了。我要是存心干这样的事,让龙抓了我!

这时,我插话说:骆哥,“老蔡”没来呢。这会儿不急着见血……我看着老万,慢声说:老万,骆哥是你的朋友,咱们不是朋友。事到如今,既然不讲情面了,那就好说了。摊开了说,你在哪儿印的,在哪个站发的货,走的是大宗还是小件托运,都发到了哪个省哪个市……我们都知道得一清二楚。我还告诉你,我们的同学遍天下。你想吧。

老万惊愕地望着我……接着,他有个下意识动作,老万不光是理了一下他的背头,还捏了一下左边的耳垂儿。而后,故作镇定地拿起泥壶喝了一气茶水,伸出两手,用半无赖的口气说:好。好。我认,我认了。不错,书是发出去了。可钱没收回来。等钱收回来吧。钱只要收回来,我还是那句话,一本一万,一分不少。

骆驼脸红得冒血,他"啪、啪"地拍着桌子说:老万,油锅里滚皮子,你焦都不知咋焦起的?!你认得几个汉字,就敢墨池里跑马?杀个撒呢?!来,你一刀,我一刀,头对头,剁了!

我忙说:骆哥,慢,骆哥,不慌。"老蔡"一会儿就来……

老万当然不知道"老蔡"是什么意思,也不知我说的"老蔡"是何许人也。他愣了一下,说:不管谁来,没钱就是没钱。肏,刀架脖子上也是没钱!有本事告我去!

我说:好。老万,这样吧,钱我们不要了。骆哥,钱不要了,咱走,咱走吧。走之前,我还想奉劝你一句:老万,不要把路走绝了。我告诉你三个地址,一个是北京火车站小件托运处,一个是通县东大街八十七号(印刷厂),一个是北京王广福斜街羊拐胡同(藏书的仓库)……我还留给你三个电话:一个是北京市文化局扫黄打非办公室的,一个是北京市新闻出版局执法大队的,一个是北京市公安局扫黄办的……告辞了。

这时,骆驼猛地把刀拔出来了。骆驼拔出刀来,对着自己的左前胸,说:兄弟,你走吧。我不走,我跟狗日的血拼了!兄弟,记住,来年清明节,给哥烧把纸钱!……说着,他"咚"的一下,把刀插在了左边的前胸上!血一下就冒出来了……

老万怔住了……

我也怔住了。我们是商量好的,我们的目的是“诈”出钱来。我们还上街买了一瓶西红柿酱,做了一个假的血浆包用胶布贴在了骆驼的胸口上……可是,临行前,骆驼又把那个假的“血浆包”拽下来了。骆驼说:兄弟,我想了,必是要见血。这事,就是诈,也要见血。不见血,万一露了馅,咱可就弄巧成拙,一分钱也拿不到手了。

当时,我也觉得骆驼说得有道理,默认了……可我没想到的是,骆驼竟然拔刀这么快!这天骆驼穿了一件半袖的白汗衫,那血很快就把半个汗衫给浸红了!我扑上去,两手(鼓起)捂住骆驼的刀口……说:骆哥,你不要命了?走,赶紧上医院!

骆驼手攥着刀柄,咬着牙说:兄弟,你走!我必是死在这里!不为钱,为我瞎了眼,交了这么个朋友?!我对不起兄弟们,我这叫自裁!一罪谢天下呢……

骆驼是真疯了!刀子已进去半寸多了,我看骆驼手猛攥着刀柄,竟还有往下按的意思……我大叫:骆哥,你……醒醒!“老蔡”,“老蔡”说了,再等十分钟,他马上就到!

这时候,一直到了这时候,骆驼胸前已血红一片……老万怔了片刻,他终于想明白了事情的严重性。他知道,万一出了人命,一旦东窗事发,上边真的追查下来,他就彻底完蛋了!……于是,他两手一抱拳,说:哥哥,服了。我服了……我在京城混了这么多年,头次见,还有比我更流氓的。等着吧。

说着,老万进了套间,一会儿工夫,从里边拿出一捆钱来。他把钱往桌上一摺,说:这是十万!带给你治伤的……够了吧?

我一看,钱,终于逼出来了……就拥着骆驼说:骆哥,老万已把钱付了。我看就算了。刀刀刀,刀千万别拔出来,拔出来就见风了!走,咱赶紧上医院!……说着,我提上那捆钱,往包里一装,推着骆驼就往外走……骆驼不走,骆驼大叫着:兄弟,我不走。你别拉我!我是为钱吗?尊严!我是为尊严!……说着,骆驼“吼”一声,哭了。

出了杏林会馆,骆驼紧抓住我的手,低声说:快,快走!……这时候,我发现,骆驼脸色惨白着,浑身都在发抖!他的手抖得更厉害,几乎瘫在了我身上。

等我们上了出租车的时候,骆驼还回头望了望,喘着气说:……没人追出来吧?

我说:没有。

出租车拐了一个弯儿,我对司机说:师傅,快,去医院。

……骆驼前胸上的刀口有一寸多深,在医院急诊室缝了七针。医生说:真是万幸。偏一点就扎到冠状动脉了!再深一点,就伤了脏器了!……包扎后,骆驼悄声告诉我:兄弟,别担心。我那刀,在酒里泡了一夜,已消过毒了。

是呀,我们终于拿到钱了,可我们并不快乐。骆驼身上缠着绷带,像伤兵一样。出了医院大门,我跟骆驼互相看了一眼,这一眼,是“诛心”的一眼!

骆驼说:……那“胡同串子”,骂咱什么?

我说:流氓。

我们都是读书人,我们是学历史的,古风何在?——后来,社会上广泛流传着这样一句话:“流氓不可怕,就怕流氓有文化”。那就是骂我们的呀!

骆驼眼里突然涌出了泪水,喃喃地说:……兄弟,贱吗?

我说:贱。

骆驼流着泪说:真下贱哪!兄弟,以后,咱再也不干这样的事了。

路上,走在道路两旁的树荫下,北京在我们眼里变得美丽了。迎“七一”呢,到处都摆满了鲜花。虽然夏天很热,但我们的心情已渐渐地好起来了。我们两人找了一处干净的、有空调的饭馆吃了顿饭,稍稍地喝了些冰啤,举手投足竟然又重新找回了些“文化人”的感觉。

可是,当我们再次打车回地下工事的时候,出租车刚开了一百多米,骆驼突然说:停。师傅,停车……我说:怎么了?骆驼二话不说,抢先下了车。我只好也跟着下了车。

骆驼把我拉到了路边上,小声说:咱们不能回去了。咱们别回去了。

我说:房间还没退,东西还在那儿呢。老万……

这时候,骆驼脸上出现了一丝羞涩。他吞吞吐吐地说:兄弟,还是别回去了。咱另找一家宾馆,先住下再说。

我看着骆驼的眼睛。骆驼的目光一向锐利,可此时此刻,竟然有些躲闪,有些暧昧……我说:到底怎么了?

骆驼吭哧着,说:兄弟,瓦不上光,哥哥张不开嘴呀。

我说:都到这一步了,没什么大不了的。说吧。

骆驼脸一红,有些为难地说:前天晚上,小莉当班时,我听见、她……在洗脸间呕吐呢……

我急了,说:你招惹她干什么?就一胖妞。

骆驼赶忙解释说:兄弟,我没招惹她。我真没招惹她,是她招惹我的……这是一个多月前的事了。那时候,咱们苦哈哈的,太闷了,我唱了一曲“花儿”,谁想,她推门就进来了……

我十分惊讶!就在那个地下工事里,就在那个用五合板隔成一间一间的格子房里,就是那个三米见方、有一丁点儿动静隔壁都可以听到的“囚室”一般的地方,骆驼竟然把事办了?!况且,骆驼身有残疾,他只有一只胳膊,魅力何在?

我说:骆哥,你可真是个风流才子呀!到哪儿都不省心,让我给你擦屁股?

骆驼碍口,骆驼用手拍打着自己的脸,说:哥哥该打,哥哥一盆烂酱,委屈兄弟你了。哥哥这厢有礼了,给你赔罪了。

……我还能说什么呢?

不管怎么说,骆驼还是仁义的。当我们在一家宾馆住下,坐下来分钱的时候,骆驼先是(执意地、不容拒绝地)把五万块钱推给我。这钱是骆驼用血换来的呀!……而后又从自己那五万里数出一千块钱,装在一个小信封里再次推给我,说:兄弟,不好意思,拜托了。你回去收拾东西的时候,把钱捎给小莉。虽然就一次……不管她怀没怀(孕),咱是男人,都要负责。

我点点头,又摇摇头,没再说什么。

接着,骆驼又说:咱们要去南方。这钱,是咱们去南方打天下的本金,得省着点用。但是,要记住,咱哥俩还欠着债呢。廖兄一万,朱兄一万。这是死债。一定要还的!将来,咱哥俩亮活了,加倍还吧。

我郑重地点了一下头。骆驼大气,这也是我佩服他的地方。

第二天,当我提心吊胆地回到那个地下工事,办完了一切手续,将要离开的时候,我在地道口站了很久很久……我们在北京的地下工事里住了半年多,那日子很苦,恍若隔世,可要走的时候,却还是有些留恋。

这时候,那位名叫小莉的服务员突然追上来,说:吴老师,有你一封信。

我吃惊地望着她:我的?不会吧?

小莉说:这信封上写的是:吴志鹏。是你吧?

我愣了。老天,这是谁呀?没人知道我在北京……在接信的同时,我问:哪儿寄的?

小莉说:……没有地址。匿名的。

我把信接在手里,没再说什么……这时,小莉站在那儿,磨磨叽叽的,突然问:骆老师呢?

我赶忙说:骆老师有急事。先走了。对了,他给你留了封信。

她急急地问:信呢?

我说:给小崔了。

她扭了一下头,往回看了看,说:骆老师他还……回来吗?

我说:他去南方了。

这个名叫小莉的胖姑娘,有些迷茫,说:南方?

我说:南方。

我告诉你,小莉转给我的,的确是一封匿名信。

当我撕开那封信的时候,你猜怎么着?我就像是一下子掉进了冰窟窿里!那是一封让我头皮发奓的信。真是活见鬼了!信封里装着一张二指宽的纸条,纸条上是老姑父的笔迹——那是我童年里常见的。上边只有四个字:给口奶吃。

……

第四章

我要说,任何事情都有例外,你信吗?

我的家乡无梁,就是那个昔日里芦花飞雪的村子,是曾经给首都北京献过礼的。我坦白地告诉你,献的是一块红薯。

这不是一般的红薯,这是“红薯王”。

一九五八年国庆那天,颍平县颍河公社无梁村给北京献了一块长约一米零二、重达一百九十八斤的红薯,号称“红薯王”! 这块红薯本可以在地里再长些日子,再长些日子也许就超过二百斤了。可上边等不及了,急等着给“十一”献礼呢。于是就早早地派了一辆大卡车,连周围的土一块铲起,固定在一个特制的大木条箱里(还希望它长)装在车上,由省、地、县三级干部陪着,十字披红,大锣大镲地敲着送到北京去了。那时候老姑父还没当上支书呢,他仅是陪着送到了县里。

如果你能从网上查到五十年前(一九五八年十月一日)的旧报纸,就会发现,那一天全国的各家报纸都有报道,称这是一个“伟大的奇迹”云云……报纸上登的重量是一百九十九点九斤!

这块“红薯王”先是经过了隆重的献礼仪式。而后装在一个特制的玻璃柜里,摆在了农展馆七号展厅最醒目的位置,作为国庆献礼成果让世人观摩。“红薯王”经过千万人瞻仰后,又经过上边一层层的批示,就此成了一个专家们研究的课题。当年就调集一批国家级的农业专家，成立了一个代号为“5811”的课题组，进行专门的研究，准备向全国推广……如果能够推广的话，中国人就再也不愁吃饭的问题了。

后来，“5811”课题组的专家们经过长达三个月的切片研究，测出这株红薯的含糖量每百克为二十七点八；维生素含量高达二十三点六；纤维素为三点一二；另含有钙、铁、硒、磷、钾若干，还是一红瓤，自然是优良品种。就此，专家们又专门到无梁东坡的那块红薯地里进行了实地考察，终于发现了这株红薯生长的秘密：这块地曾经有一口井。经考证，这口井是梁五方的爷爷的爷爷在地里种瓜时打的。那是口有一百二十年历史的老井。井在很多年前就被淤住了，这株罕见的红薯就长在昔日的井口里……当时，专家的结论是：可推广深翻土地。

如果按现在的说法，结论应是：没有复制性。

我之所以告诉你这些，就是说，哪怕是一株红薯，生命的轨迹也是可以改变的。

现在，我要给你说一说树了。

我说过，在无梁，没有一片树叶是干净的。那是风的缘故。

平原上的风并不烈，只是一个字：透。我还说过，在无梁，风有一雅称：名曰“西伯利亚”。当“西伯利亚”穿过崇山峻岭，经过了艰难险阻到达平原的时候，它一定是十分地惊讶：怎么会有这样一个地方呢？一马平川，任尔驰骋。

风到了这种时候，是不是也觉得有些累了，该歇歇了？它就像是从远方射出的一粒子弹，初时烈，距离越远质量越重，那些有质量的细小尘埃就此飘落在了平原的树上。在这里，风对树的侵害是无声的，它很少有刮倒树的时候。但它常年一次又一次地去侵袭、抚摸你的半边脸，那结果又会怎样呢？

在平原的乡村，能给人以庇护的，除了房屋，就是树了。树的种类很多，数起来最原始的怕至少也有二十几种，以榆、桑、槐、楝、桐、椿、柳、柿、桃、杏……为主要树种。这里一马平川，雨水丰沛，四季分明，按说应是最适宜植物生长的地方。可坦白地说，这里不长栋梁之材。

在平原，树与风的搏斗是长年的、持久的，也是命对命的，就像是一对老冤家。如果你尝一尝树的汁液，你就会发现，那是苦涩的。若是果树，或是汁液偏甜一些的树，如果不打药，那肯定是要被虫蚀的。平原上的树有一个最可怕的、也是不易被人察觉的共性，那就是离开土地之后：变形。

比如柳树，此地最易生长的就是柳树了。此树生长周期短，取一枝干，插下即活。开春芽儿如痘苞，风来叶长，一天一个样。但柳树作为迎风之物，柳枝绵软，柳叶细长，见风起舞，遇势即弯。此树虽极富弹性，但木质松脆，无筋无骨，加力即折，最易变形。

比如榆树，生长周期慢，皮糙质白，木质也还算坚实。春来时开绿色的、一串一串的钱币状小花，中间一籽，俗称"榆钱儿"。花后树叶就老相了，绿也老油。这是平原上的看家树，遇上灾年，"榆钱儿"可以吃，榆叶也可以吃，到了万般无奈时，连榆树皮都被人剥光吃了。榆树的皮这样一代一代地被人剥吃，它的生命记忆本身就是残缺的。这样的树种，因含水分多，离开土地后，也是最易变形的。

比如槐树，此树的生长周期一般在十五年以上，周期稍长，木质自然坚硬。这种树似还有一种自我保护意识，枝上长有一棱一棱的尖刺，树的汁液沥黄苦如药。此树春天里开一嘟噜一嘟噜的瓣穗状白色小花，俗称槐花。槐树汁苦花甜，农家常在花开时采它蒸着吃。生吃也可，甜甜的。花开后长扇状小圆叶，一枝枝呈扇状铺展伸开去。但是，此树离开土地后也易变形，伐后三天，就弯得不成样子了。

比如楝树，生长周期较短，树形直，挺拔状美，长羽状复叶，枝叶也呈扇状伸展，十个月后结实为蛋形黄色小果，俗称"楝子"。旧时"楝子"在农家可以洗衣用。楝树在乡间的匠人眼里有"楝半干"之称，因它含水分少，油质多。但挺拔是外在的，因其木质绵软，材直而无胆，伐后也易变形，只能在烈火烤熏后做板材之用。

比如椿树，分红椿、白椿，又俗称香椿、臭椿。臭椿味尤其重，十分难闻；香椿味正，可做拌食凉菜的调料之用……乡下人取"春"之意，常用它做床，以催生繁衍之大事。虽木质细腻，木色鲜亮，但材质软脆，也易变形。

比如枣树，开星碎小黄花，果多为笨枣，个大却木而不甜……枣树的棵身疙疙瘩瘩，丑扭无形，木质虽坚硬耐磨，但长势极缓，还是歪长，难为大料，只能做擀面杖之类的小器物，也最易变形。

……很奇怪是吧？

在平原的乡村，关于树木，民间还出现了两个词，两个专门判断植物生长状态的词语：一个是"聋"，一个是"瓦损"。"聋"是对树木在生长状态中发生缺失的一种判断。那是敲出来的一种声音，是凭声音来判断树在生长中的缺失，懂行的匠人在树干上敲一敲，就知道这棵树是否"聋"了；"瓦损"是一种拟物化的比喻。房上的瓦是半圆弧形的，树的年轮是一圈一圈的圆形，若是年轮散了，那就是"瓦损"了。"瓦损"是用眼来看的，好匠人一眼就可以看出，树是否“瓦损”了。这是匠人对平原上树木生命质量的一种判定方法。

当然,也有不变形的,极少,比如松柏。在平原,松、柏是离死亡最近的植物。由于生长周期长,它们一般都栽种在坟茔里,成了一种对死亡的“永恒”的守护。即如是松柏,在平原风的长年吹拂下,纵是不变形,树身也会皮开肉绽,皴裂成肉丝状。平原上有句话叫:春风裂石头。这又是一种温和造就的惨烈。

在我童年的记忆里,无梁有一个最识树的人,那是九爷。听人说,那时候,九爷是村里的匠人头。泥、木两作,他是魁首。每每走在路上,他手里举一个长杆的铜烟袋,身后跟着十几个徒弟,是很受人尊重的。

在无梁,凡是伐树、买树的人,无论是桐树、杨树、槐树、椿树、榆树、柳树或是枣树、楸树、楝树、桑树、梨树,都要让九爷看一看。九爷懂得树的语言。九爷站在树前,眯着眼朝上望去,而后再慢慢地往下看,就像是打量一个女人……而后用他手里的铜烟杆轻轻地敲一敲,一敲定乾坤。九爷常说的一句话是:树跟人一样。

据说,早些年九爷曾给人看过一棵一搂粗的树,那是棵大树。九爷站在树前,看了,点上烟袋锅,吸了几口,而后说:不说吧。买树的说:老九,你不能这样。卖树的也说:老九,你不能这样。九爷说:非让我说?那我就说。买树的说:说。你说。卖树的说:老九,有啥你说。别吞吞吐吐的。九爷这时才说:这树“聋”了。“瓦损”了。买树的说:啥意思?卖树的也说:老九,你咋这样说?九爷说:这树是棵好树。就是,十二年前,遇上了旱灾,水分供不上,有两年的年轮散了。卖树的急了,说:不会吧?你咋看出来的?九爷说:抬起头,你往上看。桐树都是大叶,这儿、那儿,各有两枝,是一蓬蔓生小叶，这就是聋了。卖树的说：那不是老鸹窝吗？我不信。出。现在就出。聋了算我的！

后来，树伐倒后，众人凑上去一圈圈数了年轮，果然在第二十六、二十七处看到了年轮的缺失……众人服了。

虽然九爷是无梁最好的匠人，九爷又最懂树的语言，可九爷却一生无建树。从他的话里你就可以看出，九爷好脾气，九爷太温和了，九爷不愿得罪人。一个最好的匠人，最后竟败在了他的徒弟手里，这是九爷最懊丧的事情。

你知道什么是“南唐北梁”吗？

这叫“口碑”。是平原乡间口口相传的一种声誉，传播的范围大约有二三十平方公里，传播的时间也很短，就几年的光景，此后就没人再提了。想你也不会知道。

在我童年的记忆里，“南唐北梁”有一段时间是叫得很响的。南唐，指着是南各庄的唐大胡子。北梁，指的就是无梁村的梁五方了。那时候，两人都曾是平原上叫得响的匠人。可两人的年龄却相差了三十岁。

那好像是一九六三年，镇政府盖一大会堂，同时调集了两班匠人。一班是由南各庄的唐大胡子带队，他手下有几十个徒弟呢。另一班由无梁村的九爷带队，九爷也有一班徒弟，而梁五方则是九爷的徒弟。

两班匠人同时参与建大会堂，相互间自然有一些不大服气的地方。那时，南各庄的唐大胡子正当盛年，他自然亲自坐镇北边的“屋山”，由两个大徒弟给他打下手；而南边的“屋山”本该由九爷坐镇，可九爷年岁大了，腿有些发软，若是不上，就给人比下去了；若是上了架子板,又怕手脚不灵便……正在他迟疑的当儿,五方说:九爷,我上吧。九爷看了看他,梁五方虽然只有十八岁,却是他手下最聪明的徒弟。九爷点了点头,只说了两个字:小心。

那时候十八岁的梁五方血气方刚、气冲牛斗,居然敢与南各庄的师辈唐大胡子对阵。据传,唐大胡子最初根本就没把他放在眼里,对九爷说:老九,你裤裆烂了?九爷笑笑,不语。而后两人各把一个房山头,一层层垒上去,等上梁的时候,居然一砖不差!

要知道,唐大胡子是带了两个徒弟打下手的;梁五方就一个人……坐在下边的九爷悄悄地用墨线吊了吊,一颗心放在肚里了。

唐大胡子既然亲自上阵,自然是不肯输的。可唐大胡子脾气太坏,见对方只是一个小青年,居然也能打一平手,脸上挂不住了,嘴里骂骂咧咧的,一句一"日",把两个大徒弟骂得狗血喷头……这边对阵的梁五方虽说一声不吭,可一砖一灰一刀一缝绝不落后。气得唐大胡子把瓦刀都摔了!

待大会堂封顶时,唐大胡子这边首先起脊,塑的是一条龙。唐大胡子是塑龙的高手,一块砖就能砍出活生生的龙嘴来;梁五方这边本该也是一条龙,那就是"二龙戏珠"了。可梁五方塑的偏偏不是龙,五方是初生牛犊不怕虎,大约也有心与唐大胡子叫阵,他灵机一动,竟塑一麒麟。这终于让唐大胡子抓住理了,唐大胡子喝道:下去!你懂不懂规矩?屃!

可是,下边的徒弟们嚷嚷起来了,北边的人说:龙就是龙,这能胡来吗?狗屎不懂!南边的人说:麒麟,就麒麟,凭啥不让塑麒麟,咋?!……"龙脊",是一理;"麒麟脊",也是一理。于是,两支施工队伍各不相让,差点打起来。

九爷是无梁这边领班的,九爷也觉得不合适,这不合规矩。可没等九爷开口，有人说话了。据说，说话的这人姓乔，是县里的一个副书记，还是个戴眼镜的文化人，他刚好下来检查工作。乔书记在视察工地时伸手一指，说：嗨，一边是龙，一边是麒麟，有点意思，啊？老曹，你知道吗？这叫不对称美，很有特点嘛。

公社书记见乔书记这么说，也就跟着说：龙麒麟，就龙麒麟。于是，公社书记一锤定音，公社大礼堂此后就被人称作“龙麒麟”了。

唐大胡子到底是见过些世面的，他从房上下来后，径直走到梁五方面前，说：孩子乖，你越师了。而后，冷冷地看了九爷一眼，饭都没吃，带着人走了。

待唐大胡子领人走后，九爷脸上挂不住了。九爷蹲在那儿，一声不吭，只闷闷地吸烟。

五方却浑然不觉。他大获全胜，心里自然高兴，傲造造的，不觉尾巴就翘起来了。他先是在徒弟间走来走去，说话高腔大调的：南各庄的，唐大胡子，尿啊？……而后，他走到九爷面前，对九爷说：师傅，我做的活还行吧？

不料，九爷鼻子里哼了一声，把烟一掐，说：嗯，你已越师了。从今往后，我就不再是你师傅了。

梁五方还草草谦虚了一句，说：师傅还是师傅。

九爷说：不。从今往后，不是了。你自立门户吧。

在平原的乡村，口碑就是一个人的“名片”。

自从公社大礼堂盖成后，方圆几十里的人，没有人不知道“龙麒麟”的，也没人不知梁五方的。“龙麒麟”不但给梁五方挣下了好的口碑，还给他挣了一个好女人。

这女子名叫李月仙，本就在镇上住，每天经过大礼堂的工地，就见梁五方手提一把瓦刀在房山头上的架子板上站着，一脸英气。墙一层层地高，那心里就渐生爱慕之情了……一直到“龙麒麟”建成，这姑娘等不及了，就赶快托人说媒。

于是，赶在施工队离开公社之前，经媒人牵线，两人在镇上的包子铺里见了一面。据说，当时梁五方是夹着一把瓦刀走进饭店的。梁五方从架子板上下来后，个头就没有那么高了，也就是中等个子。但他刚刚打败了唐大胡子，自然是心高气傲、两眼放光、英气逼人。况且，他刚领了工钱（那时候叫“误工补贴”）。他把擦得雪亮的瓦刀放在桌子角上，而后说：煎包油馍胡辣汤，一齐上。

那时候，胡辣汤一毛钱一碗，油煎包两毛钱一盘，炸油馍五毛钱一斤，但能把话说得如此有底气、有分量的，也只有梁五方一个人了。可这句话刚好被跟媒人一块走进来的李月仙听到了。李月仙家景好，人也长得漂亮，喜气，满月脸儿，一笑俩酒窝儿，据说上门提亲的人很多……可她偏偏就看上了梁五方。虽然从架子板上走下来，就梁五方的个头、长相、身板，咋看也就是个一般人。可有了这么一句话，有了男人的那股傲造劲，就好像给以后的日子打了保票似的，李月仙满心喜欢，她要的就是这么一个汉子。

饭后，两人还依依不舍，李月仙一直把梁五方送到八孔桥上。一路上，李月仙的脸红霞霞的，说：……镇上的人都说，你越师了。梁五方说：我师傅，人好，就是胆小。要不是我上，哼！李月仙说：听人说，那麒麟，是你塑的？梁五方说：可不。我就想争口气。南各庄的，老压我们无梁一头。这次，我说啥不让了！李月仙说：麒麟上，还有小旗呢，猎猎的，真好。也是你？梁五方说：这事，搁我师傅身上，想都不敢想，他也没这气魄（这私房话后来不知怎的就传到了九爷的耳朵里,九爷说:这娃傲造)。临分手时,梁五方试探说:我弟兄仨,家里不富。李月仙说:我看中的是你人好,有住的地方儿就行。梁五方愣了一下,说:这好说。咱干的就是这一行。就此,这亲事就算定下了。

事后,梁五方曾骄傲地对人说:一分钱没花,我在镇上捡了个媳妇。

自从"龙麒麟"给梁五方挣下了口碑之后,九爷生他的气,不再用他这个徒弟了。可外乡人也不再用九爷了。凡是外村的来找匠人盖房,人们张口就提"龙麒麟"。凡提"龙麒麟",自然就会说到梁五方,他也就真的自立门户了。

那时候,梁五方经常夹着一把瓦刀出去给人做活儿,回来也不大给村里交钱。他弟兄三个,都没结婚,可只有他一个人把亲事说下了。就此,他挣了钱也不再交给家里,都悄悄地存了私房。这样一来,兄弟之间生了嫌隙,闹些意见,互相见了,鼻子里"哼"一声。

本来,老姑父看他是个人才,对他很好。平日里他干些私活,也就睁只眼闭只眼,不管他那么多。可气人的是,在村街里他见了村支书蔡国寅(按辈分,他也应该叫声"姑父"的),却只打一嗯声,大咧咧地说:老蔡,你吃过大盘荆芥吗?

那时候,梁五方常说的一句话就是:你吃过大盘荆芥吗?这是多么傲慢的一句话呀(在平原,谁都知道,说"荆芥"不是荆芥,指的是"见识")!就这么一句话,说得一村人侧目而视。在人们心里,老蔡是支书,是村里第一人。他连支书都看不上了,他认为他的"见识"已超过当年的"上尉军官"了。那么,他还会看上谁呢?就此,村里人就不高兴了,谁见了他都翻白眼。

梁五方实在是太傲造了。那时的梁五方就像是个"红头牛",

说话呛人,他几乎把一村人都得罪了。他很忙啊,每日里骑着一辆(他自己买零件组装的)自行车,日儿、日儿地从村街里飞过,车瓦上的亮光一闪一闪的……很扎眼!可他浑然不觉。

后来,有一天,梁五方突然在村街里拦住老姑父,说:老蔡,女方催了,我想把婚事办了。老姑父随口说:办呗。五方说:我兄弟三个,就一处宅,没房子。老姑父说:你不是九爷的徒弟吗?老姑父知道,九爷早已不认他这个徒弟了,可老姑父就这么说,也是想杀杀他的傲气。可梁五方却说:哼,我龙麒麟都盖了……你给我划片地方,房子我自己盖。老姑父说:这事,得商量商量。五方说:你商量个啥?随便给我划一片就是了。老姑父气了,说:这能是随便的事吗?说着,老姑父伸手一指,说:我给你划这儿,你愿吗?梁五方看了看,说:这可是你说的。行,就这儿。

这么一来,老姑父愣了。他指的是村街旁边的一个沤麻的水塘。塘里曾经沤过麻,一层蠓虫,还有大半坑子水呢……老姑父摇摇头,笑了。他觉得这是句玩笑话。一个大水坑,半坑子水,怎么能盖房呢?别说是他一个人,就是一村人,也不可能在一个大水塘里盖起一所房子呀?于是,他说:行啊,你要有本事,你就盖吧。

大凡傲造的人,都是有本事的。一村人都没想到,奇迹出现了。

经过两个冬、春,梁五方真的就在那个垫起来的水坑里盖起了一栋房子。而且,这房子竟然是他一个人盖的。一个人,不央人,不求人,独自盖起了一栋房子,这已经很让人吃惊了。那年月,更让人眼黑的是:他盖的还是一砖到顶的三间新瓦房!

不过,最初的时候,村里人谁也没在意,仿佛都等着看他的笑话呢。就那坑水,他是一年也挑不干的,更别说盖房了。可梁五方是个绝顶聪明的人，他仍是不慌不忙的，每天按时下地干活，闲时就蹲在坑边发呆……每逢有村人走过，就笑他：准备盖房呢？去月亮上盖吧。

他“哼”一声，也不说什么。

可是，突然有一天，傍晚时分，人们听到了“轰轰轰、突突突……”的响声，惊得一村人都跑出来看。原来，梁五方不知从何处弄来了一个带有长管子的水泵！他不但弄来了水泵，那时村里没电，他还弄来了一台小型发电机，全是人们没见过的“洋玩意”！这边“轰轰轰……”，那边“吐吐吐……”于是，一夜之间，那水就抽干了。

那时我还是个孩子，在我眼里，梁五方简直就是个神人！我蹲在那水坑边整整看了一夜，那样的一个皮管子，怎么就把水吸出来了呢？五方的行为给我带来了无限遐想。也许，正是从这一天起，我心里才长出了要飞出去的翅膀。

在平原的乡村，人跟人太密，你要是私下里做了什么事，是瞒不住人的。后来，村里人终于打听出来了，原来梁五方用的抽水机是从县供销社借来的。县供销社主任的女儿出嫁，请梁五方给打了一套家具。当家具打好后，主任给他工钱他不要。主任说，这不合适吧？拿着拿着。这时，梁五方说：王主任，工钱我是不会要的。你要是实在过意不去，你那水泵借我用用。王主任先是一怔，说水泵？我这儿有水泵吗？五方说，有，我看了。新进的，就在供销社后院。于是王主任大手一挥，说：用。你尽管用。

可水泵是借来了，没有电。梁五方真聪明啊，他只不过是从李月仙那里拾了句话，就又用上了。当年，在桥上临分别时，李月仙曾经告诉他，她老舅是县电影放映队的，到时候约他一块去看电影。于是就托李月仙找了她舅，借来了县电影放映队的发电机……

一个人，不让任何人帮忙，独自盖起了一栋房子。你可以想象他傲造到何等程度？！那时候，梁五方如果张张嘴、低低头，说句求人的话，村里人是会帮他的。可他就是不说这句话，他谁也不求，就一个人闷着头干……冬天里，他一个人拉土，一车一车地垫那抽干了水的大坑。有时候，李月仙也会跑来，帮他拉拉梢儿什么的，他还不让，说：走，你走。

就这么经过一个冬天又一个春天，当他把那个大坑先垫起来了一部分之后，就开始张罗着扎根基盖房了。连地基也是他一个人夯的，他整整夯了一个冬天。他先用小石础础上几遍，再用木夯来夯（连木夯都是他自己做的）。每天夯一遍，让地基往下辄辄，再夯，一直到夯实了为止；砖也是他一车一车从东村窑场上拉来的，哼着小曲，汗如雨下……那时候，他还买不起房顶上用的瓦板，就用“栈子棍”代替。一般匠人把找来的木棍破成一截一截的就是了，因为上边还要糊一层泥。五方讲究，他用的“栈子棍”都是他从找来的旧木料或是砍的粗树枝中一根根挑选出来的，先是劈成一截一截，而后再把这些砍好的“栈子棍”一捆一捆地垛起来，浇上水“醒醒”，等风干了的时候再刨一遍，每一根“栈子棍”都刨得平平展展、四正四棱的，就像是艺术品。这些准备工作他做了很长时间，等一切都备齐了，才开始铺地砖扎基础，一层一层往上垒。砌墙的时候，他也是有讲究的，每天只垒三层。更让人眼热的是，他居然跑到县上，不知从何处倒腾来了几斤糯米。那年月，这可是拿钱都买不来的稀罕物啊！他找一大锅熬了，全都浇在沙灰里砌墙用……人们见了，觉得可惜，说：五方，你盖金銮殿呢？！他说：没听九爷说，过去地主老财盖房，都这样。人们听了，恨恨的。等扭过头去，走上几步，回身就是一句国骂。

最后到了上梁时，人们觉得他总得求人了吧？不然，那梁怎么上？可他还是不求。他借来了滑轮，一头吊在滑轮上，固定好了一处，再去搞另一处。那一天很多人围着看，看这狗日的怎样把梁放上。那是午时，阳光热辣辣的，我觉得在人们的目光里，陡然生出了很多黑蚂蚁。蚂蚁一窝一窝的，很恶毒地亮着……可是，梁五方，一个人，居然，他居然就把梁吊起来，放正了。这人太……他，他在房山的两头都搭上梯形的架子板，房山的一头留上豁口，而后把梁木的一头用粗铁丝拦两道箍儿（他是怕滑脱了），再挂上钩子，用导链慢慢吊起来。他吊的时候，非常小心，一链一链地往上吊，待梁竖起来时再慢慢靠近豁口，有豁口的这一端先靠上，那豁口的斜度是他计算出来的，刚刚好。而后再用滑轮去吊另一头……最后再把房山一头的豁口用砖重新补上。

众人一片沉默。人们说，这人太毒了，他连自己的兄弟都不用啊！

这一次，九爷真生气了！九爷背着手围着村子整整转了三圈！碰见老姑父的时候，他一跺脚，说：老蔡，毁了。毁了。你说，我怎么教出来这么一个徒弟?!

老姑父也跟着摇摇头，说：是个能人。

我告诉你，在平原，人要是太“各色”了，就会受到众人的反对。有一段时间，村里人暗地里都叫他“长脖子老等”，这是一句土话，也就是昂着头的“鹅”。那是说他头仰得太高了，眼里没有人！

在这个世界上，你以后会遇到许多“各色”的人。“各色”不一定就是缺点，但“各色”肯定是人群中最难相处、最不合群的一个。

梁五方就是这样一个人。不管是谁站在他的面前，只要说上三句话，你马上就会觉得你傻，脑子不够用。你说，在这个世界上，谁愿意当一个傻子呢？

就这样，他真的是一个人，硬是把新房建起来了。等新房盖好后，他让李月仙来看房子，李月仙抱着他的手，一个指头一个指头看……她哭了。

梁五方是第二年秋天结的婚。他结婚时，因为盖房加上置办家具，他把挣来的所有干私活的钱全都花光了。所以，结婚时，他只买了两瓶酒、两盒烟，一挂鞭炮，仍是不请村里一个人……这怕是世界上最吝啬、最简约的一个婚礼了。李月仙是他骑着一辆自行车接来的。那鞭炮还是我给点的，两人骑着自行车到新房门口时，我眼巴巴地说：方叔，我放炮吧？

梁五方看了看我，终于说：好，丢儿，放吧。

那天夜里，只有我一个人听房……我悄悄地把窗纸用唾沫湿了一个小洞儿，只见一盏油灯下，两人脸对脸在床边坐着，五方拉着李月仙的手说：月仙，你信我吗？

李月仙说：我信。

梁五方说：只要你信，我不管旁人说什么。

李月仙心疼地说：你瘦了。

梁五方说：没事，我浑身是力。

接着，他豪迈地说：你就可劲给我生孩子吧，一个孩子一处宅！

李月仙笑了，说：龙，还是麒麟？

梁五方倒霉的日子很快就要到了。

在这里，我要告诉你一个词："运动"。你生活在这样一个繁荣开放的时期，肯定不知道什么叫“运动”。“运动”这个词，在一定的时期内，加上前置定语……是有特殊含义的。这样说吧，在某种意义上，它几乎可以说是“人民”的盛大节日。就像是西方的假面舞会，是一种精神意义上的狂欢，或者说是庸常日子里难得的一次放纵，是爆发式的疯狂。

人都有想疯的时候，是不是呢？

梁五方应该说是撞到了枪口上。或者说，那伏笔早已埋下，只等一声枪响了。

对于无梁村的人来说，“运动”只是一个借口，或者说是一个契机。这年的冬天，当场光地净的时候，老姑父骑着那辆叮当作响的自行车到公社开了一个会……当他骑着自行车回来时，他身后多了四个人，那是一个工作队。

工作队仅来了四个人，一个姓宋，一个姓唐，一个姓马，一个姓徐。我只是记了一个姓徐的。姓徐的瘦刮骨脸，围着一条长围巾，戴一顶鸭舌帽，说是从省里直接下来的。老徐穿一件很体面的黑呢制服，可他衣服上有一个扣子却是红色（女式）的，一看就知道是后来补缀的。他们跟我是一个待遇，到各家吃派饭。

工作队进村后，先是开会，查账，而后动员人们揭发……一个半月之后，在一个下雪的日子里，梁五方被揪出来了。

当年，据我所知，最初，老姑父是想保他的。在村里开大会的前一天，老姑父先是把他大哥五斗叫去，含含糊糊地说：给五方捎个信儿，明儿要开会了。五斗是村里的会计，也是个聪明人，可他们兄弟之间已两年不说话了……那天，黄昏时分，老姑父在村街里碰上了梁五方，老姑父背着一捆湿苇子，看看五方，又四下看看，欲言又止……突然，老姑父咳了一声，对着我大声喊道：丢儿，快滚吧,赶紧滚!

当时,我正在村街里的一个石磙上站着,愣愣的……一直到了很久很久之后,我才想起,那会不会是老姑父的一种暗示?

无论多么聪明的人,一旦傲造了,就有解不开的时候……那一晚,如果梁五方解开了老姑父的话,结局又会怎样呢?可梁五方对老姑父的一句“路话”根本没在意,他骑着那辆自行车“日儿”一下就过去了。直到他快要被揪出来的时候,他自己还不知道呢。全村百分之八十以上的人对他有意见,他也不清楚。

这天晚上,当钟声敲响的时候,全村人都集中到牲口院里来了。这是个月黑头天,开始的时候,会场上还亮着两盏汽灯,当工作队队长老宋讲过话之后,先是唱起了“忆苦歌”:天上布满星,月牙亮晶晶,生产队里开大会,诉苦把冤申……接着,治保主任突然喊道:梁五方,站出来!

一时间,人们把目光全都集中到五方身上了,只见梁五方昂昂地从人群中走了出来……可紧接着,有人宣布了梁五方二十四条“罪状”:比如投机倒把,私自买零件组装自行车;比如接私活不给队里交钱;比如占国家的便宜,私用县供销社的水泵、电影队的发电机;比如破坏国家粮食政策,拉关系套购糯米;比如存心破坏生产,锄草时故意锄掉玉米苗;比如调皮捣蛋,不服从领导,出工不出力;比如梦想着重新回到过去,过楼瓦雪片地主老财的日子……当人们宣布完的时候,只听梁五方大声说:我不服!不服!

可是,没等他把话说完,群众就拥上来了。人们黑压压地拥上来,把梁五方团团地围住,众多的声音呜里哇啦地叫着,一下子就把梁五方给淹了!这时候,就在这时候,不知谁把汽灯给灭了,牲口院里一片漆黑……只听有人高声说:他还不服?罗他!罗他!

你没有见过这种阵势吧？那就像突然刮起的一股黑风，“呜”一下几百人一齐拥上去，就像是筛粮食一样，把梁五方当作一个混在麦粒中的“石子”，在人群中你推过来，我搡过去……在平原的乡村，这叫“过罗”。在“过罗”时，被罗者就像是在簸箕上蹦跶的跳蚤，又像是立在浮萍上滚来滚去的一粒水珠，一时倒向东，一时又倒向西，人完全失去了自控能力，只有不停地起了伏、伏了又起……紧接着，像雨点一样的唾沫吐在他的脸上，像飓风一样的巴掌扇在他的脸上，可他什么也看不清……你可以想象人们在庸常的日子里心里聚集了多少怨恨，埋藏了多少压抑！特别是女人，女人需要忍耐多久才有这么一次发疯的机会?!

那时候我人小，个还没长开呢，得以在人群的缝隙里钻来钻去……我看见海林家女人手里拿着用麻线纳了一半的鞋底子，一次次地冲上去扇五方的脸。人太多了，手也太多了，有好几次她都没够着，她很不甘心，一脸的狰狞，眉眼里火苗乱窜，有一次鞋底子终于刮着了五方的脸，她一下子哇的一声叫了……能扇着梁五方的脸，她是多么快乐呀！

我看见聋子家媳妇手里一闪一闪地亮，开初我没看清，后来趴在地上才发现，她袖子里竟揣着一把绱鞋用的锥子！她在人群里涌动着，潮水一般地进退，每一次涌到前边时，她手里的锥子尖就亮一下。我得承认，她还算是善良的，她用两个指头捏着锥子的尖儿，猛地往前送一下，而后马上就收回袖子里去了。她的头发全湿了，眉头梢吊着，鼻子里喘着粗气，一脸亮晶晶的汗珠！

我看见麦勤家老婆一手在上、一手在下，在上的那只手只是应付着去推，下边那只手是偷着掐和拧。她一次次地暗地里伸手去掐，是揪着了肉转着圈掐……天啊，她又有多大的仇恨呢？我看见她的牙紧咬着，两眼放光，把憋了很久很久的一口气聚在三个手指头上，逮住了就狠狠地掐一回！其实，那也不过是因为一句话。（你要切记：话是最伤人的，一句伤人的话就可以给你带来灾难。看见的伤害不叫伤害，那终归是可以治愈的。看不见的伤害才是最大的伤害。）麦勤家女人是有短处的。她当姑娘时嘴上有个豁子，后来去医院补过，一般人看不出来，只是说话不太利索。有一次，当众人都在说“龙麒麟”的时候，她也说了一句：风（方）啊，究（都）说你猴托生的（本意是夸他聪明）……不料，她还没把话说完，梁五方当众戗了她一句：去，你豁着个嘴，知道啥？

我还看见，几乎是全村的人，都下手了……在暗夜里，在一连串的口号声中，我看见唾沫星子漫天飞舞；我看见在漫散着红薯屁味的牲口院里人头攒动；我在风中还闻到了一股股臭脚丫子的气味（好多人都把鞋脱了，脱了鞋用鞋底子扇他）……我看见人们的手臂起起伏伏，真的成了罗面的机械手了；我看见人们的眼角里藏着恐惧和喜悦，眼睛里泛动着墨绿色的灿烂光芒；我还看见，就在梁五方倒地的那一刻，他的二哥五升偷偷地从袖筒里掏出了一个驴粪蛋，塞了他一嘴驴粪！

我必须诚实地告诉你，在这种时候，在这种场合里，我也很想上去扇他一耳光。我跟梁五方没有任何仇恨，也没有过节。在我眼里，他甚至可以说是我崇拜的偶像。当偶像倒在地上的时候……我只是、只是兴奋。我的手忍不住发痒，发烫，有一种指甲里想开花的感觉！这是真的。所以，我告诉你，在一定的时间和氛围里，恶气和毒意是可以传染的。

后来，我听见老姑父大声说：这是干什么？不要打，不要打……我不知道，此时此刻，在他制止的声音里是否也有了一丝快意?

从省里来的老徐说:同志们,要讲政策,讲政策呀……这声音里有无奈,也有敷衍和惊奇,甚至还有一丝说不出来的激动。

这时候,我看见倒在地上的梁五方吐着嘴里的驴粪,哇哇大哭!……可是,当他一旦被人提溜起来的时候,他再一次跳将起来,梗着头,犟着脖子,一蹿一蹿地含着泪大声喊道:我不服,就不服,我要上告!

于是,人们再一次冲上去了……就在这时候,刚从娘家回来的李月仙找到了牲口院。她先是怔了一下,而后哇的一声哭着扑上前来,一下子抱住了梁五方,任人捶打!

李月仙紧紧地抱着梁五方,大声哭喊着:天哪,咋这样呢?俺害谁了?俺把恁的孩子撂井里了?!……那凄厉的哭喊声在夜空里盘旋着。

一时,人们全都愣住了。

此时此刻,还是工作队队长老宋说了句话,他说:会就开到这里吧。

梁五方是被他媳妇背回家的。夜里,李月仙给他脱了衣服擦身子,见他身上到处都是伤,到处是血,这里一块,那里一块,黑紫黑紫的,有碰的,有掐的,还有锥子扎的……李月仙放声大哭,她哭得很伤心。

这天夜里,一村都很安静。少有的安静。大约是一个个都出了气了,睡得很安稳。狗也不咬了,只有蛐蛐那连绵不绝的叫声……

七天后,公社的批复下来了,梁五方家的成分由中农改划为"新富农"(这当然也包括五斗、五升两兄弟)。按照批复,梁五方新盖的三间瓦房和他的自行车、缝纫机被没收充公……并且勒令他三日内从新房里搬出去。

当工作队队长老宋在场院里当众宣布这个决定时，梁五方却显得出奇的平静，他一声都没吭。只是他的二哥五升却咧着大嘴哭起来了，他说：我冤哪！……哭喊着又要上去揍五方，被老姑父拽住了。

在这三天时间里，无梁人表现出了一种少有的沉默，他们甚至显得格外的宽容和谦让。当乡亲们在村路上碰上梁五方的时候，他们虽然不说什么，但从目光里可以看出，他们是略显不安的，有的甚至还主动地给梁五方让路……可梁五方对这一切却视而不见，他两只手紧攥着拳头，一句话也不说，一个人也不理，就像是一列装满了火药的列车，轰轰隆隆地就开过去了。

到了第三天上午，当李月仙出早工从地里回来时，梁五方已把她回娘家的小包袱给捆好了。他对李月仙说：走吧，你回娘家去吧。

李月仙说：我不走。你不是说要上告吗，我跟你一块。

不料，梁五方一下子暴跳如雷，他像一头豹子似的蹿起来吼道：滚，回你娘家去！

李月仙流着泪说：我就不走。拉棍要饭，我也跟你一块……

梁五方瞪着眼说：你走不走？

李月仙说：不走。接下去，她刚要说什么……梁五方一下子冲到她面前，扬起手劈头盖脸地扇了她几个耳光！……而后，对着她大声吼道：滚滚滚，赶紧滚！我看你就是个扫帚星，看见你眼黑！

李月仙大概从未挨过打。李月仙被他打愣了……就此，李月仙再没说什么，默默地挎上那个小包袱，哭着走了。

那会儿，说实话，我正趴在墙头上看热闹呢。只见梁五方在屋里的地上蹲了一会儿，突然跑出来对我说：丢，帮我个忙行吗？我看着他，从不求人的梁五方，能说出这个话，我一下觉得比他高了一头。你知道，我当时心里有多快乐。于是，我点了点头。

他说：去送送你婶子，把她送到家。

我再次点了点头。

中午时分，当工作队领着村干部前来没收房产的时候，只见大门开着，家里东西都原样摆放着，梁五方不见了。

你知道什么是“各料”吗？或者引申为“各色”？

这是平原乡村的一句土话。是匠人们对树木材质的一种表述，特指那些长势不一般，却又特征明显、不易加工（咬锯）的树木。又引申为对人的一种个性化的蔑称。

你无法想象，一个“各色”的人，他要走的路是多么漫长。

自梁五方失踪后，村人们每当蹲在饭场吃饭时，都要议论一番。有的摇着头说：这货，太“各料”，你看他傲造的。欠收拾！有的说：是啊，你看他张狂成啥了？扁他是早晚的事……有的说：人家工作队是干啥的？专治这一号！还有的说：犟，犟呗。哼，你是鏊子锅？这儿有铁锅排！你是红头牛，这儿有钢鼻就！你不服？不服试试?！有的说：鸡巴哩，就他本事大？就你尿得高咋的？欠收拾！……人们议论了一段，也就罢了。

梁五方失踪了很长时间。曾经有一段，村里人谣传他跑新疆去了。有的说，他在新疆阿尔泰那边摘棉花呢；还有的说，他跑兰州那边去了，在兰州城里给人打家具，不少挣钱……后来，梁五方终于有消息了。

当梁五方重又出现在人们面前的时候，还是让人们吃了一惊：他是被人押送回来的。他身后跟着两个民警，八个县里的治安联防队员。

那天，当他出现在村东小桥上的时候，那情形就像是几个人在扪一只跳蚤，或者说像是一群人在捉一只身上奓了毛的猴子，只见他上蹿下跳，暴跳如雷，声嘶力竭，边走边喊着口号什么的……几个人上去都按不住他！当他走得更近些，人们听见他声音嘶哑地喊叫着：……杀了我！杀了我也不服！

那年夏天，我常常看见梁五方被人五花大绑地捆着，一次次地从小桥那边走过来。他是被遣送回来的。他又上访去了。他不服啊。

最初，他只是到县里去上访、申诉。站在县政府的门口，手里拿着他写的一沓纸，拦路喊冤，要求复查……后来，他又去了市里，仍是站在市政府的门口，手里举着一个"冤"字，又常常被人轰走……就这么一次次地上告，却终无结果。见县、市都告不赢，他扒火车直接去了省里。再后，又去了北京。

那时候，梁五方每次上访的结果都是被遣送回来。可他还是不服，犟着一脖子的青筋，又跳又嚷的，说：我不服。死也不服。后来绳子越捆越紧，一次一次五花大绑地让人捆着给押送回来，他就老实些了。每当他让人押着从小桥上走过时，连村里人都习以为常了。村里人伸手一指，说：看，五方回来了。快叫老蔡。

负责遣送他的民警，每次都把他押送到大队部，而后说：蹲下。五方翻翻眼，也只好老老实实地蹲下，等着老姑父签收。次数一多，负责押送他的民警就对老姑父说：蔡支书，这人你得严加管制，别让他到处乱跑了！北京是首都，能是这号人说去就去的地方吗？……说着，又扭过头，瞪五方一眼，说：老实点！

老姑父说：是。那是。放心吧，我们一定严加管教。而后，他也扭过头，对五方说：可不能再跑了。

等交接完毕，民警走了的时候，老姑父也好言好语地劝过他。老姑父说：五方，你这样可不行啊。你没看现在啥时候，你跑跑就解决问题了？这是政策。你懂政策吗？……

老姑父说话时，五方就老老实实地蹲在那儿，一声不吭。等老姑父说完了，他可怜巴巴地说：老蔡（村里人，就梁五方喊他老蔡），能给口水吗？红薯也行。

老姑父看他一眼，说：饿了？

五方说：饿了。

老姑父说：几天没吃饭了？

五方说：三天。

老姑父叹口气，上前给他松了绑，说：你等着。

可是，花花眼的工夫，梁五方又不见了。

一年又一年，梁五方的气焰是在上访的途中一点点磨损的。没人见过梁五方餐风饮露的日子，也没人知道梁五方是如何一站一站地扒火车到北京去的。人们只见他一次次五花大绑地被押送回来……有时候，他穿着一件花衬衫；有时候，他光着脊梁，头发长得吓人，身上勒出一道道血印；有时候，他赤着脚，冬天里还穿着一条单裤，冻得哆哆嗦嗦的，人瘦得像狗一样。可人押回来不久，他就又跑了。

曾有人看见他站在城关的一个陡坡处，手里掂着一根绳，给拉煤的架子车往上拉坡儿，拉一个坡度给一毛钱；还有人看见他站在游街的队伍里，被警察押着，脖里挂着一把锯和一个“投机倒把犯”

的牌子;九爷的儿媳妇从城里回村串亲戚,也对人说,她碰见梁五方了。她去派出所给孩子办户口,见梁五方在铁西街派出所一个柱上铐着,趿着一双烂鞋,两脚都是冻疮……说得一村人泪津津的。

还有人说,梁五方被送去“劳教”了……

有一年,在一个下雪的日子里,他那么心高气傲的一个人,竟然跑到我上高中的学校里,伸出手来,说:丢儿,借我五分钱。他知道我是个孤儿,手里没有多少钱,不到万不得已,他是不会向我伸手的。当时,我怔了一下,说:五分钱你能干啥?他说:我买两张纸。会还你的。我说:还申诉呢?他只是轻轻地嗯了一声。

那时候,他戴着一顶破草帽,背着铺盖卷,那伸手的动作分明就是一个乞丐。我看着他的眼睛,他眼里已没了当初的暴烈和激动,只有星星点点的火苗儿亮着,我甚至在他眼睛里发现了一丝游移。那游移藏在痛苦的火苗后边,被一层风霜和污垢遮盖着,嘴里念念叨叨的,一脸的茫然。可他还是要申诉的。他是个一条道跑到黑的人。他已申诉了这么多年,他必须申诉下去。不然,他还怎么活?

还有一年,临近国庆的时候,在大队部里,我听见公社书记老曹在电话里破口大骂:老蔡,是老蔡吗?蔡国寅,你王八蛋,支书还想不想干了?老姑父说:怎么了大书记,你不能骂人哪。我……老曹在电话里说:快国庆节了,你狗日的不知道?你那个梁五方又日白出去了!赶紧给我弄回来!老姑父说:人在哪儿呢?老曹说:县收容所。赶紧派人,给我捆回来。我告诉你,看紧了,可别让他到北京去了。

这一年的九月二十八日,是老姑父带着两个民兵亲自把他从遣送站里接回来的。回来后，就把他关大队部里，由民兵分三班看守……梁五方这次回来，口音有了很大的变化。当民兵们逗他说：五，又去哪儿日白了？他竟操着普通话说：北京。

而后，不等人们问他，他就说：你们这些毛孩子，见过啥？我告诉你，知道中南海门朝哪儿吗？上过天坛吗？去过故宫吗？游过什刹海吗？知道人民大会堂有几根柱子？天安门有多高？吃过北京的冰棒、喝过北京的酸奶吗？

一群民兵围着他，说：说说。说说。

五方说：有烟吗？给点根烟。

于是，民兵们赶忙给他敬烟。他看了，说：八分的？不吸。

这时，老姑父走过来，喝道：五方，县里都挂上号了，还不老实？

五方说：老实，我老实。当支书的，给弄支“彩蝶”。

在时光中，一个称呼，就是一个人的生命状态。

当一个人的生命状态发生变化时，对他的称呼也随之而发生变化。

梁五方在建“龙麒麟”的时候，曾经有过很好的口碑。可后来人们对他的称呼变了。他在全乡、全县似乎都有了些名声，是坏名声。当人们说到他的时候，已不再提他的名字了，只说那个“流窜犯”或颍河的那个“流窜犯”，又进京了。

在一级级的政府大院里，人们一提到他就摇头……那时候，梁五方这个名字，只出现在一级级政府的公文里。这时候的梁五方，成了一个“上诉人”。仅一个“上诉人”梁五方，就给邮局增添了多少麻烦啊！

听老姑父讲，一年又一年，他的申诉材料从不同的邮局、用不同的纸张寄到北京去，而后又经一级级政府签收盖章后批转回来。有的批着：调查处理。有的批的是：严加管制。有的写两个字：查办。有的是写一“？”，再画一圆圈。有的仅仅是加盖一公章，不作任何解释。而后贴上邮票又重新寄回来……这些材料经过千里之行，经过一个个办公桌，一个个邮递员的手，最后都一一经公社签收，在公社秘书的办公室里靠墙堆放着。老姑父去公社开会时，公社许秘书曾指着他身后的那面墙说：老蔡，你看看，一面墙，都是那个“流窜犯”的材料。老姑父还在厕所里见过几页，那也许是许秘书一时找不到手纸，匆忙间撕了两页，擦屁股用。

甚至于在无梁村，也没人再提梁五方的名字了，人们几乎是把他给淡忘了。一年又一年，偶尔说到他的时候，人们的口吻是一再省略的。原来还叫他五方，或是用较亲近的口气叫他：方。现如今人们一提到他，只取中间一个字：五。人们会用淡淡的、略含贬义的、有几分滑稽的儿化音说：五儿，又蹿出去了。

你知道么，那捆人的绳子也不仅仅是绳子。那时候，在人们心里，这就是“作奸犯科”的标志，或者说是生活中的“另类”，是让人鄙视的“坏分子”。当一个人一次又一次被人用绳子捆着押回来时，人们看他的眼光也就变了。

再后来，当他一走过小桥，人们就说：五儿回来了。

一九七五年，梁五方他娘去世时，他仍在上访的路上……家里人等了他三天，实在等不及就葬了。早些时候，五方他娘也曾苦苦地劝过他，说：儿呀，认了吧。胳膊扭不过大腿，咱认了吧。可他不听劝。现在，他娘死了，他也没能见上一面。

可是，突然有一天，村里人在他娘的坟前发现了一包荷叶包着的肉煎包，还有燃过的三支烟的烟蒂儿，这时人们才知道，他回来过。偷偷地。

后来,随着形势的不断变化,当人们再把他送回来的时候,就不再捆了,只是几个人押着他,把他送回村里。可他仍旧像捆着似的,显得很滑稽:他走路两只胳膊紧贴着身子,头往前探,动作僵硬,身子佝偻,脖子梗着,往前一蹿一蹿地走,就像根本没有手一样……在小桥上,村里人一看见他就笑了。

他也笑。嘴咧着,那笑竟有些贫。

人们说:五儿,回来了?

他挤挤眼,说:回来了。

人们说:还去吗?

他回头看看,满不在乎地说:去。去。

人们说:五儿,吃上北京烤鸭了?

他说:眼吃。眼吃。

那时候,老姑父和他,常常蹲在大队部门口谈心。老姑父递上烟、递上水,苦口婆心地说:五,你是爷,你是祖宗,咱别再去了吧?你说,那北京能是咱去的地方吗?去一趟让人捆一回,你脸上好看?再说了,这人世间,谁还不受点委屈?

梁五方说:老蔡,你也知道,这么多年了,我是为了啥。上头咋也得给个"政策"呀?他要是给我个"政策",我就不去了。

老姑父说:现在不讲成分了,你还要啥"政策"?

他说:还没给我平反呢。照你这么说,我这些年白跑了?

老姑父说:那不就一张纸吗?

他说:那可不是一张纸,那是"政策"。你得给我落实政策。

最后,老姑父甚至哀求他说:五儿,我也干不了几天了,我服了你了。你说咋落实,咱就咋落实,你别再出去了。

他狡黠地一笑，说：你说了不算。

老姑父说：你怎么成“滚刀肉”了？

他说：我就是“滚刀肉”。

这一年，又快到国庆节的时候了，一到国庆临近，就为了这么一个“流窜犯”，一个县的官员都心惊肉跳！县委书记亲自把电话打到了镇上，要求“严防死守”，千万不能让这个“流窜犯”再到北京去了。那时公社已改成了镇，镇上曹书记又打电话把老姑父骂了一顿，说你给我盯紧点，连放屁的时候都要跟着……而后曹书记仍不放心，亲自派人把无梁村的干部和梁五方一起“请”到镇上，在镇政府的食堂里摆了一桌酒菜，现场办公。待梁五方酒足饭饱，曹书记说：五儿，还跑不跑了？

梁五方说：不跑，不跑了。有烟吗，吸一支。

老曹吓唬他说：五儿，可不能再去北京了。你要再去，我整死你！

他说：不跑。你放心，不跑。

这时，老曹给他点上一支烟，语气缓下来，说：五儿，你那事，该解决解决，最后还是咱这儿解决，你说是不是？

他说：是。我听你的。

老曹说：你那富农的问题，不是已经解决了吗？现在成分取消了，不讲成分了，你还闹啥闹？

他说：还没给我平反呢？

老曹说：成分都取消了，又没给你戴帽子，平啥反？好，平反，我现在就给你平反。这行了吧？

他说：我那三间瓦房呢？我的自行车呢？……

老曹说：房子，房子的事吗？这个，这个……好，给你解决。老蔡,他的房子呢?退给他。

老姑父很为难,说:现在地分了。那房子多少年了,漏雨,都快坍了……

老曹一挥手,说:退给他,回去就退。至于漏雨嘛,修修。镇上给点补助,这总行了吧?我再说一遍,你可不能再去北京了!

他说:不去了,再也不去了。

可是,当天晚上,他又跑了。

国庆节那天,国家信访局一个电话打到省里,省里又打到县里,县里打到镇上……一级级的,都愤怒无比:那个"流窜犯"又跑北京上访去了!该解决的问题,为什么不解决?!老曹气坏了,站在镇政府院里叉着腰大骂老姑父:蔡国寅你个王八蛋,我撤你的职!

据说,就为这个"流窜犯",临近退休的老曹被当众免职了。县里下了决心,派干部专门到北京国家信访局门口去堵他,同时派人四下去找……可是,北京太大了,一直忙活到大年三十,人们才在长城上找到了他。那时,他正坐在八达岭的一个垛口处看风景呢。

夕阳西下,风哨着,一个年轻的副镇长看见他就哭了,说:你,你可真……祸害人哪!

他说:我看看祖国的大好河山,怎么了?不能来?

那副镇长说:爷,你真是爷,咱回去吧。

他说:等等,我还没吃饭呢。

那副镇长说:走,先吃饭。先吃饭。

他说:有酒吗?二锅头就行,小二两的。

那副镇长说:放心,弄,给你弄。说着,两人架着他的胳膊,搀着他一个台阶一个台阶往下走,生怕他再跑了。

这一年，他整五十岁。

梁五方的问题是在他五十五岁这一年得到“彻底解决”的。

这时候，他已经在这条上访的路上走了三十三年，走成了一个弯腰驼背的小老头了。他一脸的沧桑，背着一个铺盖卷，见人就低头、鞠躬，而后规规矩矩地往地上一蹲……不管谁看到他都会顿生怜悯之心。据说，县里一个新任女书记看见他竟然掉了泪，说：老人家，你放心吧，我一定给你解决。彻底解决。

这个分管信访的女书记姓林，名叫林岚。她调来不久，就看了一大批上诉材料，其中就有梁五方的……梳着短发头的女书记，是个雷厉风行的人，她说话是算数的。这一年的秋天，她亲自带人到无梁村现场办公，解决梁五方的问题来了。

女书记领着县、乡、村三级干部站在无梁村的场院里，让人当众宣布了对他的平反决定（其实他已无“反”可平），推倒一切不实之词云云……而后，又带人来到了梁五方曾经被没收的那所瓦屋前。

如今，乡下人也都盖了新房。周围一栋一栋的全都是二层三层的贴了瓷片的楼房，独有他这所破瓦屋夹在一片楼房中间，显得那么破旧、逼仄、凄凉。这所三间的小瓦屋早年曾经当过生产队的仓房，如今已坍了一半，风刮雨蚀，院子里荒草萋萋，一片破败……看了让人心酸。女书记站在院子里，看着梁上的蜘蛛网，良久，说：王书记，这房子已经不能住人了。你说，怎么办？你要是不能解决，我来解决。

镇上的王书记赶忙说：放心吧，镇上解决，马上解决。

女书记说：好，我给你十天时间，够吗？

镇上的王书记说:够。十天之内,完不成任务,你撤我职。

女书记说:那好。而后转过头,对梁五方说:老人家,房子重新给你盖,照原样盖。你满意吗?

梁五方嘴里嘟哝着,喏喏地说:那啥,还有自行车、缝纫机啥的……

不等女书记回话,镇上王书记马上说:一并解决,乡里一并解决。

这时候,女书记又从兜里掏出三百块钱,递给梁五方,说:老人家,这么多年,让你受委屈了。这是我个人的一点意思,收下吧。

于是,县、乡两级干部也都纷纷掏出钱来,三十五十,一百二百的,一共凑了一千五,全都给了梁五方……

女书记临走时,又反复交代村里,要照顾好老人的生活,村干部们也都满口答应下来。而后,女书记问:老人家,这样处理,你还满意吧?

梁五方耷拉着眼,说:满意。满意。

可是,当女书记离开村子时,县信访局局长悄悄地走到书记的车前,小声说:林书记,这人可是个滚刀肉,你再给镇上交代交代,我怕万一……

女书记说:滚刀肉?不会吧?要相信群众。

县信访局长喏喏的,不再说什么了。

听老姑父说,这一次,梁五方的确在村里安安生生地住了几天。等房子原样盖好后,村里人轮番来看他,有的说:五,听说你这回补了不少钱?闹吧,闹闹也值!有的说:马庄有一个转业军人,是从城里押送回来的,一家伙补了几十万,户口还转到城里去了……有的说:听说北乡有一主儿,告响了,一家伙补了一屋子钱。

每天醒来光剩数钱了！有的说：五，说说，你补多少钱？一年一万，怕也得几十万吧?！有的还出主意说：五，要是真没给，你得讹住她。天天去找她。蹲她家门口！……

众人都说：对对对，就讹这女的。这女人面善，好说话。

村人们川流不息地来了，又去了。大多是问钱的。他大哥五斗曾让他的一个侄子给他端过两顿饭，在屋里坐了会儿，咳嗽了一阵，叹口气，走了；他二哥五升也让儿媳妇送了两回饭，接着就试探着问他补了多少钱？说这些年也跟着他背“成分”的害，补了钱能不能先借他用一用（五升早把塞了他一嘴驴粪的事忘记了）？……梁五方一声不吭。

老姑父也对他说：五儿，你不有手艺？

他说：手艺？

老姑父说：当年，盖“龙麒麟”，你名头多响呀……这年头多少盖房的？拾起来吧。这年月，有门手艺，比啥都强。

有人见他扫了扫院子，而后从旧物事里找出一把锯来，试着在一块旧木板上锯了几道，可锯着锯着，手抖，竟然锯歪了……就此，他把锯一丢，又走了。

不久，北京方面又打来电话，说怎么搞的？那个流窜犯又到北京上访来了……

据说，县里的女书记听了汇报后，气得直拍桌子：这人怎么这样？太不像话了！当面说得好好的，该解决的都给他解决了，还想怎样？他还要脸不要了?！……良久，她问：这人真是滚刀肉？

县信访局局长说：滚刀肉。

女书记说：他精神上不会是有什么毛病吧？

县信访局局长迟疑着说：……不像。我已跟他打过多年交道了，是个肉刺儿，不好对付。要不，送精神病院？

女书记摇摇头，深吸了口气，说：不管他，让他告去吧。

可是，国庆节很快又到了。临近国庆前，北京搞社会治安大清查，梁五方再一次被人遣送回来。在县信访局的院子里，信访局局长一看见他，气不打一处来，说：五儿，你真是给脸不要脸呢！你说说，你一个农民，书记现场办公，亲自出面给你解决问题……你还想咋？你他妈是人吗？还有点人性吗？你他妈红口白牙答应得好好的，咋又日白到北京去了？你信不信，我立马把你送看守所，好好捆你一绳！

梁五方在地上蹲着，像是聋了一样，任你说任你骂，一声不吭。

信访局局长怒不可遏，指着他说：你说，你还想要啥？自行车、缝纫机……啥没给你？你给我说个道道儿？！

梁五方蹲在那里，等信访局局长脾气发完了，就势往铺盖卷上一坐，耷拉着眼，喏喏地说：……那啥，我媳妇呢？

信访局长愣了一下，问：说啥？他说啥？

接他回来的副镇长说：他说，他媳妇跑了……得给他找回来。

信访局局长说：他他他，媳妇在哪儿呢？

副镇长说：打电话问了，早跟人结婚多少年了，孩子都一堆了，都有人叫奶奶了……

信访局局长跳起双脚，破口大骂：啊呸，日他妈，老子不干了！

梁五方却不紧不慢地说：局长，你看你，我都不急，你急个啥。别急嘛，别为我气坏了身子，不值。

年轻的副镇长气呼呼的，嘴里嘟哝说：就他，一路上，太爷一样，还要酒喝呢。

梁五方说：哎呀，一个大镇长，就二两酒，小二两，也值当说？

此后,梁五方就成了一个流浪者。

他常年在外,到处流浪。偶尔,也找我借过几回钱,不多。

他还在告呢。在常年的上访队伍里,他成了一个老上访户。在省、地、县三级信访部门都混成了一张“熟脸”。政府部门的人一看见他,就说:五,又来了?他说:我又没有个家,政府就是我的家。你要是给我安个家(他指的是“女人”),我就不来了。永不再来。再来我是孙子,你吐我一脸唾沫。

听老姑父说,房子退给他以后,他曾经偷偷地去看过李月仙。李月仙后来嫁到了孙刘赵村一户姓孙的人家,现在已儿孙满堂了。他戴着一顶破草帽,装成一个瞎子,拄着一根竹竿,直接摸到了李月仙的婆家。他站在院门前,低着头,喏喏地说:这位大姐,盛两口吧?李月仙头发白了,眼也花了,两人面对面,竟没有认出他来。只是看他可怜,就说:你等着,我给你拿块馍。可是,当李月仙转过身,他突然说:大姐,门楼不低呀。我给你看个相,后走(指改嫁)的吧?李月仙一怔,说:你咋知道?等着。你等着。给我算算。可是,当她让儿子拿着两个馍、端着一碗水从屋里走出来时,那要饭的却不见了。李月仙的儿子回头说:妈,人呢?李月仙赶忙从屋里追出来,愣愣地在门口站了一会儿,说:刚刚还在呢,这人?……突然,她像是有了什么感应,急匆匆地追到村街上,喊道:唉,这主儿,你等等……远远地,只见那草帽在街角处一闪,又不见了。

听说,后来李月仙也托人打听过他。两人本是要见个面的,原是经李月仙娘家哥约在镇上的那家包子铺里。可三十多年了,镇上的包子铺早已拆掉了,连当年风光无限的“龙麒麟”都已扒掉,冲成了一条柏油马路……李月仙想想就落泪。再后来不知怎的被孙家的人听说了,孙家老老小小一大家子,一齐给李月仙跪下,一声声叫娘、叫奶奶……并且放出话来：他只要敢来，打断他的腿！李月仙只好作罢。

那一年，当我在北京火车站碰上他的时候，他已穿得比较整齐了。手里提一人造革的黑包，身上有棉有单，还戴着一顶蓝帽子，新的。他在熙熙攘攘的人群里穿来穿去，看见单个的女士，就凑上去，追着人家小声说：算命吗？那女士是个穿西装裙的白领，人长得很漂亮，这白领女子翻眼看了看他，说：不算。他就一直追着人家的屁股说：大妹子，算算吧。你啥都好，就婚姻不顺……那女的站住了，说：你咋知道我婚姻不顺？他说：你面相里带着呢。算算吧？那女人说：看你那穷酸样。我说过了，不算。你别再追了。你再追我打110了。

这让人哭笑不得。命运如此多舛的一个人，他还给人算命呢。当时，我曾经暗暗笑他。那会儿我想，命相这东西，在大学里我倒是看过几本书。就人的八字而言，很难框定一个人的一生。不然，同年同月同日同时生的人那么多，为什么命运却截然不同？所以，一个人的命运，既有先天的因素，也有后天的机遇和努力，很难一概而论。如果他真的会算，就该给自己好好地算一算才是。

在火车站，在熙熙攘攘的人群里，当我看见他的时候，他还有些不好意思，似乎是想躲的。尤其是当我看见他拦住人算命的时候……可毕竟是一个村出来的，还算是长辈，我不好也装作不认识。何况，时光已把他熬成了一个小老头。当我站在他面前时，他讪讪地笑了。我也笑了。他说：爷们，我这儿有条儿，老蔡的。于是，我笑了，请他吃了顿饭，就此也知道了老姑父去世的消息……他说，老姑父成了一棵树。这是个“秘密”。

这天，当他喝了两小瓶二锅头之后，话就稠了。他眯细着眼，贴近我的耳朵，偷偷地告诉我说：我知道的秘密多了。想听吗？……他得意地说，不瞒你，就凭着这个“秘密”，他一连诈了蔡思凡三次。

我给你说过，老姑父的三女儿原名蔡苇香，有了钱当了老板之后就改名为蔡思凡了。蔡思凡女士现在也算是狡兔三窟，她在省、市、县三地都有自己的房子和办公地点。一天傍晚，梁五方在县城一个新建的思凡小区里找到了蔡思凡。他戴着一顶草帽，看见蔡总从一栋小楼里走出来，就迎上说：香，小香。我这儿有个条儿，老蔡写的。蔡思凡最不喜欢人们提过去的事情，理都不理他，只管“嘚儿、嘚儿”地往前走。他马上改口说：蔡总，不认识了？我是你方叔啊，我这儿有你爸写的“条儿”……蔡思凡这才停下来，说：哟，五叔啊，我还当谁呢？我爸给你写条儿了？他说：是。你爸早几年写的。他的字，你总认得吧？不料，蔡思凡接过那张“白条儿”，看都没看，“呸”地朝上边吐了一口唾沫，随手往地上一扔，说：他写个“白条儿”，你就来找我？我不认！

梁五方没办法了，就追着说：……人无远虑，必有近忧。我可不是吓你，我看你脸上有煞气呀。蔡思凡说：是吗？……蔡思凡最早是从“脚屋”里走出来的，什么人没见过？接着，她说：五叔，缺钱花了吧？他说：不不。我是看你有灾。应在一棵树上。我来给你说个破法……蔡思凡看了他一眼，说：五叔，我忙，就不陪你了。这五百块钱你拿着，下不为例。说完，从包里抽出五百块钱，放在他手里。坐上车，扬长而去。

第二次，在市府大街 122 号，蔡总蔡思凡的办公室里，梁五方骗过了保安，又进来了。蔡思凡一见他，鼻子里哼了一声，说：五叔，又来了？他说：蔡总，人无远虑，必有近忧。我可不是吓你……

蔡思凡拦住话头，说：五叔，你信不信？我现在就可以叫保安，把你扔出去！他往地上一蹲，说：信，我信。那棵石榴长得很好，就是有邪气。蔡思凡望着他，摇了摇头，说：我还没见过像你这样的……他说：闺女，说实话，手头有点紧。借俩花花。到时候政府赔了钱，我一准还你。蔡思凡说：多少？他说：我不多借，万儿八千就行。蔡思凡说：你把我当银行了？他说：蔡总，这对你还不是九牛一毛？我会还你的。那费（封口费）你不都"费"了吗？买个心静。蔡思凡说：那是谣言，你也信。他说：我知道是谣言。你说，一棵石榴，咋会有血气呢，是吧？谣言。回头我画道符，给老蔡上炷香，不让他缠你……

在饭桌上，梁五方告诉我，正是这句话，把蔡思凡吓住了，给了他一千块钱。临出门时，他又勾回头说：我这道符，保你三个月平安。

他附在我的耳边，悄悄地告诉我说，你别看她口气大，心里怵着呢。

第三次，在省城的一个家具批发市场上，蔡总蔡思凡正张罗着给新开张的家具店剪彩呢，梁五方又来了。这次，没等他开口说话，蔡思凡便笑眯眯地迎上去，说：五叔，来了？走走，到我办公室去……说着，一把把他拉进了楼上的办公室。而后关上门对他说：五叔，我这会儿忙，你稍等片刻，行吗？他说：你忙。你忙。你这大门朝向不对呀，这叫凶煞聚会……蔡思凡说：你先喝点水，我一会儿就回来。说完，关上门"嘚儿、嘚儿"地下楼去了。

过了一刻钟，门开了，蔡思凡领着三个派出所的民警走进来。蔡思凡说：刘所长，就是他。于是，派出所的民警拿出手铐，厉声说：站起来！梁五方一下就站起来了，下意识地伸出两只手，规规矩矩地让人用手铐铐上，这才说：政府，我、我犯啥错了？派出所所长说：你涉嫌敲诈，走，到派出所去。梁五方边走边说：香，乡里乡亲的，你咋这样呢？我手里有你爸的“条儿”。

蔡总说：哼，我看你是吃顺嘴了！

三天后，蔡思凡大约有些不落忍，毕竟是乡亲，再说……于是，她给派出所所长打了个电话，让人把梁五方给放了。而后，她又给镇长打了电话（现在的老板跟政府官员都熟），让镇上的人把梁五方从省城接了回去。

可是，没过几天，梁五方又找来了。他仍是戴着一顶草帽，背着铺盖卷，两只眼珠往白处翻着，往蔡思凡的门前一蹲，伸出两只手，说：蔡总，你有钱有势，还把我铐起来吧。反正我也没地方去。

蔡思凡说：你进来吧。

等蔡思凡把他让进门后，就那么看着他，一句话也不说……她身后站着四条汉子，个个都是一米八以上的个头，膀大腰圆的。

一刻钟后，梁五方自己背上铺盖卷走了。据他自己说，他走得有些慌张，出门绊了一跤，差点把门牙磕掉！他背着铺盖卷直接去了信访局。进门就喘着粗气说：我还得依靠政府。我只有依靠政府了……这话有些突兀，说得信访局局长一怔。

梁五方低声告诉我说：丢，我只对你一个人说，要是哪一天我死了，或是从河里漂上来，或是让车撞死在路上……那一准是蔡总害的。

我有些吃惊，说：蔡苇香？

他说：就她。现在名改了，叫蔡思凡，赖种。

我说：你怕了？

他喘着气说：你不知道。我还没见过这样的。她、她吊梢眉，一眼的黑煞气。她会杀人的,她真敢……

我问:到底怎么了?

他说:她的眼毒,太毒了……她真敢哪……她一眼的黑雾,那黑刺一亮一亮,就像是蚂蚁窝。真的。她爹,老蔡,肯定是她杀的……丢儿,你要信哪。

小时候,在村里,我也曾有过这样的感觉。可是……我说:一个村的,不会吧?

他说:你想啊,她娘俩咋对老蔡的,这村里人都知道……

我问:那棵石榴在哪儿呢?

他说:我会找到的。找到我告诉你。而后他又说:爷们,再给点“信息费”吧。这秘密,我就告诉了你一个人。

后来,他突然又很认真地说:丢,你这么有钱,逛过按摩店吗?就那个,那啥……

我惊讶地望着他,说:你逛过?

他说:不中了。春才下河坡。完蛋了。

在我们的家乡,还有一句广为流传的民间俗语,叫:“春才下河坡——去尿。”

这是一句只有本地人才能领悟的土话。春才是一个人的名字(他现在仍然活着),这以后我会告诉你的。

“春才下河坡——去尿。”的本意是:春才在河坡里把他的生殖器割了。这个具有悲剧性的人生故事,却在我们的家乡产生了一种带有喜剧意味的荒诞。后来引申为完结、完蛋、彻底……的意思。这句歇后语人们通常是笑着说的,只要有人说“春才下河坡”……那么,下边的话就不用再说了,这就表明一个人或是一件事的彻底失败。

这也是我们家乡人的最大优点,那就是用戏谑的口吻,微笑着面对失败。

在这里,我要说的是,梁五方的结局也是颇具喜剧色彩的。

在颍河镇,梁五方作为一个“专业上访户”,是极为出名的。三十八年来,如果把他走过的路略微统计一下,按最低路程每天二十公里计算,他至少也绕地球七八圈了!这个数据本是可以进吉尼斯世界纪录的。如此“伟大的行程”,在当地政府官员的眼里,却是一件让人头皮发麻的事。当地政府的官员们一提到他,就连连摇头,说:他要是有一点理,他能告到月球上去。

特别是最近几年,他老了,眼花了,手抖,字也写不成了,上访的时候也不再提那么多的要求了。他说:他啥也不要了,就要一个家(女人)。他希望政府能把他的女人给找回来,给他安一个家。可是,偏偏这件事是政府无法解决的。早年改嫁到孙刘赵村的李月仙如今已儿孙满堂,已是人家的奶奶了,怎么也不会再回来跟他过日子了。所以,无论是县里,还是镇上,都不敢答应他。只有任他继续上访。

可是,每逢过年过节的时候,县里的官员们还是有些紧张,生怕他在北京那边闹出什么影响来。于是又不得不一次次地派人去安抚他。如今的梁五方年岁大了,腿脚也不是那么灵便了,上下车都要人扶着。每每,县里和镇上的官员把他从北京接回来,给他几个钱,送到村里,好言好语地对他说:老人家,这几天,就这几天,可不能出门了!他很配合,说:放心吧。北京这几天人多,查得严,咱不去。见他态度好,那位常去接他的副镇长说:老头,二锅头给你买了十瓶,小二两的,够用吧?他说:够,够了。就是蛋疼。副镇长笑了,说:想那事了?他摇摇头说:春才下河坡……就此,双方达成了一种默契。

等过了节,再出去的时候,他拄着一根棍,甚至还专门到县信访局弯一下,报告说:我去了啊。这时候,反而没人理他了。他挨着办公室的门,一个个进,进去就说:我去了。我可去了。还是没人理。他很沮丧。

据说,梁五方常年在市面上遛逛,他拄着一根棍,一边上访,一边也靠卖嘴挣些小钱。有时他拦路给人算卦,挣点卦资什么的。有时他也会装瞎子,翻着白眼,伸手跟人要钱……一年下来,也够个吃喝。

有一次,在县城的大街上,梁五方正拄着根棍在街上走,身后喇叭响了,有一辆黑色的轿车开过来……梁五方回头一看,是县里那位女书记的车,他竟然记住了她的车号。就此,他身子一歪,坐地上了。司机按了几声喇叭,女书记在车里坐着,抬头一看是他,脸色立时就变了,十分生气。这时,坐在前边的司机拉开车门,说:王八蛋,这是讹人呢!林书记,我叫人把他弄走。女书记看一街两行熙熙攘攘的,全是围观的人。沉默了片刻,说:算了。把他扶过来。等秘书把他扶到车上,梁五方嬉皮着脸说:老天爷,我可找到政府了。能坐坐书记的车,值了,我这一辈子值了……看女书记一脸严肃,他心里还是有些怵,叹一声,喏喏地说:我要是不犯事,闺女也有你这么大了……女书记扭过脸望着他,久久,说:老人家,你叫我怎么说你呢?……今年多大了?

他说:六十有二。

女书记沉吟了一下,对秘书说:回办公室。通知信访局局长来一下。

等信访局局长赶到书记办公室,就见女书记两手抱着肩膀,皱着眉头,在屋子里走来走去……信访局局长进门报告说:林书记,你找我?

女书记说:梁五方的问题怎么还没解决?

信访局局长怔怔地,苦着脸,不知道该怎么说。

女书记说:我是说,他还有啥要求?

信访局局长愤愤地说:他就是个滚刀肉。他要的多了,过去一张嘴就要赔他多少多少钱,狮子大张口!现在,他又说他要一个家!

女书记说:给他一个家。别让他跑了,影响太坏。

信访局局长带着哭音儿说:他是胡搅蛮缠。说是要个“家”,其实是想要个女人,我上哪儿给他找女人?

女书记说:是啊。这是个问题。可他这么大岁数了,无儿无女,怪可怜的……这样吧,不能任他胡来。女人找不来,家可以给。

信访局局长怔怔地,不知该怎么办,说:这……家……

女书记说:这样,跟颍河镇打个招呼,把他送福利院。给他个养老的地方。

信访局局长看书记态度坚决,也只好去办。在颍河镇,谁都知道梁五方是滚刀肉,难缠的主儿。镇上的干部本来还想推掉,可书记亲自打了电话,也只好办了……当信访局局长办好了手续,带人带车要把梁五方送福利院的时候,他还不去。他说:你饶了我吧。我习惯了。我一个人走走。

局长说:不行。这次是强制性的。你告到天边也没用。

我最后一次见到他,仍是在镇上的福利院里。

我还听说,这个福利院是蔡总蔡思凡投了资的……

我记得先前去看过他一次。那时候,他还显得有些呆滞。那是九月的一天,秋阳高照,梁五方坐在阳光下的一张椅子上,跟几位流哈水的老人坐在一起……我说:五叔,还认得我吗?

他仍是怔怔的,嘴里喃喃地说:麒麟,龙麒麟……

我说:五叔,是我呀。我把那株石榴买下来了。

他说:来了,车来了……

我说:五叔,别装了,我是丢……

他说:政府,老实,我老实。

我看着他的眼睛,他的眼睛里已经没有"星星"了。

后来就不一样了。后来,在梁五方六十八岁的这一天,我再次到镇上的福利院去看他。他坐在阳光下,正在给人算命呢。在这个福利院里,院里院外,停满了车,都是来找他算命的……我看见梁五方,五叔,静静地坐在那里,就像是岁月一样,挺吓人的。可他不时眨巴着眼,给人说着什么的时候,一时,又很神秘地笑了。

难道这就是涅槃?那么,我要问,六十八年前,他来到这个世界上,到底是为了什么?我不知道。

在这里,我还要告诉你,在我进城之后,梁五方每次找我时,手里都拿着一张"白条儿",那"白条儿"是老姑父写的。我曾收到过老姑父的许多"白条儿",有的写在烟盒纸上,有的只有二指宽,每张"白条儿"的第一句就是:见字如面……我怀疑,后来的那些"白条儿",很可能是伪造的。

第五章

你用尺子量过钱吗？

一百元的票子，一万一摞，摆在一张一米宽、两米长的单人床上，你知道一层能摆多少吗？我告诉你，一张百元票，幅长一百五十五毫米、宽七十七毫米，摆满一层大致是六十万元。我整整摆了七层，七层还多一点，一共是四百二十八万。我用尺子量了一下，有二寸三（还多）厚！

这是我和骆驼南下后，用大约五年的时间，炒股挣来的钱……骆驼是天才，挣得要比我多。可骆驼从来不说具体钱数，骆驼对"百万"以上的术语是："一个、两个、三个、五个……"我不知道他有多少"个"。

我跟骆驼是分别南下的。

骆驼去了深圳，我去了上海。这也是我们事先约好的：开辟两块根据地，"遥相呼应"。我们约定每晚九点准时通电话，不管身在何处，刮风下雨，这是铁律。至今，许多年过去了，我耳畔仍然响着骆驼像狼一样的吼叫声："打新（股）！打新（股）！打新（股）！……"

开始的时候，是骆驼制约我。有时候骆驼一天给我打好几个电话，一打就是一两个小时，他的思维极其活跃，就像是思想喷泉一样,一个一个的思路不断地往外涌……连他的烟味都能从电话线的那一端传过来,咳咳咳的,搞得我不胜其烦,不得不一次次地阻止他:……挂了吧?挂了,我得挂了。他说:屌屌灰,我还没说完呢。喂喂……后来就是我呵斥他了。

后来,他的电话染了“颜色”,就少多了。有时候,连我们共同制定的“铁律”也不遵守了。有一次,九点钟的时候,我一拨电话,他在电话里用标准的普通话说:今天不谈了吧?卫丽丽在这儿呢。我问:卫丽丽是谁?他说:我在香港呢。回头说。回头再给你说……还有一次,我一拨,他说:小乔在这儿呢。我又问:小乔是谁?他笑了:兄弟,怎么酸溜溜儿滴?哥哥不就这点事嘛。过一会儿我给你打过去好哦?……居然南腔北调?我脱口骂道:你他妈成“小虫窝蛋儿”了?!就现在。现在说。这是铁律!

……在电话里,骆驼闷了一会儿,说:谁是“小虫窝蛋儿”?

……我沉默,一声不吭。

骆驼只好说:好吧。听你的,兄弟,就现在说。

我初到上海的时候,一度很不适应。

这个被人誉为“东方明珠”的大都市,是我这个被人蔑称为“洋盘”的外乡人不喜欢的。虽说不喜欢,但上海人的认真劲儿,还是把我给感动了。我先是租住在淮海路附近一条弄堂的尽头,门牌137号,一家石库门的阁楼上。这是一个杂居着七八户人家的小院落,楼梯很窄,上楼就要弯腰,头都直不起来。那时候,我一句上海话也听不懂,阿婆们一张口就叽呢哝哝、嘎嘎咕咕的,我只装没听见……可是,院里这位代收电费、水费的阿婆,却一次次地爬上阁楼来敲我的门。她的账头极为精细,假若少收了一分钱,她一定会追着你的屁股要;多收一分钱,她也要不辞辛苦地爬上阁楼,退给你。说:依哦,嘎无鲁(硬币的意思)。

客观地说,上海人是优秀的。上海是一个充分契约化了的城市。哪怕你在街头小店里买一生煎包子,也是足量足分、绝不掺假的。但同时上海人的灵魂用“旗袍”裹着,那是带颜色的张扬,也是一种促狭的、在“石库门”里憋出来的、叽叽歪歪的自信(大约,女人们过去常常隐在一个个“老虎窗”的后边,撇着嘴“侬呀侬”地偷着评判路人的缘故吧)。上海人的小气是女人们在庸常日子里一天一天“盘算”出来的;上海人的大度也是女人们在风云变幻的岁月里用削溜溜儿的肩膀一日一日“扛”出来的。所以,它的气场是阴性的、商业化的,是阴包阳,是以母乳为底,加南洋的风、水汽和阳光共同铺就的绚丽。但它又是豁达的、开放的、承认并接受既成事实的,充满无限活力的现代化都市。

上海的气候也不算好,春、秋天还行。夏季里有许多梅雨天,特别是六七月份,忽阴忽晴,整日里下毛毛雨,一天到晚身上黏叽叽、湿漉漉的,像是要生虫的样子。刚来的那几个月里,我身上出了一片一片的湿疹,一身红点点,苦痒难耐。嘴上也生疱,腿上还长疮,浑身都抓烂了!夜夜难眠……在地理位置上说是东南,可冬天也冷啊,是又湿又冷,那阴霾的湿气都侵到肺里去了。

最初,我曾经在电话里对骆驼抱怨说:骆哥,我要死在这里了。……骆驼只回答我两个字:坚持。我说:我大睁着两眼,苦睡不着觉啊。他回答我三个字:吃安定。我在心里恶狠狠地骂了他一句。骆驼的感应极好,他马上回了我一句:你瓜是富贵人?这一句就“刀”到我骨头里去了!他这话里字背有“字”。是呀,我来自平原,一身穷气,出身寒微,还有什么苦不能受的。于是,我坚持。

我受。古人造字真的是有切身体会的,“受”字头上三把刀,人还要直直地站着……受吧。后来又搬了两次家,条件略好些,我慢慢也适应了。

其实,到了上海之后我才明白,我是带有黄土标记的。我已无法融入任何一座城市。在城市里,我只是一个流浪者。并且,永远是一个流浪者。我记得给你说过,我身后有人。

最早,通过同学七拐八拐的介绍,我到一家设在上海淮海路上的证券交易所打工,再后又调到了设在延安路上的一家交易所。按骆驼的说法,这叫“潜水”。骆驼说:一定要潜下去。要从最底层做起。于是,我先做“黄马甲”,一年半后才正式地做了证券交易员——也就是人们俗称的“红马甲”。做“黄马甲”就是一个跑腿打杂的。那时候,我骑着一辆从旧车市场上买来的破自行车,穿行在上海的大街小巷。今天跑电话局(为所里的客户装电话),明天又跑着买灯泡、安装饮水机……那时候,我时常在上海女人打着的花伞下穿来穿去。

每每,在上海街头,我骑着一辆破自行车,在上海女人的洋伞下穿行,这是要挨骂的。那时候,在梅雨季节里,洒了香水的上海女人既怕晒又怕淋,出门都是要带伞的。伞是折叠的,“啪”一下撑出来,一片花嘎嘎!穿着高跟鞋、打着花洋伞的上海女人冷不丁地就会给我一句:侬洋盘哦,生癌了哦?……那会儿,我在上海的大街上不知招了多少上海女人刻毒的骂。后来我也理解了,那语气虽毒了点,可我骑一辆破自行车,在梅雨季节里奔走,弄不好就溅人身上泥水了。女人们出门,一个个打扮得光光鲜鲜的,穿着裙子、丝袜,还喷了香水,你骑车过去,慌慌张张的,溅人身上泥点点,怎么会不挨骂呢?如果平心静气地说,那意思大约是:讨厌!外乡人,你急什么呢?

可骂归骂,我的心情并不算太差。我们钻进钱眼里去了,心无旁骛。那时候,股票市场才刚刚开放不久,上市的仅有二十几只股票,炒股是挣钱的。每天早上起来,睁开眼看一看股市,涨涨跌跌,一天大约能挣五百块钱……这对于我来说,已经很满足了。

可骆驼不满足。骆驼是干大事的人,骆驼的天分一流。骆驼最伟大之处,就在于他浑身上下的每一个毛孔里都充满着洞察力。他几乎是一个先知先觉者……就在我沉醉于股市的涨涨跌跌,每天都能挣钱的时候,骆驼经过分析,在电话里一再告诫我:打新(股)! 只有打新(股)才能翻倍! ……我也知道这个道理。但是,原始股并不好买,在上海"打新股"是有中签率的。况且,我们手里资金有限,虽然靠骆驼的神通,从在银行工作的同学那里也贷了一些款(这是违规的)……但是,中签率还是很低。有一次,骆驼从深圳那边打电话过来,告诉我一个内部信息,说离上海很近的镇江那边,有一家企业很快就要上市了。他调给我三百万的额度,命我火速赶去"打新(股)"……我连夜查看了地图,发现通往这座城市的最便捷的路是坐船,每周只有两班。当我正要赶往那里的时候,骆驼的电话又打过来了,骆驼勃然大怒! 他在电话里骂道:你瓜真是个夯客,猪窝窝生的? 脑壳让猪圈门挤了?! 你打,人家也打呢,还轮得上你呢? 等你赶去,热屁都吃不上呢! 屌屌灰,你给我用钱砸! 砸死了! 你瓜把船给我包了! 不就一周两班嘛,船票全给我买下! ……经他这一骂,我灵醒了。于是我抢先赶到了码头,咬咬牙,把两班船的船票全给买下了(包了整整十天),直到"打新(股)"结束! ……于是,中签率大大提高了。

那时候,我这边的大部分钱都是"打新股"挣的。我们俩有约定，按事先的约定分成，我把骆驼的提醒发挥到了极致……后来股市两次大跌，侥幸地说，损失并不太大。

我说过，骆驼是我命里的贵人。是骆驼把我引上这条路的。分开四年后，在一九九四年的七月，在股市最黑暗的一个日子里，骆驼从深圳坐飞机赶到了上海。这时候，三十七岁的骆驼满头白发，已瘦得脱了形了。他那只空荡荡的袖子在风中飘着，虽然仍是两眼放光，但眼神中布满了忧郁。也正是那天下午，我看见一个人从证券大楼上跳下来了！地上一摊血，围了很多人看……后来，警察在大楼周围设了警戒线，人很快被抬走了。心寒哪。

骆驼来的那天晚上，我请他在当时上海最豪华的锦江饭店吃了顿饭。锦江饭店是五星级的，我也是第一次去。饭订在了锦江饭店小礼堂，要了靠窗的台子。菜也是胡乱点的。分开这么多日子，第一次相聚，我就拣常听上海人说的“名吃”上（贵的、有特色的。说实话，以前都是他请我吃饭。我怕他说我小气，也是实心实意地想款待他）：什么干贝鱼翅汤、法式鸭肝、黑椒小牛排、水晶虾仁、蟹粉小笼包……不料，骆驼看了看这一桌子菜，说：有红烧肉吗？有二锅头吗？

我请他喝茅台，他问我要二锅头？我知道，这是情分。于是，我赶忙拿过菜谱，重新补要了红烧肉……后来，一直到过了很多年，骆驼还赞不绝口地说：锦江饭店的红烧肉真好吃耶，唏嘛香！

那天晚上，开初，我们都不谈股市，我们只说些愉快的事情……可是，自始至终，骆驼都是忧郁的。我还发现，骆驼新添了一个习惯性动作。只要他一放下筷子，骆驼的右手就不停地、下意识地在桌边上轮番敲击着“一、二、三、四、五”之类，像弹钢琴一样。偶尔，他右手的大拇指按在桌边上，四个手指头在空中痉挛似的颤动着，像刨食的鸡爪子。每每，他手一颤，脑袋也跟着颤一下，很像是“帕金森综合征”的前兆——只是片刻。接着，他的手会不时地握起又松开，那骨节一隐一现，一抓一挠，让人心惊！……我知道，他这是在大户室的电脑前坐得太久了，落下毛病了。（在键盘上每敲一个数字，都是钱哪！）

后来，骆驼终于绷不住了。骆驼拉开他的手包，从里边拿出两张汇单，推到了我的面前，说：兄弟，咱哥俩欠下的债，我已还上了。咱再也不欠谁的了。

我看了那汇单，一张是寄往安徽的，一张是寄往湖北的，收款人一为朱克辉，一为廖亦先，每人五万！……我说：骆哥，够意思。可你对我不够意思，事是咱两个人做的。还有我一份呢?!

骆驼淡淡地说：小钱。兄弟，别多心，我没想伤你……接着，他长叹一声，说：无债一身轻哇。

我知道骆驼话里有话。他在做一个大的、有冒险性的决定之前，要先扫除羁绊，没有了后顾之忧……那么，除了股票，还有什么？

果然，往下，骆驼突然说：……见“底”了吗？

我看着骆驼，迟疑着……一年来，股市大跌，上证指数从1558点跌到了近400点！证券大厅的荧屏上绿汪汪一片……昨天，有人绝望了，从楼上跳下去了。现在，骆驼问我，我心里也没底，不知道该怎么回答他。

骆驼两眼直直地望着我，说：兄弟，根据你的判断，股市见“底”了吗？

我有些勉强地、含糊地说：……难说。

骆驼说：我专程从深圳来，就是要讨你瓜一句话，因为你比我冷静。现在我问你,见“底”了吗?

我迟疑着,说:怕是还要跌上一阵。

骆驼拍着桌子说:错!我看是见底了。已经见底了!到了该杀进的时候了……骆驼拍了桌子后,伸手去拿烟,他手抖得很厉害。

我以退为进,说:要是看错了呢?

骆驼望着我,说:买股票是买什么?买的不是价值,是“成长性”!咱们都是学历史的。我问你,一件事情,一个国家的大事情,刚刚开始,会结束吗?……他的手往上一指:上边,会让它结束吗?

我说:那倒不会。

他说:不会吧?

我肯定地说:不会。

这时候,骆驼的肩头一耸,那只空袖子突然像鹰一样地飞起来,鼓了风似的,差一点把桌上的盘子扫掉!骆驼侧着探过身来,半弯着腰,压低声音,急速地、恶狠狠地说:现在是400点,是底。铁底!杀入。全仓杀入!

我说:是不是再看看,等两天?

骆驼有些神经质地说:你瓜还等啥呢?我说了,这就是底,铁底!想亮活,不冒一点险,你瓜热屁都吃不上呢。你明天就下单,吃进!立即吃进!……而后,他低声说:我看过了,这六只股,就这六只……咱们同步操作,全线杀入,满仓!绝对翻十倍!

后来,回到房间,我和骆驼整整聊了一夜……我被他说服了。那时候,我绝对相信骆驼的判断力,我甚至都有点迷信他了。

第三天,把骆驼送到机场,我回到交易所,看大厅里没几个人,屏幕上,股市还是绿汪汪一片。我犹豫了一下,咬咬牙,全线杀入了！……

下午，股市继续震荡……

星期三，大盘又跌了……

当天夜里，九点钟的时候，骆驼的电话打过来了。他在电话里喘着粗气，急急地说：……吃进了吗？要不，再等等？

我说：进了。满仓。

骆驼倒有些沉不住气了，说：兄弟，兄弟耶，我是不是把你给坑了？是我判断失误？还在跌呢……我把你瓜撂泥窝窝里了？！

我说：再看看吧。再看看。

骆驼声音哑哑地说：我是405点进的，满仓……不会当裤子吧？兄弟耶，还是你冷静。以后，你多醒着点。哥是个夯客。不过，我相信，我确信，不会久了……你说呢？

我说：再看……其实，我也有点心慌。

骆驼说：好吧。坚持。

跌、跌、跌，连跌数日……这时候，大盘已跌至330点了！……

终于，到了七月二十九日，临近月底，股市终于红盘了！……

那一天，骆驼即刻打来电话，说：牛了吧？

我说：牛了。

骆驼高兴地说：弟弟耶，你信哥哦？你要信！哥在这边，沃也得很呢。尼采（你猜）撒杀个啥呢？——股神！群说哥哥是股神！

可骆驼还是高兴得早了点。

你有过这样的恐惧吗？

你坐在电脑前，你眼前的屏幕上只是几条曲线（红、蓝、绿）和一个个数字，那些数字是虚拟的，也可以说是看得见却摸不着的……可就是这些曲线和数字,是一个看不见的“场”,一个让你热血沸腾,又让你魂飞魄散的“赌场”!

在股市里,有一个词,最生动的一个词,也是让股民们痛不欲生的一个词,你知道是什么?——那就是一个字:“套”。

这个词很生动,也很血腥。你知道被“套”住是什么感觉吗?这就像是温水煮青蛙。最初,你并不觉得有什么不妥,股市仅仅是跌了一点,第二天再看,又跌了一点,不多。不要紧的……再看,又往回涨了一点,还有希望呢……但跌得多,涨得少。再往下,一天天地跌,不停地跌……跌着跌着,二十元的股票就变成十元了、七元了……到了这时候,你说你卖不卖?卖吧,赔了一半;不卖,还有可能继续往下跌!水是慢慢地一点一点热的。到你感觉烫的时候,到了肉疼的时候,你也就出不去了。它就叫你这么一天天地疼着,由表及里,由肉疼变心痛,刀割一般!

一般情况下,到了这时候,你就不再考虑挣钱问题了,你最渴望的是“解套”。怎么才能“解套”呢?保本。保本(在保住本钱的情况下把股票卖了)才算是“解套”。这时候,你会动摇,在“保本”还是“割肉”之间反复动摇。你想保本,可回天乏力。割肉吧?太疼,都疼到骨头缝里去了!有时候,你会觉得股市已经见“底”了,或者就快要见“底”了,再等等,咬着牙,等……可是,“底”在哪里?再等下去,股市还在跌,一百元的股,已经跌到三块了……这就叫“熊市不言底”。它一层层扒你的皮,十八层地狱在等着你呢!

有时,你会咬咬牙,说“割肉”吧。在最初下跌开始的时候,你把股票赔钱卖了一半,或是三分之一……可这时候,股票又“红”了,回弹了。“红”了一天,你不敢进,你怕再跌。到了第二天,又“红”了,你心里湿湿的,你想进了。你对自己说:赔了这么多,补点仓吧？损失太大了，捞回一点是一点吧？可你还是担心，怕万一再跌……到了第三天，还“红”。于是，你进了，补仓了……可紧接着，股市又跌了，狂跌！……到了这份儿上，你哭天没泪，又该怎么办？

到了这时候，你被“套”得深了，你就成了一匹掉在陷阱里的狼，被套住的狼！你会拼命地挣扎，你把所有的心力全都用上了，你的“牙”都咬出血来了，你不甘心，你频繁地操作，买了又卖，卖了又买，一次次地补仓，期望着能把成本降下来……可你眼看着那屏幕上的“绿线”一天天地往下掉，它吊着你的心、你的肝、你的胆，勒得你透不过气来！它就像是一条看不见的绳索，死死地套着你，越挣扎套得越牢！哪怕你只剩下一副骨头架子，它也会牢牢地拴着你，把你拴死。到了这一刻，你只有对天号叫的份儿了……也许，一直到你彻底绝望了，崩溃了，不再挣扎了，甚至心灰意冷的时候，奇迹才有可能出现。

一九九五年的夏天来了。在梅雨季节里，紧跟着，“熊”又来了……在这段时间里，我跟骆驼不停地通电话，我们两人不约而同地打破了九点通话的“铁律”，把手机都打爆了，几乎都要疯了！

不用说，我们两个人买的股票全被“套”住了！不知从哪一天起，我们开始在电话里互相指责，甚至对骂！……有一天，在夜里两点的时候，夜已经很深了，骆驼又把电话打过来了。骆驼的咳嗽声像山呼海啸一般，骆驼哑着嗓子说：兄弟，我吃了四片安定，怎么就睡不着呢？

我讥讽说：浑身上下剥得就剩一条裤衩了，你还睡得着吗？

骆驼说：你瓜不要说风凉话。你不是灵醒吗？你的判断力哪儿去了？

我说：那两只 ST（垃圾股），我是提醒过你的！你狗日的当时咋说的?

骆驼说:错!在北京听课的时候,一位从美国回来的专家说过:根据他多年的研究,在股票市场上,垃圾股和绩优股的收益率是一样的!没有差别……

我说:那好,专家说的?你就听专家的吧,套死你!

骆驼说:你瓜这是讨论问题吗?我猪脑壳,你也猪脑壳?我瘟,你瓜也瘟?你眼泡泡掉臊尿缸子里了?!

我恼了,骂道:你他妈“春才下河坡——”!

骆驼怔了一下,说:啥意思?

我吼道:你完蛋了!……说完,我“啪”一下,把电话撂了。

过一会儿,等我冷静下来,又把电话拨过去。电话铃响了很久,骆驼才在电话里有气无力地说:你瓜摔我电话?你还是我兄弟吗?

我说:你睡了吗?

骆驼嘟哝说:女娃气气的?摔我电话……

我说:你才女娃气气。你狗日的电话线整日拴着颜色,你跟卫丽丽讨论去吧!

骆驼苦笑了一声,说:兄弟,不就这点事吗?把柄都在你手里攥着呢。卫丽丽也批评我。我臭虫子掉屎缸里——里外不是个仁(人)了……接着又说:兄弟,何时见“底”呀?我两眼一咕咚黑,怎么就看不见“底”呢?

我说:会见底的,等吧。

骆驼说:等?

我说:等。

他说:不割?

我说:不割。

他说:好。我就听你一回,这话可是你说的。

而后,我们都憋着一口怨气,三天没有通电话。一天中午,我的手机响了。我一看是骆驼的号码,接了。可是,电话里却是一片很女气的抽泣声……我愣了。片刻,只听电话里甜音儿说:是吴老师吗?我说:您哪位?电话里说:我、我是卫丽丽……卫丽丽哭着说:吴哥,你来劝劝他吧。老骆他……都快要崩溃了!我急了,说:老骆怎么了?卫丽丽说:他喝醉了。在卫生间都躺了三天了,醉成了一堆泥了!……我说:你不要哭。别急,我马上赶过去。

可是,等我赶到深圳,一下飞机,却见骆驼西装革履,脖子里还打着一条鲜艳的领带,在候机大厅里站着。穿着一身新西装的骆驼显得太瘦了,就像是一个衣服架子,看上去很不真实。他身后站着一个穿白纱裙的靓女子。这女子大约就是卫丽丽了。卫丽丽脸上微笑着,手却在下边暗暗地给我摆手示意……我明白了。

看见骆驼,我扬了扬手,说:身边有女人就是不一样啊。

骆驼扯了一下脖里的领带,说:你怎么来了?

我说:你说过的话,忘了?

骆驼说:你瓜诈的吧?我说什么了?

骆驼是要脸面的人,我当然不会点破。我说:你说,深圳国贸大厦,第四十九层,有一旋转餐厅……这里有道名菜:烤乳猪。你说你要请我吃烤乳猪,你忘了?

骆驼又扯了一下脖里的领带,对卫丽丽埋怨说:屁股做脸,勒死个人……而后对我说:吃。撒杀个啥困难呢?今晚就吃!

当晚,住下后,由卫丽丽作陪,骆驼领我坐电梯上了深圳国贸大厦第四十九层的旋转餐厅。骆驼在餐厅里订了一个靠窗的、可以观看全城风光的台子。这时候,我仔细打量卫丽丽,果然是个美女。卫丽丽至少比骆驼小十岁,是小巧玲珑型的女子。她是那种典型的“S”体形,乳大臀肥,瘦肩细腰,凡露出来的部分,脚脖儿、手脖儿,都细气气的,书上说:这是标准的美人坯子。从目光里看,她眼里的水汽像雾一样,的确很潮,但眼底里却亮着一种执着。从坐姿上一看就知道,卫丽丽是那种有气质、有品位的可以把男人套牢的女子。特别是她那双手,让我想起了梅村。她的手比梅村小一号,也秀气气的,指甲亮着,肉色鲜嫩,叫人忍不住想摸。

我们三个坐定后,骆驼说:咱哥俩有一阵子没在一起喝过酒了。你说,咋个喝,白的还是啤的?

这时候,卫丽丽有些紧张,直直地看着我……

我说:啤的吧。我这一阵子有点上火。

骆驼说:……啤的、白的、红的,都上。丽丽喝红的。我喝白的,你喝啤的。

我说:这样,你喝白的,我也喝白的,都少喝一点。

等着上菜的时候,我望着窗外。坐在国贸大厦的第四十九层,感觉就是不一样啊。旋转餐厅在不经意间缓缓地转动着,眼前就像看皮影戏一样,一座城市就在你的眼前了!我不敢直着往下看,因为太高了,高得让人心生恐惧。窗外高楼林立,霓虹灯上的招牌字像闪电一样飞舞着;地面上,街灯一行行亮着,就像是飞机跑道一样,灿若星海。远处,一个个亮着灯的地方,都成了光的斑点,交叉、放射性地辐向四方,就像是一窝一窝的闪着光芒的金芝麻。这是个“芝麻”的世界,叫人忍不住想喊:芝麻,开门吧!……深圳的夜晚叫人恍惚。就像是梦境,就像是坐在云端里。

菜上来了。除了烤乳猪这道主菜,在粤菜档里,骆驼也是拣最好、最贵的上……待酒菜上齐的时候,骆驼端起酒杯,跟我碰了一下,说:兄弟,喝……说着,一仰脖儿,就倒进喉咙里去了。

第二杯,没等骆驼说话,卫丽丽抢先端起那杯白酒,说:我敬吴老师……说着,就把骆驼的那杯白酒喝了。

我也只好喝了。

第三杯,又是卫丽丽抢先把骆驼的白酒喝了……

骆驼侧过身,看着卫丽丽。卫丽丽满脸红霞,也看着他。好女人是用目光征服男人的。卫丽丽的目光潮潮的,眼里含有很多爱怜的母性,那目光很执着,又像是小母狼一样……骆驼吧嗒了一下嘴,温和地说:小丽,你去看风景吧。我们哥俩,好久不见,聊聊。

卫丽丽修养很好,她只是迟疑了一下,看我一眼,微微笑着,说:好。你们聊。慢慢喝……说着,很听话地欠起身,走了。

卫丽丽走后,骆驼倒是不急着喝酒了。我们两人就那么面对面坐着……久久,骆驼说:从这里跳下去,感觉如何?

我望着窗外,一惊,回头望着他,说:好啊。风光。

骆驼说:砰! 炸弹一样……多好。也许有一天,我会从这儿跳下去。你信吗?

我说:卫丽丽呢? 你舍得吗?

骆驼说:还真舍不得呢。其实,你不了解,卫丽丽比我坚强……

我说:不还有小乔? ……也让我见见?

这时,骆驼有些警觉,他手放在嘴边,“嘘”了一声,朝卫丽丽走的方向看了一眼,说:你瓜哪壶不开提哪壶。哥哥不就……

我笑了……

骆驼突然反击说:你瓜那阿比西尼亚玫瑰呢? 找到了吗?

我说：还没顾上哪……套得死死的。哪有那份心思。——其实，在上海，我刚谈了一个女朋友，只认识不到三个月，我没告诉他。

骆驼说：在香港，我可是给你瓜打听了……没听懂撒个啥鳖犊子“鸟语”，好像说是，南美洲那边的。

我说：是吗？只要有，不急。

我心里疼了一下……分别这么久，梅村，我早就不想了。是不敢想（人真是不敢瞎许愿哪。我一句话，撂到南美洲去了）。况且，此时此刻，我已掉在了钱眼里，也的确是没有这份心了。我说：说正事吧，骆哥。

骆驼目光一凌，说：……大盘你看了？

我说：看了。

骆驼说：研判的结果呢？

我说：熊市不言底。

骆驼说：有道理。

我说：咱怕是得再立一条规矩了。

骆驼说：铁律？

我说：铁律。再加上一条……

骆驼说：说，你说。

我说：从现在开始，不管大盘能不能反弹，不管股市上涨还是下跌，咱哥俩都要遵循这样一条原则：每下跌百分之十，立即“割肉”出局！

骆驼手抖了一下，说：屌屌灰，这……

我说：你听我说，割的时候，按当日的市价……比如“电真空”。假如说，我是说假如，一百元一股进的，如果跌够百分之十，立即出局。再比如,仍然是“电真空”,仍然是一百元买的,现在的市价是一百三十八,那就按一百三十八为基准,跌了百分之十,就割。一定要割!

骆驼说:那要涨了呢?

我说:涨了不动。还以“电真空”为例,哪怕他涨到一千元一股,只要不跌够百分之十,也不动!这时候只能是以“一千”为基准,只要跌到了百分之十,立即,咔嚓!……

骆驼想了想,说:好,这一条好。定下。就得有铁一般的意志!

骆驼激动了,他说,巴菲特说股市要旨,第一是:保本。第二是:保本。第三:还是保本。我明白了。兄弟,兄弟呀。这一招,你是怎么想出来的?

我不想说,我也是彻夜难眠。在股市里“套”着,我也快要崩溃了……我说:骆哥,你也别夸我。这就是我们两人之间的差别。你一向是打旗的,走在最前边的。你在前边举着令旗,说:我们一定会胜利!我呢,跟你不一样,我是个“打破锣”的。我一开始就会说:失败了怎么办?

骆驼说:兄弟,好兄弟,还是你灵醒啊!这就叫珠联璧合。只要咱俩在一起,必是胜利!这样,今晚,让卫丽丽滚蛋,咱哥俩睡一床,好好聊聊,聊一夜!

这天夜里,我跟骆驼躺在一张大床上,聊了大半夜……后来,聊着聊着,骆驼哼啊嗯地睡着了。大约他那一颗焦躁不安的心,终于平复了。骆驼睡觉很占地方,他伸出一个“大”字,居然占据了大半个床!而且,他放屁、打嗝、磨牙,还带不停地说梦话,挺吓人的……折腾得我大睁着两眼,一夜没睡着!我突然想笑:这样一个人,他跟卫丽丽,怎么睡呢?

第二天，背着卫丽丽，我把骆驼狠狠地骂了一顿。骆驼一抱拳，说：兄弟，我服了你了。这半个月来，你终于让哥哥睡了个好觉。你不知道，套得这么深，还有一部分贷款……哥哥跳楼的心都有了！

分手后，按照我和骆驼重新定下的"铁律"，我们两人先后躲过了两次股市下跌，又赶上了两拨牛市……于二〇〇七年的五月，在近六千点的高位登顶，而后，顺利出局！骆驼在电话里高兴地说：兄弟呀，我想抱你。让哥哥抱一抱！还是你英明、正确。你是伟、光、正！你一席话，救了哥哥了！……我想，这也不是谁"正确"的问题。这只能说明，就像骆驼说的那样："一个伟大的时代来到了"！一个，我们还不清楚走向的时代……

我套现了。我把钱全部取了出来，铺在床上。说实话，我从来没见过这么多钱，现钱！一共是四百二十八万。我在那张单人床上整整铺了七层，七层还多一点。我试着在钱上躺了一下。睡在钱上并不舒服，钱一摞一摞的，有缝隙儿，晃晃的，还有点"硌"……我想，我终于可以买玫瑰了。哪怕是"南美洲"的……当然，骆驼比我挣得多，他贷的款多，下手也狠。我曾经问过骆驼，问他挣了多少，骆驼说得很含糊。他说：不多，十多"个"吧。那就是一千多万！挺吓人的。

手里有了钱，不免心潮起伏。

我没告诉你吧？在上海，我谈了一个女朋友。这姑娘是初来上海时认识的，是电信局的，我们断断续续地谈了半年多……现在，我跟人家已经分手了，就不说人家的名字了。我是断了对梅村的念想之后才谈的。那时候，我们已经在民政部门登过记，已算是合法夫妻了。就是没有举办婚礼。当时,她提了一个要求,要我在上海买两套房子,一套我们住,一套给她父母,而后再正式举办婚礼。最初,我也答应了(那时候房子还便宜)……可是,突然有一天,她在我的枕头下翻出了一封信,是匿名信。我真是活见鬼了!不管我走到哪里,隔上一段时间,就会收到一封信,是匿名信。信里装着二指宽的纸条,上边模仿老姑父的笔迹,写着一句话:给口奶吃。)说实话,这是我的一个隐痛。

女朋友拿到信,质问我说:一直拖着……你心里有鬼吧?

我说:不是鬼。是人。我背后有人。

她说:人?女人吧?

……不多说吧。就这样,我们闹起来了。不欢而散。结婚不到三个月,就离了。

那时候,我沉闷了很长一段时间,终日躺在床上,读些乱七八糟的书。也常常想起梅村,想也白想。后来我又想,我们是文化人,我们有钱了,终于可以干点正事了。我们也该干点正事了。于是,我拿起电话,拨通了骆驼的手机……我在电话里说:哥哥,咱们现在可以出书了。

骆驼一怔,说:出书?出什么书?

我说:经典。一百本经典!

在电话里,骆驼沉默了一会儿,不以为然地说:……这才几个钱?再等等,兄弟。书是一定要出的。出好书,出经典,这都在计划之内呢!再等等吧,兄弟。一个亿吧,等手里有了一个亿……

我愣了。老天,一个亿?这家伙疯了吧?

后来,突然有一天,骆驼又激动了。在电话里,骆驼一边咳嗽着,一边连珠炮似的说:兄弟,快来,快来。马上订机票,到我这里来！快来吧，兄弟，咱哥俩好好商量商量。

我说：你又出什么幺蛾子呢？

骆驼说：咱不当“客户”了。兄弟呀，炒股太熬糟人，太痛苦了！

我说：不是说要做书吗？你还想做什么？

骆驼说：做“庄”。咱要当“庄家”。咱再也不当孙子了，要当主人！

听他这么说，我吓了一跳！难道说要开工厂、办实业吗？……我说：你啥意思？

骆驼不耐烦地说：快来。你瓜废什么话？快点来！我房都给你订好了，五星级宾馆的豪华套间……快来吧！

我有点蒙。骆驼现在想的是一个亿了。

我要说，骆驼是敏锐的。骆驼对大势的把握一流。当我从上海飞到深圳，刚下飞机，骆驼就到机场接我来了。秋天了，骆驼身上处处有女人照料的痕迹，他穿着一袭风衣，里边的西装、衬衣也都是新烫的，脚下是一双锃亮的皮鞋，虽然还是很瘦，但精神抖擞。他身后还停着一辆黑色的小轿车，阳光下亮得刺眼，奥迪 A6。

见了面，我说：不用这么夸张吧？还借辆车？

骆驼说：什么借辆车？这是公司给你配的。你一辆，我一辆，咱哥俩一个牌子。

我吃惊了。没有想到，在电话里说了说……骆驼已经把公司成立起来了。还买了车。效率真高啊！这就是骆驼。

我呆呆地看着骆驼……骆驼一拉车门，说：上车吧，吴总。

我四下看了看，说：司机呢？

骆驼笑了，骆驼伸开手，我看见他手里拿着一把明晃晃的车钥匙，他把手里的车钥匙抛起来，又洒脱地接在手里……说：我亲自给你当司机，怎么样？

我一下子有点头蒙……我说：你、你……行吗？

骆驼笑了，说：你瓜放心吧。我整整学了三个月，正规的，每天下午……有证。接着，他一拉车门，说：上车。

坐在车上，我还是有些担心，骆驼只有一只胳膊呀！……可是，骆驼就用一只胳膊开车，他的手熟练地把握着方向盘，在熙熙攘攘的大街上穿行，看上去从容不迫，游刃有余……我提着的心慢慢松下来了。仅有一只胳膊的骆驼，没有学不会的！这不得不让人叹服。骆驼一边开着车，一边说：好开，就是个熟练，你瓜也赶紧学吧。

我笑着说：你那车照，花钱买的吧？（我怀疑，他一只胳膊，怎么能办下驾驶证？）

骆驼也笑了，说：没花钱，卫丽丽找了熟人……

后来，坐骆驼的车我很放心。骆驼虽然只有一只能动的胳膊，可骆驼把那只能动的右手发挥到了极致。他开车是耍的，一只手握着方向盘，"哗"一下转一个圈儿，而后再抡回来，看得你目瞪口呆！倒车时，他凭着感应，"吱"的一下退回去，也不大看倒车镜，又"呜"一下开回来，倒线很直。他骄傲地说：这就叫人车合一。

当天晚上，住在骆驼给我预先订下的套间里，我和骆驼谈了一夜……骆驼又一次把我征服了。

整整一个晚上，骆驼的屁股几乎没怎么落座，他在房间里一直不停地走动，那只空袖子甩来甩去地舞着，时而慷慨激昂，时而娓娓而谈，像个话剧演员似的。骆驼给我大谈"资本理论"……他说：你发现了吗？我们的社会形态已经开始变了。我们过去是实体经济,现在正在向资本经济过渡……资本经济是虚拟的,讲的是投资与回报。那是一个个看不见、摸不着的数字,人们在数字里挣钱,挣大钱!在日本,是没有人去银行存钱的,去银行存钱是要收费的……还是日本人聪明啊!明白了吧?一个伟大的时代,长出了一双无形的手,那就是——资本!

我说:在电话里,你不是说要办药厂吗?

骆驼说:错。不是办,是收购。我们只管收购,收购之后“包装”上市……办药厂是别人的事,让别人去办。让懂行的人去办。我们只是借壳上市。

骆驼雄心勃勃,滔滔不绝地讲着。灯光下,骆驼的影子投在墙上,像一只黑色的、舞动着的大鸟……他主要阐述的只有两个字:“包装”。

接着,骆驼又告诉我办公司的一些事。他说:兄弟,委屈你了。咱们是患过难的弟兄,公司是以咱两个人为主。公司起名时,原本要把咱两个人的名字镶进去……要起“骆鹏公司”,念起来成了“落篷”,谐音不好听。起“国鹏公司”也不好听呢……后来,我想了想,就起“双峰公司”吧。骆驼双峰(暗喻你我兄弟),走得远,踏实,你说呢?

说实话,对公司起名我并不在意,就说:好哇。这名字好。

再往下,骆驼说了股份的事。骆驼说:你那四百多万,给你留一点余数,打包入股,我让财务上算了一下,占百分之十七的股份;我的多一些,占百分之三十一。还有一家,占百分之八……主要由咱三家控股。其余的,我联系了十几家公司,都是小份额……这第三家,骆驼说得有些含糊(后来我才知道,这所谓的第三家,其实是卫丽丽的哥哥,名叫卫真宇。他是一家银行的副行长)。

夜深了,骆驼把他带来的三包烟全吸完了……骆驼突然说:再苦几年,就再也不提钱的事了。永不再提!一人十个亿,怎么样?

说这话的时候,他的五指伸开,在空中做出鹰爪形,手指颤动着,像是已经“抓挖”到了似的。而后他的手往前推着,高高地、用力地竖起了一个指头!……我看着骆驼,我在骆驼眼里看到了一种亮光,那光会聚成一个极亮的、燃烧着的、足以慑服人的亮点,像火焰一样!他刚刚说过一个亿,现在一月不到,他想的是十个亿了!

最后,骆驼终于坐下来了。他身子往后一退,靠在宽大的沙发上,就像燃烧尽了似的,显得很疲惫。这时候,骆驼半耷拉着眼,用带一点忧伤的语气说:兄弟,咱们过去实在是太穷了。我记得我给你说过,我上边有一哥。我四岁那年,吃大食堂那年,我哥哥从远处跑来,气喘吁吁的。那年我哥七岁,他跑到我面前,伸开手,你猜他手里握的是什么?他手里握着一个“面疙瘩儿”。那是一碗稀饭里最稠的东西……我哥在大食堂里喝完了一碗稀饭,剩下了一个“面疙瘩儿”,没舍得吃。他吐在手里,给我拿回来……后来,我哥死了。我哥不是饿死的,是害病死的。但肯定营养不良……在我们家,正因为我哥哥死了,我才得到了更多的关爱……当骆驼说到这里的时候,他泪流满面,泣不成声。

我心里一疼!我也有过同样的经历……于是,我说:骆哥,我跟定你了。

骆驼不光是侠肝义胆,他还是一个很周到的人。第二天,骆驼领我走进了新开张的公司。公司搞得很气派,占了国贸大厦整整一层楼!欢迎我的人在国贸大厦十八层电梯门口站成两排,一个个叫道:吴总好!

而后,骆驼又领我看了他给我安排的办公室。办公室也是里外套间,老板台、电脑、电话、沙发、茶几、冰箱及各样用具一应俱全。骆驼说:还满意吧?

我看了看,说:无话可说。

骆驼说:兄弟,别的人我信不过,我只信你。你可是重任在肩呢。

我说:你吩咐吧。

骆驼一招手说:你跟我来。

于是,骆驼把我带到了邻近的、一模一样的办公室,这是他的办公室。仅有的不同是,他的办公室里挂有两张巨大的地图,一张中国地图,一张世界地图。骆驼进屋后,把我领到地图前,突然说:想不想回老家看看?

我没反应过来,说:啥意思?

这时,骆驼指着地图上的一个点,那个点用红笔画了一个圆圈,是平原上的一个县份:钧州。

我马上就明白了。当年的钧州曾经被人称为“药都”,历史上有很多传说。传说中,药王孙思邈生前曾在这里采药、行医,死后又葬在了这里……因“药王爷”在此,九州十三县的中药必经这里,拜过“药王爷”后,药材才会灵验。当年,这里曾经是中原六省中药材的集散地。可这都是多少年前的事了……现在,如此偏僻的一个县份,有药厂吗?

骆驼说:这正是我要告诉你的。这里有一个濒临破产的小药厂……我想请你出马,把它拿下来。而后,包装上市!

我有些迟疑,说:现在药厂林立,都现代化了……这样一个小厂,行吗?

骆驼又激动了，他说：你瓜动动脑壳，一个好企业，成熟的企业，咱拿得下来吗？就是这样的厂子，咱才有用武之地！这个厂的厂长跑到深圳来推销他的“山楂丸”，苦着一张瓜脸，我都跟他见过三次了。我还秘密地去考察过一次……我告诉你，在“药都”办药厂，这叫：地利；药厂经包装后可以上市，这叫：天时；派你去，你是平原人，熟悉当地情况，这叫：人和。天时、地利、人和，三项俱全。屌屌灰，你还怕什么？

骆驼说：我还告诉你，包装上市时，药厂的名字我都想好了，名头一定要响亮！中药界有那么多“堂”，咱就搭车上路，叫：厚朴堂！厚朴堂药业公司，怎么样？

骆驼真是个奇才！这名字起得好，庄重、厚道、朴实，给人以信任感。我又一次被他征服了。我说：行。我去。

骆驼说：飞机票我都给你订好了……带上财务人员，马上出发。一定要拿下！

我必须说明，我不是一个忘恩负义的人。

我跟骆驼的矛盾是从一粒纽扣开始的。或许更早一点，我们的分歧是从收购这家药厂开始的。

我在钧州一蹲就是一年零六个月。那是痛苦不堪的一年零六个月……

钧州离我的老家很近，只有七十公里的路程，可我连回家看一看的时间都没有。我一到钧州就陷进去了，进入了无休无止的谈判之中……那时光是很磨人的。

钧州是一个相对富裕的县份。它周围有山，山里有煤矿、磷矿、铝矿，再加上早年这里曾经是中药材的集散地，人是比较富的。

可是,看了这里的药厂之后,我却大吃一惊。这家药厂就在县城里的药王庙后边,大门的门头上,挂有“钧州制药”的四个铁牌大字歪了一个,掉了一个,也没人管。厂里也是一片破败的景象,里边有三个车间,厂房的玻璃大多是烂的,到处都是灰尘,设备也很陈旧,工人只开了半班……过去,这个药厂销路最好的产品是“山楂丸”。可现在连“山楂丸”也销不动了。

我们是来了之后,悄悄地住下,偷偷地去考察的。这个厂的厂长姓尤,他穿着一件皱巴巴的西装,里边衫衣的领也烂着,他长着一张瓜脸,一脸的苦相,看样子是个老实人。等厂长知道了我们的来路,情况就大变了。他动员全厂的工人把厂子整个打扫了一遍……等我们第二天再看的时候,厂牌已换过,厂子里也干净多了。

自从联系上之后,他先是带着我们一连喝了七场酒。县委领导一场,县政府一场,卫生局一场,工业局一场,防疫站一场……这都是有关联的,你还不能不喝。尤厂长每每苦着脸说:吴总,给个面子。你们是来投资的,上头重视是好事……这都是爷,我们谁也得罪不起呀。我们只好喝了。

等到看账的时候,我吓了一跳!这样小的一个厂子,工人在册的一百五十六名。下岗、退休的一共有七十二人,目前在职的有八十四人。产品大量滞销不说……还外欠八百万,连电费都付不起了。可就是这个老实巴交的老尤,尤厂长,除了要求解决所有工人的劳保、医保、养老金,还清欠债之外,还狮子大张口,造了一亿二的价!

于是,我即刻给骆驼打了电话,我说:这个厂不能要。这是个大包袱,是无底洞!……

骆驼根本不听我说,骆驼说:要价多少?

我说:一亿二。

骆驼说:不多。你给我往下压,压到一千二。底线是一千二百万。

我说:还有“三险”呢?这可是一百五十六名工人的养老钱,加上欠款……光这些,三千万都打不住!你再好好想想。叫我说,撤吧。

骆驼不耐烦地说:你瓜干啥吃的?总想打退堂鼓?拿下,必是拿下!总价一千二,就这一千二百万,这是底线!

我说:这是不可能的。光欠款八百万,工人的“三险”呢?一家老小,可怜巴巴的……

骆驼说:你谈吧,就一千二。说完,他把电话挂了。

这次通话后,我心里很不舒服。我发现,自从当了董事长之后,骆驼的变化很大,他的声音里有了一种让人很难接受的东西……

这天晚上,我独自一人在县城的大街上溜达。走着走着,我闻到了煤的气味、石灰的气味。远处,尘土飞扬,公路上的煤车、石灰车亮着大灯一辆一辆轰隆隆地开过……再走,就闻见药材的气味了,还有狗咬。那久违的狗咬声,使我突然起了想回老家看看的念头……于是,第二天我悄没声地租了一辆车,回老家去了。可是,当我快要到村口的时候,我又退回来了。我怯了。我不知道那匿名信到底是谁写的?

傍晚,一进宾馆的门,就见尤厂长苦着一张瓜脸在大厅里候着,他见我,忙迎上来说:呀呀,吴总,你可回来了。你是咱的财神,可不能走啊,价钱的事,咱们还可以商量嘛……走,走,我让人专门去山里给你打了野鸡，吃饭，先吃饭。

第二天上午，尤厂长安排了一辆车把我拉到了一个水库边上。水库边停着一艘豪华游艇。游艇上，两个不知从哪里找来的漂亮小姑娘正在泡茶；在一平如镜的广阔水面上，一些人站在两艘小船上，拉着抬网正在捕鱼……尤厂长陪着我，点头哈腰地说：吴总，昨天请你吃了山里的野鸡，今天请你吃现捕的活鱼……我看了尤厂长一眼，说：尤厂长，你本事挺大呀。这水库也归你管？尤厂长苦着脸说：我哪有这本事。这都是县上安排的，县长亲自安排的。我说：哎呀，这里风光不错。可惜的是，我不吃鱼。尤厂长吃惊地望着我，很遗憾地说：你不吃鱼？吃鱼好啊。这可都是现打的活鱼呀！那……那……算了。——其实，我不是不吃鱼。我是怕受恩太重，不好交代……骆驼给我交了底，就一千二百万，我怕谈不下来。

下了船，我故意说：老尤，你狮子大张口，我做不了主啊。

当天晚上，骆驼的电话又打过来了。骆驼说：兄弟，生我气了？你瓜要记住，咱们永远都是亲兄弟！不过，你做得对。就是要晾他几天！……兄弟呀，咱们两个，还是要一个唱红脸，一个唱白脸，诈他个驴日的！

我说：你是董事长，你说了算。

骆驼说：屌屌灰，你这是骂我呢。哥哥，弟弟，除了老婆，不分你我……

我一激动，忍不住说：还有那么多工人呢，你得替那些工人想想。一千二，真的拿不下来……

骆驼话说得很难听。骆驼说：工人？什么工人，渣子！他们干了几十年，厂子垮了，要我们来拯救他们吗？你不要老替那些下人说话。这个时代,只有下人才抱怨生活!

我一下子愣住了。在言谈中,骆驼的语气完全变了。在他的话里,已经开始称底层社会的人为“下人”了!

我说:“上人……”从此以后,在电话里,我一直称他为“上人”。

骆驼听出了我的嘲讽,马上改口说:兄弟,我知道谈判很艰难。难为你了。我再给你交个底,钱不是问题,我这边又联络了十几家公司……你谈到什么程度就是什么程度。必是要拿下来。哪里不通,你给我砸,砸死他!那姓尤的,厂长,叫财务上给他送去一百万。看他怎么说?

不知不觉地,在骆驼眼里,已经没有摆不平的事情了。钱,可以撑人的胆。骆驼看周围事物的目光也开始发生变化了……我觉得,那一百万,尤厂长是不会要的。价钱压得这么低,关系着那么多工人的生存问题,他怎么敢要?

我说:这事……我不便出面。——我还是有底线的,我羞于给人行贿。虽然,我也在下滑之中。

骆驼说:你别管,让小丁去。

那些日子,我一直活得很分裂。谈判仍然在艰难地进行着。很复杂,也很混乱。他们三天两头变,县长一个主意,卫生局长一个主意,工业局又是一个主意,尤厂长是百变之身,县长来了听县长的,局长来了听局长的,一会儿一个说法……这时候,我也很矛盾。眼里一个标尺,心里又是一个标尺。我也是从底层走出来的,但当我看到底层人的狡诈时……怎么说呢?仍然很气愤。

尤厂长把钱收下了。一百万,他吞了……这是小丁告诉我的。可是,第二天,在谈判桌上,他仍然很强硬。他不停地哭穷,找各种理由,摆各种各样的困难……在谈判最艰难的时候,他甚至私下里组织工人在厂门口打出了横幅！那竹竿挑着的白布上写着:“贱卖药厂是国家的罪人!”“工人是国家的主人!”“我们要吃饭!”……这时候,老尤又出来装好人了。他一跳一跳地蹿出来,指着闹事的工人说:回去！都给我回去！瞎闹什么？这边正谈呢！……放心吧,不该让步的,我决不让步!

私下里,老尤又是一套。那一天吃饭前,老尤把我拉到一边,悄声说:吴总,你得理解,我也有难处啊！我既得防着上边,又得防着下边……得罪了哪一头,都没有好果子吃。那钱,我虽说收了,也是过过手,我得……说着,他苦着脸,往上指了指,也不知指的是谁。

我看着他,作为一个厂长,一个濒临破产的药厂厂长,这一阵子他受尽了折磨。他就像是掉进了风箱里的老鼠,两头受气,不知有多少人指责他、骂他！在这段时间里,他整个人像是一块揉皱了的抹布,满脸都是忧愁和沮丧,眼窝深陷着,眼里布满了血丝……此时此刻,我真的不知道他说的是真话还是假话。

谈判仍然一日日艰难地进行着……焦灼、憋闷,有时候逼得人想疯！突然有一天,一个下岗工人把他的老婆拉到了厂门口,就那么往地上一扔(地上铺着一张席,还有被子),不管了！她头上包着一条头巾,身上穿着印有药厂字样的破工作服,就那么有气无力地半躺着,脸色蜡黄。立时,门口又围了一堆人,一个个嗷嗷叫！……后来我才知道,这女的也是药厂的工人,得了肾病,每个月都要透析……这还不是一个人的事。

果然,第二天,在谈判桌上,老尤就又提出了医疗费的问题。他手里拿着一摞子等着报销的条子,好几年的,有四百多万！……我无话可说。我实在是谈不下去了。

当我跟骆驼通电话时，我说“上人”，又出事了。一个女工，躺到厂门口去了……骆驼说：继续谈。接着，他又说：她是山楂丸吃多了，酸中毒！你告诉她，吃雷尼替丁……也许，骆驼是想幽一默。可他“幽”的不是时候，我无话可说……骆驼还说：这是诈你呢。顶住！我明白了，每个人站的角度不同，立场就不同。这是立场问题。立场。

是呀，当工人朝我吐唾沫的时候……我也很生气。我望着他们，心想，是谁把他们变成了这个样子？他们是国营厂的工人，也曾骄傲过、自豪过，怎么就一天天沦落了呢？

当谈判进行到六个月的时候，事情终于有了转机。这时候，政府开始出面了……不知道是骆驼让小丁送的一百万起了作用，还是骆驼遥控指挥，又动用了其他的手段……总之，在政府的干预下，老尤的态度发生了很大的变化，谈判终于有了结果：我们以二千六百万的价位拿下了这个厂子。应该说，除了地皮和厂房，我们买下的是一个壳，空壳。或者说，我们买下的只是一套办厂的手续。

当天晚上，我看见一百多个工人聚集在厂门口，他们拦住老尤，把他揍了一顿！工人们人人手里举着一个空碗，乱纷纷地把碗摔在了地上，以示抗议！老尤就在地上蹲着，一声不吭，任他们揍……工人们都哭了。

骆驼是正式签合同的那一天赶到的。不知怎么搞的，骆驼竟是以港方代表的身份出现在钧州的（后来我才明白，有了“港资”的投入，就可以免税三年）。于是，骆驼作为香港投资方的代表，受到了县委、县政府最隆重的接待……而后，在县长的亲自陪同下，骆驼十分风光地在合同上签上了他的大名：骆国栋。

“骆国栋”这三个字,他写得龙飞凤舞。我想,他一定是在家里练过了……我还是替那些工人难受,他们一人分到了五万块钱。从此,他们就跟这个厂子没有任何关系了。骆驼在一百多名工人中,仅留了四十个。

当天晚上,当我跟骆驼终于有时间坐在一起的时候,骆驼说:兄弟,这件大事,是你一手办下来的,辛苦你了。

我看着他,这一段时间,我们几乎天天吵架,我们有许多地方出现了分歧……我说:那些工人,太可怜了。

骆驼激愤地说:错!可怜之人,必有可恨之处。他们八十六名工人,吃垮了一个厂子,你还说他们可怜?

我说,“上人”,话不能这么说。他们……

骆驼说:你别讽刺我。我问你,这里有傻子吗?这里没有一个傻子。问题是,他们都太精了!一个个干三得很,混成了油子,猴精!我告诉你,我偷偷地来考察过这个厂……他们偷“山楂丸”吃。人人都偷,上下班都要搜身的。厂长,就那老尤,他虽不偷,可他成箱成箱地往县委送……山楂不够了,就用红薯泥代替!你瓜想想,这有多可恶?后来他们的“山楂丸”没人要了,厂子眼看就垮了,他们还高喊着,他们是主人!有这样的主人吗?渣子!

我承认,骆驼说的是事实。也许没有那么严重,只是部分事实……但骆驼也太刻毒了。也许,他们的工资太低了。那么一点点儿钱,还要养活一家老小,他们没有苹果,可能也吃不起苹果,就偷吃或偷拿一点“山楂丸”给他们的孩子,这也不算太过……接触这么久了,我从目光里看,那些工人还是善良的,有是非观的。

我说:咱们都是学历史的。老子说:上善若水……

骆驼说:老子也说过:“正用为大善,邪用为大恶。”换句话说,也就是:大恶即善,大善即恶。我们现在所做的,表面上看似一个字“恶”。其实是善,这才叫大善。我们是来拯救他们的。

接下来,我们就“走”得远了,说着说着,我们谈到了信仰……骆驼说:……我们没有“神”。我们“神”太多,乱“神”,结果是没有“神”。更可怕的是你说的信,或者信仰,是嘴上的唾沫,问题是,我们不真信。我们嘴里说一套,心里想一套……

我说:总是要信一点什么吧?你现在信什么?

骆驼说:我现在就信一个字:钱!

往下,说着说着,骆驼又激动了。骆驼忽地站起来,在屋子里来回走动着,说:你不要以为咱们只是买了一个“壳”,一套办药厂的手续……那你就错了。地皮、厂房就不说了。我查过这个厂的档案,就光是那一汤、一散、一丸,就值十个亿!包装上市后,五十亿都不止!兄弟,再给你交个底吧,别说是两千六百万,就是要一个亿,我也要拿下!

我知道,我知道骆驼所说的:一汤(那叫“大承气汤”,是个老方子,治急性肠胃炎的),一散(那叫“逍遥散”,也是个中医偏方,治肝炎的),一丸(那叫“银翘解毒丸”,清热解毒,治风寒感冒的),问题是,这样的中药方,几乎所有的中药厂都有。

骆驼说:兄弟,你又错了。是,这方子哪个厂都有……问题是,咱们厚朴堂有了“国药批准文号”,有条码号……咱们可以立即投产!你想,全国十三亿人口,咱们切一块,哪怕是切一小块,那会是多少?你瓜想都不敢想!这就是“资本”的力量!

再往下,骆驼的“领袖意识”又冒出来了。骆驼说:兄弟,你知道我为什么会派你来吗?你这人沉着,冷静,干事执着。我说一千二百万,你就死盯着一千二百万……你比我耐性好。你可以磨,泡，熬……我来就不行。我这人太急躁，谈着谈着，我就会疯。我一疯，一个亿都拿不下来。兄弟呀，可以说，你为咱厚朴堂立了大功！

我不知道该怎么说，当时我很迷茫。我知道，在对大势的把握上，在“钱途”的问题上，骆驼的判断都是正确的。我虽然不想承认，可我们的确是为钱而来的……可是，在一些具体问题的处理上，我跟骆驼又有了分歧。

到了最后，骆驼开始求我了。骆驼说：兄弟呀，我知道你苦了半年多，你就快要熬不下去了。那就再忍忍，再苦几个月吧。你放心，厂子的事不让你管，我找一懂行的来管这个厂子，我再砸他一千万，所有的设备全换成进口的，要一流的包装、一流的药品质量……你呢，就给我负责包装上市。你要啥我给你啥，我给你找最好的会计师、精算师……骆驼举起一只手：哥哥拜托了！

骆驼话里有话。这个厂，如果不能包装上市，那就前功尽弃，是一个大包袱！如果真能包装上市了，那就会财源滚滚……到了这时候，我知道，我们已经没有退路了。

我心里一直有一个痛点。

……是关于“那个人”的。我为他惋惜。

最早，当骆驼跟我谈起他的时候，没有说名字，他说的就是“那个人”。

后来我才知道，“那个人”是我的老乡，竟还是一个镇的。他是范村人，老家离我们无梁村只有十七里地。此人在我上大学的时候，就成了一个乡间的“传说”。是我们农家子弟的楷模。那时候，村里人说：听说范村一个娃子，真争气呀，保送到美国去了！

这娃子,说的就是他了。

据说,他是由一个寡妇带大的。小时候,他家里很穷。但此人极聪明,发奋读书,学习成绩极好。大学毕业后,他是公派到美国去的。他在美国加州伯克利大学读的是农学,研究大豆和玉米,三年就获得了农学博士学位。更为可贵的是,他同时又兼修了经济学,因一篇经济学论文轰动美国,毕业的时候成了双博士。

此人可以说是"白璧无瑕",是用放大镜都找不到缺点的一个人。他回国后,逐渐受到了官方的重视,先是在一农科所当副所长,一年后成了科技厅的副厅长,后来又直接提拔为分管经济的副省长。

"那个人"在当了副省长之后,口碑也极好。他不吸烟,不喝酒,去农村的时候,夏天里还习惯戴一顶草帽,后来报纸上宣传他的时候,称他为"戴草帽的省长"。每次下基层,临走时,他都会让司机把后备厢打开,看看是否送了东西。如果有的话,他一定要人家拿回去。这已成了他的惯例。他的母亲,就是那个寡妇,是个明大理的人。她执意地不到城里来住……而且,在她的儿子当了副省长之后,她把村里所有的亲戚召集在一起,说:狗剩儿(他的小名)当了省长了,他不是为咱村里人当的,是为国家当的。我不找他。你们谁也不要去找他……这个寡妇说到做到,没让儿子给她办过一件事情。

你说,这样清廉的一个人,这样一个端方的人,你怎么打倒他呢?你用什么办法可以打倒他呢?

我记得,最初的时候,是因为一粒纽扣,袖口上的。

"那个人",他是留美的。在公开的场合,他已习惯穿西装,打领带。他身上常穿的那套西装,是在美国读博士的时候买的(据说,还是他前妻给他买的。后来两人分手了。那女人留在了美国),质地很好。也许是偏爱,已有些年份了,他还常穿。他袖口上的那粒纽扣很特别,是锚形的,整体上很配。他左边袖口上的纽扣还在,只是右边袖口上的纽扣掉了……就是这粒纽扣,引起了骆驼的注意。

那时候,厚朴堂药业公司改制后的上市报告已送到了省里,亟待批复。火都上了房了,却一直批不下来。骆驼急得嗷嗷叫,一再说:砸,砸死,要不惜代价!可是,就像是通竹竿一样,骆驼亲自出马,一节一节地通……可通到了“那个人”这里,却再也通不动了。据说,那份报告一直在他的办公桌上放着,却没有批复。

那天晚上,我跟骆驼又吵了一架。在电话里,骆驼说:……这是个死结。必是解开它!

我说:怎么解?账已做了,你也知道,假账。据说,他是留美的经济学博士,你唬不住他……

骆驼说:屌屌灰,生死攸关,你怎么老替别人说话?

我说:你说过,协调归你。我告诉你,他不收礼。

骆驼急了,恨恨的,又想骂娘,说:你瓜脑壳……可他还是忍住了,说:好吧,我想办法。

说实话,对“那个人”,从内心里说,我是佩服的。我不知道骆驼还有什么办法……

然而,五天后,小乔从香港那边飞过来了。这个小乔,长得并不好看,黑黑瘦瘦的,眼大,颧骨高,一副寡相。但身上穿的衣服都是名牌,看上去很……性感。小乔与卫丽丽有很明显的不同,卫丽丽眼里有很多水汽;小乔的眼里却是火,或者说是冷焰,看人的时候,甚至有一点点斜视,很锐利,那里边燃烧着欲望的火苗。她是以

“骆驼特使”的身份出现的。她说话的口吻竟然比骆驼还“骆驼”，颐指气使，她竟然打电话指使我去省城的机场迎接她（我也是看骆驼的面子）……等她下了飞机，见了面，握手的时候，她那染了黑指甲的手指仅仅是碰了我一下，马上就缩回去了，凉凉的。

等上了车，她打开一个精致的密码手提箱，从里边拿出了一个小小的透明塑料袋，塑料袋里装着一粒纽扣。她两个指头捏着，娇滴滴地说：吴总，我这次专程来，就为这个。

我说：就为一粒扣子？

小乔说：yes（是的）。

我说：值得吗？

小乔说：Be worthy of（值得）。

我摇摇头，不知说什么好了。

小乔举着手里的扣子，说：吴总，你知道这粒扣子值多少钱吗？

我用嘲讽的语气说：不会是金子做的吧？

小乔说：比金子做的还贵，价值一万美元。

我吃惊地望着她，说：不会吧？

小乔说：主要是贵在了机票上。这是我专程去美国买回来的……POLO——美国名牌西装：拉尔夫·劳伦。

为一粒扣子，跑一趟美国，这也太烧包了！另外，我对小乔也很反感，学了几句洋词儿，不时地夹着用，就像羊群里冷不丁蹿出了一只骚狐狸，或者说像是汉语里夹一洋屁，事事儿的，实在让人讨厌。

接下去，小乔说：吴总，国栋说了，您只管做好上市的文件，把所有的文件、表格都一并准备好……协调的事，由我来做。

说到骆驼的时候，她的口吻很亲昵，甚至有点轻佻。我知道，她这是暗示我,她跟骆驼的关系不一般……

当天晚上,当我把小乔安置到宾馆住下后,我即刻跟骆驼通了电话。在电话里,我有些失控,我说:……你怎么找了个这样的女人?

骆驼有些迟疑,说:怎、怎么了?

我不知道该怎么说。我说:这女人,这小乔,太轻佻。你什么眼光?不怎么样。

骆驼还是有保留。骆驼说:兄弟,你……不会是吃哥哥的醋吧?哥哥,不就这点事嘛。这样,现在正是用人的时候,她要试试……就让她试试。她要不行,你放心,我让她滚蛋。这行吧?

接着,骆驼又说:其实,你不了解她。小乔不是花瓶,小乔在服装上还是很有研究的。她是北京服装学院毕业的,可以做个很好的生活顾问……

我沉默。也只有沉默。

说实话,那时候,我不相信一粒扣子可以打倒一个人……可是,我错了。一粒扣子虽然不能打倒一个人,可一粒扣子足可以撬开一条缝隙。试想,行程万里,去给你配一颗扣子,诚可动天哪!秋天的时候,我在电视上看到了"那个人",我的老乡。这时候,他仍然穿着那套旧西装,可他袖口上的扣子很醒目,是齐全的。

我不知道小乔是怎么具体操作的……我只知道,四个月后,到了冬天的时候,我们厚朴堂的上市报告报到北京去了。

此后,有一天,卫丽丽突然给我打了一个电话。接了电话后……我大吃一惊!

再后,又过了四年。四年后,"那个人"被"双规"了……我听说,我这个老乡,他进监狱后,说了一句话,这话锥心。他说:又回到中学时代了。

现在,报上已登出来了。我可以告诉你他的名字,他叫:范家福。小名:狗剩儿。

坦白地说,我是造过假的。

我清楚,人到了一定年龄,就容易美化自己。现在骆驼已经不在了……我也不想再美化自己,我的确是造过假的。

其实,当时我们都疯了。在很多事情上,我们并没有差别。我也仅仅是在一些具体问题上发出了一些疑问,但整个事情的轨迹,并没有改变。所以,对于骆驼的死,我也是负有责任的。

厚朴堂包装上市的过程,是十分复杂的……那一段日子,比在股市时套着还要难受。现在想来,仍叫人不寒而栗。

不是我一个人造假,是一帮人在造假。骆驼给我调集了一班精英,一个个都是大学毕业,都是学经济的,都有各种各样的“资格证”……我跟他们整整讨论了一天,才弄明白企业上市的各种必备条件。当时我就炸了!就现有的条件来看,厚朴堂要想上市,那几乎是把骆驼穿在针眼里,是开国际玩笑,一点可能性都没有。

当天晚上,我即刻跟骆驼通了电话。我说:你是爷。你是祖宗。你是天神!你就是刀架在脖子上,这事我也干不了!我没法干!这简直是……

骆驼赶忙安抚我说:兄弟,你别急。冷静。你最大的优点是冷静……

我连珠炮似的发泄说:这不是空手套白狼,这是无中生有!就是诸葛亮再世,它也得有个空城吧?这、这、这简直是……“杜秋月”!

我向骆驼发出了要求停止的信号……我说了我们两人定下的暗语。我认为这很荒唐。我要求立即停下来!

骆驼很冷,骆驼的声音像冰块。他说:你等着吧。我马上飞过去。

第二天傍晚时分,骆驼到了。骆驼现在已是县里的座上宾,是县长亲自去机场接的。酒后,县里特意组织了一场舞会,找了很多漂亮小姑娘陪他跳舞……可这一次,骆驼没有跳。骆驼指派那些筹备上市的"精英们"跳舞去了。单单把我留了下来。

在县政府招待所的一个豪华套间里,我跟他脸对脸坐着……没想到,骆驼上来就给了我一个下马威。骆驼说:兄弟,要分道扬镳吗?

我望着他,这一年多,骆驼变化太大了。刚才,他脱西装的时候,我发现他的西装内衬上绣着他的名字(是拼音。这也许是小乔的杰作)。后来我才知道,这种西装是在香港定制的,特别昂贵,是国内那些高级别的"商务人士"跟英国人学的做派。

我说:好啊。你说,你说吧。

骆驼看我语调冷下来了。他站起身,在屋子里走了一圈。而后,他背过身去,默默地站了一会儿……突然回过头来,说:兄弟,你攮我吧!你在我心上插十二把刀,把我攮死算尿了!攮,你撒沙个啥呢?拿刀来,你攮!……说着,他突然下泪了,眼里涌满了泪水。

我心里一热,说:话都是你说的。你是董事长,你让我滚蛋。我就滚蛋!你那点猫尿,也吓不住我。女娃气气的……

骆驼说:你瓜才女娃气气的……说着,骆驼走过来,拍着我的肩膀说:兄弟呀,割头换颈的兄弟耶!我怎么舍得呀?就是我滚犊子,也舍不得你……兄弟,是你让我作难呢!

我抬起头,说:别。你别作难。你想怎么着,你说。

骆驼甩着袖子,驼着个背,就像是一头困在笼子里的狮子。他在屋子里的沙发前来来回回地走动着……而后,他停下来,再一次压住火气,手往下按着,说:冷静。你冷静,我也冷静。咱俩都坐下来,坐下慢慢说。

我觉得,骆驼是要跟我摊牌了。就直了直身子,说:好。你说吧。

骆驼深深地吸了一口气,再后又徐徐地吐出来……他在沙发上重新坐下来,点上一支烟,默默地吸着。他一连吸了三支烟……等他吸完了烟,才说:兄弟,你知道,美国股市有二百年的历史,人家的规则是一年一年建立起来的,是非常完备的……咱们才几年?十年不到。"标尺"太高了!咱够不着呀。

我看着他,仍然是哭笑不得……

骆驼说:兄弟,咱不是非要造假,是不得不造。"标尺"是美国人定的。西方的。人家是老师,咱是学生……你听我说完。标尺太高了,咱们跳三跳也够不着。你说怎么办?

我忍不住说:…那就把"标尺"定低一点。为什么非要跟美国人学呢?

骆驼立时就兴奋了。骆驼说:对。你说得对。为什么要跟美国人学?咱们自己为什么不能定一个"标尺"?问题是,人家捏着咱的头皮子呢。你要上市,你要融资,你要国际化……就必是得按人家的规则办事。你不是说,咱们从来也没用过这样的统计方法,也从未使用过这样的表格。什么狗屁表格?一栏一栏的,看得人眼花,耶,他就非要你这样填……这是国际上通用的标准。这叫跟国际接轨。尺度不一样,这“轨”就接不上。你要把标准降下来,人家就不给你认证!你说……

我哑了。我不知道该怎么说。

骆驼说:就是这样一个标尺。我们接不上……你说咋办?兄弟,如果只是我一人造假。你可以吐我一脸子唾沫,扭头就走。我不拦你。问题是,所有上市的企业,都必须过这一关……这也是没有办法的办法。

骆驼又说:摊开了说吧,虽说是造假,这其实是一个学习的过程……咱们要老老实实地、认认真真地“造”……每一个表格、每一个数字都要造得严丝合缝,挑不出一丁点儿毛病。要跟真的一样。

我说:再真也是假的。标尺够不着,我们可以慢慢完善,可以通过努力争取……

骆驼说:你说得也有道理。可时间,谁给我们时间呢?丧失了时间,也就等于丧失了机会。等你完善了,达到标准的那一天,也就时过境迁,黄花菜都凉了!热屁都闻不着。你没看,全国,无论哪个行业……不都在抢抓机遇吗?你没看墙上的大标语,到处都贴着:“抢抓机遇”,“时间就是生命”,突出的是一个“抢”!

我说:问题是,只要在一个地方,一个问题上,默许造假,那么,全国人民就会跟着学,往下……不堪设想。

骆驼嘲讽说:你瓜也不是国务院总理。你没看各种文件上都写着:“有条件要上,没有条件创造条件也要上!”这是啥意思?……况且,咱也管不了别的,咱就管好这一个厚朴堂。只要咱们往真处走,假的会变成真的。兄弟,厚朴堂是咱们的安身立命之处,咱一定要办好。咱们踏踏实实地干。咱们这是跟国际接轨,咱们亦步亦趋地跟人家学,把企业办好,就是真的。我这一罐热血摔上,必是真的!

骆驼苦口婆心,循循善诱,骆驼说得唾沫都干了……到了深夜一点,我发现,我又着了他的道。骆驼再一次把我说服了。是的,我们没有标尺。或者说,我们的标尺太低,跟人家接不上……这是事实。我们有那么大的一块空白,我们跳三跳也够不着线……我们也只好按人家的标尺做。这就意味着,我们不得不填上这段"空白"。骆驼甚至说:我们是在向西方霸权挑战!

第二天,骆驼把所有的"精英"召集在一起,再一次重申了他的与国际接轨的"空白理论"……骆驼说:如果有哪位不同意,可以走,现在就走,我和吴总不拦……愿意留下来的,除了应得的报酬外,股份上市后,每人可以获得百分之……零点一的股份。那就意味着,十年后,假如股价值五百个亿,那每人就是五千万!

很明显,这是一个"诱"。谁都知道,股份制改造完成后,药厂能不能如期上市,还不一定呢。就是真能如愿地上市了,它能值五百亿吗? ……可是,这些"精英们"全都留下来了,谁也没有走。报酬是一方面,那"诱"说不定也起作用。我看着他们,他们都还年轻……钱,真是有杀伤力的。

客观地说,我们都想干干净净、清清白白地做人,包括骆驼。可我们已经掉在了灰堆里……无论怎样扑腾,都弄不干净了。

临走时,骆驼对我说:必是要上市。就是头拱地,也要上市!不然的话……等骆驼拉开车门,他又回过头来,说:兄弟,你放心。协调的事,就交给小乔……接下去,他嘴里嘟哝着,看似无意地说了一句很关紧的话。而后,就上车走了。

骆驼说:看来,咱们得"养"……一两个官了。

我一直觉得,这话不像是骆驼说的。

那颗纽扣,到底能起什么作用呢?

后来,当我跟骆驼再次谈到范家福的时候,骆驼说:……没有缺点就是他最大的缺点。这说明,他太在乎“羽毛”。骆驼说:一个过于爱惜“羽毛”的人,往往是最有可能……

他说:“羽毛”,你懂吗?

其实,让我震惊的,并不是那粒纽扣,而是卫丽丽的一个电话。在紧锣密鼓地筹备厚朴堂上市的过程中,有一天,我突然接到卫丽丽的一个电话。卫丽丽在电话里说:吴老师,您,能不能劝劝他?……我说:怎么了?卫丽丽急切地说:老骆他……我看是疯了。我是管财务的,他让我管财务。可他……没有通过我,也不通过董事会,私自下令调出去一千二百万。这不是小数目啊!……我吃了一惊,问:调哪儿去了?卫丽丽说:不清楚。我是查账时才发现的……前一段,他说他在布局。他到处布局,他说上头搞的“战略配售新股政策”是一个大好机会,他到处拆借资金收购原始股,借壳上市……这些吧,总还有论证。可他私下里调这一千二百万,是没有经过论证的。我也不知道他调到哪里去了。现在账上已经没有钱了!……我说:你查过银行的账户吗?卫丽丽说:查了。是一个很陌生的账户。我说:你问过骆驼吗?卫丽丽说:问了。他说,这件事,你不要过问。卫丽丽焦急地说:吴老师,我只是替他担心。我怕他出问题。

卫丽丽是个好女人。一千二百万的确不是个小数目……问题是,我怎么问?

于是,我借着进京上报材料的机会,在省城停了一下。我是在一家五星级宾馆里找到小乔的。如今,小乔这里成了厚朴堂驻省城的办事处,还雇了一个专门为她开车的司机,一个专门做文案的秘书,住的是一个里外间的套房。可她名义上是归我领导的。

这个小乔,特别喜欢穿黑衣服。她夏天是一身露胸的黑丝连衣裙;到了冬天,就是一袭黑风衣,戴一副黑墨镜,脚下是一双黑色的长筒皮靴,大约总想往骨感美人上靠,往另类性感上靠,所以总给人阴气很重的感觉。

见面的那一天,她说要请我吃西湖醋鱼。大约,她听骆驼说过什么,以为我对她印象不好,所以像是有意要弥补一下,显得异常热情。

等菜上齐的时候,小乔说:吴总,听国栋说,你在上海待过很长一段时间。一定吃过杭州的西湖醋鱼……这里的也不错,你尝尝。

我看着小乔,一直看到她眉眼顺下来的时候,我单刀直入,说:小乔,听说从总部那里调过来很大一笔款子,你怎么用的?

小乔怔了一下,眼瞅着她的指甲,她喜欢把指甲染成紫黑的,紫得发亮……片刻,她说:这件事,我……不能……说。

那一千二百万究竟打到哪里去了,我并不知道,我是猜的。现在已经证明,就是打到了小乔这里……骆驼是董事长。她听骆驼的,她不告诉我,这也在情理之中。可我仍然看着她。这笔钱数目太大。名义上,她又是归我领导的,若是她一字不吐,显然说不过去。

小乔端起酒杯,说:吴总,喝酒吧。我敬你……

我不端酒杯,我就这么看着她……

小乔没有办法了。只好说:吴总,这件事,我不是驳你的面子。董事长交代过,我得……请示一下。

她终于把骆驼抬出来了。也不好再说"国栋"什么的……只好说是董事长吩咐的。

我豁出去了，把她逼到了死角里。我说：那你打个电话，请示吧。现在就打。

小乔愣了一下，看看我，迟疑着，说：稍等，我去一下洗手间……说完，拿着手机走出去了。

片刻，小乔回来了。她在桌前坐下来，看了我一眼，说：董事长说，这件事，只能是他、你、我……三个人知道。

我点点头，说：你说吧。

小乔告诉我说，自从范家福收下了那粒纽扣，骆驼就认为，这是一个爱惜羽毛的人。骆驼说：那就在"羽毛"上下功夫吧。可他的胆子太大了，大得我不敢往下想。

那时候，骆驼已经快要急疯了。厚朴堂上市的材料，一次次地报上来……省里通不过，北京更通不过。他急于通关上市，也是被厚朴堂上市的事逼的。小乔告诉我，那一千二百万，的确是打到这边来了。可她能直接调用的，只有一百万。其余的一千一百万，由骆驼直接掌握，用于"公关"。

于是，他指派小乔去电视台找一个品位高的节目主持人，一定要女性，漂亮的。目的是让这位节目主持人出面采访，再找一位有些名气的作家撰稿，给范家福拍一个电视专访。题目就叫"戴草帽的省长"。而后，再由作家给他写一长篇报告文学，出一本书。这事表面看起来，也没有什么。给一副省长拍一专题片，出一本书，也花不了多少钱呢。

据小乔说，那位写报告文学的作家，是她亲自找的。小乔用轻蔑的口吻说：此人一身穷气，尊称他个老师，打一电话，骑着自行车就来了。原本是要给他十万块钱的。我故意压到了五万，说余下的五万，作为出版的费用。没想到，他竟然答应了。还急着要下农村去采访……那个认真劲儿,真可笑!让小乔不满意的是,这十万块钱,还是从她这一百万活动经费里出的。至于那一千一百万,由骆驼亲自掌握,给了那个名叫夏小羽的节目主持人。

这么一大笔支出,连小乔都难以接受。小乔这个人,一激动就会咬指甲,她咬了一下手指甲,愤愤不平地对我说:吴总,拍一部十集的专题片,五十万都用不完。老骆他手太大了,大得没有边了!哪有这样花钱的?……接着,她啰啰唆唆地说:我这里的经费,一分一厘他都抠得很死。对外人,那叫一个大方、霍散!吴总,你得好好说说他。

我不知道骆驼想干什么。这一千一百万,连小乔都说不清楚具体用到了哪里……我说:夏小羽,你认识吗?

小乔说:线还是我牵的。小羽跟我是同学。都是北京服装学院毕业的。不过,我们不一个系。我学的是服装设计,她学的是播音主持,她本来考北广的,差了几分……在学校的时候,我们俩是好朋友……人家清高得很,根本不在乎钱,他还非要给。

接下来,小乔恨恨地说:我去电视台,跑了多少趟,给他介绍了好几个女主持人,他都不满意。后来他在电视台门口碰上了夏小羽……可自从联系上之后,约了两次,他就不让我出面了。后来的事,都是他一个人亲自谈的。谁知道他……

小乔说:吴总,男人是不是都这样啊?

这话,我无法回答,也无从回答……我知道,骆驼虽然好这点事儿,可骆驼也是个有分寸的人。现在是火上房的时候,骆驼绝不会因小失大,骆驼若是连这点原则都没有,他也就不是骆驼了。我脑海里出现了骆驼恶狠狠的话:砸。砸死!必是要拿下!

那么,夏小羽又是怎样一个女人呢?

我从未跟夏小羽见过面。

我也只是在电视屏幕上看到过她。从模样上看,她是一个很清纯、很矜持的女孩。她喜欢穿蓝色的裙装,天蓝或是海蓝,这颜色跟她很配。在屏幕前,她端庄,秀丽,两只眼睛清澈、明亮,显得很有范儿;看上去也很年轻,也就二十三四岁的样子。小乔说,其实,那一年她已二十九岁了。

后来,当我跟骆驼摊牌之后,关于夏小羽的事,是骆驼告诉我的。

夏小羽出身书香门第,她的爷爷,还有她的父亲,都是大学里的教授。她的爷爷是研究古代汉语的,很有学问,曾经被打成了右派,在一个县城里窝了很长时间……后来平反了。她的父母都是大学音乐系的老师,母亲是弹钢琴的。等夏小羽出生的时候,她爷爷已经回到了省城。所以,她没有吃过苦,心里是有傲气的。

夏小羽出生在一个相对优裕的家庭环境里,自小受到了良好的教育,再加上她长得漂亮,小模样清纯可爱,是一个备受呵护、在顺境里长大的女孩子。她人生的第一个打击是考大学那一年,她报了北京广播学院,却仅以两分之差落榜,不得不屈就了北京服装学院。这是她人生的一大遗憾,一直让她耿耿于怀。她的第二个打击是,她在北京读书时,谈了一个男朋友,那男朋友是"北广"的,她有"北广情结"。两人曾经海誓山盟,可她的男朋友在读完博士之后,却悄没声地出国了……这是一个重创,曾让她大病一场,痛不欲生。后来,还是她的父亲把她接了回来。

经过了这两次打击之后,她在家里窝了一段时间。此后省电视台面向全国招聘栏目主持人,通过笔试、面试、上镜……她以高分被录取,这才又重新唤起了她的信心。

电视台是个让女人靓丽的地方。夏小羽进了电视台如鱼得水,她主持的栏目受到了广泛的好评,很快就被提拔为专题部的副主任。她的信心是由一次次的成功重新垫起来的。况且,电视台工资高。明眼人也都知道,主持大型的电视节目、搞专题报道都是有提成、有回扣的,这已是行内不成文的规矩。仅仅几年的光景,夏小羽已经有了自己的车、自己的单元房。她还缺什么呢?可以说,她什么都不缺。

是的,她缺一样东西——情感。按说,如果她想要的话,也不是没有。她身后的追求者很多,几乎是一个加强排了。每天都有人约请她吃饭……就像骆驼说的那样,可她把“标尺”拉得太高了。她出身书香,修养极好,又谈过一个博士,所以一般人,无论你多么有钱,她都看不在眼里。

一个女人,尤其是品位高的漂亮女人,情感上的缺失是最大的缺失。就在这时候,她成了骆驼的商业“目标”。

最初,骆驼没想花那么大的代价。他只是想找一个能让副省长喜欢的人去采访他,同时又能替厚朴堂说上话的人……可是,通过小乔牵线,见面之后,他发现他错了。

夏小羽对请客吃饭不感兴趣,甚至于有些排斥。也许是看了小乔的面子,才勉强来的。所以,在饭桌上,她一直很沉默。初次见面,小乔介绍说:……这是骆董事长。她只是“哦”了一声,淡淡地、礼貌性地说:您好。问她喜欢吃什么菜,她微微一笑,说:无所谓。问她喝什么酒,她说:不喝酒。骆驼说:红酒呢?法国红葡萄?她摇摇头……再往下,骆驼费了九牛二虎之力,大谈她祖父出的一本关于古汉语的教科书,才使饭桌上有了些气氛。后来,当谈到请她做专题片的时候,想不到夏小羽竟一口拒绝了。她的理由是:这一段太忙。

骆驼不甘心。因为身边坐着一个小乔,而小乔又不知是出于什么心理,显得过分亲昵。不时用筷子给他夹菜,一会儿递个牙签,一会儿又递牙儿西瓜;还有目光,小乔的眼睛时不时地瞄着他……使他很别扭,不能展开跟夏小羽谈。或者说,不能放肆一些。骆驼说:对付这样的女人,你不能太拘谨。你一拘谨,她更看不上你了。

于是,第三次,骆驼干脆撇开小乔,单刀赴会了。一天傍晚,骆驼只身一人站在了电视台的大门口。他从傍晚的五点半一直等到八点。八点的时候,夏小羽才从电视台里开着她那辆蓝车出来。骆驼在大门口拦住了她的车,他说:夏主任,我只占你一分钟的时间。夏小羽说:请说。骆驼说:我也是学古汉语的。听过你爷爷的课。那堂课,你爷爷只讲了四个字,讲的是“程门立雪”……我今天,也算是“夏门立雪”。

夏小羽笑了。

骆驼说,征服女人,讲“苦难”是一大法宝。骆驼也不光是讲苦难,那天晚上,骆驼首先让夏小羽见识了他一只手开车的绝技……而后,连说带劝,硬是把她拉到了黄河边上。

如今的黄河边,停靠着许多游船,在船上还设有许多供游人赏月的餐馆。在一条船上,两人一边赏月,一边吃新捕上来的黄河鲤鱼……这天晚上,河风吹着,望着天上的一轮明月,骆驼尽其所能,充分地展示了他的才华。他先说了黄河。他说,我是学历史的。有一个问题,我过去一直不理解。比如:山东人出外,那叫闯关东。一个“闯”字,就平添了十分豪气。而平原人出外,说是走西口。现在我明白了,那都是给黄河害的。历史上,黄河连年泛滥,民不聊生，宋代的皇城，就是现在的开封古城，深埋在百米以下……这是逃水呢。是背水而上。西边高，洪水泛滥的时候，只有往西走。我们的母亲河，在历史上是条害河……

夏小羽只是微微笑着，用欣赏的目光望着他，从不发问……

骆驼说，他慢慢地把话头往正题上引。接下去，骆驼话锋一转，说到了范家福。骆驼说：我的祖上，原也是中原人。是当年逃难逃到甘肃那边去的……所以说，中原文化，虽说有一半是被黄河吃掉了，可仍然是博大精深，且十分内敛、低调。代代都出过优秀人物。像老子、岳飞、杜甫、韩愈、袁世凯……就现在，比如说，你们的副省长范家福，就是一个典型。

骆驼说：美国加州伯克利大学，是世界排名第一的大学，仅世界诺贝尔奖获得者就有十二位（我想，这八成是骆驼胡诌的）！在这所世界著名的大学里，有一位中国人，在短短四年时间里，获双博士学位。你知道是谁吗？

骆驼说：此人自幼家贫，早年丧父，是由一个寡妇含辛茹苦养大的。他上中学时，住在一个破庙里（这还是我告诉骆驼的，那叫“天爷庙”）。那是“文革”时期由旧庙宇改成的一所乡间学校。他们就住在一个破烂不堪的大殿里，教室的门也烂着，冬天的风呜呜地刮着，一盏小油灯，掂笔的手肿得像馒头……可就是这样一个穷人家的孩子，发奋读书，完全靠自己的能力，一路考出来，最后成了世界一流大学的博士。还是双博士。

夏小羽问：你说的是范副省长吧？

骆驼说：就是他。范副省长。

夏小羽点点头，说：我跟他见过一面。

骆驼说：还有。还有你不知道的。这里边还有一个关于背叛的故事……

夏小羽眼一亮，说：背叛？

骆驼说：是一个女人背叛了他。你知道我为什么要让你做这样一个专题吗？因为这里边……有故事。

这时候，轮到夏小羽发问了。夏小羽紧盯着“背叛”二字，她问：你是说，他、他爱的女人吗？怎么就……

骆驼说：我也是听别人说的。据说，范家福在美国加州伯克利大学读书的时候，结识了一位女子，也是从国内去的。两人从相爱到结婚，花了四年时间……可是，等老范拿到了博士学位回国的时候，那女子变卦了。她贪图富贵，坚决不回来。于是……

夏小羽问：两人……分手了？

骆驼说：分手了。

也许就是这“背叛”二字，触动了夏小羽的隐痛……她答应拍这个专题片了。她说，这事，恐怕还得给台长讲一下。应该没有问题。经费的事……

骆驼说：经费的事，不用你操心，你只管把片子拍好。我给你一百万，够吗？

夏小羽说：足够了。《戴草帽的省长》。名字也好，就这样，定了。

往下，骆驼说：我再给你一百万，作为酬劳。

夏小羽说：谢谢。不用，这就够了。

这时候，骆驼趁着机会，给她讲了厚朴堂上市所遇到的困难……骆驼说：我也不要你做别的，就是请你……在方便的时候……给说句话。

夏小羽看着骆驼，仍然是微微地笑着……但她，很坚决地摇了摇头。

在黄河边,在那艘船上,面对着清风朗月,这顿富有情调的晚餐就此结束……往下,送夏小羽回去的路上,骆驼再没敢提。

可骆驼还是不甘心。像骆驼这样的人,他要是下决心做一件事情,他会做得很彻底。

十天后,骆驼再一次把夏小羽约出来。这时候,夏小羽已经把拍专题片的事报到了台里,也跟范副省长见过面了。本来,两人一见面,谈得很好。没想到的是,范副省长一听说要拍他的专题片,竟一口回绝了。他说:这不好。我不能宣传自己。这位范副省长还幽默地说:你要真想拍的话,就拍我们的农科所吧。那里有我一块实验田,种的是"玉米五号"。

夏小羽急了,赶忙给骆驼打电话。骆驼很机灵。骆驼说,这样,你告诉他,不拍"省长",拍"玉米五号",题目就叫"博士与玉米五号"。出书也一样……于是,夏小羽又去了一趟省政府。这一次,不知是夏小羽的缘故,还是"羽毛心理"起了作用,范家福勉强同意了。接下来,趁着商讨《博士与玉米五号》专题片开拍仪式的机会,骆驼把夏小羽请到了省城最有名的"半岛花园"的一栋别墅里。

"半岛花园"是一个开发商新建的高档别墅区。这个别墅区走的是高端路子,格调是欧洲风情。别墅是单体三层的,一家一个小院,围有白色的木栏。门前是白色的大理石廊柱,进门一脚踏上去,是从欧洲进口的菲林格尔橡木地板,连沙发、餐桌、美人榻、休闲椅也都是专门从欧洲进口的,蓝色的调子,讲究的就是香艳、舒适……夏小羽一进门就忍不住地夸道:这房子真好。

骆驼借着她这句话,马上说:好吗?好就买下来。不贵,才一百多万。

那时候,房地产才刚刚开发不久,有钱买私房的人还很少,房价的确不贵。其实,这栋别墅是开发商为卖房子特意装修出来的一个“样板房”,是骆驼托一个朋友租下来的。这件事,骆驼的确是下了大功夫,不惜血本。

可夏小羽只是笑着摇摇头,说:太贵了。

骆驼说:你不嫌钱多了咬手吧?

夏小羽笑着说:不嫌。只要是正当来路。

骆驼说:这样的房子,就配你这样的女性……要是别个住,就糟蹋了。还是买下来吧?

夏小羽笑着说:太贵了。买不起。

骆驼说:算下来,拍十多集专题,得花费多少心血呀。熬血劳神不说,还要到基层去,是很辛苦的……你这样一个美人,我不能让你白辛苦。这样吧,我给五百万,算是酬劳。

夏小羽迟疑了一下,说:不,这不合适。我也就这么一说,看看得了,只当审美呢,饱饱眼福。

骆驼说:你放心,没有任何附加条件。我也就是想让你给我们企业说句话,能说则说,不能说就算……决不勉强。

到了这时候,夏小羽仍很坚决。她说:不。

当时,骆驼很沮丧。当价码出到五百万的时候,五百万啊!他仍然不能打倒一个女人……这是骆驼没想到的。

可是,后来,当他们再谈到范家福的时候,骆驼发现,夏小羽眼里有了更多的温情。一说到范副省长,说到他的谈吐、风度,他的童年,说到他在美国伯克利大学读书的时光,她连语调都变了……那是欣赏和仰慕。

骆驼是懂女人的。就从这一点,骆驼觉得他还有希望……

骆驼的判断没有错误。通过一天天采访,一日日接近……两个月后,夏小羽的眼神儿彻底变了。后来,小乔报告说:夏小羽爱上了范家福,如痴如醉。

那段时间,骆驼真要急疯了。

骆驼先是骂小乔,跟小乔几乎就要翻脸了。他粗口说:小×辣子,养你干什么用的?把小乔骂哭了……后来,他又给小乔道了歉。派小乔去盯着夏小羽。

我和骆驼也不停地在电话里吵架……连我们之间的"暗语"都不起作用了。有两次,为上市的事,我怕他走得太远,会出事情,就一再地提醒他。我说,"春才下河坡"!又说"杜秋月"!……骆驼不听。骆驼说:你瓜是逼我跳楼呢。我跳下去算尿子!

转机是一个电话……小乔打的。

小乔在电话里告诉骆驼:在一个县里(那里也有一块玉米实验田),一天晚上,夏小羽走进了范家福住的套间……没有出来。

于是,借着来摄制组看望作家的名义,骆驼匆匆赶到了灵县。那位执笔写报告文学的作家,一直蒙在鼓里。喝酒时,不时举杯,一次次地向骆董事长表示感谢……小乔在一旁撇着嘴,偷偷地笑。

那是九月的一天,饭后,骆驼再一次把夏小羽约出来,陪着她在玉米田周围散步。

骆驼说:这玉米真好。一个玉米棒顶过去两个。

夏小羽脱口说:这是老范培育的,玉米五号。

骆驼说:老范?

夏小羽觉得失口了,笑了笑,没再说什么。

骆驼说:夏主任,听说,你喜欢范副省长。

夏小羽脸红了,嗔道:谁说的?瞎说。

骆驼说:…你要是真心喜欢他,就抓住他,好好爱他。

夏小羽沉默。

骆驼说:你知道男人,尤其是做官的男人,最喜欢女人什么?

夏小羽望着他,并不发问……

骆驼说:漂亮不必说,那是你有的。其次是,不张嘴,不向男人提任何要求……哪怕是一分钱的东西,也不要他的。这样,你就可以永远立于不败之地。

夏小羽听着,不语……

骆驼说:你漂亮,有品位,经济独立,又从不张嘴问他要什么——我是说,你个人……只有这样,你才能彻底征服他。记住,索取是卑下的。给予永远高高在上。

夏小羽喃喃地说:听说,他家里还有一个……

骆驼说:我知道,童养媳。或者说,近似于"童养媳"……她好办,她不是阻力。虽然,她给他母亲梳了十年头,虽然范副省长是个大孝子,可她几乎没文化,给些钱就是了,她不会成为你的阻力。

当话说到这里的时候,夏小羽显得有些惆怅……再往前走,闷闷的。

骆驼说:姑娘,这样,我给你一千万。你先把"半岛花园"那栋装修好的一号别墅买下来,作为你跟他的幸福小巢。这是你给他的……

这时候,夏小羽的脸色变了,她显得很慌乱……连声说:不,不,不。

骆驼说:你听我说,这钱不是白给的。我特聘你为厚朴堂的形象代言人,这就名正言顺了。

夏小羽脸大红,她低下头去,还是说:不,不,这也太、太……不要,不要。

骆驼说:姑娘,你好好想想,过了这个村,可就没有这个店了。有了这笔钱,可以说,你这一生都不再缺钱花了。人这一生,不再为钱奔波,不客气地说,连我也做不到。集团出这么一大笔钱,也是从未有过的,我也是下了很大决心的。企业也难哪……你如果再推托,说不定过一段,你就是再想要,我也拿不出这么一大笔钱了……想想吧。

夏小羽很艰难地说:你让我……考虑……考虑。

骆驼说:好。你考虑吧。

那天黄昏时分,夕阳西下,面对着一大片玉米田,夏小羽被推到了一个很尴尬的境地。她必须做出决定。想必她也知道,人家花这么大的代价,是要她替人说话的。那么,如果有条件,如果有机会,说句话……那又有什么不妥呢?可她还在游移。

骆驼说,那时候,他已经几近绝望。他几乎不抱幻想了。可连老天爷都助他。骆驼说,那天傍晚,本是一天的火烧云,无比绚丽的火烧云,那火红的云彩,一瓦一瓦地、鱼鳞一般地飘移……可不一会儿,红云、白云就飞起来了,整个天空像是来了个大挪移,云气乱飞,像泼了墨似的。一道闪电过后,随着漫卷上来的黑气,雨就下来了,瓢泼大雨!

两人赶忙往回跑,可还是淋着了!……

夏小羽淋了雨,当晚就发起了高烧,烧到了四十度!……到了后半夜,束手无策的范副省长第一次动用了权力,他先后打了两个电话。于是,由县里的警车开道,已封闭了的高速公路也开了绿灯，连夜把夏小羽送回了省城的医院。在省医学院，夏小羽住进了单人病房，得到了最好的护理。

我猜，病中的夏小羽矛盾了很长时间……是呀，她条件优越，她不缺钱。你说给她一百万，她自己也许就有那么多，她看不在眼里。你给她五百万，她仍还占据着道德上的优越感，她守着一份矜持，仍然不答应……可你把她的生活“标尺”再次拉高，她一旦拥有了爱情，她的爱人还是留美的博士，双博士，又是副省长……这就有了缺口了。这个“缺口”又是在一日日的诱惑下铺垫起来的，就像天上的火烧云一样，让你眼花缭乱，五内俱焚。可顷刻间又是雷鸣电闪，人生无常啊！况且，她还是个姑娘，你让她怎么办呢？

人在病中，是最脆弱的时候。也许，崩溃就是那一刹那间产生的……

当骆驼去医院看望她的时候，把一张事先准备好的银行卡装在信封里，放到了夏小羽病床的枕头下……夏小羽两眼闭着，什么也没有说。

骆驼说：好好养病。

骆驼还特意嘱咐说：这件事，别告诉老范。

一个月后，经夏小羽的引荐，范家福“顺便”绕道来考察了钧州的厚朴堂药业公司，他是来搞“调研”的……

后来，骆驼在电话里说：成了。

听了骆驼的告白，我沉默了很长时间。骆驼这样做，也是迫不得已，自然有他的道理。可是，一千万哪？数目太大了！……

这已越过了底线，我想辞职了。

第 六 章

在平原，有一些植物是飞来的，非人工种植的。

那是一种毫无来由的、纯天意的生存方式。来也无踪、去也无影儿，但它仍然是一岁一枯荣。

比如，翎子花。此花长菱形状，先绿后红，会变色。据说，翎子花不知是何方神圣（或是雁儿？或是燕儿？）在何处吃了些什么，经过那小小肚肠消化后，变成了鸟儿在天空飞过时拉下的屎，那鸟屎不知会落在哪里。可它一旦落在平原的大地上，就会化腐朽为神奇，长出一株株奇异的植物来，昂扬地活。

比如，地龙花，当地人俗称“抓地龙”。此物随地蔓爬，有的竟能爬出一丈多远，拖很长的秧子。那秧棵是很不起眼的灰绿，每爬一节都随地扎根，每一节都有扒地的根系，若是剪去一节，余节仍在生长。此花星碎，蔓开蔓长，杂开着白色、紫色、粉红色、米黄色小花，春天里满地生辉，灿若星辰。可至今仍没人知道此花的出处。冬日就不见了，来年再生。

比如，仙人花。也叫“仙人指路”。又叫卦人花。此花朵小，有红有白，水粉样。花上伸一长茎，茎上开黄花后结籽。此花有别于平原上的花，少，极艳，秋死春生。传说此花是“踏生”。是早年那些个牵骆驼的人，从千里之外，一步步走进平原，那花种是从鞋底或骆驼蹄缝儿里沾带过来的……自然也无出处。

比如，野生的喇叭花，城里人叫牵牛花，非人工养殖。没有人知道野生喇叭花的出处，植物学上说它产于南美洲。可它怎么就来到了平原？是风送它来的吗？没人知道。可它在平原的乡野，也是一岁一枯荣。正因为野生野长，来去无踪，且无处攀缘，朵要小一些，淡一些，怯生一些。也正因为它的艳丽，后来才被一些人采回家去，培育成了名花的。可野生的喇叭花仍然无种无植，遍地开放。

无来由、非人工的，还有一种，叫做“小虫儿窝蛋”。

在无梁，“小虫儿窝蛋”又被称为“夜里会说话”的花。至于为什么说它夜里会说话，这是老辈人说的，我不懂。

“小虫儿窝蛋”是生长在平原上的一种野花。据说，“小虫儿窝蛋”白日里是不长的。你就是盯着它看，不眨眼地盯着看，它也不长。它只在夜里长，夜里趴下细听，似有滋声。这种花虽说是丛生，却也蔓长，草丛里朝天伸出一细细的长茎，茎上擎着一个盘样的花苞，花苞里托着几个蛋样儿小果，春来果是绿的，熟了的时候紫黑。这种草花看上去小身小样的，却有一种惊天动地的弹射功能，每当冬天到来的时候，寒风一冽，那花苞陡然间就炸开了……送出去的是它们的种子。种子落在地里，能不能活下来，往下就看它们的造化了。

在平原的乡村，“小虫儿窝蛋”一般都生长在沟渠边沿的杂草丛里，数量并不多，不经意你看不见它。它的果我尝过，涩涩的，浆是苦的，有一丝甜意。

我之所以给你说“小虫儿窝蛋”，还因为它与一个女人有关。

你知道，在我最倒霉、最难受的日子里，还让我能笑出来的人是谁吗？我让你猜一千次也猜不到。是的，就是这个绰号为“小虫儿窝蛋”的女人。

在无梁，她被简称为“虫嫂”。

在我少年时期的记忆里，虫嫂是很袖珍的。

虫嫂是老拐的女人。很难说她的个子了，也就一米三四的样子或是更低。她结婚的那天，老拐牵着她走出来的时候，就像一个大人牵着一个孩子。老拐个子高，却身有残疾，一只腿瘸着，走的是“蛐蜒路”。所以，每当两人走在一起的时候，就像一赶一赶的麦浪，给村人带来了很多快乐。

记得，当众人起哄，逼着两人喝“交杯酒”的时候，老拐的腰弯成一弓形，虫嫂踮着脚尖，高仰着下巴，显得极不对称，就像是一只老狼抱着一只小羊。全村人都笑了，笑得很开心。所以，虫嫂自嫁到无梁的那一天，就是作为笑料存在的。拿现在的说法，她几乎就是全村人的“开心果”。

那天夜里，一村人都在听老拐的房……

老拐说：天不早了，灭灯吧？

虫嫂说：先说说，塌了多大窟窿？

老拐说：不多……那个，灭灯吧？

虫嫂说：说说，我心里有个数。

老拐说：三百多。

虫嫂说：恁多？咋花的？

老拐说：还有看腿的，四十七块六。

虫嫂说：你一不全乎，我一小人国，咋还？

老拐说：慢慢还。都喂饱牲口了……先那个，灭灯。

虫嫂说:不急。家里还有多少粮食?

老拐说:还有二十多斤红薯干……

虫嫂说:就吃这?

老拐说:窖里还有些红薯。

虫嫂问:见面时,你身上穿那衣裳?

老拐说:借的。

虫嫂说:自行车?

老拐说:借的。

虫嫂说:缝纫机?

老拐说:豌豆家的,明天一早还。

虫嫂说:还有啥不是借的?

老拐说:人。日他姐,你还睡不睡了?嗯?

虫嫂说:……嗯。

老拐说:嗯嗯……

虫嫂说:挪挪。

老拐说:掐我干啥?

虫嫂说:……挪挪你那坏腿。

老拐说:我还有好腿呢。

虫嫂说:你到底几条腿?

老拐说:要、灭了灯……三条。

于是,光棍汉们站在老拐家的后窗处,笑着大声喊:灭灯!灭灯!

……灯果然就灭了。

在无梁,在男女之间,关乎"性事",语言极为丰富。暗语很多。每一家的床头上都有些创造。比如:"吃蜜蜜""吃荞麦面窝窝"

“睡了再睡”“倒上桥”，以及“啊、嗯、哎、嗨”之类……“灭灯”是老拐的创造。

第二天一早，当太阳挂在树梢上的时候，远远望去，人们看见村口滚动着一个巨大的“刺猬”。那“刺猬”背对着朝阳，看上去毛奓奓的，还一歪一歪地滚动着。一直到近了的时候，人们才惊讶地发现，这是老拐家的新媳妇，背着一个大草捆。很能干哪。

老拐的新媳妇已把身上的新嫁衣脱下来了。她本来个小，身上穿着老拐的旧衣裳，背着这捆草，就像是一个滚动着的刺猬。而后，当她去牲口院交草的时候，大队会计五斗给她看的磅，称出来竟有七十二斤！五斗“呀”了一声，会有这么多？低头一看，这才发现，就这新媳妇，虫嫂，咬着牙，一只脚悄悄地踩着磅秤呢。于是，会计说，哎，脚，你那脚，挪挪。她擦了把汗，笑着，不好意思地把脚挪开了。再称，五十二斤半。那时候一个壮劳力干一天才挣十分。队里规定割六斤草算一分。扣了水汽，她一个人早上就挣了八分半。

称了草后，大队会计见她扖上草筐就走，神色似有些慌张，遂起了疑心，就悄悄地跟着她……到了她家的院子，就看见她在灶火前扒开筐底，衣裳的下面，竟然在割草时还偷掰了村里五穗嫩玉米！

大队会计即刻把这事告诉了老姑父。那时候村街里有个吃饭场，男人们都在饭场里蹲着吃饭。老姑父听了，碗往地上一放，说：走。带着民兵就往老拐家去了。可他走着走着，迎面看见墙上贴的大红“囍”字，却又站住了。老姑父摇摇头，笑着说：算了。没过三天，还算是新媳妇呢。改天还要回门……算了吧？下不为例。

民兵们见老姑父这样说，忍不住都笑了，也就作罢。但新媳妇偷玉米的事,全村人都知道了。有人说:这女人,真不主贵。

在平原,新媳妇结婚三天回娘家,这是风俗。老拐送女人回娘家那天,说来还算是体面。老拐仍穿着借来的蓝制服,头戴蓝帽子,手里推着借来的自行车,车把上挂着两匣点心;新媳妇上身穿一红灯芯绒布衫,下身是毛蓝裤子,这女子个小屁股大,那裤子像个兜子,走起来像是兜着两坨肉包子似的。两人一前一后,仍是一浪一浪赶着走。

两人一进饭场,立时就引起了哄堂大笑!人们一个个笑得前仰后合,喷了一嘴饭……两人怔住了,你看我,我看你,又去看各自的身上,看来看去也不知人们笑什么。虫嫂竟不怯,对着饭场的男人说:笑啥呢?没见过串亲戚?而后又低声对老拐说:走,赶紧走。老拐走不快,说:不慌。不慌。

众人又笑。

虫嫂的娘家是大辛庄的,离无梁只有六里地。不久,就有闲话从大辛庄那边传过来,说那天老拐车把上挂的点心是假的。那两封点心,匣子是空的,还有那封贴,都是在代销点花了五分钱买的,每个匣子里装了两穗煮熟了的嫩玉米。这一切都是为了撑面子,为了体面。传话的人说,虫嫂的娘当即哭了。她偷偷对她娘家一嫂子说:那老拐都穷成这样?真是把闺女害了。咋嫁个这人?

闲话传回村里时,村里人不怨老拐,只说这女人假气。都说:呸,那玉米还是偷的呢。她就是个"虫儿"。在无梁,"虫儿"就是小的意思,也是低贱的意思。通常是对一些看不起的人的蔑称。

就为这件事,刚嫁过来不久,虫嫂就落下了很不好的名声。从此,人们给她起了个绰号:小虫儿窝蛋。简称:虫嫂。

在无梁，虫嫂就像是一个童话。

最初，人们戏称她为虫嫂。也不仅仅是蔑视，这里边还有宽容和同情。每每她挑着一副水桶走出来，人们不由得就笑。她人小一号，水桶也是小一号的，从娘家带来的。她挑水就像是走划船步，踮着脚尖，磕磕碰碰，试试摸摸的。在井上打水时，她不让人搭手，说：会。我会。就是辘轳把儿太长了。人们又笑。

在村里，虫嫂割草、割麦都是一把好手，工分也是不少挣的。可她不会编席。她是无梁村唯一不会编席的女人。她身量小，指头太短，编不了丈席，也试着编了几次，每次都欠尺寸，不合格。收席点的老魏说：她的尺子小一号。那时候，粮食是队里分的，而油盐钱全靠编席来挣（编一张大席可挣一毛五分钱）。虫嫂不会编席，就从娘家逮了一窝小鸡，靠着"鸡屁股银行"，总算能换个油盐钱。老拐腿瘸着，干不了重活。再加上两人结婚时，老拐塌了一屁股的债，那日子就更加艰难些。

日子虽然难过，可也过了。她会爬树，身量小，却灵活，猴子一样。春天里青黄不接的时候，就捋些槐花、榆钱，掺和着吃。她还会做"鲤鱼穿沙"，就是玉米糁加榆叶儿煮着吃，我吃过一次，也挺香。这年夏天，队里菜地先是少了一垄茄子，而后又少了一垄辣椒。于是人人都怀疑是虫嫂偷了，却没有证据。治保主任曾建议说：搜，挨家挨户搜。却被老姑父否决了。老姑父说：几个茄子，算了。

再说，没有多久，虫嫂就怀孕了。挺着个肚子，也编不成席了。所以，她每每走出来时，身上总挎着一个草筐子。她身子重，走路一挪一挪，走走歇歇，很艰难的样子（很久之后，人们才知道，那草筐是双底的。她身上还缝了很多兜，浑身上下到处都是口袋）。

虫嫂生下第一个孩子后，头上勒一方巾，三天就下地了。人们说，虫嫂，可不敢哪，迎了风，就出大事了。她说，没事。我皮实。

等到了这一年的秋天，谷子、芝麻、豆下来了。打场时，虫嫂每天抱着吃奶的孩子到场里去晃一晃。接连几天，就被人盯上了。于是干部们在场边上拦住了她，在她的袖筒里、孩子的兜肚里，还有鞋窠儿里各倒出了半斤芝麻和黄豆！罪证终于查到了，就罚她在场里的石磙上站着，问她为啥偷芝麻？

她说：孩子馋了。

人们问她：你呢？你不馋？

她说：也馋。

人们说：馋了就偷？

她竟说：叔叔大爷们，饶了我吧。

一个结过婚的女人，竟一声声地喊人“叔叔大爷”，喊得人一怔，心也就软了……人已一贱到底了，“叔叔大爷们”听她这么求告，又看她如此小的身量还抱着个孩子，也就放过她了。说：以后可不能这样了。……就此，“小偷”的名义已坐实了。

奇怪的是，就虫嫂这样的小小身量，却一拉溜生了三个孩：两男一女。据说，每次生孩子，她睁开眼的第一句话就问：全乎吗？接生婆怔了，说：啥？她说：查查胳膊腿啥的？接生婆告诉她：全乎。她这才松一口气。她个小，生怕生下的孩子“不全乎”。也许是因为她个子低的缘故，她对“大”有无限的向往。她的三个孩子统称为：国。大国，二国，三国（老三是女孩，也叫花，国花）。她生了一群“国”。她说是“国家”的“国”。全是嗷嗷待哺的货色。由于头生儿回了奶，她的三个孩子都是靠她嘴对嘴喂活的，她先把蒸好的红薯嚼一嚼，而后用嘴，或是手指头抿在孩子的嘴里。当三个孩子牙牙学语、满地滚的时候，她已经是村里有名的小偷了。

一个人一旦有了贼的恶名，她就是“贼”了。

此后，在我的记忆里，村口几乎就是虫嫂的“展览台”。每次放工回来，村里的治保主任都会把虫嫂单独留下来，当着众人搜一搜。她割的草，她背的草筐，都要翻上几遍。一旦查出了什么，就罚她站在一个小板凳上，浑身上下摸了一遍又一遍。她不在乎，一摸，她就笑。再摸，她还笑，咯咯地笑。治保主任四下看看，说：老实些。她说：痒。治保主任吓唬她：再不老实，捆起来。她说：真是痒。我胳肢窝儿有痒痒肉。治保主任问她：你要脸不要？她先说：要。又说：不要。治保主任问：那你要啥？她说：娃饿了。

一个小个女人，就那么让她站在小板凳上，摇摇晃晃的，显得很滑稽。每当这时候，总是有许多人围着看，一般人是受不了这个的，多丢人哪。可虫嫂在小板凳上站着，不管你搜出了什么，她都神色坦然，还笑嘻嘻的。人们劝她说：虫嫂，你咋这样？老不好啊。

她还是那句话：娃饿了。

此后人们也就习惯了。一天劳动下来，很累，在村口上拿虫嫂逗逗趣儿，人们很快活。于是虫嫂就成了人们日子里的“盐”。日子很苦，人们还是笑嘻嘻的，有盐。

人们都知道，她衣服上缝着很多的口袋，见什么拿什么。偷玉米，偷红薯，偷场里的黄豆、绿豆、黑豆，偷……有一次，她竟然偷去了拴牛的“鼻就”（牵牲口用的）。人们很奇怪，问她，你要那“鼻就”干什么？就一截皮条拴个铁圈子。她先是不说，问急了，说：我看那皮条怪结实。人问：你有啥用？她说：头绳太费了。给国花扎个小辫儿啥的。人说：那么宽的皮条，怎么扎？她说：用剃头刀（她还会剃头，剃光头，老拐的头就是她给剃的）割成一绺儿一绺儿的，结实。气得喂牲口的老料跳着脚骂娘!

当我仍在各家轮流吃派饭的时候,每次轮到老拐家,都要隔过去,或是饿上一天,那是因为他家的饭食实在是太差了。她家细粮少,红薯多。我估摸着她家的红薯有一半都是偷来的。她家五口人,老拐身有残疾,是个吃货。三个孩子也都是吃货,只有她这么一个半劳力。麦子下来的时候,一屋子嘴,蝗虫一样,仅一个夏天就吃光了。所以她家日常的饭食顿顿都是黑乎乎的红薯面饼子加上菜汤。虫嫂手小,却是一个拍饼子的高手,她把家里的红薯面都在鏊子上拍成饼,挂在一个篮子里,饿了就拿一张。那饼子是坏红薯又加了豆面、红薯干面在鏊子上炕出来的,热着吃还凑合。放干了的时候,吃着又硬又苦,难以下咽。三个孩子都说苦,不吃。老拐也不吃。这些黑饼子大多都是虫嫂自己吃的,黑面饼子蘸辣椒水,只有她吃得。一屋嘴,怎么办呢?也只有偷了。庄稼下来的时候,有什么就偷什么。偷成了她的习性,她的一种生活方式。要是一天不去地里拿点什么,她着急。

村里开“斗私批修”大会的时候,虫嫂常常被勒令站出来。她就站出来。村民起哄说:看不见。看不见哦!于是,就让她站高些。有一次竟让她站在了桌子上,她就站在桌子上。她往桌上一站,人很袖珍,人们哄一下就笑了。有时候,有人喊:小人国,翻个跟头。她真就在桌子上翻个跟头,看上去就像是玩猴一样。

搞“运动”的时候,虫嫂还多次游过街。大队治保主任押着她,脖子里挂着玉米,还有偷来的蒜和辣椒,甚至白菜萝卜,红红白白,一串一串的,像是戴了项链似的……治保主任在前边敲着锣,她在后边走,小短腿罗圈着,从东到西,再从南到北,一个十字街都走遍了,惹了很多人跟着看……人们说,虫嫂的脸皮比城墙拐弯还厚呢。还有人说，这是虫嫂，要是换了人，非上吊不可！

游街时，走到家门前，她的三个小屁孩子，一个个趴着墙头的豁口处，偷偷地看她。虫嫂也不在乎，还对着门里说：线哦，别蹭了那线。墙头下，有虫嫂在小学校偷来的粉笔头画的白线，那是给三个“国”量个头用的，一共三道儿。那白道有擦过的痕迹，一痕一痕的，擦了再画。她很害怕国们长不高，像自己一样……这时村街上有人喊：老拐老拐，快出来。你出来看看，你媳妇披红戴花！……老拐嫌丢人，躲在屋里，说啥也不出来。

虫嫂是惯犯。哪怕是游过街之后，一到晚上，她就又出门去了。夜晚就像是虫嫂的节日。一到晚上她就异常地兴奋。她那小小的身量隐在夜幕里，有时拿着一把小铲，有时还拖着一个麻袋，在无边的田野里，凡是能拿的，她都背回家去。有人说，她真是土命。连土地爷都佑她。那无边的褐土地就是她的依托，田野就是她的衣裳。连那些草儿、虫儿、杂棵子都会给她以庇护。只要一进地里，花花眼，就不见了。

在田野里，虫嫂就是一个魔。一个具有神性的偷儿。她在田野里如鱼得水，青纱帐给了她充分的庇护和自由。一年四季，什么下来她偷什么。当豌豆还青的时候，饱满着的汁液的时候，她专拣那最鲜最嫩的摘，挑最好的偷回家给孩子吃。她偷豌豆随手薅一把格巴皮草，把摘下来的青豌豆缠上格巴皮草，捆成一把儿一把儿，包得严严实实的。草成了她随处采用的绳子，谁也看不出来。有时候，她还会在庄稼地里挖出一个四四方方的小土窨儿，带上一匣火柴，捡一些干树枝儿，把偷来的嫩玉米或是红薯就地放在窨窝里烧一烧（这样连家里的柴火都省了），一边烧一边在四周割草，草割到一定时候，玉米、红薯也就烤熟了，一个个包上桐叶，再用草裹了,拿回去给孩子吃。有一段时间,若是想知道她家孩子都吃了什么,看看嘴唇就知道了,三个“国”,那嘴唇一时是狗屎黄,一时草叶绿,一时又锅底黑……按现在的说法,在那样的年月里,她的孩子吃的全是“绿色食品”。

由于虫嫂在村里名声不好,提防她的人多,到处都是眼睛……可若是本村偷不成了,她就偷外村的。有一年,邻村的瓜地被她多次光顾,一亩西瓜被她几乎偷去小一半。邻村人都认为是招了黄鼠狼了,还不是一只。不然,谁能背走半亩西瓜呢?这年夏天,虫嫂家的三个“国”一个个肚子吃得圆嘟嘟的。奇怪的是,不知从什么时候起,连狗都被她收买了。每次她背着麻袋趁着夜色回村时,狗从来都没有叫过。

一天夜里,老姑父突然对我说:丢,今晚我领你长长见识,捉鬼去。你见过鬼吗?我说:没见过。老姑父说:要不,咱当一回试试?我说:咋当?他说:就蹲在坟地的边上,别吭声就是了。接着又问:你怕不怕?我说,不怕……可我怕。

老姑父拍了拍我的头说:没事,有我呢。而后,夜半时分,老姑父领着我潜入玉米田旁边的老坟地里。天很黑,四周寂无人声,萤火虫一闪一闪亮着,我吓得头皮发麻,头发梢儿都有点抖了,忙把眼闭上……只听老姑父说:就快出来了。

可是,等了很久之后,才听玉米地里传出了沙沙的声响……老姑父揪了我一下,说:看,出来了。我大着胆睁眼一看,就见一团黑影,像旋风一样从玉米地里冒出来,时隐时现,一忽儿一忽儿地飘……怪吓人的。

玉米叶沙沙响着,一股黑气像是拨云穿雾一般从玉米田里游出来。在黑森森的玉米田里,在弥漫着夜气的星空下,先是有波浪一样的夜气把玉米棵分开去,接着是风的响声,随风流出来的是一个圆滚滚的东西,就像是滚动着的老鳖盖子……看得我眼皮都要爹了。

就在这一刻,我明白了,那不是鬼。是人。

是虫嫂。

后来才知道,其实那是她背着的、蒙了黑布单子的一袋偷来的玉米棒。虫嫂趁夜色从玉米田里走出来,绕过一片老坟地正呼哧呼哧走着,猛然看见前边坟地里突兀地站起一人,手电筒一照,她一屁股坐在地上,叫一声:我的娘啊!

这时,老姑父咳嗽了一声,说:拐家,你怎么屡教不改呢?——我知道,在无梁,也只有老姑父称她为拐家或是老拐家。这是她在无梁村得到的唯一的也是少有的"尊称"。

虫嫂坐在地上,喘着粗气说:你叫我匀口气。

老姑父说:你不能改改吗?

虫嫂仍呼呼哧哧地说:匀口气,我匀口气。

老姑父拿手电照了照她,只见她浑身上下湿涔涔的,头发乱爹爹的,头上挂了很多玉米叶子。她靠着那袋偷来的玉米瘫坐在地上,嘴里呼哧着,大口大口地喘气,就像是一只汗腌的老雀儿。老姑父叹口气,对我说:走吧。说完,竟扭头走了。

虫嫂却追着他喊:我没偷咱村的。——这村里人谁都知道,虫嫂偷是偷,可她只偷生产队里的,从不偷一家一户个人的,所以并没有多大民愤。

我曾经有很长时间想不明白,是什么样的日子,可以把一个人的脸皮练到如此程度?

后来听说,虫嫂六岁时曾被本村一个玩猴的本家叔叔拐出去卖过艺，锣一响就跟着翻跟头，去了一年……后来被公安局的人解救回来了。

每个人似乎都有一条心理防线，当防线被突破后，她就彻底“解放”了。

据传说，虫嫂的“防线”是她的裤腰带。

在平原的乡村，一个女人的“品行”主要表现在两个方面：一怕“三只手”，二怕“松裤腰”。“三只手”倒还罢了，说的是小偷小摸；“松裤腰”说的是作风问题，当年，这是女人的“大忌”。一个女人若是两样都占了，那就是最让人看不起的女人了。

记得有一年秋天，全村人都在津津乐道地传诵着一个故事，关于虫嫂的故事：虫嫂在邻村的一个枣园里被人捉住了。看枣园的是一个老光棍，有五十多岁了。此人年轻时瞎了一只眼，但这独眼老汉极聪明，为了防备人们偷枣，这老汉在枣园四周暗暗布下了一根细绳，每根绳上绑着一个牛铃铛。夜里，虫嫂曾多次潜入过枣园，她知道枣园里拴有铃铛，头几次去，她躲过了那只铃铛。可等她再去时，她不知道那老汉又挂了铃铛，且一个时辰换一个地方。一天晚上，当她偷了一布袋枣，从一棵棵枣树沿上过，摸黑从树上跳下来时，刚好碰响了拴在绳上的铃铛……于是虫嫂就被人捉住了。

那老汉用手电筒照着虫嫂的脸，说：是个妞？

虫嫂手里紧抓着布袋，说：大爷，饶了我吧。

那老汉说：还是个小妞？多大一点儿，不学好？

虫嫂说：头一回，饶了我吧大爷。

那老汉说：不止一回吧？

虫嫂说:头一回,真是头一回。

那老汉说:我也是头一回,碰上个妞儿。

虫嫂说:不是妞,是妞她娘。我都仨孩子了。

那老汉说:不像。我这枣可是论斤的,偷一罚十。

虫嫂说:你放我一马,我再也不来了。

那老汉说:放你一马?也成。把裤子脱了。

虫嫂说:草里有圪针。

那老汉说:我铺个袄。

虫嫂说:我……吆喝你。

那老汉说:你吆喝吧,偷一罚十。

虫嫂说:……我喊了,我真喊了!

那老汉说:你喊。你一喊,这枣就背不走了。

虫嫂说:这,大月明地儿……

那老汉说:走,去草庵里。

……后来虫嫂就背着一布袋枣回家去了。一路走一路哭。到了家门口,把泪擦了擦,才进的门。大国、二国、三花围上来,说:枣。枣!虫嫂一人给了一巴掌,而后说:一人俩。花小,给仨。老拐从床上爬起来,说:枣?笨枣还是灵枣。灵枣吧?给我俩,叫我也尝尝。虫嫂眼里的泪一下子就流下来了,她抓起一把枣,像子弹一样甩了过去,说:吃死你!……老拐弯腰拾起来,在被子上擦了,咔嚓一口,说:嫁接的,怪甜呢。

看看天快亮了,虫嫂背上枣,重又出门去了。老拐说:又回娘家呢?这枣多甜,给孩子留一半吧?大国、二国、三花也都眼巴巴地看着那布袋枣……虫嫂扭过头,恶狠狠地说:光知道吃?枣我背镇上卖了,得给娃换作业本钱。

据说,这些情况都是邻村那老光棍在一次“斗私”会上交代之后,才又传出去的。他说,那一年枣结得多,虫嫂又接连去了几次……老光棍还交代说,后来,两人“好”上了,啥话都说,也说床上的事。他甚至还供出了两人最私密的话,说老拐办那事只一条腿使劲,不给力。待事过之后,虫嫂一见那老光棍就“呸”他,说:啥人。

有一段时间,村里人见了老拐就问:老拐,枣甜吗?

老拐腿一拐一拐画着圈儿,扭头就走,边走边说:母(没)有。母(没)有。

村里的孩子们也满街追着大国二国三花问:枣甜吗?而后跟在他们屁股后大声吆喝:甜,甜。甜死驴不要钱!……问得他一家人不敢出门。

也许,虫嫂的“解放”就是从那天晚上开始的。有了第一次,就有第二次、第三次……此后,虫嫂一旦到了无路可逃被人捉住的时候,她就把裤子脱下来,往地上一蹲,露出白花花的屁股……有那么几次,倒是让她侥幸逃脱了。后来就不管用了。后来这种行为就变成了一种诱惑,变成了半交易式的自觉自愿。好在虫嫂生完第三个孩子就被强制结扎了,不怕怀孕。就此,虫嫂的名声越来越坏了。

她的名声最先是在周围的几个村子里败坏的。常有外村人在集市上对无梁人说:恁村那小虫儿窝蛋,就那小人国,老拐家的,头前,在高粱地里……慢慢地,话传来传去,真真假假的,惹得本村人也动了心思。人们再看虫嫂,那目光狎狎的。

在这样的情况下,虫嫂自己也不把自己当人看了。她破罐破摔了。

在一段时间里，虫嫂夜里常常被村里人叫去“谈话”。先是治保主任，而后是生产队长、小队记工员、大队保管、看磅的、看菜园子的……到了最后，传言满天飞。据说，老姑父看不下去了，把她叫到大队部，狠狠地批评了她一顿。接着，就又传出话来，说连老姑父也加入了“谈话”的行列，气得老姑父直骂大街！

不管怎么说，还是不断有风声传出来。据传，村里的治保主任就特别喜欢找虫嫂“谈话”。他觉得“谈话”这种方式好，很有教育意义。于是，就一而再、再而三地找虫嫂“谈话”。“话”都“谈”了，还有什么不能做的？虫嫂也乐于让干部们找她“谈话”。在场院里，在牲口屋，在苇荡里，在瓜棚或草庵里，夏日里拉上一张席，秋天里夹着一个老袄……谁也不清楚到底谈了些什么。后来“谈话”的内容有几句就传出来了，再一次成了村里人的笑柄。最有名的一句是：你怀里揣的啥？——“枣山子”！（“枣山子”是过年时蒸的敬神用的供品，白面馍头上加一红枣，这里暗喻乳房。）就此，虫嫂便成了一个卖“枣山子”的女人。

往下，虫嫂就更加地肆无忌惮。有时候她竟然当众撒泼，疯到了让村人都看不下去的程度。比如，分菜时她甚至当着众人的面拿上两个大茄子就走。在地里掰玉米时，她一边掰一边拣大的往裤腰里塞。治保主任说：干啥？你干啥？她说：不干啥。治保主任说：你裤腰里塞的是啥？掏出来。她说：你裤腰里是啥？掏出来。治保主任开始还硬气，说：掏出来也是“虫”。你是虫，它也是“虫”，咋？虫嫂说：掏，那你掏！治保主任扭头看看，这才不好意思地说：走，你跟我走。她说：走就走。不就是谈话吗？不就是虫对虫吗？谁怕谁呀。治保主任脸一红，再也不吭了。

有一年冬天，下半夜了，虫嫂家窗外突然有了咳嗽声。虫嫂说:啥?外边的人说:白菜。虫嫂说:放那儿吧。过了一会儿,又有人咳嗽,虫嫂又问:啥?外边的人说:白菜。虫嫂又说:放那儿吧。再过一会儿,还有人咳嗽,一串咳嗽……隔着窗户,虫嫂说:不就是棵白菜吗?还咳个没完了?滚!

后来村里种了花生,那一年花生大丰收。一到夜半时分,虫嫂家房后的院子里就不断地有咳嗽声传出来(也有的是故意看她笑话。不好意思,我也去咳嗽过),那咳嗽声此起彼伏,就像是赶庙会一样……据说,连村里最老实的德发叔也提着一毛巾兜花生“咳嗽”去了,结果被赶了出来。后来,德发叔咬着牙,见人就说:听说了吗?真不要脸呢!

在那些日子里,大国、二国、三花就再也不缺吃的东西了。那一年,老拐家换了很多花生油……灶房里时常飘出油和肉的香味。年幼的三花甚至跑出来对人说:俺家炸油馍了。

很快,虫嫂的行为遭到了全村女人的一致反对。

先是有女人指桑骂槐,比鸡骂狗,敲洗脸盆骂街之类,虫嫂却浑然不觉。或者说是你骂你的,她走她的,听见了也只当没听见。对虫嫂来说,那脸面就是一层皮,撕了也就撕了。那“嚼裹”(在平原,“嚼裹”泛指剥了皮可以吃的东西)却是可以吃的,实实在在的。女人们一个个恨得牙痒,说:人没脸,树没皮,百方难治!

一个女人,一旦豁出去,就什么也不当回事了。可她不知道,嫉妒和仇恨,只要生了芽儿,日积月累,总有爆发的时候。

这年秋天,在一个下雨的日子里,全村妇女都集中到几个烟炕屋里往烟杆上挂烟叶。女人们一旦聚在一起,必然生事。于是,村里有二十多个女人私下里一嘀咕,趁机把虫嫂堵在了烟炕房里。

这天，由村支书的老婆吴玉花带头，众人一起下手把虫嫂按在了地上，剥光了她身上的衣服，说非要看看她到底是不是“白虎星”转世……此时此刻，女人们终于找到了报仇的机会。她们一个个醋意大发，下手挺狠的。先是撕她、掐她、罗她……等她号叫着好不容易逃出炕房时，女人们又嗷嗷叫着追出来，四处围追堵截，把她赤条条地包围在场院的雨地里。

这一日，女人们恨她恨到了极点。她们把虫嫂包围在场院里……虫嫂十分狼狈地在雨中奔跑着，她的下身在流血（那是让女人掐的），血顺着她的腿流在雨水里，她一边跑一边大声呼救，一声声凄厉地喊叫着：叔叔大爷，救人哪！救救我吧！婶子大娘们，饶了我吧！……可是，在这一刻，无梁村的男人们都成了缩头乌龟，没一个人站出来，甚至没有一个人敢走进场院。他们全都躲起来了。特别是那些吃过“枣山子”“谈过话”的人，这时候一个个都躲得远远的。虫嫂围着谷垛在场院里一圈一圈奔跑着，躲闪着，一边哭喊着求饶……直到最后跑不动了，一头栽在了泥水里。

在我的记忆里，这是我见识过的、女人群体性的第二次发狠。没有一个人同情她。也没有一个人出来救她。男人们都躲在短墙的后边，偷看一个光肚儿女人在场院里奔跑的情景。也有的慌忙找来梯子，爬上树杈，为的是看得更清楚一些……坦白地说，我也一样。

我必须承认，那时候，我无比快活。我抢先爬上了场院边一棵老柳树，骑在树上看风景：我看见虫嫂赤条条地在雨地里奔跑着。她胸前晃悠着两只跳兔儿一样的“枣山子”，不时跌倒在泥水里，而后爬起来再跑，就像一只可怜巴巴的小泥母猪……女人们大喊着在泥水里围追堵截，各自手里都拿着“武器”：有的手里拿着赶牲口的扎鞭,有的甚至是木棒、桑杈,还有扫帚、牛笼嘴、木锨、皮绳子、箩头,女人们一边追着打她,一边还嗷嗷叫着:浪,叫你浪!浪八圈!浪呗!

虫嫂那凄厉的哭喊让人头皮发麻……后来还是辈分最长的句儿奶奶发了话,句儿奶奶站在烟炕房门前,说:教训教训她算了,难道还要出人命不成?老蔡呢?!

到了这时候,老姑父才敢站出来。老姑父站在场院边上,大喝:够了!而后,他喊来民兵,让人找一床单子把虫嫂裹上,送回家去。

而后,女人们仍气不过,又把老拐拽到了烟炕房,手指头点着他的头,齐伙子数叨他。有的说:老拐,你还是个男人吗?你要是男人,你就去买把锁!把那烂✕锁上!有的说:老拐,你家开肉铺呢?你卖肉去吧!有的说:老拐,你连个女人都看不住,干脆找根草绳兜住屁股上吊算了。有的出主意说:老拐,你把她绑了,夜里不许她出门!有的说:老拐,屎盆子都扣你头上了,你也不生气?有的说:你把她的腿打断,看她还野不野了?有的说:老拐,你是个骡子吗?你咋不天天日她个半死?看她还疯不疯了?有的说:老拐呀老拐,你太监了?你看看你,灰毛乌嘴的,你还像个人吗?你就是个乌龟王八……可是,无论女人们说什么,老拐蹲在地上,一声不吭。

这天夜里,老姑父派我偷偷地观察着老拐家的动静。看两人打不打架,别出了人命。我在他家窗户上抠了一个缝儿,只见虫嫂在床上躺着,像个死人一样……

老拐在床头蹲着,他手里端着一只大海碗,一直在喝水,一碗一碗地喝凉水,他喝了一肚子凉水,呼呼地喘着气,不住地打嗝……水喝多了也醉人。而后,只听他大声说:脸呢?还要脸吗?这以后,叫我怎么出门?我只有把脸装在口袋里了。我已经没脸了,我的脸就是屁股。我得去磨刀,我得把刀磨得快些,杀了你,再杀了这三个娃,一了百了!

而后,他突然像猴似的猛地往上一蹿,咯噔了两下,做一金鸡独立,说:谁说我站不直?我能站直,我站起来他妈的也是顶天立地!磨石呢,大国,去给我找块磨石!刀呢,拿刀来!……老拐的声音很大,老拐像是有意让外人听的。

三个"国"也都吓坏了,像雀儿一样蹲在一个角落里……

等到夜静的时候,老拐突然蹿到床前,恶狠狠地说:我杀了你。我真想杀了你!……而后,他在屋里走了一圈,说:还有吃的么?

虫嫂躺在床上,一声不吭。

老拐说:离。说离就离。我打一辈子光棍,也不能要这样的女人!

虫嫂突然说:我要走了,娃咋办?

老拐又喝了一气凉水,把水瓢摔在水缸里,说:滚!要滚就带着娃一块走。我可养不了……

虫嫂说:人家都说,买起猪打起圈,娶起媳妇管起饭。你管过吗?

老拐说:我真想掐死你。

虫嫂说:掐吧,你掐死我算了。

老拐却突然恶狠狠地说:灭灯,灯里快没油了。

往下,虫嫂突然求饶说:老拐,老拐,老拐,我疼啊……

经过了这事之后,虫嫂有二十多天没有出门。她脸上青一块紫一块的,头肿得就像个发面馍,出不得门了。三个国,一个五岁,一个七岁,一个十岁,大国眼最毒,那眼里全是蚂蚁。他时常站在院子里,恶狠狠地说:……死去!咋不死呢!也不知说谁。只是,从此以后,没有一个孩子再喊妈了。谁也不喊,该叫她的时候,实在拗不过去了,就“哎”一声。

一月后,等虫嫂能下地出门的时候,她用头巾包着脸,顺着墙根走,人也老实多了。村里女人见了她,仍像见了仇人一样,谁也不理她。可地里的庄稼,她该偷还偷。

那时候,虫嫂的名声已坏到了极点。村里的男人谁也不敢当众跟她说话了。在村街里,只要看见有男人跟她说话,就有村里女人呸他。

在村子里,情绪是蔓延的。

尤其是女人,女人们的窃窃私语……影响着一个村子的空气和氛围。

有一段时间,虫嫂家的三个“国”,每次放学回家,身上都带着伤。

虫嫂有点诧异,说:又跟人打架了?

三个孩子,谁也不吭……最初虫嫂并不在意。也许虫嫂觉得,都是野孩子,满地滚,受点皮肉伤,不算什么。谁家孩子不淘气呢?

可是,有一天,当她走到村口时,却发现有人在村口摆了两个小石磙,石磙中间放着一根苇子秆,她的三个“国”,正背着书包,依次从苇秆下爬过去……虫嫂“嗷”一声就扑过去了。她大声嚷嚷说:谁让俺钻秆的?真欺负人哪!

周围是一群学生孩子,学生们都在笑……当虫嫂扑上来的时候,他们一哄而散。

虫嫂上去揪住大国的耳朵,说:谁让你钻的?

大国不吭。

二国不吭。

三花也不吭……

后经虫嫂一再逼问,三花哇一声哭了。三花哭着说,一个绰号叫“屁帘”的孩子(治保主任家的老二,他哥绰号“屁墩”),因为丢了一块橡皮,就怀疑上了大国。从此,他纠集了一群上学的孩子,说他娘是贼,他们一家都是贼,要教训教训“贼娃子”……大国已跟他们打了十几架了。他们人多,一哄而上,实在是打不过,就投降了。

虫嫂知道,这是村里女人调唆的结果。虫嫂没有办法对付那些女人。她男人老拐瘸着一条腿,也是被人耻笑的对象……于是,虫嫂采取了一个很极端的方式。她手里拿着一个药瓶子,瓶子里泡了“八步断肠散”。她把药水背在身子后边,来到大队部,对老姑父说:你不是要谈话吗?你怎么谈都行,就是不能让人欺负我的孩子。

老姑父一脸尴尬,怔怔地说:你……不要瞎说。谁找你谈话了?

虫嫂说:你是没谈过。你嫌我脏。我揭发,治保主任谈过。

老姑父张口结舌地说:谈,谈……什么话?

虫嫂说:我就是那黑豆。磨不成豆腐,也可以当药吃。我是没有办法。我不要脸了。我孩子要脸。今儿我可是把身子洗干净了,你“谈”吗?

老姑父说:你说清楚,到底怎么了?

虫嫂说:治保主任欺负我,他儿子也欺负人……你管是不管?

老姑父说:你让我管什么?

虫嫂伸出手,亮出手里的药瓶,举起来,说:你信不信?你要不管,我一口喝下去,死在你大队部门前!

老姑父慌了,说:你别。你可别。你说。

后来,老姑父先是把治保主任叫来,狠狠地日骂了一顿:管好你的鸡巴!……而后,又把那些孩子集中起来,狠狠地训斥了一顿。那一段时间里,老姑父常在学生放学的时候,黑着脸,在村口站着……就此,那些孩子再也不敢胡闹了。

这年夏天,学校放暑假的时候,大国突然跑了。他才十岁多一点,一跑就是三天,虫嫂急得到处找他……后来,从县上传来消息说,大国在县城的火车站一个人偷偷地扒火车,说是要去乌鲁木齐。结果被火车站派出所的警察扣住了……还是老姑父骑着那辆破自行车去把他保了出来。老姑父问他:狗日的,蛋子大,你去乌鲁木齐干什么?大国不吭。老姑父说:乌鲁木齐远着呢,能是你去的地方?你娘在家都快急疯了!大国斜一眼,恨恨的。

大国回来后,人们问他:这孩子,去乌鲁木齐干什么?

大国还是不说。回到家,当他看见虫嫂的时候,鼻子里重重地"哼"了一声。

很长一段时间,村里的孩子见了大国就喊:乌鲁木齐!乌鲁木齐!抬炮尿一路!

大国考上县城中学那一年,是虫嫂彻底改邪归正的时候。

大国平时不大说话,闷闷的。可他知道发狠,一个孩子若是发了狠,是没有什么事办不成的。在那一届毕业的学生里,就他一个人考上了县一中。虫嫂当然高兴,她见人就说:国,俺大国,考上了。

在我的记忆里，大国比我小七岁，他考上县城中学那一年，经老姑父托关系保荐，我正好在县一中代过一段课。我是在校园内碰上虫嫂的。她一个小人，背着一袋蒸红薯，被一群学生娃嘻嘻哈哈地围着。后来我才知道，虫嫂背着一袋蒸红薯，进了校园后，逢人就打听大国。她一次次骄傲地对学生们说：看见我儿子了吗？我儿子叫个国。国家的国。

县一中有一座两层的青砖楼房，红瓦，名为"蛐子房"。"蛐子房"前面是个大操场。在操场的一个角上，一些县城里的调皮学生围着她，一个个逗她说：你儿子叫国？她说：国。大国。国家的国。俺国也是县中的学生，今年才考上的。学生齐声嗷嗷着喊道：国。大国。国他娘来了！

虫嫂背着一袋蒸红薯，就这样被学生们包围着，先是顺着"蛐子房"走，一个教室一个教室去找。每到一个教室门前，学生们就大喊：国，国家的国，国他娘来了！于是，围观的学生就越来越多，像耍猴一样。

接下去，这群调皮学生又把虫嫂骗到后院去了。他们领着虫嫂在校园里转来转去，一会儿说在前边教室，一会儿又说在后边教室……就这么从前院到后院，从一排一排教室走过，不停地骗她、戏弄她。她在校园里转了一圈又一圈，却一直没有找到她的儿子……最后，还是一个打铃的工友实在看不下去了，才把虫嫂领到了蛐子房的二楼。可是，在楼梯处，当学生齐声高叫：国，国家的国！国他娘来了！……不料，虫嫂刚从左边的楼梯上去，大国听到哄闹声，仅是在楼梯上露了个头，一晃人就不见了。

等我碰上虫嫂的时候，她仍可怜巴巴地在楼道里站着。学生们仍轮番地上前戏弄她:国,是吧？她明知学生在逗她,却仍很认真地说:国,大国。国家的国。学生们再一次齐声大喊:国,国,国家的国。日他娘找你呢。国,国,国家的国。日他娘找你呢！……引得一个楼道里的学生们都哄堂大笑。

大国嫌丢人,躲起来了。

坦白地说,我也是爱面子的。看学生像耍猴一样地戏弄她,我也很不好意思。见了面,她追着口口声声地喊我的小名:“丢”。这不是“丢”吗,见俺家国了吗？……当我硬着头皮把她领到了大国的教室门前,一直到上课铃声响了的时候,大国仍然没有回来……我只好领着她下楼,去我临时的住处。我让她把红薯留下,她不肯。就那么背着那袋红薯在学校门口等着。

县一中旁边是个公园。引颍河水弯出来的一个很小的公园。公园与学校一墙之隔,那时候,常有学生翻墙到公园里去。公园里引了一湾水,起名梦湖。据说,后来,自大学开始招生后,每年大考前,总有学生想不开,跳到梦湖里去了。于是学校就加高了围墙,防止学生跳墙到公园里去。可还是有调皮学生一次次在墙上挖个窟窿,溜到公园里去,屡禁不止。

梦湖边上,有一条砖铺的甬路,通往一个小土丘,丘上有个八角凉亭,那也是县城唯一的景观。大国就在那个亭子里躲着。等我找到他时,天已经黑了。我说:大国,你妈看你来了。大国站起身来,冲下凉亭。我以为他后悔了,要跑去见他妈了,可他却冲到一棵松树前,对着树撒了泡尿。他一边撒尿一边冷冷地说:管她鳖孙呢。我怔了,说:说谁呢？谁是鳖孙？你妈?！他抬头看了看我,说:她把人都丢尽了。她不是我妈。我说:你妈给你送吃的来了。可他却提上裤子,重新回到凉亭里,往栏杆上一坐,默默地望着远处。

我也凑过去坐下,拍拍他。我说:大国……

大国突然说:你知道乌鲁木齐吗?

我笑着说:库尔班大叔(那是小学课本里讲过的)?

大国仍说:乌鲁木齐。

我说:你想去乌鲁木齐? 远着哪。

大国说:二栓他舅说,乌鲁木齐,地广人稀,抬炮尿一路。

大国咬着牙说:我要是乌鲁木齐有亲戚,我早就跑了!

那时候,在平原的乡村,人们逃跑的首选地就是乌鲁木齐。乌鲁木齐很遥远,是走投无路的一种选择。抬炮尿一路,是对自由的向往。还有吐鲁番的葡萄。

一直等到天黑了,县城里的学生都放学回家了,我才把大国拽起身。他很勉强地、慢慢腾腾地从公园墙外的一个豁口处跳进来,在我的一再催促下,一步一步地朝校门口走去……虫嫂一直在学校门口等他。

大国看四下无人,快走到虫嫂面前,猛地夺过那袋红薯,恶狠狠地说:谁让你来的? 谁让你来了?!

虫嫂可怜巴巴地说:我给你送吃的来了。

大国说:走。赶紧走。以后你别来了。

虫嫂说:我想趁热给你送来,怎么了?

大国瞪着眼说:你在村里丢人还嫌不够? 又跑学校里来嚷嚷? 你嚷个啥? 我还没死呢! ……

虫嫂看着儿子的脸色,很委屈地说:我、我也没说啥呀。

大国连声说:你来干啥? 你是想让我死呢?!

……虫嫂仍然很巴结地望着儿子,赶忙从兜里掏出一个脏兮兮的手绢，解开来，里边是钱，说：我给你拿来五块钱，卖花生的钱。

大国接过钱，往兜里一塞，看了他娘一眼，再次恶狠狠地说：我警告你，以后别来了。

虫嫂说：那你……吃啥？

大国说：你别管。

虫嫂说：孩儿，孩儿……我知道，娘给你丢人了。

大国冷冷地说：记住，别再来了。

虫嫂回身望我一眼，说：丢儿，你看，他不让我来。吃啥呢？

大国突然满脸是泪，说：你敢再来，这学我不上了！

虫嫂心疼儿子。她怔了一会儿，小心翼翼地说：那，下回，等下回了，我给你送到桥头上，行不？

大国扭头就走。

虫嫂喃喃地说：孩儿，都怨我了。都是我不好。

据我所知，此后，虫嫂仍是每星期给大国送一次馍。她每次都拿着馍兜等在桥头上。一直等大国下课后，从学校那边腾腾走过来……每每大国接过馍兜，一句话也不说，扭头就走。

有一年，下雪的时候，我在小桥上碰上了虫嫂。虫嫂站在桥头上，手里提着一篮子馍，还有一罐她腌的咸菜。我骑着老姑父的那辆破自行车，上桥后，看见她的时候，权当打招呼，我按了一下车铃。可当铃声响的时候，就见虫嫂在那边的桥头上一闪，人忽然蹲下来了。

她蹲在地上，抬头像贼一样地四下瞅着。当她看见是我，虫嫂松了口气，说：丢儿，看见俺国了吗？我说：你怎么蹲这儿呢？她说：我给俺国送馍呢。一星期送一回馍。我说，你怎么不去学校？她说：不去了。净让人笑话。我说，你给我吧，我给你捎过去。她说，不了。俺国，学习咋样？我说，成绩不错，排在前十名。她笑了笑，说：你忙吧。我再等等。而后，她突然弯腰小跑着，追上说：你可别告诉大国，你见我了。

当时我愣住了。在我眼里，无耻到极点的虫嫂，连游街时还敢涎着脸笑的虫嫂，在儿子面前，却成了个受气包。大国不让去学校，她就不去，一直在这小桥上等。她的手肿得像发黑的面包，手里拿着个破手绢，手绢里包着厚厚的一沓子钱。我知道，那手绢里几乎全是毛票。那是她走乡串村收鸡蛋、卖鸡蛋挣的。

虫嫂改邪归正完全是因为孩子。那时候，三个孩子都不喊她妈了。特别是大国，看见她鼻子里总哼、哼的，很蔑视的样子……这让她十分伤心。是啊，家里的孩子大了，不想再听那些风言风语了。虫嫂一定是从孩子的眼神里看到了什么。

此后，我又听人说，那年放寒假的时候，由虫嫂提议，老拐主持开了一个“家庭会”。虫嫂很主动地搬了一个小板凳，放在屋子中间，而后，她站在小板凳上，对着贴在墙上的毛主席像，那张领袖像已被烟熏得有些发黄了，庄严地举起右手，郑重地宣布说：大国，二国，三花，你们大了……我保证，我向毛主席保证，我改。我一定改。从今往后，你娘再也不干丢人的事了。你娘再不会让人戳脊梁骨了。

她说完了，而后又可怜巴巴地看着三个孩子。可大国、二国、三花谁也不说话，就那么默默地看着她，像不认识似的。

虫嫂望着大国，可怜巴巴地说：我真改了。

大国却恶狠狠地说：下来吧，别丢人现眼了。

等到二国上中学的时候，老拐去世了。

老拐走得很急。老拐的腿从小就坏了,是摔坏的。现在,那条坏腿上长了个流水的疮,整天烂。开初他也没在意,后来一直不见好,越来越重,路也走不成了。虫嫂拉着他进了县城,经县医院的医生看了,说是骨癌。一听说是骨癌,虫嫂说:啥是骨癌?后来,县里医生用土话说:在乡下,这就是“铁骨瘤”。虫嫂听懂了,一屁股坐下了。

老拐笑了。老拐恶狠狠地笑着说:别愣着了。回去借钱吧。

……老拐明知道她在村里名声不好,借不来钱。老拐是故意说的。老拐说了之后,很得意地望着她。也是很久之后我才明白,老拐腿上有疮,心上也有疮。也许,他憋屈得太久了。人们的耻笑声一起在他心里藏着、捂着。在那些日子里,他心里存了太久的恶意和毒气。他说:我死了你再走一步,找个全乎人。

虫嫂慌慌地站起身来,就地转了一个圈儿,喃喃地说:我借。我回、回娘家去借。

这时,老拐才说:算了。不看了,回去吧。

虫嫂说:既来了,咋也得吊瓶水呀。

老拐说:不看了。

虫嫂说:还是吊瓶水吧。

老拐说:你要是还念我是你男人,就给我炒一盘“星星”吧。——炒星星是豆面、红薯面加红柿子做的,油要大,甜的,沙沙的。

虫嫂说:馋了?

老拐嗯了一声。

虫嫂说:你等着。

虫嫂本打算跑回去借钱的。可她走到县防疫站门前,看见有人在排队卖血……于是就排上队，让人抽了一管子血，挣了二百六十块钱。拿上这二百六十块钱，虫嫂跑回来，喘着气说：吊水，吊水吧。又一问，住院的话，光押金至少三千。老拐说：不治了。你手里有多少钱？虫嫂说：二百六。我还能挣。老拐说：回家。

在回村的路上，老拐说：我想吃一盘炒星星。

虫嫂停下车，说：吃啥？

老拐说：炒星星。

虫嫂说：家里没有豆面了。

老拐说：你再偷一回。

虫嫂停下车，就到路边的豆地里去了……过了一会儿，她竟空着手回来了。说：他爹，再偷一回不算啥，我怕收不住手……我给孩儿保证过。

老拐恶狠狠地说：屁。那你坦白吧。

虫嫂说：坦白啥？

老拐说：作风……

于是，虫嫂像挤牙膏似的，走一路坦白了一路……最后说：我改了。真改了。

老拐恶狠狠地说：我不信。你赌个咒。

虫嫂说：我要说一句假话，叫我死你前头！

虫嫂拉着老拐回村后，先是还想用土法治一治。听说吃活蝎子能治，虫嫂就发动三个国晚上去老屋子里捉蝎子……老拐虽说了狠话，可他还是想活的。再贱的人，也想活呀。老拐闭着眼吃了一段活蝎子，吃得嘴唇都紫了，仍不见好，腿疼得更厉害了。再后，老拐两眼一闭，坚决不吃了。老拐说：去吧。给我买盘肉包。从今往后，每天给我买一盘肉包，二两小酒。我净喝水了。

后来,老拐拄着根棍,每天在村口坐着,跟人谝闲话。他把虫嫂说的话都对人说了,笑嘻嘻的。他甚至说,那仨鳖孙孩儿,也不一定都是我的。村人里说:瞎说,不是你的是谁的?他说:难说。难说。仍笑嘻嘻的。其实,他是在等那盘肉包,要热的,还有二两散酒……虫嫂每天跑十八里去镇上给他买用荷叶包着的肉煎包。吃到第十天,老拐咽气了。

老拐临走时,把大国、二国、三花叫到跟前,说:蚂蚁钻心了。我很疼。真是疼。肉包真香。你娘不欠我了。十天,让我吃了十盘肉包。我也算是有福人了。娘再不好,也是娘。看我面子,叫声妈吧。

大国、二国、三花都看着他,似也想叫……可他们已经叫不出口了。

虫嫂说:别再难为孩子了。不叫就不叫吧。

老拐说:叫。得叫。

三花先叫的,三花说:妈。

二国含糊地叫了一声:买。

大国不叫,他叫不出来,但鼻子里哼叽了一声,也算……就此,虫嫂已经非常满意了,她捂着脸哭了。

老拐很权威、很幸福地说:哭啥,我还没死呢。

老拐临咽气时说:就是差一盘炒星星。

虫嫂说:我去借一把豆面……

老拐说:不用了。还是肉包好吃……值了。

葬老拐的时候,经老姑父做主,村里出了两棵桐树,给老拐做了口棺材。那肉包不是白吃的,村里人对虫嫂的态度有了些转变。说人虽然有贱毛病,对老拐不赖。所以,老拐下葬时,也没有多难为她。大国是长子,他摔的"牢盆"……按说,往下的事,就该大国负责了。可大国葬了父亲后就连夜走了,再也没有回来。

也许,大国是不想再看村人的目光了。是啊,我们都生活在别人的目光里,大国一定是在村人的目光里看到了什么。他早就想离开村子了。他一分钟也不想多停。他一直想去"乌鲁木齐"。"乌鲁木齐"是他离开村子的念想。

老拐死后,二国上中学时,虫嫂又去卖了两次血,给二国交了学费。二国和大国一样,不让她到学校里去。不去就不去。最初,虫嫂仍是每星期把馍送到桥头上,等着二国来取。

在一些年份里,每一个路过小桥的人,都会看到她,一个小个女人,手里提着一个手巾兜,站在桥头上。

到了三花上中学的时候,虫嫂已经到县城里去了。

虫嫂也算是很早就离开无梁的女人,她在县城里收破烂。

虫嫂之所以能在县城里搞"商品经济"——收破烂,还多亏了三花。当三花考上县城的中学后,虫嫂担心她是个女孩儿,怕她受人欺负,就跟过来了。在虫嫂眼里,三花就是她的"国花",是世上最漂亮的姑娘。她是怕她出什么意外。再说,她常年在县城边上走,给一个个孩子送吃的,一来二去,就此认识了一个收破烂的老头。听老头说,在县城里收破烂能挣不少钱呢。于是,她思摸了一些日子,就到县城里收破烂来了。

按说,三花上中学时,大国已经参加工作了。这时候,大国有了工资,完全可以顾一顾家了。可他却是一毛不拔。大国不但不给家里拿一分钱,而且,连个面都不见。大国师范毕业后,原是想报名支边,去乌鲁木齐的。他是想走得远远的……可他没有去成。

他先是分配在外乡的一个学校里当教师。那时候他刚参加工作，工资低，顾不上家也就算了。可他后来调到县城里来了，却仍然不回去。就此，他断绝了与乡村的一切联系。

据说，大国能调到县城是沾了他老丈人的光。跟大国结婚的是他师范学校毕业的一个女同学，这女同学的父亲是县教育局的副局长，大国因此调到了县教育局一个教研室工作，成了国家干部了。大国不但不回村，就连结婚也没让家人知道……大国先是住在城东的老丈人家里，后来自己也分了房子，单住。

那些年，虫嫂一直在县城里收破烂。突然有一天，她在大街上吆喝着收破烂时，碰上了她大儿子……

听村里人说，那一天，虫嫂推着一辆收破烂的三轮车在街边上一边走一边吆喝：收破烂了！收破烂了！收旧纸箱、旧报纸……可是，突然之间，她看见他的大儿子穿着一身西装、骑着一辆破自行车从东边过来……虫嫂捂着嘴，怔怔地望着他的儿子，就那么眼睁睁地看着大国从她面前骑过去了。

可大国没骑多远。他大约是走神儿了，跟人撞了车，把自行车给撞坏了。大国把自行车推到附近的一个修车铺去修。大国没有看见她（或是装着没看见），她也没敢上前叫他，就一直在路边上站着，可她记住了那个修车铺。第二天，虫嫂用自己收破烂挣的钱，给大国买了一辆新自行车，一直在修车铺门前等着。她终于见到她的大儿子了。

多年不见，儿子看上去已是个有身份的人了，穿得很体面。看到儿子后，她怯怯地叫道：国。大国一回头，看见是她，竟有些惶然。他四下瞅瞅，说：你、你……怎么来了？虫嫂说：我在这儿收破烂，都好些年了。大国怔怔地看着她，先是鼻子里哼了一声，而后他把手伸进兜里,从兜里掏出十块钱。而后,他迟疑着……又掏了一张,一共二十块钱放在一起,又四下看看,这才把钱递给了虫嫂,说:给,拿着。走吧,赶紧走。虫嫂说:大国,钱你自己花吧。我不要你的钱。我、我给你买了辆自行车。你是国家的人了……虫嫂说着,赶忙把那辆新自行车推到大国面前。大国望着那辆新自行车,闷了一会儿,说:真是你……买的?虫嫂赶忙把发票递上去,说:有发票。你看……大国接过发票看了,这才问:二国,还好吧?虫嫂说:好。快毕业了。大国说:高三了?虫嫂说:高三了。大国说:三花呢?虫嫂说:都好。都好。大国怔怔地望着她,又看了看她身后的那辆新崭崭的自行车……好久说不出话来。终于,大国说:我,那啥,过几天要出差。去、去那个……乌鲁木齐。得一段时间才回来呢。虫嫂说:放心吧,我不去家找你,我不给你丢人。这时候,大国突然眼眶湿了,他喏喏地说:我真的要去乌鲁木齐……出差。等我回来吧。你让二国找我,我给他出出主意。

就这样,大国推着那辆新自行车走了。临走,他吩咐说:那辆车,还能骑,给二国吧。记住,让二国去找我。他走了几步,又回过身,小声说:县城里有浴池,去洗个澡吧。

虫嫂嚅嚅地说:我,在家天天洗。

那时候,虫嫂在县城收破烂已有些年份了。她在城郊租了一个小趴趴房,先是每日里沿街收,收了之后还要分拣,把各样的废品分类……那地方还有个臭水沟。到处都是苍蝇和蚊子,整日嗡嗡的,是繁殖细菌的世界。可以说,她每天都生活在细菌之中。一个长年生活在细菌中的人,反倒是最不怕细菌的。虫嫂长年与苍蝇蚊子做伴,与细菌为伍,她已成了一个“细菌人”。细菌人身上早已有了抗体了,反而很少生病,一般的头疼脑热扛一扛也就过去了。可细菌多了,汗多了,身上没有别的,有味。所以,她终年拿着一把芭蕉叶扇子,扇那些不好闻的味。

那一日,经大国提醒后,虫嫂开始注意穿着,也知道讲究些了。

她狠狠心,第二天傍晚就去了县城的一家浴池。她怯生生地走进去,随着人家排队买票,她问人家洗一次多少钱,卖票的说:五块。她说:这么贵?卖票的翻眼看看她,她赶忙说:买。我买。卖票的又说:要膏吗?她说:啥高?洗个澡,还量尺寸?卖票的说:洗头膏,你要不要?她说:不要。我有肥皂……那也是她此生第一次花钱洗浴。五块钱洗一次澡,挺贵的。她有些肉疼。后来,她对三花说,那池子里的水真热呀!真舒服呀!我差一点泡晕过去了。真好,真是好!……后来,再去洗的时候,在浴池里,有好心的女人告诉她,别在那池子里泡,不卫生。可她就喜欢在池子里泡。她说:烫烫的,多解痒啊!她先是嫌贵,半年洗一次,后来仨月洗一次,一直到一月洗一次……每天收工回来她都要烧上一锅热水,浑身上下擦洗一遍。见了三花,她第一句话就问:你闻闻,我身上有味吗?见了二国,她也问:我身上还有味吗?而后就说澡堂子里的事,说忒贵。再上街的时候,若是偶尔碰上个熟人,她也说:你闻闻,我身上有味吗?人家说:啥?她说:味。有邪味吗?

再后来,她出门收破烂的时候,也尽量穿得整整齐齐的,常走那条街……可她再也没碰上过她的大儿子。

其实,不光是老大,老二也嫌弃她身上的味。二国在县中上学时,仍然不肯让虫嫂到学校里去看他。二国性格绵软些,不像大国脾气那么倔,可他更爱面子。二国虽也不大爱说话,但心思缜密。先是约在小桥上见面,后来他不停地更换跟虫嫂见面的地点,每次见面都是事先约定好的。

从二国上高中开始，虫嫂就成了一个“地下工作者”。无论是送钱还是送粮，都是按二国指定的接头地点见面。那些年，每逢到了让家长签字时，二国先是自己冒名签……到了万不得已时就去找大国，让大国代“家长”签字。其实两人早就见过面了，只是不让虫嫂知道。弟兄俩达成了一种默契，大国仅是代“家长”签字，别的不管。钱粮仍由虫嫂负责，一直到他考上大学为止……二国有一点好，见了娘，他不多说话，也不厉害人，还知道问一声冷暖。就这一点，虫嫂就很满意。一直到二国考上了大学后，仍然是虫嫂每月初一从邮局给他寄钱。

三花最小，心善，也是兄弟姊妹三个中唯一喊妈的。这一点让虫嫂十分欣慰。她虽然在县城边上住着收破烂，离三花上的中学很近，可她早已习惯了避人，不到学校里去，不给孩子添堵。她仍然是私下里跟三花见面，是她主动要求的，这种联络方式已成了一种习惯。偶尔，放假的时候，三花也会偷偷地跑到她收破烂的趴趴房里帮她干些活，整理一下那些收来的书报杂志。可虫嫂坚持不让她出门，怕万一让人看见，丢了孩子的脸。

那时候县城还未大面积地扩建，就那么几条主要街道。在那些年份里，在县城工作的人隐隐约约都会记得一个收破烂的小个子女人，推着一辆比她还高的破三轮车，很挣扎地在路上走着。这女人有个特点，无论冬夏，她手里都拿着一把破芭蕉叶扇子，一路上拍拍打打的。忙的时候，那把芭蕉叶扇子就挂在三轮车的车把上。那扇子已破得不成样子了，扇把儿上缠着一圈一圈的毛蓝布，把儿上的毛蓝布已被脏手摩挲得油污污的，成了黑的了。就这样，一年又一年，虫嫂每日里推着那辆破三轮车，在县城里吆喝着收破烂。她供了老大，供老二，供了老二，又供老三……一直到把三个

“国”全都供出来，都有了工作，且先后成了家。

据村里人说，街口上一家邮电所的人全都认识她。她一去，邮电所的人就说：来了？她说：来了。办完了事，她人一走，邮电所那个给她办汇款手续的姑娘逢人就说：你别不信。就她，就这小个女人，收破烂的，养了仨大学生。

这是一个奇迹。也是一份快乐。在县城的那些年，是虫嫂最快乐的一段时光。有一段时间，她的三轮车把上，除了那把扇子，还挂着一个小收音机。那小匣子也是人家不要的，匣子用胶布粘着，摇一摇还响，她还听戏呢。常香玉、申凤梅、七品芝麻官之类，她都喜欢听。还听人说，隔墙那收破烂的老头看她利索、能干，也常去帮她拾掇拾掇。夜里，也敲过她几回门，有点“那个”她的意思……被她拒绝了。

虫嫂是后来得了腿疼病，实在走不动了，才回村的。

据说，虫嫂是打了一辆“面的”回村的，这也是她平生第一次。

虫嫂回村那天穿得十分体面。她穿着一件新买的栽绒小大衣，脚上还穿着一双新买的半坡跟的皮鞋，显得很阔绰。只是手黑。她回村引起了全村人的轰动。谁都知道，她的三个孩子，全考上了大学，都成了国家的人了。在平原的乡村，母以子贵啊！虫嫂这次是彻底翻身了。她大大方方地走在村街上，见人就打招呼。人们说：呀，这不是拐嫂吗，回来了？她说：回来了。人们说，可有些日子了？她说：是呀，是呀。

虫嫂这次回来，买了整整一布袋大白兔奶糖！每一家都去送了礼，一家一小袋大白兔奶糖。她逢人就说：大国很好。二国很好。三花也中了。都是国家的人……分开这么多年，人们也不再嫉恨她了,都说:仨大学生,你该跟着享福了。她还谦虚了一下,说:腿疼,指头疼,也享不了几天福了。

全村人都看着这个小个女人,人人都摇着头,觉得不可思议。是呀,一个偷了一辈子的女人,如今竟也衣锦还乡了。这就像是一个奇怪的梦。夜里,村里有好多人都睡不好觉了。有人私下议论:啥理呀?没理。你说,她一个偷儿,她教育谁呢?她怎么教育的?可她的三个孩子,怎么就一个比一个出息呢?有人叹道:这世道真是变了呀。

在村街里,人们互相见了,指着虫嫂家的房子,一个个感叹说:三十年河东,三十年河西,她真是命好啊!

不料,虫嫂回乡下住了几个月后,突然又要到城里去了。这年的麦罢,三花回村看了她……而后,她逢人就说:家里蚊子忒多,咬得慌。仨孩子非让去,都争着养活。我说了,也不在一家住。就三家轮着住吧,一家一月。

村人摇着头说:看看人家。看看人家!

又过了一年,虫嫂去世了。

虫嫂是那一年的年关,让人拉她回村的。回来时,她已下不了车了,是让一个拉三轮的背进屋去的。村里人都跑去看她,一个个说:拐嫂,你也不言一声,大过年的,咋这时候回来了?她见人就说:孩子们都很好。都孝顺。可她享不了这福。她又说,城里啥都好,可连个说话的人也没有。她说,这人一闲,病就出来了,腰也疼,腿也疼,浑身哪儿哪儿都疼。也说不出啥病,是闲的。她还说,她不想连累孩子,就偷着回来了……村里人都说:这人,说回来就回来,孩子们能不着急吗?她说:说了。走后才让人捎信儿的。怕他们不让。人们听了,觉得她话里有话,也不便多问。

她是三天后咽气的。临死前,她伸手去够那把破扇子,她说:扇子,这把扇子跟了我多年……她身上没有力气了,够了几次,没够着。临咽气时,她伸手指了指,喃喃地说:我不连累人。我还有把破扇子。

后来又有传闻,说虫嫂之所以回来,是因为大月和小月的缘故……

据说,把虫嫂接到城里,本是三花的主意。按三花的话说,她一是心疼娘,二是想让虫嫂帮她带一带孩子。于是就出面跟两个哥哥商量,要把虫嫂接到城里来,由三家轮流供养。大国开始不愿。可他是老大,不便拒绝。再说了,在家里他也是个怕老婆的主儿,不当家。后来大国只答应出钱,坚决不让去家住。于是就由二国和三花轮流养活,一轮一个月。开初还好,虫嫂帮他们看个孩子,做做饭,一天到晚也不闲着……只是时常会遭受媳妇和女婿的白眼。她都忍了。小心翼翼的,免生气。

虫嫂就这么在两家住着,一轮一个月。可轮着轮着,就出了嫌隙了。一年三百六十五天,大月三十一天,小月三十天。二国、三花偏偏在这件事上没有商量好……到了这一年年关的时候,这个月是小尽,只有三十天。就在三十号晚上,三花出差在外,她女婿按一月一轮的规定,把生了病的虫嫂送到了二哥家门前。可这天二国也不在家,二嫂不愿接,问大月小月怎么算?二嫂这人大学本科毕业,理性,有洁癖,为人偏执,非要争个道理。她很认真地对虫嫂说:大月三十一天,小月三十天,这不是钱的问题,谁也不缺这俩钱,是时间的问题……可这边,三花的男人是做生意的,年关这一段生意好,他急着去办年货呢,不想跟老二家啰唆,说:自己老人,差这一半天哩？二嫂说：你别走。话不能这样说。谁也没说不养老人……三花女婿不吃她这一套，急着要走，两人吵了几句，把虫嫂放下就走了。

于是，就把虫嫂晾在门外了。天寒地冻的，虫嫂在二国门前坐了很久……那会儿，虫嫂一定很伤心。她怎么也没想到，她会让女婿和媳妇晾在门外。

无梁村人又一次愤怒了！

安葬虫嫂时，村人还以为她很有钱。她收了十二年破烂，都说她发了。可是，找遍了整个家，却没找到一分钱，只找到了一百零四份邮局的汇单，那一张张汇单上写着吴大国、吴二国、吴国花的名字……还有那把破扇子。

全村人商量说，要把大国、二国、三花揪回来，好好羞辱他们一番！不然，就去县上告他们！还有的说，把那些邮局的汇单贴出来，举着拿到县上去，看他们脸往哪儿搁?!

一村人正闹嚷嚷地商量着如何惩罚这些不肖之子！大伙又一次兴奋起来，想了很多办法……可就在这时，突然有心细的女人拿起了那把破扇子，说：怪了，这虫嫂为啥老提扇子呢？有人说，是啊，她咽气时，指了又指，一再说：扇子。她还有把破扇子。这啥意思？……于是，女人们拿着那把破扇子，你看我看，众人传来传去，终于发现，那缠着布条的扇子把儿上果然有蹊跷。待解了那缠在扇子把儿上的破布，那布黑污污的，一层一层的……发现里边裹着的竟是一个存折，存折裹在扇子把儿上，由一层层的黑布缠着，存折上有三万块钱！

人们惊叹一声，说：这个女人哪！

一听说扇子把儿上缠有存折，大国回来了，二国回来了，三花也回来了，都说是要争着行孝的……可村人们把着村口不让他们进村。大国本来嚷嚷说要跟村里本家人打官司！可问了律师后，就再也不吭了。

有了这三万块钱，在老姑父的带领下，经村委会出证明取出来后，给虫嫂办了一个风风光光的葬礼。于是，村街里搭了灵棚，置了桐木棺材，请来了四班响器，还租来了三个哭丧的"孝子"，一人给一百块钱。租来的"孝子"很卖力，又哭又唱的，声震屋瓦，一街两行围了很多人看。丧宴也办得很体面，院子里整整摆了四十桌酒席，上的是全鱼全鸡，很隆重的丧宴……那些曾经打过她、骂过她的女人，一个个哭着，把虫嫂洗得干干净净的，送进老坟里去了。

虫嫂与老拐合葬后，还用剩下的钱立了一通碑。

据说，后来，大国、二国、三花也翻脸了。

三家就"大月与小月"大吵一架！……从此以后，再也不来往了。

每到清明节，三花回来一次就哭一次……可她回来并不到村里去，只去坟地，烧一烧纸钱，哭了就走，不见村里任何人。

大国二国再没回来过，人们说，他们是没脸回来了。

又过了一些年，大国提拔了，当上了县教育局分管招生工作的副局长。

无梁村人听说后，又开始主动找上门去。去的时候，带些土特产：小磨香油、柿饼、花生什么的。还怕人家不让进门，心里打鼓，怯怯地、很孙子地叫一声：吴局长，吴局长在家吗？……吴局长倒也大度，客客气气的，不与村人计较……凡能办的事，也办。就这样，大国又与村人来往了。这时候，人们又说：其实，大国人不赖，虽说当了官,挺仁义。当然,为的是孩子……

虫嫂的事,没人再提了,一句也不提,好像世上根本就没有这个人。

地里的草,该长还长。谁都知道,有一种草,那叫"小虫儿窝蛋"。

我告诉你:至今我手里仍放着老姑父为虫嫂写的五张"白条"。一张是二国考大学的时候写的;另一张是为三花找工作时写的……还有三张是虫嫂收破烂时,她的三轮车数次被工商局没收的事……老姑父的"白条",首句仍是:见字如面。

第七章

什么是“好”？

“好”的标尺在哪里？

楚以蜂腰为美，唐以丰腴为美，汉以点唇为美，赵以燕行为美……这说的是形体，是外在的“好”，而内在的“好”，就难说了。那是每一个个人眼中的“好”，千差万别，就说不清了。

有人说，好女人是培养男人的“学校”。

我是不同意这个观点的。好女人就是好女人，好女人不是“学校”。

在我的记忆里，坏女人同样可以养出好男儿；反之，好女人也同样会生出坏孩子……这不能一概而论。在这里我就不举例说明了，举这样的例子是会伤人的。

我说过，骆驼是最“懂”女人的。

在这方面，骆驼有三大法宝：一是“钓鱼法”。骆驼钓鱼的方法与别人不同，他的专注点不在“鱼”，他只是不停地下饵、喂窝儿，他是要“鱼”自己上钩。二是“另类法”。这叫与众不同，或者按现在的说法叫“秀个性”。记得有一次，在临毕业的一次晚会上，骆驼突然出人意料地走到一个姑娘面前，说：请您跳个舞。那姑娘长得很丑，坐在最边边儿的一张桌子前，正剥着橘子吃呢。也许，她知道没人会请她跳舞，就那么一直剥橘子吃，面前堆着一堆橘子皮，两手沾满了汁液……那姑娘挓挲着两只手，显得很尴尬。她说，我不会跳。他说，我带你。她说，我真不会跳。可骆驼仍然再次伸手示意：请。两人就那么僵在那儿了。在大约有半个小时的时间里，骆驼一直伸着那只手，执着地站在她的面前……最后，整个会场的人全都望着他，可他依然站在那姑娘的面前。那姑娘被逼得就快要哭出来了。骆驼脸上很僵硬地微笑着，说：请起来吧。那姑娘含着泪说：……为啥呢？骆驼说：你要是不起来，我的面子往哪儿搁？等他把姑娘拉起来，正好赶上一段乐曲的曲尾，两人就跳了三步，骆驼扭头就走。其实，他要的是一种效果：全场注目。三是"苦难法"。骆驼是最善于讲个人阅历、讲苦难的……这就不多说了。

据骆驼说，卫丽丽，就是他使用"钓鱼法"钓到手的。在骆驼所接触的女人中，也只有她，可以无视骆驼身上的残疾，是真心实意爱他的女人。

卫丽丽出身于干部家庭，上边有两个哥哥，家里就这一个宝贝女儿。可卫丽丽自从爱上了骆驼之后，几经诽谤磨难，在骆驼被免职后，冒着与家人决裂的风险，竟然勇敢地辞去公职，义无反顾地追到北京去了。当年，我们上了老万的当，像老鼠一样窝在北京的地下工事里……每每走投无路的时候，唯一的依靠就是卫丽丽。那时候，卫丽丽在北京的一家杂志社打工，暗暗地接济我们。就连骆驼说的，卖"细节"挣来的三百块钱，也是人家卫丽丽给的……我也是后来才知道的。骆驼一直瞒着我们。我们四个大男人，在北京的那段岁月，有一段穷困潦倒的日子，就是靠人家卫丽丽打工才勉强撑过来的。这些，卫丽丽过去从未对人说过。

后来，骆驼下决心要到南方发展。卫丽丽又辞了工作，跟他来到了深圳。卫丽丽原是学外语的,是外语系的高才生。她来到深圳后,又依着骆驼办公司的需要,自修了电视大学的会计专业,并一次次地通过了会计师资格考试……最终拿到了高级会计师的证书。在深圳的公司里,卫丽丽作为财务总管,一直不显山不露水地帮衬着骆驼。骆驼的天分极好,这也是卫丽丽最痴迷于他的地方。可骆驼又是个急躁的人,常常暴跳如雷,发起狂来六亲不认……刚好,他身后有一个卫丽丽。卫丽丽容颜好,性情好,说话声音甜美。她的微笑就像是一剂良药,她的发问方式也是春风化雨式的,她会说:是吗？是这样吗？……每每在骆驼发狂之后,有了卫丽丽在幕后的安抚,事情就有了转圜的余地。

一个有着好品格的女人,在与男人的交往中,是占上风的。我还知道,只有在卫丽丽面前,骆驼才会低下他那骄傲的、时时高昂着的头。骆驼是个很矛盾的人。他平时说话高腔大口、慷慨激昂的,可只要一面对卫丽丽,他会显得很和气,声音立时就降下来了。有时候,他还会像小媳妇一样,在卫丽丽面前赔着小心……也许是卫丽丽身上那种天然的母性滋润了他？也许是卫丽丽身上那种很纯粹的东西在感染着他？也许,在他的内心里,还有些自惭形秽的意思……每当骆驼在不同的女人面前周旋的时候,他都能准确地说出打动女人的话来。可是,每每在卫丽丽的面前,他却总是显得有些迟疑,有些力不从心的样子。在卫丽丽面前,骆驼每说一句假话,就像是自己扇了自己一个耳光,显得很羞涩。后来我才知道,正是处于下风,或者叫作道德上的劣势,使骆驼在家庭生活中变成了一个“演员”。一个很优秀的、有百变之能力的“演员”。能让一个品位很高的女人爱他爱到了这种程度,可以说骆驼的演出几近化境。

记得,有一次,在电话里,骆驼说:我们正在开会……

卫丽丽说:是吗?

骆驼说:老吴也在呢。你跟他说两句?

卫丽丽说:不用了。你们都要注意身体,不能总熬夜。

骆驼说:老吴,吴总,刚才还在夸你呢。

卫丽丽说:是吗?人家跟你客气呢。

骆驼说:你跟他说两句?

卫丽丽说:不用了。代我问候他。

……挂了电话,骆驼扭过脸,讪讪地说:你瓜笑啥呢?——那时候,我们两人正躺在省城的一家洗浴中心的按摩床上,做全身按摩呢。

骆驼做的事,可以说,有一半是卫丽丽不知道的。卫丽丽若是发现了什么问题,一经骆驼解释,她也就释然了。当然,在感情上,骆驼也是很注意细节的。在骆驼新买的公寓房里,有一个很大的冰箱,冰箱里有一层是放冰激凌的。这是骆驼专门给卫丽丽准备的。卫丽丽爱吃冰激凌。卫丽丽时常幸福地对人说:我家冰箱里有十二种冰激凌。你可以说卫丽丽单纯。可卫丽丽那一份爱,却是真实的、纯净的。

对心爱的人,卫丽丽一直很注意维护他的形象。每一次出门,骆驼身上的每件衣服都是卫丽丽亲自打理的。过去骆驼不太讲究,可自来深圳后,骆驼的形象就大变了。他的西装一套一套的,分春夏秋冬,都系列化了。当然,这里边也有小乔的功劳。小乔是学服装的。据说,卫丽丽对小乔似有天然的敌意和警觉。在公司里见面,两个女人,隔着办公室,常常互相打量着,在穿戴上也暗暗地较着劲……总的来说,两人相处,还是得体的。

让我迷茫的是，骆驼的“那点事儿”，不晓得卫丽丽知道不知道？这对一个女人来说，是很不公正的。按说，她也应该有所耳闻。可是，无论是公开还是私下的场合，卫丽丽从未向他发过难。

卫丽丽也有痛苦。一个女人，当她深爱着一个男人的时候，她会为他牺牲一切。但一说到孩子，她就有些不忍了。记得一天深夜，卫丽丽突然给我打电话，她在电话里哭着说：吴老师，你劝劝国栋吧，这次，我一定要把孩子生下来……听了她的话，我愣愣的，不知该怎么说。卫丽丽哭着说：他总说事业、事业……可我们……我，已经打了三次胎了。我怕以后再也不能生了……当时，我尽力安抚她。而后，我立即给骆驼拨了电话，我说：你狗日的想绝后吗？骆驼不以为然地说：你别听她说。绝什么后啊？我说：我告诉你，你得保证我儿媳妇的健康！骆驼一怔，说：谁？……我说：你不是要跟我做亲家吗？你的女儿赶紧生下来。骆驼说：屌屌灰，你才生女儿呢。我的是儿子！我说：好哇。我喜欢女儿。你要生了女儿就认给我好了。骆驼说：你想得美。

作为朋友，或者说共过患难的弟兄，我说骆驼的人生有表演的成分，这显然有失厚道。也许，这是他着意弥补生理缺陷的方法……是的，他一直在暗暗地修饰、弥补着先天的生理缺陷。在这方面，他甚至超越了正常人。我曾经暗暗地观察过他。每当他走在大街上，没有一个人能看出他是身有残疾的。他着意地展示着他外在形体的完整，他甚至故意表现出一种大咧咧的随意和洒脱状。甚至在公司里，也很少有人知道他身有残疾。

客观地说，骆驼身上有很多迷人的地方。就在我打算跟骆驼分手的时候，我对他仍然怀着一份敬意。骆驼最大的长处，是他的口才。他具有超常的说服能力。他脸上染着很质朴的高粱红，是高原阳光照射出来的那种自然红,黧黑里透红,给人以天然的信赖感和诚恳。他燃烧的时候,眉头一皱一皱的,眼里放出一种慑人的光芒,必定要把你同时燃着,不把你点燃他是不会罢休的。每每,他坐在那里,望着你的眼睛,就像是要把心掏给你似的。他可以滔滔不绝地给你讲两个小时,甚至三个小时四个小时……他说的每一句话,都经过一定程度的渲染,极富煽动性,且有理有据,不由你不信。

现在,卫丽丽又怀孕了。卫丽丽很坚决地要把孩子生下来。一个女人,一旦下了决心,那是九头牛也拉不回的。三天前,卫丽丽突然跟骆驼分居了。一个离骆驼最近的人,却以生孩子为理由,悄悄地离开了他……这就更加重了我的担忧。

所以,根据种种原因,我决定辞职。

那天傍晚,回到深圳后,我跟骆驼再次上了深圳国贸大夏的四十九层,面对面坐在了旋转餐厅的雅座上。喝了一会儿酒,当我跟骆驼摊牌的时候,骆驼最初没接我的话头,他说:还是深圳好。我喜欢这个地方。

是啊,深圳是个新兴的移民城市。走在大街上,谁也不认识谁,没有背景,没有渊源,没有猜测……是一个让人情绪放松、心灵自由的地方。我也说:是好。

骆驼说:哪里是家?有钱有女人的地方就是家。

而后,我们四目相对,默默地坐着……

沉默了一会儿,骆驼说:兄弟,非要辞职吗?

骆驼说:你要真想回到过去,执意要当一个苦孩子,我也不拦你。

骆驼说,现在咱们已经倒不回去了。如果退一步,咱们就会重新成为穷光蛋。这还不说,咱还会欠下一屁股的债,一生一世都还不完的债……你说怎么办?

骆驼说,我把底都亮给你了。必是要上市,不上市没有活路。咱也不过是养一两个替咱说话的人……我听你的,适可而止。你怕了?

我说:骆哥,人走得远了,就回不去了。

骆驼说:你放心,会回来的。必是回来。厚朴堂只要一上市,一盘棋就活了……到时候,你说,咱挣钱干什么?骆驼说着说着又激动了。他说:兄弟呀,我手里要是有十个亿,我会拿出五个亿,给我们西部山区的父老乡亲,每家每户修一个水窖。我手里要是有一百个亿,我会豁出来,拿出五十个亿,修一个大水库,让西部的乡亲们祖祖辈辈都不缺水吃。我要是有五百个亿,我就炸开唐古拉山口……骆驼说到这里时,又一次泪流满面。

我看着骆驼,骆驼的激情又一次打动了我。我差一点又要臣服了。我对骆驼一直都是相信的。我相信他说的每一句话。可是,近年来,他的野心太大了,他身上逐渐释放出来一种让我恐惧的、说不清的东西。我想,假如钱到了一定的级数,可以买通一个县一个省的时候……又该是什么结果?不敢想。

最后,骆驼看我去意已决,说:兄弟,你告诉我,你究竟想干什么?

我说:骆哥,我跟你不一样,我身后有人。

骆驼很诧异,说:啥意思?

我说:不是一句话两句话的事……我身后有眼。

骆驼很警觉,说:屌屌灰,你到底想干啥?

我和骆驼分手,还有一个最重要的原因:他身上藏着一把

“刀”。我所说的这把“刀”，不是一般意义上的刀。那是他在银行里租的一个“保险箱”。这个保险箱里装着“双峰公司”一些交易上的秘密。我想，我们是患难弟兄啊。纵然是对我，骆驼仍还保留着一丝警惕……我说：也不干什么。先读点书，休整一下。

骆驼说：那好。职位还给你留着，你随时可以回来。股份先不动，还是你的，等上市之后再说。另外，我特聘你为本公司的高级顾问，终生的。兄弟……保重。

我们毕竟是共过患难的兄弟，骆驼还是仁义的。不知不觉，我眼里涌出了泪水……

我说：好。你也保重。

骆驼说：别女娃气气的。记住，二十四小时开机，我随时给你打电话。

卫丽丽真是个好女人。

我要说，像卫丽丽这样的女子，是很难遇到的。

只有她和骆驼知道，我就要离开深圳了。

临行的那天早上，我听见了敲门声。很有礼貌的那种。当我开了门，见门口站着一个“服务生”（“服务生”的说法是从香港那边传过来的）。服务生手里推着一辆行李车，行李车上放着一个包装精美、打有十字绢花的大纸箱……服务生是个小伙子，他用粤语说：先生，您好，贵姓？

我说：免贵，姓吴。

接着，他嘟嘟噜噜地说了一串话……我不明白。可我知道，他是要我签字查收的。于是，我在他拿的收货单上签了字。

服务生弯下腰去，小心翼翼地把那个纸箱子给我搬进了房间，放在了桌上……这时候,他看了我一眼。那一眼,意味深长。当时我很诧异,心想,这小伙子是怎么了?可没等我想明白,他已退着身子,很有礼貌地告退了。

当我一个人站在纸箱前的时候,我才明白,那是花。

纸箱上贴着一个条子,条子上的字迹娟秀、工整,是卫丽丽的:阿比西尼亚玫瑰。产于“非洲屋脊”埃塞俄比亚。花色:二十五种。花期:六十天。数量:一百朵。

我一下子愣住了。我脑海里“轰”的一下,这就是我要找的阿比西尼亚玫瑰?!这是当年我答应……梅村的。我一句诳语,日白到非洲去了。它竟然真的是产于非洲的屋脊,产于遥远的埃塞俄比亚……我看了纸箱上贴的航邮标记,大吃一惊:它先是从非洲的埃塞俄比亚空运到了欧洲的阿姆斯特丹而后又从荷兰的阿姆斯特丹空运到亚洲的香港花市……人心都是肉长的呀!这份情义太重,我真的不知说什么好了。

我用手摸了摸纸箱,却猛一下又缩回去了。纸箱仍然是凉的。阿比西尼亚玫瑰,是横跨了三大洲,在保持恒温和相对湿度的冷藏间里空运过来的。我再看纸箱上的条子,字虽是卫丽丽的笔迹,但落款却是:骆国栋。

记得,跟骆驼告别时,他并未提及玫瑰的事。骆驼一直在忙着借壳上市的诸多事项,他也顾不上……显然,这是卫丽丽办的。卫丽丽永远是站在男人后边的女人。

我小心翼翼地打开纸箱,从里边取出了一朵玫瑰。玫瑰枝凉凉的,花瓣上还沾着一点点露珠儿,一点点儿异国的泥土气息。我把这朵玫瑰插在一个玻璃瓶里,浇了一点水,仔细打量着。只见花瓣儿在空气中慢慢地舒展,一点点地媚。渐渐,就有花香溢出来了，醉人的、幽幽的暗香，就像是醇酒一样。啊，这就是我曾经说过的……阿比西尼亚玫瑰。我甚至很想把这一朵玫瑰花送给卫丽丽，以此来答谢她。可我没有这样做。

纵然是这个时候，有着身孕的卫丽丽仍然没有忘记要帮衬骆驼……是她替骆驼给我订购了阿比西尼亚玫瑰。这是一个好女人的善意。我记下了。

我看着装在箱子里的玫瑰，来自非洲的九十九朵阿比西尼亚玫瑰……一时百感交集。是啊，坦白地告诉你，我想梅村了。

梅村是我一生一世都不会忘记的女人。

可是，梅村，你在哪里？

在我的记忆里，梅村仍然是最美丽的。

梅村曾无数次地出现在我的梦境里。她站在金灿灿的阳光下，身材修长，皮肤似凝脂的白玉，就像是一株缀满了红樱桃的、鲜艳欲滴的临风玉树！……有一段时间，我眼前总是飘动着她的影子，她说：来，让我暖暖你。

就是这句话。就是这么一句话，让我终生都不会忘记。

还记得那天晚上，我们头挨头躺在一起……她说：你摸摸我。摸摸我吧。我靠着梅村，一寸一寸地用手抚摸着她那细嫩的、像绸缎一样的皮肤，真好。那时候，我已混乱得不成样子了，只知道：好。这个“好”是从手上传到心里去的。梅村的皮肤、梅村的气味，整个把我淹了。也许是我手热，梅村的皮肤凉凉的，摸上去似象牙一般光滑，或者就像是玉……真好。在我心里，她的两只乳房像灯泡一样，一下子就把我烧着了。她就像是一座肉体的火焰，凉凉的火焰，带着波涛汹涌亮光的、液体般的火焰，火焰发出的亮光把我给吞没了。后来,我哭了,满脸都是泪水。她把我搂在她的怀里,头靠着她的饱满的、弹软的、光滑的、混合着奶味和芝兰之香的乳房。她说:别难过。咱们就这样……躺一躺,也很好。那时候,她传达给我的,是一种母意。我自生下来母亲就去世了,我像是第一次躺在母亲的怀抱里。那时候,我真想喊一声:妈。

说实话,这就是我体验过的、最温暖的怀抱。梅村在我眼里,就像圣母一样。我爱她,却被家乡的一个个“电话”逼着,不得不远离她。

遗憾的是,自分别后,打过一次电话……此后就再也没有梅村的消息了。我也曾试图联系过她,可她一直杳无音信。当然,在那样的日子里,我先是漂在北京,后又漂在上海……终日为生计奔波,也顾不了那么多了。我坦白地告诉你,我并不纯粹。在上海那些年,我也曾跟人谈过恋爱,有过短暂的婚史。不说了。

现在,我终于可以兑现自己的诺言了。我背着这箱玫瑰,九十九朵阿比西尼亚玫瑰,就此踏上了寻找梅村的路程。我心里清楚,不管结果如何,我一定要找到她。这是一个男人的承诺。

这一次,我没有坐飞机,我怕来来回回地搬运,伤了我的阿比西尼亚玫瑰。坐在北去的火车上,我打量着每一个面容姣好的女子,她们都不是梅村,她们比我心中的梅村差得太远。每每看到穿裙子的女子,我眼前就会浮现出梅村那两条修长的玉腿……偶尔,有那么一两个,或是背影,或是侧影,或是某一个习惯动作,凡有一点点像梅村的,我都会注视很久。

当然,我也有不好的预感。毕竟过去这么多年了,一个空头的承诺,不足以让一个女子等这么多年。况且,我也隐隐约约地听说过一些传闻……可是,我仍然期望着,这也许就是男人的自私吧。

算一算,多少年了?当我回到昔日的学院时,学生宿舍门前的一排杨树已经长成大树了。是的,梅村早已离开这里了。可我寻找梅村的路也只能从这里开始。

教室依旧,操场前的宿舍依旧,可宿舍里早已换了人了。我遇上的是一些更年轻的脸。现在,当我又一次站在学院的操场上,望着那一排学生宿舍,就见梅村一步步向我走来……这是幻觉。

记得,关于梅村的第一个消息是魏主任告诉我的。那天傍晚时分,我在学院的操场上见到了系里的魏主任。魏主任是出来散步的,他已经退休了。退了休的魏主任显得很苍老,整个人懈下来了。曾经高大、威严、庄重的魏主任,看上去矮了许多,像个木呆呆的瘦老头。他仍然习惯性地戴着一顶软塌塌的鸭舌帽,额头上布满了皱纹,戴着一副近视眼镜,手里举着一个小收音机,一边小碎步走着,一边收听新闻。我站在魏主任的面前,这是个值得尊敬的好老头。当年,他曾一再劝阻我,他说我是做学问的料子。可我……

我说:魏主任。

魏主任头都没抬,说:哦哦。新闻你听了吗?南边又发水了。

我说:魏主任,不认识我了吧?

魏主任抬起头,怔怔地望着我,说:哪一届的?

我上前两步,说:……是我,志鹏。吴志鹏。

魏主任说:噢,志鹏?哎呀……志鹏,志鹏。这一晃都多少年了……听说你都坐上奥迪了?看来,我当年不该拦你。你走对了。走了好哇。你看看现在这些学生,一个个……他摇了摇头,伸手一指,又说:这学校也不像个学校的样子了,避孕套都挂到树上了!

我说:魏主任,身体还好吧?

魏主任说:疼。浑身疼。唉,主要是心口疼……

我说:怎么了?

魏主任摇摇头说:还不是你嫂子,鬼迷心窍,养了一头“鹿”,把我气的。

我吃惊地说:鹿?学院里还让养鹿?

魏主任气愤地说:什么“鹿”?非法集资。多少年了,就积攒了那点钱……全让她拿去买“鹿”了。画饼充饥呀,这世上还真有画饼充饥的事!一个公司,还说是大公司,到处拉着让人集资入股,有虎,有鹿,还有兔,说是替我们养着,什么也不用管,按年分红……结果,人跑了,公司也查封了。到最后,分了两箱卫生纸……气得我住了一个多月的医院。

什么是潮流?这就是潮流。在潮流里,你要想独善其身,很难。魏主任一家,一辈子克勤克俭。魏主任的老婆,买一棵葱,都要掂一掂分量的,可她却拿出全部积蓄,去买了一只“鹿”。人家告诉她,鹿茸、鹿血、鹿肉、鹿鞭都是贵重药材;鹿养大了,还可以生小鹿,小鹿再生小鹿……除了高额的利息外,三年回本,五年翻番。于是魏主任的老婆就认购了“九号梅花鹿”。其结果是写在纸上的“鹿”,数字“鹿”。而且,听魏主任的口气,不止他一家,很多教师,很多机关干部,也都买了……魏主任拍着膝盖说:血本无归呀!

我不知道该怎么去安慰他。我甚至不敢告诉他我这些年的情况……

魏主任说:你在的时候,多好。朝气蓬勃的……你走是对的。

我说:是啊。那时候,还是统一分配……

魏主任说:是。统一分配。那一届,有个女学生,长得真漂亮。可惜呀。

我的心怦怦乱跳。我说:你说的是梅村吧?

魏主任说:对。梅村。是叫梅村。长得真好。后来这几届,再没见过那么漂亮的女孩子了。

我说:梅村她分配到哪个单位了?

魏主任说:你不知道?临毕业的时候,她背了个处分。

我一怔,说:为啥?

魏主任说:这个事,还是经我手办的……要搁现在,也许就不算什么了。那时候,学院要求严……不过,也就是背了个处分,学籍没保住。

我急切地问:因为……

魏主任说:人长得是漂亮,就是品性有些问题……临毕业的时候,追她的人很多。我也是听说,最初,她跟一个省委的干部子弟好,那小伙我也见过,穿一件米黄色的T恤衫,经常坐一奥迪车来学院门口接她。后来,她又跟一个写几句爱情诗的人好上了。据说两人还是在火车上认识的,经常通信……后来嘛,她跟那诗人两人偷偷地租了间民房,干脆同居了。这边,那“T恤小伙”像疯了一样到处找她……再后来,“T恤小伙”通过关系追到了那诗人的单位,查出那诗人家里原来有老婆。结果,闹来闹去,诗人被他们单位辞退了……反正乱七八糟的。

接着,魏主任出人意外地说:这小女子,还用眼勾过我呢。

我怔怔地:勾……勾你?

魏主任说:可不。那天,阳光从窗外照过来,她穿着一件米黄色带黑点点的短裙,那两条腿光光地露着,整个人……呀呀。那天,她坐在我的办公室里,啥事我忘了,也许是为不让她毕业的事?或是论文的事?……她就坐在我对面,眼睫毛一眨一眨,就用那眼角角儿勾人……说句不好听的话,我这么大岁数了,都不敢看她。怎么说,那个那个啥,是吧?怦然心动哇。我还算把持得住吧。要是年轻人……这女子呀。

我想,魏主任疯了?人怎么都疯了。他都这么大岁数了,对一个女学生,怎么说出这样的话?

我沉默了一会儿,说:那,后来呢?

魏主任挠挠头,说:太不像话,听说又结婚了。跟那个、那个谁……

告别魏主任后,我心里五味杂陈。

那是五里岗17号院。

是城中村里的一个杂居院落。据说,这就是梅村曾经住过的地方。

在省城,我找到了我当年的一个学生,也是梅村最要好的同学。这位名叫秋燕的同学,毕业后留在省城工作。是她把我带到这里来的。

近年来,城市在不断扩展,道路在不断地延展,一个个昔日郊区的村庄,成了城市里一个个将要消失的最后"堡垒"。这里的农民(现在已是市民了)靠着卖地、靠着出租房屋,也已成了城市里最早富起来的一批人。五里岗就是这样的一个村落。秋燕告诉我说:在这样的村落里,最响亮的是麻将声。

在城中村里走了一趟,一街两行全是出租的摊位。一个一个的摊位全是卖各种小吃、水果、杂货的。街边上挂着音箱,卖豆腐还配音乐,有摇滚,有民乐,喜气洋洋的;隔不远有新开的网吧、电话吧、歌厅、美发厅之类。但在这样的街市上,又到处都是污水、瓜子皮什么的。还有人就坐在街边上,一边嗑着瓜子一边打麻将。一切都显得乱糟糟的、生气勃勃的,却仍然是乡村集市的感觉。

秋燕领我走进了一条胡同,伸手指了指,说:右边第三个窗户。当年,梅村就租住在这个院落里。

这是个天井院,院里的楼房是在旧房的基础上临时接上去的,整个院落所有空地全都接起来了,像个碉楼似的,一共五层,每层都隔成一间一间的很简陋的小房,房间里只有一个15瓦的小灯泡,水管和厕所都在院子里共用……这是出租给那些进城打工的人住的。院子里还拴着一条狗,狗汪汪叫着。

秋燕说:三楼,梅村就租住在三楼右手的一个小房里。也许是过去的时间长了,问了一些住户,却没人记得有这么一个人……

秋燕说,当年,梅村在这里租了一间小房,就躲在这样一个城中村里。后来,也是在这里,梅村与一个号称是“从巴颜喀拉山走来的诗人”偷偷地同居了。

秋燕告诉我说,两个人在这里,一共住了四十六天。那还是冬天,天太冷了。梅村曾哭着对她说,有一天,她跟那诗人两人就那么脸对着脸坐着,手插在对方的胳肢窝里,背雪莱的诗:“冬天已经来了,春天还会远吗?”后来,两人冻得实在受不住了,梅村跑到街上买了一个小电炉取暖。没想到,居然还惹出了事端,失火了。那一天,两人一块看电影去了,苏联爱情片:《两个人的车站》。走时忘了关电炉。回来的时候,消防车已经把城中村的路堵死了,到处都闪着红灯,到处都是警笛声!两人开始还并不在意,说怎么这么多人?谁家失火了?一到院门口,见一院子水,立时就傻了……后来,房东让他们赔钱。那位从兰州来的诗人没有钱,只有“嘴”。还是梅村,跑回学院,四处借钱。好在屋里并没有多少值钱的东西,也就赔人家一个柜子、一张桌子,还有电器之类,总共赔了两千六。在一个漫天大雪的日子里,那诗人被村人扣在那个小院里。据梅村说,那诗人被扣住后,隔着铁窗棂,还在给梅村朗诵诗呢。那诗人两手抓着窗上的铁栏杆,竟一遍一遍地给梅村大声朗诵:"数数杏仁,数数苦的、让我们醒着的,把自己数进去(这是一段外国诗人的诗)……"之类,感动得梅村满眼含泪。梅村只好到处跑着找人借钱赎人……最后,赔了人家房东的钱才放那诗人走的。

秋燕说,梅村的私奔,就这样狼狈地结束了。

我很清楚,住在这里的梅村肯定不是为了钱。假如是为钱,她就不会住在这里了。我知道,像她这样漂亮的女子,追的人一定很多。她躲在如此简陋的城中村里,甚至放弃了她上了四年的大学文凭,又是为了什么呢?

女同学秋燕说,那时候,追梅村的人很多。不单单是有人给她送花,还有写血书的。一个从部队来的学生,临毕业时,专门给梅村写了血书,就贴在宿舍门外的墙上……据说,那位住在省委家属院里的子弟,那位穿黄色T恤衫的姓徐的小伙子,不光送了玫瑰,还每日里开着奥迪车在学校门口等她……却仍然不能打动她。

秋燕说:梅村搬到五里岗,最早是为了躲一个人。

我问:躲谁?

她说:就那姓徐的。那人又是送玫瑰,又是写血书……当然,也还有别的原因。

我说:什么原因?

她说:有一次,梅村悄悄地告诉我,她在等一个人。

我心里动了一下,问:等谁?

她说：梅村没说。

我问：学院为什么要开除她呢？

秋燕说：吴老师，你别听那些人瞎说……梅村其实是一个很好的人，特别善良。说实话，她长得太漂亮了。那时候，追她的人很多，连我都不免嫉妒她。我猜，梅村一直想找一个她真心相爱的人，她等“这个人”等了很长时间。后来，她还悄悄地去了一趟北京。从北京回来后，她消沉了很长一段……再后来，那个诗人追来了。听梅村说，他们是在黄河边上偶然碰上的。这个人名叫苦水（后来才知道是笔名），是个诗人。放着研究生不读，独自一个人背着行囊，徒步走黄河……不知怎的，一下子就把梅村给感动了。怎么说呢？也许，梅村是为了避开那姓徐的……两人就好上了呗。

秋燕说：其实，那诗人原是学考古的。在大学里混了四年，嫌专业不好，后来突发奇想，要徒步走黄河，说要当李白那样的大诗人……于是弃学不上，就一个人走黄河去了。当年，报纸上对他还有过报道。其实人长得很难看，戴一近视镜，瘦得猴样，一嘴龅牙……梅村怎么就看上他了呢？我真是不理解。

秋燕说：梅村还是心太软。有一次，我实在憋不住了，就追着问她，你爱他什么？不就是在报纸上发表过几首诗吗？长那么丑，牙还龅着……你究竟爱他什么呢？

我问：她怎么说？

秋燕说：你猜？梅村说，苦水是个有志向的青年，他徒步走黄河，是要创作一部关于黄河的巨著。她还说，苦水爱她爱得发疯，给她写了很多诗，整整一百首诗！我说，那又怎样？梅村说，一百首诗，他一首一首地背给我听。他说，他如果见不到我，他就疯了。跳壶口瀑布了。真的。他就是这样说的。梅村说，有一首诗，她一听眼里的泪就下来了:"小小的手,不属于我的。爱人,我来了。曾经想过把彼此的灵魂分开,但苦水(诗人的笔名)和梅村这两个名字,就像是提琴的泣诉,震撼着忧伤的琴弦……"梅村说,你不知道,就为这首诗,她哭了一整天!……吴老师,你说她幼稚不幼稚?

我知道,在这个世界上,有许多奇奇怪怪的人。也有许多看似正常的人会做出一些常人所不理解的奇奇怪怪的事情。这是在我有了那样的童年……又读了一些书之后才明白的。每个人都背负着自己的历史,或者叫做隐私。也都有说不清楚的时候。也许只是一念之差,就把人的一生给改变了。

我问:她跟那诗人结婚了吗?

秋燕摇摇头,说:后来不是出事了嘛。闹得一塌糊涂。那诗人,老家是甘肃的,好像是一个很穷的地方,家里还有老婆……这么一来,闹得满城风雨的。这个"苦诗人",因了徒步走黄河造成的影响,在发表了一些诗作之后,被聘到了一家诗刊社工作,也是刚找到工作不久,就找梅村来了。后来,一闹这些风流事,又有人查出来他的那些诗作,有一部分竟是抄袭人家外国人的……于是那家诗刊社就把他给辞退了。学院这边,也把梅村给开除了。可梅村并不知道他家里有老婆……你叫梅村怎么办呢?

我说:听着怎么这么乱呢?

秋燕说:就是乱。那么多男人,围剿一个漂亮女人,怎么不乱?你想想,有一年,过中秋节,她的寝室里堆了一床月饼,也不知道谁送的。

我说:那她到底……想嫁一个什么样的男人?

秋燕说:那就不知道了。她身上有很理想化的东西。梅村太善良,诗人一下子就把她给征服了。可后来,当她发现苦水的那些诗,特别是写给她的诗,都是抄袭的,梅村一下子绝望了!……结果,她挑来挑去,最后呢,却还是嫁给了那个姓徐的。

我问:啊?就那……子弟?

秋燕说:是。

我再问:就那“黄T恤”?

秋燕说:就是他。那刚好是梅村走投无路的时候。他呢,一直追,追得最紧。据说,失火后,梅村四处借钱,她家里,继父虽然是个高干,可退休后瘫痪了,没钱接济她了。实在没有办法,她只好去找这姓徐的……你想想,这有多狼狈?!后来,两人结婚的时候,我去了。那一天,在一家五星级宾馆办的酒宴,梅村看上去很幸福的样子,穿着白色的婚纱,和那男的一起到各桌去敬酒……当时,我都傻了。她躲来躲去,末了,还是跟人家结婚了。

我说:只要幸福,也好。

秋燕说:幸福什么!两年,过了不到两年,就离婚了。

我问:为什么?

秋燕迟疑着,说:谁知道呢。

过了一会儿,秋燕说:我想起来了。有一次,梅村跑到我这里,哭着说:实在是过不下去了。他整天就像审贼一样,隔上一段就审一次,审我跟那诗人在五里岗的事……我都告诉他了,他还不依。

我说:后来呢?后来她又到哪里去了?

秋燕说:听说,她离婚后,又嫁了一个画家。

我默然。

为了打听到梅村的下落,我硬着头皮,又去见了那个姓徐的。

我们是约在一个茶馆里见面的。省城现在也兴起喝茶的风气了。在这里,所谓喝茶,其实是一种消闲或交流的方式,真正来这里喝茶的并不多。茶在这里是一种媒介,人们大多是来这里打牌、谈生意或是约会的。这里装修豪华,情调雅致,氛围好。如今喝茶也成了一种时髦,或者说是一个时期的风尚。

这姓徐的,我侧面打听过他的情况。他叫徐延军。徐延军原是省政府的一个干部子弟,他父亲曾经是一个要害部门的厅级干部。所以徐延军曾有过一段要风有风、要雨得雨的日子。他曾经先后换过三个单位,父亲还有权的时候,想调哪儿就调哪儿。他先是在报社,后又在电视台。再后,又调到了一家进出口公司。那几年,对外贸易搞活了,他也下海做过一个公司的经理。再后来,赶上了国营单位转企改制,国营公司成了一个没娘的孩子,渐渐争不过私营企业,公司做着做着也垮掉了。自从他的父亲退下来后,日子每况愈下。

当这个人走进来的时候,穿着一身休闲装,夹着一个包,看上去懒洋洋的。从神情上看,依稀还能辨出当年眉清目秀的过去,他曾经是一个很帅气的小伙。可他现在一切都往横处发展了,头也秃了顶,挺着一个啤酒肚儿,人显得臃肿、虚胖。看样子,架势虽还在,内里却垮下来了。

我是通过小乔联系上他的。所以,最初的时候,他显得很热情,进门就先递上了一张名片(一看就知道是“皮包公司”的路子)。他说:吴总,你是大公司,多多关照。

我们坐下来,喝着茶。当我提到梅村的时候,他一下子变得很警惕,说:你、你找她干什么?

我说:听说她外语不错,我们公司需要翻译。

徐延军脱口说:千万别找她。那是个烂人。

我问:怎么……

徐延军语无伦次地说:这女人,作风不好。跟人胡搞八搞的……一个烂货。

我望着他,很想朝他脸上狠狠地揍一拳!这是什么样的男人哪?对当初拼命追过的一个女人,怎么能这样说呢?

我说:你……听谁说的?

开初,徐延军的语气里还有些玩世不恭,他说:实话告诉你,我是她前夫。那是我玩过的。那会儿,我追了她整整四年,结婚之后,她仍然……很不像话。接下去,他心里的恨一下子溢出来了,咬牙切齿地说:真是一个贱货!我对她够好了。她要啥我给啥,可她仍不满足,背着我,跟人勾勾搭搭的。

看他一眼,我就可以断定,他早年条件优越,也曾经是个好孩子……可他现在,人到了中年,失去了父辈的庇护,就想破罐破摔了。言语里充满了恨意。可他已经没有时间,或者说是没有条件变坏了。他只是嘴坏。

我默默地坐在那里,一时心潮起伏,不知该从何谈起。是啊,梅村曾跟过这样的一个男人……梅村,你值得吗?

没想到,说着说着,不知触动了哪根神经,徐延军竟然掉泪了。他说:……那些年,我经常出国,每次从国外回来,都给她带礼物。那时候,我们家什么样的电器都不缺,全是进口的。去日本,我给她带"资生堂"的化妆品。去俄罗斯,我给她带黑海的鱼子酱。去美国,我省吃俭用(那一个月净吃方便面了),在纽约的明星大道上给她买一LV 的女式坤包……可以说,我没有对不起她的地方。

我说:那她究竟想要什么?

徐延军突然说:有啤酒吗?来罐啤酒。我只喝"青岛"。

我招了一下手,服务员上了啤酒……他把啤酒打开,咕咕咚咚地喝了下去,接连喝了两罐啤酒后,说:对女人,就像养鱼。热带鱼。水温要讲究,空气也要讲究,鱼食更要讲究,哪一点做不到,就会死鱼。你明白了吧?可是,你看,黄河里的鱼,或是小河沟里的鱼,就没那么多穷讲究,只要有水,它就能活……比如我现在娶这个女人,你一天打她三顿,她也不会跑的。

在徐延军面前摆了六个空啤酒罐之后……他仍耿耿于怀地说:那女人,烂人。她明明不是处女。她早就不是处女了。早年,她还被她继父强奸过……她一直隐瞒,这还是我审她审出来的。先前,她还老在我面前装样子,装清高呢。一天到晚要你哄,其实都是装的。出了门就不一样了,出了门打扮得花枝招展的,那是去勾人呢。她用眼勾人。你绝对想不到,她竟然跟一个奇丑无比的人一块混。跟一个"龅牙"在一块混,那"龅牙"家里竟还是有老婆的……这也是我侦查出来的。想起来我就气不打一处来,什么人哪!

徐延军还说:我说她贱,是有原因的。你知道她睡觉什么姿势吗?她得抱着东西才能睡着。夜里睡觉,她老是抱着我的一只胳膊,胳膊都给我抱麻了。不然,她睡不着。要是哪一天夜里,她怀里没抱东西,她会揪着床单,死揪,能把整个床单揪成一团……还有呢,她是为了那两千六百块钱才跟我结婚的。她跟人胡混,在城中村租了个房,跟人同居。谁知两人胡搞八搞的,床都搞翻了。半夜里一下子失火了,那男人被扣住了。还说是诗人,屁。那就是个大流氓!……她是没有办法,走投无路,才来找我的。

我说:那你……

徐延军说:我让她写了保证书。她是给我写过保证书的。那保证书我现在还放着……结果,她还是跟人跑了。

我问:跟谁跑了?

徐延军说:画家。一个画家。

我不想听他再说下去了。我问:梅村,她现在……在哪儿?

徐延军说:那就不知道了。离婚的时候,她说什么都不要,净身出户。说是一分钱不要,可还是偷偷地把存折带走了。

我说:你跟她再没见过面?

徐延军说:没有。

临分手时,徐延军给我递了一张名片,他说:吴总,我现在办了个影视公司。要拍宣传方面的片子,你可以找我。

我点了点头。

徐延军走到门口,又回过头,说:对了,那画家姓严……你要是见了梅村,替我捎个话,她要是走投无路了,还可以回来。

我愣愣地望着他,说:你不是……

徐延军说:离了。刚离。没意思。

在北京,我又找到了那位姓严的画家。

这位画家在京城已很有些名气了,他的笔名叫:雁九天(似有"揽月"之意)。

在他的画室里,画家雁九天嘴里叼着一个大号的烟斗,坐在题有"康熙年款"的一把清朝的花梨木椅子上,这就是派头了。即使是在首都北京,能坐得起这种古董椅子的人也不多。

雁九天的画室里挂满了油画,那都是他的作品。最吸引人的,当是那幅裸女图。在红色天鹅绒的卧榻上,半躺半靠地坐着一个身材修长的裸女……我一看就知道,这是以梅村为模特的作品。

雁九天手持雪茄，说：这幅画，他们出价三百万，我没卖。

看着这幅油画，我愣了很久……

后来，一听说我要买画，雁九天的话匣子就打开了，侃侃而谈。

雁九天说，画上的这个女人，最早，我是在火车上认识她的。我最先看中的，是她那双手。她的手长得太好了。我迷恋她那双手。在火车上，我对她说：我能看看你这双手吗？她下意识地缩了回去。我说，我是北京画院的，是个画家。没有恶意。此后，她才慢慢地、略带羞涩地重新把手放在了桌上。我不客气地端起她的手，看了很久。她的十个指头像葱白儿一样，长得干净、匀称。我问她：你是弹钢琴的吗？她笑了，笑着摇摇头。她手上没有一点点瑕疵，指甲油亮，掌纹的脉络清晰，白里透着红，手背上的亮光像是镀了一层釉似的，肉肉的，握上去软软、弹弹的，生动而富有质感。我掏出随身携带的草稿本，当即把它画了下来，拿给她看。她笑了。雁九天说：这是艺术。

雁九天说，等她站起来的时候，我突然发现，她不光是手好。她身材修长，腰好，臀好，是天生的画本……我说：你愿意做模特吗？她摇了摇头。我又说，这样，你把地址留给我，也许，我路过的时候，会去找你。我看她迟疑了一下，有拒绝的意思。我说，我真的没有恶意。就这样，临下车前，她把地址留下了。

雁九天说，回到北京后，大约有一个多月的时间，我眼前总晃动着那双手。她的手真好……我觉得是灵感来了。一想到她，我手都是抖的，真的，我心中有一种不可遏制的创作冲动。于是，我买了张机票，找她去了。到了这时候，我才知道，她已经结婚了。可她的婚姻不幸福，当时我从她眼睛里就看出来了。她不幸福。

雁九天说，那天，我把她约到了宾馆里。我们两人在西餐厅要个雅座,面对面坐着。旁边有人在弹钢琴,小施特劳斯的《蓝色多瑙河》,氛围很好。可这一次,她却显得很沉默。她一言不发,就那么静静地坐着。当时,我望着她,一下子就迷上她了。她一言不发的时候,有一种高贵的、梦幻般的感觉,很端庄,很忧郁,很美,像诗一样。我告诉她,我想以她为模特,创作一幅画。她笑了,她的笑带一点苦意。我说,真的。我真的需要人帮忙,创作一幅画。这幅画的名字叫"春天"。你别介意,我不画别的地方,就画你的手。她微微地笑了一下,说:我知道,给你们画家当模特,都是要脱光了画的。我再三向她保证,我只画手,就画她那双玉手。绝没有别的意思,绝不会伤害她。我还说,如果你需要钱,我可以给钱。没想到,她说:我不要你的钱。我要是答应了,一分钱不要。你让我考虑考虑。

雁九天说:我在那座城市里待了三天,一共跟她见了三次面。每次见面,我们都谈得很好,她喜欢文学艺术,我就跟她谈文学、谈艺术。我给她聊文艺复兴,讲凡·高,讲毕加索、罗丹,讲莎士比亚,讲达·芬奇、高更、列宾、马蒂斯、丢勒……每当我讲到她笑了的时候,就有一个男人出现了。那人是她的丈夫。她丈夫悄悄地跟踪她,每次都大煞风景。有一天,她丈夫带着两个小伙子冲进来,说要揍我,说我勾引他老婆……后来我一看不行,就主动退出了。可我还是给她留了地址、电话。

雁九天说,其实,那时候,我已经迷上她了。我不但喜欢她的形体,我还喜欢她的声音。她说话声音不大,甜甜的,富有磁性。我曾问过她,我说:你是南方人吧?她说,她母亲是南方人,嫁到了北方。我后来忍不住又去了。我一共偷偷地去见了她五次。那时候我把她看成了女神。真的,我把她当成了心目中的女神……到了最后一次，她仍然没有答应我，她还在犹豫。最后我说：我看你不幸福……她说：是吗？我说：我看你很挣扎。你这样生活有意思吗？她说：怎么才有意思？我说：你愿意不愿意到北京来？你要是想离开这座城市，我可以帮忙。她没有说话。她只是沉默着。

雁九天说，没想到，半个月后，她来了。她一个人，进了我的画室。而后，她默默地脱光了衣服，说：你画吧。

雁九天说：她脱光衣服的时候，实在是太美了。美得让人战栗。我看她都看呆了……于是，我改了思路，我决定画一幅大画，题目开始叫"凝视"，后又改了名。我坦白地说，艺术的母体就是女性，艺术就是要女人来滋养的……这幅画，是我多年心血的结晶。

雁九天说：最初，我只是想让她给我当模特……后来，她告诉我，她丈夫天天审她，像审贼一样。她实在是不堪忍受，离婚了。这时候，我也只是同情她的遭遇。再后嘛，应该说是我雁九天迷上了她。她的美丽使我陶醉。我痴心于她的形体曲线美，我们就……结婚了。坦白地说，我雁九天完全是为了艺术，为了完成这幅画，才跟她结婚的。当时，婚结得很草率。男人嘛，是吧？初稿，我画她就画了六个月……这幅画几经修改，几乎用了我整整五年的时间才完成，画的名字现在叫"秋天"。

雁九天说，我这个模特，她来北京不到四个月，肚子就显出来了。很明显，我敢肯定，这不是我的孩子。可我并没有嫌弃她，我还是让她把孩子生下来了……那时候，我已经打算给她办户口了，我得办两个人的户口。你知道，进京的指标是很难办的。为给她办户口，我的画，都送出去好几张了……那时候，我正画她呢，没话说。再后来，没想到，反而是她开始干涉我了。我一个画家，当然要用各样模特。一个画家，一个大画家，怎么能没有女人？没有模特呢？可她竟然不让别的模特进门，她说：你画我。我还不够你画吗？这叫什么话？我是个画家，总不能只用一个模特吧。总之，我们开始有矛盾了。矛盾越来越深……再后来，她一个人带着孩子跑了。

雁九天说，我承认，我迷过她很长一段时间。可人，尤其是女人，不能走得太近，一旦走近了，就会产生离心力，各种毛病都显现出来了……后来，离婚的时候，她闹得一塌糊涂，很不像话，完全像个泼妇。说到感情，她把我写给她的信，一共三十二封，当作证据，在法院上当众拿出来，要挟我。她还对法院的人说，我曾经跪在她的面前……我那是跪她吗？笑话，我那是拜倒在了“美神”的面前。是我对艺术的崇拜，是对形体美的顶礼。现在她身上已经没有这种“美”了。哼，她是看我这两年画卖得好……她说她要孩子的抚养费，一下子给我算了一百多万。呸，你想我会给她吗？我一分钱都不会给她。当着法官的面，我说，要抚养费是吧？我给，我可以给。可有一条，他必须是我的孩子。只要是我的孩子，你要多少，我给多少。去做DNA吧。

雁九天说，那时候，就这一条。我就提了这一条，一下子就把她治住了。她坚持不做DNA，也不提要钱的事了。她说，是为了孩子，她怕伤了孩子……呸，她是怕到时候，一旦DNA结果出来，伤了她自己。她堕落了。一个女人，一旦堕落，是很可怕的。有一段时间，她就像小母狼一样，天天夜里给我打电话，又哭又闹，闹得我一点灵感也没有了。她是一计不成，又生一计。后来她又说她什么都不要了，就要这幅画。你想，我会给她吗？这是我的创作，是我五年的心血，是艺术品！我会给她吗？再后来，我想了想，还真有点同情她……可等我再打电话时，已经找不到她了。

雁九天的话,就像是针,一根一根地扎在我的心上!我不知道该说什么,我无话可说。

临走的时候,有两个人进了雁九天的画室……就在这时,雁九天突然站起身,高声说:你一直在看我这幅画。我知道你喜欢这幅画。可我不卖。别说一百万,笑话。五百万一千万也不卖。走吧,你可以走了。

我愣了一下。顿时,我明白了,那两个人是来买画的……这是商人的伎俩。一个著名的画家,也成了商人了。其实,我跟人打听过,五年前,仅仅是四五年前,他雁九天的画,一千块钱一幅,他也是卖过的。现在,他狮子大张口,敢说一千万了。

我忍不住笑了。雁九天不知道,厚朴堂上市后,我的身价一亿六,我完全可以把这幅画买下来。可这种人,算了。

看我笑了。雁九天有些不自然。他故意仰着脸,傲慢地说:艺术是无价的。

在寻找梅村的日子里,我带着的玫瑰,九十九朵阿比西尼亚玫瑰,一朵一朵枯萎了。

花瓣儿在一天天变黑……到了最后,那九十九朵玫瑰,光剩下枝了。

说实话,我很失望。我知道,我再也找不到过去的那个梅村了。梅村在我的心目中正在一天天远去……不知道为什么,到了最后,我只是希望能见她一面,仅此而已。

在一个时期里,当一个人迷茫的时候,会做许多荒唐的事情。

我说过,我曾经堕落。在寻找梅村的那些日子里,一天晚上,百无聊赖之际,我独自一人,阴差阳错,走进了一家歌厅。在这家霓虹灯闪烁的歌厅里,在一个服务生的引领下,我上了铺着红地毯的二楼。在二楼转过一个弯,服务生把我领到了一个大玻璃窗前,我一下子就傻了。那是一个巨大的玻璃窗面,窗面后是一个很大的四面都挂满了镜子的房间,在这么一个挂有巨大镜面的房间里,我一下子看到了上百个姑娘。全是穿超短裙、露着肚脐的姑娘。每个姑娘腰间挂着一个号牌……服务生托着一个盘子,盘子里有一堆塑料做的小白牌,白牌上写有号码,服务生说:先生,你点一个。

当时,我迟疑了一下,在众多的姑娘面前,我点了一个身材、模样看上去有点像梅村的姑娘。服务生拉开玻璃门,喊一声:12 号,梅花,跟客人走……当她跟我走进 KTV 包间之后,我又一次问了她的名字。我说:你叫什么?

她说:梅花。我叫梅花。

我说:是梅村?

她说:梅花。梅花的梅。

我说:你个子挺高的,哪里人?

她说:北边。

我说:北边什么地方?

她说:不就玩玩嘛,查户口呢?

我哑口。

她看了我一眼,说:黑龙江的。

我说:东北人?

她笑了,说:是,东北那疙瘩的。

片刻,我说:你是叫……梅村吧?

她说:梅花。

我说：就叫梅村吧。

她说：梅花。先生，你耳朵有问题？

我说：梅村。

说着，我从兜里掏出一沓百元票，一张一张地往桌上放，放到第五张时，她看了我一眼，说：好。梅村就梅村。这名儿不好，晦气。

我叫道：梅村。——叫她“梅村”，其实，我心里并不舒服。

她说：哥哥，叫我呢？

我又叫了一声：梅村。

她大声应着，说：唉！哥哥，好哥哥，我是梅村。我就是梅村。

一时，我心里百感交集……脱口说：你整过容吧？

她一惊，说：你怎么知道？

我默默地望着她，我总觉得她的五官有什么地方不对劲……可我，只是一种感觉，一种说不出来的不舒服。

可突然间，她的声音低下来了，她说：哥哥，你别嫌弃我，我命不好。

我问：怎么不好了？

她说：小时候，月子娃娃的时候，我才一个多月大，娘下地干活了。屋棚上掉下一只老鼠，老鼠把我的鼻子尖给啃了……后来，又过了两个月，娘又出门了，在院子里铺了张席，我在席上躺着。你猜，猪，我们家的猪，从圈里蹿出来，又把我的耳朵给咬了……你说，我怎么这么倒霉呀?!

我很惊讶，一个女孩子，怎么会有这样的遭遇？凭什么连老鼠都欺负她？还有猪，猪也欺她……一个人两次遇难，如果不是命运，那又是什么？

她说：我从小发奋读书，就想着有一天挣了钱，可以整整容。

我九岁时,发烧后鼻子淌水,娘我把送到了县里的医院,听县医院的大夫说,鼻子、耳朵都可以做整容手术,只有北京可以做。从此,我记下了……我大学毕业出来做这个,也是为了整容。不瞒你,我已经整过三次了。还要再做三次。医生说,再做三次,就可以做出一个最美的脸……人不能没有脸吧?

于是,整个晚上,我都跟"梅村"在一起……

"梅村"说:哥哥,咱这儿有洋酒,法国的,一千六一瓶,你要吗?"梅村"说:哥哥,我渴了,上一果盘吧?这个便宜,八十。要不,来盒"牵手",纯果汁,飞机上才卖的,一百六。"梅村"说:哥哥,要不来啤的,"青岛"还是"嘉士伯",要不,"蓝带"?"梅村"说:哥哥,你怎么老坐着,不跳舞呢?起来,跳一个。跳一曲翻一个红牌(五十)。我知道哥哥是大老板,不差这点钱……"梅村"说:哥哥,你不唱也不跳,这么老坐着,啥意思吗?起来,起来嘛哥哥……哥哥,是要我出台吗?我可是大学生,一般不出台,出台就贵了。

我真是欲哭无泪。此"梅村"非彼梅村,我不再叫她梅村了。她不是梅村……她只是一个为整容而拼命挣钱的女孩。可她不是坏人。

也许是包房装修的缘故,也许是在她大力推销下我喝了两罐啤酒的缘故,我坐在包房的沙发上,只觉得头有些晕,空气里弥漫着一种塑料的气味。包间是新装修的,墙纸是塑料的,茶桌是塑料的,沙发布是塑料(纤维丝)的,吊灯是塑料的,电视机是塑料的……那味道漫散在空气里,很难闻。这是一个塑料化的时代,人、衣、食、物,全塑料化了。我突然忍不住想笑。

"梅村"说:哥哥,你不是笑我吧?

我也不知道笑什么,只是想笑。

“梅村”说：你别看我的鼻子。我鼻子不歪吧？我鼻子里镶了个托，进口玻璃钢的，不大，一点点儿……过一段，再做个小手术，就去掉了。

我大笑。

“梅村”说：你还笑？还笑？

我仍在笑，眼里的泪都笑出来了。

“梅村”说：哥哥，你是想梅村了吧？我就是梅村。我是梅村哪。——小妹妹坐船头，哥哥在岸上走……

我站起身来，说：别唱了。你不是梅村。

后来，当我几近绝望的时候，机缘巧合，我找到了梅村的三本日记。

据说，梅村出国了。临出国前，她的一些东西放在一个朋友那里托管……在这三本日记里，梅村详细地记述了她的心路历程。就此，我挑出十二篇，不作任何评价，展现给你：

五月七日

W课上得真好，整个梯形教室里坐满了人。他引用林肯的话：“人生最美好的东西，就是他同别人的友谊。”“我要站在所有正确人的那一边，正确的时候和他们在一起，错误的时候离开他们。”

……我知道他是在看我。他站在梯形教室的讲台上，目光很忧郁。他的目光里有一种说不出来的东西。就像我小时候那样。就是那样的：带着一种渴望，一种胆怯，一种好奇，一种犯罪感……还有矜持。

九月十六日

W在操场上跑步。

我已忖了好多次了。他是个很勤奋的人。围着操场跑一圈四百米,他的脚步在拐过弯来的时候,就慢下来了,节奏慢下来了,一踏一踏的,像是要探寻什么,像是要寻人说话……最慢的一节,是快要到寝室门口方向的时候,就是这时候,他几乎就要停下来了。可他没有停,只是顿了一下。我能感觉出来。他是在看我吗?

半夜里,睡梦中,寝室的门突然响了……我们六个人都醒了,一个个都说:谁,谁呀?可没人应。脚步声,咚咚的脚步声,跑去了。我知道是他。只有我知道,肯定是他。

我在去饭厅的路上碰上他好几次,他装着若无其事的样子……那样子很好笑。我跟他打招呼的时候,他有些讪讪的。我不会揭穿他。我有点心疼他了。

我喜欢听他说话。他把他读过的每一本书说给我听……他的记忆力真好。他说"田中角荣"、说"西西弗斯"、说"蓬皮杜"、说"艾森豪威尔"、说"罗斯福"、说"阿喀琉斯"、说"尼克松"、说《尤利西斯》里的"布卢姆",他说的时候微微地仰一下头,很愁的样子,像是在沉思。

两个人,就那么坐着,说一说书,说一说书上写的人和事,多好。

十月二十一日

W就要走了。

他在临走前,给我讲了他的乡村,他的童年……那种无助感,一下子打动了我。我也恐惧过。我知道人恐惧的时候,是什么样子。他让我想起了我的童年,在黑夜里,当一个黑影儿向你扑来的时候,那黑影儿就像是一只突如其来的大鸟,一个喘着粗气的大鸟把我整个覆盖了,我真的好害怕……那时候,我紧咬着牙,一声不吭。母亲就在隔壁的房间里,可我不敢叫她。那时候,我就像是一个叫天天不应的婴儿。

他说,他曾经对着一块烤热的砖头说:妈,暖暖我……听着真叫人心疼。

这句话,就是这句话,让我夜不能寐。我睁着两只眼睛,一晚上都在想着这句话……我真的是被他打动了。半夜里,我从床上爬起来,在操场上走了很长一段时间。我想,就让我暖暖他吧。让我用身子暖暖他。我的身子不干净了,我的心是干净的。

也就是这晚,他说,让我等他。他回来的时候,要送我阿比西尼亚玫瑰……

这像是个梦。世上真有这种玫瑰吗?

……

一月十六日

下雪了。小雪。

K来了。K从大西北来,顶着一头雪……

有很多人问我,你怎么会喜欢他呢?这么丑的一个人,你怎么就偏偏喜欢他呢?我答不出来。他是个诗人。原是学考古的,可他读着读着,眼看就要毕业的时候,毅然罢学不上,"读"黄河去了。他告诉我:黄河是一本大书!一个诗人,只有诗人,才会有这样的气魄。我们两人是在黄河边上认识的。那时候,他一个人背着行囊,餐风饮露,长发披肩,像个野人似的,正徒步走黄河……其实,我不在乎他的相貌,是他的意志、他的诗情,征服了我。我甚至不怎么看他,或者说不敢看他,每当我注视他的时候,我都会心痛。他的笔名“苦水”,这样的笔名,我还是第一次听说。他目光里有一种让人心碎的东西。还有他眉头上的那条刀痕,没人相信,那条刀痕也是我喜欢他的理由。真的,那是一种说不出来的忧郁、苍凉还有疼痛。他就像镜子一样,能照出我内心的一些东西。还有,他献给我的那一百首情诗,如那首:“一见到你/我的心就匍匐在地/低到了尘埃里/在尘埃里结出诗的果实/奉献给我亲爱的人……”如“屋里没人了/唯有黄昏/你会在门口出现/身穿素雅的白衣/仿佛为你织就衣料的/就是那漫天的飞絮”……真好!

另外,K身上有一种气味。是什么我说不清楚,可每逢我跟他在一起的时候,就觉得很平静,很舒服,很坦然。这是我多年来从没遇到过的……一个人跟一个人在一起,他身上有一种气味,能让你着迷的气味,那是他的汗味。很奇怪,在他面前,一闻到这么一股味的时候,就有了哭过之后的那种感觉,这是一种可以在他怀里做梦的感觉。和他在一起时,心里会疼。奇怪的是,正是这种疼,会让人平静。我可以像小猫小狗一样,偎在他的怀抱里,听着他的诗歌打盹……在童年里,我就是在疼痛中睡去的。

……

二月一日

最终,我跟K分手了。

分手，也是一种解脱…… 当然，先是他欺骗了我（有人告诉我，他的诗作竟然有一大半是抄袭外国人的。开初，我不信。当有人把证据摆在我面前，我拿着诗集当面质问他时，他说，这不是抄袭，是爱的见证），这是我不能原谅的。这就是我们两人分手的原因。

而后，我不得不承认，是我又伤害了他。

因为我，X 追到了兰州，去那家诗刊社告了他，把 K 好不容易得到的编辑工作给告掉了。他被单位辞退了……这样去伤害人家，非我本愿。我恨自己，我怎么是这样一个人呢？

我本期望着找一个我爱的人，一个靠在他的肩膀上，能说一说知心话的人……可我有什么办法？

X 整整追了我四年。有时候想想，他也不容易呢。想想，四年里，他打了多少电话，送了多少次玫瑰，记不清了……那电话铃声，我原本是很讨厌的。可一天天，一月月，一年年，有人不停地给你打电话，有人时时刻刻地记挂着你，你还要怎样？你还能怎样？他送我的 BP 机，不时会“嘀”一声，就像是裤腰上拴了个人一样……你烦它。你烦那“嘀嘀嘀”的声音，可是，当你需要它的时候，当你无助的时候，那声音真的起作用。听多了，就有了亲切感了。走在路上，“嘀”一声，你心里会很安定。况且，现在你连个落脚点都没有，家里又出了状况，那样子……也只好这样了。

不这样还能怎样？至少，他是爱我的。

六月三日

我有点过不下去了。结婚才一个多月，我们就开始吵架了。

X说他爱我。他不能没有我。可是,每到半夜时,他都会把我叫醒,把我从床上拉起来,脸对脸,审我。

我在他眼里成了一个“东西”。成了他衣兜里的一件“东西”。按他的说法:是淫贼惦着的一种“东西”。他不停地追问我跟K在一起时的情况,每一个细节他都问得很细……这叫人痛不欲生。其实,我早就告诉他了,我的一切,都告诉他了。可他还不依不饶的。这日子,我真是过不下去了。

有一天夜里,睡着睡着,他突然说:你等着,我安全局有一朋友,听说他那里新进了一台测谎仪。我准备借来用一用。我睡得迷迷糊糊的,惊出了一身冷汗!我问:干什么?他说:测测你。看你到底说的是不是假话。他又说:怕了吧?你等着吧。要不,你该交代的,赶快老实交代。省得到时候被动。这可是现代化的仪器,你藏不住的。我一下子就醒了,说:我交代什么呀?他说:你自己知道。我说:不都给你说了吗?他说:没说清楚。你肯定有隐瞒。坦白从宽的道理,你总该知道吧?我说:求求你,别再逼我了。你要再逼我,我就从这楼上跳下去了。他怔了一下,说:你跳。我看着你跳。可是,我真的是万念俱灰!我一跃而起时,他又扑上来,抱着我,跪在地上,吻我的脚趾……反复道歉说:他对天发誓,保证再不这样了。

可是,过不了两天,他一切如旧。

天天这样熬,我实在是受不了了。我要求跟他分床睡,他坚决不答应……遇上这么个人,还怎么活呢?

……

三月一日

我在火车上遇上了Y。

Y是个画家。温文尔雅。说我的手好,他想画我的手……不知为什么,稀里糊涂的,就把地址留给了他。我也说不清楚。人,有时候,真说不清楚。也许我是个坏女人。就像X说的那样。

一星期后,Y来了,就住在宾馆里。接了他的电话,我突然有一种冲动,想哭,就像是遇上了亲人一样。我跟Y根本不认识,仅在火车上见过一面。可是,就觉得他是亲人,就有亲人的感觉。怎么能这样呢?我还没离婚呢,我是什么样的人哪?

在西餐厅见面的时候,Y很绅士地、周到地把座位给我拉开,待我坐下后,他才重新坐下。周围有音乐,曼妙的音乐,氛围很好。Y说,他要创作一幅画,要我当他的模特。他一直不停地赞美我。他说:美是一种艺术。美是全人类的……我有些恍惚。

三月八日

仅仅隔了一个星期,Y又来了。

我就像一个地下工作者似的,悄悄地去见他。我也恨自己,我是不是很无耻?

这次见面,他跟我讲了很多关于美术界的一些知识,听来很新鲜……

Y说:毕加索早期的画是偏蓝的,是那种淡蓝,有童气的蓝,立体的蓝,就像他心灵里升起了一轮蓝色的月亮。那时候,他心里有爱。你知道吗?爱是一种能力……后来他成了印象派的鼻祖，那蓝就不是蓝了，那是蓝色的血，有愤怒在里边。后来他的画风不断地变化，他的画已经让人读不懂了，他把生命切割成一块一块的，试图凸现一种荒诞的印象，或者说是感觉，他画的是感觉。

Y说：凡·高跟他不同。这与性格有关，凡·高的画暴烈。凡·高也是印象派画家，但凡·高心里全是悲怆和欲望，他心里有垒积。比如蓝，他也画蓝，光线极为明亮，他的《鸢尾花》蓝得很极致，让人窒息。他的画越来越浓烈，大块大块的色团，疯狂的色团，就那株《向日葵》开得像火焰一样，就要燃尽的火焰，是最后的明亮。一个人要把自己燃尽的时候，才会有这样的情绪。所以他后来疯了，割了自己的一只耳朵。

Y说：在这个世界上，画手画得最好的是丢勒。丢勒的《祈祷的手》，让人战栗。这里还有一个真实的、极生动的故事。丢勒原是画版画的，雕工极好，他画的手，天下第一。手上的每一根筋，每一条血管都是活的，你可以感觉到青筋暴凸的血管里流淌着的热血，那是一双劳动的手，伤痕累累的手……那手会说话。

Y说：我想画你的手。我要画你的手，这是一双美手，是美的极致。我闭上眼睛的时候，就想起你这双手，纹路是那样细腻，那样丰满，连泛青色的血管都是鲜艳的，指甲亮着红润。我还要在画里加上中国画写意的成分，因为你每一根手指都是诗，或者是琴，是音乐，发出美的呼唤，这是上苍的杰作，我必须让它留下来……这是我的责任。你一定要答应我。我祈求你答应我吧。

我实在是不想承认，可自从这次见了面之后，我真的是被他征服了。我就迷上他了。我对自己说,也许这就是你一生一世要找的人。我找到他了。

七月九日

今天,我又收到了Y的信。

这年月,写信的人已经很少了。用小楷毛笔写信的人更少。Y的信写在印有红竖格格的宣纸上,有一股墨的清香……信是不能放在家里的,放在家里就成了我的罪证了。我只能把它暂时存放在小雪家……每次都要跑到小雪那里去看信。小雪人好,她给了我一把收藏爱情的钥匙。

我数了数他寄来的信,已经有三十封了。他每封信里,都有很炽热的句子。他说:来吧。在一个笼子里关着,花会萎的。人活一世,让美尽情开放吧。

他在信里说:每个人都有选择生活方式的权利。

他在信里说:我会让后人记住你的。能给后人留下一幅美人的画,那就是永生。

在每封信的结尾,他都会画一只燕子,燕子嘴里衔着一个桃形的心……

到了该下决心的时候了。

十一月七日

在Y的画室里,我愿意为他的艺术献身……

可是,他画着画着,突然抱住了我。他说,他要体验一下。他是用舌头体验的,他用他的舌头把我全身舔了一遍,我仿佛又回到了童年时代……那一刻,我说不清楚是什么感觉。也许，最初时，我有些怕，有些慌乱，可后来，我受不了了。我说，是我自己说的：你要了我吧。

就这样，在他的画室里待了三天后，我就成了他的人。他说他爱我。我是他的人了。

这是我愿意的。我还是有些怕。我怕我再一次成为……“东西”。

可是……我怀孕了。

八月四日

我想，我终于可以安定下来了。我终于找到了一个我喜欢他、他也喜欢我的男人。我愿意让他画我。就像他说的那样，我愿意化成水彩，来滋润他的画笔……而后，跟他好好过日子，给他洗衣、做饭、生孩子……我们的孩子就要生下来了。

可是……

可是……

可是……

二月七日

这是爱吗？这……就是爱情？我不能再忍了，我再也忍不下去了。

一个艺术家，一个终日大谈良知、悲悯的人，为什么这么仇恨一个孩子？

我已经多次发现，半夜里，他一个人从床上爬起来，偷偷地去看孩子，一看就是几个钟头。他拿着一只手电筒，当孩子睡着的时候，用手电筒照着孩子的脸，扒着头发看了又看，他说，他头上有两个旋儿，他家男人辈辈头上都有两个旋儿，可这孩子头上没有旋儿。他说他看了，这孩子头上一个旋儿也没有……而后，他就断定，这不是他的孩子。

我发现，他一个艺术家，竟然偷偷地掐孩子……他心理这么阴暗，心胸这么狭窄，这日子还怎么过？！

……

看过了这些日记之后，你说，这还是我心目中的那个梅村吗？

可我，还是想见她一面。不亲眼看到她，我是不会死心的。我甚至想，假如上天有眼，也该让我们见一面。你说是不是？

我说过，我原是不信命的。

早些年，无论在生活里遇到了何种挫折，我从不相信那些命相之类的东西，也从不找人算卦。那时候，我认为：假如命是天定的，那就是说，一切后来的努力都是徒劳的，你只有认命了，还算什么呢？从另一个意义上说，假如命不是天定的，那你就该做什么做什么，好好努力就是了。也不用算。

我还认为，所谓的"命相说"，其实是对人的一种麻醉。每一个去看命的人，或多或少都抱有一种侥幸心理。比如说，你找人算命，假如算得好了，你会暗自得意。算得不好，你会黯然神伤。这都会影响到一个人的情绪。所以，我认为：不管命是不是天定的，都不必去算。你算的不是命，是一种生活态度。

我是学历史的。在大学里，也曾读了一点这方面的书，比如《易经》之类。于是就更坚定了自己的看法。我曾经跟人辩论说：你看，《易经》的易理上讲的是"变量"。它的大意是：大千世界，人间万物，都是在变化之中的，是包含着多种可能性的，结论是"或然"的。既然《易经》讲的是变化，是"或然论"，而所谓的"命相说"

定然是要给人讲前定、讲“恒量”的。那么,“恒量”何来?所以,我不信命。

后来,我又有些犹疑。

不错,《易经》这本书,虽然在易理上讲的是“变化”,它的结论应该是“或然”的,是有多种可能性的……但是,事物或者说物质在外力的作用下,在千变万化之中,当某一种因素(或倾向)逐渐成长为主要因素的时候,我们所需要的“恒量”,是不是就会出现呢?

当然,这是唯心的。

可怕的是,这种唯心的东西,曾经在一个历史时期里被判了死刑的东西,在当今多元化的时代里,它又重新复活了。它开始从地下走上了街头,逐渐地,社会生活又重新被一种神秘主义所笼罩,一直在广阔的社会生活底层流行着,有着极为丰饶的空间和土壤……你信或不信,都不要紧。它是一种文化上的存在。

我曾经给你说过,在我的家乡,曾经有一位怪人。他叫梁五方,告了一辈子状。可到了晚年,阴差阳错,他居然成了一位“算命先生”。早些年,我在北京碰上他的时候,曾见他在火车站追着一位白领女性要给人家算命,被人拒绝了……显得很狼狈的样子。可当我再次见到他的时候,有那么一刻,却突然想请他给算一算了。

我知道,这是一念之差。其实,我不信他……可是,在寻找梅村的那些日子里,在我最苦闷的时候,当我在省城再次碰上梁五方那一刻,我一时心血来潮,专门又请他吃了顿饭。饭后,我随口说:五叔,你也给我掐掐?

梁五方喝了两口小酒,眯着眼睛,说:报上八字来。

他所说的“八字”,我是略知道一点的,那指的是一个人出生的年、月、日、时。当时,我愣了一下。那时候,我对骆驼的做法已经不放心了。我觉得他野心太大……客观地说,当时我也是百无聊赖,抱着试一试的态度。对命相说,我仍然心存疑虑。于是,我报出的不是我的生辰,是“骆驼”的。

不料,梁五方说了一句话,立时让我目瞪口呆!他说:这不是你的八字。这人火大,躁。而且命犯桃花,情感漂移。

我很吃惊。可以说,在此之前,我一直是轻看他的。我甚至……可就是这么一句话,就像是子弹一样,一下子就射中了我。我再次看着他,他老眼昏花,眼眨巴眨巴的,目光很浑浊。难道说:一个人,当他目光浑浊的时候,才能洞明一些东西吗?

我说:五叔,就这个人,你好好看看。

梁五方嘴里念念有词地掐算了一阵……说:不用看。此人满盘皆火。性躁。烧起来不得了。可这个人,后势不好。赶紧地,赶紧离开他吧。

我有些怀疑。我问:怎么就……后势不好呢?

梁五方说:此人有一灾。大灾。怕是躲不过去了。

此时此刻,我脱口而出。我说:你再给我掐掐……于是,我即刻报了出生的年月日。

梁五方想了一阵,说:你是寅时生的?

我说:我也记不得了。好像,听老姑父说……

梁五方说:是。我还记着呢,五更天,是寅时生的。

接着,他说:丢啊。你跟他不一样。你满盘皆水。虽说水大,可不要紧,水大有治。水大的人聪明哇。再说了,你的用神是火。你身边必有火人。虽说水火不容,可火人是你的贵人,起水火兼济之效。好虽好,但得意之地,不可久留……

我说:五叔,我想找一个女人,怎么才能找到她?

梁五方掐着指头,说:她不是你的。

我说:我就想……见上一面。

梁五方说:北边。往北边找。

当时,我一下子蒙了。

我要说,有时候,唯心的东西,是很吓人的。寥寥几句话,它一下就把你打倒了……我坐在那里,愣了很久。

我告诉你。我曾经有过一段走火入魔的日子。

说实话,梁五方说的话,虽然惊了我,可我仍是半信半疑。我想,一个命运如此多舛的人,怎么能看透世间万物的各种变化呢?

于是,在一直找不到梅村、几近绝望的那些日子里,我又一头扎进故纸堆里去了。

一段时间里,我读了许多关于命相的书籍……看了以后,我真是大吃一惊!老天爷,古代的先贤们竟然花这么多精力去研究所谓的命理?书是越看越多。而且流派支脉纷繁,简直是浩如烟海。

之所以读这些杂书,原本我是为了证伪的。我不明白,古人,为什么要花那么多的时间、那么多的心血,去制造这么多浩如烟海的"文字垃圾"(如果是"垃圾"的话)呢?首先,它在逻辑上是无根的。你无法、也找不到逻辑的基点。那些句子,就像是从天上掉下来的。一句一句,都非凡人所能道出来的。

是啊,仅凭这些字句,它怎么就能、怎么就可以界定一个人的一生呢?而且,一代一代的先贤,又一次一次地在传播着、阐释着、补充着、修饰着这些看似无法证伪又无法证明的东西。他们这是为了什么?

在那段时间里，我像是得了魔怔，完全陷进去了。掉进了这些文字的陷阱里……叫人无法理解的是，在我接触到的各种各样的命理学说里，全都留有曲笔，或叫作“草蛇灰线”。

书一本一本地看，越看越多，越看越迷惑。我发现，每一种关于命理学的著作，都藏匿着无数个让人无法破译的密码，或按命理学的说法叫“循世法”。它就是专门让你看不懂的。它把最关键的部分、最要害的关节全都隐藏起来了。隐在佶聱难懂的多意向文字里，隐在一个又一个相互矛盾、前后抵牾的旋涡里，让你陷入无法破译的命理悖论之中。这就像是先人故意设下的一个又一个圈套，让人百思不得其解。

比如，按照古代的中国经验：天地分阴阳，阴阳分五行，五行定为：金木水火土。这是古代中国命理学的根基。无论有多少种“学说”，它的根基都是“阴阳五行”。

在古人的经验里，中国古代以干支纪年，十天干配十二地支，以此为计算方法。

天为十干，分：甲、乙、丙、丁、戊、己、庚、辛、壬、癸；

地为十二支，分：子、丑、寅、卯、辰、巳、午、未、申、酉、戌、亥。

天以六六为节制，地以九九之数，配合天道的准度，天有十干代表十日，地有十二支代表地形物象，十天干加十二地支，如甲子、乙丑、丙寅……循环六次为一周甲，周甲循环六次就是一年了，夫六十年一个轮回。

按民间的说法，这叫“运限”。运限又分：大运，小运，流年。

——以上这些，是中国古代关于时间的定位。

由此延伸：金、木、水、火、土，在地理位置上演化为：东、南、西、北、中；接下去，十天干又演化为：甲乙东方木，丙丁南方火，庚辛西方金,壬癸北方水,戊己中央土;十二地支演化为:亥子北方水,寅卯东方木,巳午南方火,申酉西方金,辰戌丑未中央土。于是,按命理学的阐释,人就活在这个大气场或者叫做大磁场里。

按民间的说法,这叫“风水”。

——以上这些,是中国古代关于空间的定位。

好了,既然有了时间和空间的定位,下边就说到人,或者说是一个生命现象的定位了。在人的定位上,中国古代是以出生的年、月、日、时为坐标系的。由此,我发现,中国古代的哲学,是活人的哲学。在浩如烟海的命理学说里,讲的大多是“生、旺、死、绝”及“官、财、印、食”,虽然是“唯心说”,却并不包括幸福指数。

我说过,我钻在了故纸堆里。原本是好奇,是想证伪的。我只是想在各种各样的生命现象中,找出根据来,以此来证明,古人那浩如烟海的文字说明,是不科学的。

可我却一下子陷进去了,越陷越深。最初,我饶有兴趣,都有些痴迷了。有那么一段时间,我就像是在破译“哥德巴赫猜想”一样,没明没夜地钻在这些古人的文字里……有时候,睡到半夜,我会突然从床上跳起来,大喊:我找到“锁钥”了! 可第二天早上起来,仍然是一盆糨糊。

比如,《三元经》曰:每年有十二个月,从气场说,每个月都有生气、死气之位。正月生气在子、癸位,死气在午、丁位;二月生气在丑、艮位,死气在未、坤位(均为阴历)这说的是气场,或者说是磁场的效应。

不怕你笑话,对此,我是做过验证的。为了证明这一切,我一下子买来了五部同一型号的手机。我把五部手机都充上电,分东、西、南、北、中,摆在房间的不同方位,以此来验证气场或者说磁场的强弱……你如果有手机的话,可以在房间里感觉一下,真假自明。

比如,《神白经》论:"寅午戌的寅时;亥卯未的亥时;申子辰的申时;巳酉丑的巳时"(也就是指凡出生在阴历正月、五月、九月早晨三至五点的人;或出生在阴历七月、十一月、三月下午三至五点的人;或出生在阴历四月、八月、十二月上午九至十一点的人),这是说,凡此月此时生人谓之旌德。凡神主旌德,将及三公,不贵即富,五世不贫穷。还有一种注释,说是必须无刑冲克破。——这就难了。

看这些文字,我曾经叹道:若真能五世不贫穷,人们为什么不可以挑这样一个日子出生呢?

比如,《阎东叟书》曰:"有天乙贵神者,逢凶化吉,主福贵。"甲戊庚贵在丑未,指阴历出生的年、月、日时中凡天干中有甲、戊、庚一字,地支再见丑、未的;乙已贵在申子,指阴历出生的年、月、日、时中凡有乙、已一字,再见申、子的;丙丁贵在亥酉,指阴历出生的年月日时中凡有丙、丁一字,再见到亥、酉的。依此类推……意思是,凡命带以上贵相的,冥冥之中,有贵人相助,即是有福之人。

比如,《千里马》曰:"甲人见丙寅、丙子;乙人见丁亥、丁丑;丙人见戊子、戊辰;丁人见己丑、己亥;戊人见庚子、庚申;辛人见癸卯、癸巳。"意思是指出生年、月、日、时中,凡有此合者的。年与月合,前半生应验;日与时合,后半生应验;若年与时合,则一生应验……依此类推,谓之福星大贵,食神同窠,法福自然。——这又叫贵遇。你若对照了,有不符的,又找谁说理呢?

比如,《搜髓论》曰:"寅申巳亥全,为五行生气,位至三公。"这意思是说:若人出生的年、月、日时中有寅申巳亥全者,是要当大官的命啊。

比如,《造微论》曰:“子午卯酉全,为五行旺气,文为一品,但不免酒色昏迷。”这意思是说,若出生年、月、日、时中子午卯酉齐备者,文章冠天下,却不免风流啊。——看到这里,我不免猜疑,很想问一问,有哪位作家,是子午卯酉全呢?

比如,《宝鉴赋》曰:“辰戌丑未全,土居四季顺行,四库齐备,谓龙御大海,贵人黄枢,应九五之尊。”这意思是说,若出生的年月日时顺排为辰、戌、丑、未者,这就是天下第一等的好命啊。——这样说,是很吓人的。当今世上不知有没有这样的人?

比如,《玉匣子》曰:“寅辰二字是龙虎,遇此生人谓之风云聚会,龙啸虎吟,福气最隆。”这是说,凡出生年、月、日时中有寅、辰二字相聚者,这又叫一点“玄机”暗里藏。主大福贵呀。

比如,《络碌子》云:“乙丁辛见马(午),丁辛癸向鸡(酉),此是正郎格,清华着锦衣。”这是说,凡出生的年、月、日时中有乙、丁、辛的,再遇午字;凡年、月、日时中有丁、辛、癸的,再遇酉字,谓之清正廉洁之官员,也是锦衣玉食之命。

——如若是有一贪官,出生在此年此月,又该如何解释呢?

比如,《相心赋》曰:“甲丙庚日遇寅时,丙庚壬向巳中推,此是锦衣第一局,谓之锦衣特赐。”这是说,凡出生日子有甲、丙、庚字的,再遇寅时;或出生日为丙、庚、壬再遇巳时的,必是大福大贵,锦衣玉食的好命。

比如,《天理赋》曰:“天下没有穷戊子,世上没有苦庚申。”这意思是说:在戊子日、庚申日出生的人,是终生有饭吃、不会受苦的人。《玉霄宝鉴》又云:庚申,自绝木为魂游神变,遇此日生者,类非凡器。

我告诉你,我曾经也偷偷地查过一些熟人的生辰八字(也就是指出生的年、月、日时)……夜里,睡不着的时候,我常常想起歌厅里的“梅村”,我说的是那个假“梅村”。我要是有她的生辰八字就好了。我就可以验证了。你想,她才一个月大,鼻子尖就被老鼠给啃了,三个月大,耳朵又被猪啃了,长大后又当“三陪”……她的命怎么就这么苦呢,凭什么?! 难道就像《定真赋》里说的那样:“日克年、时克月,贫贱之人皆从此出”? 遗憾的是,我没有她的“八字”。

坦白地说,我一直没有找到解开命相学的锁钥,也就是那个所谓的“循世法”。我像是掉在了无底洞里,被古人的文字陷阱给套住了,再也出不来了。我本是要解惑的,却让“惑”把我给肢解了。那几个月里,我夜夜失眠,有时候我觉得我离那个“循世法”已经很近了,很近很近……我就快要摘取命相学皇冠上的明珠了! 可是呢,睁开眼来,却又有一座一座的文字大山出现在我的面前,我傻眼了。

再往深里走,读着读着,就读出荒唐来了:

比如,《壶中子》曰:甲癸未申酉,属破字、悬针,甲癸酉必损眼;未申患心腹疾。这是说,出生年、月、日时中,有甲癸酉、未申全者,有可能伤眼,或有可能患心脏方面的疾病。这仅仅是因为,这样的字形,也仅仅是因为字形的缘故,此为“破字”或属于“悬针”。——此种道理,实在是有些牵强啊。

比如:《定真赋》曰:己巳乙巳丁巳人,名为曲脚煞,命日遇主克头妻。这是说,出生年、月、日时中己巳、乙巳、丁巳全者,以字形解释为“曲脚”。必克伤第一个妻子。这种话,一旦说出来,是伤人的呀。且以字形为解,与命相无碍,实属荒诞。

……不说吧,真的是不敢再给你胡说了。也许会有人对号,假如有一个半个应验的，会伤人的。

说实话，读了这么多命相、命理学的书之后，抬起头，紧吸一口气，却仍然不能替我解惑。就像《三命通会》这本书里说的那样，在这个世界上，从阴阳五行命理学上说，应该有十个日子，是最好的、最为富贵的日子（在此也就不一一列举了）。命理学既是古人研造的，若在封建社会里，最好的命，莫过于帝王了吧？那么，在这十个日子里出生的人，本应是帝王的命。然而，翻遍所有的命理学、命相学书籍及实例，却没有一个帝王是出生在这十个最好、最有贵气的日子里。就连同年同月同日同时出生的人，或一母同胞，命相也大不相同，这又作何解释呢？

由此推断，那就是说，一个人出生的年、月、日时，并不能左右一个人的一生。就按命理学的说法来推演，也有大运的背向、流年的旺衰、人的机缘巧合之说。可见，一个人后天的努力，还是非常重要的。

这么多的文字，古代的先贤们又花了那么多的心血去研究它……这却是一个既不能证明又不能证伪的悖论。古人，是没事干了吗？也许，他们对命运的疑惧和不解，远远大于今人。也许，他们经历的苦难与骤变太多，太恐惧无常的命运了，才一次次去试图解开它。这些文字，仅仅可以说明的是，在大自然中，四时的变化，某一时某一地气场或磁场的旺衰，也许会对人有一定的影响。

可是，面对梁五方时，他能说出那样的话，我还是有些迷惑。他有神性吗？他何来的神性？趁着一次我请他吃饭的机会，我曾逼问过梁五方，我说：五叔，你说说，你是跟谁学的，怎么掐算的？

可梁五方眯着眼，无论怎么逼问，一字不吐。

后来,我终于见到了梅村。

数年后,在一个大风天里,在一个北方的城市里,梅村手里牵着一个孩子,在一条大街上,大步走着……

那一年风沙大,在那条马路上,天灰蒙蒙的,我只看见从大风里走过来一个女人。那一刻,整个世界都不存在了,眼前就像是一个灰色的大幕,幕里就只有这一个女人!一个奔波中的女人。我找了她这么久,在这一刻,她出现了。我呆住了。我很想喊住她……很想。可我心里明白,我如果再见梅村,对她是一种伤害。我知道,她已离了两次婚,正打着第三次离婚的官司……这是我无法接受的。那么,剩下的,就只有怜悯。

是啊,我们都回不去了。我已经无法回到过去。梅村也回不去了。

我听见自己大声叫道:梅村!……可我的喉咙已经干了。我什么也没有喊。我就那么一声不吭地站着。

梅村用一条纱巾包着头,在马路上大步走着,可以说,我与梅村擦肩而过。

那已经不是昔日的梅村了。那是满脸怨气的一个女人,走在路上的中年女人。那孩子大约有七八岁的样子,不愿走,她一边走一边怒斥着……她大声说:快点!你怎么不死呢?可她的手仍然紧紧地牵着那个孩子的手。

我就那么傻傻地站在路边上,看着梅村从我身边走过……她已经认不出我了。就在梅村与我擦肩而过的时候,就像电击一般,我突然发现:经过了许多日子之后,我们都在寻找治疗恐惧的方法。到底害怕什么,那又是说不清楚的。我想,也许,梅村是为寻找而生的。她活在世上,就是为了找一个肩膀,或者说得雅致一些，找一个靠得住的港湾，一个让她不再害怕的地方。可她都没有找到。或者说，她仍在寻找的路上。

我的念头在这一刻停住了，不敢再往深处走了。我手里提着一个箱子，箱子里有九十九朵阿比西尼亚玫瑰的秆儿，秆儿已经枯死了，干的。

可是，等她走过去后，我又有些恍惚……我刚才看到的这个人，她真是梅村吗？

再后来，当我见到骆驼的时候，他问我：见到你的梅村了吗？

我说：见了。

骆驼说：送花了吗？

我沉默。花已消失在空气里……欠了的，就再也还不上了。

骆驼说：屌屌灰。你怎么一脸死气？别那么消沉。你知道吗？运气来了，山都挡不住。他说，㑳，就跟拾钱一样，我撒泡尿，就挣了一千万。而后，他又是侃侃而谈……

那是我见骆驼的最后一面，两年后，骆驼就从十八层大楼上跳下去了。

第八章

你知道“八步断肠散”吗?

“八步断肠散”是一种毒药,药老鼠的,又名“见风倒”。

在平原的乡村,在一个时期里,这种防治鼠患的毒药曾遍布于乡镇的大小集市上。早年间,当卖老鼠药的小贩在集市上光着膀子、拍着胸脯大声叫卖,口口声声喊着“八步断肠散!——见风倒!见风倒喽!”的时候,“八步断肠散”由于名字响亮,广告语朗朗上口,已成了农家乡人们的首选鼠药。

那年月,在乡村里,生命力最旺盛的就是老鼠了。每到子夜时分,鼠辈们几乎天天在房梁上“跑马”或是在席棚上开办“舞会”,出出溜溜、吱吱呀呀,跳跃腾挪,肆无忌惮地进行交配……有时鼠辈们得意忘形,冷不丁一脚踩空,掉下来一只,吓得孩子们哇哇叫!偷吃粮食就不屑说了,所有的装粮食的地方都有老鼠屎。还有大天白日咬伤孩子耳朵或鼻子的……为了对付鼠患,乡人们想了很多办法。有养猫的,有用鼠夹的,更多的人是选用“八步断肠散”。

最初,“八步断肠散”在民间小有名气。虽说不是“见风即倒”,也可以减少一些鼠患。但经过了一段时间之后,这种由黄表纸包成菱形小包、染有红绿黄三种颜色的药丸虽然名字响亮,其药效却大不如前了。虽也药死过一些老鼠,但此后就不行了,老鼠们逐渐地有了抗药性,吃了只是摇摇晃晃地晕上一阵儿,按现在人的说法,走一走“太空步”而已,与后来社会上普遍使用的“毒鼠强”不可同日而语。“毒鼠强”虽然名号一般,却是连人带牛都可以药死的!

其实,把老鼠们逼上绝路的也不是“毒鼠强”,而是水泥。无论毒性多么强的鼠药,最终都会被生命力极为顽强的鼠辈们一一识破。而钢筋水泥的普遍使用则是老鼠们始料不及的,也是最为恐惧的。现在,一代一代的老鼠们正在与水泥赛跑。在城市里,高标号水泥的普遍使用几乎凝固了老鼠们的所有生路,它们的生计也只有穿电线的管子那么细了。

老鼠思考吗?老鼠会思考吗?我不知道。

这像是一场不声不响的战争。为了生存,城市的鼠辈们在长达数十年的时间里首先完成了形体的变异:它们强大的基因信号经过一代一代的传导,使它们的后辈一代一代地小下去,越来越小,不可思议地完成了肉体上的“袖珍化”。乡村的鼠辈们也紧跟其后……对它们来说,活下来是第一性的。这种默默地、由大而小的生命形态的缩变也可以说是惊天动地的。好吧,不说老鼠了。

我说过,早年间,在咱们的家乡无梁,“八步断肠散”可谓人人皆知。可由于药效一般,还因为无数次地被精明的鼠辈们识破,咬破纸包,闻而不食,散红绿药丸于墙角处,被孩子拾起误当糖豆吃……曾使人们一次次大呼上当,戏称为“慢毒药”。后来,它又逐渐演化成了一个人的绰号。

很多年过去了,我一直不明白,人们为什么要送他这样一个绰号。

他是我的小学老师。

一九六二年从城里下放回来的。

老师姓杜，名叫杜秋月。明明是一男人，却取了一个很女性的名字。记得那是冬天，刚来的时候，他穿一件黑色的四兜干部制服，上衣兜里插着一支黑杆钢笔，脖里围着一条绛红色的围巾，戴一副眼镜，鼻梁上有两片眼镜托压出来的红印，很有学问的样子。进村时，他肩上扛着铺盖卷，手里提一皮箱子，腰半弓着，拖拖沓沓的，一走一探，很像是一只大虾米。天冷，他还流着清水鼻涕，走两步就停下来，掏出雪白的手绢，很重地哼一声，揩一下鼻子，磨磨叽叽地提起箱子，再走。

待进了村之后，他鸡叨米似的，见人就点头。他甚至对着一棵树点头。他对着代销点门前的那棵槐树点了又点……而后嘴里嘟哝了一句，接着又往前走，一边走一边问。等他摸到大队部的时候，天已过午了。

后来才知道，他是个近视眼。犯了错误才下放回来的。犯的是作风问题。

那一天放工后，大队部院里围了很多人，都是看杜秋月的。杜秋月的穿戴和他的“作风问题”勾引起了无梁村人的强烈的探究欲。人们都很想知道他究竟犯的是何种作风问题，是不是强奸犯。村里人说：若是个强奸犯，是万万不能大意的。于是，在治保主任的多次提议下，大队干部集体决定让他在群众大会上做一交代，以利于以后的监督改造。

那天晚上的汽灯很亮，人到得很齐，连喂牲口的“老料”都来了。全村人集合在大队部里，听杜秋月坦白。这时候，夜空中突然飞来了几只蝙蝠，蝙蝠在灯影下一墨一墨地飞，像乌云一样，箭一般从人们头顶上掠过。早早收起了鞋底子的妇女们一个个惊叫道：夜墨虎！夜墨虎！汉子们也跟着抬起头，看夜空中飞舞的“夜墨虎”。有人说:怪了。这时候,怎么会有“夜墨虎”呢?

在平原的乡村,在我童年的记忆里,蝙蝠并不多见。尤其是冬天。只有天气异常的时候,才会有蝙蝠出现。要下雪了吗?我记得,人们一直固执地认为蝙蝠(俗称“夜墨虎”)是老鼠偷吃了盐才变成这样的,是“老鼠和盐”的故事。不吉利。乡下人最恨的就是老鼠,老鼠太可怕了,老鼠偷吃粮食。于是人们就无端地延恨于“夜墨虎”。人们一个个交头接耳相互递着眼色,而后又用探究的眼光望着这个从城里来的“杜眼镜”,就好像这个“杜眼镜”是“夜墨虎”变的。

杜秋月被人带到了会场中央。他先是仰起头,很惊讶地看着众人。大约是看到了墙一样的人脸……接着,慢慢地,他的头勾下去了。这一刻,他脸上似有了怯意,老实了许多。面对众多的乡人,他先是规规矩矩地鞠了一躬。而后一声不吭,就那么弯腰站着。

在治保主任的带领下,人们开始一次次地大声呼口号……当口号声接连响起来的时候,人们的胆子一下子壮了。人们很兴奋,像过年一样兴奋。人们踮着脚跟,身不由己地往前拥动着,人们的唾沫星子在空中飞舞,手指头一点一点的,几乎指到了他的脸上……治保主任也一次次地呵斥他:老实交代!

他仍然不说。

当口号呼到第三遍的时候,老姑父说,静静。静一静!

会场上顿时静下来了。人们的目光全都注视着他……

后来我才明白,在特定的情况下,人的语言不全是用嘴巴说出来的,眼神也能说话。特别是那些极端的、伤人最深的词语,是用“眼睛”说出来的。在平原的乡下,就有这么一个词,叫“砸磕”。那是比喻人用眼睛来说话，是“抨击”或“贬损”的意思。就像是人们眼里生出了许多小石头，人们用目光“砸磕”他。

此时此刻，在众目睽睽之下，他的头勾得更低了。

他沉默着，他不想说。后来，在乡人目光的“砸磕”下，不得已，他还是说了。他吞吞吐吐地说：那个事，已做过结论了。

哄一下，会场炸了。人们齐声呵斥他：哪个事？啥事？啥子结论？说清楚！

在唾沫星子的汪洋大海里，在声嘶力竭的怒斥下，他吓坏了。他再一次弯下腰，哆哆嗦嗦地说：……坏分子。我是坏分子。

看他是城里人，戴一副眼镜，斯斯文文的，开初女人们还略有些顾忌。她们私下里一次次拽吴玉花的衣裳角，在她耳边小声说：这人多猴，咋就套不出话呢？你问你问……吴玉花最恨“作风问题”。于是，她小跑着上去给了“杜眼镜”一脖儿拐，说：咋当的？说。

杜秋月哭了，咧着嘴哭了。

人群里一阵骚动。有人说：哭啥哭？你还有脸哭？

终于，他吞吞吐吐地交代说：我、我谈过一次恋爱……我……后来，她又谈了一个军人……再后来，被查出来怀孕了……

人群里“嗡”的一下，像是有一群苍蝇飞过去了。他这些断断续续的句子，让人们产生了无限的想象力。人们交头接耳地说：妈的，真是个流氓！

这时，治保主任上前，大声质问说：奶奶的，“高压线”你也敢碰？咋谈的？咋怀的孕？谁的孩子……说清楚！

杜秋月有些紧张，他结结巴巴地说：那孩子……孩子、流、流、流了。

此时,治保主任突然高呼口号:叫他赔!

人们怔了一下,也跟着呼:叫他赔!

会开到这个时候,会场简直成了落满了麻雀的谷子垛。人们围旋在一起,一窝儿一窝儿,三五成群,交头接耳,叽叽喳喳的,越说越乱了。有紧着追问"孩子"下落的,有追问女人下落的,还有质问他到底跟人家睡了几回的……最后,人们拥上去,齐伙伙嚷道:揍他!你看他,一脸猴气。不动真格的,他不会说。

老姑父突然大喝一声:停!停停停!乱嚓嚓!胡嚓嚓!嚓嚓成米饭了。

人们的嚷嚷声被老姑父制止了。牵涉到军人,他不想让杜秋月说得更详细。就说:老杜,就到这里吧。你好好改造。

人们还想听,人们意犹未尽,人们希望他说得更详细些……人们要求说:让老杜说完嘛。让老杜说完。

老姑父断然说:就这吧。散会。

散会后,人们再看老杜,那目光就变了。村里人都知道了,老杜是有"帽子"的。老杜那天没戴帽子,老杜围着一条围脖儿。可他头上有"帽子",是一顶看不见的"帽子"。此后很多年,我一直以为,凡戴围脖儿的人,头上定是有"帽子"的。

这年冬天,分配老杜的活儿是收尿、挑尿。村街里的厕所是男女混用的。识别方式是搭在墙上的裤腰带。开始老杜不知道"裤腰带识别法",挑着尿桶就进了厕所,里边"哇"的一声,他慌慌地退出来,吓得一迭声说:对不起。对不起。后来有人质问他:你不是故意的吧?他吓坏了,忙说:不是。真不是。而后人们告诉他:你看墙头。墙头搭的若是红裤腰带或是丝线编的、有穗穗儿的那种,那就是"女";若是一根绳,或是蓝、灰、黑布的带子,或是皮带子,那就是“男”了。打远一看就知道。可老杜始终也没有弄清楚“男”“女”的分别。于是每次进厕所,他都会远远地喊一声:有人吗?

老杜在挑尿的头一天,就给自己备了一个大口罩。老杜是村里唯一戴着口罩挑尿的人。他担着尿桶走在村街上,每一个见到他的人都说:老杜,你戴着一个牛笼嘴干什么?他郑重地说:不干什么。我不是怕脏,我有胃气疼。而后,当他担着尿担子拐向菜地的时候又有人问:老杜,你戴个牛笼嘴干什么?他再次解释说:不干什么。我不是怕脏,我有胃气疼。就这么一路走,一路问,老杜每次都恭恭敬敬地回答。尿是往菜地送的,一天四趟。进了菜地之后,在菜地干活的妇女们还会问:老杜,你戴个牛笼嘴干什么?他就一次次解释说:不干什么。我不是怕脏,我有胃气疼。我真的不是……人们就笑。就这么一天下来,他很自觉地就把捂在嘴上的口罩摘掉了。

过罢年,到了三四月间,春天里雨水大,村路被雨水泡泛了,全是泥浆子。架子车轧出的车辙一沟儿一沟儿的,人踩的脚印一窝一窝的,走起来滑唧唧的。当我们光脚在泥水里奔跑的时候,分派去挑尿的老杜却特意换上了一双胶底鞋,还穿着袜子。村里人见了,叹一声,说:到底是城里人哪。

治保主任看见他,伸手一指说:老杜,你过来,过来。老杜挑着尿担子过去了。治保主任说:放下。扶住树。老杜就放下尿担,看了看树,天湿,槐树上生虫了,黑麻麻一片,他恶心得干呕了一声,可他还是扶了。治保主任说:老杜,你把鞋脱了。我送你一双皮靴。老杜就把鞋脱了一只,看看主任。治保主任说:脱了,袜子也脱了。老杜手扶着树,一只脚金鸡独立,把袜子也脱了,再看主任。治保主任说:踩地上。老杜迟疑了一下,就光脚踩在泥窝里了。治保主任说:那一只。于是,两只鞋袜都脱了。治保主任指一指自己的腿,说:裤腿,还有裤腿,扁起来。老杜就把裤子"扁"(在平原,"扁"是折叠的意思)起来。治保主任说:挑上。老杜就重新挑上尿担子。治保主任说:利索吧?老杜两只脚"呼哧、呼哧"地在泥窝里踩着,拔出来就是两腿泥。老杜说:利索。利索。治保主任说:巴地吧?不滑了吧?这就对了。泥嚓嚓的,多废鞋呀。去吧。老杜一手提着鞋袜,一肩挑着尿桶,边走边点头说:好。这好。

夏天到了。割麦的时候,老杜戴一顶新草帽,穿一件白衬衣。领口、袖口处的扣子都系得严严实实的。到了地里,人们都在看他。有人说:老杜,你这是串亲戚呢?他已经能听懂乡人的话了,说:不串。我这儿没亲戚。人们哄一下笑了。老杜很尴尬地站在那里。治保主任说:老杜,既然不串亲戚,捂那么严干什么,脱了吧。众人都说:那麦芒儿,一天都给你扎烂了。脱脱脱,赶紧脱。老杜看汉子们大多都光着脊梁,迟疑了一下,就脱。脱了衬衣和背心,众人呀了一声,只见他一脊梁的红疙瘩,都是蚊子咬的。治保主任走过来,用脚先把地上的麦茬踩倒,而后又蹲下来用手把地上的土坷垃一一"面"了。说:会驴打滚吗?老杜怔怔的。治保主任说:驴打滚你都不会?众人呱呱又笑。治保主任就现场做一示范。于是,在一片笑声中,老杜往地上一躺,跟着学"驴打滚"。治保主任说:糙糙。好好糙糙。老杜很听话,很认真,他接连在地上打着滚儿,左打,右打,左糙,右糙……众人笑得腰都直不起来了。治保主任问:还痒吗?老杜红着脸说:不痒了。不痒了。

治保主任豪迈地说:土里有药。

到了第二年,老杜已可以穿着大裤衩子,光着脊梁蹲在村街的饭场里吃饭了。他甚至学会了在阳光下捉虱。他蹲在烟炕房的门槛上,在暖暖的阳光下,“咯嘣、咯嘣”地扪一片一片的虮子。在烟炕房外,老杜也学着把刚烤过的烟叶揉碎,用旧报纸裹了卷烟吸,可他没学会,老咳嗽。他只是学会了一句话:烟太壮了。(在乡村,“壮”即呛和辣喉咙的意思。)过了不久,老杜甚至还学会了扬场,他一边扬一边还认真地背口诀:扬出去一条线,落下一大片……人们又笑。

秋后,在芦苇荡里割苇子时,老杜已可以跟那些妇女们说说笑笑了。秋后的苇叶像刀片一样,一不小心就把身上割一道血印。女人们一边教他割苇子一边问他:老杜,那女的是你的学生吧?老杜先还扭捏着,说:不是。又说:……是。也算是。毕业了。女人们说:说说,咋勾引人家的?老杜说:是、是她先“那个”我。女人们说:不会吧?人家一姑娘……说说呗。老杜说:有一天,正走着,她突然剥了一块糖,塞我嘴里了……女人们说:甜吗?他说:甜。女人们问:后来呢?把持不住了?他连声说:没有。没有。接着又交代说:就跟她看了一场苏联电影,她把手递到我手心里……女人们问:那还不握住?他说:握,握了。女人们追问:软和吗?抠人家手心了吧?他说:没有。真没有。汗,我出汗了。女人们说:咋那么不小心,就怀孕了?老杜诺诺地说:“安全期”。她说是……“安全期”。女人们齐声问:啥是“安全期”?他说:我、我也……说不好。女人们又连着问:那怎么就让人告了呢?老杜叹一声,摇着头说:后来,我不知道,她……又谈了一个……女人,斗(读)不懂的。女人们哄地笑了,说:说说,你“斗”了多少女人?老杜也笑,苦笑,说:没有。就这一个。女人们都替他惋惜,说:你说你,就“斗”一女人,还弄了顶“帽子”,亏不亏?在一片哄笑中,老杜很快就得到了女人们的谅解。女人一向同情弱者。她们一个个都争着教他些割苇子又不伤手的方法。一个个说:老杜,你真是倒霉呀。

老杜戴着“帽子”呢,老杜很低调。这一点正是村里女人们喜欢的。她们先是教他做饭,而后又教他学会了破篾子、编席。甚至还教他站在滚动着的石磙上碾篾子。老杜的水蛇腰半弯着,站在石磙上总是保持不住平衡,摔了很多跤。老杜的眼镜架摔坏了,用线缠着,让人看了很亲切……在村里,老杜一举一动都会惹女人笑,常笑得女人们直不起腰来。

后来,村里人都说老杜进步很快。老杜先是晒黑了,也耐冻了。那一年,割完荡里的苇子,村里“打平伙儿”时,在众人的撺掇下,老杜居然也喝了一碗酒,醉了。

“打平伙儿”是编席窝儿一年一度的庆祝方式,村村如此。一般都是割完苇子的时候,由公家收席点预支一些钱(这钱在交席的时候由各家分摊着扣除),买上一扇猪肉,再由村里出些白菜、粉条、豆腐之类,在刈过的芦苇荡里就地垒一灶,支上大锅炖了;再买上几坛便宜的红薯干酒,燃一堆篝火,全村人都来热闹一番……这儿乎算是男人们的节日。村里汉子们喝了酒就玩“顶牛”,一对一,头顶头,看谁把谁顶败了,胜者有奖:好酒者(额外)奖三碗酒;好肉者(额外)奖三碗猪肉炖粉条。那天,看汉子们嗷嗷叫着,闹着,胜者大碗喝酒……老杜先是在一旁看着。红薯干酒性烈,他已在众人的撺掇下喝了一碗,有些醉意,就一个劲地傻笑。这时,有人叫道:老杜,上来,顶一个!让老杜顶一个!

老杜先是一怔,摆着手说:不行,我不行……可是,众人一拥而上,还是把他给推出来了。谁也没想到,当老杜站到篝火前时,先是还扭捏着、推让着,突然一下子就活泛了,他用左手支着腰,挺直了腰杆,头发一甩,仰起脖儿,红着一张酒脸,两眼一闭,“啊”的一声,竟朗声背起诗来:帝高阳之苗裔兮,朕皇考曰伯庸。摄提贞于孟陬兮,唯庚寅吾以降。皇览揆余初度兮,肇锡余以嘉名。名余曰正则兮,字余曰灵均。纷吾既有此内美兮,又重之以修能……

这下子,众人傻了。汉子们一个个互相看着,问:娘耶,他“西”(兮)啥呢?日白的啥?有人摇着头说:乖乖,大学问哪!老杜大学问!有的说:是啊,老杜学问深着呢。不简单,真不简单……只有治保主任说:屎,屎哩学问。

往下,老杜朗诵的声音越来越大了。只见他不时地扬起手臂,舞动着、比画着,摇头晃脑,抑扬顿挫地唱道:……长太息以掩涕兮,哀民生之多艰。余虽好修姱以鞿羁兮,謇朝谇而夕替。既替余以蕙纕兮,又申之以揽茝。亦余心之所善兮,虽九死其犹未悔……

是呀,人们瞪大着眼睛,全都傻傻地望着他。人们听不懂,人们不知道他在“日白”些什么。人们只是猜测:这就是“学问”哪,大学问!乡人们被他的情绪感染了,一个个拍手叫好。可是,正当人们齐声叫好的时候,老杜却突然停了。他怔怔地站了一会儿,“哇”一声哭起来了。一个五尺汉子,平身往地上一躺,放声大哭!……人们互相看着,说:这、这是咋啦?这时候,女人们拥上来,乱纷纷地说:醉了。老杜醉了。把他抬回去吧。于是,人们七手八脚地,把老杜扛上,抬回村里去了。

这年的冬天,到老杜烟炕屋去的人越来越多了。人们一旦闲下来,就说:走,找老杜“喷空儿”去。于是,老杜住的烟炕屋就成了汉子们“喷大空儿”的地方。在平原,“喷大空儿”就是谝闲话的意思。这在上层叫做“清议”或者称之为“交流”,在民间就是“喷空儿”了。天南地北,贩夫走卒,皇帝老儿,说到哪里,就是哪里,这里边也有长见识的含意。人们相互间熟了,熟不拘礼,来了就往屋角里、门槛上一蹲,听老杜"喷空儿"。

这时候,人们都忘了老杜的"帽子",老杜自己似乎也忘了他头上还戴着"帽子"呢。一到晚上,老杜的烟炕屋就热闹起来。老杜说:……我准备给中央写封信。是时候了,我看可以解放台湾了。人们都瞪大眼睛望着他。老杜说:你们知道吗?吴庭艳,越南的吴庭艳被击毙了!这时,有人小心翼翼地问:这个啥子吴庭艳,是干啥的?有人马上说:你懂个屎!听人家老杜说。老杜说:这个,吴庭艳嘛,是越南的总统……这还不是最重要的。还有一个消息,大好消息。你们知道吗?美国出大问题了,肯尼迪被刺!又有人问:肯尼迪是谁?有人立即制止:你管肯尼迪是谁呢?听老杜说呗……老杜说:总统,美国总统。这个肯尼迪,还是美国有史以来最年轻的总统,只有三十六岁,死了,被刺了。美国黑人也不断地上街游行示威。所以我说,是时候了。

白天里,老杜依旧去挑尿。有人一边系着裤腰带一边问:老杜,你那信,给中央的信,写了吗?这时候,老杜大约意识到了他的"帽子",就含含糊糊地说:正斟酌呢。我得斟酌斟酌。那人说:是,那是。你这么大学问,给中央上书,可不是小事……老杜说:那是。路上再碰上谁,就有人打招呼说:老杜,夜里可早点吃饭,再给说说美国的事。美国,那啥子"丁"啊?……老杜说:马丁,马丁·路德·金,是黑人领袖……

一天,当老杜挑完尿,又到大队部去看报纸(大队部里有一份《人民日报》)的时候,老姑父见了老杜,说:老杜,听说你要给中央写信?老杜一怔,说:我、我是说,那个啥,解放台湾……老姑父瞪了他一眼,摘下帽子,摸了摸他新剃的头,光头,什么也没有说。老杜脸色变了,连连点头说:知道。我知道。

这年冬天,到了下雪的时候,无梁村妇女们一个跟一个学,突然都围起了绛红色的围巾。那些在城里有亲戚的年轻姑娘,还专门托人从城里捎回了很艳的玫瑰红围巾。过年时,村街里走着一片红,石磙上晃着一片红……很喜庆。只有老杜不再围围巾了。他怕村里人说他。老杜的围巾束在了腰里,他说这样暖和些。

第三年,老杜由于表现好,就被派到村里的小学教课去了。

老杜大概很愿意当教师。不知怎的,老杜突然就傲起来了。他特意去镇上理了发,梳了个偏分式,还上了些头油,看上去明晃晃的。老杜再一次换上了他的四个兜的干部制服,脚上换了一双皮鞋,那皮鞋原来一直在箱子里放着,还是双三接头的,他咔咔地走在学校院门口,引了很多孩子看他的脚。老杜扶了扶眼镜,说:同学们早……我们都愣愣地望着他,一时像傻了似的,肃然起敬。

当治保主任在学校门口碰上了老杜的时候,他"哟"了一声,眼珠子瞪得像是要飞出来,他说:老杜,蚂蚁上树了?还穿上皮嘎了?神气呀。

老杜不好意思了,赶忙解释说:主任,给学生上课,那个……得注重仪表。

治保主任看着他,说:哈?一表?啥子表?

老杜郑重地说:我作为教师,仪表要整洁。

治保主任手一背,鼻子里哼一声,说:好,一表好。你这人哪,一表,那就……一表吧。还有,你不是要上书吗?到时候,老蔡说了,得审审。

老杜哑了。

当年,小学校长苗国安也是无梁的女婿。当他在校长室第一眼看见老杜时,竟有些手忙脚乱。他先是下意识地忙把“扁”起来的裤腿捋下去,接着又把踩在椅子上的一只脚放在地上,挺了挺腰板……突然又觉得不妥,庄严地咳嗽了一声,说:老杜,进来吧。

当杜老师从校长室里出来时,就显得不那么神气了。这时候,他才明白,他只是一个临时的代课老师。据说,苗校长还特意点了他一句,说:老杜,你可要注意,你戴着“帽子”呢。老杜惶然地说:知道。我知道。他夹着两本小学课本,像泄了气的皮球似的从校长室走出来。在校园里,他一路走一路摇着头,嘴里不满地、嘟嘟哝哝地说:我大学毕业,让我教小学三年级?太小儿科了吧?!

可是,虽然只让他教小学三年级,他还是很高兴。那天,当他站在讲台上的时候,他的头忽一下就仰起来了,他仰头的姿态潇洒极了!他的头偏着往上一仰,拿起粉笔,在黑板上唰唰唰地写下了三个大字:杜秋月。而后,他用粉笔点着黑板上的字,朗声说:同学们,认识这三个字吗?杜、秋、月。这是我的名字,我就叫杜秋月。就是《红楼梦》诗句里“一轮明月才捧出,人间万姓仰头看”里的那个“月”!说着,他在自己的名字下重重地画上了两道粉笔印!

接下去,他又唰唰地在黑板上写下了两行诗句:虚负凌云万丈才,一生襟抱未曾开!写后,他拍拍手上的粉笔末,清了清喉咙,大声问:知道这是谁的诗吗?——李义山,也就是李商隐。

说完,他站在讲台上,望着下边,怔怔的……

我们傻乎乎地望着他,这几乎是傻对傻。他迟疑了片刻,突然说:哦,你们,三年级是吧?不明白是吧?你们,这个这个这个这个,还小……以后,以后会明白的。现在,上课。今天,今天讲……他翻开小学课本。

我们齐声喊道:小猫钓鱼!

他说:那就小猫钓鱼。

从此,杜秋月就成了我们三年级二班的老师。我们私下里都叫他“杜眼镜”。杜眼镜教我们语文、算术、美术、音乐兼体育。上课时,杜眼镜喜欢用粉笔头“点名”。在课堂上,要是哪位同学打瞌睡了,他就掰一小截粉笔头,把粉笔头拿在眼镜片前,晃晃,以瞄准的姿势,“啪”地射出去。可他总是把粉笔头射偏,而后再来一次……十不抽一会射在脑门上,引得同学们哄堂大笑!

杜眼镜上课与别的老师不同。他会不时地改变上课的方式。有一次上课钟声响过之后,他竟然把我们全班学生带到学校的操场上,讲的却是算术课。

那天上午,他把一块小黑板绑在篮球架的横梁上,让我们在操场上列队站好,而后他突然跑了……我们就那么列队站在操场上,不知道他要干什么。有同学问:这不是算术课吗?有的说:改体育了。

过了一会儿,他又匆匆地从操场后边绕过来,推来了一辆破自行车,那是从老姑父那里借的。他把车子扎在我们面前,大声问:同学们,这是什么?

我们大声说:洋驴!(那时候,我们把自行车叫做“洋驴”。放学后,我们常常站在大路牙子上,齐声喊道:骑洋驴,戴手表,老子不干你吃屌!)

他说:这叫自行车,上海产的“永久牌”自行车。知道上海在哪里吗?

我们大声说:不知道。

于是,他又在小黑板上用粉笔画了一幅中国地图,在地图上标出了上海的位置……而后又给我们讲起了上海,他说:上海是一个大城市……接下来,他从“上海”讲到上海产的“永久牌”自行车,这才开始讲自行车的构造和原理,讲大齿轮和小齿轮之间的关系……讲着讲着,钟声响了,别的班都下课了。全校的学生都哄一下围上来,看他一个人讲课。

看这么多的学生都围过来听他的课,杜眼镜一定是兴奋极了。他不但眉飞色舞地给我们讲解,竟然还亲自蹲下来,现场给我们做示范。在众人的观摩下,他一会儿蹲下,一会儿又站起,一边呼呼地搅动着那辆自行车的脚蹬子,让车轮飞快地旋转起来,一边在小黑板上写上大齿轮与小齿轮的转速比率……

老实说,这节课太新鲜了!同学们都很兴奋。这时,他说:谁愿意上来试试?于是,全班同学都举了手,一个个都跃跃欲试。他就一一点名,批准我们班的学生每人上去绞上一圈,蹲下来仔细观察小齿轮与大齿轮的转动,来计算大齿轮与小齿轮的速度之变化……那时候,自行车很少,我们看着这辆自行车,都眼馋着想上去骑一骑。在我们的强烈要求下,他说:好,破个例吧。我给你们破个例。于是,他又一个个喊着我们的名字,由他扶着后架,让我们每人上前学骑一圈儿。那时,操场上一片笑声,学生们高喊着:歪了,歪了!驴歪了!……还没等到课上完,左一歪,右一拐的,那辆自行车就摔坏了……这天下午,到了上自习课的时候,他又赶忙推到镇上去修,据说被老姑父逮着臭骂了一顿。

有一段时间,由于他课上得好,同学们很快就喜欢上他了。他几乎成了我们追随的榜样。我们光着脚学他“咔咔”地走路,学他仰头的姿势,头一扬,再一甩……可谁也学不像。下课后,我们甚至学他用粉笔头相互“射击”,可谁也射不出他那样的效果,因为我们没有“眼镜”。

上体育课他喜欢领着我们打篮球。在那个简易的球场上，杜老师的投篮动作十分优雅。他的三步上篮就像是表演杂技，他"噔、噔、噔"跑上三步，而后飞身上篮，右手高高挑起，就像是雁飞一样，手腕子一翻，准确地把篮球扣在篮里，看得我们目瞪口呆！

后来，杜老师的头昂得越来越高了。他见了苗校长也不再点头了，就那么夹着课本昂昂地走过去，连苗校长都吃惊地望着他。冬天里，他又围上了他的红围巾。每每围巾的一头脱落下来时，那仰脖儿的一甩简直神气极了！有几天，他走路时嘴里总是哼唱着什么，脚下就像是装了弹簧似的，一弹一弹地走。有时候他还会像篮球场上三步跨篮似的，突然来一跳跃或是滑步……可见他心里是多么高兴！

可是，杜眼镜又差一点犯错误，犯男女关系错误。在老师们的窃窃私语里，我们知道：在我们学校，有一个绰号叫"别针"的高年级女学生，偷偷地喜欢上他了。据说，这个号称"别针"的邻村姑娘，总喜欢在胸口上别一个大别针。那个"别针"明晃晃的，不但成了她的装饰品也成了她的雅号。有一段时间，她总在我们教室门前晃来晃去，下了课就追着杜眼镜提问题，说：杜老师，你等等……后来，她每天早早地从家里溜出来，偷偷地把一个煮熟的鸡蛋放在杜老师讲台上的讲桌里。当讲桌的抽屉里放够六个鸡蛋的时候，杜眼镜才发现……于是他就给我们上了一堂关于鸡蛋的图画课，讲的是一个外国大画家画蛋的故事。他说，外国有一个名叫"达·达奇"的人，他从画鸡蛋开始最后画成了一个世界著名的大画家……（在我的童年的记忆里，他说的的确是"达达奇"，我们记住了这个"达达奇"。可一直等很多年过去了，我才从一本书里看到，他说的那个人，其实不叫"达达奇"，而是达·芬奇。）我记得，那一堂课的后半节我们全班都画了鸡蛋,虽说是比葫芦画瓢,可我们却没有一个画得像鸡蛋。这就注定我们成不了画家。因为我们很少吃鸡蛋,那是“银行”。

渐渐地,我发现杜老师周围出现了一些目光,像黑蚂蚁一样的目光。有老师私下里提醒我们说:离他远一些,他戴着“帽子”呢。可还是有学生接近他,我们都喜欢他。

据说,在一个没有星星的夜晚,那个绰号叫“别针”的女同学躲在年级教研室扭弯处一截矮墙后边,突然拦住他,问:杜老师,鸡蛋你吃了吗?杜老师怔怔地站在那里,说:鸡蛋?“别针”说:鸡蛋。他说:噢,噢。是这么回事。我还以为……这不好吧?她说:我家有三只母鸡,一只芦花,一只鳖子黑,一只生产鸡。有时两只下蛋,有时三只下蛋,早起,鸡蛋是我一个儿拾的,家里人不知道。我娘说鸡蛋补气血……他说:噢,噢。谢谢。他往前走了两步,却又站住了,说:你以后,不要这样。这样不好……可是,“别针”从墙后跑出来了,她一下子就抱住了他……杜老师一定是吓坏了,他闭着两眼,喃喃地一迭声地说:别,别别,我犯过错误,我犯过错误,我犯过错误。“别针”说:是我愿意的。我愿意。我愿意。杜老师说:别,别,别……“别针”说:你摸,你摸,你摸……杜眼镜又有些把持不住了,他浑身抖着;那“别针”也软得像一摊泥,吊在他的脖子上,两人都像筛糠一样抖着……据说,就快要出事时,还是苗校长的一声咳嗽挽救了他。苗校长不知从什么地方冒出来,大咳了一声,把“别针”给吓跑了。

这天夜里,苗校长把杜眼镜叫到了校长室,狠狠地熊了他一顿。杜眼镜吓哭了,一把鼻涕一把泪的……再后,苗校长对人说,他早就发现了他们二人很不正常,一直盯着他们呢……是苗校长挽救了杜眼镜。要不,“别针”家是邻村一大姓,本族人口众多,若是他的家人知道了,会把他打飞的。

此后不久,苗校长又跟“别针”谈了话。从此,“别针”再不到学校里来了,她嫁人了……杜眼镜再见苗校长时,会默默地点点头,以示敬畏之意。

从此,老苗,我们的苗校长咳嗽声更响亮了。他终于找回了自尊。

在乡村,有些事情是突如其来的。

我们叫作“躲过初一,躲不过十五”。这是藏在心底里的、有着悠久历史渊源的、说不清来由的精神恐慌。就像是远远的天边隐隐有了雷声,却仍然是风和日丽,阳光明媚。可是,风忽然就腥了,刮起来了。等人们愣过神儿的时候,已是大雨倾盆了。

记得,一九六六年的夏天,杜老师正在课堂上给我们朗诵“白日依山尽,黄河入海流……”他的声音就像是唱歌一样,好听极了!他张开双臂,两眼先是圆睁,而后微微地一闭,做一波澜壮阔的姿态,仿佛已化身为黄河,奔腾而下……突然之间,没容他走出“黄河”,睁开眼来,镇上中学的一群学生嗷嗷叫着冲进来,兜头扣了他一桶糨糊!

一时,课堂上很静,只有杜老师仍然“波澜壮阔”地立在那里,他身上的糨糊自上而下从头到脚沥沥啦啦地流淌着,那糨糊是杂和面儿打的,带有一股子发了霉的豆腥气。他浑身上下全是糨糊,眼镜也被糨糊糊住了,白花花一片,成了一个“糨黄河”……那个为吟唱“黄河”而做出的一个“大”字仍然伸展着,糨糊淋淋沥沥在地上滴出了一个扁担长的“一”字,杜老师顿时成了一只刚从汤锅里捞出来的老母鸡！紧接着，一个纸糊的高帽子又猛地扣在了他的头上，那上边写着打了红叉的黑字：坏分子杜秋月！

杜老师哭了，扑扑哧哧的，像孩子一样。他哭得很伤心，完全丧失了一个老师应有的尊严……他哭着说：我看不见。同学们，我看不见……

杜老师戴上真正的“帽子”了。那纸糊的帽子把他的眼镜都扣住了。给杜老师戴高帽的是镇上中学将要毕业的高年级学生。镇中的学生之所以敢往老师头上泼糨糊，是因为他们一人戴着一个“红袖章”。

从镇上中学赶来的学生里，领头的是治保主任的儿子，大名吴小屯，外号叫屁墩（后来有一段时间他曾改名为：吴红卫）。吴小屯把胳膊上戴的红袖章往上一捋，神气活现地站在讲台上，一只手按着杜老师的脖儿颈，另一只手挥动着，大声说：同学们，他被揪出来了，再不要听他放毒了！

我们仍然傻傻地看着，不知道这又是什么“梦”？……

这时候，大队部里的大喇叭突然响了。那声音高亢、鲜艳，就像是从天外突然飞来了一只大鸟，会唱歌的鸟，听来让人兴奋，也让人激动和紧张。在我原有的印象里，屁墩就是屁墩，屁墩让我联想到红薯，与屁墩联系最密切的应是红薯，屁墩放的红薯屁比谁都多。但是，一旦他戴上了这个“红袖章”，他一下子就像是变了个人似的，连说话的腔调都变了，几乎成了一个领袖！

一时间，老母鸡变鸭，屁墩成了“领袖”了。在雄浑高亢的音乐声中，屁墩又领人揪来了两个老地主、四个富农（四男二女，都是六七十岁的老人），加上杜眼镜，共七个人。七个头戴高帽子的人，用绳子串在一起，战战兢兢地排队走在操场上。屁墩不时用脚踢着他们的屁股，喝道：一二一，一二一，走好！……几乎所有人都在听从屁墩的号令。那其实是在听"红袖章"的号令。就因为他胳膊上戴着一个"红袖章"，他就可以用棍子一个个点着那些老人的头，说：你，你，还有你。站好了！

这时候，我们成了一群围观者。我们试图不看屁墩，我们曾经很蔑视他。可我们现在不能不看他了，他的胳膊上戴着一个"红袖章"。我们所有人都盯着屁墩胳膊上的"红袖章"。我们一个个都为"红袖章"着迷！它像是有无限的魔力，使每一个戴上它的人气冲牛斗！我们都渴望得到这个"红袖章"，只要能戴上这个"红袖章"，让我们干什么都行，哪怕是死！如果有可能的话，我很想去找一块红布，给自己缝一个"红袖章"戴上。可我不敢，那东西太神圣了！于是，我们自觉自愿地成了屁墩的追随者。我们高呼着口号，小跑着跟在屁墩的后面，我们追随的不是屁墩，而是"红袖章"。

……后来，我们也开始踢那些老头的屁股，踢老师的屁股，偷偷地。

我们虽然曾经狂热地追随过杜眼镜，可他被"打倒"了。一个被"打倒"的人不再受人尊敬。我们都在看他的笑话，我们觉得他可笑极了，一身的糨糊，那纸糊的高帽子把半个脸都罩住了。他可怜巴巴地被人拎着脖领子，一脚踢倒在地，跪在操场的中央，就像是个晕头鸡……真糗包呀！

紧接着，在屁墩的带领下，十几个镇上中学的学生架着老杜，让他表演性地做了一回"喷气式飞机"。那时候我们还不知道什么是"喷气式飞机"，在屁墩的指挥下，由杜眼镜现场示范，让我们看到了"喷气式飞机"的造型。戴"红袖章"的学生把他的两只胳膊架起来，用力向后扬，腰弯着九十度，头往前冲，把头发揪起来，这就是“喷气式”……后来,全村人都赶来看“喷气式”了。

操场上黑压压的全是人。于是,屁墩一次次神气活现地振臂高呼:打倒杜眼镜!

人们就一次次跟着呼:打倒杜眼镜!

屁墩喊:杜眼镜不投降,就叫他灭亡!

我们也跟着呼:杜眼镜不投降,就叫他灭亡!

屁墩本是要把老杜带到镇上去游街示众的,被匆匆赶来的老姑父拦住了。

老姑父说:不能走,老杜下放改造,归大队管制。

屁墩说:你包庇坏分子!

老姑父用本地话骂道:放你娘那臭狗屁!老子革命时,你还在你娘裤裆里呢。

屁墩说:你敢骂人?

老姑父说:骂你是轻的。大队是一级组织,你算老几?把人放下。民兵集合!

……屁墩到底年轻些,他被老姑父的气势镇住了。这时,治保主任上前说:墩儿,听你姑父的。

当天晚上,老杜蹲在河边上清洗身上的糨糊,他一边洗一边哭,小声呜呜地哭,像是一个被人掐了脖子的狗娃……哭着哭着,他一头栽到河里去了。刚好老姑父怕老杜寻短见,派一民兵偷偷地看着他。人一吆喝,村里人跑过来,把他给捞上来了。

老杜哭着解释说:我不是故意的。我不会自绝于人民,我是失脚滑下去的。真的。

此刻,村里女人们又觉得他可怜,赶忙从场里搬来几捆谷秆草,用秆草火给他驱寒……

到了晚上，老姑父到烟炕屋来了。他蹲在门槛处，对老杜说：老杜啊，教了两天学，你还理一分头，穿一皮鞋，你说你烧啥呢？老杜弯着腰说：是。我错了。我知道错了。老姑父说：你也别往别处想，好好改造。有我在，没人敢咋你。老杜流着泪说：你放心，我一定好好改造，脱胎换骨。老姑父说：看你说的，血可以换，骨头能换吗？老杜保证说：你放心吧，我能。我一定脱胎换骨，重新做人。老姑父叹一声，安慰他说：你也该成个家了。赶明儿，我给你说一个。老杜苦着脸说：我这样，谁要我呢？

第三天，公社开批斗大会，老杜又被人押着送到公社去了。据说，老杜头戴纸糊的高帽子，在台子上整整跪了一天……如果不是老姑父跟着，他就回不来了。

三天后，老杜重又回村挑尿去了。他戴着一顶吓老鸹的破草帽，穿着裤衩子，光着脚丫子，挑着尿担子顺着墙边走，战战兢兢的，见人就点头。在村街里的厕所门前，他小心翼翼地问：有、有人吗？

这时，治保主任提着裤子走出来，见是他，喊一声：老杜。

老杜弯着腰说：有。

治保主任再喊：老杜。

他说：有。

治保主任说：大声点。

他说：有！

一九六九年，老杜结婚了，娶的是一个寡妇。

这寡妇是老姑父给介绍的。寡妇姓刘，王家庄的，小名刘欢，大名刘玉翠。刘玉翠长得还算周正，就是个吊梢眼，颧骨高些，按平原乡村的说法,“克”男人。她男人王松球三个月前死在了煤矿上。

那时候煤矿上虽然经常死人,因为工资高,还是有人争着去。按规定,死在煤矿上的工人可以领到三百元抚恤金。更有吸引力的是,还可以让一个直系亲属接班。据说,在葬礼上,刘玉翠竟然和婆家人打起来了。为的是争一张纸,那是一张“招工表”,这是待遇。寡妇刘玉翠和婆家兄弟为争这个顶替死人的“待遇”,与婆家人闹得天昏地暗,打成了一锅粥!

王家人本就恨她,说她吊梢眼,是个克星,妨男人。可刘玉翠不识趣,大概她很想离开村子,到矿上去接男人的班(女人到矿上是不下井的,去了顶多是看磅,或是在食堂里当炊事员,这是好活儿),当工人。于是招来了王家一族人的反对。刘玉翠虽然要强,可她毕竟是在婆家的村子里,王姓一族人多势众,寡妇势单力薄,后来这张“招工表”到底也没争到手。不但“招工表”没争到手,刘玉翠还被婆家人打得满脸是血,赶出了家门……刘玉翠实在无法再在村里待了,于是就跑到公社告状去了。

老姑父在公社开会时碰上了这个前去告状的寡妇。那天她穿一件浆过的月白布衫,头上扎一根白孝绳儿,看上去利利索索的,模样还周正……老姑父看她哭得一把鼻涕一把泪的,挺可怜。三说两说,于是就把她带回村里来了。

而后赶忙派人去叫老杜。那时,老杜正往菜地里挑尿……

两人是在大队部里见的面。老姑父本意是让老杜换身衣裳再去跟人见面。老杜执意不肯,放下尿担子就来了。进了门,老杜半弯着腰,傻傻地站在那里。女人说:你坐吧。老杜这才抬起头,看了看女人。等他坐下后,老杜说:我得说清楚,我犯过错误。她说:

我知道。老杜说:我戴着帽子呢。她说:我知道。老杜说:如今我不在学校教书了,我在村里挑尿……她说:我知道。于是,老杜不再说什么了。

刘玉翠是个很有主见的女人。她一直向往城里人的生活,喜欢有文化的人。两村相距三里地,刘玉翠曾见过他在操场上打篮球的样子,见过他穿着皮鞋咔咔地走在校园里的样子。男人走了,从一个"煤黑子"身边改嫁给了一个"白镜子",刘玉翠满心愿意。她说:你的情况支书都说了,我也不嫌你啥。不过,我有个要求。老杜说:你说。刘玉翠说:别瞎胡想,好好过日子。

那时候,老杜觉得自己已经这样了,还挑什么呢?也就默认了这门亲事。于是,在老姑父的张罗下,选了个日子,把相邻的两座废了的烟炕房打通,又用白石灰刷了一遍,贴上了红"囍"字,凑合着摆了一桌酒席,就算是嫁过来了。

新婚之夜,晚上睡觉时,女人很听话,也很配合。老杜让她喊什么就喊什么,她觉得这就是"文化"。听房的村人都很惊异,在烟炕房外,众人听见刘玉翠一晚上都在"犁地",两人一声声喊着:犁,犁,犁,犁呀!……

第二天,有人开玩笑说:玉翠,你牵了几犋牲口啊?就犁了一夜地?

刘玉翠的脸一下子就红了。

等过了些日子,经女人们的嘴一传两传的,村里人才明白了两人夜里的事。最初,晚上睡觉时,女人还听话,两人亲热时,叫怎样就怎样。兴奋时,老杜顺嘴喊出一个字:"li"。她觉得新鲜,畅快,也顺音儿跟着喊:犁,犁,犁,快犁!快犁!老杜说:不是这个……她问他是哪个?老杜不说。后来她就猜,待琢磨了些日子后,刘玉翠终于明白了,那是一个女人的名字。便骂道:愿日就日,犁你娘那脚!就再也不喊了,咬紧牙,一字不吐。老杜也不再喊了。两人再睡时,闷闷的。

刘玉翠本以为她是嫁给了"文化",可"文化"中听不中用,成了一个摆设。况且,"文化人"整日里挑尿,一身尿气,臭烘烘的。再说,她嫁过来后才知道,这是一位要她管吃管穿的"二大爷"。老杜离开学校后,很失落。终日里一句话不说,闷闷的。回家来,他就像是一个需要牵线的木偶,你拽一拽绳子,他动一动,你不拽那绳子,他就坐着不动。

以前,老杜的日子过得很凑合。有了女人后,老杜除了挑尿,把一切都交给了女人。刘玉翠也的确能干,每天都能给他做一顿热饭吃。不过,第一天生火时,她就把老杜带来的一个箱子上的锁给撬开了。打开箱子后,把他带来的一摞书撕成一页页的,分成两摞,一摞当成了揩屁股纸,一摞当成了引火的媒子。老杜挑尿回来,一怔,说:你怎么把书给烧了?她说:没有火引子。老杜说:那是书,不是火引子。刘玉翠说:你要不看书,能戴上帽子吗?叫我说,都是这些书惹的祸。书一烧,什么也不想,咱好好过日子。老杜愣了好一会儿,说:也是。烧就烧吧。

我清楚地记得,我曾经从杜老师家里的灶屋里偷出了一沓散了页的书,那本书的书皮已经被撕掉了,书里边的句子怪怪的,意思也怪怪的……一直到很多年后,我才想起那本书的名字是《修辞学发凡》。那是刘玉翠当年给孩子擦屁股用的。

有一段时间,"运动"不那么紧了。又有人来烟炕屋听老杜"喷空儿",听他说"尼克松访华"的事……这时候,家里有了女人,女人爱面子,就埋怨老杜,说:你看看,说起来你也是个文化人,家里连个坐的凳儿都没有？说的次数多了，老杜气了，就说：我做。我自己做。于是，他找来一些旧木料，又借了木工用的工具，还特意去镇上的书店里买了一套最新样式的家具书，回来就比葫芦画瓢做起来……老杜本意是想做一件实实在在让女人满意的事。他每天下了工就做，整整做了一个月，终于做成了两把小椅子。他原本是要做四把新式椅子的，可磨了两手血泡，只勉强做成了两把。这两把小椅子太不像样子了，一把靠背是直的，没有弧度，还歪歪斜斜的，勉强能坐人。另一把有了弧度，却锯坏了木料，刚扎好就散了架……气得刘玉翠掂着那把小木椅整整走了一条村街，逢人就说：看看，都看看，这是人做的活吗?!

苦了一个月，却连一把椅子都没做好，老杜觉得脸上无光。一时恼羞成怒，在家里摔了一只空碗……两人还撕扯着打了一架！

此后，老杜挑完了尿，就不急着回家了，常坐在村街里的阳光下晒暖儿、跟人“喷大空儿”。有时候，也学着乡人拧一支旱烟抽，大声咳嗽着，大口吐痰。到了吃饭的时候，女人大声喊：老杜，吃饭了！这时候，老杜才挑上空尿桶，慢慢往家走。

后来，刘玉翠怀孕了，生了一个女儿。生了孩子后，事多了，也常喊老杜帮忙。每次喊老杜，她都要气个半死。比如，她正和面呢，孩子拉屎了。她两手面，从灶屋里跑出来，喊：老杜，屙了。老杜怔怔的。她气呼呼地说：孩子屙了，你不会把把？他问：怎么把？刘玉翠没办法，就赶忙把手洗出来，把孩子从床上拉起来，蹲在门外，给他做一示范……有时候，女人喊：老杜，淤了。老杜仍怔怔的。后来才知道，灶里火大，是锅里熬的玉米面粥漕出来了……再喊：老杜，芝麻秆！老杜仍呆呆的。女人就恶狠狠地说：老杜，添柴烧锅呀，你还不如那个死鬼，死鬼还能给我烧个锅！你木头人呀？

家常的日子,有许多话语是省略的。这是一种默契。比如,滴星儿了吗?(这是问外边是否下雨了。)比如,抬一下头?(这是要他把挂在梁上的篮子取下来。)比如,你是秋娘?(这是说他像蝉一样懒,叫他起床呢。)……老杜与刘玉翠始终也没有达成默契。没有默契也可以过日子,只是磕磕碰碰的,日子过得凑合。刘玉翠恼的时候,就骂他。骂他就像骂一个三岁的孩子,把他骂得七窍生烟……有时候,两人也打架,可吃亏的总是老杜。的确,在生活上,有错的大多是老杜。老杜既在“理”上说不过刘玉翠(“理”是乡村的),动起手来也打不过刘玉翠(刘玉翠嘴一份手一份)……老杜只好投降。刘玉翠就罚老杜请罪。

在日常生活里,老杜实在是太没用了。老杜也觉得他自己是个没用的人,于是让请罪就请罪吧。饭锅淤了的时候,她逼着老杜弯着腰站在灶屋里,嘴里念念叨叨地背语录,向领袖请罪……刘玉翠很喜欢看他请罪的样子:他勾着头,虾一样弓着腰,每一个扣子都扣得整整齐齐的,很正式地背诵着领袖的语录。于是,过不几天,她就找一茬儿,再来一次。刘玉翠一边让老杜请罪,一边又隔三岔五地弥补一下。他一请罪,刘玉翠就笑了,气也消了。每次请罪后,她都会再给他点甜头儿,给他煮个鸡蛋或是砸个核桃什么的,说是给他补脑子用。弄得老杜没有办法。后来,老杜也习惯了。

有一段日子,刘玉翠走出来的时候,村里人就问:老杜呢?

刘玉翠响快地说:在家请罪呢。

人们就笑。

老杜与刘玉翠彻底翻脸是十多年之后的事了。

那一年夏天,最先,有人从流窜犯梁五方那里带回了一个消息:说是北京城里下放的人,有的调回去了。还有的已经平反了,还补了钱呢……这时候老杜穿着一条大裤衩子,正蹲在饭场里吃饭。听了这话,他怔怔的。在饭场里吃饭的人也都望着他,人们说:老杜,跑跑吧。说不定,你也能回去。

老杜嘴角哆嗦着,什么也没说,端上碗回家去了。

第二天,老杜借了辆自行车,就到城里去了。他一直到天黑透的时候才从城里回来。人们见他垂头丧气的样子,就追着问:老杜,咋样了?老杜摇摇头,什么也不说。第二天,照常挑尿。

村里人慢慢才知道,老杜去问了,人家说老杜犯的是男女关系错误,不在平反之列……有一段,老杜闷闷的,很失落。

后来,再到饭场里吃饭时,村里人教育他说:老杜,你傻呀,你以为平反就那么容易?你得送啊!老杜说:送?送啥呢?人们说:送礼呀。你不送,谁给你平呢?你得送!众人都说:对了,送吧!

听众人都这么说,老杜心也活了,于是就送。老杜家里穷,没什么可送的,就打发刘玉翠去村里借。刘玉翠听说只要一“平反”,就成了国家的人了,就可以发工资了,多好的事呀。于是刘玉翠说:我知道你脸皮薄。我去,我去借……刘玉翠就一家一家串,诉说老杜平反的事。这时候,村里人都显得很厚道,柿饼、核桃、鸡蛋,还有油,一家一家地给他凑。说老杜要是平了反,就成了官身了……

听村里人说,那时候老杜常常骑着借来的自行车,带着村里人凑的礼物,一次次地往城里跑。渐渐地,老杜脸上有了喜色。有人问:跑得咋样啊?他说:快了。

就这么跑着跑着,一年过去了,“平反”的事仍然没有着落。老杜一日日在路上奔波着,希望似乎很渺茫,可他已经不再下地干活了。村里人也都知道他在跑事呢,落难之人,队里也不再勉强他。大多数时间,他不是跑在路上,就是躺在床上发愁,脾气也大了,动不动就发火。这时候,刘玉翠每次喊他吃饭都是小心翼翼的,说:爷,你起来吧,我给你擀了酸汤面吃。

老杜挥着手说:别烦我。不吃。

刘玉翠赔着小心:你多少吃一点……

老杜喝道:端走!

一天早上,"吃杯茶"叫的时候,老杜仍昏昏沉沉地在床上躺着,他做了一个噩梦:他跑来跑去,不但没有平反,还罪加一等,又戴上了一顶帽子,他现在头上戴着两顶"帽子",他正在梦中痛哭流涕地做检查呢……老杜哭着哭着,醒了。就觉得有人拽他,待他睁眼一看,是刘玉翠。

刘玉翠站在床前看着他,而后往他的枕头边放了一沓钱,说:日头大高了,赶紧起来吧。进城还有一段路呢。

老杜怔怔地说:这钱,哪来的?

刘玉翠说:爷,一个村都借遍了,我再也给你借不来了。我叫人把院里的三棵桐树出了。卖了三百一十块钱。你拿上去吧。

老杜叹一声,说:不好。我刚做了个噩梦……算了,今儿不去了。

刘玉翠说:啥梦?我给你圆圆。

老杜长叹一声,说:嗨,跑来跑去,不但没平反,又加了一顶帽子,两顶……

刘玉翠说:妞他爹,我看有指望了。梦是反的,这叫顶上加顶。

老杜半信半疑,说:是吗?

老杜本是不信命的。可人到了这一步,不信也信了。他慌忙下床,洗了把儿脸,出门一看,刘玉翠已把自行车给他借来了,还打足了气。于是骑上车就走。刘玉翠追着屁股教育他说:别惜乎钱,多买些烟酒。你没听人家说,"研究研究"吗?

人们在村街里撞见老杜的时候,一个个都"点拨"他说:老杜,还没跑成呢?送,你得送呀!一个"送"字,是土壤里生长出来的哲学,人民的哲学。

老杜点点头,说:知道,我知道。

……就这么跑着跑着,又小半年时间过去了。

一天,傍晚的时候,治保主任背着两只手,在村口等着了从城里回来的老杜……治保主任问:老杜,跑得咋样了?老杜一看是他,手一哆嗦,差点从车上摔下来,就随口说:快了。快了。这时候,治保主任从背后伸出手来,他手里掂着一双破皮鞋,三接头的。治保主任说:这鞋,还给你吧。鞋小,墩儿一天也没穿过。你跑事呢,不是得那个啥……仪表吗?

老杜看了看他,又看了看那鞋,突然说:这鞋送你了。我不要了。说完骑上车就走。

治保主任追着他的屁股喊:老杜,老杜……老杜哭了,一脸泪。

第二天一早,老杜给车子打打气,又上路了……他实在是不愿再看治保主任那张脸了。

冬去春来,老杜的情绪一天一个样儿,有时面带喜色,有时又嘟噜着个脸,垂头丧气的。老杜本是个很有涵养也很爱面子的人,可他在奔波中已把仅有的一点脸面丢尽了。后来,老杜都跑得快没有信心了,他已经到了几近绝望的程度。

记得那时候,我还在一所大学里读研究生。突然有一天,杜老师竟然跑到学校里找我来了。那是个星期天,寝室里就我一个人。

他进门时绊了一跤，踉踉跄跄的，一头栽到了我的怀里。我惊讶地望着他，发现他的脸是紫的，一脸紫黑，简直是怒不可遏！我从未见过他这个样子……他气得嘴唇哆嗦着，结结巴巴地说：志鹏（他一直叫我的学名），你帮我一个忙。帮老师一个忙。

我知道他一直在跑平反的事。可我一个还未毕业的学生，能帮他什么忙呢？我看他这个样子，就快要崩溃的样子，说：你说吧。不料，杜老师突然哭了，他扑哧一下，放声大哭！他哭着说：你知道我敲过多少人的门吗？你知道我赔过多少笑脸吗？你尝过夕阳西下站在人家门外等人的滋味吗？……可以想见，他在常年的奔波中受了多少委屈，看了多少人的脸色……哭着哭着，他擦了擦眼里的泪，喃喃地说：人心险恶，人心险恶呀。

接着，他快速地说：这样，长话短说，我托了一个人。这个人答应帮忙的。他说他一定给我办成……送的礼就不说了。这一年多，我给他送了多少礼就不说了。他答应我的，可他一拖再拖……今儿个，我又找他了。他说，他马上去市委找人。我已经不再相信他了。这样吧，你帮我个忙，待会儿，他出来的时候，你跟着他。我要证实一下，看他是不是在帮我。接着，他轻声说出了一个人的名字……这人我知道，是他的一个大学同学，如今是我们学校的中层领导。于是，我硬着头皮答应了。

这也是我此生第一次去跟踪一个人。一个头发梳理得一丝不乱，既有着教授学衔又有一定的职务、名声很好的人。他一脸祥和地骑着一辆新的女式斜梁“凤凰牌”自行车（在七十年代末八十年代初，这比现在开着一辆小轿车还神气呢）。他自行车上挎着一个篮子，那篮子是细竹丝编成的花篮，很像是一件艺术品……我骑着借来的一辆破车偷偷地跟在他的后边。我看见他慢慢悠悠地骑着车,很审美地在路上走着。他先是去了菜市场,他在菜市场上买了几根嫩黄瓜、几个西红柿、两斤瘦肉、一把蒜薹和一根牛鞭(很贵)……而后他悠然地穿过人群,骑过了菜市场,又骑到了市里的百货大楼门前。他在停车处扎了车子,而后走进百货大楼。五分钟后,他出来了,手里提了几卷卫生纸,他把买的卫生纸放在后边的车架上,骑上继续往前走……他骑到了市委、市政府大门前,可他慢慢骑着过去了,没有下车。我想,这是星期天,他可能会去市委家属院找人,可市委家属院紧挨着市政府呢,他仍然是悠悠地骑过去了……我就这么一直跟着他。等我跟着他回到学校,我看了看表,我整整跟踪他一小时又三十六分钟。这次跟踪,使我获得了一条最重要的人生经验。那就是:不要轻易相信人。特别是那些梳大背头的人,要远离他。

杜老师还在寝室里等着我呢。我不知道该怎么给他说,我想他一定会暴跳如雷,说不定还会找那人拼命……可他听了我的话,却半天沉默着。好久才喃喃地说:知道了。我知道了。我不会再找他了。说完,他扭头就往外走。出门时,他整个人像是被击垮了似的,背驼得很厉害。我追出门,灵机一动,突然说:杜老师……他回过身,望着我。我手往天上一指,说:市里不行,你去省里。他说:找上面?我说:对,上面。他突然扑过来,紧抓住我的手,说:我知道了。谢谢老弟。

此后,有一段时间,杜老师常骑着那辆从老姑父那儿借来的破自行车到学校里来。他把自行车放在我寝室门前,而后再赶火车到省城去……每次,他都悄悄地叮嘱我说,去省里跑的事,不要告诉任何人。对谁都不要说。

三个月后,突然有一天,老杜下午早早地就回村了。老杜回来后往院子里一坐,也不进屋,就在院子里坐着,很沉默。刘玉翠看他不高兴,先是把扇子递给他。怕他上火,又把泡好的野菊花茶递给他,可他仍是一句话也不说。

夜深了,星星在天空中闪烁,老杜仍呆呆地在院里坐着。晚饭给他盛上了,他不吃。又给他热了几次,他还是不吃。刘玉翠也不敢叫他,连走路都小心翼翼的。有几次,刘玉翠从屋里出来,站在他跟前,说:老杜,天不早了。老杜不吭。过一会儿,刘玉翠又从屋里走出来,说:老杜,夜气凉,披上衣服吧。说着,给他披上褂子。老杜仍然坐着不吭,很沉痛的样子。最后,刘玉翠说:爷,你也别心里不是味,实在跑不成,就算了。花那些钱,只当肉包子打狗了。

这时,老杜慢慢地站起来,展了展身腰,默默地说:还要我请罪吗?

刘玉翠笑了,说:我都忘了这碴儿了……请吧。

于是,老杜就站在院子里,整整衣服,扣好扣子,弯下腰,勾着头,对着刘玉翠背诵道:我有罪。我是个罪人。伟大领袖教导我们说:错误和挫折教训了我们,使我们变得比较聪明起来……刘玉翠笑得腰都直不起来了,她摆摆手说:算了,算了,这又不怨你。

此时此刻,老杜突然哭了,老杜泪流满面,痛得不成样子。刘玉翠吓坏了,忙说:老杜,老杜,你这是咋的了?我可没让你请,是你自己要请的……老杜摆摆手,什么也不说。

这天夜里,老杜进屋后,先是四下打量了一下房子,像不认得似的:那烟炕房的屋顶被烟熏得很黑;墙头上,曾经挂烟杆用的穿杆眼上塞着一窝一窝的麦秸;房梁上挂着一个黑黢黢的竹篮子,篮子是防老鼠的"气死猫",篮子里放着两匣串亲戚用的点心,还有一包熬好的猪油……而后,他斜靠在床上,怔怔地望着这一切。

这边,刘玉翠洗洗涮涮,收拾了锅碗瓢盆,回房后,看着老杜,也愣住了……后来,她对人说,她早就看着老杜不对劲。老杜的魂走了,老杜变得越来越陌生了。

这天夜里,吹了灯,老杜突然说:平了。

刘玉翠惊喜地扭过身来,看着他,说:老天,给你平反了?

老杜说:平了。

刘玉翠说:我的爷,你咋不早说呢?真平了?

老杜点点头,说:明儿就可以办户口了。

刘玉翠说:证呢?

老杜说:啥证?

刘玉翠说:平反的证,让我看看。

老杜从贴身的衣兜里掏出了那张纸,给了刘玉翠……刘玉翠又忙把灯点上,拿着那张盖有大红印章的纸看了又看,还在灯前照了照,说:真不容易呀,到底给平了……而后说:给我念念。

老杜脸色陡然变了,厉声说:念什么念?有啥好念的。平了就是平了。说着,他忽一下把那张纸从她手里夺过来,重新叠好,装在贴身的衣兜里。

刘玉翠望着他,小心翼翼地说:你看你,我又没说啥。不念就不念。那,睡吧。

两人重新躺下来,背对着背,各自都有些心思……吹了灯,刘玉翠睡着睡着,突然一猛子坐起来,一拍床,说:老杜,我呢,孩子呢?

老杜躺在黑暗中,说:我先过去。你……跟孩子,回头再说吧。

刘玉翠说:你拍拍屁股走了,不会……不要俺娘们了吧?说话呀。

老杜沉默了一会儿,说:不会。

刘玉翠说:我想你也不会,你不是那狠心的人。

老杜说:睡吧。

刘玉翠说:妞他爹,你可不能撇下俺娘们呀……不管咋说,俺跟你这么多年了……

老杜说:睡觉。睡觉。

刘玉翠用脚踢踢他:你要是敢不要俺娘们,我可不依你!

老杜说:现在刚平反,没房子没啥的,等我安置好了,回来接你。

刘玉翠笑了,说:这还差不多。

而后,刘玉翠回身搂住他,很温柔地说:妞他爹,你,犁吧。你叫我啥我都应着,咋叫都行。你犁……犁犁犁犁,犁!

老杜翻身上马,却突然像泄了气的皮球一样,说:一股子蒜气。去,刷刷牙。

刘玉翠很不情愿地从床上爬起来,嘴里嘟哝说:都半夜了,刷啥牙呢?你将就吧……可她还是去了。这一夜,刘玉翠心甘情愿地喊了很多"犁"。

老杜走的那天,见人就谢,对村人说了很多感激的话……他还流着泪说,是无梁改造了他。无梁是他的再生父母。他还说,这些年,这些日子,他一辈子都不会忘的。

老杜走后,刘玉翠天天在村口望。望着望着,有一天,她突然在村街里跳脚骂道:上当了。这么多年,我养了个白眼狼啊!

村里人都劝她说:咋会呢?老杜这人,不会。

一年后,老杜回来了。

老杜是回来离婚的。

据说,老杜执意要离婚,是因为一张报纸。村里人都说:瞎掰。没有人因为一张报纸闹离婚,这不过是一个借口。

老杜回来先去拜见了老姑父,给老姑父送了烟酒。后又一家一家拜,送的是饼干糖果之类,还挨个敬烟……人们都说:不赖,不赖。老杜终于熬出头了。

老杜这次回来变得更谦虚了。虽然平反了,他已经是国家的人了,可他还穿着他平时穿的那身衣服,显得很邋遢。连村里人都看不下去了,说:老杜,你如今是国家干部了,该置置装,换身新衣裳了。他只是笑笑,什么也不说。

后来刘玉翠说,他是装的。那时老杜已学会说假话了。老杜原来不会说假话,一说假话脸红,现在老杜说假话脸也不红了。刘玉翠愤愤地说:他练出来了。老杜很狡猾,老杜给她下了个套儿。老杜先不说离婚,只说是给刘玉翠娘俩转户口。

那时候刘玉翠还不知道老杜会骗她。最初,刘玉翠美死了,美得一夜都没睡好觉。

那天早上,她还特意梳梳头,换了身衣服,收拾得青菜儿一样,利利索索地上路了。走上村街的时候,她见人就说:要转户口了。往后就是城里人了。到时候你们可去呀,都去……张扬得一个村的人都知道了。说了这些后来成为笑柄的"打嘴话"之后,她就高高兴兴地跟老杜到镇上去了。

在镇街上的一家商店里,老杜先是领着刘玉翠扯了两块做衣服的布料。刘玉翠说:花这钱干啥?老杜说:得花。这些年苦了你了。说得刘玉翠心里软乎乎的。

在镇上的一家饭馆里,老杜要了四个硬实菜:一扣肉,一蒸碗,一油炸花生,一红烧鱼,两碗米饭,都是刘玉翠最爱吃的。等刘玉翠吃得满嘴流油的时候,老杜摊牌了。

老杜说:翠,有些事,咱得慢慢来,一步一步来。

刘玉翠打了一个饱嗝儿,说:你啥意思?

老杜说:本来,是给你们娘俩一块办的。现在只能一个一个办了。你看先办谁的?

刘玉翠一怔,说:你不是说都转吗?

老杜说:我是想都转,可人家不给办。

刘玉翠急了,说:你送啊。该花的钱得花。

老杜说:你以为我没送,我天天给人送礼,腿都跑断了,才批了这一个。咱慢慢来,你看行不行?

刘玉翠头蒙了,她说:那那那……先、转孩子吧。

老杜说:我也觉得孩子的前程要紧,你说呢?接着,他又说:你放心,接下来就给你办。

刘玉翠愣愣的……她觉得有些不对劲,却一时想不清楚。

在饭馆里吃了饭,他又领着刘玉翠去转女儿的户口。也许老杜早已打点过了,女儿的事办得很顺利,“啪、啪、啪”民警把章一个个都盖上了。

从派出所出来,在镇政府的院子里,老杜装着突然想起来的样子,说:对了。有件事,咱也顺便办了吧。刘玉翠没有多想,问:啥事?老杜说:办了我再告诉你。这事与分房有关,办了我就可以在城里分房子了。刘玉翠说:到底啥事呀?老杜说:你别问了,就是证明一下,我在乡下没有房子。刘玉翠说:就这事呀?老杜说:就这事。而后他又特意嘱咐说:进去后,你啥也别说。人家问你同意不同意,你说同意就行了。

于是,刘玉翠糊糊涂涂地就跟老杜进了另一间屋子……

再后来,刘玉翠逢人就说:这人真阴哪!他就是个慢毒药,一点一点地诓我!

刘玉翠对村里人说:我真是瞎眼了。咋就没看出来呢?这都是老杜设计好的。老杜为平反整整跑了两年半,在人们的一次次诱导下,老杜已经学会送礼了。他不但学会了送礼,还学会了说瞎话。他见人说人话,见鬼说鬼话,他已经变成了一个瞎话篓子!

老杜肯定事先就给镇上的民政助理送了份厚礼,所以离婚手续办得非常顺利。民政助理是寝办合一。老杜进屋后,先让刘玉翠在外间等着,而后侧着身子从兜里掏出两张红颜色的结婚证书交上去,说:刘助理,忙着呢?民政助理朝外边瞥了一眼,只象征性地问了一句:来了?……都没意见吧?刘玉翠探头朝里间望了望。没等刘玉翠看清楚,民政助理就把两张蓝颜色的离婚证拿出来,照着填上姓名,"啪啪"就把章盖上了。而后,老杜说了声:谢谢。出了里间,拽上刘玉翠就走。

出了镇政府,一路上,老杜好话说尽了。他说:玉翠,你放心,我会对得起你们娘俩的。就是那个啥了,我也会对你好一辈子。翠,我知道你是个好人,你心善,你是刀子嘴豆腐心,菩萨心肠。你一定要相信我。我这一辈子,要说对不起,就对不起你了。我会还报你的。有我吃的,就有你娘俩吃的。你信吗?我月月给你寄钱……刘玉翠一辈子都没听过这么多的好话,她就像坐晕车似的,迷迷糊糊地跟着老杜往车站走。

一直等老杜上了通往县城的公共汽车……车开走后,刘玉翠把手伸进衣兜里,这才发现老杜塞她兜里用信封装着的不光是三百块钱,还有一张蓝色的"离婚证书"。

刘玉翠“哇”一声哭了。她后悔没注意老杜反复说的一句话，现在她终于明白老杜说的“那个了”是什么意思。

老杜离婚是有原因的。

据说，老杜在为平反奔波的那些年里，无意中在路上看到了一篇登在报纸上的文章，那文章的题目叫“月是故乡明”。这篇《月是故乡明》的文章最后一句写的是：家乡的月，你好吗？就是这么一句“家乡的月，你好吗？”使老杜陡然产生了离婚的念头，并且第一次阴谋成功。

老杜很想回到从前，去找他心目中的“li”。许多年过去了，“li”一直是他心中的一个结。平反后，他更加怀念跟“li”在一起的那些日子。每每回忆与“li”在一起的时候，他总是选择最美好的那一段。就像甘蔗，他取的是最甜的那一节，是最浪漫最有诗意的那段日子。那甜蜜的回忆就像陈年老酒一样，使他沉醉。

老杜离婚后，就像是大海捞针一样，到处去打听“li”的下落。他写了无数封信，托了很多昔日的同学……可等他找到“li”的时候，“li”已经是人家的女人了。经打听，“li”已经调北京去了。如今已经是很有身份的人了。当老杜拿着地址，坐了一夜火车赶到北京，却连“li”的面都没见上。老杜找到“li”的那一天，也是他幻想破灭的时候。老杜在北京的一家宾馆里度日如年地住了三天，满心期望着能见上“li”一面。那么多年过去了，为什么就不能见上一面呢？可“li”很决绝，“li”不愿见他……最后，老杜只收到了经别人转达的一句话：过去的就让它过去吧。

老杜很痛苦。老杜在北京的街头喝醉了。他醉了一天一夜，差点死在那里……在昔日一位同窗的劝说下，老杜又很失落地坐车回来了。据传话的同学说,“li”那篇文章并不是要回到过去,那只是前进中的一点点“忧伤”。那是要洗干净过去,展望新的未来……这么说,是老杜错领了其中的含意。可老杜仍然不能释然,老杜坚持认为不是传话人所说的那样,一个人不可能完全忘记过去。“li”对他还是有感情的,“li”肯定有难言之隐……话虽这样说,老杜还是很沮丧。这一次,他的心碎了。虽然没有见到他的“li”,可他也决不愿再回到过去了。

可他没想到,刘玉翠也不是吃干饭的。刘玉翠不甘心就这么轻易地跟他离了。刘玉翠向往城市生活,她已盼了很多年了……所以,刘玉翠决不罢休。

往下,就是“麻雀战”和“游击战”了。

那天,刘玉翠回村一路走一路哭,回村时都快哭断气了,她悔呀!她肠子都悔青了……

刘玉翠一回村就让村里人给围上了。老杜虽然骗着她离婚成功了,可刘玉翠回村后的哭诉招致了全村人的同情。人们都说,这老杜怎么这么阴哪,他怎么能干这样的事呢?太不是人了!你想,一村人给他张罗着凑钱跑事儿。家家都给他凑东西,一袋子一袋子的柿饼、核桃、花生,还有小磨香油……当年在村里挑粪挑尿的一个人,狗都不如的一个人,现在平反了,他竟撇下女人跑了。这啥人哪?!

于是,三天后,刘玉翠带着一群村人拥到城里的师范学院,告老杜来了。无梁人一群一群地围着学校的门口,大声喊着:大流氓杜秋月滚出来!

可老杜根本不敢跟村人照面,老杜吓得躲起来了。老杜一辈子就耍了这一次阴谋,可阴谋又把他给害了。无梁人先是在学校大门口吆喝,而后又冲进了校长办公室,一个个争着诉说杜秋月的劣迹,把老杜说得一塌糊涂。人们拍着校长的办公桌说:这是个大流氓啊!

后来,校长把老杜“请”到了校长室。校长是老杜昔日的同学,这位同学拍着桌子说:老杜,你咋一屁股屎呢?赶紧擦干净了。要是处理不好,你就别来上课了。

听校长这么一说,老杜傻了。老杜本以为他只要离了婚,就与刘玉翠一刀两断了。可他没想到,刘玉翠竟会追到城里来,接着跟他闹。这么一闹,反倒更坚定了老杜的决心。既然到了这一步,他是决不回头了。他决定换个地方,调走。

最初,老杜还是蛮有信心的,他说:此处不养爷,自有养爷处。可他没想到,刘玉翠跟他打的是持久战。自从他回城后,刘玉翠就跟他摽上了。他调到哪里,刘玉翠就追到哪里,一次次找单位的领导告他……这仗一打就是三年。

自打回城后,可以说,老杜没有过一天安生日子。老杜心里有短,怕见刘玉翠,整日里东躲西藏的。

最初,老杜没有分到房子,他租住在学校附近的民房里。为了躲避刘玉翠,他只有不断地提着他那只破箱子搬家……老杜每周都要给学生上课,他上班的路线是固定的。刘玉翠却很自由(那时地已经分了,她把地包给了人家),想什么时候逮他,就什么时候逮他。老杜每天上班就像做贼一样,偷偷摸摸的,出门先四下看了,然后才惶惶地走出来。可他又时常被刘玉翠出其不意地堵在路上。开初老杜还想“流氓”一下。老杜想反正已离了婚了,你还能怎么着?老杜说:你是谁呀?你走,我不认识你。刘玉翠当着众人说:我是谁?你不知道我是谁?我是你老婆!老杜说:你是谁老婆？我不认识你！刘玉翠说：你不认识我？你敢说你不认识我？有种你把裤子脱了，我告诉你我是谁！大家都来看看，他屁股上有块胎记！我是谁？一床上睡了这么多年，你不知道我是谁？……老杜急了，说：你不是说我是流氓吗？我就流氓了。咋?！刘玉翠说：好。你流氓。你流氓是吧？那你脱，当众把裤子脱了！你脱一个我看看，我看你是咋流氓的？脱脱脱，你脱呀！

老杜一看这招不灵，扭头就走。刘玉翠在后边追着他……追得老杜一点办法也没有。接着就不停地赔不是、说好话。老杜求告说：翠，玉翠，姑奶奶，你饶了我吧？咱俩已经离了，咱俩没感情。刘玉翠说：你是个骗子。婚是你骗着离的。你要想离，这话你早说呀？你早干什么呢？一床上睡了这么多年，到这会儿，你平反了，成了国家的人了，你说没感情?！老杜哀求说：那时候，那时候，不也、也成天吵架吗？你还、还让我请罪……刘玉翠说：那时候？你还有脸说那时候？那时候你是“坏分子”，你还戴着帽子呢。拍拍你的良心，我嫌弃过你吗?！请罪，谁让你请罪了？那是你自愿的。你是人吗？你干的这叫人事吗？你要有一点良心，你会骗着我离婚吗?！老杜说：翠，我是欠你的，我不是人，我猪狗不如，这行了吧？你放过我吧……可不管他说什么，刘玉翠死缠着他。

后来老杜一看见刘玉翠，扭头就跑。他在前边跑，刘玉翠在后边追，刘玉翠还边追边喊：抓贼啊，抓贼呀！……老杜一边跑着一边给人解释说：我不是贼，真不是贼……老杜虽然回城了，可这样的日子，他依旧很熬煎。

老杜实在是没办法了。他为躲避刘玉翠曾先后换过三个单位。他从这个城市调到那个城市，而后又从市里调到了省里。每一次调动他都要请客送礼，耗费了他大量的精力……可每换一个地方，很快就被刘玉翠找到了。刘玉翠见人就诉说老杜骗着离婚的事，说他当年挑尿时的事……弄得老杜里外不是人。

老杜工作上也不顺心，他夜夜失眠，后来得了偏头疼的病。一站在讲台上就头晕，脑子里一片空白，还住过一段医院。更要紧的是，在长达十多年的时间里，他一直是东躲西藏，与刘玉翠周旋，竟然没能通过教师资格考试。据说，在考场上，有一次，他居然忘记了“白居易”是哪一朝代的诗人，忘记了他是“什么主义的诗人”？他看着手里的卷子，却满眼都是刘玉翠……他丢得时间太久了，过去学的那些汉字，都在乡下就着烙饼卷吃了。这让他十分羞愧。他先是从师范学院调到一所中学，而后又从中学调到小学，就这么调来调去的，居然连小学教师的资格也荒掉了。到后来，他完全成了一个病人，课也上不成了。他脑子坏了，课上得不好，名声也不好，学校有意见，学生家长更有意见……没有多久，就让他提前退休了。

终于有一天，老杜走着走着，一头栽倒在路上，还是刘玉翠把他送进了医院……

后来，我在省城一个街角里见到了他。他一个人在街边上坐着，一头苍老的白发，裤腿高高地“扁”着，一只脚光着，一只脚趿拉着一只布鞋，另一只鞋在屁股下垫着，身边放着一个破塑料袋，塑料袋里装着烟、火柴和速效救心丸之类。他就那么愣愣地在路牙子上坐着，大声地咳嗽，大口地吐痰，嘴里还大声地日骂着……我的老师，曾经能通篇背诵《离骚》的老师，现在却完全是一副乡下人的做派了。

如今，老杜又复婚了。

他的老婆仍然是刘玉翠。

无比顽强的刘玉翠,终于在城里扎下来了……在常年的奔波和斗争中,刘玉翠越闹劲头越足。开初,有一个信念一直支撑着她,那就是她过不好,也决不让这个忘恩负义的人过舒服了。据说,她女儿长大了,早已参加工作了,也不止一次劝过她:算了。离就离了,别再闹了。可她仍顽强地坚持着。她说:不行。我豁出去了,我就是要跟他闹。我得让他知道,离了我刘玉翠,他一天也过不好!

然而,正因为她一次次地追逐,一次次地找人诉说、央求、控诉……她对学校周边的环境也越来越熟悉了。后来,为了生存,她一边跟老杜做斗争一边还兼做着小生意。刘玉翠经人指点,先是给一个在学校门口卖羊肉串的人当帮工(给人往铁扦子上穿羊肉),又兼着给学校的老师打扫卫生当钟点工,同时挣两份工钱。后来遇上了机会,居然在学校门口盘下了一个卖烟酒杂货的小店……生意还很红火。

待追到省城后,她先是卖了市里的小店,倒腾了一笔钱。而后在省城一家中学门口租了个卖文具、书籍的小卖部。一个内心有支撑的人是不怕吃苦的……她一边坚持跟老杜做斗争一边做着生意,活得很充实。在城市里奔波的时间长了,见的世面多了,她也在逐渐地修饰自己,包括对老杜的控诉的方式也有所改变。她不再大声嚷嚷了,也不是张口就骂,她的声音逐渐低下来,说得很客观,很有分寸,这就赢得了更多人的同情。况且她还算是有几分姿色的女人,自然有很多人愿意帮助她。就此,在省城里,她的生意也慢慢地有了起色……一直到后来竟扩展成了一个有三间门面的书店,卖一些正版和盗版的书籍。

如今,刘玉翠的穿着也已完全城市化了。她已经是雇了四个营业员的小老板了。也是一套淡蓝色的西装裙，头发烫成了卷卷儿，脚下是一双高跟皮鞋，鲜艳地在店里站着，听雇来的小姑娘甜丝丝地叫她：刘经理。

据说，刘经理在省城已买下了三室一厅的房子，买下了户口，已是地地道道的城里人了。老杜得了脑中风住医院后，穷困潦倒，身边也没有什么人，着实也离不开刘玉翠了。

如今，刘玉翠刘经理跟人谈生意时，时常笑眯眯地对那些书商说：你别糊弄我，俺家那口子，可是名牌大学毕业的。

据说，刘玉翠也时常去美容店里做做美容。她脸上糊着一层面膜，躺在美容椅上，闭着眼对那些一同做美容的女人说：俺家那口子，名牌大学毕业，早年被打成了右派。平反后才回来的。人是好人，一百层的好人，学问也好，学校都争着要他。就是个倔，死掘，拗。要不是他，我也不会到城里来……

可是，当她回到店里，她望着窗外老杜坐着的地方，鼻子里哼一声，伸手一指，对那些小姑娘说：看见了吧？那就是一废物。我养活了一个废物。不过，他可是名牌大学毕业。当年，风流着呢，帅着呢，后头跟一群女大学生！那不，就是他。路牙子上，就在那儿坐着呢……啥人哪，当年还闹着跟我离婚哪。真不是东西。啊呸！……接着，她又对那些小姑娘说：你们可不能叫他“废物”。我能叫，你们不能叫，要喊教授。

姑娘们说：是。

老杜坐在马路牙子上，晃着一头白发，挥着手，大声日骂着：……腐败呀。太腐败了！得用老包（宋代的府尹包拯）的虎头铡装上电动机，铡个小舅！

我告诉你一个秘密:我手里至今还握有老姑父写给我的五张“白条儿”,两张写在烟纸盒上,是要我帮杜老师跑事的;另外三张写在信纸上,是要我帮刘玉翠打离婚官司的……这很矛盾。

老姑父的字仍然是:见字如面。

第九章

你有过坐在云端里的感觉吗?

在妙曼的音乐声中,你驾着五彩祥云,飘飘忽忽的。天空中到处都是鲜花和钞票,钞票漫天飞舞,一张一张地飘在你的周围,伸手可及……这时候,还会有更让你诧异的事。你低头一看,你居然坐在了月亮上。你又换车了。通体发光的、银色的月亮竟成了你的“坐骑”,仪表盘居然是星星做的,一颗颗在闪闪发光,你随便按一星钮,“日儿”一下就冲天而起,直上九霄……巡天遥看,一切都是这么好、这么美妙!

可是,当你从梦中醒来,你发现你出汗了,通体是汗,一身的……冷汗。

这说明什么?

我告诉你,当一个人志得意满的时候,就该警惕了。

有一段时间,骆驼不断地给我通电话。

特别是厚朴堂的股票上市之后,他高兴起来一天给我打好几次电话。骆驼说:知道你的身价吗?我说:多少?他说:一亿七。我说:我怎么就一亿七了?我值一亿七吗?他说:装什么?裤裆里升起一股豪气吧?这叫气冲牛蛋。

是的,骆驼就是骆驼。他的话,犹在耳边:我们必是成功!这时候,骆驼一定是在举杯庆祝……我说不清楚心里是什么感觉,有些恍惚,就像在梦中。一亿七,虽然只是数字,虽然我还不能立刻兑现。但一亿七,毕竟是让人高兴的事。我甚至想,在我的老家,祖祖辈辈,世世代代,还没人敢说他值一亿七呢。钱是很撑人的。就是这个数字,使我走路的姿态稍稍地有些发飘,有些摇晃了。

记得一天晚上,骆驼的电话又打过来了。骆驼说:看盘了吗?我说:怎么了?骆驼说:涨了,咱双峰公司,又涨了,大涨!我说:多少?他说:你四亿三了。兄弟,还会走路吗?顺拐了吧?成三条腿了吧?我说:你呢?他说:也就三十多“个”吧。他还说:你等着吧,还会涨,冲百亿大关。

往下,骆驼说:我问你,那个女人,你找到了吗?

我说:哪个女人?

骆驼说:装。不……那啥子阿比西尼亚……玫瑰吗?

我沉默。

骆驼说:不用找了。好女人有的是。回来吧,兄弟,不就是个女人嘛。无论你找什么样的,无论是北大,还是清华的……哥哥包了。赶紧回来。

我说:我找的不仅仅是……女人。

骆驼说:那你找什么?

我说:我找的是……跟你说不清。

骆驼说:说什么疯话?矫情。啥年月了?回来吧,兄弟。

我说:回去干什么?你已经有总经理了。

骆驼在电话里气呼呼地说:那人不行。王八蛋,你交代个事,屁大一点事,他都能给你办砸!这个人尿泡得很,一副孙子样,我一天骂他三顿!

听骆驼这么说,我就觉得更不能回去了。骆驼早已不是过去的骆驼了,他志得意满,身价数十亿,过些日子也许就上百亿了……一个人,由钱铺底,气场就大得没有边了。董事长跟总经理是一块共事的,是要相互配合的。虽然现在不说“同志”了,至少是合伙人吧。他就这么骂人家?不好。

骆驼说:兄弟,回来吧。你只要回来,我立即开董事会,免了他。

我说:别。你可别。人家干得好好的。

骆驼说:兄弟,咱们可是共过患难的呀。

我说:是。有什么事,你尽管吩咐。

骆驼说:哥哥想你了。来看看我,这总行吧?

我说:行。你在哪儿呢?

骆驼说:我在墨尔本。下星期去纽约,谈个项目……半个月后回北京。你过来吧。我给秘书交代一下,让她在北京饭店给咱哥俩订个房,赶紧过来。

我怔怔的,不知该怎么说。如今的骆驼成了“世界飞人”,一会儿东京,一会儿墨尔本,一会儿又是纽约……还要我赶到北京等他?派儿真够大的。

接着,骆驼顺嘴又说:兄弟,运气来了,山都挡不住啊!两年前这时候,我来北京,在路上撒泡尿……你猜,这泡尿,值多少钱?

骆驼说:兄弟呀,就这泡尿,我挣了一千万。

在电话里,骆驼又重复了他已多次给我讲过的“一泡尿的故事”。我记得,这已是第八次了。骆驼告诉我说,两年前,他带车进京,走到北京与河北交界处,突然想尿,于是就下了高速路,到处找尿尿的地方。结果,找来找去,见路边空地上有一两层的玻璃房,挺漂亮的，于是推门就进。谁知，人家看他慌慌张张的，进门后到处乱窜，就拦住问：你干什么？骆驼说：撒泡尿。人家说：对不起，这里……不对外。骆驼急了，说：撒泡尿都不让？你们是……干什么的？那人说：我们这里是售楼处。骆驼说：噢，卖房子的？那人说：是。骆驼问：多少钱一平方？那人说：小高层，三千一百一平方。骆驼走到图板前，看了看，掏出一张银行卡，说：刷吧。我要二十套。那人傻了……接着，骆驼说：可以尿了吧？那人头点得像尿不净，连声说：请请请……一路小跑，慌忙引骆驼进了卫生间。骆驼说，今年来一看，屌屌灰，翻了一倍还多！

骆驼骄傲地说：不是每个人撒泡尿都可以挣钱的。你撒一个试试？

骆驼总爱给人讲“一泡尿的故事”，却从来不说他是如何“走麦城”的。当年，在北京的时候，我们二人去听一个讲座（那个讲座是收费的），为了省下听课钱，曾步行穿过半个北京城，可当我们赶到地方的时候，报告厅的大门已关上了。那时候，当着我的面，骆驼往地上一蹲，号啕大哭……是啊，现在，骆驼已不是当年的骆驼了。正像他说的，撒泡尿，就是一千万。

接着，骆驼在电话里又说：兄弟，你来的时候，捎带着给我请个人。

我问：请谁？——我知道，绕这么一圈，这才是“正题”。骆驼说来说去，是要我帮他做一件事。

骆驼说：我听你说过，早年上中学的时候，你有一同学，名叫王世安？

我真服了。骆驼的记忆力真好。我说：我知道了。你要找的是“王氏接骨”的传人。离我老家有几十里地。兄妹三个，一个叫王世平,一个叫王世香,一个叫王世安……

骆驼说:对。对。就是他。说是从他爷爷那一辈起,就是乡间名医。解放前,他祖上在煤矿当煤师的时候,捏了一辈子死人骨头。后来又在乡里当接骨医生,门庭若市……是辈辈传下来的。

我说:你怎么知道?

骆驼说:我也是在香港听说的,这家人名声很大。在北京、在香港……凡是富人圈子,都知道王氏三兄妹。据说还给中央首长做过保健呢。老大现在在意大利,老二在香港,省城那边,还剩个老三。老三没出来……

我说:巧了,我还就认识老三。上中学的时候,老三王世安,跟我是同班同学。

骆驼说:好。太好了。你能把他请到北京来吗?

我说:去北京干什么?

骆驼说:有位领导,副部级,还是范省长给牵的线,给咱帮过忙的……他腰椎间盘突出,下不了床了。我想请他来给治治。

我迟疑了一下,说:北京那么多大医院……

骆驼说:是啊。邪门,那么多大医院,就是治不好。

我说:我试试吧。

骆驼说:必是请到。一定要把他请过来。钱好说,让他说个数。——而后,骆驼就把电话挂了。

请王世安,我确实没有十分的把握。虽说上中学时我们是同班同学,可我跟他已很多年没见过面了……我还是从骆驼那里得知,王世安被特招进了省体育局,如今在体工大队当中医保健大夫呢。

于是,我专程去了省体工大队的门诊部,找到了王世安,王大夫。

王大夫穿着一身白大褂，弯着腰，一身汗，正扎着架势给一位运动员做中医按摩呢。多年不见，我依稀记得他当年的影子，就上前试探着问：王……大夫，还认识我吗？

王世安扭过头，看了我一会儿，笑了：志鹏？这不是志鹏吗。老同学，多少年没见了？

我说：是啊。一晃多少年了……

王世安说：志鹏，这样，你先去对面的医务室坐一会儿。我给病人做完，立马就过去。

我说：你忙。你忙。

记得上中学时，王世安是很腼腆的一个人。现在，虽说他是赫赫有名的"王氏接骨"的传人，却仍不爱多说话。人嘛，看上去很文气，白净，只是胖了些。

中午，当我们两人坐在酒馆里的时候，他像上学时一样，话不多。我说：世安，你知道吗？上中学的时候，我曾经偷吃过你的点心。

王世安笑了，说：哪有这回事？我带去，就是让同学们吃的。

那时候，王世安的爷爷是乡间名医，造福乡梓，给人接骨看病从不收钱。乡人为了答谢他，每每都会提两匣点心过去。曾记得，当时方圆百里，都知道王家有一景：那就是成摞成摞的点心匣子，挂满整个屋子的花花绿绿的点心匣子！

是啊，上中学时，我偷吃过王世安家的点心。那时候，我们是那样那样穷……

接着，当我说明来意，王世安迟疑了一下，说：我哥、我姐都在外边。上边老人年岁大了，只有我离家近些。按说……可老同学轻易不求人，我去吧。

我望着他,说:钱的事……

这时候,王世安伸出手来,制止说:不说钱。

王家是世传的名医,家教好,为人也好,人家还有一门祖传的手艺……我想,在如此喧嚣的一个年代里,做人能做到这份儿上,不简单。

于是,由我开车,驱车七百公里,把王世安送到了北京……然而,就在我们动身的时候,骆驼的电话又打过来了。他非要我带上小乔。说实话,我对小乔没有好印象。对她那双像魔爪一样的手(涂着油亮的黑指甲)尤为反感。此事,我不由得心里"咯噔"了一下,预感不好……可没想到的是,就因为小乔,却造成了我和骆驼的彻底决裂。

我后来才知道,这时候骆驼身边已危机四伏。

在北京,我和骆驼终于见面了。

骆驼还是过去的骆驼。他并未发胖,只是剃光了头。他摸了一下新剃的光头,说:有人说,我有佛相。

那年夏天,光头骆驼在五星级的北京饭店大堂里大步走着,穿着一件黑色的油纱休闲褂,走路仍然是袖子一甩一甩的,不时摸一下光头,就像天生就该是走在红地毯上的人,天生就是领袖人物。他的气派也大(大约有厚朴堂价值一百六十七亿的股票撑着),行走中,他的脚步重了,厚墩墩的,脚下就像铺满了金砖,仿佛无论走到哪里都是自己的家。更让人吃惊的是,他已到了走路不再看人的程度。就是说,他眼里可以不装人了。他连"屌屌灰"都不大说了,他说:鸟!

骆驼把我们安排在北京饭店的贵宾楼,一人一个套间。我知道，北京饭店涉外，套间是很贵的，好像四百美金的样子。我说：不住套间吧？这么贵。骆驼说：鸟。什么话？咱们是兄弟，王大夫是名医。小乔嘛，小乔是美女，都有资格。

王世安笑了笑，没说什么，也是客随主便的意思。只有小乔，斜了骆驼一眼，不以为然地撇了撇嘴。

接着，骆驼说：今晚，这顿饭怎么吃，就看王大夫了。

我们都看着骆驼，不知道他什么意思？

骆驼说：王大夫，请你来为他瞧病的这位领导，曾经当过很多部门的要职，现在分管证券，给咱企业贡献很大，帮过不少忙……近一段患腰椎间盘突出，原来还可以走路，现在连路也走不成了，在床上躺着呢。我想王大夫是名医圣手，能不能先给他治一次？如果他能下床的话，咱们就拉上他，一起去吃北京最有名的"私家菜"……如果还下不了床，咱就在北京饭店吃。改日再去。怎么样？

我明白了。骆驼虽然口口声声称王世安为"名医"，可他心里还不确定……他是想试试王世安的医术，看到底怎么样。

我看着王世安。王世安的医术是祖传。也正是那一次见面，我才知道王世安之所以被招进省体育局当保健大夫，是有原因的。他也算是"考"进去的。当时，省里有一位最有希望在全国拿名次的田径运动员在初赛时扭伤了脚，走路一瘸一拐，眼看不能参加复赛了。情急之下，就找到了王世安，让他试一试。结果，王世安临时被接到了赛场上，在休息室里治了一次。结果，那位田径运动员重又上了赛场，拿了个第三名……

王世安只是腼腆地笑了笑，说：我还不了解病情。试试吧。

骆驼说：有王大夫这句话，我就放心了。

而后，骆驼带着王世安给人瞧病去了。他让我们在饭店候着，等他的电话……我当然明白，这又是一笔感情投资。骆驼做事，是很下功夫的。

骆驼走后，小乔到我的房间里坐了一会儿。我看她郁郁寡欢，似有怨气，可我又不便多说什么……她说：吴总，我对你一直很尊重。可我知道，你看不起我。我支支吾吾地说：谁说的？哪有的事。你很能干嘛。小乔说：有些人，你就是给他干死，他也看不见。是啊，我虽然不喜欢她。这时候，我倒真有些同情她了……她看了我一眼，欲言又止，站起身，回自己房间去了。

两个小时后，骆驼把电话打过来了。骆驼高兴地说：兄弟，果然出手不凡！王大夫就治这一次，人就可以下床了。你们过来吧。去府右街，吃私家菜。

等我叫上小乔，一块出门的时候，却发现小乔已重新梳洗打扮过了。看上去光彩照人，显得特别性感。这晚，她连指甲都改色了，这次特意涂了银色……小乔嗔了我一眼，说：不认识了？走啊。

这天晚上，究竟吃了什么菜，我已忘记了……只记得是在一个朱漆大门的院落里，有两个穿旗袍的小姑娘打着灯笼把我们迎进去。一个大院落，庭院森森，园林的格局，花木葳蕤。待走过一进一进的院子，一个一个的红漆大门，到了一间有着皇家气派的房间里，屁股下坐的是清朝的椅子，带金黄绣龙靠垫的那种，所用餐具也均为明黄……后来骆驼说：这顿饭花了三万一，不贵。

这晚在饭桌上，最活跃的是小乔。小乔一改往日我所见的那种冷面孔，就像是一只花蝴蝶似的在整个宴席上飞来飞去，一会儿给这个敬酒，一会儿给那个布菜……还挨个给人派发名片。这饭局，骆驼还请了一些在部委里有实权的人物，小乔都一一照应着，很是周到。尤其是对那位患病的副部级领导,小乔极尽奉承,但又做得恰到好处,让领导十分满意。领导毕竟是见过大世面的,整整一晚上,我记得,领导只说了寥寥几句话。一句是:谢谢王大夫,王大夫是真人不露相。一句是:这里的菜,要品。一句是:这个小乔,这个小乔啊。

酒席散了的时候,小乔一路搀扶着这位患腰疾的领导,小声在他耳边说着悄悄话……扶他跨过一道道门槛,一直把他送到了车上。

回到宾馆后,王世安折腾了一天,有些累,就先去歇息了。小乔幽怨地看了骆驼一眼,也回房去了……骆驼拍拍我,说:兄弟,你来。

进了骆驼的房间,我们两人坐下来,就那么相互看着,有一刻,仿佛都有些不自然,老友重逢,却像是不认识了。

骆驼说:兄弟,近来怎么样啊?

我很含糊地说:还行。我还行。

骆驼看我不想多说,就改口说:这王大夫,医术确实不错,给咱帮了大忙。回头我给他封个大红包。你看呢?

我说:世安人厚道。人家是辈辈传,悬壶济世,不图钱,你看着办吧。

骆驼"灭"我一眼,说:不图钱?

我说:是。真的。

接下去,骆驼定定地看着我,说:兄弟,回来吧,我需要你。我有个新的收购方案,大计划!这个要能拿下来,就不是几百亿的事了。你心细,冷静。我没有得力的人,需要你亲自坐镇……怎么样?

这时候，在心里憋了很久的话，我终于说出来了。我说：骆哥，过了……收手吧。

骆驼怔了一下，说：鸟，你啥意思？

我说：你说的这个方案，好是好，但收购的过程太复杂，要过一道道关卡。我有一种预感，不好的预感……双峰公司走到今天，股票市值一百六十七亿，做得够大了。你已经不缺钱了。收手吧。

骆驼说：鸟。收什么手？做得好好的。我为什么要收手？我花了这么多心血，上上下下都疏通好了。九十九个头都磕了，就差一哆嗦了。你让我收手？

我说：老兄，还是那句话：咱得有……底线。说句不好听的话，早些年，咱无路可走，不得不投机。说得好听些，那叫抢抓机遇。现在，晚了，已不是投机的年代了。

骆驼说：什么底线？底线在哪里？我怎么看不见呢？鸟。在我眼里，在这样一个时代，必是投机。也就是抢时间。时间——就是底线。我知道，以后会越来越严，这很可能是最后一班车了……不抢，哪有咱的座位。兄弟，拍拍你瓜那榆木脑瓜，当初来北京那会儿，咱有底线吗？

我脱口说：再怎么着，也不能当皮条客吧？

这话有点难听。骆驼脸一下子愣住了，满脸通红……久久，他勃然大怒，说：放肆！你……怎么能这样说？

我说：你自己心里清楚。

骆驼自做了董事长后，脾气越来越大。尤其是这一段，厚朴堂的股票大涨，药也卖得好，整个公司上下一片叫好声。政府部门又给了他很多的荣誉，他已成了省里的十大新闻人物……骆驼受到的恭维太多太多了。人是经不住夸的。一个人，要是一天到晚有人捧,那就像是在云端里坐着。他大约从未受到过如此的贬低。骆驼忽地站起身来,伸手一指,说:鸟,你给我滚出去!

我笑了。这一刻,我摇摇头,不由得笑了。就他这脾气,我能再回去给他当副手吗?我慢慢地站起身,严肃地说:哥哥,我是最后一次劝你,听不听在你了。——“杜秋月”。

骆驼瞪着眼……可骆驼就是骆驼。骆驼骂完之后,等他一转过念头,拍一拍脑袋,很快地做一打嘴的姿势,也跟着笑了。他站起身,说:兄弟呀,也就你敢指着鼻子骂我。

我说:骆哥,忠言逆耳,良药苦口,我是劝你。

骆驼一摆手,说:罢了。兄弟之间,骂也就骂了……坐,坐吧。可有句话你得说清楚,凭什么说我是“皮条客”?

我说:骆哥,咱们之间,就不用……打哑谜了吧?

骆驼怔了一下,说:哦,你是说小乔?屌屌灰,小乔进京,不是我让她来的,是她自己要求来的。

我说:不管怎么说,也是跟你好过的女人。

骆驼沉默着。原来,骆驼跟我无话不谈,经常给我夸耀他征服女人的本领。现在,他成了一个大公司的董事长,开始注意形象了。再也不跟我推心置腹地谈他的女人了……他强按下心中的不快,从茶几上拿起烟,点上一支,说:这烟真好。你也尝一支,古巴的。

此刻,我低下头,这才发现,骆驼面前的茶几上放着一把造型别致的小金剪,和一个精美的盒子……他手里执着一支特号的古巴雪茄。

骆驼说:尝尝。你知道吧?美国封锁了整个海岸线,搞古巴禁运,这种特号雪茄是通过私人飞机偷运出境的。还有,这种雪茄的烟叶,长在可可田的中央,吸起来有一股特殊的香味,很提气。所以价格奇贵。

我说:多少?

骆驼说:一百二十欧元。也就两千人民币吧。

我说:一支?

骆驼说:一支。

我拿起一支闻了闻,说:太冲了。——我知道,这古巴雪茄,骆驼也不常吸。这是一种表演。(他的意思是:在这个世界上,没有不投机的地方,只有投机才能赚大钱。)

那支古巴雪茄,他吸了几口,又放下了,就在烟缸边上燃着……这时,骆驼说:兄弟,这话我只对你一个人说,咱哥俩推心置腹地说。小乔对我不满意……卫丽丽对我更不满意。你知道,我已经有孩子了,我不可能离婚。是,分居是分居,但我不会再离婚了。你也知道,我就这点事儿。小乔呢,她总是跟人家夏小羽比。她觉得亏,终日唠唠叨叨……这次进京办事,是她自己要求的。她非要来,我有什么办法?

我说:你又不缺这个钱,你也给她一千万,不就得了。

骆驼瞥了我一眼,冷冷地说:这不可能。她不值。夏小羽是个特例,那时候火烧眉毛了。我不可能每个女人都给一千万……而后,骆驼说:不说她了。兄弟,回来吧。再帮哥哥这一次。

我再次提醒说:骆哥,咱们都是学历史的。诸葛说:大事起于难,小事起于易,欲思其利,必虑其害,欲思其成,必虑其败……无论哪个环节出了问题,都是很麻烦的。

这时候,骆驼显得很烦躁。他说:鸟。我告诉你,咱唱的不是“空城计”!会出什么问题?我的企业,我的证券公司,都好好的。

资金充足，证照齐全，都是合法企业。怎么会出问题？凭什么出问题？你这个人，瞻前顾后，不愿意干算了！

话，再也说不下去了。我知道，如今的骆驼，已经听不进我说的建议了。我站起身，默默地走出了骆驼的房间。

这天夜里，我没有睡，也睡不着。我跟骆驼，就隔着一道墙。可我们，再也无法走到一起了。这时候，我不由得想起十多年前，我们一起在北京苦苦挣扎，窝在地下室的那些日子。那日子虽然很苦，还是有快乐的……是呀，我承认，骆驼有恩于我。而且，我并不比骆驼高尚。我只是担心……

说心里话，我一直想跟骆驼好好谈一谈。我们都是百姓出身，上面没有“伞”。就算有“伞”，也是借人家的。朗朗晴空，自然无事。可一旦暴雨倾盆而下，借来的“伞”还能用吗？只怕连个躲的地方也没有。我的第六感觉告诉我，说不定哪一天，雨就真下来了……于是，我从床上一跃而起，想跟骆驼再好好谈一谈。就像往常那样，做彻夜畅谈，交一交心。我甚至迫切地想告诉他，在读了一些书之后，在经历了那样的童年之后，我悟到的一些东西……我们毕竟是共过患难的。

可是，当我走到骆驼房门前时，门虚掩着，突然听见两人吵架的声音，是骆驼和小乔在吵架。小乔的声音又尖又利：……我不去。又是夏小羽？你给她做的还少吗？我问你，你真心爱过我吗？我还是你的女人吗？你敢当众说出来吗？

骆驼也拍了桌子：我再说一遍，我没让你来，是你自己要来的。

小乔说：你无耻！

骆驼大声说：你说什么？再说一遍？！

小乔说：你。就你。我要来？我为什么要来？好，我贱。行了吧?

骆驼气急败坏:你、你是这山望着那山高!

小乔步步紧逼:我有“山”吗?我的“山”在哪儿?我想傍你,你让我傍吗?我又不是夏小羽。人家夏小羽……

骆驼说:你这个人,撒沙个啥呢?动不动就跟人家夏小羽比,你能比吗?人要有自知之明!

小乔嚷嚷说:夏小羽有什么了不起?不也是个女人吗?在有些男人眼里,她是一朵花!在有些男人眼里,我就是豆腐渣!

骆驼拍着桌子说:你胡搅蛮缠!

小乔也不示弱,大声说:好,你既然这样,我也不能吊死在你这一棵树上。咱就说清楚,你给我多少额度(我知道,这指的是活动经费)?

……我不好再听下去了,扭头回了房间。

第二天上午,我看见小乔打扮得花枝招展的,独自一人出门去了。

你知道什么是“范儿”吗?

据说,在北、上、广三地(指北京、上海、广州),在高端的白领阶层,如今流行两种“范儿”:一种是“贵族范儿”。一种是“欧美范儿”。这我不懂。

可我真的是见过一个有“范儿”的女人。她往那里一站,我们所有的人,包括小乔,全都黯然失色。说心里话,竟还有一点自惭形秽(心态一下子就低下来了)……那感觉是说不清楚的。她丫站在那儿,你就觉得好,是好的“标尺”。是真正意义上的女人的典范。我不知道该怎么形容。按我个人的理解,所谓“范儿”,那是修养、气质、仪态所产生的一种共振，是一种气场和磁力。

后来我才知道，这位女士四十八岁。明明是奔五十的人了，看上去亭亭玉立，像是只有三十来岁的模样。她是北京一所大学的教授，名叫单玉。

这位女教授是当晚八点十分走进北京饭店的。那时候，我们刚刚吃过晚饭，几个人聚在骆驼的房间里聊天……就在这时，门铃响了，是小乔去开的门。开门后，小乔一脸惊讶之色，看上去有点傻。

这位女教授款款地缓步走进来，她往那儿一站，就像是一个放射源，整个房间的气场都到她那儿去了。她的骄傲不在脸上，是一种浑然天成的、自然而然的优越。她微微一颔首，说：打扰你们了吧？

是的，她往那儿一站，屋里就没有人了。或者说你就不想再看别的人了，只有她。不是艳丽，也不是衣着，是“范儿”。她让人心慌。我们甚至不敢上前跟她握手，怕“脏”了人家。真的，她把我们镇住了。

这时候，骆驼像是被烫着了似的，忽一下从沙发上跳起来，说：单老师，单教授，您、您怎么来了？……而后，骆驼又慌忙给我们介绍说：这是单教授，部长的夫人。快，坐。坐。小乔，泡茶。泡茶。

“部长的夫人”没有坐，她脸上带着微笑，说：抱歉。我来得匆忙，冒昧打扰，就不多坐了。骆董事长，你昨天去家里小坐，落下了一件东西，我顺路给你捎过来。——说着，她打开手包，把一个信封轻轻地推放在了桌子上。

骆驼傻了。我们几个，也都怔怔的，不知道该说什么……

这位单教授仍然是微微含笑，很礼仪。接着，她很含蓄地说：

我知道,在地方上做事,很不容易。老隋帮你们一些忙,都是他应该做的。以后你们有什么困难,还可以来找他。那雨前茶,我代老隋收下了。谢谢您。下次到家里来,我请你们吃饭。一定来。

就在单教授转身要走的时候,她轻移了一下步子,缓住身子,回眸一望,仍微笑着说:这位是小乔吧?

小乔张着嘴,迟迟地说:是。阿(姨字没说出来)……

单教授说:乔秘书?

骆驼忙介绍说:是。那个啥……搞宣传(没敢说“公关”)……

单教授点点头,说:多年轻,多好。下次再来,不要去机关了。直接到家里来。好吗?

我们都望着小乔。小乔虽年轻、漂亮,但不知怎的,此时此刻,小乔却显得很“薄”。她“薄”成了一张纸,一身“寒气”,叫人不忍看她。

单教授走了。她的脚步声仍在我们心中回响着……可谓余音袅袅,这就是气场。这就是“范儿”。

桌上放着那个信封。谁都可以猜出来,那信封里装的是一张银行卡,人家退回来了。人家不说退,人家说是“你落下了一件东西,顺便给你捎过来”。对小乔,人家说,不要去机关了。直接到家里来。好吗?——绵里藏针哪!

这就像是打包退货。连我们这些站在屋子里的人,全都成了“一路货色”。被人家微笑着、客客气气地退回来了……不用看脸色,屋里的每个人,脸上都写着两个字:尴尬。还不是一般的尴尬,是尴尬到家了。

单教授走后,骆驼的脸一直黑着。后来,他把门重重地关上了……

小乔也好不到哪里去,我看她几乎都要哭出来了……

屋子里的空气闷得几乎可以拧出水来……为了打破尴尬,我说:这是“范儿”吧?

不料,骆驼伸手一指:出去!

而后,骆驼又朝小乔吼道:你,站住。丢人不丢人?!……

是啊,当天上午,小乔打扮得花枝招展地出门去了。(她也许有自己的想法?也许是想寻一个合适的机会……就此打入京城?)我不知道她去了哪里,也不知道她都做了些什么。可到了晚上,夫人就来“拜访”了。

我心里很郁闷。想到外边的路上透透气,刚好碰上出来散步的王大夫。王世安说:走走?

我说:走走。

我们二人,出了北京饭店,顺路走去。灯一盏一盏亮着,眼前不远处的天安门金碧辉煌,车流像灯河一样流淌着。走着,王世安突然对我说:……不敢想。

这是一句没头没尾的话,我问:什么不敢想?

王世安摇了摇头,说:有些事,真不敢想。

过了一会儿,他又说:当官也不容易。都不容易。

我们相互看着,摇摇头,不再说什么了。是啊,都不容易……这是一种无可奈何的慨叹。我不知道,从什么时候开始,我们成了“都不容易”的一个个环节了。

王世安是来给人治病的。我与骆驼之间的分歧,并没有告诉他(王世安果然不简单,他在北京一共待了六天,竟然把那位患腰椎间盘突出的领导给治好了。这是后话)。王世安经常被人请出来给一些官员治病,他也是见得多了,才有如此的感慨。

当晚,骆驼和小乔又大吵了一架……

第二天,吃早饭时,小乔眼圈黑着,一脸的沮丧。在饭桌上,她愤愤不平地说了一句狠话。她说:人比人,该死。

骆驼瞪了她一眼,没有接她的话。

吃过早饭,我找了一个单独的机会,对骆驼说:骆哥,我想送你一个字。

骆驼看了我一眼,这一眼竟带有不屑。他说:说。

我说:是个“慢”字。有些事,得慢慢来。

骆驼说:我还以为你有什么新招数呢。不还是老一套?

我说:我说的这个字,是对付另一个字的。

骆驼说:什么字?

我说:你心里的那个字。

骆驼说:屌屌灰,你是我肚里的虫?

我说:不是我。是那个字。那个字是你肚里的虫。

骆驼说:啥字?

我说:你知道。

骆驼匆忙看了一下戴在手腕上的表,说:我没时间跟你磨牙。走尿了。

我知道,骆驼心里一直藏着一个字。那是个“抢”字,他要抢的是时间。这个字与时间联结在一起,曾多次被人书写在大街的墙上,可只有骆驼深得其中三昧。骆驼是最懂这个字的。他揣这个字已经揣了十多年了,他停不下来了。我也是后来才明白:生活节奏太快,弦绷得太紧,是要死人的。

到了这天下午,吃晚饭的时候,骆驼突然对我说:单教授那里,摆平了。

我怔怔地望着他……

骆驼说：隋部长人很好，就是惧内。

过了一会儿，骆驼又很自信地说：是人，都有弱点。

这天夜里，小乔悄悄地告诉我，原来这位很有“范儿”的单教授的父亲，也是位有名的老教授。他有一个心愿：为家乡重建一所（当年在抗日战争时毁掉的）曾经以他祖父的名字命名的“希望小学”。这个事，老教授由于种种原因没有办成，一直是他心中的一个遗憾。这是骆驼躲在房里打了一天电话侦察出来的。于是，骆驼亲自驱车去拜访了这位退下来的老教授，说是要无偿拿出二百万，来完成老人造福乡梓的心愿。老教授不明就里，一时热泪盈眶……于是，骆驼一个电话，让人直接带钱去了他的家乡。等将来学校建起来的时候，再请这位名教授和她的女儿单教授一块去剪彩……到那时候，单教授就是想反对，也晚了。

我说过，我的担心是有原因的。我知道，到了最后，这笔账，仍然会记在那位部长和他的贤内助单教授的名下。

据我所知，骆驼还私藏着一把“刀”。这不是一般意义上的刀，这“刀”不到万不得已也不会示人。其实，那是一个存在银行里的“保险箱”。是事关双峰公司交易上的一些“绝密材料”……骆驼连我都瞒着。关键是，凡是秘密的东西，见不得人的东西，都是一把“双刃剑”，既可伤人，也会自伤。

在北京的那几天，也不知为什么，我心里很荒。

每每走在北京的街头上，我心里就荒。比十五年前还要荒（那时候我像老鼠一样躲在地下工事里）。现在已不是过去了，可我仍然心荒。

“荒”不是慌，是空。但“空”是空，却“空”得没有缝隙。满大街都是荡荡的人流，这是说不清楚的一种感觉。是呀，大街上熙熙攘攘，人来人往，车来车往，可这一切都与你没有任何关系。走过一条条繁华热闹、挂满中文招牌并书写着英语字码的大街，走过一处处映着玻璃幕墙的高楼大厦，走过一个个盛开着鲜花的花坛，你看不到一张熟脸，也看不到祥和之气。几乎所有的头都是往前冲的，没有人愿意停下来，也没有人愿意回头看一看。连街边上的树，每一棵树，都是陌生的。它不知从何处移栽在这里，直直地立着，似与你一样，跟这个城市也没有任何关系。我们都是过客，只是一个过客，仅此。有时候，我会停下来，默默地站在人群中，看一看周围，听一听市声……可我听来听去，还是荒。越是人多的地方，越荒。

以往，每次出门，我都习惯性地带上一本书。可这一次，我连书也读不下去了。每天的大部分时间都躲在房间里，荒着。我说过，我跟骆驼是共过患难的。可我们……

骆驼很忙。骆驼是一个坚定不移的行动者。他一旦拿定主意，不达目的誓不罢休。

也是到后来，我才弄清楚，骆驼这次进京，需要摆平的，是两件事情。

一件是为那个新的收购方案早日上市做些疏通。这是一个庞大的系统工程，需要报批的部门很多，就像厚朴堂上市一样，必须一个一个部门跑，要打通一个一个的关节。骆驼进京送礼，被夫人退回来的那份，只是其中一个很重要的“关节”。骆驼不甘心，他变换了一种方式，颇费了一些周折，最终也算是勉强打通了。

还有一件，就是为夏小羽活动“金话筒奖”。这件事，是骆驼主动揽下来的。

夏小羽在省电视台当节目主持人以来,曾得过各种奖项。可她还差一个奖,也是她最想要的:“金话筒奖”。按夏小羽水平来说,参评这个“金话筒奖”,根本不需要任何活动。最初,夏小羽也没想让人来北京活动。她的成绩在那儿摆着,评个“金话筒奖”是没有任何问题的。可天有不测风雨。不巧的是,就在“金话筒奖”将要开评的这段日子里,夏小羽出了一件烦心事。这件事一下子闹得沸沸扬扬,直接影响到了她评奖的得分多少……范家福呢,又不便亲自出面化解。万般无奈,夏小羽这才找了骆驼。骆驼满口答应。他对夏小羽说:北京这边,你不用管,交给我好了。

客观地说,一个女人,有些虚荣,这也是很自然的。夏小羽自从跟了范家福后,离官场越来越近,心态也越来越好,好到了有些膨胀的程度。那一日,夏小羽受到邀请,到一个地级市去参加一个新闻发布会。在高速公路上,因为赶时间,超速行驶,被电子眼拍下来了……到了收费站口,交管部门的人拦住了她的车。一是要她的车交超速罚款,二是要她交过路费。本来,市里那边给夏小羽说过,不用交过路费,由地方负担。可接待方没把事情办好,因为收费站是两班倒,头一天交代过的事,到了换班交接时,上一班的带班人忘了交代给下一班了。按说,这事对夏小羽来说,根本不算什么。要是过去,四十五块钱,交了也就交了。可那司机近来“牛”惯了,气不忿,下来与收费站的人大吵,推推搡搡的,最后竟打起来了……据说,夏小羽本人并未参与打骂。她自始至终一直在车上坐着,既没下车,也没有说一句话。可这时候她的心态起变化了。大概是越想越气愤,不甘受辱,鬼使神差地,她打了一个电话……也是一念之差。就是这个电话,二十分钟后,招来了一群人。当地的市长、市公安局局长、交通局局长匆匆赶来,当众给她赔礼道歉。当市长亲自拉开车门给她道歉时,夏小羽也没有说什么过分的话……后来就由警车开道,一路绿灯,送到了市里。

这件事,对夏小羽来说,面子是有了。可传出去,影响极坏。本来,事情已经过去了。可收费站的人不干了,他们一个个愤愤不平,说这也太欺负人了!不交罚款,还打伤人……要都这样,我们还怎么工作?于是,人们七嘴八舌地议论着,话越说越多,群情激愤,煽起了一股情绪。他们都在电视画面上看到过夏小羽,就嚷嚷着非要给她"曝光"!说要是省里不行,就去北京……客观地说,这年头,给人"曝光",也是要托关系的。一个收费站,几十号人,全都动员起来去托关系,这就可怕了。本来都是"维权",后来竟演变成了一场"斗争"……世界很大,也很小,他们七拐八拐托来托去,托到了一个身在京城、名叫"宋剑"的报社记者头上(此人本名宋保平,后来宋保平就成了整个事件很重要的一个环节)。大概这个笔名为"宋剑"的年轻人也是想打抱不平。于是,就由他亲自下来采访,亲自撰稿,给报纸写了一篇文章,文章的题目是"行霸王路——无理狂砸收费站"。等夏小羽得到消息的时候,北京的这家报纸,三审都过了,马上就要见报了。

夏小羽一下子慌了。这事也赶巧了,正是北京的专家们要评"金话筒奖"的关键时刻,那篇文章一旦登出来,夏小羽就别想要"金话筒奖"了。另外,这件事一旦传开,还会牵涉到范家福范副省长。到时候,你就是有一百张嘴,也说不清了。夏小羽找了骆驼后,心里一直悬着,她一天给骆驼打一次电话,不停地催问结果。骆驼每次都大包大揽,说:放心。没有摆不平的。

做这两件事,骆驼并没让我参与。那几天,他带着小乔四下活动，总是很晚才回来，回来后又要研究第二天的行动计划……小乔呢，每次从外边回来，都要给我唠叨一番。她主要是对夏小羽不满。也捎带着对骆驼不满。她觉得，同是女人，一个在天上，一个在地下，她实在是咽不下这口气。

可我知道，骆驼无论做什么，一旦动起来，就是拼命三郎的架势，做得很彻底。就像他常说的：必是拿下！

在这里，我要特意提醒你，千万不要轻易去伤害一个年轻人的自尊心。尤其是心高气傲的年轻人，万万伤不得。他会记你一辈子的。

据小乔透露，在北京给夏小羽活动“金话筒奖”的时候，骆驼一开始找的就是这个笔名为“宋剑”的宋保平。在骆驼眼里，宋保平不过是一个刚毕业没几年的小记者，他能有多大能耐？骆驼是见过大世面的。过去，他也常被一些记者包围着。那些报社的记者一个个都争着采访他，嘴里甜甜地叫着：骆董事长……所以，骆驼根本没把他当回事。

骆驼跟宋保平第一次见面，约在一个饭馆里。这个饭馆叫：晋阳饭庄。主营面食，在北京只能算是中档餐馆。骆驼在饭馆里要了一个包间，托人请宋保平吃饭。当时在座的，除了小乔，还有两位京城的文化人，也都是大学里的教授（他们都曾被骆驼聘做顾问）。宋保平是北师大毕业的，对两位文化人十分客气，执弟子礼，一句一个“老师”地叫着。而这两位，身在京城，桃李满天下，自然不把宋保平当回事，一口一个“小宋”，提溜着让他一次次给骆驼敬酒……这就使骆驼产生了一些错觉。

所以，待酒过三巡，骆驼说：老弟，回过老家吗？

宋保平说:回。每年都回。

接下去,借着酒劲,骆驼就用教训的口气说:那以后呢,不打算回家了?

宋保平怔了一下,没说什么。——他知道,这里所说的"家",指的是籍贯,是平原上的家乡。

骆驼又说:民间有句俗话,叫"上天言好事"。你听说过吗?

宋保平愣愣地,想反驳,却忍下了。

骆驼再一次用教训的口气说:老弟呀,什么都可以忘,家乡不能忘。你说是不是?

这时候,宋保平脸上就有些挂不住了。这就像是在骂他……可当着两位师长的面,他还是忍住了。装着聆听教诲的样子,点点头,这笑就有些勉强了。

往下,骆驼又逼了一句:你说是不是吧?

宋保平只好说:是。

骆驼说:好。有你这句话,我喝一杯!说着,骆驼端起酒,一饮而尽。而后他亮了亮杯底,又说:老弟,有篇稿子,我听说是你写的?

到了这时候,宋保平才明白,这顿饭是"鸿门宴"……他说:是。是我写的。

骆驼说:……撤了吧。不就那点事嘛。影响不好。

两位文化人不明原因,也在一旁撺掇,说对家乡,还是要厚道些。小宋,你得撤。一定要撤。

此时此刻,当着两位师长,宋保平也装作很无辜的样子,说:骆董事长,原来是这事呀。你怎么不早说?抱歉。晚了。三审都过了,已经发稿了。

骆驼一怔,说:晚了?

宋保平说:晚了。怕是都送(印刷)厂了。

骆驼闷了一会儿,说:不说了。喝酒。喝酒!

往下,酒喝得就有些不太顺畅了……待小乔把两位教授送走后,骆驼带着八分醉意,单独把宋保平留下来。而后单刀直入,说:老弟,你是不是缺钱花了?

宋保平说:啥意思?

骆驼沉着脸说:我知道,文章还没有发呢。你说个数吧。

仗着几分酒胆,宋保平也出言不逊,说:你不就是有几个臭钱吗?

骆驼说:是。你要多少?

宋保平说:……我写的都是事实。

骆驼拍案而起:屁话!……人家夏老师招你惹你了?人家参与了吗?凭什么臭人家?你不就是个小记者吗?我看你是给脸不要脸!你撤不撤?

宋保平毕竟年轻气盛,他已憋了一肚子火,他也忽地站起来,梗着脖子说:我就不撤!

骆驼伸手一指:你是收人家礼了吧?我现在就找你领导去。——滚蛋!

小乔说,宋保平离开饭馆的时候,两眼噙着泪。

此后,骆驼带着小乔四下"做工作",通过层层关系,直接找到了报社的主管领导,大约是花了不少钱(据说是以厚朴堂全年的广告费为交换条件)……到了最后,那家报纸终于答应撤稿了。

据说,报社决定撤稿之后,宋保平站在总编的办公室里,一个大小伙子,竟呜呜地哭起来了。家乡的那个收费站,四十多号人,翘首以待,正等着见报呢。他一个记者,又身在京城,红口白牙答应了人家。可到了,可谓颜面尽失,真是无脸再见“江东父老”了!可以说,那一刻,当他擦干泪之后,他恨骆驼恨到了极点。

由于骆驼的奔波,那年秋天,夏小羽终于得到了那个她梦寐以求的“金话筒奖”。到了冬天,夏小羽又凭着这个奖,荣升为省电视台的副台长。这对骆驼来说,是又摆平了一件事。可就此也埋下了伏笔。

在北京的那些日子里,我一直想找机会再跟骆驼好好谈一谈。可骆驼一直不给我机会。也许,骆驼一口气摆平了两件棘手的事情,使他有了足够的自信,再也听不进任何人的话了。到了后来,我们见一面都很难,他太忙了。

临离开北京的那天晚上,分手时,我明确地告诉骆驼,我要辞去顾问的职务,不再领一分钱的工资,彻底脱离双峰公司。骆驼冷冷地说:可以。

而后,他青着脸一字一顿地说:兄弟,你不要后悔。

两年后,在春天的一个日子里,我突然接到了一个电话。

这个电话很陌生,电话号码以“15”起头,后来是“888888”,一共六个“发”!这一段时间,我一直躲在一个地方,潜心读书,很少与外界联系,这个号码又是如此陌生,心想,谁呀?

可没等我接,电话就掐断了……过了有一刻钟,电话又打过来了。我拿起手机,“喂”了一声,只听电话里,声音哑哑的:听出来了吗?我说:听出来了。我这才知道,骆驼的手机号码换成了六个“8”的……骆驼在电话里说:兄弟,你还好吗?我心里一热,说:还好。你呢?骆驼说:还行吧。还行。骆驼在电话里吭吭了两声,说:怎么样?抽时间,哥俩儿见个面?我说:桃花开了?想起结义兄弟了?在电话里,骆驼沉默着。我知道,骆驼是爱面子的人,他说见个面,就一定是很想见我。我接着说:……好啊。你是忙人。时间你定。可是,往下,骆驼却说:我还在路上……回头吧。回头再说。

骆驼在电话里迟迟疑疑的,我不知道他当时是什么样的心境。也许,他并不急于跟我见面?我眼前浮现出他甩着袖子走路的样子,他那么自信的一个人,可以摆平一切事情的人,不会有什么事。再说,据报纸上的报道,骆驼最近又刚刚收购了一家证券公司。现在,他的身价已超过二百亿了!

过了一段时间,骆驼的电话又打过来了。电话是在机场的候机大厅里打的,电话里有很多杂音……骆驼说:兄弟,还好吗?我说:还好。骆驼闷了一会儿,说:看来,你是对的。我说:怎么了?骆驼说:也没怎么……就是,累。心累。你说,我要那么多钱干什么?吃也吃不动了,日也日不动了……最后他说:兄弟呀,坦白地说,到今天我才发现,我这个人,只是外表器张些。而你,虽然姿态比我低,内心却比我强大。真的。哥哥不说假话。你才是董事长的料……我要是早听你的就好了。

这话里透着忧伤,已不是声言要炸开唐古拉山口时的那个骆驼了……后来我才知道,就是从这一天起,骆驼被限制出境了。

骆驼出事,发端于一个人。这人姓宋,名叫宋心泰,是个房地产商。

宋心泰就是当年建造“半岛花园”的老总。“半岛花园”曾经是省城里建造时间比较早的一处豪华别墅区。如果再晚几年,宋心泰就发大财了。可正因为建得早,最初的销路并不好,卖不动,拖了很长时间。再加上他的大部分投资靠的是银行贷款，所以还贷的压力特别大。有一段时间，房地产形势刚刚好一些，电力又紧张了，宋心泰是个见钱眼开的人，他起了贪心，又匆匆忙忙跑到山里投资了一个煤矿，可一个新开的煤矿没有三五年是不会见煤的……结果，到了年底，他的资金链断了。年关到了，当民工们都急着回家过年的时候，他还拖欠着人家的工程款，被民工四处围追着讨要工钱……这时候，宋心泰没有办法了。他疯了一样到处借钱。借着借着，借到了骆驼的头上。

宋心泰原本就认识骆驼，都是生意场上的人，是见过面、吃过饭的那种朋友。据说，骆驼跟宋心泰就打过一次交道，也就是“半岛花园”先借后买的那栋“一号别墅”。那时候，房子卖得不好，当骆驼提出要代人购买这栋别墅的时候，宋心泰看面子给打了八折。等到交房的时候，宋心泰才知道这“一号别墅”是夏小羽要的，房产证上也是夏小羽的名字。再后来，车来车往的，自然又联系到了一个人，这就是副省长范家福。这是一个关系链，如果不细究，并没人清楚这里边的复杂关系。

当初，宋心泰找骆驼借钱时，厚朴堂的股票才刚刚上市不久，账面上看着有钱，却提不出来……可骆驼不说没钱，说的是：不借。宋心泰求告说：骆董，我只借一千万，只借一个月，让我渡过这个难关。老哥求你了……骆驼依旧是那句话：不借。宋心泰急了，说：这样吧，我把煤矿押上，我还有个煤矿……行吗？骆驼仍然是那句话：不借。据说，这话是后来从生意圈里传出来的……我相信骆驼决不会这样说。

我想，骆驼不是不借，骆驼是看不上他这个人。在骆驼眼里，他就是一个“烧包文盲”。

这件事复杂就复杂在它是一个综合效应。这年的年关,宋心泰借不来钱,躲起来了。可是,民工们眼巴巴地等着拿钱回家过年呢。找不到公司老板宋心泰,民工们就拿不到工钱。拿不到钱,家都回不去了。一时群情激愤,民工们把市政府给围了。他们打着白布做的横幅,上边写着:还我们的血汗钱!……于是,市政府紧急动员起来,一边做疏导工作,一边上报到了省里。这时候,副省长范家福在报告上作了批示:做好安抚工作,务必让民工们在春节前拿到工资……据说,上边甚至还写有"严惩不法奸商"的意思。

宋心泰并没读过几年书,他原是干包工头起家的,但人绝顶聪明。他干房地产这么多年,在政府里边也是认识一些人的。于是,副省长范家福的批示很快就传到了他的耳朵里,宋心泰不敢再跑了。政府这边呢,也正因为有了范副省长的批示,就派出了由公安、法院联合组成的追讨小组,限期追讨拖欠民工的工钱……很快,宋心泰躲藏的地点被警察找到了。他被逼无奈,在腊月二十三过小年的时候,把自己留用的那套别墅给卖了,勉强给民工们发了工资……那个春节,已搬进城里多年的宋心泰,不得不带着一家老小顶风冒雪回乡下过年。

就此,仇恨也就种下了。

宋心泰下手举报也是几年以后的事了。这时候,在生意人的圈子里,到处都流传着骆驼"一泡尿挣一千万"的故事,这故事给宋心泰以很大的刺激!人心里只要有了恨,只要存心报复,一点一滴都会记在心头。这里边还包含着一个很小的过节。前些年,在省城那家五星级宾馆里,宋心泰也是包过房的。那时候,他进进出出的,看中了在这家宾馆设立办事处的小乔。有一次,在酒吧里,他喝了点酒,大着胆子上去请小乔跳舞,被小乔拒绝了。当时,宋心泰也许有些醉意，指着她的鼻子说：你、你说多少钱？我包了。可小乔根本看不上他。小乔不光是瞪了他一眼，还说了一句很伤人的话。小乔说：看你那恶心样儿。包我？回去照照镜子，你配吗？就是这句话，也埋下了祸根。据传，宋心泰很伤心。当晚回到宾馆房间，他在镜子前站了很久，左看右看，照了很长时间的镜子。在一个时期里，这在商界曾经传为笑谈。后来，宋心泰又发现，就是这个小乔，竟然是骆驼派来的人。而且，两人关系很不一般，是他的"情儿"。记得有一次，小乔曾告诉我说：呸，一个土包子，搞房地产的，仗着有俩钱，还想泡我呢。

事情是环环相扣的。再往下深究，这就牵涉到范家福了。客观地说，范家福与夏小羽是真心相爱，爱得如胶似漆。两人若是正正当当地结婚了，那么，夏小羽也许就会搬到省政府的家属院去住了。这此后的一切，就都不成立了。可偏偏范家福不能跟夏小羽结婚。不是他不想结，这里边的阻力主要来自于范家福的母亲。范家福的母亲早年守寡，几十年含辛茹苦把孩子养大，自然是一个很有主见、也很固执的女人。她执意不到城里来，本意是不影响儿子的工作。可从另一方面来说，又拖累了范家福。在儿子的婚姻方面，老太太特别固执。自从范家福跟那个留在美国的女人离婚后，她就对城里女人有了偏见。凡戴眼镜的女人，统称为"四眼狼"（这是因为范家福的前妻是戴眼镜的）。后来，跟范家福结婚的这个乡下姑娘，是老太太钦定的。这姑娘是邻近一个村的，在她眼前长大，给她梳了十年头，是老太太非常满意的。所以，当范家福提出跟这个（没有多少文化，也没有多少话说）给他母亲梳过十年头的女人离婚的时候，这女人哭着跑回乡下，告诉了老太太。老太太自然是绝不答应的。据说，她听了儿媳的哭诉后，气得拿手里的拐棍在地上连连捣去，捣了一个坑儿，甚至发下狠话：等我死了再离！范家福是个孝子，在母亲以死相逼的威胁下，再不敢提“离婚”二字。有了以上诸多因素，夏小羽就成了一个没有名分的女人……你想，她心里也苦啊。可她没有办法，只好长年住在半岛花园的一号别墅里。这样的爱情，就有些偷的意味了。而范家福的车，就常常停在半岛花园一号别墅的门前。

所有这些有关联的人和事，在宋心泰的脑海里逐渐连接成了一个完整的图像。于是，一封举报信（连同购房单据的复印件），直接寄给了身在北京的记者宋剑（宋保平）。

宋心泰这个人，虽说身通黑白两道，可也是做过善事的。他跟北京的这家报社记者宋剑（也就是宋保平），原是一个村的人。早年，宋保平也是个苦孩子。自幼家贫，家里“三根棍儿”，父亲老实巴交，上边还有一个哥哥是聋哑人。当年，宋保平考上北师大，没钱上学，曾得到过宋心泰的鼎力资助。这在他们乡下的老家，是有口皆碑的。如果不是宋心泰，宋保平是上不了大学的，当然也不会留在北京的报社工作。可以说，宋心泰对宋保平有再造之恩。

宋保平到了北京之后，就不再是宋保平了。他是宋剑。

我猜，晋阳饭庄的那顿酒饭，给宋剑种下了很深的伤害。一个来自外省的年轻人，在北京的新闻圈里打天下，由于他勤奋写作，发表的文章多，已经是小有名气了。那时候，宋剑脖里挂着记者的小牌牌，经常出席各种各样的新闻发布会，作为一家有一定影响力的报社记者，以宋剑的笔名，无论怎样也算是个可以左右舆论的人了。可是，骆驼在饭桌上硬逼着他回忆过去。而后，一步一步地把他逼成了“黄土小儿”宋保平。而这三个字，正是他拼了命要洗掉的。

客观地说，宋剑也就是一把剑。他年轻，有自己的理想，有足够的正义感。作为一名记者，他以笔为剑，疾恶如仇，立场鲜明。况且，他北师大毕业，在京城各部门都有同学。他要为民除害。同时，又因为夏小羽的那场事，他心里一直窝着一口气。这口气窝得时间太长了。

于是，宋剑亲自把举报信送到了中纪委……

到今天为止，我仍然不认为骆驼是个十恶不赦的坏人。

骆驼身上虽有投机的成分，但也有很传统的东西，有侠肝义胆的部分，还有……可骆驼还是从十八层大楼上跳下去了！

那是骆驼被“边控”（限制出国）后的第九天。骆驼没想到会有人查他。一直到他提着包要出关的时候，才发现了问题的严重性。殊不知，检察部门早就开始调查了。

据我的一个学生（他在检察院工作）说，最先被“双规”的是小乔。小乔被检察院的人秘密地带到了一个地方，关了一个多月。就是这个小乔，在“双规”后的第一天，就把夏小羽给交代出来了。如果她死不交代，这个案子还不好破呢。因为，夏小羽虽然在电视台工作，可她名誉上又是双峰公司的“广告代言人”。如果小乔不交代其中的关节，那也仅只是偷漏税款的问题。可小乔心里有恨，这恨也许是无端的、没有来由的。同样是一个学校毕业，同样是女人，她凭什么混得那样好呢？这大概是小乔的一个心结。其实，交代了夏小羽，在证据链上，她等于又把她自己牵涉进去了。据说，她跟骆驼的那些事，在她渴得不行的时候，都换成了矿泉水，扭扭捏捏地、一点一点地交代了。

夏小羽进去得稍晚一些。她是在一个大型的新闻发布会结束后，开车走到一处立交桥的拐弯处被人带走的。一开始，她拒不交代。整整一个多月的时间，无论怎么审，她坐在那里，脸色苍白，一句话都不说。当反贪局的人把一摞一摞的银行票据，把购房的单据一一摆在她的面前时，她仍然不说。她爱范家福，她一字不吐。到了后来，她饭也不吃了，绝食了。这时候，反贪局的人一边采取措施，一边找人给她做说服动员工作。据说，最先找的是她母亲，让她母亲给她打了一个电话。在电话里，精神已有些失常的夏小羽，居然没有听出她母亲的声音。她说：你谁呀？你不是我妈。她母亲说：小羽，我真是你妈妈呀……这时候的夏小羽已不相信任何人了。她竟然在电话里说：你说，咱家的狗叫啥名？得过啥病？……她母亲一时被问愣了，没有说出狗的名字来。夏小羽就认为她母亲是让人假扮的，是反贪局的人在骗她招供，于是，仍坚持绝食，水也不喝了。

再后来，又通过上级领导做工作，由组织上出面找了范家福，让范家福给她写了一封亲笔信。

范家福的确是写了信。可当那封信交到他们手里的时候，反贪局的人觉得有些不对劲。开始也不知道什么地方不对，就觉得不对劲，这封信有问题。后来，他们又调阅了范家福签署过的所有文件。这时候才发现，范家福签字用了两种笔体，一种是规规矩矩的楷体字，一种是龙飞凤舞的行书字。反贪局的人就是从这两种字体里，发现了问题。他们经过反复比对，发现范家福最近一个时期的签名是有讲究的：一种签名是必办的；另一种签名则是……这说明，范家福回国后，已渐渐地开始习惯于运用“地方规则”了。可反贪局的人也不是吃素的。于是，反贪局的人在交信时，把范家福签名这一部分裁了下来。信仍然是那封信,字也是他的亲笔字。当夏小羽看到范家福那封亲笔信的时候,她哭了。可她仍然坚持说,这些事,都是她一个人做的,与范家福没有任何关系。可是,再往下问,她与范家福的关系,怎么也说不清楚了。

我的学生还说,这两个女人,完全不同。一个风骚。一个文静。一个是进来就说。一个是一字不吐。一个进来后不吃饭。一个进来就要果汁喝,还指名要“牵手”牌的……可不管怎么说,到了后来,她们都把自己做的和知道的事情,一一交代了。

我猜,在最后这九天时间里,骆驼一定想了很多。也许,骆驼已经知道,这时候,小乔的电话已经打不通了,夏小羽的电话也打不通了……还有,他正在收购中的一家证券公司,这里边也许有部分违规、违纪的地方……一旦掀出来,会牵连很多人,他必须临机做出决断。更重要的是,这还会牵连到两个副部级以上的干部。在骆驼眼里,他们都是好人,都是给企业有过很大帮助的人,并不是人们所说的那种贪官……尤其是范家福。范家福是从乡下走出来的穷人家的孩子。他苦学苦读,从中国读到了美国,读到了博士,而后又回来报效国家……骆驼一旦进去,一旦开了口,就把人家给害了。

过去,我曾经跟骆驼多次探讨过这个问题。骆驼多次说:这是一个伟大的时代,同时又是一个在行进中、一时又不明方向的时代。如果等各项法律、法规都完善、齐备了,也就丧失了发展的大好机遇……骆驼有骆驼的道理。我说过,骆驼心里揣着一个“抢”字,他抢的是时间。话说回来,如果时间可以抢,那还有什么不可以抢的?按骆驼的说法,是可以做、不能说、不能等。

我记得,两年前,在北京的那几天,我曾多次不经意地跟骆驼对过目光。每当我们两人的四目相对时,骆驼眼里总像是藏着些什么。那时候,我一直参不透他。在骆驼的目光里,有一种我看不明白的东西。那不是混浊,也不纯是警觉,是雾蒙蒙的一种东西,一种说不清道不明的东西。一直到后来,卫丽丽才告诉我,那是什么。可为时已晚。

这时候,骆驼一定也想到了卫丽丽。想到了他的儿子。他知道卫丽丽是个好女人,性格也好,会照顾好他的儿子。可一个女人带着一个孩子(他的儿子七岁了,刚刚上小学一年级)……骆驼不想给他的孩子带来灾难。

骆驼是一个才华过人、绝顶聪明的人。骆驼犯的错误是每一个中国人都会犯的……当时,骆驼承受着巨大的压力。骆驼肯定会想到:他是所有环节里最重要的一环。假如他这个环节断了,那么所有的环节都会在他这一节戛然而止……当然,以上这些,都是我猜的。

我要说的是,骆驼在出事前给我打过一个电话。骆驼临死前,把一切都考虑清楚之后,他给我打了一个电话……你猜,一个快要死的人,他会说些什么?你绝对想象不到。

那时候我还在路上。骆驼在电话里嘶哑着嗓子说:兄弟,你在哪儿呢?我说:在路上……骆驼说:兄弟呀,告诉你,我中奖了。我说:开玩笑。你在哪儿?他说:真的。正如你预测的,我中了个大奖。我欠你的,我想还上。我说:你欠我什么?骆驼说:共事这么多年,你从未向我张过嘴,提过任何要求……当时,我正开着车,迷迷瞪瞪的,不知他什么意思,也不知该怎么说。骆驼说:兄弟,厚朴堂就交给你了。我说:你喝多了?骆驼说:你听我说完。另外,我给你点钱,五百万。打到你的卡上。说了多少年了,不是要出经典吗？这点钱，就作为出经典的基金吧……我说：又想出书了，啥意思？骆驼说：这是哥哥的一点心意。当然，万一有那么一天，我儿子需要照顾的时候……我说：扯淡。这话啥意思吧？骆驼说：连句话都不给吗？我马上改口说：……若是真有这一天，放心吧。

我记得，临挂电话时，骆驼突然又重复地说：兄弟，咱们是老乡啊。最近，我让人查了家谱才知道。当年，咱们还是一个县的，我们家是逃水过来的……这话很突兀。我说：你祖上，哪村的？他说：骆家寨。而后又补一句：老乡见老乡，两眼泪汪汪。兄弟，保重。说完，他就把电话挂了。

这就是骆驼。在他最危险的时候，在他绝望的时候……他仍然保持着应有的尊严。他不向任何人求助。

那会儿，在高速路上，我心里一直犯嘀咕。不知道是怎么回事，眼皮老是一跳一跳的，感觉很不好。有那么一刻，我觉得路两边的树在飞，树一棵棵地飞起来了，路边的牌子也飞起来了，那路牌上的字一个个斜着，眼前的字飞舞着，像是一片一片的带钩儿的金刀……我赶忙把速度降下来，对自己说：慢。慢。慢。

一个小时后，卫丽丽在电话里呜咽着说：……国栋死了。他从十八层大楼上跳下去了。

我问：什么时候？

她说：刚刚。

我脑子一下子短路了。

第 十 章

有句话叫:一方水土养一方人。你知道什么是“水土”吗?

古人云:水有润下助土之功,滋生万物之德;土有化象和水之绩,舒纵欲托之能。四维之中,水为命之象,土为命之基。而这里所说的“水土”是一体的。

在这里,水土又不等同于风俗。风俗是有时间性的,是可以改变的。而水土,则说的是特定的气场和依托,是亘古不变的。这里指的是一个特定的地域的“生气”,或者说是“磁场”效应。后来我才明白,在我的家乡,所谓“水土”是一种“熵”。这“熵”里还含着两个字:后悔。“后悔”若升一格,那就是:幽默。

我还要问一句:你知道“水尽鱼飞”的道理吗?

你一定以为我说错了。你会说,是“水尽鹅飞”吧?不错,汉语的成语大辞典上就是这么写的。它的出处来自于元代关汉卿《望江亭》里的一句唱词,表述的是“眉南面北、恩断义绝”的意思。要我说,这关于情感的一句形容,是很浅表的。这也许是关汉卿老先生的笔误;更有可能是江湖艺人为了唱腔的合辙押韵在戏台上随口诌改的结果。虽然只是一字之差,却有着天壤之别!

“水尽鹅飞”说的是情感依附,“水尽鱼飞”讲的是生存关系。“水尽鹅飞”停留在物质形态,有来有去;“水尽鱼飞”说的是四维向度,神秘莫测……两者不在一个层面上。“水尽鱼飞”,虽然只是平平常常的一句民间俗语,可它来自于现实生活中的一种诡异,一种升华后的决绝。

我给你说过,当年,梁五方为了盖房,曾经抽干了一个坑塘里的水。这水里原是有鱼的。那时候,我常常看见水中冒出的泡泡儿,也亲眼见过一群一群的小鱼在水中游来游去。但真到水抽干的时候,却没有看到一条鱼!也就是说,一夜之间,鱼飞了。

水尽了,鱼没有翅膀,它怎么飞呢?它又能飞到哪里去?不客气地说,我用了将近一生的时间来思考这个问题,可我至今仍然没有想明白。

更让人无法想象的是,在咱们的家乡无梁,原本有一望无际的芦苇荡。在我童年的记忆里,那芦苇荡连绵百里,一眼望不到边,好像一生一世也割不完、走不出的样子。苇荡的尽头,有一个大水潭,名为:望月潭。民间也有叫“老鳖潭”的。据老辈人说,这潭有几百年了,从来没有干过。还有老人说,这潭里有一锅盖那么大的老鳖。夏日里,曾有人亲眼见它在潭边晒盖儿来着。还有人说,它会滚动着在岸上走路,已经成精了。鱼就更不用说了,鱼在水中游,在浪花里跳跃、嬉戏,这是谁都知道的。

可是,三十年过去了,整个芦苇荡都消失了,望月潭也干了。可那锅盖大的老鳖呢?鱼们呢?没有翅膀的鱼,飞到哪里去了?

由此看来,汉语中的每一个字、每一句话,既然能够流传下来,都是有生命记忆做依托的。“水尽鱼飞”,并不是凭空说说、毫无道理的。它虽是一种突如其来的神奇现象,却隐藏着生命变异的过程,是量变到质变的结果,现代的克隆技术就是最有力的证明。所以,它是超出人类想象力的一次飞跃,一种至今让我们无法理解、无法破译的生命演绎。也许是大自然给人类的一种警示也说不定?!

你要记住:生命来源于水,水尽鱼飞。

下边,我要说一说望月潭了。

在无梁,在很长的一段时间内,每当人们赌咒发誓的时候,常说的一句话是:除非望月潭干了!这就意味着,哪怕是天荒地老,大旱十年,望月潭也是不会干的。所以,它成了誓言的佐证。

可是,到了二十一世纪的今天,望月潭居然干了,它消失了。于是,誓言一旦失去坐标,失去了附着点,那誓言也就不攻自破了。这是大自然的决绝。

在我的少年时期,望月潭一直是一个神秘的所在。它水面有三四百亩大,深不可测。周围又是一望无际的芦苇荡,那湿地绵延久远,是藏风兴雨的地方,望月潭就是它们的发生之地,或者说是源泉。据说,无论水性多好的人,都没有探到过底。还有的人说,下边是一人多粗的泉眼,一直通到东海,人一下去,就被吸进去了。这种说法,就像课本上读到的知识一样,我曾经对它深信不疑。可随着时间的推移,在我一天天老去的时候,我对一些问题产生了新的看法。我要说的是:在这个世界上,几乎没有一成不变的东西。

在很多时间里,望月潭就像是童年里的梦,给人以神性翅膀的梦。它周围是一望无际的芦苇,一走进望月潭,那风是湿的,空气里弥漫着一点点泛青气的腥甜。晨光里,水面飘浮着一层钢蓝色的雾气,往下看,那蓝是一层一层的,由浅到深,就像是一幅油画。每当夕阳西下时,风吹着摇曳的芦花,芦苇荡里常常有鸟儿飞出来。芦花是金色的。鸟是金色的。蜻蜓也是金色的。梦幻一般的金色。阳光照耀在水面上,那潭里像是亮着一潭洇洇的红血,每当蜻蜓点水时,就像是浴火重生……每年,一到割苇子的时候,潭里浪花飞溅,还会冒出一人多高的水柱。就有人说,这潭里有大鱼。那鱼是吃过人的。于是,几乎无梁村所有的孩子都被告知:那潭深不可测,有淹死鬼,千万不要去那里游泳。可还是有胆大的去了,春才就是其中的一个。

据我所知,每到夏天,春才常常一个人到潭里去游泳。他每每游过几圈后,就静静地躺在水面上,四肢摊开,随着波纹漂动,就像是一条大鱼。

后来,村里也常有人说,春才是鱼托生的。

春才比我大七岁,在我十一岁那一年,他刚好十八岁。十八岁的春才双眼皮,浓眉,大眼睛,高鼻梁,一米八的个头,秀美壮硕,一脸红润。这么说吧,他就像是长在田野里的一株挺拔俊美的高粱棵子,是无梁村最帅气的一个小伙。

但如此壮硕的一个男子,却是一个闷葫芦。在我的记忆里,他很少说话。即使他娘叫他,也至多是嗯一声。在更多的时候,他的声音大多是由他的手来完成的。他的手比所有人的手都灵巧、快捷。那不是手,那几乎就是"神的使者"。他的手太会"说话"了。他的手指就像是一把精美的梳子,对女人们有着巨大的吸引力。他编席的时候,那席篾子就像是琴键一样,在他手下有节奏地舞蹈着、跳跃着,一格一格地往前推移,诗一样地律动,倏尔就成了片、成了形了……他编的炕席,他编的三层楼、双扇门的蝈蝈笼子,甚至于经他手编的细苇草圆蒲团,还有装馍馍的席篓,都让无梁所有的女人羞愧不已。

有那么一阵子,方圆百里所有要结婚的姑娘都为能求到春才编的红炕席而自豪。他能在席上编出“福、禄、寿”等各种图案，他甚至能在席上编出奔腾的骏马和叫春的喜鹊……因此，“春才的席”在无梁村是一种质量的象征，是县供销社免检的。这话是县供销社派来收席的老魏说的。在设在大队部“收席点”里，老魏常说的一句话是：看看人家春才编的席！那时候，村里最让女人们眼热和嫉妒的，就是春才了。在女人的嘴里，春才就是无梁村的一个标尺，男人的标尺。一看见他，女人们的目光里就会开出花来。

在无梁村，老姑父对春才的偏爱是尽人皆知的。春才十八岁时，老姑父就让他当了大队团支书。因为他人孤僻，不爱讲话，老姑父就把他叫去，做了许多思想工作。后来看他实在是个闷葫芦，问三句才“嗯”一声，就又让他改任民兵连长。可民兵训练时，他不喊操，喊不出来……可老姑父还是喜欢他，就再次让他当收席站的站长。

有那么一段时间，夏日里，老姑父的三女儿蔡苇香时常拽着她二姐蔡苇秀的衣角，站在村口处往北边看。这时候，刚游了水的春才会腾腾腾地走回来，他赤着双脚，穿条短裤，红通通的脊梁上亮着一身晶莹的水珠，走在黄昏的落日里，就像是活动着的古铜色的男人雕塑。她们和他，也就是相互看一眼，谁也没有说什么。

那时候，按上级的要求，每个村都要配“赤脚医生”。老姑父的二女儿蔡苇秀，初中毕业后经公社批准当上了村里的“赤脚医生”。蔡苇秀性格内向，也不大爱说话。但她是老姑父的女儿，心里还是有一点傲气的。她在县里总共培训了三个月，回村里当了一年零八个月的“赤脚医生”。也就是挎着个县里发的、印有“红十字”的小药箱，很优越地在田野里走上几圈。谁要是感冒了，就给两袋头疼粉或是两片阿司匹林；要是碰伤了，就给抹点红汞、碘酒之类……一年零八个月之后,她就嫁到另一个村子去了。

可是,就在这一年零八个月的时间里,村子里发生了一件怪事。这件事后来给无梁村创造了一个足可以影响后世的歇后语:春才下河坡——去尿。

我不敢说,也不能说,这就是一个"精神变物质"的范例。是呀,在一些时间里,两人互相看了一眼,看一眼又如何?走在路上,谁不看谁呢?看了就看了,还能怎样?但是,让人无法理解的是,就在这一年的夏天,春才出事了。

据说,春才出事后,老姑父跟吴玉花杠上门,两人又打了一架,屋子里咕咕咚咚的,死打……可出了门,两人谁也不说什么,一句话也不说。老姑父嘴唇翻着,人问了,他说:上火了。

这件事的来龙去脉,在无梁村是一个半公开的忌讳。是隐在戏谑中的一个暗语。或者叫做无梁人的幽默方式。也是到了后来,才慢慢地、经快嘴女人们唾沫星子一点一点传扬出去的。

这件事,怪就怪在有终无始……突然有一天,春才一直在床上躺着,用被子蒙着头。他娘以为他身体不舒服,就没有叫他。结果,到了傍晚时分,饭做好了,盛上了,春才还没有起床。这时候,他娘连着叫了几声,不见他回应那个"嗯"声。于是,他娘走过来看他,一掀被子,就见一被窝全是血!这就赶忙喊人把他拉到县城的医院里去了。到了县医院才知道,他居然、居然用一把篾刀,把自己的生殖器割了。

没有人知道这究竟是为了什么。这举动已超过了人们正常思维的范畴,太惨烈了!一般老年人则认为,他是在望月潭中了邪了。那年冬至前,春才被人用架子车拉回来了,一脸蜡黄。人们远远地望着他,就像是看一个怪物。

他回来后不久，蔡苇秀就出嫁了。她嫁到邻近的一个村子里去了。邻村那个小伙，曾多次上门提亲，一次提过十二匣点心！她原是拒绝的，躲在耳房里根本不见人家。现在，她勉勉强强地答应了。那天，出嫁时，蔡苇秀哭得很伤心，一路上都在抹眼泪。一班送喜的鼓乐，吹的是平原民间小调《鱼哥哥》，显得怪怪的。

据说，姐姐出嫁后，老三蔡苇香独自一人跑到望月潭，一个人在潭边上坐了很久。也许，她也有很多不明白的地方。

关于望月潭，这是我少年时期所遇到的最诡异的一件往事了。

在无梁村，春才的腼腆是出了名的，要是谁当着他的面开句玩笑话，他会脸红的。你想，一株茁壮挺拔、质朴秀美的高粱棵子，是很惹眼的。女人们总是忍不住要逗一逗他。每当他去设在大队部里的“收席点”验席的时候，总有一群女人围着他，一边看他编的席，一边说些加了油盐的话。

记得有一次，在编席点，槐家女人突然拍拍春才说：才，看，你看……春才扭过脸来，见一只公狗骑在母狗的身上……槐家女人笑着说：这叫狗链蛋，狗链蛋呢。春才先是怔怔的，接着脸就成了一块大红布！国胜家女人说：才，你别听她的。她是夜里让槐日舒服了，这会儿还流着水呢。海林家女人说：可不，床响了一夜。保祥家女人说：你听见了？推小车的吧，吱吖吱吖的。他家天天夜里推小车。槐家女人反击说：你呢？让国胜在板凳上日，呱嗒呱嗒，跟骑马样！水桥家女人说：还说呢，谁不知道，在麦秸窝里倒上桥……麦勤家女人说：宽家才出样呢。宽从城里回来，跑到地头，说该摘梅豆角了。说完扭头就走，宽家就跟着走，我还以为啥事呢，谁知是打暗号呢，他家的“梅豆”该摘了……宽家女人说：你多好,你家卖凉粉的,捡了一夜凉粉豆儿。海林家女人说:啥是凉粉豆儿?宽家女人说:奶头。她奶头大。国胜家女人说:小宝才出奇呢,屁大一孩儿,跑出来说,夜里他爹问他娘,是睡了再睡,还是睡睡再睡?啥意思呢?海林女人突然说:都别说了,看春才的脸红成啥了。

女人们一阵阵地哄笑着。只有春才一个人不笑,他慢慢地蹲下了。

这些半含半露、有荤有素的话,就像民间生活里的密码,终日包围着年轻的春才。春才最初好像是一知半解、似懂非懂,也就是红红脸而已。后来再听到这些话的时候,他什么也不说,就蹲下了。在地里干活的时候,一旦女人们叙家常的时候,他总是往地上一蹲,一声不吭。而女人们常常指着他说:看,春才脸又红了。

我说过,我是一个孤儿,终日在柴火窝儿、麦秸垛里滚,吃百家饭长大的。相对来说,我的神经要粗粝一些。我一直到十九岁那年的一天早上,一觉醒来,才明白春才为什么要蹲在地上……这是我的自悟。

等过去了很多日子之后,我才明白,在乡村,在我们的家乡无梁,对于性的态度是最原始、最保守,也是最开放的。姑娘们在未出嫁之前,那是禁地,是一个字也不能提的。可一旦结了婚,就像是破开了的瓜,是可以汁液四溅的。我想,春才作为编席的一把好手,终日被姑嫂婶娘们的“性语言”包围着,经姑嫂婶娘们一日日的启蒙、挑逗、或暗或明的点化,渐渐地,他的身体不由得起反应了。他蹲在地上那一刻,正说明他开窍了,觉醒了,是性意识的觉醒。他那纤细的神经、健壮的体魄,经话语点燃了饱满的激情,陡然间起了化学反应,在他的体内聚合成了一股巨大的荷尔蒙能量……

他不是不站起来，而是不敢站起来。他的裤裆里陡然间竖起了一根棍子，架起了一门“炮”，他一定是既恐惧又害羞，他是怕人家笑话他。这是我猜的。

那时候，春才刚刚十八岁，正是阳气最旺的时候。一天一天的，也许，女人们的调笑、女人们的暗示、女人们肆无忌惮的关于性事的讨论，都给他带来无尽的痛苦。在那些个夜晚里，面对一盏孤灯，四面墙壁，春才心里会怎么想呢？在漫漫长夜里，他也许正在破译那些挑逗人的话语呢。比如：什么是“蜜蜜罐”？什么是“倒上桥”？什么是“见红”？……那些带有暗示性的语言在他脑海里泡呀泡的，由精神而物质，渐渐有芽儿生出来了。那些个夜晚，他都在干些什么？在破译的过程中，又会给他生理上带来什么样的反应呢？这没人知道。也是过了些日子之后，才渐渐从女人嘴里传出一些让人不可理喻的事。当他住进医院后，他嫂子给他收拾床铺的时候，在春才住的那间偏厦里，在床边糊着旧报纸的墙上，贴着一张“红灯记”的年画……女人们偷偷议论说，这孩儿，真可怜。

可我只知道，在一些日子里，春才一旦被女人围上，在大多数时候，他都是“谷堆”着的。有一次，他拉架子车往地里送粪。在村头的粪堆前，他扶着一辆架子车，几个嫂子一边往车上装粪，一边叽叽喳喳地说着什么，后来车装满了，他仍在地上“谷堆”着，就是不站起来……一个嫂子说：才，走啊？他头上冒汗了，说肚子疼。这嫂子开玩笑说：你不是来月经了吧？哄一下，人们都笑了。

而后，春才就走到河坡里去了。

那是夏日里一个燥热的中午。人们都说，春才就是那个中午走向河坡的。他鬼迷心窍，袖里揣着一把篾刀。

河坡里有无边的芦苇，芦苇一丛一丛的，岔出许多条蜿蜒小路,其中有一条是属于春才的。春才在芦苇荡里走出了一条属于自己的蛐蜒小路。小路两旁,风摇着一荡一荡的芦花,苇叶沙沙响着,它们看到了什么?又呢呢喃喃地说了些什么?它们有生命吗?它们若是有生命,为什么不阻止他呢?或许,就像村人们说的那样,望月潭是个诡异的地方,他真是中了邪了?

我也曾看见一个叫蔡苇香的小女孩,小小年纪,一个人偷偷地、一步一步向河坡走来……她怎么就没事呢?

也许,在蔡苇香眼里,那个中午一定是猩红色的。她是揣着怎样的心态:是好奇,还有胆怯?她大约想探寻一点什么。可她看到血了吗?一滴一滴的鲜血引着她向苇荡深处走去。苇荡太大了,太深了,一丛一丛的芦苇,一条条蜿蜒的小路……哪一条是春才走出来的呢?

在那样一个中午,春才一定是在苇荡里站了很久很久。太阳当头照着,苇荡里一片静寂,有虫儿在呢喃,当他那一刀割下去的时候,他心里都想了些什么呢?……一道红色的血线就那样飞出去了,很决绝。

也许,一句歇后语的诞生,给了蔡苇香天崩地裂般的记忆。不知道小小年纪的蔡苇香在河坡里到底看到了什么,又受了什么样的刺激?按村人的说法,她后来“匪”了。这个“匪”字,在村人眼里,是“叛逆”和“暴徒”的意思。是超出日常生活规范的一种非常规行为。

我只知道,人们在接受经验或教训时,思维是反向的,往往矫枉过正。以至于多年之后,她能卖出一盆价值七十万的“汗血石榴”。

那么,一个秘密与另一个秘密之间,有什么联系呢?

也许,那一眼,也是很要命的?

仅仅当了三个月的“赤脚医生”,蔡苇秀的胸脯就挺起来了。当她挎着那个小药箱走向田野的时候,她脚下的黑面带襻的布鞋是有弹性的,就像安装了弹簧一样。身上的枣花布衫迎风飘动着,似也有了与村人不一般的味道。一个带有“红十字”的小药箱,就好像垫高了一个乡村姑娘的身份,成全了她的虚荣心。在一些刮风的日子里,她还会着意戴上县里培训班发的白帽子、白口罩,背着那个印有“红十字”的药箱,一弹一弹地走在田埂上,按村里人的说法,这就更有些“狗啃麦苗”的意思了。

那时候十八岁的蔡苇秀还是一个姑娘,又是村里的赤脚医生,虽然她每日里背着个药箱在村里晃来晃去,可她毕竟是支书的女儿,没结婚的小伙子是没人敢打俏皮的。村里的小伙子们只是远远地望着她,就像是看天边的云彩一样。她挎着那个带有红十字的小药箱,说明她是在县上正规学习过的,这使她平添了一些傲气,一般人她是不理的。春才呢,本来就是个不爱说话的闷葫芦。所以,最初,两人之间自然不会有什么瓜葛。

可是,有一天,春才的手被篾刀割破了。也许是那一串脚步声惊扰了他,也许女人们的话刺激了他,也许还有别的原因,当他坐在场院里破篾子的时候,他的手割破了。春才的篾刀是用钢条特制的,十分锋利,伤口割得很深,那血一下子就流出来了。这时候,先是有了女人们的惊呼声,而后就有人说:秀呢?快叫苇秀!

刚好蔡苇秀挎着个药箱走到场边上,听到喊声就赶过来了。春三月,她还戴着一个大口罩,显得人很秀气。她蹲在春才面前,打开药箱,从里边拿出红汞、碘酒和一小卷纱布,什么话也没说,就给他包扎起来。包了之后,蔡苇秀看了春才一眼,春才也看了她一眼,两人都没说什么。可据蔡苇香后来说,两人是说了话的。当着那么多人,两人是用眼睛说话的。蔡苇秀:疼吗?春才:不疼。蔡苇秀:别沾水。春才:嗯。蔡苇秀临站起时,眼睫毛眨了一下,她看见春才的棉袄上少了一个扣儿。

后来,那个蓝扣子是蔡苇香给春才送去的。蔡苇香来到春才家,站在门前说:春才哥,扣,给你个扣儿。春才怔了一下:扣?蔡苇香说:扣。我姐让给的。而后,她放下那扣子,就扭头跑了。

一个扣子,又能说明什么呢?

一个扣儿是一种态度?一个扣儿是一种暗示?这没人知道。

在此后的日子里,两人仍然没有说过话。只见蔡苇秀时常拉着苇香在村口站着,往远处的苇荡望去。若是跟春才碰上了,两人互相看一眼,也不说什么。这就像是猜谜,两人眼里似都有话要说,可谁也没有说。像是你在等我开口,我也在等你开口,就这么一天一天地等着。

或许,是那个带有红十字的小药箱垫高了蔡苇秀的虚荣心。如果不是那个小药箱,蔡苇秀也就是个乡间的小柴火妞,她就不会像城里人那样"矜持",那样"狗啃麦苗"……她一定会转到麦垛的后边,把要说的、想说的话说出来。正是那个小药箱使她平添了更多的傲气,那个药箱成了一种身份的写照,所以她必须"矜持"。那时候,在村人们心里,"矜持"是属于城里人的。她在城里培训了三个月呢!

也许,她娘吴玉花根据自己婚姻的不幸,给了女儿一而再、再而三的告诫?那告诉一次、两次、三次……经过一些时间后,说不定就起了作用了?

人们都说眼睛是心灵的窗户。假如说,蔡苇秀的"窗户"一直开着呢，半掩半开，似掩似开，欲隐欲开……在田野里，在场院里，在收席点，在芦苇荡里……那“窗户”一直开着，用“矜持”做伪装。我猜。

也许，对面的“窗户”也开着呢。“窗户”里放了很多声音，也只是放着，而后一篾一篾的，用手织在席上……以“定力”做伪装。也许吧。

一个春天就这么过去了。桃花开了，杏花开了，梨花也开了，草开始往疯处长了……

夏天来了，风热了，花谢了，麦子就要熟了，“窗户”仍然开着，你看我一眼，我看你一眼，默默地。这就像是一种相互间的折磨。是无声的锯，锯得让人心焦。或许也还有些不便说的忌讳（由此看来，有些事情是不能等的。在你能说话、有勇气说话的时候，一定要把话说出来。不然，就会后悔终生。要知道，磁场和信息是需要对接的。在一个合适的碴口上错过了，没有接上，那就更难开口了）……

后来就有人上门给蔡苇秀提亲了。也正是那个挎在她身上的带有红十字的药箱，陡然提高了蔡苇秀的身价。提亲的外村人提着点心匣子一趟一趟地往老姑父家跑，今天一个，明天一个，像赶会一样。吴玉花每次送客的时候，声音高高的、亮亮的，说：人不错。多懂事呀。不找个像样的城里人，妞是不会嫁的……这些春才都看在眼里，可他仍然没有说话。也许他更不好说什么了。

或许，是村庄里的声音刺激了他？

在童年里，我一向认为，“老扁”（蚂蚱的一种）叫声是绿色的。“铁头”（蚂蚱的一种）的叫声是锈色的。而“大牙”（蚂蚱的一种）

的叫声偏黄,有点下流的小黄。火红的是"知了",油色的是"蛐蛐"。还有驴,驴的叫声极为嘹亮,就像是号角,伴随着尿气,大黄。老牛的叫声是蓝色,悠长,宽厚,绕着谷垛,带着余音儿。村里的狗也能叫出两种颜色,一种是血红,有敌意的,龇着牙,暴烈,带有警告性质的;另一种是酒红,含有醉意,像酒一样浓,后味和缓,就像是隔着柴门的乡叙或是老友间的……问候。至于那些不知名儿或是说不清名儿的虫儿们,在夜深的时候,在你睡不着觉的时候,就像是五颜六色的合唱了,唱着有翅膀的歌。

那时候,在无梁村的一些夜晚里,每到夜半时分,夜空中总是会突然响起一种很奇怪的声音。那声音时常是在夜半响起,一声一声地呻吟着,先是连声的"呀……"而后就"嗷",听上去尖厉刺耳,"呀"声不绝,就像是心上扎了根刺!

后来人们知道了,那是兔子家女人在叫床。

兔子家女人是从南方带回来的。兔子在南方当过三年兵,复员后带回了一个女人。这女子看上去眉眼还周正,俩眼大大的,就是黑,又黑又瘦。最初人们都叫她:南蛮子。按兔子的说法,两人是部队拉练时认识的,她蹲在路边卖榴梿,他多给了她五毛钱……而后她非要跟他。还有的说,这女子是个"二不豆子",脑子不拐弯。后来,经过一段时间后,人们都发现,这女子果然是脑子不够数,傻乎乎的。问她什么,就说什么,只会说实话,不会应酬,脑子有问题(那时候,在无梁,凡是只会说实话的人,被统称为"二不豆子",即半生不熟)。总之,她跟兔子成了亲之后,村里的夜晚就不太安生了。后来,村里人就给她起了个绰号:一呀。

白日里,女人们时常逗她,说:一呀,你家杀猪呢?

她说:没得。

国胜家女人说：你家床腿换了吗？

她说：没得。

海林家女人说：你是蛐蛐托生的？

她说：没得。

保祥家女人问她：夜里，你那样嚷嚷，好吗？

她拍着手说：很好。很好。很好。

众人都笑了。海林家女人说：你傻呀。哪有这样说的？

海林家女人还出主意说：你实在忍不住，嘴里咬块手巾。

她摇摇头，仍然说：没得。不好。

众人又笑了。

“一呀”刚来的时候，她不知道村里人在说什么，村里人也不知道她在说什么，时常是你说你的，她说她的……后来时间长了，也就互相猜出了些意思。这才知道她也算是少数民族，可以生两个孩子的。于是就接连生了两个娃。奇怪的是，这么一个小个女子，黑得像炭花一样，竟然会有那么大的动静？竟然还会生出两个白白净净的娃儿？人们只好说她是命好。不过，那夜里的叫声仍然是很刺耳的。

春才家离兔子家最近，前后院住着，窗户对着窗户，也就十多米的距离，每当那刺耳的叫声响起时，春才在干什么？他又会怎么想？这没人知道。倒是春才的娘，一天早晨，当母鸡“抱窝”的时候，手里拿把笤帚，站在院里骂过两次，说：我叫你叫，瞎叫个啥？那是人声吗？浪荏荏的！

有一段时间，一呀非缠着春才要跟他学编席。可春才娘死活不让她进门，话说得很难听。一呀没有办法，就到收席站去缠春才，可一呀的南方话春才一句也听不清，再加上女人们你一言我一语的净打岔，让春才觉得很别扭。每每验完了席，他扭身就走。一呀就跟着他，一路走一路跟，还时不时地拽着春才的衣裳角，屁股一扭一扭的，大声喊着：春哥哥，春哥哥，你睡（说），你睡（说），给睡睡（说说）有啥子嘛……惹得一村人笑他！

每当这时候，春才就红着脸，大步逃开去。有两次被兔子撞见了，兔子急忙蹿出来，拽住她就往家走，硬把她拽回家去了。有一次，两人还关上门打了一架……后来，一呀再也不提学编席的事了。

每每，夜里，一呀照旧。兔子说，我真受不了她。

每每，早上起来，春才就那么背着一捆苇子或是一捆席穿过院子，走上村街，该干什么干什么。碰上兔子的时候，别的男人都会跟兔子开玩笑，说：兔子，看你瘦的。兔子，床腿又断了吧？只有春才不跟他开玩笑。倒是兔子有些不好意思了，见了春才，说：才，那个啥……春才说：啥？兔子说：也没啥。就是……春才又说：啥？你说。兔子说：那啥，那蠢娘们，你多包涵吧。春才不问了，什么也不说，扭头就走。

这年夏天，要割麦的时候，村里又发生了一件奇怪的事，连派出所的人都来了，说是要破案，弄得一村人都很紧张。

那是案件吗？

等过了很多日子之后，我这样想：那不是案件，那是饥渴。

这是一个很蹊跷的案子。一天夜里，老姑父骑着一辆自行车从公社开会回来，看见他家房后一个窗户边上竖着一根黑乎乎的木头桩子。他不记得他家后墙上放有木料，一天不在家，谁伐树了吗？没有哇。他已经走过去了，却仍然心里有些疑惑，就退回来，相差也就二十几米远的距离，他大声咳嗽了一声……就是这一声咳嗽，惊了那“木头”！靠着窗户的“木头”居然动了，只听一串咚咚咚咚的脚步声。那真的不是木头，是一个人！

老姑父大声吆喝着：站住！……可人早跑得没影儿了。

进了院子，老姑父才发现，二女儿蔡苇秀在屋里洗澡呢……是有人在偷看女儿洗澡。当晚，吴玉花站在院子里跳着骂了一夜。

第二天一早，老姑父发现，在他家后院的菜地里，有一行脚印。那脚印慌不择路，仓皇地穿过菜地，一印深一印浅，一直通向后街……那菜地是头一天刚浇过的，地是湿的，所以那脚印特别醒目：一行大脚印，分明是男人的。

于是，老姑父当即叫来了村里的治保主任，治保主任慌慌地跑了趟派出所，派出所的民警用尺子量了那脚印，而后就说要一个队（生产队）一个队查，一家一家地查。当时，我也跟着村人跑去看了。菜地里，那脚印很大，在湿地上一窝一窝印着，按现在的尺寸换算，至少是二十六码以上。

这时候，村里的女人们议论纷纷，也有好事的女人慌忙把自家男人的鞋拿出来比比。也有人高喊：抓住把鸡巴给他割了！……村子里乱哄哄的。等派出所来人时，人们都去看派出所所长老黑的脸，他的脸黑风风的，什么也看不出来。

无梁村一共有十个生产队，一家一家查是很慢的，仅查了三个队，就有七双鞋被派出所的人拿去了，说是要“比对”。一时又人心惶惶。那些鞋子被搜去了的汉子们，一个个大喊冤枉，指天喊地的赌咒发誓，没有一个人承认。

这一天，“赤脚医生”蔡苇秀没有出门。她一直在屋里躲着，好像是也没脸出门了，很羞愧的样子。连中午饭都是她妹妹蔡苇香给端过去的。

这天下午，忽然又有消息传来，说是公社派出所所长老黑去市公安局刑侦队借警犬去了。只要那狼狗一牵来，到时候，闻到谁是谁。那狗鼻子灵着呢，光闻闻那脚印，就能闻出人的气味来！等着吧。

而后，治保主任叉着腰，在村里一遍一遍地大声吆喝：招了吧。要招赶快招，还有个解救。老蔡说了，村里解决，就不送你去派出所了。若是不招，等“哈顿”来了，咬你个卵子！

有人问他：“哈顿”是谁？

他得意扬扬地说：就是县上那狗。

就此，村里人都知道“哈顿”就要来了，案子马上就要破了……人们还听说，“哈顿”是洋狗，英国种。一听说英国种的“哈顿”要来，连村里的柴狗们都显出了羞愧不安的样子。这一天，无论大人、孩子见了狗就踢。狗们大都溜着墙走，还时常冷不丁地被搜去了鞋的汉子们跺上一脚，夹着尾巴“呜呜”叫着，仓皇地躲开了。狗们很委屈，平日里连个名儿都没有，谁叫了就一声“嗷，过来”，那是让它们吃屎的。有名的也不过大黑、二黑、三灰子，怎么能跟英国种的“哈顿”比呢？

“哈顿”可是顿顿吃肉的警犬哪！

一村人都惶惶的，等着“哈顿”。尤其是村里的男人们，一个个都灰头土脸的，听着女人们的詈骂。女人们却异常地兴奋和不安，一群一群地站在村街上议论着，到底是谁呢？是哪个龟孙呢？若是自家的男人，这日子还怎么过？是啊，“哈顿”就要来了。“哈顿”一来，案子就破了。一直到太阳快落山的时候，“哈顿”仍没有来。据说，“哈顿”有更重要的案子要破，来不了了。

到了傍晚时分,老姑父站在村街里,突然郑重宣布说:算了,算了。焦麦炸豆的时候,都下地去吧。

治保主任说:案子不破了?

老姑父沉着脸说:嚷嚷得外村都知道了,啥体面事?丢人不丢人?别再查了,算了。

治保主任说:那,证据呢?

老姑父说:啥证据?

治保主任说:就那鞋。收上来的鞋,还在大队部呢。

老姑父一摆手说:臭烘烘的,退了,退了。

就此,一个眼看就要侦破的案件就这么半途而废了……

可治保主任不甘心,仍对人们说:这叫外松内紧。等"哈顿"忙过这一阵儿,派出所还是要查的。

那一天傍晚,在收席点的仓房里,无梁村那些好事的女人们叽叽喳喳地把村里的所有男人全滤了一遍,从谁谁数到谁谁……一个一个,把那些可怀疑的对象全都筛过了。女人们一边议论一边骂着,说没一个好货!数着数着自然就数到了春才的头上。有人说:春才那么腼腆,他不会吧?又有人说:咋不会,狗还链蛋呢。还有人说:也不知那"哈顿"啥时候来?

就这么说着说着,县供销社派来收席的老魏把话头接过去了。因为春才的席编得好,老魏对春才的印象就特别好。老魏说:别欺负人家春才,人家春才腼腆,会干那事吗?人家春才那天晚上跟我下了一夜棋。要说就说我。我嘛,还有可能。

这时,女人们又把目标对准了老魏,一个个说:是啊,怎么没想到?还有老魏呢。老魏这龟孙也不是什么好人,成天嘻嘻哈哈的,一身贱肉,憋着一肚子坏。

还有的指着老魏的鼻子说:就他。就是他姓魏的。贱不叽叽的,前天还摸我一把。不是他是谁?

老魏本来在县供销社当会计,不知犯了什么错,被贬到了乡里来收席。开初的时候,他一肚子怨气,嘴里骂骂咧咧的,经常无端地把女人们编好的席打回去,说这里、那里不合格,惹得女人们全都在背后骂他。后来老魏慢慢住习惯了,村里还给他开了小灶,专门找了人给做饭吃,一天两包烟供着。他也就终日里跟编席的女人们打个情、骂个俏,占个小便宜什么的,也很得意,就乐不思蜀了。

经这么一说,女人们也就越发怀疑老魏了。是啊,老魏这人,流流气气的,每日里闲得蛋疼,还真有可能。

然而,老魏说了一句话,就把他的嫌疑给解除了。老魏伸出脚来,说:可惜,我脚小。

女人们嘻嘻哈哈地都拥上去跟老魏比脚。说:你脚小?比比。

可是,突然之间,女人们都不吭了。只见春才扛着一捆席走进来。春才把席往地上一放,说:老魏,验吧。

老魏说:你的免检,不用验,放席垛上吧。

春才就把那捆席放在了墙根的席垛上。老魏说:才,下一盘?

春才说:改天吧。而后,他再没说什么,身子硬硬地走出去了。

其实,并没有人怀疑春才,春才有不在现场的证据。

可事后第三天,春才就下了河坡了。

春才在县医院里住了三个月。

回来后,在人们眼里,他就成了一个废人了。

在平原,有一句俗话叫:好事不出门,丑事传千里。原本,春才编的红炕席是供不应求的,外村来预订的很多,而且都指名要春才编的席。就因为出了这么一件事,人们都害怕犯了忌讳,春才编的红炕席也没人要了。

这事传得很远,在颍河镇的集市上,过去,春才的席可以以五倍的价钱卖出。现在,席仍是春才编的席,卖席的却不敢打春才的旗号了。凡卖席的,都说是马集的。马集也是个编席村。

民间的传言是很厉害的。这也许是一种心理上的防范?倘或是含在潜意识里的畏惧,畏惧什么呢?说起来,都是些看不见摸不着的东西。是啊,一张席,本来是物质的东西,可它一旦上升到精神层面上,就两说了。

此后,春才再去设在大队部"收席站"交席的时候,无梁村的女人们再也不去招惹春才了。女人们都离他远远的,也没人跟他打俏皮,说什么荤话了。人还是那个人,依然高大俊美,依然是无梁村最好的手艺人。可是,就因为割了那一刀,一切都改变了。在人们的眼里,春才已不是过去那个春才了。

有一段时间,许是好奇心作祟,全村的人,都想看看,割了那物件之后,春才是怎样尿的。这成了一个巨大的悬疑。一村人,不客气地说(包括我在内)谁都想知道,春才是怎样……那时候,春才只要一出门,就有很多人找种种借口和理由跟上去,就是想看一看"那个"。那时村街上只有一个厕所,厕所旁总是站着很多人……这真是邪门了!整整一年过去了,哪怕是前后脚跟着,却没有一个人能探明,春才他是如何尿的。

终于,有一天,村里钟声敲响了。老姑父站在场院里,黑风着脸,大声说:有一件事,我得把丑话说前头。无论你是谁,哪怕是天王老子,敢再添油加醋,敢再日白一句,我掰他的牙!就这话……

散会！——这个会，开得莫名其妙，老姑父什么也没说，可谁都知道，这特指春才那件事。

后来，公开的场合，没人敢议论了。可慢慢地，在村街里，有一个声音在悄悄地行走，那是躲着人、背过脸的时候，一句歇后语就此诞生了。这是无梁人的幽默。这幽默很冷，这幽默诞生于一种很荒唐、也可怕的性意识。由于与己无关，同时也包含着一种看似无所谓的、又叫人哭笑不得的悲壮和昂扬。那其中的含意很驳杂，你说不清楚的。

春才呢，每天仍照样下地干活，照常在庄稼地里、在泥里水里走，秋天里照样去芦苇荡里割苇子，照样编席……只是没有一句话。除了娘的声音，周围也没有话。村里人见了他，谁也不说什么——也许是不知道该说什么。这氛围是很压抑人的。

在一段时间里，每到夜半时分，村子里总好像有一个影子在围着村庄一圈一圈地转悠。那脚步声一踏一踏的，在无梁村的夜空中回荡着，而后一步步走向苇荡……不久，人们就知道了，那是春才。说来，无梁村人还算是善良的。他们怕春才寻短见，就报到了老姑父那里，老姑父就派我暗暗跟着他，记三分……就此，我跟着春才走了许多个夜晚。

在田野里行走的这个人，就像是一个活着的鬼魂。他的怪异常常让我惊诧。

那时的田野，总是流动着很黑很浓的夜气，那夜气就像是流动的丝绸一样，又软又湿，伸手可触。在浓密的夜气里，他那一踏一踏的脚步声浑厚而缥缈，就像是撕开了帷幕的自由。黑夜掩护着他，那夜气就是他的衣裳，他穿着夜气蹚过田野，显得很从容、很洒脱。脚下的草时常挂着他的脚，那些野花野草也像是很同情他的样子，软软地铺在他脚下，蒺藜草、马屎菜、格巴皮、小虫窝蛋……给了他弹性的呵护。他每每站住身子，抬起头，望着天上的星空。星河灿烂，一勺一勺地亮着。他会突然小跑一阵，就像是要飞起来的样子……而后，他一阵急走，一阵慢走，越过田埂，走向苇荡，最终停留在望月潭的边上，就那么默默地站着。潭里印着一弯月亮，月亮在水中一印一印地荡着，他望着水中的月亮，神神秘秘的。我想，这时候，他是很想成为一条鱼的。他一定是在想，人要是成为一条鱼，会多么幸福。有时候，他会抓起一个大坷垃扔在水里，听水的响声，也像是在试水的深浅。那响声在暗夜里瓮瓮的，显得很闷，在月光下划出一圈一圈的涟漪。而后他伸出两手，做一个"大"字，像是要纵身一跳的样子……当我一次次把血气提到喉咙眼里，刚要大声喊叫的时候，他却扭回头来，拨开芦苇丛，顺着蜿蜒的小路又走回来了……他最终也没有变成鱼。

在一些日子里，我脑海里常常会出现这样的念头：他是鱼变的吗？他为什么不尿？

春才每次夜游回来，他娘总是在门口等着他。春才娘说：儿呀，不管你咋想，你只要是头前走，娘都跟着你。春才一声不吭。

有时候，我猜他一定是后悔了。"后悔"的前置词是"假如"。没有"假如"，就没有"后悔"。后悔本身不是错误，而是时间的错位。人一旦后悔了，那需要谴责的就是时间了。

我猜，在此后的日子里，"后悔"像影子一样伴随着他。我曾见他每每夜游时，在田野里一次次地顿足，一次次去踢脚下的土，一次次地捧着自己的脸，一次次地摇头……这又是为什么呢？"后悔"含在夜气里，含在土壤里，含在泛着腥甜的庄稼棵里，他走过的每一个地方，都有一个"后悔"像影子一样伴着他。他后悔没有把那句话说出来？他后悔那个夜晚的鲁莽？他并不缺乏变成鱼的勇气，可他身后总是跟着一个“后悔”……所以，在经过了无数个夜晚之后，他留住了生命，完成了一种残缺。

也许，在这样一个村子里，人既然活着，就有后悔的时候。人只有后悔了，才会活下去。难道说，这就是一个生产“后悔”的村庄？

半年后，春才不再夜游了。

就此，老姑父和全村人都松了一口气。

但是，在经过了那些个夜晚之后，他成了一个思考者。有一段，他几乎不出门，什么也不做，就那么呆呆地在屋子里坐着，人像是傻了一样。那时候，春才娘跟人说，他病了。可谁都知道，他是心病。他跟谁都不说话，几乎成了一个哑巴。就是偶尔出门，他也是直来直去，不跟任何人说话。

我猜，春才的思索几乎长达数年时间。当他从“后悔”走向活着的时候，他早已错过了“升华”为鱼的机会了。思考之后也许是沮丧？为“后悔”之后的活着而沮丧？为错过了成为鱼的机会而沮丧？

后来，我曾认为是“单纯”害了他……他与我不同。他从小受到的褒奖太多，他长相俊美，浓眉大眼，他的一流的编席手艺给他带来了太多的赞扬，这不免造成了他心性的脆弱？可是，有着那样“单纯”而“明亮”的眼睛，而又从未做过下作事情的春才，仅仅是因为“单纯”还有“明亮”，就能使他拿起篾刀把人们称为“命根”的东西割掉吗？这显然是说不通的。那又是什么呢？不然，就像村里老辈人说的那样，他是在望月潭中了邪了。那潭里有一个“老鳖精”和七个“无常鬼”（曾经淹死过七个孩子，四男三女）。

在过去了很多时光之后，我又想，这也不是愚昧。这与愚昧没有关系。这或许是一念之差，是潜藏在心里的犯罪感在作祟，是“耻”的意识。然而，这“耻”的界定又是很模糊的。“耻”一旦包含在“纯粹”里，那结果就是一种极端。可是，关于“耻”，这是人类给自己限定的一条准线，如果没有这条准线，那人与动物就没有差别了。

有时我还会想，春才就像是一个大油锅，他是自己熬煎着自己。他喜欢编席，可现在他编的席没人要了。本来，村里有个收席站，春才还可以编席。可近一段县上供销社的收席点突然撤销了，老魏也走了。在不编席的日子里，他的整个人生彻底哑了。他既没有方向，也没有期望，那人生的巨大缺憾又该如何弥补呢？是啊，在这样一个村子里，仅后悔是不能度日的。熬煎的日子久了，他又会怎样呢？

可突然有一天，春才爆发了。

那是一九七二年的初春的一个晚上，刚下过雪，天寒地冻，村街里的钟声再次响了。不一会儿，大队部里就站满了人。这是一个全村人都必须参加的大会。由公社武装部部长老胡亲自带队，来传达一个重要文件……这就是人们后来所说的“九一三事件”。

那天晚上，老胡的声音很瓮。当文件传达完的时候，一村人都静静的，默默的，没有人说一句话。在这样一个时期里，人们已习惯不乱说话了。在平原的乡村，除了喇叭碗儿里说的，人们也不知道该说什么……可就在这时，春才突然蹿出来，猛一下跳到汽灯的下边，大声说：我不相信！

三千口人的大村子，文件传达完之后，突然跳出这么一个人，说了这么一句莫名其妙的话,他一下子把宣讲文件的老胡给说愣了。公社武装部部长老胡怔怔地望着他,说:你你你……说啥?

春才再一次大声说:我不相信!

公社武装部部长气得直翻白眼,指着他说:你,再说一遍?

春才又说:……怎么会呢?我不信。我不相信!

老胡骂道:狗日的,反了你了!拿绳,给我捆起来!

这就像是羊群里突然蹿出了一只野兔!又像是冬天里突然炸响的雷!一下子把人们炸傻了,一村人都傻了。一个大村,会场上几千口人,全都愣了。人们怔怔地、默默地看着春才:就这一个割了“阳物”的人,一个没“蛋”的人,一个长年不说话的“闷葫芦”,他突然跳将出来,说话了!他竟然敢怀疑上头传达的……文件,他竟然对几乎是来自天庭的声音发出了不该发出的疑问,这还了得?!

老胡气得把枪都掏出来了。老胡一边掏枪一边说:我他妈崩了你!快,别让他跑了!民兵呢,拿绳!给我捆公社去!

不料,春才也跳将起来,指着自己的喉咙,说:崩,你崩!

老胡瞪着眼,掏枪的手抖动着,呼呼地直喘气,他大声喊:老蔡,老蔡呢?咋鸡巴教育的?!

人们傻傻地望着春才……疯了,他一定是疯了。

立时,会场就乱了。有人往前挤,有人往后退,整个会场乱成了一锅粥。有人一边往后退一边嘴里嘟哝着:这孩,真傻得不透气了……也有胆大些的,上前拽住春才,低声劝道:别吭了,一声也别吭了。治保主任带着民兵们呼啦啦跑上前来,围在他身边,拿着绳子……怔怔地看着他。

此时此刻,正在屋里拿烟的老姑父从大队部里蹿出来,急忙上前拦住老胡,说:老胡,老胡,你别跟他一样,他是个二屌货,他啥也不懂。算了吧,算了。

老胡咬着牙说:不行,给我捆起来。王八蛋,反了你了!

老姑父死拽着老胡,反复说:……老胡,年轻人不懂事,你就原谅他这一次吧。交给我,我收拾他!

老胡严肃地说:老蔡,这事可不是小事,你可不能护着他! 狗日的,他还一脖子犟筋! 你不信? 你算个㞞啊?! ……老胡扭身一指:你说他是不是有病?

老姑父连声说:有病。他还真有病。我跟你说,他病得不轻。来,你来,上屋说……说着,他把老胡拽进大队部里去了。

过了一会儿,两人从屋里走出来,老胡仍气呼呼地说:我管他㞞不㞞的? 要不是看你的面子,非把狗日的捆了!

老姑父说:知道。我知道。给我一个面子,我担保了。你就交给我吧。

就此,公社武装部部长老胡终还是看了老战友的面子,没有把春才捆走……当天晚上,老姑父当着老胡的面,让民兵把春才关到豆腐坊里去了。

那一晚,如果不是老姑父力保,就春才那脾气、那㤘性,一旦把他绑到公社,他必死无疑! ……村里人都这么说。

后来,渐渐地,我才明白,春才的爆发与"九一三事件"无关,与上头传达的文件无关。他这是一种经长期压抑后的"发作"。是后悔之后才得以升华的、近乎"叛逆"式的发问。他开始怀疑了,这正是他思考的一个新的阶段。那就是说,从此,他不相信人了。

其实,这也是一个时代的问号。那问号一旦在人心里种下来,就会波及整个社会。有了这个问号,才有了后来的变化……那时候,春才思考了,可他又缺乏正确的导引,想不通的地方太多。这反而加重了他的迷茫。迷茫之后便又是沉默。

老姑父也曾经试图开导他,老姑父当过兵,老姑父也有不理解的时候,可老姑父懂得执行命令……老姑父拿报纸上的话教育他,可老姑父的话他一句也没有听进去。无论老姑父说什么,他都是沉默。也许,春才的不相信是对自己过去的一种否定。他发问,他怀疑,这是一种对自己重新认识的开始。

就此,在无梁,春才成了一个名副其实的怪人。人们很不理解。人们都说,你管那“闲蛋事”干什么?那是你该管的吗?在无梁,无论什么事情,只要是与己无关的,都可以说是“闲蛋事”。可话又说回来,其实,真正的“闲蛋事”,无梁人又是最愿意掺和的。比如:谁谁与谁谁……这是一种生活态度。

再后来,经老姑父批准,春才独自一人搬到了远离村子的豆腐坊里,跟着哑巴磨豆腐。那磨一夜一夜地响着……后来哑巴去世了,他就一个人包了豆腐房,一天记十二分。大凡来买豆腐的,都把钱或豆从窗户里递过去,而后有豆腐递出来,仍是无话。

春才的豆腐坊很快就有了名声了。

四乡的人都说,春才的豆腐是可以上秤钩着卖的。

春才一旦塌心去做一件事,就做得很极致。他磨豆腐的豆子筛了又筛,豆子磨出来的浆白亮亮的,上锅熬的时候,那火候掌握得极好,而后再用卤水去点。他弄的卤水放在一个特制的木桶里,一般人是不让动的。等豆汁熬成、点好后,用细布滤出来,凉到一定的程度,再放上一块青石板压上一夜,那豆腐就成了。

我至今仍记得那头老驴,豆腐坊的日子是与驴共事的日子。那头老驴终日里头上戴着“碍眼”在磨道里走,一圈又一圈,这像是一种骗着过的日子。驴戴着“碍眼”,驴并不知道它的日子是重复的,驴还以为它一直在往前走,它还有希望……一天下来,每到黄昏时分,春才就把驴牵出来,在豆腐房外的空地上打个滚儿,嗷嗷地叫上几声,这就是它一天劳作的酬谢。春才对驴很好,打了滚儿之后,春才会把它全身用笤帚扫上一遍,扫得干干净净的,这也算是给驴解了痒了。而后,他再把驴牵回屋去,拴在槽上,铡草喂料……这时光很碎、很具体。不知春才在驴的日月里看到了什么?

驴一踏一踏地走,很安静。

从表面上看,春才也很安静。

最开始春才的豆腐只给村里做,供应偶尔来驻村的干部们和学校新立的小伙房。后来,邻近村子里的人也可以拿豆去换。可每日里他只磨两盘豆腐,供不应求,老早就有人端着碗在那里排队了。若是碰上红白喜事,在没有肉的日子里,春才磨的豆腐就成了席面上一道主菜:过油豆腐。

常年守着那盘磨。也许,春才把自己的心思磨在豆腐里了。磨嗡嗡地响着,春才随驴一圈一圈地走。那日子由豆磨成浆,上火熬了,再由浆点成豆腐,这过程很漫长很琐碎,但日日紧迫。他终日在磨坊待着,与那头驴为伴,驴在走,他的心思也在走,谁也不知他的心思游到了何处,所以,他看上去不急不躁的……可那个时候,他不急我急呀。

我承认,少年时期,我曾经是无梁村最馋的一个孩子。早些年,我偷吃过老姑父串亲戚用的点心。那捆好的点心匣子放在大队部的办公桌上,趁老姑父上厕所的工夫,我偷偷地用两个指头捏出来两小块(至今我还记得):一块是“小金果”,一块是“三刀”(我曾经认为“三刀”是这个世界上最好吃的点心)。我甚至还偷喝过句儿奶奶的中药,我以为熬的是什么好吃的东西,就捧起瓦罐偷偷地喝了一口(烫得我舌头都麻了)……等春才磨石腐的时候,我已经大一些了,不好再偷嘴吃了。可我还是很馋,很想吃他磨的热豆腐。可春才的豆腐坊不让任何人进,我也只好望"腐"兴叹了。在假期里,我曾经一圈一圈地围着磨坊转,实指望着能够吃上一口热豆腐。我甚至在手心里藏了一小撮盐末……可春才一直在豆腐坊里待着。他不出门,我一点机会也没有,想偷也偷不到。

后来,春才也许看出了我的用意(我的眼神里一定是长出馋虫了)。一天,我磨磨叽叽地又来到了他的豆腐坊外……他是背着身子,却突然说:丢,你把箩给我递过来。

我说:箩?

他说:箩。

豆腐坊外的空地上晒着两只盛豆腐的大笸箩……这是我第一次走进他的豆腐坊。在豆腐坊的墙上,并排挂着钩子、豆单、大勺、挑杆、碍眼、缰绳、驴套、扎鞭、扫磨的笤帚,一样一样都归置得整整齐齐的。豆腐坊里散发着一股热烘烘的豆腥气,还杂着驴粪和人的汗腥味。驴在磨盘一旁拴着,驴打着响鼻儿,蹄子一脚一脚地踢着地上的土,看来驴也有不耐烦的时候……春才扭头看了驴一眼,驴不踢了。那是头老驴。

春才光着脊梁,一直不停地忙活着。我着意地观察他的下身,他穿着一条黑裤子,裤腿绾着,一切似乎都与常人一样。一直等他忙完了,突然间,他掀开了热腾腾的豆腐锅,人整个罩在了热乎乎的蒸汽里……片刻,那蒸汽里递过了一个蓝边的小黑碗,碗里盛着一碗热豆腐。这碗豆腐是拌了调料的!里边有葱末蒜泥和盐,上边竟还汪着一星儿豆油。真香啊!他示意说:嗯……我慌忙接过来了。

我记得,在那年的暑期里,我一共吃了他十九碗热豆腐。每一次,他都找一理由把我叫进去,给我盛一碗热豆腐吃……至今想来还余香在口。每次吃完,他接过那小黑碗,随手放在一个水盆里,而后再“嗯”一声,那意思是说:滚吧。

我还记得,学校快开学时,那天吃完了豆腐,他突然神神道道地说:国家一定是出奸臣了。你信不信?过了一会儿,他又说:你近视吗?吃黑豆吧。黑豆好。老鼠吃黑豆。他这话,把我说愣了。不知道该怎么回答……又过了一会儿,他像是清醒些了,问我:县中图书馆有书吗?我说:有。不多。他说:啥时回来,给我借一本。我说:行。遗憾的是,这个承诺我一直没有兑现。

后来,我知道,能进他豆腐坊的,还有一个人。

在我离开村子之后,无梁村又出了一个叛逆者。

老姑父的三女儿蔡苇香,刚上中学不久,就被学校退回来了。

她先是因为传递纸条。她竟然在课堂上给一个男孩子递纸条。而后,她居然和两个县城里的男孩子一起躲在学校操场上的一个角落里偷偷吸烟。三个人一支烟递来递去的,你吸一口,我吸一口,被巡夜的校长用手电筒照在脸上,当场捉住。那两个男学生跑掉了,校长问是谁,她竟然说:孙子!她还逃过学,跟人跑到县城公园里闲逛……就这样,她先后被学校退过三次。

老姑父气坏了,曾揍过她两次。有一次还把她捆在院里的一棵树上,用皮绳抽她。老姑父这次着实发了狠,眼里含着泪用皮绳狠狠地抽了她一顿。当老姑父的皮绳落在她身上的时候,她居然用一双眼睛死死地瞪着他,那头梗着,脖子硬着,目光是很决绝的,就像电影里面对敌人的“烈士”一样,看得老姑父心里毛毛的……老姑父还是有些舍不得下手,抽了她几绳后,就此喘着粗气,蹲下来抽烟。

这时候,吴玉花又冲上来了。吴玉花手里掂着一只鞋,就用那鞋底子拼命抽蔡苇香的脸,她一边“啪啪”打着,一边吼叫着说:我叫你不要脸,我叫你不要脸,我叫你不要脸!……她这股狠劲完全是冲着老姑父的。这是一种宣泄。在平原,有一种说法叫“没窟窿繁蛆,找一卖藕的”。连蔡苇香都看出来,母亲是借她的脸,来发泄对父亲的强烈不满!于是母女二人很快就完成了情绪的对接,当鞋底子抽在蔡苇香脸上时,她仿佛并不觉得疼,虽然嘴角都流出血来了,她仍然情绪高昂地还嘴说:你打,你打,你打……打死我算了。

老姑父很惊讶地在地上蹲着。一方面,他不愿意看吴玉花用鞋底子抽女儿的脸,一个姑娘家,怎么能抽她的脸呢?你让她以后怎么出门?……另一方面,他似乎又听出了那弦外之音,吴玉花分明是借题发挥,对准他的……可她打的又是女儿,不便多说。于是,他张着嘴,说:你……这……而后长叹一声,丢下皮绳,背着手走出去了。

等老姑父走后,吴玉花丢了那只鞋,上前给女儿解了绳子,用指头点着她的头说:三妞,你真不争气呀。而后又说,洗洗脸,去你二姐家躲几天。别让那老鳖孙知道。

据说,第二天,老姑父骑着他那辆破自行车带着一些礼物再一次赶到学校,向校长赔礼,希望再给女儿一次机会……可校长说:老蔡,不是我不给面子,是没有一个班主任愿意要她。她一来,弄得一个学校都不安生,你怎么养了一个女光棍?

于是，老姑父垂头丧气地回来了。

蔡苇香退学后，先是躲在她二姐家住了些日子。后来，她回村不久，就又有闲话传出来了。保祥家女人说，这年的夏天，她在东边的地里薅瓜秧，亲眼看见老三蔡苇香在一天夜里进了豆腐房。那时候春才的豆腐坊已经扩大了。新添了几盘磨，又新盖了两排房子，还起了一个名：春才豆腐坊。保祥家女人说，她在豆腐坊里把自己脱得光光的，对春才说：才哥，你太亏了，你摸摸我吧。

保祥家女人说，机磨嗡嗡响着，春才没有说一句话，春才就那么站着；蔡苇香也站着，月光下，只见白花花的……这姑娘太野了。

蔡苇香长了个天胆，她说：你别怕，是我让你摸的。你摸摸我，我不会给人说的。

蔡苇香还说：我知道，你恨我姐。头前我二姐还说，那时候，我姐一直在等你。就等你一句话。你为什么不说呢？

夜很静，磨一直响着……

蔡苇香捧着自己的两个乳房，一步步走到春才跟前，说：哥，你摸。要不，我摸摸你。你脱了，让我看看。

保祥家女人说，她看见春才一脸惊恐，一步步往后退着，而后他扭过脸，满脸都是泪水……而后，春才又蹲在了地上。

后来，蔡苇香穿上衣服后，哧溜哧溜，吃了一碗新磨的热豆腐……

就此，人们常见蔡苇香到豆腐坊里去，而后又端了豆腐出来。这时候蔡苇香成了除我以外唯一可以进豆腐坊的人。有时，我会想，蔡苇香是为了吃一碗热豆腐，还是想看看春才到底……这还真是说不清。

据说，有一天，她手端着豆腐，突然说：春才哥，干脆我嫁给你算了。我不想上学了,就跟你磨豆腐。

春才怔怔地望着她。

蔡苇香说:你别怕。这是我自愿的。我去跟我爹说。

蔡苇香果然就给老姑父说了。老姑父听了,一时目瞪口呆。吴玉花像是气疯了,嘴里一迭声地骂着:贱!贱!贱!真贱哪……拿起棍子就打!蔡苇香扭头就跑。一边跑一边嚷嚷说:我就是要嫁给他!我就嫁给他!

蔡苇香跑了。老姑父又跟吴玉花打了一架。这天深夜里,老姑父背着手进了豆腐坊。磨一直响着,没人知道老姑父给春才说了些什么。老姑父大约也知道这事不怪春才。老姑父是个讲道理的人,当支书这么多年,老姑父已习惯给人讲道理了。豆腐坊的墙上映着两个黑影儿,一团黑影在墙上晃着,一时蹲一时又站……这事就到此为止了。

春才再没让蔡苇香进过豆腐坊。

据说,一天夜里,蔡苇香溜回来悄悄地拍豆腐坊的门,可豆腐坊里悄无声息。蔡苇香说:不让我进也行。我饿了,给我碗豆腐。而后说,我就说说,看你吓的。

村里还是有了些传闻,说些很低级很下作的话。可春才已经这样了,虽然有些传言,倒也没掀起什么波澜。再说,蔡苇香毕竟是支书的女儿,人们私下里传了些日子,也就没人再说什么了。

蔡苇香就此再没了踪影。有人说,她是跟一个骑着摩托来村里收头发的小伙子跑了。

后来,春才曾经过了一段极红火的日子,他甚至还有了女人。

在村里实行土地承包之后,他的豆腐坊得到了迅速的扩展。

那时候,当了镇长的老胡急着要找一个“万元户”当典型,找着找着就找到了春才的头上。当年,曾经要拿枪崩了他的老胡,不得不一次次屈尊来到村里,动员他当“典型”。老胡说:春才,春才同志,呀呀呀,真是不打不成交啊。

可春才不去。春才很拗。春才在豆腐坊里前前后后忙活着,一会儿查看火候,一会儿又去招呼发豆芽的人……无论老胡说什么,他都一声不吭,闷着葫芦不开瓢。老胡就跟在他后边,不停地给他讲道理。老胡说:春才,春才呀,县长要给你挂花呢。十字披红,跨马游街,多荣耀啊!去吧。去吧。咱全乡就推你一个,你不去谁去?我还想去呢,可我没这个资格呀……老胡走着走着,不小心被挤在了磨道里。他肚子大,被磨盘卡住了,就那么硬挤就是挤不过去,他一下子火了:甭,这等好事,我还得求你咋的?!

春才硬是一声不吭。

后来,老胡气呼呼地去找了老蔡。在大队部里,老胡说:老蔡,那鳖儿咋回事?咋狗肉不上桌呢?!老姑父说:你做做工作嘛。老胡说:我喉咙都说干了,舌头都磨烂了,他还是抱着葫芦不开瓢,这工作你去做!老姑父说:我也没法。你捆他,你把他捆去算了。老胡怔了一下,说:捆他?老姑父说:捆。这回我不管了,你捆他。老胡眨眨眼,说:噢,这王八蛋,还记恨我呢?那时候……是形势。老姑父说:那你说咋办?

老胡气坏了,在大队部一跺脚说:我甭,有猪头还进不了庙门了?让他狗日的发家致富,我还得求他?!

老姑父说:他执意不去,就算了吧。再说了,他是个实诚人。我给他算过,满打满算,一年下来,也就挣个七八千,不够一万……

老胡却说:咋不够?驴呢?磨呢?还有地里收成……这是任

务。他背着手在大队部里走了一圈,说:不去不行。名都报上去了。不去,上头会以为咱颍河镇弄虚作假,这事关一个乡的名誉……这样吧。老蔡,你去。你顶他去。

老姑父说:这不妥吧?上头要的是磨豆腐的万元户,我又不会磨豆腐。万一说漏了嘴,非砸锅不行。

老胡说:那这样,让他媳妇去。就说他病了。让他媳妇顶他去。

老姑父苦笑了一下,说:蛋都没了,哪来的媳妇?

老胡说:是吗?一个没蛋子货,他肏性个啥?不求他了,你去。多好的事,给一万块钱呢!

老姑父眼一亮:有钱?

老胡说:可不,奖一万!

老姑父说:去。这得去。

老胡说:这事可交给你了。不管是谁,得应着名去个人。老胡走时还骂了一句:真他妈狗肉不上桌!

老姑父在豆腐坊蹲了半夜,而后对春才说:才,这豆腐坊,该添些设备了。春才说:我也这么想。我都打听了,一套设备上万,钱呢?老姑父说:钱我给你解决……春才说:真的吗?老姑父说:这还有假?我陪你去。最后,经老姑父动员,春才还是去了。春才并不傻。

那天,老姑父亲自陪着春才来到了县城,住在了县委招待所。当天晚上,县长到招待所看望大家来了。县长挨屋一个一个看,老姑父领着春才来得早,就住在县上安排的头一个房间里。县长一进门就握住春才的手说:老段吧?城西武家坡的老段,养猪大王,你猪养得好啊!春才手一抽,说:我……不是。县长"哦"了一声，略显尴尬，仍抓着春才的手，说：那你是老马，蘑菇大王！春才又说：不是。不是。县长回头看了看办公室主任，说：噢，我明白了，你是老俎，俎庄扣蔬菜大棚的，蔬菜大王，好，大棚好！春才又说：不是……这时，老姑父在一旁说：马县长，我们是颍河镇无梁的，他是磨豆腐的。县长低头看了一下手里的表格，笑着说：我说呢，一股子豆腥气，你叫春才，是吧？春才说：是。这次，虽然说对了，可县长已没了兴致，说：好好！休息，休息吧。

待十个“大王”全看过后，在过道里，县长气呼呼地说：咋搞的？也不按个顺序？到底谁是一号？表上写的不是老段吗，“蘑菇大王”？办公室主任忙解释说：无梁来得早，住房就没按顺序……县长说：你这是严重失职。乱七八糟的。马匹都准备好了吗？办公室主任说：都准备好了。县长走了几步，又回头说：那个那个，201住的那个，叫啥呀？办公室主任忙说：春才，无梁的，吴春才。县长说：明天，让他走头一个。办公室主任说：这一号原先安排的是“蘑菇大王”。县长说：改过来。“豆腐大王”，就“豆腐”吧。你没看，那种蘑菇的是个斜眼。别净弄些歪瓜裂枣的，让人笑话！

第二天，县长亲自出面给全县选出来的十个“致富状元”披红挂花，跨马游街。在县政府门前，锣鼓大镲，鞭炮齐鸣，县长给十个“致富状元”挨个披红挂花……前边有警车缓缓开道，紧跟着是披红挂花的马队。十匹从养马场借来的高头大马一字排开，一色的枣红马，个个油光水滑。果然就让春才骑在了最前边的第一匹马上，马县长亲自执缰，给春才拉马坠镫……只见四周闪光灯闪烁着，记者们围着拍了很多照片。

不知春才骑在马上感觉如何？老姑父告诉我说，春才刚上马时，还有些拘谨，有点不好意思，晕腾腾的，手脚都不听使唤了，身子一歪差点从马上摔下来。可走着走着，在人们的欢呼声中，他的头慢慢就昂起来了。后来，在县长的一再示意下，他也学着挺直身子，开始给欢呼的人群招手。春才招手时仍然不笑，严肃得就像是参加阅兵式的将军……这些都是老姑父后来告诉我的。

春才大概做梦也想不到，他竟然成了本县夸富游街的第一人！他骑在那匹高头大马上，十字披红，在惊天动地的鞭炮和锣鼓声中，由县长亲自牵着缰绳走过了整条县府大街……而后，在众目睽睽之下，走上主席台，从县长手里接过了一万元的红包。

客观地说，春才并不是本县当年的首富，甚至也不能算是颍河镇最富有的“万元户”，可他由于形象好，排在了夸富游街的第一人。就此，所有的镁光灯都对准了他。一时间，春才十字披红、跨马游街的光辉形象先后登在了全省乃至全国的各家报纸上……

紧接着，还有让春才想不到的事情。“状元郎”回到村里后，从第三天开始，就像赶会一样，陆陆续续地先后有上百个姑娘从四面八方赶到了无梁村。有套车的，有骑车的，有步行的；有家人跟着来的，也有独自一人来的；有城里的，也有乡下的，有的还是刚从大学毕业的女学生，竟然还有从千里之外的四川赶来的……她们都是来相亲的。她们手里都拿着一张报纸，报纸上登有春才骑在高头大马上的照片！

那相片照得真好。省报记者把骑在马上、十字披红、胸戴大红花的春才照成了一个“当代英雄”的模样！“豆腐大王”的故事经过了记者的合理夸张，意向性的展望，还有从老姑父嘴里逼问出来的所谓“反潮流”之类的事迹……这就像是给春才重新镀了一层金，立时就引起了全社会的注意。

无梁村从没有如此热闹过。春才的豆腐坊门前围满了人，无梁的女人们一个个高兴得像过年一样，她们从小学校里借来了十几条板凳，从家里端来了茶瓶、茶碗，好让从远路赶来的姑娘们喝口茶水……众人在门外高声喊道：才，相亲的来了，开门吧！

春才仅仅是在窗口处露了个头，待他明白事情的缘由之后，就把自己关在屋里，任谁叫门也不开。

这时候，老姑父不得不亲自出面了。老姑父把这些前来相亲的姑娘们全接到了村委会的院子里，安置人给她们做饭，还让她们一人吃了一碗拌了葱、姜、蒜、小磨香油等作料的热豆腐……在姑娘们饱了口福之后，老姑父这才又分别含蓄地告诉她们春才身体上的缺憾。这话说着碍口。在姑娘们的一再逼问下，老姑父的唾沫都说干了，才勉强让她们明白了“那个”事情。

前来相亲的姑娘们听了，有的当即就走了。有的仍不相信老姑父说的话，执意要见春才一面。她们手里拿着报纸呢，她们不相信登在报纸上、骑在高头大马上的那个英气勃发的帅哥会是这样一个人。还有的主动到村里去打听情况，一问再问……而后便知道了那句歇后语，这才伤心地去了。

就这么陆陆续续地，不断地有姑娘登门……前前后后持续了大约有一个多月的时间。无梁村人在无限的感叹和惊讶中也跟着热闹了一个多月。汉子们眼热得恨不能把自己那玩意儿也割下来，也好这样体面一回！女人们见了面，都摇着头说：一个个花枝一样，都是多好的姑娘啊！

让人惊讶的是，在明白了春才的所有情况之后，居然还有一位姑娘愿意留下来。这姑娘名叫惠惠、惠惠说是从河北来的，说是就认定春才人好，什么也不要，什么也不图……就在老姑父一次又一次说明情况（含蓄又明确地），劝她走的时候，这位名叫惠惠的姑娘哭了。

惠惠哭着对老姑父讲了她的身世,说她在河北老家曾经结过一次婚,结婚后才发现丈夫是个赌棍,把整个家都败光了。那赌棍不光是赌,还是个酒鬼,喝了酒就打她,往死里打……她坚决不跟那人过了,她是离了婚从家里跑出来的。她说,只要不挨打,她愿意侍候春才一辈子。这话把老姑父说动了,就去做春才的工作。春才仍不吐口。

老姑父说:我做主了,先把人留下,试试。

春才不说话,也不开门……

想不到的是,这位名叫惠惠、看上去白白净净的胖姑娘,在豆腐坊门前等了三天后,也不管春才愿不愿,竟主动上他家去了。她打听到了春才家的院子,就大大方方地进了春才家。进门后,她拿起笤帚就扫地,而后做饭、洗衣裳什么都干,还连着给春才娘梳了三天的头……喜得春才娘不停地流泪,那是喜泪。

而后,春才娘亲自带着惠惠叫开了春才豆腐坊的门……最初,村里没人相信惠惠会跟着春才好好过日子。还有些好事的人悄悄地盯过惠惠,就见她自从进了豆腐坊之后,春才不说话,她也不说,就默默地干活……春才的豆腐坊里有张桌子,桌子有抽屉,抽屉里放着卖豆腐的账和钱,可惠惠从不往桌跟前去。

据说,豆腐坊里就剩下两个人的时候,春才终于开口了。春才说:你还是走吧。

惠惠说:我不走。我看出来了,你是个好人。你只要不打我,我愿意侍候你一辈子。

春才从兜里掏出一百块钱,说:这钱,你拿上,买张车票,走吧。

惠惠根本不看那钱,惠惠眼泪汪汪地说:我是从家里逃出来的，我无处可去。

春才没有办法了……

自从惠惠进了豆腐坊之后，春才的日子不再那么素了，他的日子开始有了些颜色。每到傍晚时，人们就见豆腐坊前拉起了一道绳子，绳子上搭着惠惠洗的衣服，那就像是过日子的旗子，旗子在迎风飘扬。

有时候，惠惠会把两人的饭菜端到豆腐坊外边来吃，就像小两口一样。惠惠还不停地给春才碗里夹菜……人们看见了，说：多好。

后来，一天一天地，人们见春才身上穿的衣服都洗得干干净净的，又见这女子在豆腐坊里什么活都干，里里外外地忙活，账算得也清楚，实在是春才最好的帮手。人们也就信了。一个个都说：春才真是掉福窝里了。也有人说，许是上天可怜他，派了个“青蛙公主”搭救他来了？人们都说惠惠的好话。

惠惠每天傍晚时，都要回村一趟，给春才娘洗脚、捏脚、掏耳朵……人们想不到她还会这手艺，都说，惠惠真孝顺呢。

春才豆腐坊的生意也越来越火了。四乡的人有很多是来看“新媳妇”的，捎带着就把豆腐买了。人们都知道这女子是自己跑来的，都想来看看她长得什么样。惠惠呢，也不怕人看。人们看了，私下说：这么好的姑娘，嫁一个……不亏吗？

春才娘也一直操着春才的心呢。三个月后，春才娘把春才和惠惠叫到家里，对两人说：也这么长时间了，要是没有啥，就把事办了吧？

春才不吭。

春才娘问：惠惠，你说呢？

惠惠说:只要才哥不嫌我,我当然愿了。也别铺张,领个证就行。

春才娘听了很满意。说,那我找人看个好日子。秋后就办吧。这么好的媳妇,也不能太省了,钱该花也得花。你说呢,才?

春才说:我听娘的。

春才娘又说:惠惠,你只怕得回去开个证明吧?

惠惠说:娘,证明啥时开都行,不急。

就此,春才娘专门去了一趟尚书李,请人给看了好儿,日子定在了阴历八月初七。

可是,在夏天将要过去的时候,很平常的一个日子,惠惠不见了……

后来,人们回忆说,一早,国胜家的女儿素梅喊惠惠一块进城,说是要扯块布料做衣服。惠惠开初还不愿去。素梅说,去吧,嫂,去吧。惠惠回头看了看春才,春才也说:去吧,你也该买几件衣裳了。惠惠就跟着素梅一块去了。临走时,惠惠还说:二奎家要十斤豆腐,钱在抽屉里呢。春才说:知道了。

一直到黄昏时分,素梅一个人回来了。她说,两人在商场里走散了……到了这时候,人们才怀疑,惠惠是不是跑了?

人们算了,惠惠在无梁一共待了一百零一天。如果她真的跑了,那她就太有心计了。那是一百天哪,多少个日日夜夜,她在人前走来走去,怎么就没看出来呢?要真是个骗子,一个女子,她也太能藏了。当晚,一村人闹嚷嚷的……老姑父觉得心里有愧,老姑父敲了钟,要动员全村人去找。这时候,春才从一个黑影里走出来。春才说:不用找了。

这话说得很含糊,至于究竟什么原因,就没人知道了。有人说:不会吧?惠惠不是这样的人。人们就追着素梅问东问西,素梅说:两人分手时,她还说,要是走散了,就在灯塔处等着。人们又问:你等了吗?素梅说:等了。我一直等到天黑。人们乱哄哄地说,看看,看看,你傻呀?她她她,早跑得没影儿了!有的说,跑了和尚跑不了庙,她不是河北的吗?找她去!有的说:河北?河北啥地方?

这一问,把所有的人都问住了。可不,河北地界大了。

到了这时候,人们才知道,惠惠带走了所有的钱。惠惠之所以待这么长时间,就是为了摸清春才放钱的地方,春才磨了这么多年的豆腐,他的钱都在一个地方放着……现在,豆腐坊就剩下五块钱了。那五块钱在抽屉里放着。

素梅百口莫辩,突然说:她的提包还在呢。

等人们跑去时,春才豆腐坊的门关着……那惠惠的提包春才早已打开看了,包里装的是一包草纸。看来,这的确是一个圈套!

一村人的眼,都让老鹰给叼了!你说这有多沮丧。老姑父骑上车要去镇上的派出所报案去,被春才拦住了。春才说:不怪人家。

不久,豆腐坊门前挂出了一个牌子,牌子上写着:无论亲疏,概不赊账。

此后,在差不多有一二十年的时光里,春才一直在磨豆腐。

……再后来,当我再一次回到村里,见到春才的时候,他已完全变了模样,成了满脸皱纹的小老头了。

这时候,春才娘已下世了。名义上,他现在是跟他弟弟、弟媳和侄儿们一起生活。

前些年,听说他的豆腐坊扩建了,在镇上占了好大一块地。豆腐坊也不仅仅是磨豆腐了,他进了一套生产腐竹的机器,在镇上办成了一个生产豆制品的工厂,生产腐竹、千张之类的豆制品,曾经非常红火。有一段时间,就靠着那个生产豆制品的工厂,他给他弟弟家盖起了三层楼的房子。那房子里外都贴了瓷片,屋子里冰箱、沙发一应俱全……院子里还种了花。有一段时间,人称“豆腐大王”。

可我惊讶地说,不知为什么,他又重新退回到村里来了。我是在村头那间旧作坊里见到春才的。当我再次见到春才时,他已成了一个小老头了。仍然是脸色蜡黄,手指也黄,那是烟熏出来的。春才过去不抽烟,现在也抽上了。可看上去却生意盎然。他的目光里像是掺了一种什么东西,一种我说不清楚的东西,像是有一点斜视,眼角里有一个极亮的点。看见我的时候,他先开的口,他说:回来了?吸支烟?说着把烟递过来,我有些惊讶地接过了他的烟,而后问:生意不错?他淡淡地说:凑合。

时光是可以改造人的,人真是会变的。这一次,春才主动告诉我说,当年,他在镇上办豆制品加工厂的时候,最初生意还行。后来,周围一下子办起了七个名为“豆腐大王”的豆制品加工厂,七家挤他一家,他的生意一日不如一日,就败下来了。如今,他欠下了一屁股的债。

我问他为什么?他愤愤地说:他们全都造假!真的反而没人要了。他们还到处打广告,包装也好…接着,又很商业地说:他们是贴牌,我斗不过他们。

接着,他说了一个商标的名字,我噢了一声,说:这牌子挺响的,到处做广告。

他说:假的,都是找印刷厂印的。只要花钱,啥都可以印。

接着,他有些悲伤地说:再好的东西,不掺假,没人要。我的好东西卖不出去,没人要。而后,他又说:你看这腐竹,多好的腐竹,没人要。城里人就认假,吃骗,假了才有人要。真正磨出来的好腐竹,都有些发暗,是暗黄。可城里人偏喜欢黄亮亮的。那都是上了色,掺了添加剂,抹了一层蜡的。

我惊讶地问:还上蜡?

他鄙夷地说:上。镇上那些厂子,每一家都上,不上没人要。

我问:你怎么知道他们都上蜡?

接着,他突然笑了。很多年了,我还没见他笑过……他嘴撇了一下,笑着说:你知道吧?老八失业了。

我迟疑着,我实在想不起了:老八?你说哪个老八?

他说:老八你都不记得了?

经他提醒,我终于想起来了,早年邻村里有一个卖老鼠药的,常年在集镇上铺一块红布,摆摊卖老鼠药。他的老鼠药名叫“八步断肠散”。但据我所知,曾有两个“老八”。一个是卖老鼠药的。一个是我老师的绰号。我不知他说的是哪一个。

他说:不是回城的老杜……是镇上那卖老鼠药的。

他说:我去看过,他们的厂子,我一家家都看过。他们当然不会说他造假。可镇上的那些豆腐坊里没有老鼠。

他说得很含糊,我不太明白他的意思……

他说:老八虽说卖了一辈子老鼠药,可他并不懂老鼠。起码没有我懂。早些年,我跟老鼠说过话。夜里,子时,老鼠从洞里钻出来,爬到我的床头上……

这时候,我突然觉得身上有点冷。他说:他们的豆腐坊里没有老鼠。

他说得太简约，跳跃，不知“他们”指的是谁？他说：老鼠是最聪明的。

春才的头发已全白了。白了头发的春才成了一个很健谈的人。他坐在那里，目光望着远处，不停地说着话。

如今，春才仍开着一个很小的豆腐坊，只有一盘磨。

春才每年都要还债，还他当年在镇上开豆制品加工厂欠下的债务。他的豆腐坊虽小，生意还行，周围村里人仍然吃他做的豆腐。因为人们知道，他的豆制品不掺假。镇上的那些假货，那些鲜亮的东西，都一车一车地卖到外地去了。

这么说，当他活到了接近晚年的时候，他的人生仍停留在一个点上。

他是一个很有骨气的失败者。

因为他诚实。

我告诉你，直到今天，我手仍然握有老姑父在一些年份里为推销春才的豆制品，写给我的七张“白条儿”。从时间上看，有的是在他生前，有的竟写于他死后，那是后来托人捎给我的。每张“白条儿”的第一句都是：见字如面。

第十一章

你走过鬼门关吗?

你真正面对过死亡的威胁吗?

坦白地说,我是面对过的。也就是一刹那间,什么都不知道了……没有想。是来不及想什么。后来我曾无数次地回忆过面对死亡时的感觉,感觉是没有感觉。实话说,那一刻,我愣住了,就见对面一辆大卡车迎面冲过来……愣了一秒钟的时间,大约就一秒钟,只听见“咚!”的一声巨响,什么都不知道了。

等我醒过来的时候,满脸是血,一身的碎玻璃,一身的痛……这时候,我才有感觉了。我的感觉是:哦,还活着。

那时候,我慢慢地从车里爬出来,站在302国道的一个十字路口,一个血人!

你喝过自己的血吗?

我喝过,有点咸。稍咸。

后来,当我被送上手术台的时候,我仍然迷迷瞪瞪的,我怎么就出了车祸呢?

我记得我听到骆驼跳楼的消息后,原本是想尽快找一个出口,先下高速公路,然后掉头往南。不管怎么说,我们一起共过患难……可我掉头之后,转过302国道,到了一个十字路口,就什么也不知道了,就看见一辆装满货物的大卡车,轰轰隆隆地,迎面向我冲来。

当时,从车里爬出来,我站在十字路口上,天整个是红的,太阳像是一汪红刺儿。我就那么站在路口上,一身是血,血像红色的瀑布,从我头上、脸上流下来,流不及了,就喝。那一刻,我浑身上下都是红的,像一面“旗”……我记得,我伸手拦车的时候,先后有四辆小车从我身旁开过去了。他们躲避我这个血人就像是躲避瘟疫一样……那时,我已经几近绝望。人在绝望的时候,会勇气倍增。后来,当一辆警车开过来的时候,我做出了我一生当中最勇敢的决定,我摇摇晃晃地走到公路的正中央,伸出一只血手,大喝一声:站住!

后来,就是这辆路过的警车……把我救了。

应该说,我捡了一条命。我想,这也许是上天对我的惩罚,或者说是一种警示……我被送进医院后,先后上过两个手术台。一个是外科的。一个是眼科的。外科手术简单,只是做一些外伤的缝合……外科医生说:你有两处动脉破了。看来,你伤得最重的是眼。于是,就把我转到了眼科。在眼科的手术台上,眼科医生说得更为可怕。他说:签字吧。我说:怎么了?他说:你左眼的角膜破了,虹膜破了,晶体破了,玻璃体也流出来了,怕是眼保不住了,说不定要摘除……另外,一旦感染,还有可能会影响你的右眼,有失明的危险……他好像说了一大堆话。每一句都像是扎在心窝里的刀子。这时候,我又一次绝望了。非常绝望。出车祸后,当我站在十字路口的时候,我没有注意到眼睛。那时候,好像天还是蓝的……可天马上就要黑了。

最后,医生说:你签字吗?

我说:签。我签。

这一刻,我满脸是泪……这一刻,我心里发出了一声凄厉的呼唤。我脱口而出。你知道我喊的是什么?我喉咙里突兀地冒出一声:妈,妈呀!——可我早就没有“妈”了。

当我躺在手术台上的时候,一个灼热的聚光灯照在我的眼上,那带线的针一针一针从眼上穿过,我感觉那拉出的线很长,那疼也很长,很长很长……疼就像是一个接一个的逗号,没有句号;而后又是一针,长长、长长的……就像是在眼上绣花。你一定不明白在眼上绣花是什么滋味吧?那其实就是万念俱灰。那就是生不如死。那就是细疼,一脉一脉地疼,针虽在眼上,却浑身上下都是针。长达三个小时的时间里,你就只有针的感觉。

当做完手术,我蒙着两眼,躺在病床上的时候,浑身上下的毛孔都像是长了刺儿,很敏感、很扎人的刺儿……我暴跳如雷,一天跟扎针输液的护士吵了三架!我不知道天空的颜色,我看不见周围的动静,我上卫生间是让人扶着走的……针是凉的,风是热的,白天和黑夜没有区别,时间是停止的。我脑海里只剩下了回忆,仿佛只有回忆是真实的。

我心里很灰。我眼前总像慢放的胶卷一样,把过去的日子一段一段地回放,用回放昔日的时光来镇压那锥心的疼痛……这时候,我总是看见骆驼。我看见骆驼甩着袖子向我走来,骆驼一边走一边唱着“花儿”:城头上跑马没打过蹶,我打虚空里过了。刀尖上出了没带上血,我们的想心上到了……每每,放过一段后,我的眼角凉凉的。我知道,我还有泪。

我嫉妒窗外的树,我嫉妒健康人的笑声,我嫉妒自由来去的风,我甚至会嫉妒落在窗台上的麻雀,我看不见,但我听见麻雀“啾啾”的叫声和那一下一下的跳步，还有扇动翅膀的声音，我在心里恶狠狠地咒骂麻雀：去你妈的！……我还常常会听到钟声，从心底里幻化出来的钟声，那钟声一下一下，仿佛正在计算着我跌向黑暗深渊的速度。

我就这样躺在病床上，蒙着两眼度过了整个夏天……我一天天地熬着。每每，只有窗外蝉的叫声，是我仍还活着的证明。夜里，我的耳朵锻炼得极为灵敏，哪怕一片树叶掉下来，我也能听到。有时候，我背诵“心静自然凉”。这是我创的五字法则。我一遍一遍地背，可我心不静。一个将走向黑暗的人，心怎么也静不下来。

我告诉你，这时候我已经有钱了。我有很多钱。厚朴堂的股票曾经涨到很高……你很难弄清楚一个人有了钱之后是什么感觉。我告诉你我的感觉。首先是恐惧。这么多钱，放在哪里好呢？一种可能是投资，投资又怕赔……你就不知道该怎么办了。是呀，钱可以存在银行里。可存在银行里也不放心，万一银行账号被人盗了呢？这是一种心态。有一段时间，我一直惴惴不安……我后来甚至专门去请教了一位搞计算机的专家。这位专家给我支了一个招儿，说当今世界，有一种最新的保密方法，叫“云保存”。简单地说，这就需要设置一连串的密码，把密码保存在虚拟的空间里，在大气层里飘着……我问他，总得有个地方吧？他说：理论上说，有地方。我还是迷迷糊糊的，问：在哪儿？他说：全世界所有计算机的数据，最终保存地点都在美国的一个山洞里……我还是很迷瞪。我的钱，怎么就日弄到“美国的山洞里”去了。你说，这操的是什么心？

是啊，我有钱了。我躺在病床上，两眼蒙着……要钱有什么用？一个一个的念头，纷至沓来的念头，逼得人想疯！

终于有一天,一个小手递过来了。一个小小的、软软乎乎的手。这小手伸过来,递到我的手里,说:麻沙沙的。

这是一个小姑娘。最早,小姑娘只是在门口站着,那脚步声稍远……后来她走近了,走到我的病床前,把小手递给我。这时候,我才知道,她只有五岁,嘴里也总爱说一句话:麻沙沙的。

这是最早给我带来快乐,并使我转移疼痛的一个小女孩儿。有很长一段时间,我一直不明白“麻沙沙”是什么意思?我像童年里品尝一个小糖豆似的,总在心里咂摸“麻沙沙”这三个字。一次次地去猜,它究竟是什么意思呢?

后来,我就叫她“玛莎”。一听到细碎的脚步声,我说:玛莎,你过来。

“玛莎”就过来了。她很乖,把她的小手递到我手里,让我握一会儿……她的手很小、很软,指头肚儿光光的,肉乎乎的,像是一块软玉儿。我看不见,就想,这小女孩一定很漂亮。而后她趴在我的脸前,看一会儿,说:麻沙沙的。

她一这么说,我就笑了。

有时候,小“玛莎”在过道里走着走着,“咚”的一下,接着“哇”一声哭起来……我便知道,这准是她又撞在墙上了。心里的泪涌上来……

一直到两个月后,我第二次拆了线,去掉了眼上的纱布,露出一只眼来……我才知道,这小姑娘果然像鲜花一样漂亮。她穿着一身粉红色的童裙,白袜子,红色的小皮鞋,有两只水灵灵的眼睛,苹果一样的小脸儿,就像是从童话里走出的小公主一样,看上去非常非常健康……可就是这样一个天真无邪的小女孩,脑袋里却长了一个小瘤子。这个长在脑袋里的小瘤子压迫了她的视神经,她看不见,看什么都是模模糊糊的。常常,走路一不小心就会撞在墙上。她的妈妈一脸愁容,说:医生说,孩子太小,不能做开颅手术,只能保守治疗……等她长大了,还不知道怎么样?

是啊,这么小的孩子,你说她招谁惹谁了?这时候,我才明白,“麻沙沙”是一个孩子对眼前事物的准确表达。

而后,每当她走过我的病床前,我都会叫上一声:玛莎。

“玛莎”的小脸扭过来,笑着,像葵花一样,说:麻沙沙的。

我也说:麻沙沙的。

“玛莎”说:伯伯,你开颅了吗?

我说:你呢?

“玛莎”说:黄医生说,九岁。我九岁开颅。

我眼角一凉,我不知道该怎么说。是孩子告诉我,希望还在。

后来,第一次手术不成功,我又做了第二次手术。

当我试着用一只眼睛去看人的时候,你猜我看到了什么?

我原以为,一只眼和两只眼,是没有差别的。最初,我并没有感觉到差别。下了病床,揭开一只眼的纱布后,天还是蓝的……只是后来我才发现,我缺了一种叫作“交叉视角”的东西。也就是说,缺的是一种视力的自我校正与平衡,灯光是双影,太阳两个,凡是有光的地方都是双的,重影儿……还有无边的恐惧。因为医生告诉我一个词儿。他加重语气说:“交叉感染”你懂吗?一旦“交叉感染”,你的两只眼都完了。

说实话,我害怕“交叉感染”。那时候,我最怕的就是这四个字,我怕极了。我不知道什么时候“交叉感染”的厄运会降临在我的头上……

拆了一只眼上的纱布后，我常常一个人坐在病房外边的花坛旁，仰望星空。心想，也许哪一天，我就再也看不到了。在城市的夜空里，天是灰的，星星很远，在灰里藏着，你得找，用心去找。我望着夜空，一颗一颗地在天上找星星。找一颗，再找一颗……每找到一颗，心里就会生出一股爱意。多好，星星。那北斗七星，我怎么也找不全。有时候，好不容易找到了“勺儿”，却找不全“把儿”。

白天里，我也常常坐在那里一个人发愣。这时候，我望望东边，东边是内科病房，那里边走出来的病人，要么是黄瘦，一脸黄皮，肚子鼓着。要么是腰上挂着一个特制的塑料袋，那是装粪便的，远远地，你就会闻到一股味，可怕的、接近死亡的气味；回过头来，再看西边，是心脑血管科，里边的病人大多是轮椅推出来的，也有的是一歪一歪地走，佝偻着手、咧着嘴，滴着涎水，活得很挣扎。医院里住的都是有病的人，这里的人最渴望的是健康……有时候，我会坐到很晚很晚。夜凉的时候，心也很凉。

有时候，我会试着想骆驼站在十八层大楼上往下跳时的感觉……他都想了些什么？我无法想象。骆驼是那么骄傲的一个人，怎么就狠下心跳下去了？骆驼是吃过很多苦的人。他只有一只胳膊，可他活得很坚忍。每每他用一只手开车的时候，也是他最放松、最自豪的时候。最近几年，他的爱好也变了。他喜欢好车，接连换了好几辆车。骆驼最后买的那部车，是意大利产的兰博基尼（据说意为“疯狂的公牛”），价值四百八十七万！可他一次也没坐过，至今还在车库里停放着……在他面前，好像所有的困难都不是困难。他最常说的一句话是：必是拿下！

可他为什么非要跳下去呢？他摆平了那么多事情。这一次，他怎么就……我真是想不明白。有时，我甚至觉得，我还不如他呢。死,对他来说,是完结。可我呢,路还要走下去,还有可能面临一世的黑暗。

……我的思绪一直是飘忽不定的。

还有的时候,我还会想起童年的那些时光。那日子一幕一幕地在我眼前闪现……每每,在睡梦中,总觉得有人在喊我。一夜一夜,我听见有人在喊:孩儿,回来吧。孩儿,回来吧。

我怀念家乡的牛毛细雨。就那种密密、绵绵、无声、像牛毛一样的细雨。扎在身上的时候,软绵绵的。如果更准确地说,它不是扎在身上,它是润儿,是一丝儿一丝儿的润意。就像人们说的,没有声音,有一点点凉、一点点寒意、一点点含在雾气里的那种“意丝”。当你在田野里奔跑的时候,那雨一织一织、一针一针地把你罩着,久了会有一点痒,真的,落在脸上的时候,有一点点湿意,凉意,很孩子气的痒意。而后,它一点点透,那湿气慢慢地浸润在你身上,慢慢重。等你跑回茅屋的时候,当你站在屋檐下的时候,回过身,你会发现,在天光的映照下,那雨丝才开始斜了,丝丝亮着。

我怀念瓦沿儿上的滴水。在雨后初停,瓦沿儿上的水一串一串地滴下来,先还是密的、连珠儿,而后就缓了,晶莹着、亮着,一嘟一嘟的。先先,就像是白色的葡萄汁,小浓。当它滴下来的时候,一短儿一短儿,在房前的黄土地上滴出一个一个的小圆坑。把地上的黄土砸成一个个正圆的沙窝状,那小圆坑儿一个一个地在房檐下排列着,先是“奔儿、奔儿”的,而后是“啪”声,再后是“啾”声,那声音是有琴意的。

我怀念家乡夜半的狗咬声。我甚至怀念走夜路时的恐惧。在无边的黑夜里,夜气是流动着的,一墨一墨地流。特别是没有星星的夜晚,你能听见自己的心跳。眼前是无边的黑暗,身后也是无边的黑暗，那黑织得很密，似浓得化不开，看不到方向，没有方向，你只有高一脚低一脚地走，你有一点点怕，越走越害怕，或许远处有一两星“鬼火”，你就更怕……可是，突然就听见了狗咬声，一通狗咬。那声音并不暴烈，只是连声、断句、热烈，还有亲人般的温馨。在黑暗中，听到狗咬声，脚步不由地就慢了，心也就松下来，眼前就像是有了照路的灯，那咬处就是你的灯。也仿佛在给你打招呼，说：孩儿，到家了。

我怀念藏在平原夜色里的咳嗽声或是问候语：那咳嗽声就是远远的一声招呼，就是一份保险和身份证明，也可说是一种尊严，或许还夹杂着对小辈人的关照呢。在夜色里，那问候也极简短：——谁？——嗯。——咋？——耶。也许是别的什么句式吧……短的、远远的、以声辨人，简单、直白、毫无修饰，是下意识含着痰咳出来的，也含有查问式的警觉。声来声去，这里边却藏着亲情、藏着世故、藏着几代人的熟悉和透骨的了解。

我怀念蛐蛐的叫声。每当夜静的时候，蛐蛐就来给你说话了，一声长一声短儿，永远是那种不离不弃的态度，永远是那种不高不低的聒语，当你觉得孤单的时候，当你心里有了什么淤积的时候，你叹它也叹，你喃它也喃，就伴着你，安慰你，直到天亮。天一亮，它就息声了。

我怀念倒沫的老牛。在槽前卧着，一盏风灯，两只牛眼，一嘴白沫，那份安然，宁人。我甚至怀念牛粪的气味。黄昏时分，在氤氲着炊烟的黄昏，牛粪的气味和着炊烟在村庄的上空飘荡着，烟烟的、呛呛的、泛着一丝丝的日子的腥臭和草香，还有嚼过后老牛反刍的那种发酵过的气味，臭臭的，有一种续命的腥香……它游走在一堵一堵的矮墙后边，温霞霞的，那是一种混杂着各种青色植物的气场。在这样的气场里,你会自如、自贱、心态低低的,也不为什么,就安详得多,淡然得多。偶然,你抬起头,就会听到老牛"哞"的一声,像是要把日子定住似的。

我怀念冬日里失落在黄土路上的老牛蹄印。在有雪的日子里,那蹄印冻在了黄土路上,像一个一个透明的砚台,拾不起来的砚台。偶尔,砚台里也会有墨,那是老牛奋力踏出来的泥,蘸着一点黑湿。夏日里,那又像是一只只土做的月饼,一凹一凹的月饼,模印很清晰,可你拿不起来。你一捧儿一捧地去捉,你一捉,它就粉了,碎了,那是儿时最好的土玩具……那也是唯一抹去后,可以再现的东西。

我怀念静静的场院和一个一个的谷草垛。在汪着大月亮的秋日的夜晚,我怀念那些坐在草垛上的日子,也许是圆垛,也许是方垛。那时候,天上一个月亮,灿灿的,就照着你,仿佛是为你一个人而亮。你托着下巴,会静静地想一些什么,其实也没想什么,就是想……多好。偶尔,你会钻进谷草垛里,扒一个热窝儿,或是在垛里挖一条长窖儿,再掏一个台儿,藏儿颗红柿,等着红柿变软的时候,把自己藏起来,偷着吃。更有一些时候,外边下雨的时候,你会睡在里边,枕着一捆谷草,抱着一捆谷草,把自己睡成一捆谷草。

我怀念钉在黄泥墙上的木橛儿。那木橛儿揳在墙上,是经汗手摩挲出来的、在岁月里已发腥发黑发亮的那种。上边挂有套牲口用的皮绳、皮搭儿、牛笼嘴;挂有夏日才用的镰刀、桑杈、锄头、草帽;挂有红红的辣椒串、黄黄的玉米串和风干后发黑了的红薯叶;上边挂有落满灰尘的小孩儿风帽和大人遗忘了的旧烟袋……如果墙上的窟窿大了,在木橛儿的旁边还塞着一团儿一团儿的女人的头发(那是等着换针用的),或许是一包遗忘很久了的、纸已发黄了的菜籽或老鼠药什么的。那是一种敢于遗忘的陈旧,是挂出来的、晒在太阳下的日子。

我怀念那种简易的、有着四条木腿儿的小凳。那小凳到处都是,它就撂在村街上或是谁家的院子里,也不管是谁家的,坐了也就坐了。那小凳时常被人掂来掂去,从这一家掂到那一家,而后再掂回来,一个个凳面都是黑的,发污。夏日里,有苍蝇落在上边;冬日里,雪把它埋了,埋了也就埋了,并没人在意。当你坐在上面的时候,就觉得很稳、踏实。那姿态也是最低的。当你坐上去的时候,没有人来推你,也没人想取而代之。

我怀念门搭儿的声音。夜里,你从外边回来,或是从屋子里走出去,门搭儿会响一声,那声音"咣"的一响,荡出去又荡回来,钝钝的,就像是很私密的一声回应,或是问询。这时候,你忍不住要回一下头,那门搭儿仍在晃悠着,甩甩的,和日子一样……碎屑、安然。

我甚至于怀念家乡那种有风的日子。黄风。刮起来昏天黑地,人就像是在锅里扣着,闷闷地走,嘴里、眼里都有土气,你弯着腰,嘴里呸着,就见远远的、风一柱一柱地旋,把枯草和干树枝都旋到了半空中,荡荡的,帅帅的,像是呼啦啦扯起了一面黄旗。当你在玉米田里钻出头,当你从风里走出来的时候,当风停了的时候,你突然会觉得,天宽地阔,捂出来的汗立时就干了,那远去的风已消失得无影无踪。这时候,你是想跟风走的。此时此刻,你会想,要是能跟着风走,多好。

可当我醒来时,四顾茫茫,满脸都是泪水。我只好对自己说:家里没人了。真的,没有一个亲人!

可我知道,我身后有人。

后来，不断地有人问我：你身后是不是有人？

我都回答说：有人。

有一段时间，我总是喊小玛莎过来。跟玛莎在一起，心里就安静些。她看着我，我看着她，不用说话。她也是人，一个小人儿。

小玛莎很好，很懂事。她的小手，让我握着，总是给我很多安慰。她的小脸红扑扑的，两只眼睛大大的，就那么望着你，一处一处指：鼻子在这儿。嘴，嘴在这儿。偶尔，她说：你看见了吗？灯里有刺。她说：水里也有刺。她说：远了，花搭搭的……我问：近了呢？她说：近了，麻沙沙的。

孩子的话，像声、准确、很有味道。但静下心想一想，又有些酸楚。

后来，小玛莎出院了。她还要"麻沙"好多年，等再长大些，才会来做手术……玛莎走后，我郁闷了很长一段日子。那一阵，我不想和任何人说话。就愿意一个人默默地坐着。古人有句话叫：慎独。我不慎，是心里独。

一天上午，我又是一个人，默默地坐在花坛边的石阶上，突然听见了一个熟悉的声音。这声音说：叫叔叔。

一个甜音叫道：叔叔好。——我一激灵，还以为是小玛莎又回来了呢。

我回过头来，看见了卫丽丽，臂上戴有黑纱的卫丽丽……卫丽丽整个瘦下来了，瘦得有些变形了，脸成了窄窄的一溜，眼角周围汪着一圈黑，还有皱纹。女人一旦有了皱纹，就显得特别憔悴。看来，骆驼跳楼，给她的打击太大了！还有公司里的事，检察院的人在查账……可她居然挺过来了。她手里牵着一个七岁的孩子，那是骆驼的儿子。

我出车祸的事,没有告诉任何人,我也不想让任何人知道……可卫丽丽还是来了。她是第一个来看望我的。她身后不远处站着公司的司机,司机手里捧着鲜花,还有礼物。

卫丽丽说:你手机关了。我到处打听你的情况……刚刚才知道,你出了车祸。

看着卫丽丽,我心里一酸,说:人,送走了?

卫丽丽默默地点点头,说:送走了。送回老家去了。

我说:老人都还好?

卫丽丽说:还好。

我喃喃地说:我本想送他一程,却出了事……入土为安吧。

卫丽丽说:在国栋心里,你一直是他最看重的人。最知心的朋友。他一直盼着你能回公司。

我沉默着,百感交集……

卫丽丽站在那里,瘦削、单薄,一手牵着个孩子……让人忍不住心疼她。我说:你可要挺住啊。

这时,卫丽丽看了我一眼,仿佛有什么疑问。我也坦白地望着她……

卫丽丽说:有句话,我想问问你。

我说:你说。

卫丽丽说:公司里人人都在传,说你吴总身后有人。有高人指点……你身后,有人吗?

我迟疑了一下,说:——有人。不过,不是啥子高人。

是的,我身后有人。可我无法解释,也不需要解释,就是解释也解释不清楚……事已至此,我也不再辩白,我是劝过骆驼的。想想,还是有些惭愧。

卫丽丽说:我明白了。

接下去,卫丽丽突然说:你知道我们两人为什么分居吗?

我仍然沉默。也只有沉默。在这种时候,我不想再提小乔……

卫丽丽说:……国栋得了忧郁症。很严重,夜夜失眠。有时候,特别焦躁的时候,他头往墙上撞,撞得咚咚响。他怕我睡不好,也怕吓着孩子,孩子也睡不好。他完全是为了孩子,才提出来分居的。

我说:是吗?——骆驼睡眠不好,我是知道的。但说他有忧郁症,我还是第一次听说。

卫丽丽说:是他不让我跟人说。开始他也吃安定,吃到四片,我不让他再吃了。有一段,我们还吵过架。唉,我不该让他一个人睡……

我明白了。骆驼的忧郁症是由长期焦虑引起的。这十多年里,骆驼心里一直揣着一个"抢"字,他时刻准备着,一天天地准备着,他弦绷得太紧,终日像一张弓似的,日子长了,人就出问题了。我记得,有一段时间,骆驼总是抱着一个大茶杯,不停地喝水……那是他心里有火。现在我明白了,他夜夜睡不着觉,肝火太旺,人已烧坏了。

后来,卫丽丽还告诉我,骆驼出事前,曾回过家,跟她见了一面。那是个星期天,他回家后,跟儿子待了一个上午。他什么话都没有说,用整整一个上午的时间,给儿子做了一个"皮牛"[①],枣木的。过去,他也给孩子带些玩具,都是电动玩具,汽车或是飞机什

① "皮牛"是平原乡间的说法,在一些地方被称为陀螺。是用鞭子抽着玩的。我曾经听骆驼说过,童年里,他最想得到的,就是一个"皮牛",下边镶有钢珠的那种。

么的。可这一次,他不知从什么地方带回来一块枣木,他用那块枣木,给儿子一刀一刀地旋了一个“皮牛”。“皮牛”做好后,在最下面钉上钢珠,还做了一条鞭,牛皮绳做的鞭……爷俩儿在院子里抽。中午,卫丽丽问他吃什么。他说:牛肉面。那是他们分居后,第一次在一块吃饭。吃饭时,他也没说什么。卫丽丽问他:好吃吗?他说:好吃。而后,吃过午饭,他摸了摸儿子的头,夹上包走了。

我问:国栋临走,留下什么话了吗?

卫丽丽摇了摇头。

我说:一句话都没有?

卫丽丽沉默了一会儿,说:没有。

——没有遗嘱。那就是说,卫丽丽和他的孩子,是公司的第一序列合法继承人。这么一大摊子,完全落在了卫丽丽的肩上。

我望着她,让我吃惊的是,仅仅经历了这么一件事(当然,这不是小事,她的丈夫跳楼了!),仅仅才两个多月的时间,一个突发事件,不仅成熟了一个女人的智力,竟然完成了一个女人的气度。卫丽丽自始至终没有再提小乔一个字。关于小乔,她一字不提。她甚至都没说夏小羽……她站在那里,虽一手牵着孩子,但目光里却透着一种坚毅。

临走前,卫丽丽说:吴总,我查过账了。目前,公司投资的其他的项目都是负数。赢利的只有一家,厚朴堂。国栋一直在挖东墙补西墙……现在,从账面上看,你已成了厚朴堂最大的股东。

我有些吃惊,说:是吗?

卫丽丽郑重地点了点头。接着说:你多保重。这一段,公司有些乱。还有些善后事宜……回头我再来看你。大伙还都等着你回来呢。我想,国栋肯定是想把这一摊全交给你的。

我抬起头，望着她，说：你让我考虑考虑。

在眼科病房里，我终于找到了对付疼痛的方法。

我每晚吃两片安定，这样就可以睡上四个小时……在这四个小时里，我可以忘记自己，忘记曾经经历过的一切。

黎明时分是最难熬的。每到黎明时分，你醒了，你仍在病床上躺着，有一丝风从你蒙着纱布的眼前刮过，刚有了一点凉意，可你的“思想”已经行动起来了。它在走，它一走就走得很远很远……它常常去追逐那辆大货车，就像电影胶片一样，一次次地回放，他不知道那辆大货车究竟是怎么回事。沿着这条线，它又会追到过去的一些事情……如果时间能退回去，那有多好。

在病床上躺了三个月后，你知道我最想干什么？我想说话了。与陌生人说话。在此后的那些日子里，我蒙着一只眼，每天在眼科病区走来走去……那时候，我最先认识了 9 床。而后又认识了 11 床。

9 床的这位，比我年龄大一些。他姓许，人们都叫他老许。老许胖胖的，常穿着一身蓝色的中山装，无论天气如何，他的每一个扣子都扣得整整齐齐的。出来打水的时候，走得很慢，有时候他也捎带着给人打水，放水瓶时，小心翼翼的，给人以很稳重的感觉。可我，每次见老许的时候，都觉得怪怪的。也说不清怪在哪里？

有一天，老许在医院走廊的过道里叫住了我：兄弟，你来。你来。

于是，我走进了老许的病房。老许是一个很讲究的人。病床上，被子叠得整整齐齐的，小柜上的茶杯、药瓶也都摆得很规范，每个药瓶上，都贴着他写的字条，那是每次该吃的药量和次数。见我进来,老许搬过一把椅子,说:坐。而后他盘腿坐在病床上,问:老弟,听说你的眼……

我说:车祸。

接着,老许把自己的一只眼从眼窝里抠出来,说:玻璃的。

我怔了一下,说:玻璃的?

他说:进口的,有机玻璃。

我大吃一惊,老许真是个聪明人。他居然看出了我的疑惑……

老许是学中医的。他在中医学院上了五年。毕业后,分到一个县级医院当中医大夫,那时候他还是很有雄心的,一本《本草纲目》他都能整段整段地背诵下来……后来,他一个同学当了院长,院长很器重他,提拔他当了院里的办公室主任。(老许问我:你说这是好事还是坏事?当然是好事。有人器重你,你不能说是坏事吧?)老许当办公室主任一当就当了二十五年。他当办公室主任也就是管管后勤、写写上报材料什么的。有时候,上边来了人,也陪着接待,喝喝酒……就这样,一天一天,倒把业务给荒了。在这二十多年的时间里,医院先后换过好几任院长,有脾气躁的,也有小心眼的,由于他为人可靠,不占不贪,也都应付过去了。后来调来的这位院长霸道些,把什么事都揽了,不让他管事了……他想,再过些年我就退休了,不让管就不管吧。所以,有一段时间,他上班就是打瓶水、泡杯茶、看看报,下班打打太极拳什么的……一直没出过什么问题。去年,也就是去年秋天,他在办公室里坐着,看院子里的树叶落了,满地黄叶,金灿灿的。他说,也不知哪根筋起了作用,他合上报纸(也许是那一天的新闻没什么可看的),还愣了一阵儿,这才站起身来,去门后拿上一把笤帚,到院子里扫地去了……他是院里的办公室主任,院里有专门分管打扫卫生的勤杂工,不用他扫地。要说,他已十多年没掂过笤帚了,那天偏偏拿起了笤帚,到院子里扫树叶去了。本来,扫了也就扫了,他把树叶归置成一堆,明天早晨自会有人收拾。可他又多此一举,他怕万一起了风,把树叶给吹散了。于是,他念头又起,索性点了把火,想干脆把树叶烧了算了。烧就烧了呗,他还怕烧不透,可当他拿起一根树枝,低下头去,扒拉着……这时偏偏起了一阵旋风,只听"嘣"的一声,树叶堆里有一个药瓶炸了,很小的一个细脖子眼药瓶,把他的一只眼给炸瞎了。

他说,二十五年来,他第一次关心树叶,就炸瞎了一只眼。

在眼科病房里,人人都害怕镜子,可人人都是"镜子"。

正因为遮住了眼,我们凭感觉在"镜子"里相互看着,感觉就是我们认知的宽度。我们走路都是小心翼翼的,吃饭时敲着碗,以声辨人,用耳朵当眼使。虽然同病相怜,但还是不由得相互打听着更重些的病人,以此来宽慰自己……11 床是后来才认识的。

一天夜里,我眼疼得睡不着,烦躁,跑到楼道里,想偷着吸支烟……这时候我看见了 11 床的老余。听人说,老余是从乡下来的,是个果树专业户。老余四十来岁的样子,习惯性地绾着一条裤腿,身子趴在玻璃门上,从左边移到右边,又从右边移到左边……正往外看呢。我听人说,老余患的是"视网膜脱落"……老余其实什么也看不见,老余是用"心"在看。

我说:老余,吸支烟?

老余说:谢谢,不抽。老余的脸贴在玻璃上,身子移动着,仍趴在玻璃门上往外瞅……

我说:老余,你看什么呢?

老余说:蚊子。外边草多,肯定有蚊子。

我诧异。不知道老余为什么看蚊子。病房里有规定,夜里十二点锁门,门是锁着的。病房外的蚊子跟他又有什么关系呢?这时,老余说:兄弟,你帮我看看?那边,模模糊糊的……是不是个影儿?

我凑上前去,说:你找什么呢?

老余说:我儿子。病房里不让陪护,我儿子在外头呢……

夜已深了。我趴在玻璃门上,往外看了一阵儿,只看见了路灯,昏昏的路灯,还有一些花草,什么也没有看到。

老余说:看见我儿子了吗?

我摇摇头,说:什么也没有。

老余往地上一出溜,就地在玻璃门旁坐了下来。喃喃地说:……说话立秋了,就夹了个席,还有条毛毯,别冻着了。

往下,老余告诉我说,他承包的地上种有一百棵桃树、一百棵梨树、一百棵苹果树,都挂果了。是给儿子种的。他说,今年的果结得特别多,特别稠。果儿一个个都用塑料袋子罩着,一个果儿包一袋儿,比侍候女人还精心呢……他说,收成好,可也怕果儿生虫,每隔十天半月都得打一次药,打的是"乐果",按比例配的。他说他那天一共打了九十七棵苹果树,还剩三棵没打……那天确实累,他想打完算了。可打着打着,头一晕,眼看不见了。你说,好好的,眼看不见了。就赶紧上医院,县医院看不了,就来省里,一查,说是"视网膜脱落",这叫啥病?

往下,老余说:这些果树都是给儿子种的。儿子今年上大三,明年就毕业了。他想考研究生……

我说:这是好事。

老余说:儿子很努力,假期都不回家,肯定能考上。我说了,干脆一直往上读,读个博士。你说,我们余家能出个博士吗?

我安慰他说:能。一定能。

老余说:三百棵果树,送一个博士,也值。

就在这时,西边的门开了,呼啦啦进来一群人,大呼小叫地推着一辆放有担架的推车……那是又有急诊病人送进来了。

这时,老余听见人声,知道门开了,赶忙起身……可他站了几次都没站起来,我上前扶他一把,他喃喃地说:腰,你看我这腰……站起后,他没把话说完,就一只手撑着腰、一只手扶着墙,往西边摸着走……他是找他儿子去了。

一个月后,病房过道的走廊里放着一布袋苹果……据说,这袋水果是老余的老婆奉老余之命从一百多里外背来的。她背来了一布袋"落果",说是送给医生和护士的。可护士们全都不要,大约嫌是打过药的,还是"落果"(好果还长在树上,老余也不舍得送),就放在过道里,谁都可以吃……

在眼科病房里,一些老病号,住得久了,跟医生护士相互熟了,说话也就随便些了。这天,来打针的护士小张说:老余的儿子太不像话了。

我问:怎么了?

小张说:老余种了三百棵果树,却从未吃过一个好苹果。你想想,连给医院送的都是"落果"。好果子都卖成钱,给他儿子上学用了。可他这个儿子,不争气,天天在医院对面的网吧里打游戏。整夜打,白天来晃一下,根本不管老余……老余不知道,老余还夸他呢。

我说:他不是给老余打过饭吗?我见过他一次。

小张说:就打了一次饭。再没来过。

我说:老余不是说,他儿子学习很好,要供一个博士吗?

小张说:博士个屁。护士长的爱人就是那所大学的。早打听了,说这个名叫余心宽的学生……都大四了,好几门不及格,天天打游戏。

我说:老余……不知道?

小张说:没人敢告诉他。老余还做着博士梦呢。可惜了他那三百棵果树。

老余患"视网膜脱落",刚刚做完手术,两眼蒙着,每日里摸着走路,只吃馒头、咸菜……可他很快乐。他逢人就说:余家要出个博士了。

人们也迎合着他,说:是啊。多好。

小乔看我来了。

我万万想不到,小乔会来看我。

这一天,小乔穿得很素。这在小乔,是从未有过的。小乔穿着一身天蓝色的职业装,正装,是那种很规范的套裙。她把自己包裹得严严的,既未露胸,也未暴乳,头发也一改过去,梳成了有刘海儿的那种学生头。她的指甲洗得很净,没有涂任何颜色。她人也瘦了许多,显得有些憔悴……她手里捧着一束鲜花,站在我病床前,轻轻地叫一声:吴总。

我扭过身,很吃惊地望着她,说:小乔,你……怎么来了?

小乔说:在您手下工作了这么多年,来看看你,不应该吗?

一时,我心里很温暖,也不知该怎么说了。我说:谢谢。谢谢你。

这时候,小乔眼里涌出了泪水,小乔说:吴总,一听说你出了车祸,我头皮都奓了。怎么这么倒霉呀?我都担心死了……你一定吃了不少苦吧?

我说:没什么。都过去了。

小乔说:是啊。大难不死,必有后福。吴总,公司上下,都在夸你呢。

我笑了笑,摇摇头,说:我都离开这么长时间了……夸我什么?

小乔说:夸你是高人。不战而胜。现在你是厚朴堂药业的第一大股东了。

什么叫"不战而胜"?好像我搞了什么阴谋似的。我知道,小乔说的是股票,对此我不想多说什么……

小乔的眼眨了一下,那股机灵劲又泛上来了,说:大家都知道,您是好人。您是被排挤走的。当初,您给公司立下了汗马功劳……可你说离开就离开了,一点也不抱怨。现在,大伙都明白了,你是真人不露相,大手笔。一定是有高人指点!你身后那人,是位……高官吧?

我只是笑了笑。我说了,我不解释。

小乔说:前几天,还有人说,吴总若是不走,公司绝不会出这样的乱子,董事长也不会……可只有我知道,那一年在北京,我就看出来了,吴总是高人。走的正是时候。不然,也会受牵连的。

我赶忙说:话不能这样说。事既然出来了,就不要再……是吧?

这时,小乔说:吴总,有些话,我没法跟人说,说了也没人信。也只能给您说……公司出事,首先被牵连进去的,就是我。我是代公司受过。吴总,你不知道,我在里边受那罪,真不是人过的。一天到晚,一个大灯泡照着……你说我一个弱女子,招谁惹谁了?可头一个被人带走的,就是我呀。那时候我还在北京,一出门就被人戴上了手铐,丢死人了……整整把我关了一个多月时间,我硬撑下来了。你可以打听打听,我在里边,守口如瓶,没有说过公司一个“不”字。无论他们怎么逼我,怎么威胁我,我都不说。可以说,我没有做过一件伤害公司的事情。可后来,董事长出了事……这能怪我吗?

说着说着,小乔哭起来了。小乔哭着说:吴总,你不知道,卫丽丽这样的女人,心比毒蛇还狠!现在,她在公司一手遮天。她是怎样对我的,您知道吗?她把我给开了。不但一分钱不给,还到处散布谣言,说我……我冤哪,我比窦娥还冤!

小乔说:您不知道卫丽丽那个狠劲。您别看她平时装作小鸟依人的样子,说话嗲声嗲气,那都是装的。现在她的狐狸尾巴终于露出来了!一手牵着个孩子,就像手里托着“尚方宝剑”似的,那脚步声咚咚的,一个楼层都能听到!……啥人哪!

小乔说:其实,她跟骆董早就分居了,都分居多少年了。两人一直闹着要离婚呢,就差一张纸了。这公司上下谁不知道?现在,骆董一死,你又不在……她打扮得光光鲜鲜的,上山摘桃子来了。吴总,我说句心里话,双峰公司是你和骆总一手创下的。要是你接,大家都没有意见。可她,凭什么?!

小乔说:卫丽丽这个人,你是没注意,她这人阴着呢。她到处败坏我的名誉,说我勾引骆董……你也知道,骆董这人,平时大大咧咧的,好开个玩笑啥的,没事拿我们这些下属打打牙祭。说白了,就是他真想跟我好,那也是……吃个豆腐,仅此而已。你说,我是这样的人吗?

小乔说:吴总,你可得给我做主啊。有件事,你是知道的。就那个暴发户,做房地产生意的,那个肉包子脸的宋心泰,提着一箱子钱,哭着跪在我的门前,非要包我。我拉开门,吐他一脸唾沫!我要真是那样的人,有心想勾引谁,还轮到她这样对我?哼,骆董早跟她离婚了!……唉,我这人,还是心太善。

往下,小乔又压低声音说:吴总,你离开得早,有些内幕情况你可能不清楚。这次公司出事,主要是夏小羽闹的。夏小羽是老范的情人,跟老范好了多年了,闹着非要一个名分。她都闹到省政府去了,弄得老范下不了台。还有一件秘密,你知道吗?这夏小羽,表面上看,文文静静的。其实,心里也狠着呢。据说,我也是听别人说,有一段时间,夏小羽竟敢撺掇老范的下属,说是要雇黑道的人,把老范的老婆弄到深山里去。就是说要找人害她了……哎呀,这里边太复杂了。

我吃了一惊,我实在不知道她的话有几分可信。再说,她一会儿"您",一会儿"你"的,把我弄得也不知说什么好了。

接着,小乔说:你知道吗?夏小羽判了。老范也快了。

是啊,骆驼最终并没有保住谁……

后来,范家福还是被"双规"了。范家福先后一共读了二十二年书。他先在国内大学读书,而后又不远万里去美国深造……本意是要报效国家的,却走着走着又拐回去了。在过去的一些日子里,范家福经过千辛万苦,先是把他母亲给他精心缝制的对襟褂子换成了小翻领的中式学生装,而后又换成了美式西装,再后是美式西装和意大利式休闲夹克换着穿……如今又脱去了夹克衫,先是换了件黄色马甲(未决犯),据说很快就要改穿绿色马甲(已判决)

了……更早的时候,每到夏天,他都会在老家的田野里,帮母亲一个坑一个坑地点种玉米;后来他在美国获的也是农学博士,博士毕业回国后,他又分到了农科所,成了一个全国有名的育种专家,培育过"玉米五号";到了现在,据说他身穿一件黄马甲,坐在监狱的高墙后边,面对铁窗,一次次地大声说:报告政府,我想申请二十亩地,回去种玉米……范家福走了这么大一个圆圈儿,这能全怪骆驼吗?

小乔在我的病房里唠唠叨叨地说了一个上午。有很多事,是我知道的。也有些事,是我不知道的。我虽然真假难辨,可她跟骆驼的那些事,我是清楚的……快到中午时,她还不说走。我就觉得,她可能是有什么想法了。

可我不提她工作的事。我也不能提……我故意岔开话题,说:我问你,骆驼他,有忧郁症吗?

小乔说:忧郁症?谁说的?卫丽丽吧。哼,在北京的时候,睡……

我说:你不知道?

小乔说:瞎说。他也就是睡眠不太好……都是卫丽丽造的舆论。尽量减少负面影响,好把公司抓在手里。

我说:是吗?

小乔回忆起了往事……说着说着,说漏了嘴:……有一回,我见他半夜里,突然坐起来,对着墙说话……怪吓人的。

我不再问了。也不能问了。住在眼科病房里,我对小乔那句"瞎说"很敏感。我要再问,也是"瞎说"了。

最后,小乔先是主动地拿起暖壶,给我打了一瓶开水,而后又端起床下的洗脸盆,给我打了一盆清水,拿起毛巾在水盆里湿了湿,拧干后上前给我擦脸……我吓了一跳,忙说:使不得,使不得。

这时,小乔柔声说:吴总,我有个小小的要求,你能答应我吗?

我说:你说。

小乔呢喃着说:我想,我想留下来,照顾你。

我心里动了一下……这时候,我闻到了她身上的香水味。她把自己打扮得很“素”,可她还是抹了香水。这香水看似淡,近了很冲的。我曾听人说过,这是法国的名牌 CD,又名“毒药”。

我心里一惊,忙说:不用,不用。

小乔说:吴总,我没别的意思。你是老领导,对我帮助很大,我只是……

我说:真的不用。我已经快好了。可以自理了。真的。谢谢你来看我。

这时,小乔说:吴总,你什么时候回公司?只要你回去,你是最大的股东,卫丽丽就得靠边站了。

我说:我离开时间长了,不一定回去了。

小乔望着我,幽幽地说:你还是不相信我。

我说:小乔,你能力强,到哪儿都会干得很好。好自为之。

小乔很警觉,问:卫丽丽给你说我什么了?

我说:没有。真没有。

小乔走了,很失望。

37 床是加床,病房已满了,就躺在楼道里。

就是老余找儿子的那天晚上,从急诊室那边又转来了一个病人——37 床。

37 床进来时身上缠满了带血的绷带,整个脑袋都是包着的……特别惹眼的是，当他被推进来的时候，他身旁跟着一个穿着婚衣的、很漂亮的女子。

37床是家里来人最多，也是整个眼科病房议论最多的一个病人。我是在他入院后的第三天才知道的。这是个年轻人，只有二十二岁，刚刚结婚三天。

37床是从北边一个县医院送来的。据说，他父亲是个村长。在中国九百六十万平方公里的土地上，村长是最低一级的干部。在国家干部的序列里，村长又不算干部。但如果是比较富裕的村子，当村长有权动用亿万资产，或者相应的人力、物力的时候，他就是干部了。而且，有时候，他的自由度甚至比乡长、县长还要大一些（在我们国家，村一级的经济形态是最模糊的。首先，它既不是国家的，也不是哪个人的，它叫“集体经济”。在某种意义上说，“集体经济”是无主的，不受产权人制约的，谁当政谁说了算）……37床的父亲，就是这样的一个村长。

可是，到了这时候，村长和他的老婆只是在一旁看着，满面焦虑，束手无策……只是来探望的人多些。在此后的几天时间里，来探望的人川流不息……一个村子及各种关系，大约几百口，都先后来过。眼科病房的走廊里一时热闹非凡。

可37床一直很沉默。无论谁来探望，他都一声不吭。他的整个脸、手都是包着的，看上去血污污的，很吓人。只是到了深夜，他会突然地“嗷”一声！两腿蹬着，长号，按都按不住……很吓人的。他胸膛里一定有火焰，那火从牙缝里蹿出来，人就像煎锅里的鱼一样，一纵一纵地在床上摔！

这时候，那做母亲的，就附在床前，满脸是泪，说：孩儿，你疼？你哪儿疼？……而后用目光求告似看一眼新媳妇，希望她也说点什么。

那新媳妇,也一直在病床前站着,一副很无奈、很恐惧的样子……她很听话,按婆婆的要求,新媳妇握着37床的仅剩的一根指头——大拇指说:灿,你疼吗?

37床一下子就把那抓着他的手甩掉了,继续号叫!……

于是,家人慌忙找医生去了。

后来,那事情是一点一点地从众人的嘴里传出来的。37床是村长唯一的儿子,他在结婚的第三天,一时心血来潮,要去水库里钓鱼。离他们村子不远,有一座大水库。于是,三个青年,表兄表弟的,把新媳妇撇在家里,一起去钓鱼。大约钓了一会儿,鱼没钓上来,就找来了雷管、炸药,打算炸鱼……这事过去肯定是做过的。不然,他也不会有这些东西。结果,那土法制的、装在瓶里的炸药,用电雷管引爆后没有炸。37床跑上前,把装有炸药的瓶子拉上来,说要看一看咋回事……可就在这时候,一两秒钟的时间,炸药瓶却在他手里炸了,立时就炸伤了他的双眼和双手,惨不忍睹!

在此后的日子里,37床那炸伤的双眼被摘除了……他的一家人都抱着头,一声不吭。

常常,在夜半时分,眼科病房里会陡然响起几声号叫!那号叫声像是染了血的钢丝,枝枝杈杈的,尖厉无比,很恐怖!

那当父亲的,一直抱着头,在地上蹲着,一声声地叹息。

是的,才盖的新房,两层小楼,才娶的新媳妇,家里一应俱全,那日子应该是很美好的。就为了一个念头?或者说是从童年里就开始的放纵……这事故就造成了,永远无法弥补。有时候,我想,37床的父亲如果不是村长,他会出这件事吗?他又是从哪里弄来的炸药和雷管呢?再说,那水库管理者会允许他去炸鱼吗?有时候,就那一点点特权,也是可以害人的。

当然,这事也许与村长没有关系。无论是什么长的儿子也未必都会去炸鱼……可是,他这么年轻,双目失明,又炸没了双手,此后又该怎样生活呢?

那一声呼唤,很突兀,我掉泪了。

有多少年,没人这样叫过我了……她说:丢哥,不认识了?是我呀。

我病床前站着一个女人。看模样还有些俊俏的底子,但心性堆在了脸上,很“钢”。“钢”本是形容男人的,该是男人的本色。可这年头,本应是水做的女人,却一个个都像是淬了火,越来越“钢”,一个比一个“钢”。这不在衣服,她的穿戴还是很得体的。可站在面前的这个女人,你就觉得她“钢”。我猜,一个女人,只有在男人堆里泡久了,在商界厮杀中频繁地搏斗过,才会染上这种“钢”气。

她说:丢哥,听不出来吗?真不认人了?我闭着眼都扒你三层皮。

一听我就知道,这种狠劲是来自家乡的。这话皮糙肉厚,话虽狠却心里近,透着贴骨的熟悉和亲切。于是,我说:慢,慢,叫我想想……苇香,是苇香吧?蔡思凡,蔡总。

她说:我说吧?你这大学问人,不会记性这么差……我来看个人(指的是“病人”),在过道里,看后相(这是家乡话,指“背影”)是你。还真是……丢哥,别笑话我了。听说你这“肿”(总)比我这肿(总)发得大,你是腌菜缸,我是和面盆,拔根汗毛比我腰都粗,不错吧?

我笑了,苦笑。

她说:看看,看你吓的?又不问你借钱。接着又问:咋啦?眼上出毛病了?

我说:车祸。

她上下看了看……说:咦,不赖。不赖。全全乎乎的。

这话仍然让人觉着亲切。只有吃过苦的人,家乡人,才会这样说:只要“全全乎乎”的,不缺胳膊少腿儿,就是福分……

接下去,她的脸拉下来了,她绷着脸说:丢哥,你得给我平反。你必须给我平反!

我笑了,说:我又不是政府部门的人,你也不是梁五方……我给你平啥反呢?

她说:要不碰上你,我就不说了。既然碰上你了,我就得说说。那梁瞎子(指的是梁五方,在平原,凡给人算命的,贬称为“瞎子”,褒称为“半仙儿”),没少在你那儿造我的谣吧?

这时候,我心里“咯噔”一声,顿时翻江倒海,突然想起了那盆“汗血石榴”……那棵石榴,我一直带在身边,无论走到哪儿,我都带着它。

蔡思凡说:那梁瞎子,亏心不亏心?到处造我的谣,说得有鼻子有眼儿的。说我把我老爹的头给割了,种成一盆花……这话你也信?!

蔡思凡说五叔,一句一个“梁瞎子”,我不好接她的话,只有苦笑。

她恨恨地说:梁瞎子,一个流窜犯,骗我多少钱?……还这样编派我,安的啥心?是,早些年,我是缺钱,求告无门的时候,我上吊的心都有过……可我咋也不会去卖我老爹的头吧?这有踪没影儿的事,还到处传。

她说:你也知道,我爹追我娘,从城里追到乡下。他跟我娘虽然打了一辈子架,可两人感情好着呢……后来他瘫痪了,出不了门了。那盆石榴,是我给他买的,好让他看个景儿。我娘还怕他“落”(寂寞),让我给他买了只狗娃,好让他听个应声……后来我老爹下世,有人说那盆石榴是个景儿,很值钱,我这才把它送人了。就这点屁事,传来传去,都把我传成杀人不见血的恶鸡婆了!

她说:你不知道现在干企业有多难。那些村里人,你用他,他说你给的工钱低,骂你;你不用他,他说你不给本村人办事,也编派你……这年头,说真话没人信。谣言有人信。

……我恍然。听她这么一说,我也不知道该相信谁了。我真说不清楚,当初我买下的那盆石榴,是不是一个错误?

接着,她又数叨我说:丢哥,你良心让狗吃了?我爹把好处都给你了。一村人的好处,都让你一个人占了。你连回去看一眼的心都没有?

我诺诺的。无话可说。我想说,我是想回的,我真想。可我……

蔡思凡说:你脊梁上湿不湿?

我迷惑:湿?

蔡思凡笑了,说:背一脊梁唾沫星子,你盖儿不潮啊?还有,脊梁骨没人让捣透吧?……又说:怪不得,你穿着西装呢。

我明白了。说:村里骂我的人多吗?

蔡思凡说:这我不能瞎说。你自己想吧。

这时候,借着蔡思凡的话头,我忍不住问:老妹子,你说实话,那些匿名信,是不是你寄的?

蔡思凡说:谁说的?谁又编派我的?是梁瞎子?

我说:……那匿名信上只有一句话:给口奶吃。是不是你?

蔡思凡大笑,说:……吓坏了吧? 不是我。真不是。

我记得,有一段时间,我经常收到匿名信,也曾经夜里睡不着觉……那话是老姑父的语气:给口奶吃。可老姑父已经去世了。

临走的时候,蔡思凡说:丢哥,你要是有良心,也该回老家看看了。

我说:是啊,我也想回去。

她说:手里有钱了,给家乡投点资。

我喃喃地说:我要回去,就种树……

她说:好啊。你种树,我伐树。我那板厂,你去看看,全现代化的……

我又不知道说什么好了。

24 床是个很奇怪的人。

24 床是个小个,人很精神。我是说他走路时,表现出的是一种“挺”的感觉。在眼科病房,独有他,是挺着身子走路的。他个小,还包着一只伤眼,就在病房的过道里,挺括括地走,身子架着。其实,这很累。在很多的时间里,他手里举着一个手机,慌慌地,头直杠杠的,不看人,就那么直撅撅地、匆匆忙忙地往外走。边走边打电话,很忙的样子。

夜里,他也是一个人,围着眼科病房的这栋楼,转来转去的。很沉重的样子,一圈又一圈走,也不知在干什么……但是,无论谁看到他,都会以为,这是一个干大事的人。

后来,9 床的老许告诉我说:那人,你看那人,24 床,小个子儿,头仰着,还老举个手机,一路“喂喂喂”,半个闲人不理。就那主儿,是个大厂的厂长,副的。

他说,你猜怎么着?(我是闲的了。他是慌的了。)他们厂引进外资,他是慌着跟外国商人谈判呢。他们厂里有个大铁门,工厂都是大铁门。上班铃一响,大铁门就关上了。大铁门上还留有一小铁门,人可以随时进出。他呢,个子小,这小铁门他走了很多年了,熟得不能再熟了……可就在谈判这一天,出事了。你猜出了个啥事?想都想不到,大铁门是用铁链子拴的;小铁门上焊的有门鼻儿,铁的,也可以上锁。也就是跟外商谈判这天上午,他急着走,一步跨进了小铁门。他个头低,他的眼正好跟小铁门的门鼻儿齐,只听"扑哧"一声,他的眼,不,那铁门鼻儿,整个,扎进眼里去了。你说这个寸?

是呀,这样的事,无论你给谁说,他都不会相信。那么小的一个门鼻儿,怎么会扎进人的眼里去?这应该算是一个偶然。可在这个世界上,所有的正在发生和已经发生的事,都是一个一个的偶然。于是,所有的偶然,就组成了必然。据他厂里的人说,那一天,他很负责。仅谈判用的会议室,他都督促着打扫了好几遍。连谈判桌上摆放的名签,他都让人修改了三次……就此看来,你不能说他不认真。一个连开会的名签都检查三遍的人,你能说他不认真吗?他很认真。可他的眼珠,却挂在了门鼻儿上。

这么说,他是吃了熟悉的亏。路是熟路。熟得不能再熟了,常走的路。门也是常走的门。闭着眼都能走的门,居然把厂长的眼给扎瞎了?!这些事,都是他厂里来看望他的人说出来的。他自己绝口不提。不跟病房里的任何人说。他也许是羞于提起。你看,眼都这样了,你还慌什么呢?可他在医院里,进进出出的,还是慌。这就是个性了。

知道24床的情况后,我一直想跟他聊聊天。我们都包着一只眼,可以说是同病相怜。可是,有一天,当我在过道里碰上他时,我说:老韦(他姓韦,是别人告诉我的)。

他蓦地转过身,说:你哪单位的?

我只是想提醒他关于“交叉感染”的事……

可他很警觉,很生硬地重复说:你哪单位的?

我很无趣。也就什么都不想再说了。

当天晚上,在眼科病房外的花坛边上,聚集了一群人,老老少少的,大约有二三十口人。他们围着24床,正在叽叽喳喳地说着什么……24床就像是开会一样,站在他们的中央,不时挥手讲着些什么。那些人,先是站着,而后又蹲下来,一直商量到很晚。那24床,本就个小,一只眼还蒙着……他就那么一直站着,站了半夜。

第二天上午,9床的老许跑来说:13床(我是13床),你知道吗? 24床,那厂长,办出院手续了。

我说:治好了?

他说:好个屁。他的心就没在眼上。

我说:不会吧? 伤得这么重……

他说:昨天夜里,他家来人了,一下子来了几十口子,都是他的亲戚,嚷嚷着非让他回去……你猜为啥?

我说:为啥?

他说:他们那个厂,正搞股份制呢……你猜他最怕什么?

我说:怕什么?

他说:这24床,最害怕的是,人家借着改制,借着他的眼伤……把副厂长给他免了,不让他干。他都吓死了!

我说:还是治眼要紧,他伤得这么重,一辈子的事。

他说：哎呀，你不知道，昨天夜里，我就在花坛边坐。他一家人，所有的亲戚，都在那工厂里上班。这不是改制吗？一改股份制，就要裁人…他那些亲戚，都成了热锅上的蚂蚁了。你想啊，他要是厂长当不成了，他老婆，所有的亲戚，都有下岗的可能……他还哪有心治眼呢？

我说：出院了？

老许说：可不，手术刚做完……一早就走了。

是啊，24 床是个厂长。他当厂长，并不是这些亲戚给他帮了什么忙，那是他自己努力干出来的。可现在，他既然是厂长，就不能不帮那些亲戚们，他们就要下岗了……于是，就像骆驼一样，他也不过是个抢时间的人。他慌慌地去跟外商谈判，扎伤了一只眼。现在，为了那些亲戚，他又慌慌地走了。

不说了吧。在我住院的那些日子里，每天都有（不断地变换着的）病人走进来：1、2、3、4、5、6……一直到 58 床。上苍赐予我们一双眼睛，本是看路的。可我们的眼都出了问题。是命运把我们抛在了这里，使我们聚在一起，同病相怜。在眼科病房里，几乎每个人都有一份奇奇怪怪的经历，那眼病也是由各种各样、千奇百怪的原因造成的。

若是走在大街上，你是绝不会看到的。

在我出院之前，最后一个来看我的，你猜是谁？

——梅村。

我们都有些风尘了。我们都是风尘中人，我们相互看着……

我说：没有玫瑰了。

我说：阿比西尼亚玫瑰，就剩下秆了。

我说:你还要吗?

当我开始用一只眼睛看世界的时候,我对很多事情的看法都发生了变化。我不再拘泥、苛求完美了。我知道,这个世界没有真正意义上的完美,有的只是错觉和遗憾。其实,在内心深处,我一直期望她能说出那句话来,她只要还能说出那句话,我就会……

可就在这时,我的手机响了。电话是卫丽丽打过来的。卫丽丽在电话里说:老吴,你决定了吗?当时,我迟疑着。

我很清楚,在目前的情况下,无论是做证券,还是搞实业……你都不可能不拉关系、不行贿。我断言,这在任何企业,都是一样的。一旦进入了,那也只能是大小之说、多少之说,没有区别(在每一个节日里,你都得去拜望那些有可能管住你的企业,或是有可能给你的企业制造麻烦的人,这已是不成文的规则)。若是不搞这一套,你会寸步难行。有时候,时间和商机是必须花钱来买的,是需要通融的,你甚至连变通的条件都没有。这甚至不是政府的事,你要面对的,是一个一个的人,一件一件的事,我也相信大多数人都是好人……但是,你只要遇上一个坏人,或是有私心的人,他就可以拖住你,让你什么事也干不成。到这时候,你就有可能成为第二个骆驼?

我等着梅村的一句话……

卫丽丽在等我的一句话……

我对着手机说:决定了。

窗外的阳光很好。

我用左眼看,天上有两个太阳。它是花的、重影的、斑驳的,就像是并蒂的向日葵;单用右眼看,天上只有一个太阳。是圆的、灿烂的、火红的……看人也一样。

说实话，当我看阳光的时候，我很惭愧。我为我自己、为每一位国人惭愧。我做第一次手术的时候，很不成功，天天流泪。你想，一个大男人，天天不停地流泪、擦泪，那是一种什么感觉？我对自己说，你死了算了。可后来，我明白了，那是因为一根线，一根羊肠线，这根羊肠线是国产的。后来做第二次手术，换了进口线，就大不一样了。我真想大喝一声：我，我的同胞。咱们自己对自己，能不能踏实一点。再踏实一点。不就一根线嘛，咱就从做一根线做起！

我等着梅村，我期望她能说出那句话来。

第十二章

你能让筷子竖起来吗？

在秫秸秆结成的锅排上，找当年小麦磨成的白面，用细箩均匀地筛上一层，而后，仅凭着意念（不用手），让筷子在锅排上竖起来，走出一些奇奇怪怪的符号……在二十一世纪的今天，你信吗？

我不信。你也不会信。可在平原的乡村，就有人信。是真信。

据传，这位能让筷子竖起来的人，是“梁仙儿”（也就是如今住在镇上福利院的五叔——梁五方）。他就能让筷子直直地竖起来，在锅排上走……经人们口口相传，如今他已是方圆百里有名的“阴阳先生”了。

又传，他是在七十岁生日的那天早上，一觉醒来，开了“天眼”的。

古人云：穷扒门，富起坟。

这一年阳历的八月十八日，为阴历羊月羊日（按八字推算，木为田宅，羊为木库），这是一个适于迁坟的日子。

这个日子是无梁村的老辈人专门请“梁仙儿”给看的。就连主家儿，已是城里人的蔡总、蔡思凡，也默认了这个日子。

蔡思凡如此兴师动众地给老姑父迁坟，是有特殊原因的。

三天前，她老娘吴玉花过世了。吴玉花原也没什么大病，就是腿疼。蔡思凡把她接到城里治了一些日子,就回来了。村里人说,如今她一个人住一大宅子,三层的,常常站在阳台的高处,拄一拐棍,望望远什么的,挺美气。忽然有一天,二闺女来看她,她说:拉我去地里转转。老二蔡苇秀就拉着她在地里转了一圈儿,可她走一路叹了一路……走着走着,她说:河呢?苇秀说:妈,你迷了吧?哪儿还有河?她又叹了一声,指指:西边。去西边看看。到了西坡,拐过春才的磨坊,绕过一块玉米田,就到了姑爷坟了。她伸手一指,说:我眼花,那是你爸的坟块?蔡苇秀说:嗯。她说:不对吧。不是这儿吧?忒靠边了。苇秀说:就是这儿。前两年修路,冲了。她"噢"了一声,说:回头给香说说,换个地儿,太靠边了。蔡苇秀虽然是蔡家老二,可现在蔡家主事的是老三蔡思凡。往下,她又说了一句很要紧的话:给香说,我走的时候,找一好地儿,跟你爸葬一块吧。

蔡苇秀愣了一下,问:你是说合葬?因吴玉花过去多次说过,活着成天吵,死也不跟他死一块。现在,吴玉花突然改口了。吴玉花说:吵了一辈子架,不吵,我落(寂寞的意思)得慌。说完这些话,又过了三天,吴玉花下世了。

有了母亲吴玉花留下的这句话,蔡总、蔡思凡才有了借题发挥的机会。蔡苇香自改了名字后,谁都看得出来,她是执意往外走的,是要过另一种日子的。可她毕竟是从"脚屋"出来的,再加上她早年的那些事,在村里名声不太好。这也罢了,可还有一种更可怕的传言,说她为了钱,把她爹(老姑父)的人头种成花给卖了……这成了她的一块心病。

虽然她现在有钱了,也已改了名字,是蔡思凡、蔡总了。可口口相传的东西,那叫口碑。这年头,有了些钱,就在乎名誉了。可要想洗去那些沾在身上的传闻,也不是一件容易的事。况且,她心里一直憋着这口气呢。于是,趁着迁坟、合葬的机会,她决定好好操办一下,让村里人看看!

蔡思凡回村后,先是指挥着,让板材公司的卡车从县城拉来了一车冰块,摆在吴玉花的灵床四周,请了四班响器吹着,停灵七日。而后广发丧帖。凡本村、本族在外的人,全都要发到……至于回不回,就看心意了。

对我,蔡思凡不光让人送了丧帖,还专门打了电话,她在电话里说:丢哥,就是天塌下来,你也得回来。我等着你给我平反呢。

如今的梁五方,虽年事已高,却名声在外,被人尊称为"梁仙儿"。"梁仙儿"是蔡思凡专程坐着她的轿车去镇上的福利院请回来的。现如今,"梁仙儿"不好请了,得排队。可别人也许请不动,她给院长一说(福利院是她出了钱的),就把五叔梁五方给接回来了。

请梁仙儿回村,是让他给看茔地的。蔡思凡说:五叔,当年我爸待你如何?梁仙儿耷着眼皮,说:不薄。她说:我待你如何?梁仙儿耷着眼皮,说:不薄。蔡思凡说:钱你随便要。给我爸我妈看块好茔地。梁仙儿仍是耷拉着眼皮说:老蔡的事,不说钱。

于是,梁仙儿抱着个罗盘,由蔡思凡陪着,不时还让人搀扶着,从东到西,而后又从南到北,一路看去……看来看去,最后在北边找到了一块茔地。那是块裂礓地,不长庄稼。梁仙儿说:我看,就这儿吧。蔡思凡说:好吗?梁仙儿说:好。这叫乾巽向。也就是东南西北向。蔡思凡还有些疑惑,又问:这地儿,真好假好?梁仙儿往后一指,说:我不哄你,真好。北边,那叫向阳坡。南边,你还记得吗?那就是早年的望月潭。望月潭虽然干了,填住了。地下有阴河。蔡思凡仍不放心,直问:你给我说说,好在哪儿?梁仙儿说:发闺女。

蔡思凡中学没好好上,也不懂什么是“乾巽向”,还有些吃不准,看着梁仙儿:五叔,你不记恨我了?梁五方说:早年,你五叔还在难处,道行浅,骗你俩小钱儿。五叔有愧,恨你干啥?蔡思凡想了想,说:就这儿吧。

看好了茔地,往下就是安葬的事了。

我是带着那盆石榴回村的。

多年来,这盆“汗血石榴”一直带在我的身边,也一直是我的一块心病。近乡情怯,回村那一天,我的心是抖的。

在我,原以为,所谓家乡,只是一种方言、一种声音、一种态度,是你躲不开、扔不掉的一种牵扯,或者说是背在身上的沉重负担。可是,当我越走越远,当岁月开始长毛的时候,我才发现,那一望无际的黄土地,是唯一能托住我的东西。

这次回来,我几乎找不到回村的路了。这就是生我养我的无梁村吗?往北,是一荡热土。往南,仍是一坡热土。往西靠着路,是荡荡的烟尘。往东,是一片窑场,也还是有几棵老树的,歪着,孤。是呀,村子里贴着瓷片的楼房一座座盖起来了,有两层,有三层,还有四层的。也仍有几窝旧式的老屋,像是有些羞涩地、散乱地隐在贴了白瓷片楼房的后边。可一望无际的苇荡不见了,几十亩大的深不见底的望月潭也消失了。村西是新建没几年的板材加工厂,到处是刺啦啦的电锯声;村东是砖窑厂,不停地响着“哐哐哐哐”的机器切坯声。昔日的场院里,晒着剥成一层层筒皮状的雪白树身;村里的树就快要伐光了……再也看不到站在石磙上碾篾子的女人了。

狗呢？连狗都不咬了。

是的，村街上空没有了蒸腾的烟霞，没有了雾蒙蒙的湿气，没有了可以拽住日头的老牛的长哞……村里连吃水的井也没有了，干了。过去，村里一共有三口水井，村东一口，砖砌的，叫东砖井。村西一口，叫西砖井。村中一口，青石板砌的，叫槐井。现在一口也没有了。据说，家家户户原都打了“压井”（通下去一根塑料管子）压水吃。可现在井里的水不能吃了，滋滋辣辣的，有股什么邪味，也查不出原因。如今还得跑到远处的机井里去拉水吃。这一次，蔡思凡为办丧事，专门让人从城里拉来一车矿泉水。

在村街里，走了一趟后，我身上已沾满了“眼睛”……那是各种各样的目光。走在村街里的人，一个个都眼生，我也认不得几个了。在我的家乡，在我曾经生活过的村子里，我看到的，却大多是生脸。是的，在家乡，我是绝不敢装“大尾巴狼”的。后来，当那些老太太说要凑钱立碑的时候，我不敢说我包下来。我不敢提钱，那样的话，就扫了很多婶子的脸面。我只是在心里哭……我欠老姑父太多太多了。我至今仍记着老姑父多年前的那句话：给丢捎个信儿，我想听听国家的声音（他只是要我给他买一小收音机）。我对不起老姑父，我没有办到。我欠村里人也很多……可我一时还没想好，怎么还。

我是准备好让人骂的。假如那些婶子大娘们见了我就骂，指着鼻子骂……我心里会好受些。让我心痛的是，一些婶子大娘见了我，也不说什么，只是把头扭过去，装着没看见，该干什么还干什么……是啊，你不帮人家，人家的日子也照常过。

在村里，我听说有一部分村人在附近的板材厂上班，就专门去了一趟。板材厂门口不光有保安,还拴着两只狼狗;一个有半里长的大院子里堆满了扒光了身子的树,树一垛垛地堆放着,在轰鸣的机器声中,它们的枝枝梢梢正在粉身碎骨……后来,工人下班时,我拦住了一些女人,想聊一些话,可结果仍然很失望。国胜家的儿媳妇说:在这鳖孙板厂,成天三班倒,没明没夜的,人都活颠倒了。我啥也不知道。保祥家儿媳妇说:这你得去问蔡总,蔡总让咋说咋说。海林家儿媳妇说:我才嫁来两年,只要给钱,叫我干啥我干啥。水桥家儿媳妇说:现在的人,不狠能挣钱吗?麦勤家女儿说:能走的都出去了,我是出不去,要不我也走了。管他谁谁呢。倒是兔子家儿媳妇嘴快,说:反正给了一百块钱,俺啥都不知道,也说不清。啥头不头的,人都死了,还问这干啥?

是呀,事已过去了,你还问什么?我又在村里走了一遍……听到的话却都是藏头露尾、暧暧昧昧的。那话语中,好像有对蔡思凡的不满,也好像什么也没说。老姑父早已下世了,吴玉花也已下世了,还说什么呢?

夕阳西下,我曾独自一人走在田野里。从一条沟里走上来,四周寂无人声,脚下荒着,草也稀了。不远处,在玉米田边上,我看见一个小伙独自一人在田野里刨一棵桐树。令我惊讶的是,他一边刨坑一边还打着手机,他对着手机大声说:……有啊,有。你说要啥吧?要飞机吗?波音737,你要几架?……我几乎笑出声来。可我默默地、以多年经商的眼光打量着他,心想这世界真是变了呀!这是谁家的孩子?他又是经历了怎样的岁月,才把他锻造成这样一个小骗子?不敢想……他竟然能说出“737”?他一定是在过去的报纸上看到过什么报道……

后来,我在村人的指点下,去了“姑爷坟”。老姑父不姓吴,所以并没有埋在吴家坟里。在无梁,也只有无梁村,有一个专门埋女婿的坟地,那叫“姑爷坟”。老姑父就埋在“姑爷坟”里。老姑父要迁坟了,我还没来祭拜过。于是,在老姑父的坟前,我摆上了准备好的鲜花和烟酒,而后跪下来,恭恭敬敬地给他磕了三个头。

蔡思凡是着意要为自己正名的。

所以,迁坟的每一道程序都按当地风俗,一丝不苟。

原本,老姑父睡的棺木是桐木的,四五六的材(棺木的尺寸),也是好货。这次迁坟,蔡思凡专门托人花重金买来了四棵百年的香柏。那柏树是用大卡车拉回来的。一进村,全村人眼都亮了。人人都说:值了。老蔡两口值了!

那四棵香柏树,伐的时候,是让九爷的大孙子专门去看过的。九爷的这个孙子现在也是个小包工头了,这叫“门里滚”。他不光通木、泥两作,还懂钣金、电气焊。如今经常带着施工队在外边承包工程。据说蔡总曾帮他联系过一些工程,他自然是很上心的。那树伐后直接拉到了村西的板材厂,由九爷的孙子亲自监工,带着几个徒弟,在板厂的电锯上锯成了八块“四独”的板材。所谓“四独”,是指棺木的大盖、两帮、下底,是由四块完整的木料做成的。这必须是百年以上的大树,树身小了,是做不成的。

棺木合成后,又由九爷的孙子亲自上手,一刨一刨推平,光洁如镜面。除大盖上留下四个销眼外,四独大料每一处都扣得严丝合缝,一丝不差。这才让漆匠下手。漆匠也请的是最好的(一说是当年有名匠人唐大胡子的外甥)。时间紧了些,连夜赶着,在板材厂电烤房烘干,大漆九遍。最后由漆匠在棺头画了一描金“寿”字,下绘“五只蝙蝠”,取“五福捧寿”之意;底头绘的是“麒麟送子”,棺帮左为“金童执幡”，右为“玉女提炉”，两边棺身绘了“二十四孝”图……两口四独棺木，一模一样的待承。待一切完备后，抬到了村街中央，让全村人过目。

这时候，最让人感慨的是，那停在村街里的棺木上，突然又蒙上了一块红布，红布上别着老姑父十几枚军功章！这是老二蔡苇秀收拾屋子时，从她娘床下的一双大头棉鞋（军用的）的鞋窠儿里找出来的。这东西藏了很多年了，大概是早就遗忘了……蔡思凡接过一看，立刻吩咐人找一块大红布，把军功章一一别上，挂在了棺木的前面。一时，全村都去看了，一个个感叹不已！那军功章一共十七枚：一枚是“辽沈战役军功章”，一枚是“平津战役军功章”，一枚是“中南战役军功章”，一枚是“抗美援朝军功章”……还有“特等功臣”奖状一份，余下一等、二等、三等功……共十二份。人人看了，都说：这老姑父穷了一辈子，原来还是个大功臣呢！

大国和三花也是接到丧帖后回村的。据说，二国再没回来过。大国平时也很少回来。记得小时候，大国的最大梦想是去乌鲁木齐。可大国终也没去成乌鲁木齐，他在县里当了一段教育局的副局长，现在已改任县民政局的局长了。人们对他十分热情，一个个都说：吴局长回来了。吴局长见了人也很客气，一个个敬烟。三花跟在大国后边，三婶二大娘叫着，一一给村人问好。大国回村后，自然看见了那些挂在寿材红布上的军功章，看后大吃一惊！在村里生活了这么多年，竟不知老姑父居然还是个功臣。说起来，这也是民政局该管的事。于是他当晚就赶回了县里，给书记、县长汇报去了。

第二天，县长就带着一帮人赶来了。县长先是领着县上的干部们在村街的灵棚前献上花圈，一干人进灵棚给老姑父、老姑的遗像恭恭敬敬地鞠了三个躬。而后,县长对蔡思凡说:蔡总,抱歉。我调县里晚,老人走时,也没送一送。昨天才听民政局吴局长说,老人是个大功臣……你看这样行不行,咱县上烈士陵园也要改迁新址了。按规定,老人立过这么多功勋,是建国前的,可以进陵园了。进了陵园,这不光是你一家的荣誉,也可以让后人一代一代瞻仰。大国也在一旁说:香姐,烈士陵园,规定很严,一般是不让进的。县里经过慎重研究,才定下来的。蔡思凡想了想说:那……我娘呢?县长迟疑了一下,望着大国,说:吴局长,这符合规定吗?大国说:按规定……目前,还没有先例。蔡思凡说:那就算了。我爸都走了这么多年了,你这会儿才想起让他进陵园,晚了点……县长略显尴尬,说:既是合葬,不进也行。不过,我还是请你再考虑考虑……这样吧,进不进陵园,听你的。可老人的事迹,还是让报纸给宣传一下吧。

大国觉得他这是给村里办了件好事,却没有办成,有些扫兴。后来,大国把我拉到一旁,悄悄地说:志鹏哥(他不喊我“丢”,这次回村,除了蔡思凡,竟没有一个人叫我的小名),丧事办完,请你务必多留几日。我说:有事吗?大国说:不是我要留你。是县长特意吩咐的。县长本来要亲自邀请的,场合不对。所以交代我,请你一定留县里小住几日,咱县宾馆现在也“四个星”了。我说:县长贵姓啊?我又不认识他。大国说:马县长。你不认识他,他可知道你……我说:到底啥事?大国说:我给你交底吧。不就想你几个钱嘛。现在你是大户,给县里掏几个钱,上个项目,资助资助,也算是你造福乡梓。我说:可以呀。有项目吗?大国说:项目?项目还不好说。立项的事,一晚上就日弄出来了。你只要出钱,项目要多大有多大。志鹏哥,你要出一千万,我给县长说说,给你弄个政协常委……听他这么说,我有些不高兴,就说:你让我考虑考虑。

当天下午,又来了一群记者,都是要采访老姑父事迹的。蔡家人都在忙着办丧事,顾不上。村长挨家挨户动员,找来找去,只叫来了十几个村人,都是些七八十岁以上的老太太。有国胜家、保祥家、春成家、海林家、印家、国灿妈、水桥家、宽家、麦勤家、榆钱妈……这些老太太,男人都先后下世了。有的耳朵还聋,七嘴八舌的,也说不出什么来。可说着说着,头一句脚一句,竟掉泪了。最后,她们异口同声,印象最深的,是"胡萝卜事件"……当年,老姑父刚当支书的时候,瞒下了四十七亩胡萝卜,救了全村人。可这件事,是历史遗留问题,不好报道。

记者走了,却把老婆们的怀旧情绪给煽起来了。于是又节外生枝……这事由三婶(国胜家女人)牵头,串联了还活着的十二个老太太,挨家挨户地联络,说是要由一家一户凑钱,给老姑父立一碑。老太太一合计,决定由骡子家女人出面,请县史志办的苗金水(骡子家的女儿,嫁给了原小学校长苗国安的儿子)撰写碑文,碑文上要着重写"胡萝卜事件"……一家一户无论出资多少,都要在碑文上注明。这十二个老太太,能量很大,仅是一个晚上,一家一家挨着收,收上来一万零八十块钱,立一碑足够了。

本是蔡家迁坟、合葬,却又闹出了这么一档事,这把村长(村长是九爷家二孙子)难为坏了。蔡家由蔡总、蔡思凡主事,也是要立碑的。可村里老太太偏又要张罗着凑钱立碑,村长是晚辈,两边都是得罪不起的……于是,村长跑前跑后,经过再三协商,最后蔡思凡勉强答应,"胡萝卜事件"可在碑文背面记之。

按蔡思凡的本意,是要谢过众人,把收上来的那一万零八十块钱一一退回去。可老太太们执意不肯,也就罢了。

迁坟的那一日，按照乡俗，蔡家在姑爷坟里用黑布围搭起了方圆几十平方米的大棚。

而后一路都有黑布棚罩着，这也叫“打黑伞”。老姑父如今是阴间的人，不能见阳光……那一日，开棺后，蔡思凡一脸肃然，说：五叔，三婶，下去吧，下去验验，看我爸的头在不在?！还有你，丢哥，你也下去，作个见证！

下到地下去捡骨的，最先是三婶。三婶虽老了，身子还硬朗，也胆大。跟着的是几个年岁大的婶子（按乡俗，只有平辈才能下去捡骨殖）。同辈的男人，就剩下五叔了。五叔老得不行了，是由人搀着下去的……而后，一个个传话上来：在。头骨还在。

此刻，蔡思凡又说：老少爷们，谁还愿下去，给我作个见证！一人一百，当场兑现……说完，当着众人，她放声大哭！

于是，传言不攻自破……

收捡骨殖时，三婶胆大，三婶一边捡，一边念叨：老蔡，搬家了，住新宅了。老蔡，搬家了，住新宅了……闺女们都给你安排好了，妥妥当当，全全乎乎的。有楼有车有电视还有洗衣机，司机两个，丫鬟一群，啥都有……我也跟着念。

重新入殓时，杜秋月、杜老师赶回来了。杜老师是刘玉翠陪着坐着一辆新买的桑塔纳轿车回来的。杜老师偏瘫多年、半身不遂，走不成路了，车后备厢里还装着轮椅。车进村后，是刘玉翠和司机一块抬着他挪到轮椅上，推到灵前的。到了灵前，又是刘玉翠和司机在一旁搀扶着他站直了，在老姑父和吴玉花的灵前，上了三炷香……杜老师虽偏瘫，但穿得周周正正的，着新西装，衬衣雪白，脖里还象征性地挂一领带，嘴里嘟嘟囔囔的，也不知说什么。刘玉翠忙在一旁翻译说：教授说，恩人，恩人哪！

老姑父迁坟的仪式就像他当年结婚一样，是独一无二的，十分隆重。

起棺时，鞭炮齐鸣；十二班响器吹着，乌泱乌泱的……无梁村人，凡接到信儿的，都回来了（据说，蔡总蔡思凡放了话，凡在外打工的，耽误一日，给一百块钱）。一街两行，站满了人。

这次重新安葬，蔡总蔡思凡穿了重孝，手执哀杖，由板材公司的两个姑娘搀扶着走在最前边。跟着的是她儿子，儿子十岁，披麻戴孝，手里捧一“牢盆”。（据说，蔡思凡不能生育，儿子是收养的，这也有闲话。）接着是老大老二，两旁打引魂幡的是女婿们。后边是响器班子……响器班子后边，是抬棺木的四十八条壮汉，两成两班……身穿重孝的蔡思凡，一身孝白，看上去十分体面。据说，她的丧服是在省城找人定做的，剪裁得很合身，人反倒显得年轻了。她的两个姐姐，跟在她身后，由于终年劳作，看上去差别极大，竟似是两代人的模样。于是，我相信，优越也是可以包装的。这时候，绝不会有人想到，她最早是从“脚屋”里走出来的。

在村街的十字路口“转灵”的时候，十二班响器对吹。按规矩，“响器家”（平原乡村的叫法）对班吹，凡赢了的，是要再加赏一份礼金的。于是，“响器家”开始玩命了。先是边吹边走“划船步”，一个个似要把腰扭断的样子；接着有一班，吹着吹着忽一下脱光了脊梁，神瞪着眼泡，对天长吹《上花轿》；又有一班，把唢呐插在两个鼻孔里，仰起脖儿，一嘴四吹《百鸟朝凤》；再有一班，走出一女子，站在一条板凳上，解了裙装，露出上身，把两个铃铛吊在乳房上，狂吹《天女散花》！一时人像潮水一样……蔡思凡在儿子摔了牢盆后，扑倒在地上，领一干人大哭，哭得昏天黑地！

转灵后，三声铳响，撒了纸钱，再行起棺……前边走着家人、亲戚、村人,后边排长队的是板厂的二百来号工人(工人凡戴孝者算一天的工),就这么一路哭着送到坟里……这时候,一晃眼,我看见了"油菜",他竟默默地隐在送葬的队伍里。是呀,有才哥也回来了。曾经十分自豪的国营企业的工人吴有才,这次回村,竟然一声不吭,像是羞于见人。他定然也知道,我们都回来了,却一直躲着,连个招呼也不打。早年,我初进省城的时候,曾在他那里住过一晚……现在,他?

中午,蔡总——蔡思凡特意安排了两处吃饭的地方。凡本村人,在小学校立的伙,吃的是大鱼大肉,烟酒管够;凡在县上或外地工作的,或特意赶来的送葬的关系户等等,蔡思凡专门安排了豆腐宴,吃的是春才新磨的豆腐。春才领着一班人,溜、煎、炸、炒……把豆腐做出了很多花样。如今吃素也是一种时髦,人们都说好吃。

我说过,我是带着那盆"汗血石榴"回来的。安葬了老姑父夫妇之后,浇汤(这也是当地的风俗)的时候,在坟地里,我把蔡思凡拉到一旁,私下里问她:香,这盆石榴……

她看了我一眼,说:啥意思?

我说:我是说,石榴下……

她说:你不都看见了吗。一村人证明……你还不信?

我说:我想听你说一句。

她说:想听实话?

我说:实话。

她说:实话告诉你,有头——狗头。我娘怕他落(寂寞),让我给他买一狗娃 。后来狗死了……丢哥,我有那么坏吗?

这时候,蔡思凡才说了实话。那盆石榴,最早,并不是她卖的。那时候,她手里刚有点钱,听了一个南方商人的话,想办一板材加工厂。那人原说他要投资的,后来发现是个骗子,人不见了。由于事已开了头,已投入了一部分钱了,只好去银行贷款。可人家银行不贷给她。没有办法,那时候她死的心都有了。再后来,她去给行长送礼时,打听出来那个银行行长喜欢盆景,就把那盆石榴给人送过去,贷出来五十万……再后来,是有人想巴结行长,就一次次把那盆石榴从行长个人的盆景园里买出来,再倒手送过去。每倒一次手,就涨一回价……等到我手里时,已经倒了八次手了。

说着,蔡思凡流泪了。她说:记得小时候,我爸从县上开会回来,给我带回来一块糖。那天夜里,他回来已经很晚了,都半夜了。他摸黑儿,悄没声儿地把那块糖塞在我嘴里,我含着,甜了一夜……那是我最快活的一夜。

我说:明白了。妹子。我明白了。

接着,她说:丢哥,不是我发了狠话,你会回来吗?

我说:会。我会。

她说:看见了吗?你背上眼珠子乱骨碌,你就等着拾骂吧……

我说:我知道。

这时,她说:我的板厂,你看了?

我说:看了。

她说:不能投点资吗?

我望着她,我知道她提要求,是早晚的事。我说:可以呀。不过,得有项目,得有可行性(我没说“报告”)……

她说:先说,少了我可不要。三十万,五十万,不够点眼的!

我愣了一下,说:你让我考虑考虑。

一听这话,她说:你真敢一毛不拔?真不打算回来了?

我说:我会回来的。我得找到一个方法。

她说:——呸! 装。还装。你以为我不知道? 你把你的好车停在弯店,一个人步行走着回来……啥意思吗?

我心里说,我真不是装。我得找到一个能"让筷子竖起来"的方法。

——在这里,我告诉你,我不是迷信。我不迷信。我所说的方法,"让筷子竖起来"的方法,不是"梁仙儿"那种,不是凭意念,也不是钱的问题……这你知道的。乡人供我上了十九年学。整整十九年哪!我真心期望着,我能为我的家乡、我的亲人们,找到一种:……"让筷子竖起来"的方法。如果我此生找不到,就让儿子或是孙子去找。

后来,我把那盆"汗血石榴"栽在了老姑父合葬后新迁的坟前。

我想,假如两人再吵架的时候,也好有个劝解……虽然我不信这一套,也是个念想吧。可是,当我在坟前再次跪下来,磕了三个响头之后,站起时突然头一晕,眼冒金花,竟不知道我此时此刻身在何处?

我知道,我身后长满了"眼睛"……可我说不清楚,一片干了的、四处漂泊的树叶,还能不能再回到树上?

我的心哭了。

也许,我真的回不来了。

“新中国70年70部长篇小说典藏”书目

书 名	作 者
风云初记	孙犁
铁道游击队	知侠
保卫延安	杜鹏程
三里湾	赵树理
红日	吴强
红旗谱	梁斌
我们播种爱情	徐怀中
山乡巨变	周立波
林海雪原	曲波
青春之歌	杨沫
苦菜花	冯德英
野火春风斗古城	李英儒
上海的早晨	周而复
三家巷	欧阳山
创业史	柳青
红岩	罗广斌　杨益言
艳阳天	浩然
大刀记	郭澄清
万山红遍	黎汝清
东方	魏巍

书　名	作　者
青春万岁	王蒙
许茂和他的女儿们	周克芹
冬天里的春天	李国文
沉重的翅膀	张洁
黄河东流去	李凖
蹉跎岁月	叶辛
新星	柯云路
钟鼓楼	刘心武
平凡的世界	路遥
第二个太阳	刘白羽
红高粱家族	莫言
雪城	梁晓声
浴血罗霄	萧克
穆斯林的葬礼	霍达
九月寓言	张炜
白鹿原	陈忠实
长恨歌	王安忆
马桥词典	韩少功
抉择	张平
草房子	曹文轩
中国制造	周梅森
尘埃落定	阿来
突出重围	柳建伟
李自成	姚雪垠
历史的天空	徐贵祥
亮剑	都梁

书 名	作 者
茶人三部曲	王旭烽
东藏记	宗璞
雍正皇帝	二月河
日出东方	黄亚洲
省委书记	陆天明
水乳大地	范稳
狼图腾	姜戎
秦腔	贾平凹
额尔古纳河右岸	迟子建
藏獒	杨志军
暗算	麦家
笨花	铁凝
我的丁一之旅	史铁生
我是我的神	邓一光
三体	刘慈欣
推拿	毕飞宇
湖光山色	周大新
大江东去	阿耐
天行者	刘醒龙
焦裕禄	何香久
生命册	李佩甫
繁花	金宇澄
黄雀记	苏童
装台	陈彦

新中国70年70部
长篇小说典藏